維吉尼亞・吳爾芙

達洛衛夫人・燈塔行

孫　梁等／譯　簡政珍／導讀

桂冠圖書

Virginia Woolf（1882～1941 年）

一九二七年，由超現實主義攝影師Man Ray所攝。

吳爾芙寫作時的書桌。

吳爾芙一九三八年攝於自宅。

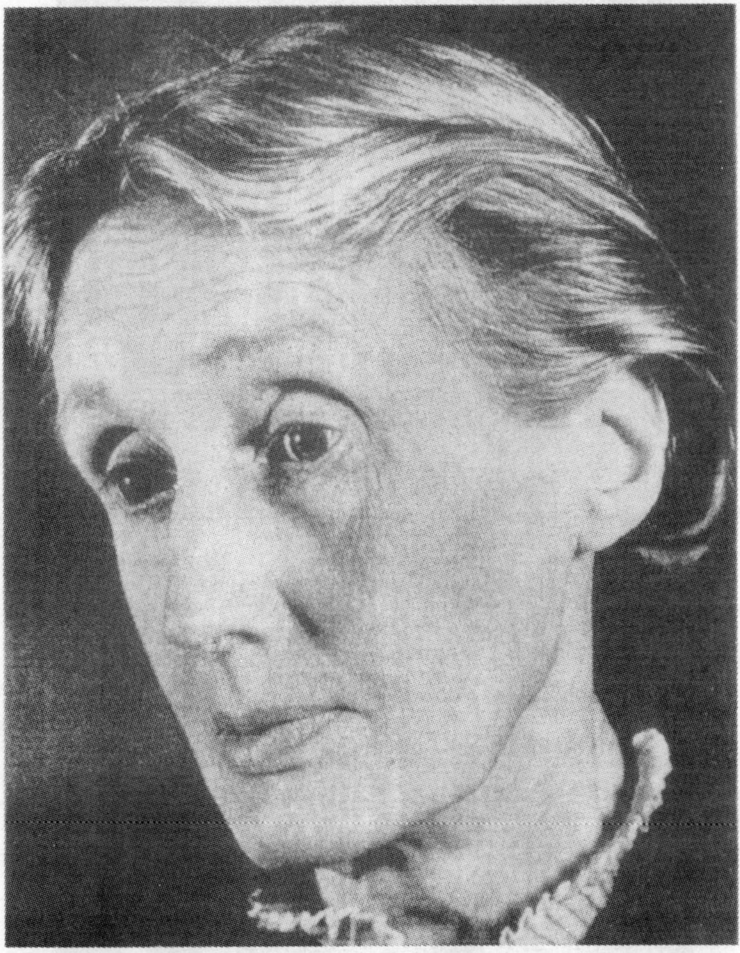

「紅塵中的幻覺迴響著芸芸衆生的呻吟……」

「在藝術技巧上的探索使她成爲當代法國新小說的開拓者。」

觀覽寰球文學的七彩光譜

——《桂冠世界文學名著》彙編緣起

吳潛誠

早在一八二七年，大文豪歌德便在一次談話中，提到「世界文學」（Weltliteratur）一詞，並宣稱全球五大洲的文學融會成一體的時代已經來臨。他說：

我喜歡觀摩外國作品，也奉勸大家都這樣做。當今之世，談國家文學已經沒多大意義；世界文學紀元肇生的時代已經來臨了。現在，人人都應盡其本分，促其早日兌現。

歌德接著又強調：文學是世界性的普遍現象，而不是區域性的活動。因此，喜愛文學的人不宜劃地自限，侷促於單一的語言領域或孤立的地理環境中，譬如說，德國人不可只閱讀德國文學，英國人不應只欣賞英文作品；相反的，人人都應該從可以取得的最優秀作品中挑選材料，作爲自己的文學教育；而天下最優秀的作品自然未必全出自自己同胞之手。歌德心目中的世界文學不啻就是全球文學傑作的總匯，衆所公認的經典作家之代表作的文庫。

那麼，什麼是經典作家？或者，什麼是經典名著的認定標準呢？法國批評家聖·佩甫（Charles-Augustin Sainte-Beuve, 1804～1869）在〈什麼是經典〉一文中所作的界說可以代表傳統看法：

> 真正的經典作者豐富了人類心靈，擴充了心靈的寶藏，令心靈更往前邁進一步，發現了一些無可置疑的道德真理，或者在那似乎已經被徹底探測瞭解了的人心中再度掌握住某些永恒的熱情；他的思想、觀察、發現，無論以何種形式出現，必然開濶寬廣、精緻、通達、明斷而優美；他訴諸屬於全世界的個人獨特風格，對所有的人類說話，那種風格不依賴新詞彙而自然清爽，歷久彌新，與時並進。

諸如以上所引的頌辭，推崇經典作品「放諸四海而皆準，百世以俟聖人而不惑」，具有普遍而永恒的價值，在國內外都有悠久的歷史；但在後結構批評興起以後，卻受到強烈的質疑。概略而言，解構批評、新馬克思學派、女性主義批評、少數族裔論述、後殖民觀點等當前流行的批評理論，基本上都否認天下有任何客觀而且永恒不變的眞理或美學價值；傳統的典範標準和文學評鑑尺度也是一種文化產物，無非是特定的人群（例如強勢文化中的男性白人的精英份子），在特定的情境下，遵照特定的意識形態，爲了服効特定的目的，依據特定的判準所建構形成的；這些標準和尺度無可避免地必然漠視、壓抑其他文本——尤其是屬於女性、少數族群、被壓迫人民、低下階層的作品。因此，我們必須重新檢討傳統下的美學標準以及形成我們的評鑑和美感反應的那些基本假設和「偏見」。

沒錯，文學作品的確不會純粹因爲其內在價值而自動變成經典，而是批評者（包括閱讀大衆）和權力建制（諸如學術機構）使然。譬如說，現今被奉爲英國小說大家的喬治・艾略特（1819～80），直到一九三〇年代仍很少被人提起；美國小說家梅爾維爾（1819～91）的作品曾經被忽略長達一甲子之久；浪漫詩人雪萊（1792～1822）在新批評當令的年代，評價一落千丈；布雷克（1757～1827）因爲大批評家傅萊的研究與推崇，在一九四〇年代末期才躋入大詩人行列……

這是否意味著文學的品味和評鑑尺度永遠在更迭變動，毫無客觀準則可言呢？馬克思曾經頗感納悶：產生古希臘藝術的社會環境早已消逝很久了，爲什麼古希臘藝術的魅力仍歷久不衰？當代馬克思批評家伊格頓（Terry Eagleton）曾經嘗試爲此提供答案，他反問：「既然歷史尚未終結，我們怎麼知道古希臘藝術會永遠保有魅力呢？」

我們不妨假設伊格頓的質疑會有兌現的可能，那就是說，歷史的巨輪繼續往前推動，社會發生了劇烈改變，有一天，古希臘悲劇和莎士比亞終於顯得乖謬離奇，變成一堆無關緊要的思想和感覺方式，與方今習見的牆壁塗鴉沒啥分別。不過，我們是否更應該正視古希臘悲劇已經流傳了兩千年，在不同的畛域和不同的時代，一直受到歡迎的事實？

不僅古希臘悲劇，西洋文學史上還有不少作家，諸如但丁、喬叟、塞萬提斯、莎士比亞、密爾頓、莫里哀、歌德等等，長久以來一直廣受喜愛，這多少可以說明人類的品味有某種程度的共通性和持續性吧？再說，曾經長期被奉為經典的作品，必已滲入廣大讀者的意識中，甚至轉化成集體潛意識，對於一國的文學和文化發展產生相當大的影響，欲深入瞭解該國之文學和文化，則不能不尋本溯源，探究其經典著作。例如，《詩經》對於漢民族的文學和文化的影響幾乎難以估計，不提《大學》、《中庸》、《論語》、《孟子》之類的儒家經典曾大量援引「詩云」以闡釋倫理道德；連我們今天所習見的橫匾題詞，甚至四字一句的「中華民國國歌」歌詞，（意欲傳達肅穆聯想）都可和《詩經》牽上關係。

退一步來說，儘管典範不可能純粹是世上現有的最佳作品之精選，而且有其不可避免的附帶弊端，但卻不失為文學教育上有用的觀念。簡而言之，典律觀念肯定某些作品比其他作品更有價值，更值得仔細研讀，使一般讀者在面對從古到今所累積的有如恒河沙數的文學淤積物時，不致於茫茫然，不知如何篩選。早在十八世紀，法國大文豪伏爾泰（1694～1778）便曾提出警告：「浩瀚的書籍，正在使我們變得愚昧無知」，英國哲學家湯瑪斯·霍布斯（Thomas Hobbes, 1588～1679）也曾經詼諧地挖苦道：「如果我像他們讀那麼多書，我就會像他們那麼無知了。」喜歡閱讀而不重抉擇的讀者能不警惕乎？

那麼，什麼才是有價值的值得推薦的文學傑作？或者，名著必須符合什麼標準呢？文學的評鑑標準自來衆說紛云，因爲文學作品種類繁多，無法以一成不變的規範加以概括，有些作品甚至以打破傳統規範而傳世。我們勉強或可分成題材內容和表達技巧（形式）兩方面，嘗試提出幾則評鑑標準，以供參考：

西方文論自古以來一直視文學爲生命的摹仿或批評，推崇如實再現人生眞相的作品。當代批評則質疑再現（representation）論，認爲所謂的人生經驗其實也是語言建構下的產物，寫實主義充其量只可當做文學俗套的一端。然而，無論如何，以語文作爲表達媒體的文學藝術，其內涵必定多少與人生經驗有所關聯（不可能，也不必要像音樂或美術那樣追求純粹美感）。我們姑且假設人生的眞相是一束光譜，光譜的一端是純粹紀錄事實的紅外線，另一端則是純粹幻想的紫外線，當中紅、橙、黃、綠、藍、靛、紫等深淺不同的顏色代表寫實成分濃淡不同的文學作品。白色光呈現在各顏色之中，但各顏色只是白光的片斷而已。人生眞相或眞理就像普通光線一樣，尋常到處都有，但卻非肉眼所能看見。文學家透過虛構形式的三稜鏡，將光切斷，並析解成各種顏色，好讓讀者得以具體感受到光的存在。那就是說，無論使用什麼文學體式或表現手法，自然主義也好，象徵主義、表現主義、後現代主義也好，史詩也好，悲劇、喜劇、寓言、浪漫傳奇、科幻小說也好，愈能讓讀者感受到生命存在的基本脈動，便是愈有價值的上乘作品，而在刻劃或呈現方面，其深廣度、強烈度或繁複程度又有卓著表現者，殆可稱爲偉大文學。

舉例說，《哈姆雷特》一劇涉及人世不義、家庭倫理（夫妻、兄弟、母子關係）的悖逆、以及王位篡奪所導致的社會不安，多種因素互相牽動，同時兼具有道德、心理、政治方面的涵意，故宜列為偉大著作。托爾斯泰的《戰爭與和平》以巨大的篇幅，刻劃諸多個性殊異的角色，躬逢拿破崙時代戰爭的轉變和短暫的和平，呈現了人生的基本韻律：少年與青年時期的愛情、追求個人幸福和功名方面的失足與失望、時代危機、以及歷經歲月熬鍊所獲致的樸實無華的幸福和心靈上的平靜，這部鴻篇鉅作當然也該列為名著。

合乎上述標準的虛構作品，在閱讀之際，也許會讓人暫時逃離現實人生；但讀畢之後，必會使人更有智慧去看待不得不面對的人生。那也就是說，嚴肅的文學傑作必須具備教育啓發功能，擴大讀者的想像和見識空間，使他們感覺更敏銳、領受更深刻、思辨更清晰……但這並不意味著文學作品必須提供黑白分明的眞理教條；相反的，經得起時間考驗的佳構，往往以反諷的語調，揭示生命中的矛盾，告訴讀者：所謂的眞理或價值其實大多是局部的、不完美的，有賴其他眞理或價值的修正補充。例如，但丁的《神曲》表面上的確在肯定信仰，但細心的讀者不難發現它骨子裡隱含有反諷成分。

具備教誨功能的文學作品，對於社會文化必會產生深刻持久的效應，乃至於有助於形塑整個國族的集體意識，或徵顯所謂的「時代精神」，這一類作品理當歸入傳世的名著之林。例如，沙弗克力斯的《伊底帕斯王》、西班牙史詩《熙德之歌》便是。

評鑑文學作品當然不宜孤立地看題材／內容／意涵，而須一併考慮其表達技巧／形式／風格，唯有達到一定的美學效果，才有資格稱爲傑作。此外，在文學發展史上佔有承先啓後之功，不論是開啓文學運動或風潮，刷新文學體式，別出機杼，另闢蹊徑，手法戛戛獨造，技巧出神入化，形式完美無缺者，亦在特別考慮之列。例如法國象徵主義詩人馬拉美的詩篇，寫實主義的典範屠格涅夫的《獵人日記》、福婁拜爾的《包法利夫人》，心理分析小說的巨構《卡拉馬助夫的兄弟們》、把意識流敍述技巧發揮得淋漓盡致的《燈塔行》，首創魔幻寫實的波赫斯之代表作皆屬此類。

《桂冠世界文學名著》基本上是依據上述的評選標準來採擷世界文學花園中的精華（不包括中文著作），但也不敢宣稱已經網羅了寰球文苑的奇葩異草，因爲這套書所概括的範疇，時間方面上下緜延數千年，空間上橫貫全球五大洲，筆者自知學識有所不逮，雖曾廣泛參酌西方名家所編纂的書目，也設法徵詢各方意見，但亦難免因爲個人的偏見和品味，而有遺珠之憾；另一方面，由於必須配合出版作業上的考慮，先期推出的卷册，一仍既往，依舊偏重歐、美、俄、日的古典和現代作品，希望將來陸續補充第三世界的代表作和當代的精品，以符合世界文學名著的全銜。

匯編這套以推廣文學暨文化教育爲宗旨的叢書，原則上自當愼重其事，講求品質；但同時也得衡量現實的條件：諸如譯介的人才和人力、社會讀書風氣、讀者的期待與反應等等，這也就是說，一套名著的出版，不純粹只是理念的產物，同時也是當前國內文化水平具體而微的表徵。一味好高騖遠，恐怕亦無濟於事。

這套重新編選的《桂冠世界文學名著》還有一個特色，那就是每本名著皆附有一篇五千字左右的導讀，撰述者儘可能邀請對該書素有研究的學者擔任；他們依據長期研究心得所寫的評析文字，相信必能幫助讀者增加對各名著的瞭解，同時增添整套叢書的內容和光彩。謹在此感謝這些共襄盛舉的學界朋輩和先進，以及無數熱心提供意見和幫助的朋友。最後，還請方家和讀者不吝指教，共同促進世界文學的閱讀與欣賞。

閱讀空隙

簡政珍

渥夫崗·以哲（*Wolfgang Iser*）在其《隱藏讀者》（*The Implied Reader*）一書中，提及吳爾芙夫人極端讚賞珍·奧斯汀作品裡語言的「未定性」。對吳爾芙夫人而言，珍·奧斯汀的文學成就，就在於作品中「未書寫的部分」：

> 珍·奧斯汀因此是位內在情感遠較表面深沈的夫人。她促使我們（讀者）填補未曾出現的部分，而她所提供的部分，看似微不足道，其實已包含了拓展讀者心智，及賦予，細瑣的人生場景，足以恆長的形式。角色一向是重點的所在。……而對話的輪替轉換，更使我們的心境處於懸疑不安的狀態。我們的注意力於是一邊集中於現在，一邊專注於未來。……而這裡，這未完結且不受注目的故事，正是珍·奧斯汀之所以偉大的要素。

據以哲的觀點，奧斯汀備受推崇的原因，在於她能「促使我們填補未曾出現的部分」。因為此一部分，正是文學作品賴以激發讀者的想像力，從而開展自身意義的所在。換言之，吳爾芙夫人對奧斯汀作品的肯定之處，就在以哲所謂的「空隙」。藉此「空隙」的存在，讀者從已知看向未知的境地，從確定的文字中，探索語言裡的沈默。

事實上，吳爾芙夫人對奧斯汀的佳評，最適用於她本人的作品。她的作品裡，語言絕非用來傳遞包裹好的訊息。讀者所見的不是單一直接的語義，而是稠密濃縮的言外之意。如此詩質的語言，自然在可見的文字當中，蘊藏涵義豐富的空隙。空隙邀約不凡的讀者。讀者不僅須盡其可能地填補既存文字與「未書寫的部分」之間的斷層，並且得從書寫的文句裡，感知未曾言明的含涵——沈默。沈默是吳爾芙夫人作品中的另一種語言。她的第一部小說《航行去》（*The Voyage Out*），其隱藏作者讓德倫西．優微和拉結坦誠說：「我要寫一部有關沈默的小說……寫人們沒有說出來的東西。」

經由沈默，明確單純的語義已然不存。取而代之的是語言中無以道盡的空隙。《達洛衛夫人》以及《燈塔行》兩部小說的精華，正是語言在作品裡留下的無數空隙。以讀者觀之，空隙的存在成了測試他閱讀作品能力的標準。介入空隙或被空隙淹沒，取決於讀者鑑賞作品的潛能。一旦感知力不足，空隙將其淹沒，所謂的空隙便成了讀之茫然不解的空白，但對批評家而言，這兩部小說裡的空隙，正是他得以抒發見解的天地。一方面，此一空隙的由來，在於前後文相迭應生的稠密語言，而非跳脫作品以外的資訊。任何攀附外緣學科的研究，都將使蘊藏於空隙的多層涵義，縮減成機械僵硬的概念。只有墜入作品的空隙本身，才能將部分的多義性化成落於言詮的見解。另一方面，無論閱讀再豐富，空隙中的沈默永無止境。一旦沈默轉為訴之語言的見解，就更感覺其與空隙中浩瀚中的沈默不能相比。但正因為空隙具有矜持、無以道盡的本質，才使得多樣的詮釋成為可能。而此多重詮釋的結果，不正反映了吳爾芙夫人作品裡，語言「未定性」的特點？

《達洛衛夫人》與《燈塔行》中角色與角色，乃至角色與敘述者之間的相互詮釋，從未達到確切一定的結論。所謂的敘述權威，不斷地在角色彼此閱讀他人的意識過程中消滅。不同角色、敘述者，對同一人物的閱讀，非但未產生明晰無疑的認可，反而因為不同觀點的介入，邀約讀者參與難定一尊的詮釋活動。而就在不同層次的閱讀裡，讀者與空隙相遇。唯有將相遇之際，瞬間震撼的沈默化為言語，才能與作品建立進一步的溝通。此刻就以聲音及語音、意象和敘述、詮釋意識等三方面，再一次與「達洛衛夫人」相約前往「燈塔」，一探吳爾芙夫人作品裡，空隙的魅力。

聲音尤其是鐘聲，在《達洛衛夫人》中，時時敲醒意識的驚覺和對時間消逝的無奈。整部小說從開始到結束，正是一天發生的時間。標記時間的鐘聲總在提醒人們，這一天已從一時一刻的淌落，導致上午下午……整天的淪陷。聲音本具時間性，而鐘聲使時間變成不僅是長短針指向的意旨，並且是生死流程裡的意符，更具摧殘意識的殺傷力。每半小時，鐘聲便敲響一次。而每次鐘聲所形成的聲海環繞著人的存在。人在聲音中感受生命莊嚴的同時，也看見了時間流逝的影子。

小說最後在晚宴結束，人在人的世界裡彼此頻頻接觸以對抗時間的威嚇。宴會中，多年不見的老友，背負已逝時空的留痕，眼光在各個臉上游移，身體在人羣中穿行，游移或穿行的動作一方面發生在現在，一方面也歷經不同的時空。努力保有的現在，總在下一瞬間，無可奈何地成為過去。宴會中人藉著聲音表示存在，當人羣在宴會漸趨消散，聲音也漸趨幽微，而當聲音回復沈默，《達洛衛夫人》裡的人物又過了一天。

鐘聲帶來人羣聚集的宴會，也送走宴會裡的人聲。人就如此被鐘聲驅使著，去移動，去一些地方。自我存在的本質，隨著鐘聲的「湧進、輕拍、舞蹈」，展現開來。克蕾麗莎在某一剎那感受鐘聲中沈靜的語言，但也在那一瞬間意識到必須面對生活中無可避免的瑣碎：必須打電話，要杯子裝冰塊，到花店採購……。鐘是人為的產物，人以其為媒介以探客體世界，但當克蕾麗莎的意識詮釋鐘聲時，鐘聲所敲響的已非客體時間，而是內心主觀的驚覺。

聲音被意識詮釋成語言，語言和聲音相互吸收變成語音。敘述中的語音不僅涉及發音體，而且暗指人之意識相撞擊，產生發聲者不明的混淆語音。讀者必須辨別不同的意識。敘述的語音事實上就是敘述意識。《燈塔行》裡，敘述著的意識，一再與不同角色的意識，才能從眾聲喧嘩的語音裡，聽到凸顯故事敘述的主音。就像莉莉在《燈塔行》裡對藍賽夫人意識的詮釋：「『喔！咖啡！』藍賽夫人說。但更可能是（莉莉看得出來，她是興緻勃勃講得起勁）真奶油和乾淨牛奶的問題」。括弧裡，莉莉纖細地抓住有關藍賽夫人的一切。但引文內，顯然另一個意識介入評述，使情景更複雜。讀者面臨繁複語音的空隙，必須體認到這裡至少有三個意識——莉莉，藍賽夫人和敘述者。方能進一步感受敘述文字和括弧裡，意識交互貫穿的世界。

多重的意識，有時且使角色的觀點，與敘述者的語音相融。莉莉沈思著藍賽先生的自憐：「他明白要求妳奉承他，羨慕他，他那些詭計騙不了人。目送他走後，她說她不喜歡他的小氣盲目」。讀者第一眼可能以為「她不喜歡他的小氣盲目」是莉莉的看法。無疑這是用莉莉的話來表達觀點，但因為是間接敘述，隱形敘述者以他的聲音凌駕她的聲音。莉莉的觀點因中介而疏遠，話語也沈默溶入敘述者的語音。如此的中介也暗示意識閱讀活動的轉移——當莉莉評論藍賽先生，敘述者也同時詮釋她的評論。而閱讀此段的讀者，也可對敘述者的詮釋，採取後設評論。語音中富含的空隙，無形中使讀者參與，使意義成形。

語言藉著發出聲音表示存在。聲音隨時間流逝，言語在某一時間內完成，語音一了，其生命也跟著停止。然而語言中的沈默，卻無言地以書寫的意象，創造空間來對抗時間以延續生命。吳爾芙夫人小說裡的意象，雖然分散於不同的敘述片斷，但若讀者藉由聯想將其串聯，處於書頁不同空間的意象，便能將散見的相關敘述，自時間軸上升起。《達洛衛夫人》一書中，聲音如絲線的意象：「愉快地，幾乎是高興地，聲音無以抗拒的絲縷蜿蜒而上，如木屋煙囪冒出的炊煙，從岸邊乾淨的樹木盤旋而上，在最高處的樹叢中吐出一束藍煙」，與另一絲線的意象：「好像這些朋友藉著一條細線和自己的身體相連接；（而她打瞌睡時），細線在鐘聲中模糊起來，鐘敲擊時間或響起儀式，正如蜘蛛絲被雨滴弄髒，負荷下陷」，兩者雖然相隔近五十頁，但透過類同的意象，零散的敘述得以整合，從而賦予意象更深厚的涵義。人的關係被比喻成一條細線，細線的產生因此來自社交行為，但當彼此的距離，隨著鐘聲漸行漸遠，線也就愈拉愈細，最後終於下陷斷裂。原來的社交行為，想來已在鐘聲送往迎來的生死中，變得細薄，如被雨滴侵入的蜘蛛絲，不堪負荷客體時間「愉快地，幾乎是高興地」，「無以抗拒」的凌遲。

《燈塔行》裡，零散的意象之間的銜接、毗鄰或並置，更加使之成為敘述的核心。小樹枝的意象在莉莉的意識裡再現。再現的意象是帶動情節進展的暗流。莉莉記起十年前宴會上桌巾上的小樹枝圖案，當時注視這個圖案的瞬間是某種靈視的展現。在那一瞬間，她想把小樹枝放在畫裡做為前景。這一個事件當時只描述至此。但小樹枝的意象並不就此消失，當它再度出現時，意識此刻的思維是基於過去的某一瞬間。其中雖然間隔一百多頁，但過去和現在的兩個時間定點，卻藉由樹枝和記憶裡的意象，遙相牽連。一旦相繫，敘述於焉進展，意識的思維或記憶也產生了敘述時間。過去，莉莉想以桌布上的小樹枝做為畫的前景，如今，憶起昔時的瞬間卻令自己驚覺：「還未完成那幅畫。」莉莉的意識將散落不同時空的意象組合而促成敘述。

吳爾芙夫人曾說，生命是「發光的暈輪，一個半透明的封套，包圍著我們，從意識之始至意識之終」。前述的聲音及語音，意象和敘述，莫不透過角色或敘述者的意識加以閱讀，而引起閱讀者內心的激盪。尤其意識對他人之意識的詢問，更是這兩部小說誘引讀者墜入作品的一大空隙。這些詢問雖然未訴之言語，但卻是詮釋意識的肇始點。導向他人的問題是瞭解自我的途徑。

以《達洛衛夫人》來說，雖然克蕾麗莎並不認識塞普啼模思，然而當他的自殺在克蕾麗莎舉辦的宴會中被提及時，克蕾麗莎的意識便不自覺地對塞普啼模思已逝的意識提出疑問：「一個年輕人自殺了……他把自己從窗口拋擲下去。地面倏忽一閃；愚鈍地，吃力地，鏽化的長釘穿過他。他躺著，大腦裡一片轟，轟，轟，接下來一灘窒悶的黑暗。如今她看見了。但他為什麼自殺？」透過對塞普啼模思自殺的疑問，克蕾麗莎與死溝通，感受到死之於生的恩賜：「假如當下即死，那是最美不過的」……於是「她不知怎麼地很喜歡他——那位自殺的年輕人。她很高興他做了：將生命拋開。鐘正敲響。鉛重的圓環在空中溶解。他使她感到美，感到趣味」。克蕾麗莎經由塞普啼模思的自殺，經歷自我死亡的意願，從而感受生涵蓋死亡意識後的滿足。對他人意識的質疑，最後終於回返自我，瞬間顯露自我深處的意識。

《燈塔行》裡，莉莉瞥視班克先生對藍賽夫人的凝視。讀者在此感受意識閱讀的轉移——閱讀別人對他人的閱讀。但此時對他人的閱讀伴隨對自己的閱讀。莉莉的凝視本起於對藍賽夫人的好奇，但答案卻帶動了人生本體性的思索，答覆問題時也因此觸及本體性的自我。莉莉在觀看或瞥視他人中，腦子突然展現如下的文字：「一個沒結婚的女子錯過美好的人生」。意識突然碰觸原來隱藏於內心的傷痛，莉莉此時體會到隻身處於現實的清冷。意識似乎瞬間脫離自我，在閱讀他人的意識裡迂迴，而後返照自我。端詳他人的凝視是端詳自己。意識的詮釋由外在轉向內在，置疑存有的本質。

在多重意識的貫穿中，這兩部小說所要揭顯的已非事件或某一現象的真假。敘述者或隱藏作者介入角色對他人意識的閱讀，旨在提醒讀者，他所見的是一個閱讀意識與詮釋意識的世界。就像角色從閱讀他人而回歸自我，讀者也在閱讀敘述者與角色間盲互地詮釋意識時，提出對他們的疑問，由此回返自我填補空隙的潛能。吳爾芙夫人的小說，因此是讀者得以展現自我，發現另一自我的空間。從空隙中歸來，讀者驚覺原來他有這番能力，探究空隙裡詩質的語言。而假使讀者認為空隙只是中斷閱讀程序的缺陷，那麼至少他已自知自己不是一位潛在的詩人。意義的延伸和自我的發現，都在空隙中完成。因此空隙成為選擇或淘汰讀者的門檻。吳爾芙夫人作品裡的空隙並不是為每一人而寫的。想確認自己是否能填補空隙，且自《達洛衛夫人》及《燈塔行》中，領略空隙的力量。

目　錄

《達洛衛夫人》

論吳爾芙以及《達洛衛夫人》

孫梁

一

這些年來，談起意識流，不少人似乎認為，那純粹是藝術技巧或創作手法的問題，這類小說沒有多少思想性和社會意義。在西方，也有持相仿的觀點。例如，當代英國影響頗大的文學評論家里維斯教授（F. R. Leavis）批評維吉尼亞．吳爾芙（Virginia Woolf, 1882～1941）的作品意義不大，價值不高，因為其小說未充分反映現實，儘管她是技巧卓越的藝術家；並說，以吳爾芙為核心的勃盧姆斯伯里集團（The Bloomsbury Group）❶，乃是一羣孤芳自賞、蔑視傳統與其

❶勃盧姆斯伯里是倫敦地名，文化中心區，吳爾芙卜居之處，在不列顛博物院附近。

他流派的文人雅士，心胸狹窄，視野不廣。我國某些評論家也有類似的論調，譬如有人指責吳爾芙「對生活和現實的看法是片面的，她忽視了人的社會性，把人際關係和主觀感受放在社會的真空中來觀察和描寫」。

對意識流作家及作品的另一重要觀點，涉及傳統與創新。相當流行的一種見解是：在當年（本世紀二〇至三〇年代），意識流是嶄新的、獨創的文藝理論與創作方式，完全擺脫傳統，反其道而行之。

以上所云，均有一定根據與道理，但又不盡然。因為，意識流小說並非一味注重技巧，而是同作家的人生觀、作品的思想內容密切相關的；在某些篇章中具有相當強烈的社會性，以至尖銳的批判性；或許可以說，在這方面不亞於現實主義小說吧。維吉尼亞·吳爾芙以及某些趣味相近的文人，並非純粹的象牙塔裡的精神貴族，而是在一定程度內，具有社會意識與民主傾向的知識分子，有時頗為激烈，甚至偏激哩。不過，歸根結柢，吳爾芙之輩是以資產階級的個性主義、自由主義、人道主義和非理性主義來揭露與批判偽善的、扼殺性靈的資產階級倫理、習俗、偏見和理性主義，貌似一針見血，其實浮光掠影而已。

總之，這位女作家同她針砭的對象，宛如一棵樹上的花果枝葉，色澤或濃或淡，個兒或大或小，盤根錯節，姿態橫生，外觀異趣而根子則一。

就社會意識和民主思想而言，維吉尼亞·吳爾芙曾在一些論著中表達了自己的體驗。譬如，在論文《斜塔》（*The Leaning Tower*）內，她以形象化的比喻描述：在一九一四年之前，現代英國傑出的作家大都出身於上層階級（除了勞倫斯），攻讀於高等學府，可稱「天之驕子」，踞於金塔之頂，不瞭解也不想接近大眾。然而，一九一四年之後，這座寶塔逐漸傾斜了，作家們再也不能「閉塔自守」，而逐步認識到：金塔原來是建立在非正義的基礎上，易言之，他們的家世、財富與教養，都來源於非正義的制度。即使像勞倫斯這個礦工的兒子，成名後也不會保持礦工的本色。

吳爾芙特別同情一般婦女與窮人，在各種場合及著作中為他們呼籲，成為現代西方女權主義的先驅者。她強調，應該維搭這兩種人的權利，提高其社會地位。例如，在名著《自己的房間》（*A Room of One's Own*, 1929）中，她主張，每個有志於文藝的婦女都應有自己的書齋，不受干擾地進行創作。在這本小冊子的開端，她先描寫有一次參觀「牛橋」❷的感受。據說，由於她是女人，就被禁止在堂堂學府裡男研究員們用的一塊草坪上走動。此外，在不列顛博物院等圖書館內，男子撰述的關於女性的書汗牛充棟，而婦女所寫的關於男性的書卻絕無僅有，豈非不公平之至？

---

❷「牛橋」（Oxbridge）：此詞是拼湊牛津（Oxford）與劍橋（Cambridge）而成的「新詞」，含有對老牌大學的諷嘲。

第二次世界大戰結束後，吳爾芙在文章及演講中表示懇切的希望：戰後能建立沒有階級的社會，其中所有的人，不論男女或窮富，都有享受教育和文化的權利。此外，她還在書信內企望消除有產者同無產者的隔閡，讓工人成為作家，從而使生活變得豐富多彩，文藝更多樣化。在當時的英國社會條件下，這些理想近乎「烏托邦」，但畢竟表達了這位女作家的民主傾向。

正由於吳爾芙有這種思想，她在作品裡對英國資本主義社會的陰暗面與頑固勢力加以諷刺、暴露及批判；同時，對於被欺凌、被壓抑的「小人物」寄予深切的同情和憐憫。就以《達洛衛夫人》為例，吳爾芙曾在日記中明確地闡述這部小說的主題思想和社會意義：「在這本書裡，我要表達的觀念多極了，可謂文思泉湧。我要描述生與死、理智與瘋狂；我要批判當今的社會制度，揭示其動態，而且是最本質的動態……」●作者在小說中精心塑造了兩個針鋒相對的典型：一個是代表上流社會與習慣勢力的「大醫師」威廉．布雷德肖爵士；另一個是平民出身的塞普啼模思．沃倫．史密斯，他由於在歐戰中服役，深受刺激，加上憤世嫉俗而精神失常，終於自戕。作者以銳利的筆鋒強烈地譴責前者，而懷著由衷的同情描述後者的苦難。她把批判的鋒芒凝聚在那名醫身上，指明他及其象徵的保守勢力，乃是窒殺塞普啼模思這類犧牲者的個性，迫使他走上絕

●見吳爾芙《日記》，1922年6月18日；引自昆丁．貝爾作《維吉尼亞．吳爾芙》評傳，第2卷，第99頁，屈拉特——格拉納特出版社，1982年。

路的劊子手。

布雷德肖大夫有一個得意的口頭禪，常用來告誡病人：必須有「平穩感」，即處世要四平八穩、循規蹈矩，切忌與眾不同、異想天開，而要為了社會的福祉，始終穩健。對此，作者鞭辟入裏地譏諷：「威廉爵士崇拜平穩，因而不僅使自己飛黃騰達，並且使英國欣欣向榮；他及其同道禁閉瘋子，嚴禁其生育，懲罰其絕望的行徑，使不適宜生存的人不能傳播他們的觀點，直到他們遵從他那『平穩感』的教誨……」總之，要每個人都順從資產階級社會的習俗、制度和秩序，決不可離經叛道，事實上，要眾人都成為毫無性靈的傀儡。在這種氛圍裡，塞普啼模思被逼得發瘋，但不肯屈從，不願隨波逐流，寧可自盡來維護個性與獨立的精神。

關於這一要點，小說裡有一節饒有意味的描繪：當情節的關鍵（達洛衛夫人舉行的晚宴）達到高潮時，貴賓們正在觥籌交錯、盡情歡樂之際，突然由布雷德肖夫婦傳來塞普啼模思跳樓自殺的消息。達洛衛夫人心有靈犀，立即想像，那青年的靈與肉都是被那名醫扼殺的：「如果那年輕人曾去威廉爵士診所求醫，而爵士憑他的權力，用他一貫的方式迫使病人就範，那青年很可能會說：活不下去了。」實際上，他是以死來抗議壓制與迫害，保持自由的心靈和人的本色。達洛衛夫人對死者深表同情，並在內心湧起息息相通的共鳴。然而，她畢竟是位貴婦人，世俗的桎梏牢不可破，她不可能也不願同習慣勢力決裂，相反，卻有根深蒂固的虛榮心和迎合上流社會的本能；於是只得採取折衷的辦法，在熱鬧的宴會中，悄悄地躲入斗室，以消極方式衛護純淨而孤獨的性靈，實質上反映了女主人翁矛盾的性格。

她性格中獨立不羈的一面，也表現在對家庭女教師基爾曼的深惡痛絕，主要因為那陰鬱的女人力圖轉化其學生（達洛衛夫人的女兒伊麗莎白），千方百計企圖改變那少女的信仰，強求她皈依基爾曼自己信奉的宗教。關於這一點，作者概括道：「穩健有一個姐妹，不那麼笑裡藏刀，卻更強大、更可怕……她名喚轉化，慣於蹂躪弱者的意志，熱衷於炫耀自己，強加於人，硬把自己的形象銘刻在眾人臉上而得意洋洋。」這種專橫的作風使達洛衛夫人打從心坎裡憎惡，因為她「從來不想轉化任何人，只願每個人保持本來面目」。然而，基爾曼卻煞費心機、不擇手段地要轉化伊麗莎白。這一強烈願望充分體現在基爾曼帶伊麗莎白去百貨商店的場景中。那少女在店裡伴著絮絮叨叨的女教師，委實不耐煩，渴望離去，基爾曼卻兀自思量：「倘若我能抓住她，抱緊她，使她絕對服從自己，那死也甘心了。」最後，伊麗莎白忍無可忍，逕自奔出店門，把女教師撇在裡面。到了街上，少女「感到自由自在，真高興呵！清新的空氣那麼爽快，而在百貨商店裡，簡直悶死人吶」。

上述兩節乃是這本小說揭露與批判的聚焦點。相形之下，作者以漫畫筆觸描摹達洛衛家的清客——宮廷侍從休．惠特布雷德，俗不可耐的勢利小人——只是輕描淡寫而已，但也一語道破其本質：「他沒有心肝，沒有腦子，徒有英國紳士的儀表與教養罷了。」簡括得很，卻入木三分。

至於本文開端標舉的另一要點——傳統與創新，也可用《達洛衛夫人》為例證。做為意識流小說的代表作之一，這本作品自然富有意識流技藝的特徵，並且是主體；在當年，這種另闢蹊徑的試驗堪稱創新。然而，吳爾芙並不割斷歷史、拋棄傳統；相反，在塑造典型人物，刻劃矛盾性格，精心布局，鋪敘情節，逐步推向高潮，運用對比手法與個性分明的對話，交替穿插銳利的諷刺、強烈的譴責、幽默的筆調和詩意洋溢的抒情等方面，都同傳統小說有相似之處，甚至可謂一脈相承。

譬如，《達洛衛夫人》的情節僅僅描寫這位議員夫人於一九一九年夏季，在倫敦一天的活動；從清晨離家去為即將舉行的宴會買花，直到子夜晚宴散席為止。看來十分簡單，卻是經過蓄意構思的。全書以女主人翁為核心，晚宴為樞紐，突出地塑造兩個極端對立的典型，塞普啼模思與布雷德肖，同時描繪上、中層階級形形色色的人物，做為襯托。通過所有這些角色的活動（包括內心波動和日常行為）、糾葛與衝突，特別緊扣中心人物的思想感情，使各種細節與事件跌宕起伏，步步深化，趨向高潮，戛然而止，卻又餘音繚繞。總之，在主題、內容和結構上，這部意識流小說基本上類似映照世態、描摹人情的現實主義小說，而不像後來許多標新立異的小說家不屑於刻意描繪形象，或苦心構思情節。

事實上，維吉尼亞·吳爾芙不僅在創作中而且在評論裡結合新與舊，在繼承傳統的基礎上力求創新。她在有代表性的論著《貝奈特先生和布朗太太》❹中宣稱：「小說首先是關於人；」又

❹這篇論文（*Mr. Bennett and Mrs. Brown*）原是吳爾芙於 1924 年5月在劍橋大學宣讀的演講稿，後於 1928 年出版單行本。

說，「一切小說都是寫人物的，同時也為了描述性格，而不是為了說教或歌頌……」這同「文學即人學」的傳統觀點是一致的。做為有創見的文藝批評家，吳爾芙並不全盤否定傳統，而相當讚賞十八、十九世紀的現實主義小說，如狄福、奧斯丁、勞倫斯·史特恩和喬治·艾略特等的作品，尤其讚揚哈代的小說。在評論法國文學時，對文藝復興時期人文主義散文家蒙田、近代現實主義小說家福樓拜，以及倡導意識流的另一巨擘普魯斯特同樣讚美。此外，這位英國女作家格外推崇以托爾斯泰、杜斯妥也夫斯基和契訶夫等為代表的俄羅斯文學，稱托翁為「真正的大師」，「《戰爭與和平》描寫了人類一切經驗同感受」；而她和喬埃斯的作品僅僅是「零星的札記」而已。

二

維吉尼亞·吳爾芙之所以能綜合傳統與創新，除了其他因素，家庭教養同個人身世起了頗大作用。她出身於書香門第，祖上幾代為達官顯宦。其父雷斯利·史蒂芬是德高望重的學者，崇尚理性主義及自由主義的倫理學家，又是文藝評論家和傳記家（曾編纂巨著《國家名人詞典》），並且是劍橋大學的「元老」之一。他的原配是大作家薩克雷之女，續弦是朱莉亞·德克沃斯，即維吉尼亞的生母。這位日後的女作家深受父母的薰陶，她繼承了父親高超的智力、穎異的悟性與洞察力（但逐漸懷疑以至背離老父嚴峻的道德觀念）；同時繼承了母親熱愛生命和生活的本能（儘管還有悲觀厭世的一面）。

她父親生前交往的大都是文化界名流，如小說家哈代、麥瑞迪思、亨利·詹姆斯，美術史家與評論家魯斯金等，經常是史蒂芬家的座上客。此外，他有大量藏書，因而維吉尼亞於青少年時期即博覽羣書，讀遍柏拉圖、索福克勒斯、普魯塔克同史賓諾莎等所撰文、史、哲經典名著，奠定了深湛的文化基礎。由於她自幼羸弱，未入學校受正規教育，而是在父親教導下，以自修為主。這使她在以後的創作及評論中，既擺脫了清規戒律與學究氣，又養成了非正統觀念，我行我素，隨意抒寫。

另一方面，她同劍橋大學的淵源很深，因為父、兄曾在那古老的學府裡攻讀或任教。她正是通過兄長沙佩的介紹，結識了劍橋的不少師生，其中包括李奧維特·吳爾芙，即她日後的丈夫，一位具有社會主義傾向的政論家和經濟學家，也是文學批評家。婚後，於一九一七年，夫婦倆創辦霍加斯出版社，陸續刊行了當年的「新秀」如小說家愛·摩·福斯特、凱塞琳·曼斯菲爾德，史學家與傳記家列頓·司屈雷基（《維多利亞女王傳》等的作者）以及詩人艾略特的作品，對現代英國文學的發展起了開風氣之先的作用。不久，勃盧姆斯伯里區的吳爾芙家成為一個小集團的中心；除了上述諸人，尚有美術評論家羅傑·佛萊（首先評介法國後期印象派的英國人）、畫家鄧肯·葛蘭特、哲學家羅素與經濟學家凱恩斯等，均為當時的「新星」。

這個小圈子是影響深遠的英國早雋先鋒派，其特徵是獨樹一幟，情趣期雅，審美感與鑒賞力極為敏銳，文藝創作標準甚高，學術氣氛濃厚；並且蔑視宗教傳統和社會習俗，在這方面深受劍橋哲學教授摩爾（中間偏左的不可知論者）的啓迪。

維吉尼亞．吳爾芙就在這新舊遞嬗的時代、社會環境和文化思潮中生活與創作。她一生共寫了九部長篇小說，若干短篇小說，一個劇本和一部傳記，三百五十多篇文藝評論及隨筆，並譯過托爾斯泰的談話錄與情書集（1923）。她逝世後，由丈夫和友人整理並出版其日記（1953）、書信（1956）以及自傳（1976）。長篇小說內的重要作品是：《達洛衛夫人》（*Mrs. Dalloway,* 1925），《燈塔行》（*To the Lighthouse,* 1927），《奧蘭多》（*Orlando,* 1928），《波浪》（*The Waves,* 1931）和《歲月》（*The Years,* 1937）。西方評論家一般認為，最具意識流特色的是《達洛衛夫人》，迄今讀者最欣賞的是《燈塔行》，而在獨特的藝術上臻於化境之作則是《波浪》。

吳爾芙撰述的文藝批評起先大都發表於《泰晤士報文學增刊》與《紐約先驅論壇報》等報刊上，因為她是特約撰稿人。以後結集，題為《普通讀者》（*The Common Reader,* 2卷，1925，1932）。這是作者自謙，意為這些文章是一個普通讀者所寫，任意鑒賞，信筆拈來，並非嚴肅的論文。其實，這正是女作家評論的特點：獨抒己見，揮灑自如，夾敘夾議，機趣橫生，娓娓而談，毫無說教或枯索之嫌。在所有評論中，代表性的力作有四篇：除了上文所引《貝奈特先生和布朗太太》以及《自己的房間》之外，乃是《現代小說》（*Modern Fiction*）與《獨木橋式的藝術》

（*The Narrow Bridge of Art*）。這幾篇和大部分評論，在她去世後，由李奧維特匯編成《維吉尼亞．吳爾芙文集》（4卷，1966～67）。

在女作家三十餘年筆耕生涯裡，貫串著一齣悲劇，使她身心交瘁，創作蒙受損害；即她反覆被憂鬱症侵襲，屢次瀕於精神分裂，終於絕望，投河自盡。❺

實際上，每當吳爾芙完成一部小說，病魔便來糾纏，困擾不堪，幾乎精神崩潰；但每次她都竭力挺住，同病魔周旋、搏鬥，復原後又以更大的熱忱投入寫作。這種獻身於藝術的韌性，同喬埃斯晚年瀕於失明而堅持創作的毅力足以媲美了。從另一角度來看，也可以說她致力於創作是為了戰勝病魔，追求解脫吧。

儘管吳爾芙寫作時神志清醒，但痼疾的陰影勢必在小說與文章內隱現，甚至相當濃重。譬如在《達洛衛夫人》裡，當女主人翁蕾拉麗莎在晚宴將散席時，聽到塞普啼模思自殺的噩耗，立刻覺得自己「很像那陌生的年輕人……多奇怪，對他毫無所知卻又那麼熟悉。」同時，她猜準了那青年是跳樓而死的，迫使他尋短見的是布雷德肖之流。所有這些感觸與想像，在一定程度內，折射了作者的心境。

小說並非自傳，其中人物不等於作者，然而，作者的經歷和思想感情會以間接而曲折的方

❺在離倫敦不遠的蘇賽克斯郡內城鎮羅特密爾。

式，移植在某些形象及細節內。在這一點上，克蕾麗莎與塞普啼模思影射了女作家的複合性格以及內心衝突。具體地講來，克蕾麗莎代表作者樂生、理智與隨俗的本性，特別體現在她同丈夫理查德．達洛衛和情人彼得．沃爾什的「三角」糾葛中；經過不少波折與再三權衡之後，克蕾麗莎終於嫁給平庸而可靠的議員達洛衛，捨棄了心地淳厚、耽於幻想而不諳世故的「浪子」沃爾什，儘管未能忘情於他，即使在他浪跡天涯（印度）之時，也念念不忘。

另一方面，塞普啼模思則象徵女作家內心深處孤傲、高潔和厭世的情緒。事實上，吳爾芙曾在日記中透露，她要「探討瘋狂與自殺的根源，比較常人同狂人各自心目中的世態。」按這本小說最初的計劃，並無塞普啼模思這一角色，最後自盡的乃是克蕾麗莎；以後，作者改變初衷，增加了那年輕的「瘋子」，為了讓他體現「狂人的真諦」，而蕾拉麗莎成為「正常的真理」的化身。其實，前者更真切地映現了作者的深層心理。她還在日記中流露，她曾聽見鳥兒用希臘語啁鳴，正如塞普啼模思的幻覺。此外，她在第二次精神危機中，也如小說裡那狂人的結局，渴望跳樓，一死了之。

疾病的消極影響不僅表現在內容上，並且從文體中也能看出蛛絲馬跡。無論在小說或論著內，吳爾芙的文筆時常是即興的、跳躍式的，似乎心血來潮、一揮而就，或顛來倒去、自相矛盾；某些評述條理不清，論証不夠嚴謹，引語有些失實。固然，這種風格可謂意識流的特徵，但也是神經質的缺陷吧。

長期的精神抑鬱以至幾乎錯亂，乃是吳爾芙厭世的一個重要因素。當然還有其他原因，尤其是動盪的時代、紊亂的社會以及植根於異化的思潮，也起了很大的反面作用。吳爾芙經歷了兩次世界大戰，殘酷的烽火使她震驚，尤其是法西斯對倫敦的反覆大轟炸，更使她震撼不已，甚至想像希特勒很可能勝利，到那時她只能自戕了。這種陰霾密布的局勢，加上種種異化現象的沖擊，更促使女作家趨向出世和超脫。她深感古老的歐洲文明脆弱不堪，昔日「太陽不落」的帝國如今搖搖欲墜，以及人際隔閡，人生渺茫，而於幻滅中沉淪．在思想上，她曾受佛洛依德關於壓抑的潛意識與「性本惡」等學說頗深的感染，從而助長了孤寂之感和陰鬱的心理。

這些心態在吳爾芙的散文內不時流露，她曾在一篇隨筆內感嘆：「紅塵中的幻覺回響著芸芸眾生的呻吟……」，「我們對自己的心靈都茫然，更談不上滲透他人的心靈了……」，「我們在人間孤零零地走一遭，這樣倒更愜意呢。」又如，她在日記中惴惴不安地寫道：「生活恰似萬丈深淵邊上的羊腸小道……」這些話不但透露悲觀的心思，並且表明，這位意識流作家慣於剖析深層心態，挖掘自我意識。然而，一味凝視內心，剝繭抽絲般解剖自我，可能會誇大心靈深處的疑慮、惶惑及恐懼，更覺得浮生若夢、萬有虛無，而把光明與黑暗交織的大千世界看成一片灰色，甚至一團漆黑了。這，也許是意識流作品大都悲觀色彩濃鬱的一個緣故吧。

三

時代的脫節同社會的杌隉加劇了吳爾芙避世的傾向，另一方面，在創作和評論的領域內，卻又是刺激她力求創新的動力。為什麼要革新？簡言之，時代變了。吳爾芙認為：「顯然，在我們所處的時代，人失去了牢固的立足點，周圍一切都變了，人本身也在變。」生活的各個方面，包括文化、政治、宗教意識同人際關係，等等，都在劇烈變化；知識分子（尤其是作家和藝術家）的處境不再像以前那樣穩定，而是在紛紜的生活漩渦中，特別在戰爭的陰影下掙扎。❻對這種新局面，吳爾芙曾闡述：「所有的人際關係，諸如父子、夫婦、主僕之間的關係，都變了。隨著這種變化，宗教信仰、人的行為、政治與文藝等也必然要變。我們姑且說，這種變更從一九一〇年開始。」❼她還申述：「在一九一〇年十二月底左右，人性開始變了。」變得更卑瑣、更醜惡：「如今的人，無論英國人、德國人或法國人，看起來都那麼蠢，那麼醜。」❽此外，由於現代生

---

❻參看《斜塔》。

❼引自《貝奈特先生和布朗太太》。

❽引自《自己的房間》。

活變得更亂，節奏加快，人的意識也流動得更快，變幻多端，捉摸不定。

上述各種嬗變必然促使審美標準似及文藝的內容和形式相應地變革。新時代的作家應超越舊時代的前輩，而肩負創新的使命。至於如何劃分新舊時代，吳爾芙明確地講：「我建議，把愛德華時代與喬治時代⑨的作家分為兩大陣營。我主張，把威爾斯、貝奈特、高爾斯華綏歸入愛德華時代，而把福斯特、勞倫斯、司屈雷基、喬埃斯與艾略特納入喬治時代。」⑩對於前者，即代表傳統的老作家，吳爾芙曾以貶義稱他們是「物質主義者」，認為「他們總是描寫雞毛蒜皮，煞費苦心，孜孜矻矻，卻把瑣碎與飄渺的東西寫成真實和持久的。」⑪講得具體些，就是老一輩作家只描寫外表，而沒有抓住核心與本質。什麼才是本質呢？吳爾芙認為是人的性靈或精神世界。她在同一篇文章內用精妙的比喻來闡述：

「生活並非一組排列得勻稱的車燈，而是一圈明晃晃的光暈，一種半透明的罩子，環繞著人的意識，貫串始終。因此，小說家的任務難道不是要傳達這變化莫測、無拘無束的精神世界，不

---

⑨分別指英王愛德華七世（1841～1910）和喬治五世（1865～1936）統治的年代。喬治五世於1910年登基，故吳爾芙說，變更從這一年開始。

⑩引自《貝奈特先生和布朗太太》。

⑪引自《現代小說》。

管它表現得如何畸形或複雜嗎?難道不是要盡可能少攙雜外界與外表的東西嗎?」隨即強調:「至關重要的乃是性靈,包括激情、騷動,以及令人驚嘆的美與醜的混合。」這番話不僅概括了女作家本人的觀點,也表達了意識流的特色。

在另一篇評論中,吳爾芙更明確地批評傳統小說的缺點而闡述自己鮮明的觀點:「小說被當作一種寄生動物,她從生活吸取養料,並且必須惟妙惟肖地描摹生活做為報答……文字必須局限於為生活服務,去描繪那茶壺和哈巴狗……如果他們不是如此孜孜不倦地維護他們稱之為生活的權利,英國的小說家或許會變得勇敢些。他就會離開那張永恒的茶桌和那些貌似有理而荒唐無稽的日常程式……」⑫假如能沖破傳統的樊籬而開闢新途徑,則「故事可能會搖晃,情節可能會皺成一團,人物可能被摧毀無遺。總之,小說就有可能變成一件藝術品。」⑬此外,吳爾芙曾在《一個作家的日記》內敘述其晚期傑作《波浪》的題材和創作時的心境:「一切在我腦海中閃現……所有的生活,所有的藝術……一切都飄忽著,變幻著,卻又渾然一體……此刻我的心態處於不斷變化、或張或弛的流程中……」

根據以上引語和其他有關論述,可以說吳爾芙及其同道反對用自然主義的老框框描繪生活表象,而重視人的內心活動,情緒的千變萬化,一瞬間的感覺以及觸發的聯想;必須盡力開掘潛意

⑫⑬引自《小說的藝術:評福斯特的〈小說面面觀〉》;瞿世鏡譯,《文藝理論研究》,1985年第2期。

識和深層心理，信賴本能、直覺、幻想與萬花筒似的印象，懷疑以至否定理性。為了表現這一切，意識流小說大都運用內心獨白，抒情旁白，自由聯想，時空交錯或融合，枝蔓式立體交叉，以及多維結構等技巧。

例如，在《達洛衛夫人》開端部分，作者描寫女主人翁為了給晚宴生色而去採購鮮花，一路上「克蕾麗莎的心靈攝取了層出不窮的印象——瑣細的、奇幻的、稍縱即逝的，或銳利如鋼，銘刻在內心」。第一個印象是六月清晨的空氣沁人心脾，她隨即聯想到少女時期，在故居布爾頓莊園度過同樣清新的夏日之晨，從而勾起對往日的情人彼得．沃爾什的憶念，並把他同現在的丈夫理查德比較一番；爾後又想起大戰中犧牲的青年士兵，從而觸發對生與死的沈思；然後又設想晚宴將是何等情景，自己同赴宴的貴婦淑女們相比，或許會遜色吧；於是又聯想到女兒伊麗莎白（她將在宴會上露面），緊接著就想起專橫的家庭教師基爾曼，不禁怒火中燒，等等，等等。不斷變幻而又互相關聯的印象及情思在克蕾麗莎內心飄浮著，波動著，伴隨她沿著倫敦的大街去買鮮花。

這一片斷可謂典型的意識流，其中佔主導地位的是印象。這不僅是吳爾芙個人創作的特徵，而且與時代思潮息息相通，因為當時正是印象主義（主要是後期）盛行的年代。首先起源於繪畫，以馬奈、塞尚等為代表；隨即在音樂界展開，以德布西、拉威爾等為中堅；在文學領域內，則普魯斯特、王爾德、吳爾芙與喬埃斯等相繼倡導，蔚為一代風尚。在這一意義上，或許可以說，意識流做為創新的手法，是在印象主義（以及象徵主義）等流派啓迪下產生的。更廣義地來講，上述那些新文藝的開拓者大都屬於早期先鋒派。名目繁多，實質相仿。

至於意識流作家常用的具體手法，大致有下列幾種：

從小見大——即以特殊（或局部）表示（或暗示）普遍，以個體反映羣體，微觀內蘊含宏觀。譬如《達洛衛夫人》僅僅描述了女主人翁及其周圍人物一天內的行動與心理，實際上包含了大半生的經歷、思想感情和人際關係，多層次地展示性格。《燈塔行》只描繪了拉姆齊一家以及有關的人物，在相隔十年的兩個半天內的活動（行為和意識），卻在時空的延展上宏大得多，並且內涵深邃。

頓悟（epiphany）——同上述技巧密切相關。喬埃斯對此下過中肯的定義：「一種突如其來的心領神會……唯有一個片斷，卻包含生活的全部意義。」⓮或如法國傳記家和文學批評家莫洛亞讚美普魯斯特善於使「一刹那顯示永恆」。在《達洛衛夫人》裡，克蕾麗莎聽到塞普啼模思自盡的信息時，思緒萬千，憬悟生與死、孤獨與合羣、脫俗與媚俗、出世與入世等人生奧義。同時，這一細節和心理刻劃揭示了主題，總結全書，並曲傳作者的深層意識。

象徵性意象（symbolic imagery）——運用具體事物來象徵或暗示抽象觀念，或做為藝術表

⓮參閱筆者為《都伯林人》中譯本撰寫的序言中有關章節。

現的手段。《達洛衛夫人》中屢次描述倫敦的大本鐘，一方面渲染地方色彩與氣氛，更重要的是象徵眼前的現實，把人物從沈思或幻想中喚醒，因而是意識同現實之間的媒介；同時，在敘述過程中做為轉折點，使一個人物的意識流轉到另一個人物的內心活動。又如彼得．沃爾什從印度歸來，跟克蕾麗莎久別重逢，雖然藕斷絲連，但舊夢難以重圓。當兩人像昔日那樣會晤時，彼此故作鎮靜，克蕾麗莎尤為矜持，手裡握著剪子；彼得則按老習慣，不時掏出小折刀，心神不定地撥弄。這兩把小刀象徵了割裂與分離，暗示這對有情人終於不能成為眷屬。再如女主人翁一再回憶田園風味的故居布爾頓，特別是在莊園作客的摯友薩利，那爽朗而大膽的、放浪不羈的姑娘；這些意象影射少女時期的純潔、熱情和青春的活力。

此外，《燈塔行》內物象的主體「燈塔」本身，可能隱喻堅實的物質，即客觀現實，而塔尖的閃光則有精神之光的涵義，即象徵主觀真實，尤其暗示拉姆齊夫人靈魂之光。異曲同工的手法也用於《波浪》內：當六個青年在餐館聚會，為朋友佩西遠航印度而餞行時，桌上瓶內供著一朵石竹花，在六人眼裡呈現各別的色澤和形態，因為視角不同。這一意象諷喻單一而又多元的現實生活，以及因人而異的主觀心境。

對照——這是古往今來許多詩人及文人沿用的修辭手段，並非創新，不過吳爾芙之輩的作家運用得微妙些。在《達洛衛夫人》內，生與死、靈與肉、愛與憎、勢利的俗物與孤傲的畸零人、「平穩」與「瘋狂」、「名流」和「浪子」、社會習俗和自我意識，庸庸碌碌的理查德和不合時宜的彼得，渴望自由的伊麗莎白和窒殺性靈的基爾曼，尤其是克蕾麗莎性格中的矛盾及內心衝突，形成了一系列鮮明的對照，此起彼伏，相互映帶，或交錯如網絡，在深化主題，塑造個性，鋪敘情節以及渲染氣氛等方面，產生烘雲托月的妙處。

上述各種技巧均以清麗而細膩、遒勁而暢達的詞藻，以及詩意盎然、韻味悠然的文體來表達，一些抒情插曲和哲理化意境尤其精美，似行雲流水，節奏感甚強。

四

綜上所述，維吉尼亞．吳爾芙不愧為富於獨創性的小說家，悟性靈敏而有真知灼見的文學批評家。誠然，她的創作和評論並非無瑕可擊，而有美中不足之處。除了上文提到的頹廢情緒所起的消極作用，總的看來，由於家庭、身世與社會環境等因素，吳爾芙的視野較窄，格局較小，深度有餘而廣度不足，頗有力度而氣度欠恢宏，重視主觀意識和深層心理的探索，而對客觀現實及社會生活的描繪尚嫌膚淺些。所以，其創作成果可稱為文藝百花園裡的奇葩，但還算不上文學發展史上的高峯。

吳爾芙的評論也是瑕瑜並陳，某些觀點顯得偏頗。她在《貝奈特先生和布朗太太》等論著內批評阿諾德．貝奈特、威爾斯與高爾斯華綏的作品「不完整」，他們只觀察與描繪人及事物的外貌，如癌的症狀、印花布圖案、車廂的裝飾之類，而「不觀察生活」，「不觀察人性」。實際上，那些老作家很講究結構，其作品大都是完整的有機體。他們不僅刻劃似乎瑣碎的細節，並且相當敏銳地觀察生活，洞悉人性，刻意再現世態，並描述細緻的心理和強烈的感情。譬如在貝奈特的代表作《老婦常談》（*The Old Wives' Tales*）中，結尾時女主人翁同窮愁潦倒而奄奄一息的丈夫訣別的場景，震撼心靈，催人淚下。在高爾斯華綏的名著《福爾賽世家》第一卷《有產者》內，女主人翁伊琳同丈夫索姆斯及情人波西奈之間的「三角」糾葛，引起了激烈的感情衝突和內心矛盾；對這一關鍵情節，作者描繪得扣人心弦，塑造的三個人物也個性分明。至於威爾斯，則在創作中熔歷史、哲學和社會學於一爐，想像力豐富，視野廣闊，洞察西方社會危機而憧憬理想的大同世界，並以生動的藝術形象來表現，如《隱身人》、《盲人鄉》等。

吳爾芙不但批判老一輩作家，也批評同代的創新的作家。她曾在《現代小說》等論著內，讚揚喬埃斯的創作「光彩奪目」，卻又說其作品的內容以至文筆相當「猥瑣」；她讚賞艾略特的詩富有「魅人的美感」，但流於「晦澀」。其實，喬埃斯是存心以「卑瑣」的筆調描寫卑瑣的、精神痲痺的現代人。[17]況且，他的作品乍看似乎怪誕而支離破碎，實則是具有史詩般的氣魄與精緻的內涵，如《尤利西斯》和《芬尼根守靈夜》。至於艾略特的某些詩篇，確有晦澀之弊；然而並非一概

[17] 見喬埃斯致出版商葛蘭特・理查茲的信（1906年5月5日），參閱《都柏林人》中譯本序。

如此，主要是廣泛引用典故或奇特的意象，來觸發聯想，引起思考，探討和描摹現代人迷惘與失落之感，並通過精微的形象思維，反映了「荒原」似的現代西方社會。總之，從主流來看，吳爾芙對兩位「新星」[16]的批評未免主觀或片面。

儘管如此，就整體而言，維吉尼亞．吳爾芙的創作和評論是瑕不掩瑜的。因而莫洛亞在評傳裡讚美吳爾夫「在藝術技巧上的探索使她成為當代法國新小說的開拓者」；「她是繼承英國散文傳統的巨匠，又是開創新文體的奠基者。」[17]

這位女作家備受病魔的摧殘而筆耕不輟，數十年如一日，終於獲得了豐碩的果實。她不僅在歐美文壇上贏得顯著的一席，並且其影響與日俱增。猶如約翰．鄧恩（John Donne, 1572～1631）和濟慈，她受到當今西方學者與評論家愈來愈高的評價，或被「重新發現」。同時，英美高等院校文學專業的師生對吳爾芙的興趣愈來愈濃（據說超過對勞倫斯的熱衷），從而對其創作和論著的研究也日益深化。至於我們的態度，當然不可一味讚賞，也不宜一筆抹殺，而要實事求是地剖析和鑒別，擷取養料而揚棄糟粕。

---

[16] 喬埃斯與吳爾芙生卒同年（1882～1941），真是巧合；艾略特則年輕些（1888～1965）。當時均為文壇「新星」。

[17] 見《雙洲》，一九七八年第1、2期，巴黎。

達洛衛夫人

達洛衛夫人說她自己去買花。

因為露西已經有活兒幹了：要脫下鉸鏈，把門打開；倫珀爾梅厄公司要派人來了。況且，克蕾麗莎．達洛衛思忖：多好的早晨啊——空氣那麼清新，彷彿為了讓海灘上的孩子們享受似的。多美好！多痛快！就像以前在布爾頓的時候，當她一下子推開落地窗，奔向戶外，她總有這種感覺；此刻耳邊依稀還能聽到推窗時鉸鏈發出輕微的吱吱聲。那兒清晨的空氣多新鮮，多寧靜，當然比眼下的更為靜謐；宛如波浪拍擊，或如浪花輕拂；寒意襲人，而且（對她那樣年方十八的姑娘來說）又顯得氣氛肅穆；當時她站在打開的窗口，彷彿預感到有些可怕的事即將發生；她觀賞鮮花，眺望樹木間霧靄繚繞，白嘴鴉飛上飛下；她佇立著，凝視著，直到彼得．沃爾什的聲音傳來：「在菜地裡沉思嗎？」——說的是這句話嗎？——「我喜歡人，不太喜歡花椰菜．」——還說了這句嗎？有一天早晨吃早餐時，當她已走到外面平臺上，他——彼得．沃爾什肯定說過這樣的話。最近他就要從印度歸來了，不是六月就是七月，她記不清了；因為他的信總是寫得非常枯燥乏味，倒是他的話能叫她記住，還有他的眼睛、他的小刀、他的微笑，以及他的壞脾氣；千萬樁往事早已煙消雲散，而——說來也怪！——類以關於大白菜的話卻會牢記心頭。

她在鑲邊石的人行道上微微挺直身子，等待杜特奈爾公司的運貨車開過。斯克羅普·珀維斯認為她是個可愛的女人（他很瞭解她，正如住在威斯敏斯特區的緊鄰都相互熟悉）；她帶有一點鳥兒的氣質，猶如碧綠的鰹鳥，輕快、活潑，儘管她已五十出頭，而且得病以來變得異常蒼白了。她待在路邊，身子筆挺，等著穿過大街，絲毫沒有看見他。

克萊麗莎可以肯定，在威斯敏斯特住過後——多少年了？二十多年了吧——即使置身於車水馬龍的大街上，或者深夜夢迴時，都會感到一種特殊的寂靜，或肅穆的氣氛，一種不可名狀的停滯，大本鐘❶敲響前提心吊膽之感（人們說，那可能是流感使她心臟衰弱的緣故）。聽！鐘聲隆隆地響了。開始是預報，音調悅耳；隨即報時，千準萬確；沉重的音波在空中漸次消逝。她穿過維多利亞大街，一面思量：我們都是些大傻瓜。只有老天才知道人為何如此熱愛生活，又如此看待生活，在自己周圍構造空中樓閣，又把它推翻，每時每刻創造新花樣；甚至那些衣衫襤褸的老古董，坐在街頭臺階上懊喪之極的可憐蟲（酗酒使他們潦倒不堪）也這樣對待生活。人們都熱愛

❶大本鐘（Big Ben）：倫敦議會大廈的鐘樓。

生活——正因為如此，議會法令也無能為力：這一點，她是深信不疑的．人們的目光輕快的步履，沉重的腳步，跋涉的步態，轟鳴與喧囂；川流不息的馬車、汽車、公共汽車和運貨車；胸前背上掛著廣告牌的人們（時而蹣跚，時而大搖大擺）；銅管樂隊、手搖風琴的樂聲；一片喜洋洋的氣氛，叮噹的鈴聲，頭頂上飛機發出奇異的尖嘯聲——這一切便是她熱愛的：生活、倫敦、此時此刻的六月。

眼下正是六月中旬。戰爭已經結束，不過，還有像福克斯克羅夫特太太那樣傷心的人，她昨晚在大使館痛不欲生，因為她的好兒子已陣亡，那所古老的莊園得讓侄兒繼承了。還有貝克斯巴勒夫人，人們說她主持義賣市場開幕時，手裡還拿著那份電報：她最疼的兒子約翰犧牲了。然而，這一切總算過去了，感謝上帝——結束了。眼下正逢六月。國王和王后都安居在宮中。雖然為時過早，到處都已響起賽馬奔騰的得得聲，板球拍的輕扣聲。洛茲、埃斯考特、雷尼萊，以及所有這類娛樂場，都隱沒在灰濛濛、藍幽幽的晨霧中，恰似柔軟的織網，把它們全都籠罩，而隨著自天的降臨，霧將消失，娛樂場的草坪與場地上會出現馳騁的賽馬，足尖剛碰著地便縱身跳躍；還有飛奔的小伙子，以及身穿透明紗衫、嬉笑的姑娘們，她們儘管通宵跳舞，可此刻已牽著毛茸茸的、怪模怪樣的狗兒，讓它們到戶外溜一圈吶。即便在這樣的時刻，那些擁有遺產的謹慎的老寡婦也乘著汽車，飛快地去幹神秘的差使；老板們則在櫥窗裡擺弄人造首飾和鑽石，古色古香的碧綠胸針鑲嵌在十八世紀式樣的底座裡，分外可愛，足以吸引美國佬（可是她必須節約，不能隨便為女兒伊麗莎白買珠寶）；不過，她自己也喜歡這些東西，對它們懷有可笑而真摯的熱情，因為她屬於這一切，她的祖先在喬治王朝的宮廷裡當過大臣，她自幼便生活在珠光寶氣之中，並且，今晚她將舉行宴會，戴上珠翠寶飾，閃耀著炫目的光芒。但奇怪的是，當她走進公園時，只覺得一片沉寂，薄霧，嗡嗡聲；歡樂的鴨子悠然嬉水。胸前有袋囊的鳥兒搖來搖去；可迎面來的是誰呢？那人背朝著行政大樓，走過手，手裡拎著蓋有皇室紋章的公文遞送箱，恰如其分，原來是休．惠特布雷德，她的老朋友——可敬可愛的休！

「早上好，克蕾麗莎！」休一本正經地說，其實他倆從小便相識了。「你上哪兒去？」

「我喜歡在倫敦漫步，」達洛衛夫人答道，「說真的，這比在鄉下溜達有意思呢。」

惠特布雷德一家剛到倫敦，他們是來看病的——真不幸。別人進城是為了看電影，聽歌劇，帶女兒出來見見世面；他們一家卻是來「看醫生」的。不知有多少次，克蕾麗莎曾到私人療養所裡去探望伊芙琳．惠特布雷德。敢情伊芙琳又病了？伊芙琳很不舒服，休說道，一面撇撇嘴，或挺出他那衣冠楚楚、儀表堂堂、倜儻非凡的身驅（他的衣著總是過分講究，也許因為他在宮廷當個小吏，不得不這樣呢），暗示他的妻子身上雖有些不適，但並不嚴重；做為一個老朋友，克蕾麗莎．達洛衛不必他講明，就能心領神會。哦，當然，她確實懂他的意思；真不幸；她心裡湧起一陣姊妹般的感情，卻又莫名其妙地想到自己的帽子，興許不適合清晨戴吧？因為休總是使她有這種感覺，當他匆匆向前走去，過於彬彬有禮地擡一下帽子，並且肯定地對她說，她看上去像個十八歲的姑娘呢；又說，他一定來參加今晚的宴會，因為伊芙琳要他務必赴會；不過，他可能稍微晚些到場，因為要先帶吉姆的孩子去參加宮廷晚會哩；——在休的身旁，她總感到有些局促不安，有點兒女學生氣；不過對他頗有好感，因為跟他相識已久，而且確實認為，按他的路子來說，不失為好人；然而，理查德兒幾乎被他氣得發瘋；至於彼得．沃爾什嘛，他至今還對她耿耿於懷，因為她喜歡休。

她的眼前浮現出布爾頓的一幕幕情景——彼得大發雷霆；休當然決不是彼得的對手，卻也並非彼得認為的十足的低能兒，絕對不是傻瓜。當初他母親要他放棄打獵，或者要他帶她上巴斯❷去，他二話沒說就照辦了，他的確並不自私；至於彼得講的那些話，譬如說休既無心肝，又無頭腦，只有英國紳士的派頭與教養等等，那不過是她親愛的彼得最壞的表現；有時候，彼得簡直叫人難以忍受，沒法相處；然而，像這樣的早晨，跟他一起散步卻是十分愉快的。

（六月的氣息吹拂得花木枝葉繁茂。在平姆里科❸，母親們在給孩子餵奶。電訊不斷從艦隊街❹送往海軍部。鬧哄哄的阿靈頓街和皮卡迪利大街，似乎把公園裡的空氣都燻暖了，樹葉也被

---

❷巴斯：英格蘭城市，以溫泉和古老的羅馬式浴池聞名。

❸平姆里科：倫敦東南部地區。

❹艦隊街：倫敦街名，為新聞界與報館等集中之地。

烘托起來，灼熱而閃爍，飄浮在克蕾麗莎喜愛的神聖而活力充沛的浪潮之上。跳舞呀，騎馬呀，她全都熱愛。）

她和彼得好像已離別了幾百年，她從不給他寫信，而他的來信也枯索乏味。但是，她會忽然想到，倘若他此刻在她身旁，他會說些什麼呢？——有些日子和情景會使她靜靜地思念他，回憶中已沒有昔日那種怨憤，這可能由於她真心待人吧。她想起，在一個晴朗的早晨，她和彼得散步到聖．詹姆士公園❺的中心——確實如此。不管天氣多麼美好，樹木花草多麼青翠，穿粉紅衣裙的小女孩多麼可愛，彼得卻一概視而不見。要是她叫他把眼鏡戴上，他也會照辦，並且看上一眼。可是，他的興趣在於世界的動態：華格納❻的音樂、波普❼的詩、永恆的人性，以及克蕾麗莎本人靈魂中的缺陷。他把她罵得多厲害啊！他倆爭論得多激烈！他說她會嫁給一個首相，站在樓梯頂上迎接賓客。他稱她為地地道道的主婦（她曾為此在臥室裡哭泣），還說她天生具有這種平庸的氣質嘛。

眼下，她依然感到自己在聖．詹姆士公園和彼得爭論，依然認為她沒嫁給彼得是對的——確

---

❺聖．詹姆士公園：在倫敦市內，白金漢宮和聖．詹姆士宮附近，是倫敦主要的公園

❻理查德．華格納（1813～1883）：德國作曲家，革新歌劇，首創「樂劇」。

❼亞歷山大．波普（1688～1744）：英國古典派詩人。

實很對。因為一旦結了婚，在同一所屋子裡朝夕相處，夫妻之間必須有點兒自由，有一點自主權。這，理查德給了她，她也滿足了理查德。（譬如，他今天上午在哪兒？在什麼委員會吧，她從不過問。）然而，跟彼得一起非得把每件事都攤開來，這令人難以容忍。當兩人的關係發展到那一天，在小花園噴泉邊出現了那個場面時，她不得不與他分手了。要不然，她深信他倆都會毀掉，對方全得完蛋。儘管如此，多年來她私下裡忍受了這份悲傷和苦惱，猶如利箭鑽心。繼而是那可怕的時刻，有人在一次音樂會上告訴她，彼得結婚了，女方是他在去印度的船上相識的。她永遠忘不了這一切。彼得曾責備她冷酷無情、一本正經。她永遠不能理解他的愛，而那些印度女人看來是理解的——那些愚昧、標緻、脆弱的傻瓜。她對他的同情壓根兒是浪費，因為他向她強調，他過得很快活，雖然他沒有做成一件他倆談論過的事，他的一生都是失敗，這一點仍然叫她生氣。

她不覺已走到公園門口，停留了一會兒，望著皮卡迪利大街上來來往往的公共車輛。

現在她不願對世界上任何人說長道短。她感到自己非常年輕，卻又難以形容地老邁。她像一把刀子，插入每件事物之中，同時又置身局外，袖手旁觀。她看著過往的出租車，內心總有遠離此地，獨自去海邊的感覺。她總覺得，即使活一天也極危險，倒並非由於她認為自己聰敏過人。丹尼爾斯小姐只教給她們一點膚淺的知識，她真不明白自己怎麼憑這點兒學問生活過來的。實際上她一竅不通，不懂語言，也不瞭解歷史。現在，除了在床上讀回憶錄之外，他幾乎什麼書也不看；而所有這些，過往的車輛等，卻令她萬分神往。她不願議論彼得，也不願對自己下這樣那樣的定論。

當下，她向前走去，心想，她唯一的天賦是，幾乎能憑直覺一眼識透別人。如果讓她和另一個人同處一室，直覺會使她生氣或滿意。德文郡大樓、巴思大樓、那幢裝飾著白瓷鸚的大樓，她曾看見它們燈火通明，她還記得西爾維亞、弗雷德、薩利·賽頓——那麼多的人呵！她曾經通宵達旦跳舞；爾後望著四輪運貨馬車緩緩地經過，向市場駛去；她驅車穿過公園回家。她還記得，有一次在海德公園的S形湖裡投入一先令鎳幣。但這樣的事，人人都記得住。她喜歡的是此時、此地、眼前的現實，譬如坐在出租馬車裡的那個胖女人。她向邦德街走去，捫心自問：她必然會永遠離開人世，是否會覺得遺憾？沒有了她，人間一切必將繼續下去，是否會感到怨恨？還是欣慰，想到一死便可了結？不過，隨著人事滄桑，她在倫敦的大街上卻能隨遇而安，得以倖存，彼得也活過來了，他倆互相信賴，共同生存。她深信自己屬於家鄉的樹木與房屋，儘管那屋子又醜又亂；她也屬於那些素昧平生的人們；她像一片薄霧，散布在最熟悉的人們中間，他們把她高高舉起，宛如樹木托起雲霧一般，她曾見過那種景象。然而，她的生活，她自身，卻遠遠地伸展。此刻，她向海查德書店櫥窗裡張望時，心裡憧憬什麼？試圖追憶什麼？當她吟誦著打開的書上的詩句：

不要再怕驕陽炎熱，
也不怕隆冬嚴寒；❽

是什麼鄉村拂曉的景象在她心中閃現？最近世界經歷的創傷使男男女女都滿含淚水。它帶來眼淚和悲痛，勇氣和韌性，以及毅然挺立、堅貞不屈的態度。例如，她最敬仰的貝克斯巴勒夫人主持義賣開幕，就是一個明證。

櫥窗裡還陳列著賈羅克斯所作《遊覽和歡宴》，還有《浸過肥皂的海綿》，阿斯奎斯伯爵夫人❾寫的《回憶錄》，以及《尼日利亞捕獵記》，每本書都打開著。店裡的書多極了，但似乎沒有一本適宜給療養院裡的伊芙琳．惠特布雷德帶去。找不到什麼書可以讓她高興，使這個異常乾癟瘦小的女人，在克蕾麗莎走進房間的時候，露出哪怕只是一剎那親切的表情，隨後開始閑談，關於婦女病等，談個不停。她多麼渴望使人們一見她進來就高興啊！克蕾麗莎這樣思忖著，又轉身回邦德街。她心裡又泛起煩惱，因為做一件事非得為他人是愚蠢的。她寧願像理查德那樣，純粹為自己辦事。她一面等著穿過街，一面想，她有一半時間不單是為了把事情做好，而是為了使人們產生

---

❽出自莎士比亞戲劇《辛白林》第4幕第2場第258～259行。

❾瑪戈特．阿斯奎斯（1864～1945），英國作家、傳記家。

這樣那樣的想法。她知道這是愚蠢之極的表現（這當兒警察舉手示意可以通行了），因為任何人一刻都沒有接受她的誘導。要是她能重度人生，那多好啊！甚至還能改變自己的面目呢！她思索著，踏上了人行道。

首先，她會長得像貝克斯巴勒夫人，有一雙美麗的眼睛，黑皮膚，猶如皺折的皮革。她會像貝克斯巴勒夫人一樣慢條斯理，舉止莊重，身材高大，像男人一般對政治有興趣，在鄉下有一幢邸宅；極其高貴，極其真誠。可是，她的容顏恰恰相反，瘦削的身材，令人發笑的小臉蛋兒，鷹鈎鼻子。誠然，她能使自己顯得很體面；她的手和腳都很美，穿戴也挺入時，儘管她花錢不多。但是，近來她這個身軀（當下她停住，看一幅荷蘭畫），以及它的各種功能似乎不復存在——絲毫不存在。她有一種極為荒誕的感覺，感到自己能隱身，不被人看見，不為人所知；現在再也沒有婚姻，也不再生兒育女，剩下的只是與人羣一起，令人驚異而相當莊嚴地向邦德街行進。如今她是達洛衛夫人，甚至不再是克蕾麗莎，而是理查德·達洛衛夫人。

邦德街使她著迷，旺季中的邦德街清晨吸引著她：街上旗幟飄揚，兩旁商店林立，毫無俗氣的炫耀。一匹蘇格蘭花呢陳列在一家店鋪裡，她父親在那裡買衣服達五十年之久；珠寶店裡幾顆珍珠；魚店裡一條冰塊上的鮭魚。

「這就是一切，」她望著魚鋪子說，「這就是一切。」她重複說著，在一家專營手套的店家前佇立片刻。戰前，人們可以在那兒買到幾乎完美的的手套。她叔叔威廉以前常說，要知道一個女人的人品，只須看她穿什麼鞋、戴什麼手套。大戰中期的一個早上，他在床上壽終正寢。他曾說：「我活夠了。」至於手套和鞋子嘛，她尤其喜歡手套，可是她的親生女兒，她的伊麗莎白，卻對兩者都毫不在意。

簡直一點不感興趣。她一邊想，一邊繼續沿邦德街往前走，進入一家花店。每逢她舉行宴會，那家店總為她準備好鮮花。伊麗莎白最愛的其實是那條狗。今天早晨，屋子裡到處都聞到一股柏油味兒。不過，可憐的狗格里澤爾總比基爾曼小姐好些，她寧可忍受狗的壞脾氣和柏油味，以及其他種種缺點，總比關在悶熱的臥室裡，枯坐著念祈禱書強！沒有什麼比這更糟了，她想這麼說。但是，正如理查德說的，這也許只是每個女孩子都得經歷的一個階段吧，也許女兒墮入情網了。可是，為什麼偏要愛上基爾曼小姐呢？誠然，基爾曼小姐受過不公平的待遇，人們應當諒解她；理查德說她很能幹，具有清晰的歷史觀念。不管怎樣，她和伊麗莎白如今是形影不離。自己的女兒伊麗莎白上教堂去領受聖餐，而且她毫不在乎衣著，也不注意該怎樣對待來赴午宴的客人。宗教狂往往令人冷漠無情（對大事業的信仰也如此），使感情變得麻木，這是她的體會。就拿基爾曼小姐說吧，她肯為俄國人幹任何事情，也願為奧地利人忍飢挨餓，可在暗地裡卻盡折磨人。她那麼麻木不仁，老穿著那件綠色雨衣，年復一年總穿著那件衣服；她身上淌滿汗水；只要她在房裡待上五分鐘，就會讓你感到自己的低賤和她的優越。她那麼貧困，你卻那麼富裕；她住的是貧民窟，家中沒有靠墊，沒有床，也沒有小地毯或任何類似的東西。她整個靈魂都因怨天尤人而發霉了。大戰期間，她被學校開除了——真是個貧苦、怨憤、不幸的女人啊！其實，人們恨的倒不是基爾曼個人，而是她代表的那種觀念。當然，其中必定摻雜了許多並非基爾曼小姐的因素。在人們心目中，她已經變成一個幽靈，人們在黑夜裡與之搏鬥，就是騎在我們身上，吸乾我們一半血液的幽靈、統治者、暴君；因為毫無疑問，假如再擲一下骰子，把黑白顛倒一番，她興許會愛上基爾曼小姐了！不過，今生今世不可能了。不行。

然而，她心中有一個凶殘的怪物在騷動！這令她焦躁不安。她的心靈宛如枝葉繁茂的森林，而在這密林深處，她彷彿聽到樹枝的嗶剝聲，感到馬蹄在踐踏；她再也不會覺得心滿意足，或心安理得，因為那怪物——內心的仇恨——隨時都會攪亂她的心，特別從她大病以來，這種仇恨的心情會使她感到皮膚破損、脊背挫傷，使她蒙受肉體的痛楚，並且使一切對於美、友誼、健康、愛情和建立幸福家庭的樂趣都像臨風的小樹那樣搖晃，顫抖，垂倒，似乎確有一個怪物在刨根挖地，似乎她的心滿意足只不過是孤芳自賞！仇恨之心多可怕呵！

要不得！要不得！她在心中喊叫，一面推開馬爾伯里花店的旋門。

她挺直頎長的身子，邁著輕快的步伐向前走去；皮姆小姐立刻上前招呼。這位女士天生一張鈕扣形的臉，雙手老是通紅，好像曾經捧了鮮花浸在冷水裡似的。

這兒是鮮花的世界：翠雀、香豌豆、一束束紫丁香，還有香石竹，一大堆香石竹，更有玫瑰、三尾蔦，啊，多可愛——她就站著與皮姆小姐交談，一面吮吸這洋溢著泥土氣息的花園的清香。皮姆小姐曾得到她的恩惠，因而覺得她心腸好；確實，好多年以前，她就是個好心人，非常和善；可是今年她見老了。她在三尾鳶、玫瑰和一簇簇搖曳的紫丁香叢中，瞇著眼睛兩邊觀望，貪婪地聞著那令人心醉的芳香，領略著沁人心脾的涼爽，驅散了剛才街頭的喧鬧。過了一會，她睜開雙目：玫瑰花兒，多麼清新，恰似剛在洗衣房裡熨洗乾淨、整齊地放在柳條盤中的花邊亞麻織物；紅色的香石竹濃郁端莊，花朵挺秀；紫羅蘭色、白色和淡色的香豌豆花簇擁在幾只碗中——彷彿已是薄暮，穿薄紗衣的少女在美妙的夏日過後，來到戶外，採擷香豌豆和玫瑰，天色幾乎一片湛藍，四處盛開著翠雀、香石竹和百合花；正是傍晚六七點鐘，在那一刻，每一種花朵——玫瑰、香石竹、三尾鳶、紫丁香——都閃耀著：白色、紫色、紅色和深橙交織在一起；每一種花似乎各自在朦朧的花床中柔和地、純潔地燃燒；哦，她多喜愛那灰白色的小飛蛾，在香水草四周，在暮色中的報春花四周飛進飛出！

她和皮姆小姐順著一個個花罐走去，精心挑選花朵；她喃喃自語：那憎恨的心思真要不得，要不得——聲音越來越輕柔，恍惚這種美、這芬芳、色彩，以及皮姆小姐對她的喜愛和信任匯合成一股波浪，她任憑浪潮把自己浸沒，以征服她那仇恨之心，驅走那怪物，把它完全驅除；這種想法使她感到超凡脫俗，正在這時——砰，街上傳來一下槍聲似的響聲！

「天哪，那些汽車真糟糕。」皮姆小姐走到窗前張望，又走回來，手裡捧滿香豌豆，臉上浮現出歉疚的微笑，彷彿那些汽車和爆破的車胎都是她的過錯。

一輛汽車停在正對馬爾伯里花店的人行道上，就是它發出那巨大的爆炸聲，把達洛衛夫人嚇了一大跳，又使皮姆小姐走到窗前並為之抱歉。過往的行人自然也止步諦視，剛巧看到裝飾著淡灰色陳設的車內露出一位頭號要人的臉，隨即有一個男子的手把遮簾拉下，只留下一方淡灰色。

然而頃刻之間，謠言便從邦德街中央無聲無形地向兩邊傳開，一邊傳到牛津街，另一邊傳到阿特金斯街上的香水店裡，宛如一片雲霧，迅速遮住青山，彷彿給它罩上一層面紗；謠言確實像突如其來的莊重和寧靜的雲霧，降落到人們臉上。瞬息之前，這些人的面部表情還各自不同，可是此刻，神秘的羽翼已從他們身旁擦過，他們聆聽了權威的聲音，宗教的聖靈已經顯身，她的眼睛緊緊地蒙著綁帶，嘴巴張大著。但是，沒有人知道究竟看到的是誰的面孔。是威爾士王子？是王后？還是首相？是哪個人的面孔呢？誰也說不上。

埃德加·丁·沃基斯的手臂上套著他慣用的一卷鉛管，用別人聽得見的聲音，以幽默的口吻說：「休（首）相大人的機（汽）車嘛。」[11]

塞普啼模思·沃倫·史密斯聽到了他的話，同時發現自己被擋住了。

塞普啼模思·沃倫·史密斯大約三十上下，長著個鷹鈎鼻子，臉色蒼白，穿著舊大衣和棕色鞋子；淡褐色的眼睛裡閃現畏懼的神色，連陌生人見了這種眼光也會感到畏懼呢。世界已經高舉

---

[11] 原文為「The Proime Minister's Kyar」，模仿倫敦土音，則倫敦東區的科克奈方言（Cockney dialect）

鞭子，它將抽向何方？

一切都陷於停頓。汽車引擎的嗒嗒聲猶如脈搏，在人的周身不規則地跳動。太陽變得分外炎熱，因為那輛汽車就停在馬爾伯里花店的窗外。敞頂公共汽車上層的老太太們都撐起了黑色遮陽傘；時而這邊一把綠傘，時而那邊一把紅傘，綳地一聲輕輕撐開。達洛衛夫人臂彎裡捧滿香豌豆走到窗前，皺起粉紅色小臉向外張望，想知道出了什麼事。人人都注視那輛汽車，塞普啼模思也在看。騎自行車的男孩都跳下車。交通車輛越積越多。而那輛汽車卻放下遮簾停在街頭。塞普啼模思思忖：那帷簾上的花紋很怪，好像一棵樹。他眼前的一切事物都逐漸向一個中心凝聚，這景象使他恐怖萬分，彷彿有什麼可怕的事情就要發生，立刻就會燃燒，噴出火焰。天地在搖晃，顫抖，眼看就要化成一團烈火。是我擋住了路，他想。難道人們不是在瞪他，對他指指點點嗎？難道他不是別有用心地佔住了人行道，彷彿在地上生了根嗎？可是，他的用心何在呢？

「咱們往前走吧，塞普啼模思，」他的妻子說。她是個義大利女人，個子不高，淡黃色的尖臉蛋上長著一對大眼睛。

然而，盧克麗西婭自己也禁不住注視那輛汽車和帷簾上的樹紋圖案。是王后坐在車內嗎？——王后上街買東西嗎？

司機一直在忙著打開、關上、轉動著什麼部件，這會兒他坐上了駕駛座。

「走吧，」盧克麗西婭說。

可是她的丈夫（他們已結婚四五年了）卻吃了一驚，渾身一震，氣忿地說：「好吧！」彷彿她打斷了他的思路。

人們必定會注意到，必定會看到她倆。人們，她望著那羣盯著汽車的人們，思量著；她對那些英國人和他們的孩子、馬匹、衣服頗有些羨慕；但眼下他們卻成了瞧熱鬧的「閑人」，因為塞普啼模思曾經說：「我要自殺。」多可怕的話呵！萬一他們聽到他講的話，那怎麼辦？救人啊！救人啊！她環視人羣，渴望大聲向屠夫的兒子和婦女們呼喚：救人啊！就在去年秋天，她也披著這件外套，跟塞普啼模思一起站在河濱大道上；塞普啼模思讀著報紙，一聲不吭，她奪下他手裡的報紙，還朝那個看見他們的老頭放聲大笑！可是關於倒霉，人們總是諱莫如深。她必須讓他離開這兒，帶他到一個公園去。

「我們這就穿過馬路吧。」她說。

她有名份挽著他的手臂走，儘管這樣做並不帶感情，但他不會拒絕。她僅僅二十四歲，那麼單純，那麼易於衝動，為了他而離開了義大利，在英國舉目無親，瘦骨伶仃。

拉上遮簾的汽車帶著深不可測的神秘氣氛，向皮卡迪利大街駛去，依然受到人們的注意，依然在大街兩邊圍觀者的臉上激起同樣崇敬的表情，至於那是對王后，還是對王子，或是對首相的敬意，卻無人知曉。只有三個人在短短幾秒鐘裡看到了那張面孔，究竟他們看見的是男是女，此刻還有爭議。但毫無疑問，車中坐的是位大人物：顯赫的權貴正悄悄地經過邦德街，與普通人僅僅相隔一箭之遙。這當口，他們國家永恆的象徵——英國君主可能近在咫尺，幾乎能通話哩。對這些普通人來說，這是第一次、也是最後一次千載難逢的機會。多少年後，倫敦將變成野草蔓生的荒野，在這星期三早晨匆匆經過此地的人們也都只剩下一堆白骨，唯有幾只結婚戒指混雜在屍體的灰燼之中，此外便是無數腐敗了的牙齒上的金粉填料。到那時，好奇的考古學家將追溯昔日的遺跡，會考證出汽車裡那個人究竟是誰。

達洛衛夫人擎著鮮花走出馬爾伯里花店。她想：敢情是王后吧，是王后在車內。汽車遮得嚴嚴實實，從離她一英尺遠的地方駛過，她站在花店旁，沐浴在陽光下，刹那間，她臉上露出極其莊嚴的神色。那也許是王后到某個醫院去，或者去為什麼義賣市場剪彩吶。

雖然時間還很早，街上已擁擠不堪。是不是洛茲⑪、阿斯科特⑫、赫林漢姆⑬有賽馬呢？究竟為了什麼？她不明白。街上擠得水洩不通。英國的中產階級紳士淑女坐在敞篷汽車頂層的兩邊，攜帶提包與陽傘，甚至有人在這麼暖和的日子還穿著皮大衣呢；克蕾麗莎覺得他們特別可笑，比任何事情都更難以設想；而且連王后本人也被阻擋了，王后也不能通過。克蕾麗莎被擋在布魯克街的一邊，老法官約翰·巴克赫斯特爵士則被擋在街道的另一邊，他們中間隔著那輛汽車（約翰爵士已執法多年，他喜歡穿戴漂亮的女人）。當下，那司機微微欠了欠身子，不知對警察

---

⑪⑫⑬都是倫敦的賽馬場。

說了些什麼，還是給他看了什麼東西；警察敬了個禮，舉起手臂，側過頭去，示意公共汽車退到一邊，讓那輛汽車通行。車子徐徐地、闃無聲息地駛去了。

克蕾麗莎猜得不錯，她當然明白是怎麼回事；她瞥見那個聽差手中神秘的白色圓盤，上面刻著名字——是王后的名字嗎？還是威爾士王子，或者首相的名字呢？它以自身發射的光彩，照亮了前進的道路（克蕾麗莎眼看汽車漸漸縮小，消失）。那天晚上，在白金漢宮，它將大放光芒，四周是大吊燈、燦爛的星章、佩戴橡樹葉的挺起的胸膛，休·惠特布雷德及其所有的同僚，英格蘭的紳士們。而當晚克蕾麗莎也要舉行宴會。想到這兒，她微微挺直身體，她將以這種姿態站在樓梯口迎接賓客。

汽車雖已離去，但仍留下一絲餘波，迴盪在邦德街兩側的手套、帽子和成衣店裡。半分鐘之內，每個人的臉都轉向同一方向——窗戶。正在挑選手套的女士們停了下來——要什麼樣的手套呢？齊到肘部的還是肘部以上的？檸檬色的還是淺灰色的？話音剛落便發生了一件事。要是這種事情單獨出現，那真是微不足道，即使最精密的數學儀器也無能為力，儘管它們能記錄中國的地震，卻無法測定這類事情的振動。然而，這種事匯集在一起卻能產生驚人的力量，而且引起普遍的關注，打動人們的感情：素不相識的人互相注視，他們想起了死者，想起了國旗，想起了帝國。在後街一家小酒館裡，由於一個殖民地移民在提到溫莎王室[14]時出言不遜而激起一場大騷

[14] 溫莎王室（the House of Windsor）：對 1917 年以來的英國王室的稱呼。溫莎是王室的姓氏。

動，人們爭吵著，還摔破了啤酒杯。奇怪的是，它竟會穿過街道，傳到小姐們的耳中，引起她們的共鳴。當時她們正在選購配上潔白絲帶的白內衣，以備婚禮之用。那輛汽車經過時引起的表面上的激動逐漸沖淡了，骨子裡卻觸動了某種極為深沉的情感。

汽車輕捷地駛過皮卡迪利大街，又折向聖．詹姆士街。身材魁梧、體格健壯的男子漢，衣著講究的男子，他們身穿燕尾服和白色長褲，頭髮往後梳起，不知什麼緣故，所有這些人都站在惠特酒店的凸肚窗前，手叉在背後，眼睛凝望窗外；他們本能地感到一位大人物正從那裡經過。不朽的偉人放出的淡淡光芒攫住了他們的心靈，正如它剛才照亮了克蕾麗莎。他們頓時挺得更直，手也不再放在背後，好像已準備好為王室效忠，如果需要的話，他們會像先輩一樣在炮火下犧牲。酒店四周的白色半身雕像、放著《閑談者》雜誌以及蘇打水瓶的小桌子，似乎也贊許他們，好似他們象徵著英國遼闊的麥地和大莊園；又把車輪輕微的軋軋聲傳送開去，猶如低音廊裡的傳音壁，以整個大教堂一般的力量，把一個聲音擴張為深邃洪亮的回聲。圍著披肩的莫爾．帕萊脫握著鮮花，站在人行道上，她衷心祝願那可愛的青年萬事如意（車內肯定是威爾士王子），她本想把一束玫瑰——相當於一壺啤酒的價格——拋入聖．詹姆士街心，以表示她的輕鬆愉快以及對貧困的蔑視，可是她正巧瞥見警察的眼光在盯住她，使這位愛爾蘭老婦滿腔忠誠之心受到挫折。聖．詹姆士宮的衛兵舉手敬禮，亞歷山大王后⑮的警官表示贊許。

---

⑮亞歷山大王后（1844～1925）：英國國王愛德華七世（在位時期：1901～1910）之配偶。

就在此時，白金漢宮前聚集了一小羣民眾，他們全是窮苦人，懶懶散散而又信心十足地等待著，望著國旗飄揚的宮殿⑯望著維多利亞女王⑰的雕像，她威嚴地站在高處；百姓們讚美女王寶座下架子上的流水和裝飾的天竺葵；在墨爾街行駛的許多汽車中，他們時而選中這一輛，時而挑出那一輛，向它傾注滿腔熱情，其實那是駕車出遊的平民；當不相干的汽車接連駛過時，他們又把這番熱情收回，貯藏在內心；在整個過程中，他們一想到王室在看著他們，就不禁胡思亂想，激動得兩腿發抖；敢情是王后在欠身致意吧，或是王子在敬禮吧；想到上帝賜予帝王家天堂般的生活，想到宮廷侍從和屈膝行禮，想到王后幼時的玩偶之屋，想到瑪麗公主⑱同一個英國公民結婚，更想到了王子——啊，王子！聽說他長得酷似老愛德華國王⑲，但身材勻稱得多。王子住在聖．詹姆士宮，不過早上他也可能來探望母親呢。

薩拉．布萊切利就這麼自言自語。她懷裡抱著孩子，上下踢動著足尖，似乎她此刻就在平姆

---

⑯白金漢宮上升起國旗，表示當時國王住在宮內。

⑰維多利亞女王（1819～1901）：英國女王（1837～1901）、印度女皇（1876～1901）。她的雕像聳峙在白金漢宮旁的廣場上。

⑱維多利亞．亞力山德拉．艾麗斯．瑪麗（1897～1965）：喬治五世之女，嫁與第六代赫里伍德伯爵。

⑲指愛德華七世。

里科自己家裡的火爐圍欄邊上，不過她的眼睛卻注視著墨爾街。當下，埃米利．科茨正在皇宮的窗前徘徊，她想到了那些女僕和寢宮，那裡有無數女僕和寢宮。人羣愈聚愈多，又有一個牽著一條亞伯丁⑳㹴狗的老先生和一些無業遊民擠進來。矮小的鮑利先生在奧爾巴尼區置有房產，對人生的奧秘素來守口如瓶，但某些事情卻會使他突然大發議論，既不恰當，又相當感傷；譬如，窮婦人等著瞧王后經過——窮苦的女人，可愛的孩子、孤兒、寡婦、戰爭——嘖嘖！談起這一切，他竟然會熱淚盈眶。透過稀疏的樹木，一陣暖洋洋的微風輕輕吹入墨爾街，吹過英雄的銅像，也吹起鮑利先生的大不列顛心胸中飄揚著的國旗。當汽車轉入墨爾街時，他舉起帽子。當汽車駛近時，他把帽子舉得更高，人也站得筆直，讓平姆里科窮苦的母親們緊挨在他身邊。

忽然，科茨太太擡頭向天上眺望。飛機的隆隆聲鑽入人羣的耳鼓，預示某種不祥之兆。飛機就在樹上空飛翔，後面冒出白煙，裊裊回旋，竟然在描出什麼字！在空中寫字！人人都仰頭觀看。

飛機猛地俯衝，隨即直上雲霄，在高空翻了個身，迅疾飛行，時而下降，時而上升，但無論怎麼飛，往哪兒飛，它的後面總曳著一團白色濃煙，在空中盤旋，組成一個個字母。不過，那是些什麼字母呢？寫的是A和C，還是先寫個E，再寫個L呢？這些字母在空中只顯示片刻，瞬息

---

⑳蘇格蘭東北部城市名。

之間即變形、融化、消逝在茫茫天穹之中。飛機急速飛開，又在另一片太空中描出一個K，一個E，興許是Y吧？

「Blaxo」㉑科茨太太凝視天空，帶著緊張而敬畏的口吻說。她那白嫩的嬰孩，靜靜地躺在她的懷中，也睜開眼望著天空。

「Kreemo」㉒布萊切利太太如夢遊者一般輕輕低語。鮑利先生安詳地舉著帽子，擡頭望天。整個墨爾街上的人羣一齊站著注視天上。此時此刻，四周變得闃無聲息，一羣羣海鷗掠過藍天，最初僅有一隻海鷗領頭翱翔，接著又出現一隻。就在這異常的靜謐和安寧中，在這白茫茫的純淨的氣氛中，鐘聲敲響十一下，餘音繚繞，消泯在海鷗之中。

飛機調轉方向，隨心所欲地時而勁飛一陣，時而又向下俯衝，那麼迅捷，那麼自在，恰如一個溜冰運動員——

「那是E。」布萊切利太太說——

或許像個舞蹈家，那飛機——

㉑可能為一種香皂的商標。科茨太太認為飛機寫的是這個商標。

㉒可能為一種乳脂商品的商標。布萊切利太太認為飛機寫的乃是這一商標。

「那是toffee㉓，」鮑利太太說。

（汽車駛進了大門，沒有一個人向它注視；）飛機不再放出白煙，急速向遠處飛去，天空中殘留的白煙漸次淡薄，依附在一團團白雲周圍。

飛機離去，隱沒在雲層之後。四下裡萬籟俱寂。被E、G或L這些字母圍繞的雲朵自由地移動，彷彿注定要從西方飄向東方，去完成一項重大使命，雖然它的性質不容洩露，但是千真萬確，那是一項重大使命。突然，猶如穿越隧道的火車，飛機又撥雲而出，隆隆的聲音響徹墨爾街、綠色公園㉔、皮卡迪利大街、攝政大街和攝政公園，傳入每個人的耳鼓。機身後面白煙繚繞。飛機往下俯衝，繼而又騰入高空，描出一個又一個字母——但它寫的是什麼字呢？

在攝政公園的大道上，盧克麗西婭．沃倫．史密斯坐在丈夫身邊的座位上，擡頭觀看。「瞧，瞧哪，塞普啼模思！」她喊道。因為霍姆斯大夫對她說過，要使她丈夫（他實際上並沒有什麼病，只是有點心緒不佳）把興趣轉移到其他事情上去，不要老是想著自己。

塞普啼模思擡頭觀望，心想原來是他們在給我發信號哩。當然並非用具體的詞來表示，也就是說，他還不能理解用煙霧組成的語言；但是這種美、無與倫比之美是顯而易見的。他的眼中噙

㉓太妃糖；鮑利太太認為飛機是在為太妃糖作廣告。

㉔倫敦市內公園，與聖．詹姆士公園比鄰，原為英國王室花園，白金漢宮即在其中。

滿淚水，當他望著那些煙霧寫成的字逐漸暗淡，與太空溶為一體，並且以他們無限的寬容和含笑的善意，把一個又一個無法想像的美的形態賜給他，並向他發出信號，讓他明白他們的意願就是要使他無償地永遠只看到美，更多的美！淚水流下了他的面頰。

一位保姆告訴雷西婭㉕那個詞是「太妃」，他們在給太妃糖作廣告。她倆開始一起拼讀：t……o……f

「K……R……」保姆辨認著字母，塞普蒂模思聽到耳邊響起她那低沉、柔和的聲音，念出「凱伊」、「阿爾」宛如音質甘美的風琴聲，但是她的嗓子還帶著一種蚱蜢般的粗厲聲，刺激他的脊梁，並把一陣陣聲浪傳送到他的腦海裡，在那兒經過激烈的震盪後才終止。這真是一大發現——人的嗓音在某種大氣條件下（人必須講究科學，科學至上嘛）能加速樹木的生長！雷西婭高興地把手重重地壓在他的膝上，就這樣，他被壓在下面，無法動彈；榆樹的枝葉興奮得波動著，波動著，閃爍著光芒，色彩由淺入深，由藍色轉為巨浪般的綠色，彷彿馬頭上的鬃毛，又如婦女們戴的羽飾；榆樹那麼自豪地波動著，美妙之極！要不是雷西婭的手按住了他，這一切幾乎全會使他癲狂，但是他不能發狂。他要閉上眼睛，什麼也不看了。

然而，樹在向他招手，樹葉有生命，樹木也有生命。通過千千萬萬極細小的纖維，樹葉與他

㉕盧克麗西婭的昵稱。

那坐在椅上的身體息息相通，把他的身軀上下煽動；當樹枝伸展時，他說自己也隨之伸展。麻雀在凹凸不平的水池邊展翅飛舞，忽上忽下，它們構成圖案的一部分；白色、藍色、中間嵌著黑色的樹枝。聲音和冥想交融，它們之間的間歇與聲音同樣意味深長。一個孩子在啼哭，遠處剛巧響起號角。所有這一切象徵著一種新宗教的誕生。

「塞普啼模思！」雷西婭在呼喚他。他猛然驚醒。人們一定注意到他了。

「我到噴水池那邊去一會兒就回來，」她說。

因為她再也無法忍受。霍姆大夫盡可以說無關緊要。可是，他寧願他不如死掉！瞧著他那樣楞楞地瞪視，連她坐在身邊也視而不見，這使周圍的一切都變得可怕，無論是天空、樹林、嬉戲的孩子，還是拉車，吹哨子，摔跤；一切都顯得可怕。他確實不能再和他坐在一塊了。但是他不肯自殺，而她又不能向任何人吐露真情。「塞普啼模思近來工作太累了……」他只能這樣告訴自己的母親。愛，使人孤獨，她想。她不能告訴任何人，現在甚至不能對塞普啼模思訴說真情。她回頭望去，只見塞普啼模思穿著那件舊大衣，拱著背，坐在座位上，茫然凝視。一個男子漢卻說要自殺，這是懦弱的表現。然而，塞普啼模思曾經打過仗，他以前很勇敢，不像現在這樣。她為他套上有花邊的衣領，給他戴上新帽子，而他卻毫不在意；沒有她在身邊，他反而更稱心。而她呢，如果沒有了他，什麼也不能讓她感到幸福！什麼也不能！他是自私的。男人都是如此。他沒有病。霍姆斯大夫說他沒有病。她攤開了手。瞧！她的結婚戒指滑了下來——她已這般消瘦。是她在經受煎熬呵——卻無人可告。

義大利遠在天邊，那裡有白色的房屋。她的姊妹們坐在屋裡編織帽子。那裡的街道每天晚上都擠滿人羣，他們邊散步邊嬉笑，不像這裡的人那樣，半死不活地蜷縮在輪椅中，望著栽在花盆裡的幾朵難看的花兒。

「你該去看看米蘭的公園嘛，」她大聲說。不過說給誰聽呢？

四周了無人跡。她的話音消逝了，彷彿火箭消逝一般。它射出的火花掠過夜空，淹沒在夜色之中，黑暗降臨，籠罩了房屋、尖塔的輪廓；荒山兩邊的線條漸趨朦朧，只留下漆黑一團。然而，這一切雖不可見，卻依然蘊含在夜色之中；儘管色彩已被吞噬，房屋上的窗戶也不復顯現，它們卻更深沈地存在著，表現出陽光下無從傳遞的意境——各種事物的煩惱及懸念，在黑暗中凝聚在一起，擠成一團。黑夜奪去了黎明帶給人們的寬慰。當曙光洗淨四壁的黑暗，照出每個窗戶，驅散田野上的薄霧，照見那些棕紅色奶牛在安詳地吃草，一切事物重又整整齊齊地呈現於眼前，恢復了生存。我孑然一身，多麼孤寂！孤零零地站在攝政公園噴水池邊，她呻吟著（一面看著那印度人和他的十字架），也許好似在夜半時分，黑暗籠罩大地，一切界線都不復存在，整個國土恢復到洪荒時期的形態，宛如古羅馬人登陸時見到的那樣，宇宙一片混沌，山川無名，河水自流，不知流向何方——這便是她內心的黑暗。忽然，彷彿從何處拋來一塊瞧石，她站在上面，訴說自己是他的妻子，好幾年前他們在米蘭結婚，她是他的妻子，永遠、永遠不會告訴別人他瘋了！她轉過身子，礁石傾倒了，她漸漸往下掉。因為他走了，她想——像他揚言過的那樣，去自殺了——去撲在大車底下！不，他還在那兒，依舊獨自坐在座位上，穿著他那件舊大衣，交叉著腿，瞪著眼，大聲自言自語。

人們不准砍伐樹木。世上有上帝。（他從信封背面得到這一啓示。）要改變世界。人不准因仇恨而殺戮。讓所有的人明白這一點（他記了下來）。他期待著。他傾聽著。一隻雀兒棲息在他對面的欄杆上，叫著塞普啼模思，塞普啼模思，連續叫了四五遍，爾後又拉長音符，用希臘語尖聲高唱：沒有什麼罪行。過了一會，又有一隻雀子跟它一起，拖長嗓子，用希臘語尖聲唱起：沒有什麼死亡。兩隻鳥就在河對岸生命之樂園裡，在樹上啁鳴，那裡死者在徘徊呢。他的手在那邊，死者便在那邊。白色的東西在對面欄杆後集結。但是他不敢看。埃文斯就在那欄杆後面！

「你在說什麼？」雷西婭在他身旁坐下，突然問。

又被打斷了！她總是打斷他的思路。

遠離人們——他倆必須避開人們，他說（他跳起身來），立刻到那邊去，那裡的樹下有幾張椅子。園內的斜坡宛如一段綠絨，空中有藍色和粉紅色煙霧幻成頂篷，遠處，在煙霧瀰漫之中，參差不齊的房屋構成一道圍牆，車輛轉著圈子，嗡嗡作響；右邊，深褐色的動物把長長的脖子伸出動物園的柵欄，又叫又嚷。他倆就在那裡的一棵樹蔭裡坐下。

「你瞧，」她懇求著一小羣男孩，央求他看，孩子們拿著板球柱，其中一個拖著步子，走了幾步，腳跟不動轉了個身，然後又拖著步子走，似乎他正在音樂廳裡扮演小丑吶。

「瞧，」她懇求他看。因為霍姆斯大夫告訴過她，要讓他注意真實的事情，去聽聽音樂，打打板球——霍姆斯大夫說，她丈夫需要的正是板球這種有益的戶外活動。

「你瞧呀，」他重複一遍。

看吧，一個聲音對他說，卻杳無人影。他，塞普啼模思，乃是人類最偉大的一員，剛經歷了由生到死的考驗，他是降臨人間重建社會的上帝。他躺著，活像一床鋪著的床單、白雪堆成的毯子，永遠不會損壞，惟有太陽才能毀掉它。他永遠受苦受難，他是替罪羊，永恒的受難者，但是他不要扮演這角色；他呻吟著，揮手把那永久的受難、永久的孤獨推開了。

「瞧，」她再次說，因為他決不可在外面大聲自言自語。

「噯，瞧一下吧，」她懇求他。但有什麼可瞧呢？幾頭羊，如此而已。

到攝政公園地鐵怎麼走？——人們能告訴她怎麼去攝政公園地鐵站嗎？——兩天前剛從愛丁堡㉖來的梅西．約翰遜想知道。

梅西．約翰遜覺得這一對看來有點兒古怪。一切都顯得異樣。她初次來倫敦，要到萊頓霍爾

㉖蘇格蘭首府。

街她叔叔家去做事。這天上午她正穿過攝政公園，卻被坐在椅子上的一對男女嚇了一大跳：那個年輕女子似乎是外國人，那個男的，看上去瘋瘋癲癲。即使到她老的時候，她也不會忘卻這一情景。到那時，她的記憶中又會浮現五十年前某一個和煦的夏日早晨，她如何走過攝政公園的一幕，因為她僅僅十九歲，終於有機會來到倫敦；可是這一對男女多麼古怪呀，她向他們問路，女的顯得很吃驚，猛地做了個手勢，而那個男人呢──看上去真不對勁，也許他倆正在吵嘴，也許正在訣別，也許……她知道他倆之間肯定出了什事。現在，所有這些人（她已回到公園的大路上），這些石製的花壇、整齊的花朵以及坐在輪椅上的老頭，他們多數是病人──這一切與愛丁堡相比，都顯得彆扭。梅西．約翰遜加入了那羣迎著微風緩步向前、目光迷離者的行列──松鼠棲息在枝頭，用嘴巴啄著，梳理毛皮；小水池邊麻雀展翅飛翔，尋找著麵包屑；幾條狗兒一刻不停地圍著欄杆嬉戲，或互相追逐；同時，和風吹拂著他們，給他們那種冷漠地看待生活的凝視增添了幾分怪誕和平靜──當梅西．約翰遜加入這一行列時，她真想大叫一聲「嗬！」（因為那個坐在椅子上的青年男子把她嚇壞了，她知道肯定出了什麼事。）

可怕！可怕！她想哭泣。（她離開了親人，他們曾警告她會出什麼事的。）

為什麼她不待在家裡？她呼喊著，一面轉動鐵欄杆上的圓把手。

登普斯特太太（她常在攝政公園裡吃早飯，把麵包屑留給松鼠）在想：那姑娘依然十分無知；說真的，她認為還不如長得胖一點、懶散一點、期望少一點的好。她的女兒珀西愛喝酒。登普斯特太太感到，還是有個兒子好些．她在生活中吃了不少苦，如今看到像這樣的一位姑娘，她不由得微笑起來。你會嫁人的，因為你長得夠漂亮，登普斯特太太的理想。去嫁人吧，那時你就會明白嘍。哦，那些廚師，等等。每個男人都有特殊的性子。要是當時我能知道的話，會不會作出那樣的選擇呢？登普斯特太太捫心自問。她不禁想悄悄地向梅西．約翰遜進一言，讓自己那布滿皺紋的臉感受憐憫的一吻。她的生活可真不容易吶，她想。為了生活，她還有什麼沒犧牲的呢？玫瑰花，體態，還有腿形（她把裙下肉團般的雙腳並攏）。

玫瑰花，她覺得可笑。全是廢話，親愛的。因為事實上，由於生活中有吃有喝，尋找伴侶，有歡樂也有悲傷，生活不僅是玫瑰花嘛。而且，讓我告訴你，卡里．登普斯特並不願與肯蒂什城[27]中的任何女人交換命運。但是，她祈求憐憫。為了失去的玫瑰，憐憫她吧。她請求站在風信子花床旁的梅西．約翰遜給予她憐憫。

啊，瞧那架飛機！登普斯特太太不是總想到國外觀光嗎？她有個侄兒，是在異鄉的傳教士。飛機迅速直上高空。她總是到瑪甘特[28]去出海，但並不遠航，始終讓陸地呈現在她視野之中。她討厭那些怕水的女人。飛機一掠而過，又垂下飛行，她害怕得心都快跳了出來。飛機又往上衝

---

[27] 倫敦西北部地區。
[28] 英格蘭東南部肯特郡內沿海城市。

去。登普斯特太太又吃了一驚，駕駛飛機的準是個好樣的小伙子。飛機迅捷地越飛越遠，逐漸模糊，又繼續往遠處急速飛行：飛過格林威治●，飛過所有的船桅，飛過一棟棟灰色教堂，其中有聖·保羅大教堂●和其他教堂；終於，在倫敦兩邊展現了田野和深棕色樹林，愛冒險的鶇鳥在林子裡勇敢地跳躍，迅速地瞥就啄起一隻蝸牛，放在石塊上猛擊，一下、兩下、三下。

飛機急速往遠處飛去，最後只剩下一個閃亮的光點：那是理想，是凝聚點，象徵人的靈魂（本特利先生就這樣認為，他正在格林威治精力充沛地平整他那塊草地）；它也象徵著人決心通過思維、愛因斯坦、推測、數學和孟德爾學說●去掙脫軀殼，離開住宅而遠走高飛——本特利先生正在雪松四周清掃，一邊這樣思索著——飛機又迅疾地飛去了。

爾後，一個衣衫襤褸、普普通通的男人挾著只皮包遲疑地站在聖·保羅大教堂的臺階上，因為教堂裡一片芳香，多麼熱忱的歡迎，多少個飄揚著旗幟的墳墓，那是勝利的標誌，但不是戰勝

●倫敦東南市鎮，格林威治天文臺舊址，為地球經度起算點。

●倫敦著名大教堂，建於 1711 年，為英國大建築師克利斯朵弗·雷恩爵士（Sir Christopher Wren，1632～1723）的傑作之一。

●孟德爾學說：奧地利科學家孟德爾（1822～1884）創導的遺傳學理論。他根據豌豆雜交試驗的結果，於 1865 年發表《植物雜交試驗》論文，首先提出遺傳單位（即「基因」）的概念，並闡明其遺傳規律，即孟德爾定律。

軍隊的標誌，而是戰勝那煩擾的追求真理之心，他思忖，正是這種心思使我茫然若失；況且，他想，教堂還給予你伴侶，邀請你成為社團的一員，大人物屬於它，殉難者為它犧牲；他兀自想，為什麼不進去呢？把這個裝滿傳單的皮包放在聖臺與十字架前，它們象徵一種已昇華到無從尋求、無從問訊、亦無法表達而變得虛無飄渺的東西——他想，為什麼不進去呢？正當他踟躕之時，飛機又出現在勒德門圓形廣場上空。

多奇怪，一片岑寂，闃無聲息，惟有車輛在行駛。飛機似乎沒有人指揮一般，任意地疾飛。當下它不斷升入高空，直上霄漢，彷彿是什麼物體，純粹為了娛樂，欣喜若狂地上升，機身後面噴出一團白煙，在藍天盤旋，描出字母T、O和F。

「他們在看什麼？」克蕾麗莎·達洛衛問開門的女僕。

這所房子的大廳涼快得像個地窖。達洛衛夫人把手遮在眼睛上方。當露西把門關上時，達洛衛夫人聽見露西的裙子發出窸窣聲，感到自己像個遠離塵世的修女，覺察到熟悉的面紗裹住了面容，往日的虔誠得到了報答。廚娘在廚房裡吹口哨。她聽到打字機的嗒嗒聲，這便是她的生活，她靠著大廳的桌子，垂下頭，領受著這種影響，感到獲得了祝福，心靈亦淨化了。她拿起記錄電話內容的小本子，喃喃自語：這樣的時刻是生命之樹上的蓓蕾、黑暗中的花朵（彷彿有一朵可愛的玫瑰在為她一個人苞放）；她拿起了小本子，一面思忖：自己一刻也沒有信仰過上帝，但正因為如此，她更需要在日常生活中對僕人，還有對狗和鳥兒予以報答，主要的是要報答她的生活的支柱、她的丈夫理查德——報答那些歡快的聲音、綠色的燈光，甚至那廚娘的口哨聲，因為沃克太太是愛爾蘭人，整天都在吹口哨呢——她想，人必須償還這些悄悄積貯的美好時刻。她拿起小本子，露西站在一旁，試圖向她解釋：

「太太，達洛衛先生……」

克拉麗莎繼續看本子上記的電話：「布魯頓夫人想知道，達洛衛先生是否能與她共進午餐？」

「太太，達洛衛先生讓我告訴您，他不回來吃午餐了。」

「天哪！」克蕾麗莎嚷道，她這樣說是為了使露西也能感受她的失望（並非痛苦），使她感到她們之間的默契，領會其中的涵義，並體驗紳士淑女如何相愛，同時平靜地憧憬自己的未來；露西小心地拿起達洛衛夫人的陽傘，彷彿那是女神戰勝歸來時留下的神聖武器，隨即把它放在傘架上。

「再也不要怕，」克蕾麗莎勉勵自己。再也不怕太陽的炎熱。因為，布魯頓夫人請理查德而不請她參加午宴，這件事使她覺得安身立命的時刻晃動了，猶如河床上一棵草感到船槳的划動而搖曳不定，她也同樣地搖晃，同樣地顫抖。

米利森特．布魯頓沒有邀請她。據說她的午宴別具一格，挺有味兒。庸俗的妒忌不能離間自己和理查德的感情，可是她怕光陰似箭，從布魯頓夫人臉上她就看到生命逐漸萎縮，好似刻在冰冷石塊上的日晷；年復一年，她的生命一點一點被切除；餘下的時光不能再像青春時期那樣延伸，去吸取生存的色彩、風味和音調。以前，當她走進一個房間，室內便充滿她的氣息，當她站在客廳門口躊躇片刻時，常會領略一種美妙的懸念，恰似跳水員即將縱身跳下而感到捉摸不定，遲疑不前，因為在他下面，海水忽明忽暗，波浪眼看要訇然捲騰，卻只輕柔地撥開水面，滾滾向前，掀起水珠晶瑩的蔓草，旋即捲過，把它們隱沒了。

她把本子放在大廳桌上，然後手扶欄杆，悠悠地起步上樓，似乎她赴宴歸來，宴會上這個或那個朋友反射出她的音容笑貌；似乎她關上門，走了出來，孤零零地面對可怖的黑夜，或者，更確切地說，面對這個實實在在的六月早晨的凝視；不過她知道並且感到，這一天的早晨對某些人來說，卻發出玫瑰花瓣似的柔和的光輝；她停留在打開的樓梯窗口，它傳來帷簾的飄拍聲和狗的吠聲，也帶來一天的磨練、成長和成熟；她覺得自己一下子萎縮了，衰老了，胸脯都癟了；恍惚自己在戶外，在窗外，悠悠忽忽地脫離自己的軀殼和昏昏沉沉的頭腦；這一切都是因為布魯頓夫人沒有請她參加午宴，據說那位夫人的午宴挺有意思的呢。

就像修女退隱，又像孩子在寶塔上探險，她走上樓去，在窗前停留片刻，走進浴室。室內鋪著綠色地毯，有一個水龍頭在滴水。生命的核心一片空虛，宛如空蕩蕩的小閣樓。女人必須摘下漂亮的衣飾。她們必須在中午卸裝。她把髮針插入針插，把綴著羽毛的黃帽子放在床上。寬大的白床單十分潔淨，兩邊拉得筆挺。她的床會越來越窄。半支蠟燭已燃盡。她曾經入迷地讀馬伯特男爵的回憶錄，在深夜裡念著關於從莫斯科撤退的記載。因為議院會議很長，理查德回來得晚，所以他堅持，必須讓她在病後獨自安睡。然而，實際上她寧願讀有關從莫斯科撤退的記載。這一點他也知道。於是她便獨自睡在斗室中，在一張窄床上；由於睡不好，就躺著看書，心裡總感到，自己雖然生過孩子，卻依然保持童貞，這一想法恰如裹在身上的床單，無法消除。她在少女時期多麼可愛，而忽然，有那麼一刻——譬如那一回在克利夫登樹林下的河岸邊——當時，就由於那種冷漠的性情，她讓他失望了。另一回是在康斯坦丁堡，以後一再發生同樣的情況。她知道自己的缺陷。說到底，既不是美貌，也不是理智，而是一種內在的核心，滲透全身；一種熱烈的情感衝破表層，使男女或女性之間冷淡的接觸變得波動。她能隱約地覺察到這點。她厭惡它，對它懷有莫名其妙的戒心，她覺得，或許是天生的，乃是（一貫明智的）大自然所賜；可她有時卻不禁被一個女人的魅力吸引，並非被一個少女，而是被一個訴說自己的困窘或愚蠢行為的女人所吸引，她們經常來向她傾訴。不管是出於憐憫，還是迷戀她們的美貌，或者因為自己年長，或者完全由於偶然的巧合——譬如，聞到一縷幽香，聽到鄰家的小提琴聲（在某種時刻，聲音的力量如此奇異）——她在那時確實感受到人們均有的感覺。這一感覺瞬息即逝，但已足夠。那是一種驟然的啓示，恰如一絲紅暈，彷彿一個人在臉紅時，想遏制，卻越漲越紅，也就任其自然，急忙跑到最遠的角落，在那裡微微顫抖，感到外界逼近、膨脹，孕育著某種驚人的意蘊、某種壓不住的狂喜，它衝破稀薄的表層，噴湧而出，帶著無窮的慰藉，去填補裂痕和創痛。然後，就在哪一瞬間，她看見了光明：一根火柴在一朵藏紅花中燃燒，一種內涵的奧妙幾乎得到詮釋了。然而，近景消失，堅硬的物質軟化了。那一瞬間——消逝了。同這些時刻（包括跟女人在一起的時刻）相比（她放下帽子），眼前只有一張床、馬伯特男爵的書、燒剩的半支蠟燭。她躺在床上，無法入眠，聽見地板發出嘎吱嘎吱的響聲，燈光照亮的屋子驀地暗下來；要是她擡起頭，便能隱約聽到理查德非常輕地轉動門把時發出微微的咔嗒聲，他只穿著襪子，躡手躡腳地上樓，卻經常失手把熱水袋掉在地上，於是他狠狠地罵自己！當下，她笑得多歡呵！

可是（她把外套撂在一邊，思索著），關於愛情這一問題，同女人的相愛，又是怎麼回事呢？就說薩利．賽頓吧，自己過去和薩利．賽頓的關係，難道不是愛情嗎？

薩利坐在地板上——那是她對薩利的第一個印象——雙手抱膝，坐在地板上抽煙。是在哪兒？是曼寧家嗎？還是在金洛克．瓊斯家？反正是在某次聚會上（她記不清地點了），因為她清楚地記得，自己問過那個跟她在一起的男子：「那是誰？」他告訴了她，又說，薩利的父母關係不好。（當時她大為吃驚——做父母的竟然會吵架！）不過她的眼光整晚都離不開薩利。她具有克蕾麗莎最愛慕的那種獨特的美：黝黑的皮膚，大大的眼睛，還有一種近乎放浪的性格，好像她無論說什麼、做什麼都毫無顧忌，這種性格正是克蕾麗莎缺乏的，因而一直羨慕；這種性格多半外國人有，在英國婦女身上卻不尋常。薩利總說她有法國血統。她的一個祖先曾當過瑪麗．安東內特王后㉜的侍臣，被砍了頭，留下一隻紅寶石戒指。那年夏天薩利到布爾頓來住一陣，有一天

㉜瑪麗．安東內特（1755～1793）：法國王后，路易十六之妻。在法國大革命期間被送上斷頭臺。

晚飯後，她突然出乎意料地闖進門來，身上一文莫名，興許為了她這種行徑，可憐的海倫娜姑媽十分惱火，始終沒有原諒她。原來薩利家中發生了一場大爭吵，她一氣之下衝出了家門。當她來到克蕾麗莎家時，確實身無分文——她典押了一枚胸針才來成的。那一晚，她倆整整談了個通宵。薩利使她第一次感到布爾頓的生活多麼閉塞。她對於性愛一竅不通——對社會問題也一無所知。有一次，她曾看見一個老頭暴死在田裡——也曾看到剛產下牛犢的母牛，想跟人談談，可是海倫娜姑媽從不喜歡談任何事情（當薩利給她看威廉·莫里斯[33]的書時，不得不用棕色紙包上封面）。她與薩利坐在頂樓上她的臥室內，連續幾小時絮絮而談。她們討論生活，討論如何去改造世界。她們要建立一個廢除私有財產的社會，還確實為此寫過一封信呢，但並未寄出。誠然，那是薩利的主意——不過，她很快就和薩利同樣激動——早餐前坐在床上讀柏拉圖的哲學著作，也讀莫里斯的文章，還按鐘點，唸雪萊的詩哩。

薩利的力量令人驚嘆，她天賦高，有個性。譬如，她對花的態度就不尋常。在布爾頓，家裡人總在桌子上擺一排呆板的花瓶，薩利卻到外面採來了蜀葵、大麗花——還有各色各樣的鮮花，人們從未見過這些花擺在一起——她把花朵摘下，放在一碗碗水中，讓它們在水面漂浮。當夕陽西下，人們進來吃晚飯時，看到這一景象，確實感到別致。（當然，海倫娜姑媽認為那樣對待花

---

[33]威廉·莫里斯（1834～1896）：英國詩人、散文家、小說家、美術家，信仰空想社會主義。

是作孽。）還有一次，她去洗澡，忘了拿海綿，就光著身子沿走廊跑去。那個陰鬱的老女僕埃倫·阿特金斯到處咕噥——「要是給哪位先生看見了可怎麼辦？」說真的，薩利的確叫人震驚。父親則嫌她不注意修飾。

回想起來，感到奇怪的是，她對薩利的感情又純潔又忠誠，不同於對男子的感情。毫無私心，而且，還有一種只能存在於女人之間，尤其是剛成年的女子之間的特性。對於她來說，這種感情始終是保護性的，它的形成來自於一種合謀，一種預感，彷彿有什麼東西必然會把她倆拆散（她們談起婚姻，總把它說成災難），因而就產生了這種騎士精神，一種保護性的感情。同薩利相比，這感情在她身上表現得更為明顯；因為在那些日子裡，薩利完全肆無忌憚，為了表現一番，她會幹出最荒謬的勾當來，譬如繞著平臺的欄杆騎自行車，抽雪茄煙。她確實荒唐——荒唐透頂！可是，至少對於她來說，薩利的魅力是不可抗拒的，至今依然記得，自己曾站在那頂樓臥室裡，手裡握著暖水壺，朗朗自語：「她就在這屋簷下……她就在這屋簷下！」

然而，這些話如今毫無意義了，甚至不能引起她舊情復萌。但是記憶裡還保存著昔日的情景：她激動得渾身發冷，如醉如癡地梳理頭髮（現在當她取下髮針，放在桌臺上，開始梳頭時，往昔的感情又湧上心頭），白嘴鴉在淺紅色暮靄中得意地上下飛舞，她穿戴整齊，走下樓去，當她穿過大廳時，心中感到：「要是此刻死去，那將是莫大的幸福。」這便是她的心情——奧賽羅式的心情，她深信自己的感情與莎士比亞想讓奧賽羅感受的情感同樣強烈，而這一切都是由於她穿著白上衣，下樓去吃飯，將與薩利．賽頓相見！

薩利穿了件粉紅色的薄紗衫—這可能嗎？不管怎樣，她看上去全身發亮，光彩奪人，像小鳥兒，又像飄來的氣泡，在荊棘叢中附麗片刻。一個人在戀愛時（這難道不是戀愛嗎），最難理解的是，別人竟會無動於衷。海倫娜姑媽吃完飯就走開了，父親在看報。彼得．沃爾什可能也在場，與許還有老卡明斯小姐；約瑟夫．布賴科普夫肯定也在，因為這可憐的老人每年夏天都要住好幾個星期，假裝和她一起讀德文，實際上卻在彈鋼琴，用拙劣的聲調唱布拉姆斯㉞的樂曲。

這一切只是為了襯托薩利而已。她站在爐邊和克蕾麗莎的父親談話，聲音娓娓動聽，使她所說的一切聽起來像一種愛撫，父親也不由得被她吸引了（他曾借給她一本書，後來卻發現書被閣在露臺上，淋得濕透，對此他始終不能忘懷），隨即她突然說：「悶在屋裡太可惜啦！」於是他們就到露臺上來回散步。彼得．沃爾什與約瑟夫．布賴科普夫繼續談著瓦格納，她和薩利稍微落在後面。隨後，她倆走過一個種著花的石瓮，這時，她整個生命中最美妙的時刻來到了：薩利止步，摘下一朵花，親吻了她的嘴唇。當時的情景可以說是天翻地覆！別人都消失了，只有她與薩利。她覺得自己得到了一件包好的禮物，要她收藏，但不能窺視——然而，當她們（來來回回，來來回回）散步時，她偷偷瞄了一下，那是一顆鑽石，一件無價之寶，外面包上封皮，也許是寶

㉞布拉姆斯（Brahms 1833~1897）：繼承巴哈與貝多芬傳統的德國古典派作曲家。

石的光芒透射出來，那是神靈的啓示，宗教的感情！——正在此刻，老約瑟夫和彼得走到她倆面前：

「在看星星嗎？」彼得問。

就像一個人在黑暗中撞在花崗石牆上！多討厭，多可怕！

並非為了自己而有這感覺。她只是感到塞普啼模思被傷害與虐待了；她覺察到彼得的敵意，他的嫉妒，以及他要介入她與薩利之間的決心。這一切她看得很清楚，恰如人們在閃電的刹那間看清一片景色——而薩利（克蕾麗莎從未那麼強烈地愛慕她！）卻昂然置之不理，我行我素。她笑起來，還讓老約瑟夫告訴她星星的名字，這卻是他十分樂意地認真的做事。她站著，傾聽著。她聽到了星星的名字。

「噯！這真可怕！」克蕾麗莎自言自語，彷彿她一直預感到，會有什麼事情來擾亂、破壞她那幸福的時刻。

然而，以後彼得給了她多少情誼呵！每逢想起他來，不知怎的，她總會記得跟他的爭吵——也許是因為她非常需要他對她的好評。他常用這些詞語評論她：「多愁善感」，「講究文明」；她每天的生活都從這些話開端，好像是他在保護她。她讀的一本書是「感傷」的，她對待生活的態度也是「感傷」的。如今，她一味回憶過去或許也是「多愁善感」吧。不知道他回國後會怎麼想呢？她沉思著。

會不會認為她老了?他回來後會這樣說嗎?興許是她覺察他心中認為她老了呢?確實，打從病後，她的臉色幾乎蒼白了。

她把胸針放在桌上，感到一陣戰慄，彷彿在她陷入沉思時，冰涼的爪子已乘機鑽入她體內。她尚未衰老，五十二歲剛開頭嘛，還有好多個月分要過哩:六月、七月、八月!每個月幾乎都完整無缺。克蕾麗莎(走到梳妝臺旁)似乎想抓住流逝的年華，她把整個身心都傾注到這一瞬間的核心中，使它停留不動——這六月清晨的時刻，在它之上積聚著其他一切早晨的壓力，她重新看到鏡子、梳妝臺和所有的瓶子，她(瞧著鏡子)把全身都集中在一點上，在鏡中只見當晚舉行宴會的女人那張粉紅色的、嬌嫩的臉，克蕾麗莎·達洛衛的臉，她自己的面孔。

她曾無數次端詳自己的面孔，每次總是同樣精微地收斂。對鏡自照時，她噘起嘴，使臉型變得尖銳。這便是她的寫照——尖刻，像梭鏢，斬釘截鐵。那就是她自己，當一種力量、一種要求她保持本色的召喚，把身上各個部分匯合在一起(只有她知道它們多麼不同，多麼矛盾)，組合起來，以致世界只有一個中心，一顆鑽石，一個坐在客廳裡的女人，並且形成一個凝聚點，無疑它將給生活枯燥的人們帶來光輝，興許能為孤獨的人提供庇蔭所;她曾經幫助青年，他們感激她;她曾試圖始終如一，永不顯露她的其他方面——錯誤、妒忌、虛榮和猜疑，例如對於布魯頓夫人不請她赴宴的不滿;她(終於開始梳頭)感到這太卑鄙了!不過，她的衣裙在哪兒呢?

她的晚禮服掛在衣櫃內。克蕾麗莎把手伸入柔軟的衣服中，輕輕取下綠色的裙子，拿到窗邊。裙子被她撕壞了。有人踩過裙子。在使館的宴會上，她覺得裙子最上面的褶襇處有一處裂開了。在燈光下，綠色挺鮮艷，可是這會兒在陽光下卻顯得暗淡無光。她要把裙子補好。女佣要做的事已經夠多了。她得把綢料、剪刀、以及——是什麼呢？——是了，還有頂針，都拿到會客室去，因為她還得寫信，並且要隨時留意是否一切都大致進行得有條不紊。

她在樓梯口停住腳步，眼簾中映入那鑽石的形狀和孤單的人影，心裡想，一個主婦會掌握自己家裡特定時刻的氣氛和情緒，委實不可思議！細微的聲息通過樓梯盤旋而上：拖把的嚓嚓聲，輕扣聲，敲門聲，大門打開時的嘈雜聲，地下室裡誰的話聲，銀器碰在圓盤上的鏗鏘聲，那是為宴會準備的潔淨銀器。一切都在為宴會準備吶。

（露西端著盤子走進客廳，把大蠟燭臺放在壁爐架上，銀盒擺在中間，又把水晶海豚轉過來對著時鐘。客人們將來臨，站在客廳裡；那些女士先生們將會細聲細氣地談話，那種聲調她也能模仿呢。在所有人之中，她的女主人最可愛——她是這些銀器、瓷器、亞麻織物的女主人；陽光、銀器、脫下鉸鏈的門、朗姆帕爾梅耶商店派來的伙計，這一切使她感到完成了某種使命。她把裁紙刀放在雕花桌上，心中這麼思忖著。在坎特漢姆，她初次在一家麵包鋪裡幹活，當時，她偷偷地窺探玻璃櫥窗，對店中的一些老朋友說：看啊！看啊！那是安吉拉夫人，她是瑪麗公主的侍從。當下，達洛衛夫人走了進來。）

「啊，露西，」她說，「銀器看上去真美！」

她把水晶海豚豎直放好，說：「昨晚的戲你喜歡嗎？」「喔，戲還沒散，他們就得回家了！」露西說，「他們一定得在十點前趕回，」她說，「所以他們不知道結局怎樣，」她又說。「那真不幸，」達洛衛夫人道。（她的僕人只要得到她允許就可以遲一些回家。）「太不應該了，」她說，隨手拿起沙發中的一個看上去光禿禿的舊靠墊，塞到露西臂彎裡，輕輕推了她一下，說：「把它拿走！送給沃克太太，就說我向她問好！拿去吧！」

露西抱著墊子，在客廳門邊站住，臉上微微泛出紅暈，異常羞赧地問達洛衛夫人，能否讓她幫夫人補那條裙子。

可是，達洛衛夫人說，露西自己的事已經忙不過來了，不用補裙子事情就夠多了。

「儘管如此，謝謝你，露西，謝謝你，」達洛衛夫人道。她一再說著謝謝你，謝謝你（她在沙發上坐下，膝蓋上放著裙子，還有剪刀和綢料），她內心懷著對僕人的感激，不斷說謝謝你，謝謝你。因為他們幫了她的忙，使她成為現在這樣溫柔、寬厚，這正是她希望的。僕人們喜歡她。來看看這條裙子吧——撕破的地方在哪兒呢？這下該穿針引線了。她最喜歡這條裙子，那是薩利．帕克縫製的，噢，這幾乎是她縫的最後一條裙子了，因為薩利已經退休，住在伊林[35]。假如我有一刻空閑（不過她再也不會有一點空閑），克蕾麗莎心想，我要到伊林去探望她。薩利．

[35] 倫敦之西一地區。

帕克很有個性，是個真正的藝術家。她又想起薩利的一些稍微越軌的舉動，可她縫的裙子卻從不怪樣。在哈特菲爾德，在白金漢宮穿著都挺合適。她曾穿著薩利縫的裙子去過那兩處哩。

她一針又一針，把絲綢輕巧而妥貼地縫上，把綠色褶邊收攏，又輕輕地縫在腰帶上，此時，整個身心有一種恬靜之感，使她覺得安詳、滿足。正如夏日的波浪匯合，失卻平衡，四處流散；匯合，流散；整個世界似乎愈來愈深沉地說：「如此而已，」直到那躺在海邊沙灘陽光下的人在內心也說：如此而已。再也不要怕，心靈在說。再也不要怕，心靈在說，把沉重的負擔交給大海吧，它為眾生悲哀嘆息，然後又更新，開始，聚合，任意流散。惟有軀體傾聽著飛翔的蜜蜂嗡嗚；波濤洶湧，狗兒吠叫，在遠處不斷地吠叫、吠叫。

「天哪，前門有人揿鈴！」克蕾麗莎喊道，停止了縫紉，側耳傾聽。

「達洛衛夫人會見我的，」一位上了年紀的男子在前廳說。「嗯，是的，她會見我的，」他重複說，非常慈祥地輕輕推開露西，十分矯捷地奔上樓去。「是的，是的，是的，」他一邊快步上樓，一邊低語著，「她會見我的。在印度待了五年啦，克蕾麗莎會見我的。」

「是誰——是什麼——」達洛衛夫人心中納悶（這太過分了，在她要舉行宴會這天的早晨十一點鐘，竟會有人來打擾），她聽見樓梯上響起腳步聲。有人把手按在門上。她急忙藏起裙子，猶如處女守身如玉，幽居獨處。這當兒，銅把手轉動了，門打開了，走進一個男子——剎那間，她想不起他叫什麼名字！她看到他只覺得如此驚訝、高興和羞怯！她萬萬沒想到彼得・沃爾什會在早晨意外地來看她！（她沒看他的信。）

「你好嗎？」彼得．沃爾什確實顫抖著說；他握住她的雙手，吻她的雙手。他坐了下來，心中感到她比以前老了。我不會跟她直說的，他想，可她的確比以前老了。她在看我呢，他想，突然覺得窘迫，儘管他吻過她的手。他把手伸進口袋，掏出一柄大折刀，刀口半開著。

他一點也沒變，克蕾麗莎心想，依然那種古怪的神情，依然那種格子衣服；臉色不那麼光潤了，敢情是乾瘦了些，可他看上去挺硬朗，絲毫沒變。

「又見到你了，真是太好啦！」她激動地說。彼得撥開折刀。他的舉止就是這樣，她想。

他告訴她，她昨晚剛到，立即到鄉下去了。境況如何？大家都好嗎？——理查德好嗎？伊麗莎白好嗎？

「這些是做什麼的？」他用折刀指著她的綠裙子，問道。

他穿得挺講究，克蕾麗莎想，不過他總愛指責我。

她正在補裙子，和往常一樣補裙子，他思忖；我在印度的全部時光，她就這麼坐著，縫補裙子；四處逛蕩，參加宴會；或是急急忙忙趕到議會旁聽，又匆匆回家，等等；他想到如此種種，心情越來越煩躁，激動；他認為，對於某些女子來說，世上最糟糕的事莫過於結婚，參與政治，嫁給一個保守黨人，就像那位可敬的理查德。沒錯兒，正是這麼回事，他思量著，啪的一聲把折刀合攏。

「理查德很好，他在委員會開會，」克蕾麗莎說。她打開剪刀，一面告訴他，她家今晚有宴會。她這就把裙子補完，他介意嗎？

「我不想請你來赴會，」她說，「我親愛的彼得！」真令人心醉，聽著她這麼稱呼——我親愛的彼得！真的，這一切都很美妙——銀器、椅子，全都令人陶醉！

為什麼她不想請他來赴會呢？他問她。

啊，克蕾麗莎心想，當然，他令人神往！令人萬分神往！現在還記得，在那可厭的夏天，總是下不了決心拒絕嫁給他——可是，真奇怪，為什麼後來又打定主意不嫁給他呢？

「實在不可思議，今天早晨你竟然會來！」她大聲說，兩手交疊著，擱在裙子上。

「還記得吧，」她說，「在布爾頓的時候，窗簾總是不斷飄動？」

「是嘛，」他說，心中回憶起獨自與她的父親一起用早餐時的窘態；她的父親已去世，他沒有給克蕾麗莎寫信安慰；他和她的父親老帕里，那個滿腹牢騷、優柔寡斷的老頭賈斯廷·帕里，向來就合不攏。

「我常希望能與你父親相處得更融洽些，」他說。

「但是，他從未喜歡過任何一個想要……從未喜歡過我的朋友，」克蕾麗莎說；她恨不得咬住舌頭，竟然這樣提醒彼得，讓他想起他曾想娶她呢。

我當然想娶你，彼得心想；那件事幾乎叫我心碎；他沉湎在悲哀的情思裡，那痛苦猶如從平臺上望去的月亮冉冉上升，沐浴在暮色中，顯出一種蒼白的美。從那以後，他想，我從未如此悲傷。他向克蕾麗莎挨近一點，彷彿他真的坐在平臺上；他伸出手去，舉起來，又垂下。那一輪明月就懸掛在他們的上空。月光下，她彷彿與他並肩坐在平臺上。

「現在赫伯特住在布爾頓，」她告訴他，「如今我再也不去那裡了。」

然後，正如在月光下平台上發生的情景，一個因為已經厭倦而感到內疚，另一個卻默默地坐著，十分安靜，憂鬱地望著月亮，不願說話，只是動動腳，清清嗓子，注意到桌腿上的一種渦形鐵花紋，撥動一片樹葉，一聲不吭——彼得眼下也是如此。因為他在想，為何要重溫舊夢呢？為什麼又要他回憶往事呢？她已經那麼殘酷地折磨過他，幹嗎還要讓他痛苦？為什麼？

「你記得那湖水嗎？」她很不自然地問道。她心潮起伏，因而喉部肌肉也變得緊張，當她說到「湖」字時，嘴唇也顫抖起來。因為她既是個孩子，曾站在父母中間給鴨子餵食，又是一個成年的女人，懷抱著自己的生活，走向佇立湖邊的父母，走近時，她懷抱的生活越來越豐滿，終於變成完整的生活、充實的生活，她把這生活交給他們，並且說：「這就是我創造的生活！就是這個！」可她創造的是什麼樣的生活呢？究竟是什麼？只不過今兒早晨和彼得一起坐著縫衣服罷了。

她望著彼得．沃爾什，她的眼光掠過整個那段時間和那種情感，疑惑地落到他身上，又淚盈盈地逗留在他身上；而後向上飄去，彷彿小鳥在枝頭觸一下便往高處飛去。她毫不掩飾地擦了擦眼睛。

「是的，」彼得說，「是的，是的，是的。」他反覆說，似乎她把什麼東西撥到表面，隨著它的浮現，他被刺傷了。住口！住口！他想哭泣，因為他並不年老，他的生命尚未結束，絕對沒有，他五十剛出頭。要不要告訴她呢？他尋思著。他很想實情相告，但又覺得她太冷酷，一味拿著剪刀做針線；在克蕾麗莎身旁，戴西會顯得十分平庸。克蕾麗莎會把他看作失敗者，他想。在他們眼中，在達洛衛一家的眼中，我是個失敗者。不錯，對於這點他毫不懷疑，他是個失敗者；倘若與這一切相比——鏤花桌子、鑲寶石的裁紙刀、海豚裝飾品、燭臺、椅套，還有那些珍貴的古老的英國套色版畫——他是個失敗者！然而，我厭惡包含在這一切之中的沾沾自喜，他想；那是理查德熱衷的東西，不是克蕾麗莎，不過她嫁給了他。（這當兒露西端著銀盤走進來，啊，更多的銀器；當他彎腰把盤子放下時，他覺得她纖細迷人，姿態嫵媚。）然而，這一切卻不斷在繼續！一周又一周，克蕾麗莎的一生就這麼流逝了；而我呢——他思索著；須臾，一切事物都從他身上射出光芒：旅途，騎馬，爭吵，探險，橋牌，戀愛，工作，工作，工作！他公然拿出他的折刀——就是他那把牛角柄舊折刀，克蕾麗莎吃得准，這三十年來他始終帶著它——緊緊地攥在掌中。

多古怪的習慣，克蕾麗莎心想，老是拿著刀子玩兒，老是讓人感到自己也變得輕佻，無聊，空虛，正如他向來所說的，只不過是個傻乎乎的話匣子。她拿起了針，覺得自己好比一個沒有人保護的女皇（彼得突然來訪使她十分驚訝——使她感到煩惱），她的衛兵都已熟睡，任何人都可以溜進來，看見她躺在荊棘叢生的地方，不過，她要企求援助，想想自己的成就和喜愛的事情，把這一切召喚到身邊：她的丈夫，伊麗莎白，她自己；總之，她要召喚一切，來驅散那敵人。對於現在這一切，彼得幾乎一無所知哩。

「近來你在幹些什麼？」她問。宛如在戰鬥前夕，戰馬腳掌刨地，高昂著頭，陽光照射到兩邊的脅腹，頸部彎成弧形，同樣地，彼得和克蕾麗莎並肩坐在藍色沙發上，互相挑戰。他的力量從身體內衝擊，翻滾。他從各方面集中了各式各樣的事情：對他的讚揚，他在牛津大學的經歷，他的婚姻（克蕾麗莎對此毫不知情），他的熱戀。總而言之，他完成了自己的使命。

「成千上萬件事呀！」他大聲說。這一股積聚的力量此刻橫衝直撞，叫他感到驚喜交集，彷彿被一些他看不見的人們擡上了肩，在半空中疾馳，在這股力量的激勵下，他把手舉到額前。

克蕾麗莎坐得筆直，屏住呼吸。

「我在戀愛，」他說，但不是對克蕾麗莎說，而是對著黑暗中被舉起的某個女人所說，人們無法觸摸她，只能在黑暗中把花環放在草地上，獻給她。

「我在戀愛，」他重複說，這一回對著克蕾麗莎說了，語氣相當平板。「愛上了一位在印度的姑娘。」他已獻上花環，隨便克蕾麗莎怎麼想吧。

「戀愛！」她說。在他這一把年紀，戴著個小領結，居然還受到這個妖魔的擺布！瞧他的脖子瘦得沒有一丁點兒肉，手都發紅了，何況他還比我大六個月吶！她把眼光射回自己身上，可心裡仍然感到——他在戀愛。她感覺到，他有了愛情，他在戀愛。

但是，那不可征服的私心永遠要踐踏對手，就像河水總是向前奔流，向前，向前；儘管它也承認，對人們來說，沒有任何目標，卻依然勇往直前；這種不可征服的私心使她的雙頰泛紅，顯得很年輕，很健康；她的眼睛閃亮，身子微微顫抖地坐著，裙子散在膝上，針插在綠綢末端。他在戀愛！可不是愛她。當然是愛一個更年輕的女人。

「她是誰？」她問。

現在必須把這尊雕像[36]從高處取下，放在他們中間。

「不幸，她已嫁給別人了，」他說，「丈夫是個印度陸軍少校。」

他就這麼可笑地把她奉獻給了克蕾麗莎，臉上露出一絲古怪的笑容，甜蜜之中帶著嘲弄。

（不過，他仍然在戀愛，克蕾麗莎想。）

「她有兩個孩子，一男一女。」彼得非常理智地說下去，「我這次是來和我的律師商議離婚手續的。」

---

[36]指彼得所愛的印度女子。

喏，告訴你了——她與兩個孩子！他心想。克蕾麗莎，你對他們怎麼想，就怎麼想吧！他們就在那兒！時間一秒一秒地過去。當克蕾麗莎在揣測他們時，彼得恍惚感到，那印度少校的妻子（他的戴西）和她的兩個孩子變得越來越可愛，彷彿他叫盤裡一個小灰球發出光華，一株可愛的小樹冉冉升起，在那輕快而帶有海水鹹味的親密氣氛之中（因為在某種意義上，沒有人像克蕾麗莎那樣理解地，同他的思想共鳴）——一株小樹，在他倆親密無間的氣氛中茁生。

那個女人一定奉承他，欺騙他，克蕾麗莎思忖；她大刀闊斧地唰、唰、唰三下，便勾勒出那個女人的輪廓，那印度陸軍少校的老婆的輪廓。多糟糕！多愚蠢！彼得一生都這樣被人愚弄，最初是被牛津開除，接著又在去印度的船上，同一個陌生女子結婚，如今又愛上了一個少校的婆娘——上帝保佑，當初幸虧她沒有嫁給他！可是，他在戀愛，她的好朋友、她親愛的彼得，在戀愛喲。

「那麼，你打算怎麼辦呢？」她問他。呃，那是林肯法律協會的胡珀——格雷脫萊事務所那些律師的事，他答道。接著，他竟然用大折刀修起指甲來。

看在老天爺份上，別玩那把折刀了！她抑制不住惱怒，在心中呼喊；他的放蕩不羈、不諳世故，他的軟弱無能，他對任何人的感情的茫無所知，始終叫她惱火，如今又使她生氣了；這麼一把年紀，多愚蠢呵！

這些我全明白，彼得想；他的手指摸著刀刃，心中尋思：我知道自己的對手是誰，就是克蕾麗莎，達洛衛，還有他們那一幫人；但是，我要讓克蕾麗莎看到——這時，他莫名其妙地突然被一些無法控制的力量支配，完全失卻平衡，不由得熱淚盈眶，泫然流涕；他毫不感到羞恥地坐在沙發上啜泣，淚水從臉頰上淌下。

克蕾麗莎俯身向前，拿起他的手，把他拉到自己身邊，吻了他——確實感到他的臉貼著她的面頰，她硬壓下胸中的熱情，那翩翩飛舞的銀光閃閃的羽衣，猶如熱帶陣風中飄蕩的蒲葦；當她逐漸恢復平靜後，便握著他的手，輕輕拍他的膝蓋，舒服地靠著沙發，心裡覺得，跟他在一起無限融洽、輕鬆；她忽然想起，如果我嫁給了他，這種快樂將會整天伴隨著我哩！

對她來說，一切都已結束。床很窄，床單已鋪上。她獨自走上塔樓，撇下他們在陽光下採擷草莓。門已關上，在落下的泥灰揚起的塵埃和零亂的鳥窩之間，眼前的景象顯得多麼遙遠，傳來的聲音聽上去微弱、陰涼（她記得有一次在利思山上就是這樣）；還有理查德，啊，理查德！她在內心呼喚，恍惚酣睡的人在夜半驚醒，在黑暗中伸出手來祈求援助。她重又想起理查德正與布魯頓夫人共進午餐。理查德把我給撇下了，我永遠是孤獨的，她想，一面交叉雙手，擱在膝蓋上。

彼得．沃爾什已站起身來，走到窗前，背向著她，輕輕地揮動著一方印花大手帕。他看上去頗老練，而又乏味、寂寞；他那瘦削的肩胛把上衣微微掀起，他擤著鼻子，發出挺大的響聲。把我帶走吧，克蕾麗莎一陣感情衝動，彷彿彼得即將開始偉大的航行；爾後，過了片刻，恰如異常激動人心、沁人肺腑的五幕劇已演完，她身歷其境地度過了一生，曾經離家出走，與彼得一起生活，但此刻，這一切都煙消雲散了。

應該行動了。她從沙發上站起來，向彼得走去，就像一個女人把東西整理舒齊，收拾起斗篷、手套、看戲用的望遠鏡，起身離開劇院，走到街上。

真令人不可思議，他想，當她走近時，帶著輕微的叮噹聲、瑟瑟聲，當她穿過房間時，竟然仍有一股魅力，彷彿當年，在夏天晚上，她能使月亮在布爾頓平臺上升起，儘管他厭惡月亮。

「告訴我，」他抓住她的肩膀，「你幸福嗎，克蕾麗莎？理查德——」

門打開了。

「這是我的伊麗莎白，」克蕾麗莎激動地說，興許有點故作姿態。

「您好！」伊麗莎白走上前來。

在他們之間響起了大本鐘鏗鏘有力的鐘聲，報告半點鐘，猶如一個強壯、冷漠、不近人情的青年正使勁地扯著啞鈴，忽而扯向這邊，忽而扯向那邊。

「你好，伊麗莎白！」彼得把手插進口袋，邁步向她走去，一邊說了聲「再見，克蕾麗莎」，便頭也不回，迅速走出房間，跑下樓梯，打開外廳的大門。

「彼得！彼得！」克蕾麗莎追到樓梯口，「記住我的宴會！別忘了今晚我家的宴會！」她不得不提高嗓子，企圖壓下戶外的喧囂。彼得．沃爾什關上大門時，聽見她呼喊：「別忘了今晚我家的宴會！」那聲音又細又遠，淹沒在車水馬龍和萬鐘齊鳴的喧嘩之中。

記住我的宴會，記住我的宴會，彼得．沃爾什走上大街，口中有節奏地自言自語，同大本鐘報時的直截了當的聲音保持協調。（一圈圈沉重的音波溶入空中。）唔，這些宴會，克拉麗莎的宴會，他兀自尋思。為什麼她要舉行這些宴會呢？他想。不過，他並不怪她，也不責備迎面走來的身穿燕尾服、鈕孔裡插一朵康乃馨的所謂的人。世界上只有一個人能像他那樣，沉湎在戀愛中。這幸運兒便是他自己。此刻他的身影映現在維多利亞街上一家汽車製造商店的厚玻璃櫥窗上。整個印度都是他的後盾：平原，山脈，霍亂，比愛爾蘭更為遼闊的土地；他，彼得．沃爾什——獨自作出的抉擇；在他的一生中，他破天荒第一次真正戀愛。克蕾麗莎變得嚴厲了，他想，而且，他懷疑她還有點感情用事。他望著那些龐大的汽車，它們能夠——行駛多少英里？需要多少加侖汽油？因為他對機械比較內行，在他居住的地區裡，他還發明過一種犁，並且從英國定購過手推車，遺憾的是那些勞工不願使用這些工具。克蕾麗莎對這一切毫不知情。

「這是我的伊麗莎白！」她說這句話的語氣——叫他聽了很不舒服。為什麼不簡單地說「這是伊麗莎白」呢？不真誠。伊麗莎白也不喜歡她這樣說。（那洪亮、沉重的鐘聲的餘波仍然震蕩著周圍的空氣，報告半點鐘的鐘聲，時間尚早，剛十一點半。）因為他瞭解年輕人，喜歡年輕人。而在克蕾麗莎身上，他總感到有那麼一點兒冷酷。當她年輕時，她總有一種羞怯的心理，到了中年，這種心理變成了世俗觀念，然後一事無成，一場空，他思索著，陰鬱地望著那玻璃櫥窗深處，心想，是否因為他在那一時刻去看她而惹她生氣了？忽然，他只覺得羞愧難當，自己表現得像個傻瓜：哭泣，動了感情，把什麼都告訴她，就跟往常一樣，完全一樣。

彷彿一片烏雲遮住太陽，寂靜籠罩倫敦，壓抑人的心靈。一切努力停止了。時光拍擊著桅杆。我們就此停頓，我們在此佇立。唯有僵硬的習俗的枯骨支撐著人體的骨架，裡面卻空空如也，彼得·沃爾什喃喃自語；他感到身體被掏空，內部什麼也沒有。克蕾麗莎拒絕了我，他站著沉思，克蕾麗莎拒絕了我。

好比一個女主人準時來到客廳，卻發現客人已光臨而為自己辯解那樣，聖·瑪格雷特教堂的鐘聲在訴說：我沒有來遲。沒有來遲，她說，現在正是十一點半；然而，儘管她絕對正確，她的聲音卻不願顯出個性，因為那是女主人一本正經的口吻。對過去的某種憂傷，對現在的某種關注，使她把個性隱藏。鐘聲在說：十一點半了。聖·瑪格雷特教堂的鐘聲悄悄地鑽入內心深處，消逝在一圈圈音波之中，彷彿是什麼有生命的東西，要向自己傾訴衷腸，驅散自己，帶著一陣幸福的顫抖去憩息——正如克蕾麗莎穿著一身潔白的衣裳，隨著鐘聲走下樓來，彼得·沃爾什心想。那便是克蕾麗莎本人，他滿懷激情、十分清晰而又莫名其妙地想起了她，似乎這樣的鐘聲多年以前就在室內迴盪，他倆相對而坐，心心相印，共享那繾綣的良辰，又似採蜜歸去的蜂兒，滿載著千金一刻的柔情蜜意而離去。不過，是在哪一個房間？在什麼時刻？當鐘聲敲響時，他又為何感到如此心花怒放？過了一會，當聖·瑪格雷特教堂的鐘聲漸漸減弱，他想到她曾經患病，那鐘聲表示虛弱和痛苦。他想像，那是她的心臟病發作；最後一下鐘聲驀地響亮有力，那是震撼生命的喪鐘，克蕾麗莎在她的會客室內應聲就地倒下。不！不！他吶喊著，她沒有死！我也不老，他吶喊著，邁開大步走上白廳街，似乎光明的未來展現在眼前，充滿活力，永無休止。

他絲毫不老，不頑固，也不乏味。至於他們那些人嘛——達洛衛嘍、惠特布雷德嘍，以及他們那一伙人對他的風言風語，他毫不在意——一點也不（雖然他有時確實不得不考慮，理查德能否給他找份差使）。他昂首闊步，舉目凝望，朝著坎布里奇公爵㊲的塑像瞪眼。他曾被牛津開除——那是事實。他曾經是社會主義信徒，在某種意義上說，是個失敗者——那也是事實。但是，他認為，文明的未來掌握在青年手中，就像三十年前他那樣的青年；他們熱愛抽象的原則，他們從倫敦訂購書刊，一直寄到他們所在的喜馬拉雅山峯之巔，他們研究科學，研究哲學。他認為未來就掌握在那樣的青年手中。

背後傳來一陣響聲，猶如林中樹葉的窸窣聲，接著又有一陣沙沙聲，一種有規律的得得聲，趕上了他，打亂他的思路，使他不由地邁開整齊的步伐，走上白廳街。一羣男孩身穿制服，手執槍枝，凝視前方，大踏步行進著；他們的手臂僵直，臉部表情活像刻在塑像底座四周的銘文——頌揚盡職、感恩、忠貞不渝、熱愛祖國。

㊲坎布里奇公爵：英王喬治三世的幼子阿道弗斯・弗雷德里克（1774～1850）。

彼得．沃爾什同他們保持步調一致，覺得這是很好的訓練。然而，這些孩子看上去並不茁壯，大都很瘦弱，這些十來歲的男孩將來也許會站在放著一碗碗米飯、一塊塊肥皂的櫃臺後面。眼下他們卻拿著從菲斯伯里街取來的花圈，準備獻在空墓之前；他們神色莊重，與花圈相稱，毫不摻雜聲色犬馬之樂或日常瑣事之憂。他們已經宣誓。交通車輛尊重他們，貨車都停下，讓他們通過。

當我們在白廳街上行進時，彼得．沃爾什感到自己無法跟上他們的步伐。確實如此，他們繼續穩步前進，越過了他，越過每個行人，似乎有一個統一的意志統帥著四肢，而那千變萬化和毫不緘默的生活，已被安置在紀念碑和花圈組成的臺階之下，由於紀律的約束，生活變成一具瞪大眼睛的僵屍，人們不得不尊重它，儘管可能嘲笑它，卻不得不尊重它，他想。他們就這樣邁步向前，彼得．沃爾什思忖著，在臺階邊停滯片刻，他們經過所有高聳的黑色雕像：納爾遜[38]、戈登[39]、哈夫洛克[40]等偉大戰士的雄姿矗立在他們的上空，高瞻遠矚；彷彿他們也曾同樣地克己，犧牲（彼得．沃爾什感到，他也作出了偉大的犧牲），受到同樣的誘惑的摧殘，終於歸結為頑石一

---

[38] 納爾遜（1758~1805）：英國海軍上將、民族英雄，曾給拿破崙的艦隊以致命的打擊。

[39] 戈登（1833~1885）：英國將軍。

[40] 亨利．哈夫洛克（1795~1857）：英國將軍。

般的呆視。然而，彼得自己根本不要這種目光，儘管他尊重別人的這種目光。他能尊重孩子們眼中的這種目光。孩子們繼續向河濱大道行進，漸漸消失在他的視野之中；他想，他們尚未嚐到人生煩惱的苦果——沒有嘗到我經歷過的一切，他想；他穿過馬路，站在戈登的雕像下，站在他童年時代的偶像戈登的雕像下；那將軍交叉雙臂，蹺起一條腿，孤零零地佇立著——可憐的戈登，他兀自思量。

除了克蕾麗莎，還沒有人知道他在倫敦。經過海上航行，他覺得大地仍然像個島嶼，正因為如此，他無法忍受那陌生之感——他孑然一身，生氣勃勃而又默默無聞，獨自於十一點半站在特拉法爾加廣場㊶上。這意味著什麼？我在哪裡？而且，他想，究竟為什麼要做這件事呢？離婚看來純屬空想。他的情緒頓時低落，三種強烈的情感使他不勝悵惘：領悟，大慈大悲，終於產生無法抑制而盡善盡美的快感，它似乎是另外兩種情感的產物；恍惚在他的腦海裡，他人之手牽動了繩索，移動了百葉窗，而他自己，儘管超脫，卻站在那無窮的大道的起點，要是他願意，也可以向前，漫遊一番。他已有好久沒感到如此年輕了。

他脫身了！完全自由了——就像擺脫了一種習慣的束縛時，心靈恰似一團任意噴射的火焰，

㊶位於倫敦市中心的廣場，為紀念1805年擊敗拿破崙艦隊的特拉法爾加海戰而命名。廣場上矗立著指揮該戰役的海軍上將納爾遜雕像。

左衝右突，彷彿即將衝出牢籠。我已有好久沒感到這麼年輕了！彼得心想，忘卻了本來面目（當然僅僅須臾而已），感到自己像個跑出戶外的孩子，在奔跑時看見老保姆弄錯了窗口，在胡亂揮手。他穿過特拉法爾加廣場，往乾草市場街走去，迎面過來一個妙齡女郎，長得真迷人啊，彼得想道。當她經過戈登雕像時，彼得依稀覺得（他易動感情）她似乎脫下一層又一層面紗，終於成為他始終神往的理想的女人：年輕而又大方，活潑而又穩重，皮膚黝黑卻嫵媚動人。

他挺起身子，偷偷地摸了摸折刀，跟在那女郎後面，去尋求他心目中的女人，去尋求這種刺激，即便不是正面相遇，也好像給他帶來光明，把他倆聯結在一起，把他挑選出來，似乎那隨意響起的轔轔車聲透過神聖的手，輕輕地喚他的名字，不是叫彼得，而是他私下裡稱呼自己的小名。她戴著白手套，聳聳肩膀，叫一聲「你」，只叫一聲「你」。爾後，當她走過科克斯珀街上的登特商店時，風兒吹動她薄薄的長披風，散發出泛愛萬有的仁慈，以及惆悵的溫存，彷彿要張開雙臂，去擁抱疲憊的眾生……

然而，她尚未嫁人，她年輕，很年輕，彼得思忖；他看見她戴一朵紅色康乃馨，穿過特拉法爾加廣場，當下花朵又在他眼中燃燒，使她的嘴唇顯得猩紅。她在街邊等待。她身上有一種尊嚴，不像克蕾麗莎那麼世故，也不像她那麼富裕。她開始行走時，彼得在心裡琢磨：她是否體面呢？相當聰敏，生著蜥蜴那樣吞吐自如的舌頭，他想（他必須幻想，必須來一點兒小小的樂趣），她有一種冷靜等待的智慧，才思敏捷的機智，而且，並不炫耀。

她走動了，她穿過街道，他緊跟著她。他決不想令她窘困，但是，如果她停下來，他會說：「來嚐一客冰淇淋吧。」她會十分簡單地回答：「好吧。」

可是，街上其他行人攔在他們中間，擋住了他，也遮住了他。他緊隨不捨。她變幻莫測。她臉上泛起紅暈，眼中閃出嘲弄的神色。他覺得自己是個冒險家，放蕩不羈，眼明手快，膽大包天，是個地道的羅曼蒂克海盜（昨夜剛從印度歸來），把所有那些繁文縟節置之腦後，對櫥窗裡陳列的黃色晨衣、煙斗、釣魚鈎都不注意，也不理睬什麼體面嘍、晚宴嘍、背心下面穿白色緊身褲的衣冠楚楚的老頭嘍。他是個海盜嘛。她繼續在他前面走，穿過皮卡迪利大街，走上攝政街，她的披風、手套和肩膀與商店櫥窗裡的穗子、花邊和羽毛披肩交融在一起，構成華麗和奇異的氣氛，它漸次縮小，從店裡飄到街上，猶如夜晚搖曳的燈光，照射黑暗中的樹籬。

她歡笑地穿過牛津街和大波特蘭街，轉入一條小路，這當口，就在這當口，那關鍵的時刻即將來臨，因為她這時放慢步子，打開手提包，朝他的方向瞟一眼，但並不注視他，那是告別的一瞥，既概括了全局，又得意洋洋地把它永遠拋開。她已把鑰匙插進鎖眼，打開了門，消失得無影無蹤！克蕾麗莎的聲音在他耳邊回響：記住我的宴會，記住我的宴會。眼前這房屋是那種單調的紅房子，懸掛著花藍，敢情是尋花問柳的青樓吧。這一番艷遇就此告終。

「反正，我嚐到了甜頭，」他想，一邊擡頭看那擺動的花籃，裡面栽著淡色天竹葵，心裡想，我嚐到了甜頭。然而，他的樂趣——一下子粉碎了，因為他自己也很清楚，那多半是想入非非，與那姑娘開的玩笑只是空中樓閣，純屬虛構，他自忖，正如人們想像生活中美好的一面——給自己一個幻覺，虛構出一個她，創造一種美妙的樂趣和其他什麼的。可是，所有這一切都無法與人分享——它已被粉碎，這很奇怪，卻千真萬確。

他轉身走上大街，想找個地方坐下，等待一會，再到林肯法律協會去——到胡珀——格雷脫萊事務所去。眼下該上哪兒呢？無關緊要。就沿著這條路往攝政公園方向走吧。他的靴子踩在人行道上，橐橐地響，好像說「無關緊要」，因為時間尚早，依然很早呢。

況且，今兒早晨多美呀。街上到處洋溢著生活的氣息，恰似一顆健全的心臟在跳動。沒有笨拙的摸索，沒有優柔寡斷。汽車精確地、準時地、悄無聲息地疾駛，急轉，及時在門口停下。一位姑娘下了車，她穿著長絲襪，頭戴羽飾，體態輕盈，可他並不感到她特別魅人（因他已嘗過甜頭了）。彼得從打開的門口向大廳裡望去，令人肅然起敬的管家、棕黃色的中國種小狗、黑白相間的菱形格子地板，白色帷幔迎風飄拂，這一切他都讚賞。歸根結底，倫敦有一種獨到之處：社交季節，社會文明。他出身於一個體面的盎格魯⑫—印度家庭，他的家族至少有三代之久都管轄一個次大陸（雖然他厭惡印度、帝國和軍隊，奇怪的是，他想，我對於這些竟會有這樣的感情）。有時候，文明，即便是這種文明，也會使他感到親切，好像是他的私有物；有時，他會為

⑫盎格魯：古代居住於英格蘭的部落，沿用為英國人的別名。

英國而自豪，也為管家，為中國種的小狗，為安逸的姑娘而自豪。他知道這很可笑，可是這種感覺依然存在。那些醫生、實業家以及能幹的女人忙於他們的事務，他們都準時、機靈、強壯，似乎都值得他欽佩，他們是一些可以信賴的人，是生活藝術中能急人所難的伴侶，由於種種原因，眼前的景像確實令人十分滿意；他要在樹蔭下坐一會，抽一支煙呢。

那邊是攝政公園。不錯，小時候他曾在攝政公園漫步——真奇怪，他想，怎麼老是想起童年情景——興許是見到了克蕾麗莎的緣故，因為女人比我們更多地懷念過去，他尋思，她們把自己與一個個地方聯繫起來，與她們的父親血肉相關——每個女人總為自己的父親驕傲。布爾頓是個好地方，非常之好；不過，他想，我和她父親、那老頭怎麼也合不來，有一天晚上，跟他吵得很厲害——爭論一件事，究竟是什麼，記不清了，大概是關於政治吧。

是的，他記得攝政公園：筆直的大道，左邊的小屋裡出售汽球，園內有一座怪裡怪氣的塑像，上面還有銘文哩。他要找一個空座位。他不願被詢問時間的人打擾（他覺得有點睡意朦朧）。只見一位頭髮灰白、上了年紀的保姆，身旁童車裡的嬰兒已安睡——那兒他能找到最好的座位，便在保姆坐著的椅子的另一頭坐了下來。

忽然，他想起伊麗莎白走進房裡、站在母親身邊時的情景，她的模樣很別緻，長得身材頎長，差不多已完全發育，稱不上美貌，只能說漂亮，至多才十八歲吧。或許克蕾麗莎與伊麗莎白關係並不好。「這是我的伊麗莎白。」——為什麼那樣說——為什麼不簡單地說「這是伊麗莎白」呢？——就像大多數母親一般，企圖掩蓋真相而已。她過於相信自己的魅力，他想，她太自負了。

濃郁柔和的雪茄煙霧滲入他的咽喉，帶來涼爽之感；他把煙一圈一圈吐出，煙霧放肆地在空中凝集一會兒，藍色的煙圈繚繞著——我今晚要找個機會，單獨與伊麗莎白談一談，彼得心裡打算——過了片刻，煙霧開始晃動，變成沙漏形，頂端尖細，漸漸消失了：煙霧的形狀極為古怪，他想。突然，他閉上眼睛，費力地舉起手把沉重的煙蒂扔掉。他的腦海裡閃過顫動的樹枝、孩子們的話聲、零亂的腳步聲，以及過往的行人、車輛或高或低的轟鳴，彷彿有一把大刷子，把這一切都平穩地掃入她的腦海。他越來越沉下，沉下，終於深深地陷入羽毛般柔軟的夢鄉中。

頭髮花白的保姆重新拿起織針，彼得·沃爾什坐在她身旁溫暖的座位上，打起鼾來。她穿著灰布衣裙，雙手始終不倦地、平靜地織著，看上去好像捍衛睡眠者權利的使者，又像一個精靈，黎明時分出現在天空與枝條構成的樹林中。他好似孤獨的漫遊者，出沒於小街深巷，觸動了野蕨草，碰壞了大毒芹，驀地擡頭望去，只見道路盡頭一個碩大的身影。

也許因為深信自己是個無神論者，所以，當他偶爾像教徒那樣，感到異乎尋常的激奮時，自己都覺得詫異。他想，除了思維，我們身外別無他物；那是一種願望，渴求安慰與解脫，也渴求某種力量，能超越芸芸眾生，那些可悲的侏儒，那些孱弱、醜陋而膽怯的男男女女。假如他能設想這種力量，賦予它女性的形態，那麼，從某種程度上講，她就存在於世上；他邊思索邊沿著小徑彳亍，仰望蒼穹和樹枝，並迅速賦予它們女性的特徵；又驚奇地注意到，她們變得分外端莊，儀態萬方；微風吹拂枝椏，隨著暗淡的樹葉顫動，她們散播出仁愛、悟性和恩惠；過了一會，她們忽然飛騰上升，縱情狂歡，玷汙了虔誠的外衣。

正是這種幻覺，彷彿給孤獨的漫遊者帶來裝滿果子的錐形大口袋，或在他耳邊喁喁細語，猶如海妖的歌聲在翠綠的波浪上迴盪，或像一束束玫瑰花，向他迎面拂來，或如蒼白的面孔浮出水面，引得漁夫在巨浪中使勁泅游，要去親昵一番。

正是這種幻覺永無休止地浮現，伴隨著真實，卻把她們的形態置於真實之前，使孤獨的漫遊者時常懾於她們的魅力，奪去他對大地的知覺和歸去的願望，給予他大致的安寧做為補償，似乎（他走入林間曲徑時就認為）所有這一切生存的渴望都單純之極，萬千事物溶為一體，而這幻影，由天空和枝椏構成的形體，從洶湧的大海中升起（他年歲已大，五十出頭了），宛如從波濤中可能推出一個倩影，通過她那高貴的手，傾注仁愛、悟性和恩惠。他兀自思量：讓我們永不返回華燈之下吧，不再重返客廳，永不讀完自己的書，再也不磕掉煙斗裡的灰，再也不按鈴喚特納太太收拾杯盤；就讓我勇往直前，趕上那碩大的幻影吧，她一昂頭便會把我舉到她的飄帶之上，讓我和其他一切都化為烏有吧。

幻覺便是如此。孤獨的漫遊者很快踅出樹林，那邊，一個老婦人來到門口，舉起手遮在額上，白圍裙被風吹起，她也許在等待他歸來吧。她似乎（看上去脆弱，其實強有力）要越過沙漠，去尋找她失去的兒子，尋覓一個被毀滅的騎手，去充當人間紛爭中死去的兒子們的母親。因此，當孤獨的漫遊者沿著村中小街踽踽而行時，婦女們站在那兒編織，男人們在園子裡挖土，黃昏似乎預示著不祥；人們佇立不動，彷彿他們知道並且無畏地等待一種令人悚然的厄運，它即將把他們徹底毀滅哩。

室內，在食品櫃、桌子、放著天竹葵的窗臺這些普通物品之間，女房東彎下身子，拿掉桌布，此時，她的身影在燈光下猝然變得柔美，成為可愛慕的化身，使我們不由得想擁抱她，只是因為想起了人情的冷漠，才克制了。她拿起果醬，放入食品櫃：

「今晚沒有事了嗎，先生？」

可是，那孤獨的漫遊者向誰答覆呢？

在攝政公園裡，那位上了年紀的保姆就這樣在熟睡的嬰兒身邊編織，彼得．沃爾什就這樣打著鼾兒。忽然，他猛地驚醒過來，喃喃自語：「靈魂死啦。」

「上帝啊上帝！」他大聲自語，伸展四肢，睜開雙眼：「靈魂死啦。」這四個字同他夢見的某一種情景、某一個房間，以及某一段往事有關。夢境中，那情景、那房間和那一段往事變得更清晰了。

那是在九〇年代初的一個夏天，在布爾頓，當時他正瘋狂地愛著克蕾麗莎。房間裡有許多人，大伙喝完了茶，圍坐在桌邊說笑，房裡灑滿了橙黃色燈光，煙霧瀰漫全室。他們在議論一個附近的紳士，他娶了女僕為妻，那人的名字他已忘卻。總之，那人娶了女僕，還把她帶到布爾頓來拜訪——糟糕透頂！她渾身艷裝，簡直可笑。克蕾麗莎學她的樣子，說她像隻「白鸚」。而且，那女人嘰嘰呱呱，嘮叨個不停。克蕾麗莎模仿她說話的樣子。後來有人說——那是薩利．賽頓——要是知道她在婚前已有過一個孩子，是否會影響感情？（當時，在男女混雜的場合提這樣的問題是夠大膽的。）眼下，彼得腦海中重新浮現克蕾麗莎當時的模樣：她的臉頓時漲得通紅，而且不知怎的扭曲了，她說：「哎，那我再不能跟她說話了。」這一下，坐在茶桌四周所有的人似乎都顯得坐立不安，令人十分難堪。

他並未由於她計較這一點而責怪她，因為在當年，像她那樣成長起來的女孩子什麼也不懂。但是，她的姿態叫他生氣：她膽怯而又嚴厲，傲慢而又拘泥。他本能地說了句「靈魂死啦」——她的靈魂死了——從而給那時刻一個特定的意義，這是他慣常的行為。

每個人都忐忑不安。當她說話時，每個人似乎都卑躬屈膝，然後挺起身來，顯得異樣。他還記得，薩利．賽頓當時活像個調皮的孩子，腓紅著臉，俯身向前，想說話而又害怕。克蕾麗莎確實會把人唬住的。（薩利是克蕾麗莎最要好的朋友，常住在布爾頓，人很可愛、漂亮、皮膚黝黑。那時，她被認為是個十分大膽的女子，他經常給她抽雪茄煙，她就在臥室裡抽。她不知是和什麼人訂了婚還是同她家裡人吵了架，總之，老帕裡對他倆都不喜歡，反而使他們的友誼加深了。）爾後，克蕾麗莎站起來，臉上還帶著對大伙生氣的神態，借故獨自離開了。她打開門時，那隻毛茸茸的大牧羊狗跑了進來。她狂喜地摟住了狗。彼得覺得她好似在對他說——他知道這一切都針對著他——「我知道，你認為我剛才說的關於那女人的話非常荒謬，可是，你瞧我多麼富於同情心啊，瞧我多愛我的羅勃㊸！」

他和克蕾麗莎總是不必交談便能息息相通，她能立刻感覺到他在批評她，於是她會作出一種明顯的表示為自己辯解，就像這一回在狗身上大做文章——然而，從來都騙不了他，他總能看穿克蕾麗莎。當然他並不則聲，只是悶悶不樂地坐著。他們之間的爭吵往往這樣開端。

她關上了門。頓時他變得異常抑鬱。一切都顯得徒勞——繼續相愛，繼續爭吵，繼續和好，有什麼用呢?!他獨自信步走去，在戶外小屋與馬廄之間漫步，觀看馬匹。（那地方簡陋得很，帕里一家從不富裕，不過號總有馬夫和小馬倌當差——克蕾麗莎酷愛騎馬，還有個老車夫——他叫什麼名字?——還有個老保姆，他們叫她老穆迪或老古迪那樣的名字。人們被領到一個小房間裡去看她，裡面放著許多照片和鳥籠。）

那天晚上糟透了！他越來越感到鬱悶，不僅為那件事煩惱，而是為了一切。更糟糕的是，他不能見到她，不能向她解釋，不能把事情說清楚。他們的周圍總是有外人——她卻裝得一如往常，好像什麼也沒發生似的。那便是她的可惡之處——這種冷漠、這種無動於衷，深深埋藏在她

㊸狗名。

的心底；今天早晨，他和她談話時又感到了這一點，她的內心深不可測。可是天知道他是愛她的。她有一種奇異的魅力，能撥動人的神經，對了，能把人的神經拴在琴弦上撥弄。

為了讓別人意識到他在場，他故意很晚才去吃晚飯，坐在老帕里小姐旁邊，就是海倫娜姑媽，帕里先生的姐姐。按理說，她是晚餐的主婦。她披著白色開司米圍巾，頭靠著窗子，是一位令人望而生畏的老太太，對他卻挺和氣，因為他曾給她找到一種稀有花卉。她熱愛生物學，老是穿著厚皮靴，背上黑色鉛皮標本箱，出外採集標本。彼得在她身旁坐下，默默無言，一切事物似乎都從他身邊溜過，他只是坐在那兒吃東西。晚飯吃到一半時，他才第一次迫使自己向克蕾麗莎瞟一眼。她正和一個坐在她右邊的青年交談。猝然，他有一種預感：「她將會嫁給那個人，」他自言自語。那會兒，他甚至還不知道那人的姓名呢。

達洛衛正是在那天下午光臨的。克蕾麗莎稱呼他「威克姆」，一切便由此開端。有人把達洛衛帶來作客，然而克蕾麗莎記錯了他的名字，把他稱作威克姆，介紹給每個人。最後，他說：「我叫達洛衛！」——那是彼得對理查德的第一個印象——一位舉止局促的金髮青年，坐在躺椅上，脫口而說「我叫達洛衛！」薩利對這件事念念不忘，從此老是稱呼他「我叫達洛衛！」

那時，彼得總有各式各樣的預感。克蕾麗莎將會嫁給達洛衛，這一預感使他當下暈頭轉向，一蹶不振。在她對待達洛衛的態度中有一種——他不知該怎麼表達——有一種輕鬆自如的神情，一種帶有母性的溫柔的情愫。他倆在談論政治。在整個晚餐中，彼得試圖聽出他倆在談些什麼。

他依然記得，後來他在客廳裡，站在老帕里小姐的座位邊，克蕾麗莎像個真正的主婦，瀟灑而優雅地走到他身邊，要把他介紹給某人——她說話時的神氣好像他是素不相識的陌路人。這叫他怒火中燒。不過，即便在那時，他仍然為此欽佩她。他佩服她的勇氣、她的社交天才，佩服她能幹，做事有始有終。他說她是「十足的主婦」。她聽後全身一陣顫抖。他本來就想刺痛她嘛。看到她與達洛衛在一起之後，他一心只想叫她痛苦。於是她離開了他。他則感到，他們全都參與某種反對他的陰謀，在他背後風言風語，譏誚一番。他就這樣站在老帕里小姐的座位邊上，談論著野花，彷彿他是泥塑木雕似的。他從沒有、從來沒有感覺這般痛苦！他甚至忘了應該假裝聽帕里小姐說話，最後，他總算驚醒過來，看見帕里小姐相當激動、憤怒，那雙突出的眼珠凝視不動。他幾乎喊出聲來：我不能奉陪，因為我已墮入地獄啦！人們開始走出房間，他聽見他們說要去拿外套，還說什麼湖上很冷，等等。他們打算趁著月光在湖上泛舟——那是薩利的怪念頭。他能聽到薩利在描繪月亮。大伙兒都出去了。他被撇下了，徹底孤獨。

「難道你不想和他們一起去嗎？」海倫娜姑媽問。可憐的老太太！她猜中了。他轉過身子，只見克蕾麗莎又走了進來。她是回來喚他的。他被她的寬厚、她的善良深深感動了。

「來吧，」她說，「他們等著呢。」

他一生中從未感到如此幸福！不用說一個字，他們就言歸於好了。他倆走到湖邊，在二十分鐘裡，他享受了無窮的歡樂。她的音容笑貌、她的衣裙（飄浮在水面上，紅白相映）、她的神采、她的冒險精神，都叫他傾倒；她讓大伙兒上岸，到小島上去探險，她驚動了一隻母雞；她歡笑，她歌唱。然而，自始至終他十分清楚，達洛衛愛上了她，她也愛上了達洛衛；不過，這似乎無關緊要。什麼都沒關係。他倆——他和克蕾麗莎——坐在地上絮絮而談。他倆毫不費心便能互相瞭解對方的思緒。可是轉眼間，一切都已結束。在他們上船時，他陰鬱地自語：「她會嫁給那個人。」他絲毫不懷怨恨之心，但事情是明擺著的：達洛衛會娶克蕾麗莎。

達洛衛把他們划了回來。他默默無言，他們看著他蹬上自行車，開始那二十英里穿越樹林的旅程，沿著車道搖搖晃晃騎去，揮動著手，消失在他們的視野內。不知怎麼他顯然本能地、極度地、強烈地感受了這一切：夜晚，愛情，克蕾麗莎。達洛衛有資格獲得她。

而自己卻不近人情。他對克蕾麗莎的要求（現在他明白）毫無道理，他要求的是無法辦到的事。他還跟她大吵大鬧。如果他不那麼荒唐，也許她仍會接受他，薩利就這麼想。那年整個夏天，薩利都給他寫長信：她和克蕾麗莎怎樣談論他，她怎麼稱讚他，克蕾麗莎又為何失聲痛哭！真是個不平常的夏天——所有那些信件嘍、電報嘍、爭吵嘍——他一清早便趕到布爾頓，在四周徘徊，一直等到佣人們起床；早餐時同老帕里相對而坐，可怕之至；海倫娜姑媽又威嚴又善良；薩利把他帶到菜園裡談話；克蕾麗莎則臥床不起，說是頭痛。

最後一次爭吵，發生在一個大熱天的下午三點。他認為，那回可怕的爭吵是他生平最重要的事情（這可能是誇大其辭——但如今回顧確實如此）。起因是小事一樁——薩利在午餐時談到達洛衛，戲謔地稱他「我叫達洛衛」，克蕾麗莎聽後驟然生氣了，漲紅了臉，以她特有的神情尖利地說：「這個無聊的笑話，我們聽夠了。」就這麼一句話，可是對他來說，彷彿她說的是：「我只不過把你們當作娛樂的對象，我跟理查德·達洛衛才是知己哩。」他便是這樣領會她的話的。好幾個夜晚他都失眠。他對自己說：「這件事，無論如何總得解決。」於是他讓薩利帶給克蕾麗莎一封短信，約她三點鐘在噴水池旁相會。他在信尾草草寫上：「發生了某種大事。」

噴水池座落在一個小灌木叢的中央，離宅邸很遠，四周綠樹婆娑。她來了，比約定的時間還早。他們隔著噴水池相對而立，一泓細流汩汩地從水池的噴口（已斷裂）注出。那些情景多麼深地銘刻在腦海中呵！譬如，他始終記得那蔥綠的青苔。

她毫不動彈。「把真情告訴我，告訴我，」他反覆地說。他覺得前額快要炸開了。她看上去萎縮、僵硬。她一動也不動。「把真情告訴我，」他重複說。忽然，那老頭布賴科普夫拿著《泰晤士報》探頭進來，瞄了他倆一眼，驚奇得目瞪口呆，轉身便走了。兩人都佇立不動。「把真情告訴我，」他又說一遍。他感到自己在碾磨什麼死硬的東西，她毫不屈服，像生鐵，像燧石，渾身堅不可摧。他說了又說，淚水濕透了面頰，時光彷彿過去了幾小時。最後，她說：「不行，不行，這是最後一次會面。」她的話像一記耳光，猛地刮在他臉上。她轉身離開他，走了。

「克蕾麗莎！」他喊道，「克蕾麗莎！」可她再也沒回來，一切都完了。那晚他離開了布爾頓，從此再也沒有見過她。

這太可怕了，他吶喊著，可怕，可怕極了！

然而，驕陽依然炎熱。人們依然會忘卻往事。生活依然會一天天打發日子。他伸了個懶腰，開始注意到周圍——從他童年起到現在，攝政公園沒什麼變化，僅僅多了些松鼠——但是，生活總該有些補償吧，他想。小伊利斯·米切爾一直在揀小卵石，打算添入她和兄弟的收藏品中，把卵石都放在保育室的壁爐臺上。眼下，她陡然抓了一把小卵石，猛地放在保姆的膝蓋上，飛快地跑開，卻又一下子撞在一個女人的大腿上，彼得·沃爾什放聲大笑。

另一方面，盧克麗西婭·沃倫·史密斯在自言自語：這不公平，為什麼我該受苦呢？她沿著大路蹀躞，捫心自問。不，我再也不能忍受了，她說，當下她已離開塞普啼模思身旁。他不再是塞普啼模思了，不然，怎麼會坐在那邊椅子上，說些生硬、殘忍、惡毒的話，要不是喃喃自語，就是跟死人交談；這當兒，那孩子撞在她身上，摔倒在地上，哇的一聲哭了起來。

這一下卻給她分憂了。她扶起孩子，拍了拍小傢伙的外衣，吻她，安撫她。

回想起來，她自己沒什麼過錯，她愛過塞普啼模思，她得到過幸福，她有過一個美滿的家，她的姊妹仍然住在老家做帽子。為什麼她該受苦呢？

孩子逕直跑回保姆那兒，雷西婭看見保姆責備她，又安慰她。保姆放下織物，抱起了她；同時，看上去很和善的那個男子把自己的錶給她，讓她打開，逗她樂兒——可是，雷西婭想，為什麼我就該無依無靠呢？為什麼不讓我留在米蘭？為什麼我要忍受折磨？為什麼？

淚水使眼前的大路、保姆、穿灰衣服的男子以及童年，都微微晃動。她命中注定要受這個邪惡的虐待狂的擺布。這是為什麼？她好比一隻小鳥，棲身在一片薄薄的樹葉之下；當樹葉飄拂時，鳥兒對著陽光眏眼，一根樹枝的畢剝聲也會使她驚嚇。她舉目無親，被冷漠世界中的參天大樹和團團烏雲包圍，毫無庇蔭，備受折磨；然而，究竟為什麼她該受苦呢？為什麼？

她蹙眉，她跺腳。她必須回到塞普啼模思身邊，因為去看威廉·布雷德肖爵士的時間快到了。她必須回去告訴他，回到他坐的地方去。他跌坐在樹下綠椅子上，自言自語，或與那死人埃文斯講話。她只是在一家商店裡匆匆見過埃文斯一面。看來他像個溫和文靜的人，是塞普啼模思的知心朋友，在大戰中犧牲了。不過，這類事情人人都會遇到。每個人都有朋友在大戰中陣亡。每個人在結婚時都得作一些犧牲。他捨棄了自己的家，來到這討厭的城市裡。塞普啼模思老是想一些恐怖的事。要是她願意嘗試，她也能這麼想的。他變得越來越古怪了，說什麼人們在臥室的牆後竊竊私語。菲爾默太太認為這不正常。他的眼前還會呈現幻景——他在一棵蕨草中看見一個老太婆的頭。其實，要是他願意，他也能快活的。有一回，他倆坐在公共汽車上層，到漢普頓宮廷花園⑪去，他就很高興。草地上盛開小小的紅花和黃花，他說他倆像飄浮的明燈，他有說有

⑪位於倫敦近郊泰晤士河濱，1514年由約克郡大主教托馬斯·沃爾西建造，後被亨利八世用作宮殿，現為遊覽勝地。

笑，信口編造故事。忽然，他說：「現在咱們來自殺吧。」那一刻，他倆正站在河邊，他凝望河水，眼睛裡那種神色，她以前也曾見過。當火車與公共汽車經過時，他眼中就會閃現這樣的神色——似乎有什麼東西使他著迷，她感到他似乎已不再在她身旁，於是抓住了他的手臂。但是在回家的路上，他卻完全恢復了平靜——非常通情達理。他會和她爭論自殺的事，向她解釋人是多麼邪惡，還說什麼他看得出街上行人邊走邊捏造謊話。他說他洞悉人們的思想，他對什麼都瞭如指掌，還說，他參透宇宙的意蘊哩。

然而，他們回家後，他幾乎寸步難行。他躺在沙潑上，要她握緊他的手，讓他不致倒下，倒下，他狂呼，別讓我掉入火海！他看見牆上露出一張張臉，對著他嗤笑，又用可怖而惡心的名字呼喚他，紗窗周圍伸出一隻隻手，對著他指指點點。實際上，他們身邊杳無人影。他卻高聲嚷嚷，一忽兒回答什麼人，一忽兒爭辯，哭呀笑的，激動萬分，還要她一一記錄，盡是些胡言亂語：死亡罷，伊莎貝爾．波爾小姐罷。她實在受不了，她要回家去。

眼下，她離他很近，看得出他攥緊雙手，凝望高空，喃喃自語。然而，霍姆斯大夫卻說他什麼病也沒有。那麼，究竟出了什麼事呢？——為什麼他要走開？當她在他身邊坐下時，他為什麼大吃一驚，對她顰眉，趕緊走開呢？還要捏著她的手，拿過來，恐懼地盯著，為什麼？

是否因為她把結婚戒指脫下了呢？「我的手瘦多了，」她說，「我把戒指放在皮包裡了，」她告訴他。

他放鬆了她的手。他倆的婚姻完蛋了，他痛苦地思量，但又感到寬慰。繩子已割斷，他跨上了馬，他自由了，正如命裡注定的那樣，他，塞普啼模思，人類的上帝，應當得到自由；他孤苦伶仃（因為他的妻子扔掉了結婚戒指，離開了他），他，塞普啼模思，孑然一身，在芸芸眾生之中，首先被神明召喚，去諦聽真理，領悟正道，經過文明社會的全部辛勤勞動——希臘人、羅馬人、莎士比亞、達爾文，當今則是他本人——終於要完全傳給……「傳給誰呢？」他大聲問道。「傳給首相，」他頭上的低語聲回答他。絕密信息必須透露給內閣：第一，樹木有生命；第二，世上沒有罪惡；第三，愛和博愛；他在喘氣，顫抖，喃喃自語，痛楚地吐露這些深奧的真諦，它們是如此深刻，如此玄妙，必須用九牛二虎之力才能闡明，但是值得，因為它們永遠改變了世界。

沒有罪惡，唯有愛，他反覆說道；他的手在摸索，尋找鉛筆和卡片。這時，一隻氰狗過來嗅他的褲子，他驚跳起來，恐懼萬分：那條狗正在變成人！他不能注視這種怪事！眼看狗變人，太可怕啦，令人驚駭。頓時，那條狗跑開了。

蒼天神聖而慈悲，無限地寬宏。它赦免了他，寬恕了他的軟弱。但是科學（因為人必須首先講究科學）又是怎麼解釋的？為何他能透視身體內部，預見未來狗會變人呢？大概是熱浪衝昏頭腦而引起的吧，億萬年的進化已使腦子變得敏感。用科學來剖析，應該說肉體溶化了，超逸紅塵了。他的身體經受百般磨練，最後只留下神經纖維，彷彿薄紗鋪在岩石上。

他背靠椅子，精疲力竭而獲得支撐。他靠在椅子上，憩息，等待，而後又竭力地、痛楚地給人類講解。他依稀躺在高聳入雲之巔，在世界的屋脊上。大地在他腳下顫動。紅花從他體內茁生，花朵的硬葉在他頭邊瑟瑟作響。這兒的岩石旁開始響起鏗鏘的樂曲，那是街上的汽車喇叭聲，他咕噥著；但是在這裡，樂聲從一塊岩石傳到另一塊岩石，宛如大炮轟鳴，音波向四處擴散，又在震蕩中凝聚，形成平滑的音柱，冉冉上升（聲音竟能為肉眼所見，這可是個新發現），成為一首讚歌，此刻它與牧童的笛聲（其實是個老人在酒店門口吹小管樂的聲音，他咕噥道）融合在一起；當牧童靜靜地佇立時，樂聲便從蘆笛內湧出；爾後，當他攀上更高的峯頂時，笛子發出了哀婉之聲，如泣如訴，同時，車輛在他腳下行駛。塞普啼模思覺得，那孩子的哀歌交織在車馬聲中。須臾，他退隱至雪山中，身邊盛開薔薇花——那是在他臥室牆上的大朵紅薔薇，他提醒自己。音樂消逝了，他揣想，一定是老人得了錢，又上另一家酒店去了。

然而，他自己仍待在嵯峨的岩石上，彷彿一個遇難的水手跌坐在礁石上。他尋思：我把身子探出船外，掉入水裡。我沉入海底。我曾經死去，如今又復活了，哎，讓我安息吧，他祈求著。（他又喃喃自語：這太可怕了，太可怕啦！）恍惚在甦醒之前，鳥語嚶嚶，車聲轔轔，匯合成一片奇異的和諧；繁音徐徐增長，使夢鄉之人似乎感到被引至生命的岸邊，塞普啼模思覺得，自己也被生活所吸引，驕陽更加灼熱，喊聲愈發響亮，一樁大事行將爆發了。

他只要睜開眼睛就好了，但眼皮上壓得沉甸甸的，那是一種恐怖。他睇縫雙眼，奮力掙扎，舉目凝望，只見眼前的攝政公園。陽光閃爍，修長的光帶撫弄著他的雙腳。樹木在婆娑起舞。大地恍惚在說：我們歡迎，我們接受，我們創造。大地恍惚在說：美。彷彿為了（科學地）證實美的存在，無論他往哪裡看，無論他看的是房屋、欄杆，還是跨越柵欄的羚羊，美立即在那裡呈現。他望著一片樹葉在風中顫抖，只覺得心花怒放。太空中，燕子翩然掠過，飛翔，旋轉，盡情地飛進飛出，縈回繚繞，卻又像被鬆緊帶所牽引，總是那麼富於節奏；蠅兒飛上飛下；嘲弄似的太陽時而照射這片樹葉，時而照亮那片樹葉，心平氣和地給綠葉蒙上一層柔美的金色；不時傳來和諧的樂聲（興許是汽車喇叭聲），灑在草莖上，發出神奇的叮咚聲——這一切寧靜而合理，均由平凡的事物所孕育；現在，這一切就是真理，現在，美就是真理。到處都洋溢著美。

「時間到了，」雷西婭道。

「時間」這個詞撕開了外殼，把它的財富瀉在他身心中；從他唇邊不由地吐出字字珠璣，堅貞、潔白、永不磨滅，彷彿貝殼，又似刨花，紛紛飄灑，組成一首時間的頌歌，一首不朽的時光頌。他放聲歌唱。埃文斯在樹背後應聲而唱：死者在撒塞裡⑮，在蘭花叢中。他們始終在那裡期待，直到大戰終止。此刻，死者，埃文斯本人，顯靈了……

「看在上帝面上，別過來！」塞普啼模思嚷道，因為他不能正視死者。

---

⑮希臘東部一地區。

可是樹枝分開了，一個穿灰衣服的人竟在向他倆走來。那是埃文斯！不過他身上沒有汚泥，沒有傷痕，他沒有變樣。

我必須向全世界宣布，塞普啼模思舉起了手（當穿灰衣服的死者向他走近時），大聲吶喊，恰如一個巨人，多年來獨自在沙漠裡悲嘆人類的命運，雙手壓住前額，面頰上刻著一道道絕望的皺紋；眼下他卻望見沙漠的邊緣閃現光明，光點越來越大，照射那黑憧憧的鬼影（塞普啼模思從椅子上欠身而起），他背後匍伏著千百萬人，而他，這巨人般的哀悼者，在一瞬間，露出大慈大悲的臉容……

「我苦腦極了，塞普啼模思，」雷西婭說，試圖讓他坐下。

千百萬人在哀傷，千百年來眾生都在悲痛。他要轉過身去，片刻之後，只要再過片刻，他就會告訴人們這種慰藉，這種歡欣，這一驚人的啓示……

「幾點鐘了，塞普啼模思？」雷西婭又問：「幾點了？」

他卻自言自語，他顯得驚慌失措。那陌生人肯定會注意到他的舉動，他在盯著他倆呢。

「我會告訴你時間的，」塞普啼模思帶著神秘的微笑，緩慢而困倦地對穿灰衣服的死者說。他含笑坐在椅上，當下，鐘聲敲響了：一刻鐘——十二點差一刻了。

彼得·沃爾什從他們身旁走過，心想，年輕人就是這樣嘛，早晨剛過去一半便吵得這麼凶——那位可憐的姑娘看上去心灰意懶，可這是怎麼回事呢？他心中納悶。那個穿大衣的青年跟她說了些什麼，使她的臉色變得那麼難看？在這樣美好的夏日早晨，兩人卻都顯得那麼沮喪而絕望，他們捲入了什麼難以擺脫的困境呢？有趣的是，闊別五年重返英倫，一切都變得新鮮了，好像他以前從未見過似的；無論如何，回國最初的幾天裡總有這種感覺：戀人們在樹下口角，公園裡瀰漫著家庭生活的氣息，倫敦從未如此迷人——向遠處眺望，景色柔和、豐美、翠綠，一派文明的氣象；從印度歸來，這一切顯得分外魅人；他在草地上邊漫步邊沉思。

毫無疑問，這樣敏感是他失敗的原因。在他這把年紀，卻還像個少女，易於情緒波動，莫名其妙地時而歡樂，時而頹喪，看見漂亮的面孔便會感到幸福，看到一個醜女人就會痛苦不堪。誠然，在印度住過後，碰到每個女人，他都會傾心。她們身上散發出一種朝氣，即便最窮的女人也肯定比五年前穿戴得整齊多了；在他看來，當前流行的時裝式樣最愜意了：長幅的黑斗篷，纖細的身材，優雅的姿態；而且，人人顯然都有化妝的習慣，真令人心醉呀。每個女人，甚至最受尊敬的女人，都有溫室內玫瑰般的面頰，殷紅的嘴唇，好似被刀子割過似的，加上黑色鬈髮，處處都顯示出藝術加工；無疑地，國內發生了一種什麼變化。青年們在想些什麼呢？彼得．沃爾什思索著。

他揣想，那五個年頭——一九一八至一九二三——在某種程度上是關鍵的五年，人們變得異樣了，報紙也和過去不同了；譬如，現在竟有人在一張正經的周報上公然談論廁所。要是在十年之前，絕對不允許——這樣公開地在有名的周報上談論廁所。還有，在大庭廣眾之間，竟然掏出口紅或粉撲，塗脂抹粉起來。在回國途中，船上有許多青年男女——他特別記得貝蒂和伯第——居然當眾打情罵俏；年邁的母親卻兀自坐在一旁打毛線，看在眼裡無動於衷。那姑娘竟會當著大家的面，在鼻子上撲粉哩；況且他們並未訂婚，只是逢場作戲，雙方都不傷感情。那個叫貝蒂什麼的，真夠老練吶；不過，在他看來，不失為一個好姑娘。到她三十歲的時候，她會成為好妻子的——在適當的時機她會嫁人，嫁給某個闊老，住在曼徹斯特㊻附近的一所大廈裡。

是誰這樣做了呢？彼得·沃爾什思量著，拐彎走到大路上——是誰嫁了個有錢人，住在曼徹斯特附近的一所大廈裡？那人最近給他寫了封熱情洋溢的長信，大談了一通「藍色的繡球花」。她是看到了藍色繡球花才想起他和往事的——噢，當然是薩利·賽頓嘍！是她——那個任性、大膽、浪漫的薩利！無論誰也想不到她竟會嫁給一個闊佬，去住在曼徹斯特附近的一所大廈裡。

但是，在過去的那些人中間，在克蕾麗莎的那些朋友中間——惠特布雷德·金德斯利一家、坎寧安一家，以及金洛克·瓊斯一家——薩利可算鳳毛麟角。不管怎麼說，她試圖從正確的角度去看待人事，她總算看透了休·惠特布雷德的為人——那位令人欽佩的休——當時，克蕾麗莎和其餘的人都對他五體投地哩。

「惠特布雷德一家嗎？」她的話好像仍在彼得耳邊迴響。「他們是幹什麼的？煤商，可尊敬

———

㊻英國西北部大城市。

的生意人。」

由於某種緣故，她厭惡休的為人。她說，休只想到自己的外貌。他應該是個公爵，那麼他必定會娶個公主呢。誠然，在彼得認識的人中間，休對英國貴族懷有最特殊的、最本能的、最崇高的敬意，甚至克蕾麗莎也不得不承認這一點。喔，不過他真是個好人呀，那麼忘我，為了母親的歡心而放棄打獵——還記得她姨媽的生日，等等。

說句公道話，薩利沒有被這一切矇騙。有一件事彼得記憶猶新。那是個星期天上午，他們在布爾頓爭論女權問題（那個老問題），當下薩利勃然大怒，指責休代表英國中產階級的一切最卑鄙的東西。她對休說，她認為，他對皮卡迪利大街上「那些可憐的女子」⑰的境況負有責任——休，可憐的休，這位十足的紳士！——從沒有人顯得像他那樣震驚！事後她告訴彼得，她是故意冒犯休的（那時她和彼得經常在菜園裡會面，交換記下的信息）。「他不讀書，不思考，痲木不仁。」彼得耳邊又響起薩利用十分強調的語氣講的這些話。這種語氣表達的內容遠遠超過她瞭解的情況，她說，小馬倌也比休更有生氣哩。他正是那種私立學校培養的典型，她說，只有英國這種國家才可能產生像他那樣的人。由於某種原因，她確實對他鄙視透頂，對他懷有某種怨恨。曾經發生過一樁事——他記不清什麼事了——是在吸煙室裡。他侮辱了她——吻了她嗎？真不可思

———

⑰指流落街頭的妓女。

議！當然，誰也不相信對休的任何壞話。誰能相信呢？在吸煙室裡吻薩利！天曉得！如果是什麼伊迪斯貴族小姐，或者什麼維奧莉特夫人，那倒頗有可能，但決不會是那個衣衫不整、一文不名的薩利，何況她還有個父親（興許是母親）在蒙的卡羅賭博呢。因為在他的相識者中間，休為人最勢利——最愛拍馬——其實他並非十足的馬屁精。他這個人過於一本正經，不可能老是阿諛別人。把他比作第一流的侍從顯然更合適——就是那種跟在主人背後提箱子的角色；可以放心地派他去發電報——對女主人來說，他是不可或缺的人物。況且，他找到了差使——由於娶了個貴族小姐伊芙琳為妻，他在宮廷裡得了個小差使：照料陛下的地窖，擦亮皇家用的鞋扣，穿著短外褲和有褶邊的制服當差。在宮廷裡幹一份小差使！生活多麼無情！

他與那位貴族小姐伊芙琳結了婚，就住在這兒附近吧，彼得想（他注視著俯瞰公園的宏大建築），因為有一次，他曾在其中一座房子裡用過午餐，那裡面有些陳設就同休所有的財產一樣，在別人家裡幾乎是絕無僅有的——可能是放床單、毛巾等的櫃子之類。你不得不走過去觀賞一番——無論那是什麼東西，你不得不花許多時間讚美它——不管是放床單的櫃子，還是枕套，老橡木傢俱或者圖畫，休選擇這些是從一首古老的歌謠得到的啓示。不過，休的太太有時會露出馬腳。她是那種不起眼的、膽小如鼠的女人，一味崇拜強有力的男子漢。她幾乎被人忽視。然而，她會突然出人意表地講起話來——講得挺尖刻。或許，她還留著一丁點兒高貴的氣派吶。燃煤的蒸氣使空氣混濁，對她不太適宜吧。反正，他們就住在那兒，連同他們的床單櫃、名畫，以及配上地道花邊的枕套，一年約莫有五千或一萬英鎊的收入；可是我，彼得思忖，儘管比休大兩歲，卻為找職業而困擾呢。

他已五十三歲了，可還得求他們設法給他一份秘書的職務，或給他找個教孩子拉丁文的代課的工作，去忍受辦公室裡某個小官吏的差遣，僅僅為了一年能掙上五百英鎊；因為，他要是娶了戴西，即便加上撫恤金，他們的收入也不能低於這個數目。惠特布雷德大概能幫他一把，達洛衛也能辦到，他並不介意請達洛衛幫他忙。達洛衛是正人君子，只是有點狹隘，腦子不怎麼靈活；這些都是事實，但他是徹頭徹尾的正人君子。無論什麼事，他都以同樣刻板的理智去處理，沒有半分想像力，也沒有一絲才氣，卻有一種無法形容的優點，這是他一類人所共有的。他應該是個鄉紳——搞政治完全是浪費他的精力。在野外養狗騎馬，最能發揮他的長處。譬如有一回，克蕾麗莎的長毛狗掉入陷阱，有半個爪子都撕裂了，克蕾麗莎暈了過去，而達洛衛卻把一切都辦得妥妥貼貼——給狗兒紮上繃帶，安上夾板，安慰克蕾麗莎，叫她別驚慌失措。敢情這便是她喜歡達洛衛的緣故——她需要的正是這個：「啊，親愛的，別傻了，握住這個——把那個拿來。」一邊又不斷對狗兒說些什麼，好像它也是人哩。

然而，她怎麼能全盤接受他那一大通關於詩歌的議論呢？她怎麼能聽任他大談特談莎士比亞呢？理查德·達洛衛氣勢洶洶地大放厥辭，說什麼正經人都不應該讀莎士比亞的十四行詩，因為念這些詩就像湊著小孔偷聽（況且他不贊成詩中流露的那種曖昧關係㊽），還說什麼正派人不應當讓妻子去拜訪一個亡婦的姊妹。簡直莫名其妙！唯一的辦法是用杏仁糖塞住他的嘴——他是在晚餐桌上說的這番話。可是，克蕾麗莎把他的謬論照單全收，認為他非常誠實，頗有獨到之見。天知道她是否認為，達洛衛是她遇到的最有思想的人吶！

這一點，又成了彼得和薩利之間的一根紐帶。他們常到一個花園裡散步，園子四周有圍牆，栽著玫瑰花和大棵的花椰菜——他還記得薩利摘下一朵玫瑰，止步讚嘆月光照耀下捲心菜葉多美（他好多年來從未想過這些往事，奇怪的事，昔日的情景竟然這麼歷歷在目地湧上心頭）；此外，薩利又懇求他把克蕾麗莎帶走（誠然她是半開玩笑地說），把她從休和達洛衛之流「不折不扣的紳士們」那裡拯救出來，他們只會「扼殺她的靈魂」（那時薩利寫了許多詩歌），只能使她成為一個主婦，滋長她的世俗感。不過，對克蕾麗莎也應當公正。無論如何她不會嫁給休，她很明白自己需要的是什麼。她的情感全部露在表面，而在內心深處，她卻十分機敏——例如，在判斷人的性格上，薩利遠遠不及她，這種能力完全出自一種女性的直覺，她具有女性特有的天賦，不管在何處，她都能創造個人的小天地。她走進一個房間，站在門口，周圍簇擁著一大羣人，就像他常看到的那樣，但留在人們記憶中的卻是克蕾麗莎。並非是她與眾不同，她一點也不美，沒什麼動人之處，談吐也從不顯得格外機智，儘管如此，她卻令人難忘，念人難忘。

㊽莎士比亞十四行詩中眷戀的對象，是一位貴族青年（傳說是詩人的恩主）以及一位「黑膚女郎」。

不，不，不！他不再愛她了！不過，今天早上看到她拿著剪刀和綢片準備宴會之後，他無法抑制自己對她的思念；他的心頭不斷浮現她的倩影，彷彿坐在火車裡，總是感到枕木的顛簸；誠然，這不是愛情，只是想念她，也批評她；事隔三十年，一切又重新開始，他試圖剖析她的性格。顯然她很世故，過分熱衷於社交、地位和成功。從某種意義上講，這些都是真實的，她本人曾向他承認過。（只要你不厭其煩，總是能從她那兒瞭解到真情，她不會撒謊。）她會說，她討厭衣衫不整的女人，討厭思想保守和一事無成的人——大概就像他那種人吧；她認為，人們沒有權利游手好閑，懶懶散散，無所事事；人必須幹一番事業，出人頭地；在她看來，在她的客廳裡見到的社會名流、公爵夫人和白髮蒼蒼的老伯爵夫人，象徵著某種實際的權勢，而他卻認為這批人毫無價值可言。有一回她說，貝克斯巴勒夫人體態軒昂（克蕾麗莎本人也同樣，她決不會懶洋洋地斜靠著，總是挺直身子，其實有點僵硬）。她說，那些名流體現了一種勇氣，隨著年齡的增長，她越來越敬佩這種勇氣了。當然，其中不少是達洛衛先生的觀點，諸如熱心公益、大英帝國、關稅改革、統治階級的精神，等等，所有這些對她潛移默化，薰陶頗深。儘管她的才智超出達洛衛兩倍，她卻不得不用他的眼光去看待事物——這是婚姻的悲劇之一。雖然她自己也有頭腦，卻老是引用理查德的話——好像人們讀了晨報以後，還無法確切瞭解理查德在想些什麼似的！譬如說，舉行這些宴會都是為了他，或者可以說，為了她理想中的他（其實，替理查德說句公道話，他要是在諾福克㊾鄉下務農會更愉快些）。她把家裡的客廳變成一種聚會的場所，在這方面她簡直有天才。彼得曾屢次看見她庇護一個初出茅廬的青年，擺布他，轉化他，教他覺醒，送他踏上人生的歷程。誠然，無數乾巴巴的人都聚集在她周圍。但是，也會突然冒出幾個意想不到的人物：有時出現一位藝術家，有時是一位作家，這類人同那種氣氛格格不入。並且，這一切後面還有一整套的探親訪友，留贈名片，待人以禮，帶著一束束鮮花與小禮品到處奔走；比如，某某人要到法國去了——就得送只氣墊給他；像她這種女人投入的無休止的社交活動，確實令人身心交瘁，她卻真心誠意地樂此不倦，乃是出於天性吧。

奇怪的是，在他熟識的人中間，她是最徹底的無神論者，也許（她在某些方面令人一眼見底，在另一些方面卻十分難以捉摸，以前他慣於用這種想法去解釋她的為人）她對自己這麼說：既然我們的民族被鎖在即將沉沒的船上，注定要滅亡（她少女時代最愛讀赫克斯利㊿和廷德爾[51]的著作，兩人都愛用海上生涯的比喻），既然這一切只不過是可怕的笑話，就讓我們至少盡一份力吧，減輕我們同室囚徒的痛苦（又是赫克斯利的語言），用鮮花和氣墊裝飾地牢，儘可能保持

㊾英格蘭東部一郡名。

㊿赫胥黎（Thomas Henry Huxley, 1825～1895）：英國生物學家，對海洋動物深有研究。他讚同達爾文的進化論，同當時的宗教勢力激烈鬥爭。

[51]廷德爾（John Tyndall, 1820～1893）：英國物理學家。

體面吧。那些凶神惡煞，不能讓他們隨心所欲，為所欲為——她認為，神始終在利用每一個社會去傷害、妨礙、摧毀人的生命，但是只要你舉止端莊，不失大家閨秀的風範，那麼神的威力就會大受挫折。她那種心情完全是受了西爾維亞之死——那件可怕的事——的影響。克蕾麗莎老是說，目睹自己的親姐妹被一棵倒下的樹壓死（那全是賈斯廷．帕里的過錯——全怪他不小心），足以使你憤世嫉俗；當時西爾維亞也正當豆蔻年華，又絕頂聰敏，在姊妹中最為出色。或許，後來克蕾麗莎不那麼憤慨了；她認為沒有什麼神，也不是任何人的過錯；這樣她就形成了一套無神論者的宗教——為善而善。

誠然，她生活得很幸福。她天生就喜愛生活的樂趣（雖然，天曉得，她也善於掩飾內心；儘管與她相處多年，他仍經常感到，自己對她的瞭解還相當膚淺）。不管怎樣，她並不怨天尤人，也沒有賢妻良母那種令人反感的美德。她幾乎什麼都喜歡。倘若你和她在海德公園散步，她會醉心於一叢鬱金香，一會兒對童車裡的一個小孩發生興趣，過一會兒又心血來潮，臨時編造什麼荒唐的戲劇場面。（假如她認為有些戀人不幸福，她很可能去安慰他們呢。）她有一種了不起的喜劇感，而不可避免的後果是她把時間都消磨殆盡，午宴、晚宴，舉辦她那些永無休止的宴會，說些莫名其妙的話，或者言不由衷，從而使腦子僵化，喪失分辨能力。她會坐在餐桌的首席，煞費心機應酬一個可能對達洛衛有用的傢伙——他們對歐洲最無聊的瑣事都瞭如指掌——或者，伊麗莎白走了進來，一切又得圍繞她轉。伊麗莎白在中學念書。上一次彼得到她家去的時候，伊麗莎白還處在不善於辭令的階段。她是個臉色蒼白、眼睛圓圓的姑娘，生性緘默、遲鈍，壓根兒不像她的母親。她認為一切都理所當然，任憑母親小題大做一番，然後問道：「我可以走了嗎？」好像她只是個四歲的孩子呢。克蕾麗莎解釋道，伊麗莎白是去打曲棍球的，聲調中混合著愉悅和自豪，這種感情看來是達洛衛本人在她心中激起的。現在伊麗莎白可能已經「進入社交界」，因而把他看作思想守舊的老頭，嘲笑她母親的朋友。唉，這也沒什麼。彼得．沃爾什一手執著帽子，走出攝政公園，心裡想，老年的補償只有一點：雖然內心的熱情依然像往昔一般強烈，但是獲得了——終於獲得了——給生命增添最可貴的情趣的力量——掌握生活經驗的力量，在陽光下慢慢地使生活重現的力量。

這是可怕的自白（他又戴上帽子），可他如今已五十三歲了，幾乎不需要伴侶。生活本身，生活的每一刻、每一滴，此時此地，這一瞬間，在陽光下，在攝政公園內，夠滿意了。實際上，過於滿足了。既然一個人已獲得這種力量，就會可惜人生太短促，難以領略所有的情趣，難以汲取每一滴歡樂、每一層細微的意蘊；兩者都比以往更為充實，更不帶個人情調。他再也不會經受克蕾麗莎給他的那種痛苦了。因為，在一段時間裡，連續好幾個小時，（上帝保佑，他可以這樣說而不致被人竊聽！）連續好幾個小時、好幾天，他絲毫沒有想念過戴西吶。

難道這是因為他依然戀著克蕾麗莎？他回想起昔日的痛楚、折磨和滿腔的激情。這一回可截然不同，比以前愉快得多。當然，事實上，現在是戴西愛上了他。興許，這一點可以說明，為什麼他在輪船啓航後，竟會覺得一件奇異的安慰，只想獨自清靜一下，其他什麼也不要；而且，在船艙裡看見戴西費心給他準備的小禮物——雪茄煙、筆記本、航海用的小氈毯——他竟會感到厭煩。任何老實人都會說：五十出頭的人不需要伴侶了；他再也不想討好女人，說她們很美了；年過半百的人，只要他們是誠實的，大多會這麼說，彼得·沃爾什思量著。

然而，這些令人震驚的感情流露——今天早上猝然流淚，那是什麼緣故呢？克蕾麗莎會怎麼想呢？敢情認為他是個傻瓜吧，並且不是第一次這麼想。這一切歸根結底是由於嫉妒，這種心理比人類任何一種情感都持久，彼得·沃爾什思忖，手裡握著小刀，手臂伸得筆直。戴西在最近來信中說，她曾去看過奧德少校；他知道她是故意寫上這一筆的，為了要他妒忌；他想像得出她蹙眉寫信時的模樣，她心中捉摸著怎樣才能刺傷他的心。然而，這一切都是枉費心機，他感到怒不可遏！他跑回英國來找律師調停，這一番鬧哄哄的忙亂並非為了娶她，而是為了不讓她嫁給別人。這正是由於妒忌之心在折磨他。當他看到克蕾麗莎那麼鎮靜、冷淡，那麼專心地縫裙子之類的衣服時，也正是妒忌心觸動了他；他意識到，她原來可以讓他不受痛苦，但恰恰是她，使他變成一個哭哭啼啼的老傢伙。不過，他兀自尋思，女人不懂得什麼是激情，想到這裡，他闔上了折刀。女人不理解激情對男人意味著什麼。克蕾麗莎委實冷若冰霜。她會坐在沙發上，在他身邊，讓他握著她的手，甚至主動吻一下他的面頰——他走到了十字路口。

有什麼聲音打斷了他的思路，一種纖細、顫抖的聲音，像氣泡一般不斷冒出，了無方向，毫無活力，沒有開端也沒有結尾，只是輕微地、尖利地飄蕩著，聽不出絲毫人間的意味：

依　恩姆　法　恩姆　梭

福　斯維　土　依姆　烏

聽不出這聲音是年輕人的還是老人的，男的還是女的；彷彿是一個古老的溫泉噴射的水聲，就在攝政公園地鐵站對面一個高高的、不斷震動的形體裡傳出來，它形似漏斗，又似生鏽的水泵，也像隨風飄曳的枯樹，光禿禿的，永遠長不出一片綠葉，任憑風兒在枝椏中穿梭，唱起：

依　恩姆　法　恩姆　梭

福　斯維　土　依姆　烏

枯樹就在那永無止息的微風中搖曳，晃動，發出一陣陣窸窣聲和嗚咽聲。

在所有的歲月裡——當人行道上布滿青草，成了一片沼澤，歷盡長毛象與象牙的世紀，歷盡太陽靜靜升起的世紀——受盡創傷的女人——她穿著裙子——右手裸露，左手貼在身邊，佇立著，唱起愛情的頌歌——她歌唱持續百萬年的愛、亙古不滅的愛。她輕輕地唱起了她那死去幾百萬年的情人。幾百萬年前，她的情人曾和她在五月裡並肩漫步；然而她記得，儘管光陰如夏日一般漫長，遍地盛開火紅的皺菊，隨著歲月的消逝，他離開了人間；死亡的巨鐮砍倒了巍巍羣山，終於，她那蒼老和花白的頭埋在已變成一塊冰渣的大地中；她祈求諸神，把一束紫石南放在她身旁隆起的墓地上；最後一輪夕陽的最後一抹餘暉殘照墳塋，因為到那時，宇宙的盛典行將告終了。

當這首古老的歌在攝政公園地鐵站的對面傳播時，大地似乎仍然郁郁蔥蔥，繁花似錦；儘管那歌聲出自下里巴人之口，彷彿從地上一個泥濘的洞口傳出，同紛亂的雜草和樹根纖維糾結在一起，然而，那首古老的歌宛如冉冉浮起的氣泡和淙淙的流水，浸透了無窮歲月的互相纏繞的根莖，浸透了白骨和寶藏，流水潺潺，匯成一條條溪澗，流過人行道，流過馬里勒柏恩大街，又往下向尤斯頓大街流去，滋潤大地，留下一星濕漉漉的斑點。

那歷盡滄桑的老嫗，好似生了鏽的唧筒，她仍然記得，在遙遠的古代，在五月裡一個艷陽天，她曾與情人並肩漫步；如今只落得伸出一隻手乞討銅錢，另一隻手緊緊攫住身側；一萬年之後，她依然會在那裡，回想起在一個五月的艷陽天，她曾去漫步，如今唯有海水奔騰了；至於跟誰一起漫步卻無關緊要——反正他是個男子，噢，真的，他是曾經愛過她的男子。然而，時光的流逝使那邈遠的五月的艷陽天變得朦朧了，一朵朵鮮艷的花瓣罩上了銀灰色的冰霜；她懇求他（就像她此刻毫不含糊地乞討一般）：「用你那甜蜜的眼神注視著我的眼睛吧。」可惜如今她再也看不見那褐色的眼珠、烏黑的髯子和曬紅了的面孔，只看到一個影影綽綽的身影，隱約閃現；她仍然以年逾古稀的人特有的、小鳥一般清新的神志，婉轉地抒唱：「把你的手給我，讓我溫柔地撫摸吧；」（彼得．沃爾什不由地給了這可憐的老嫗一枚銀幣，然後坐上出租汽車。）「即使被人看見又有何妨？」她問道，一面攥緊手，含笑地，把銀幣放入口袋；一雙雙好奇地凝視的眼睛似乎都不見了，過去的世世代代也隨之消逝——人行道上熙熙攘攘，中產階級的紳士淑女們匆匆地奔波——就像樹葉被踩在腳下，被那永恆的春天所浸潤，淹沒，定型——

依 恩姆 法 恩姆 梭

福 斯維 土 依姆 烏

「可憐的老婆子，」雷西婭．沃倫．史密斯說。

啊，可憐的悲慘的老婆子，她說。她站在街邊等待，準備穿過馬路。

倘若這是個雨夜？倘若那老婦人的父親，或者在她生活如意時認識過她的人，湊巧經過這裡，看到她落魄的模樣，會怎麼想呢？她在什麼地方過夜呢？

永不泯滅的游絲般的歌聲歡欣地、幾乎快活地漸漸飄入空中，猶如農舍煙囪裡的炊煙，裊裊升起，裹住了潔淨的山毛櫸樹，化成一縷青煙，在樹端的葉子中飄散。

「即使被人瞧見又有何妨？」

連續幾星期以來，雷西婭都悶悶不樂，因此，她對四周發生的一切都有感觸，有時候，看到面目善良的人們，她幾乎覺得必須在街上攔住他們，只是為了告訴他們：「我不幸福呢」；而那老婦人在街上唱著「即使被人瞧見又有何妨？」的歌，使她忽然感到一切都會好轉。她和丈夫正要去見威廉．布雷德肖爵士；她覺得那醫生的名字聽上去就很舒服，他肯定會立即治癒塞普啼模思的病。這時，過來了一輛啤酒廠的大車，灰色馬的尾巴上插著鬃毛般的稻草，豎得筆直，還有新聞招貼．她感到，不幸福的感覺完全是愚蠢的夢幻。

就這樣，塞普啼模思夫婦穿過馬路；他們究竟有什麼引人注目之處？有什麼特徵會引起一個過路人猜測：這個年輕人的胸中深深地藏著人世間最重要的啓示？並且，有沒有人會想到，他是人間最幸福而又最悲慘的人？也許他倆比其他人走得慢些，那男的顯得有些遲疑，躊躇不前；但是，對於多年來沒有在工作日的早晨到過倫敦西區的職員來說，還有什麼比仰望天空、左顧右盼更為自然呢？波特蘭街似乎是他進入的一個房間，那裡的人都已出外，吊燈懸掛在粗布袋裡，管家拉開了長簾的一角，讓一道道修長的光束照進室內，照在樣子古怪的空椅上；她向參觀的遊客介紹，這地方多麼美妙，多麼美妙；可是又多麼奇怪，他想。

從外表看，他應該是個職員，一個高級職員，因為他穿著棕色皮靴；他的手表明他頗有教養，他的側影也給人這種感覺——棱角分明，挺大的鼻子，睿智而敏感，可是他的嘴唇卻顯得鬆弛，不太相稱；他的眼睛（同多數人一樣）沒什麼特點，不過是淡褐色的大大的；總的說來，他是介乎兩者之間的邊緣人物：或許他最後會搬入珀利區的一座邸宅，還擁有一輛汽車；興許一生都在陋巷裡租一間小公寓；總之，他是那種靠自學得到一半教育的人，他的學問全都從公共圖書館借閱的書中獲得；他寫信給一些著名的作家，遵照他們的勸告，每晚工作之餘都要讀書。

至於生活中的其他經驗，就是人們獨自在臥室或辦公室內，在田野或倫敦街頭散步時感受的經驗，他均已通曉；他從小就離鄉背井，因為母親欺騙了他，因為他好多次沒洗手就下樓去喝茶，因為他看出斯特勞德[52]，詩人沒有前途；於是他便到倫敦去，只告訴了親信的小妹妹，並留下一封可笑的短信，就像大人物寫的那樣；只有當他們經過奮鬥而成名之時，普天下的人才會來拜讀他們的留言。

倫敦容納了成千上萬名叫史密斯的青年，但對於塞普啼模思之類奇特的名字毫不在意；父母給孩子取這樣古怪的名字，意欲使他們顯得與眾不同。他住在尤斯頓大街附近，有過形形色色的經歷。譬如，在兩年之內他那紅潤、稚氣、橢圓的臉就變得又尖又瘦，充滿敵意了。可是對於這一切，即使最善於觀察的朋友能說些什麼呢？除非像園丁早晨打開花房的門，看到他種的花兒又有一朵開放時所說的：花開了！那是虛榮、野心、理想主義、激情、孤獨、勇氣和惰性這些常見的種籽培育出的異葩，所有這一切混合起來（就在尤斯頓大街附近的斗室內）使他感到怯懦，說話結結巴巴，使他渴望提高修養，也使他愛上了伊莎貝爾·波爾小姐，她在滑鐵盧大街講解莎士比亞作品。

---

[52]英國西南部小城。

他不是有點兒像濟慈[1]嗎？她思忖著，考慮如何使他欣賞《安東尼和克利奧佩特拉》[2]以及其他莎士比亞戲劇；她借書給他，寫給他一些短簡；在他心中燃起生平唯一的烈火，並不產生熱量，僅僅在波爾小姐身邊閃爍金紅色火焰，無限幽雅而飄渺；背景是《安東尼和克利奧佩特拉》，滑鐵盧大街。他覺得她很美，相信她才智超羣，無瑕可擊；他在幻夢中思念她，寫詩奉獻給她，而她卻忽視其中眷戀之情，只用紅墨水筆替他改錯；有一個夏夜，他瞧見她穿著綠裙在廣場散步。「花開了，」園丁要是打開門可能會這樣說，換句話說，要是園丁在任何一個夜晚，約莫同樣的時刻，走進房來，看見他在寫作，看見他把寫的稿子撕掉，看見他在凌晨三點寫完一部巨著，奔到街上溜達，參觀教堂，有的日子禁食，有的日子痛飲，貪婪地讀莎士比亞、達爾文的著作，以及《文明史》和蕭伯納的作品。

布魯爾先生知道史密斯出了什麼事。布魯爾先生在西布利和阿羅史密斯公司當總幹事，那公司經營拍賣、估價和地產買賣。他認為，史密斯出了什麼事了；對這個年輕人，他有慈父般的感情，對史密斯的才能他高度評價，並且預言在十年至十五年內，他會成功地坐上經理室中陽光照耀的皮靠椅，四周環繞著存放契約等文件的箱子。「只要他保持身體健康，」布魯爾先生道。可

---

[1] 濟慈（John Keats, 1795~1821）：英國浪漫派詩人，著名詩篇有《夜鶯頌》、《秋頌》、《希臘古甕頌》等。

[2] 莎翁後期著名悲劇，取材於普魯塔克（Plutarch）著《希臘羅馬名人傳》。

是，史密斯看上去弱不禁風——這是個隱患；於是他建議史密斯去踢足球，鍛鍊身體，還請他吃晚飯，而且考慮推荐他提薪，但就在這時發生了一件事，推翻了布魯爾先生的大部分計劃，奪走了他手下最能幹的年輕人。歐洲大戰的魔爪是如此陰狠，如此無孔不入，終於把一座穀物女神的石膏像砸得粉碎，在天竺葵花床裡炸出個大洞，還把馬斯威爾希爾區布魯爾先生家的廚師嚇得神經錯亂。

塞普啼模思加入了第一批自願入伍者的行列。他到法國作戰，為了拯救英國；在他的頭腦中，英國這一概念幾乎完全是莎士比亞戲劇，以及穿著綠裙子在廣場散步的伊莎貝爾．波爾小姐。在法國戰壕裡，他的身心立刻發生了一種變化，也就是布魯爾先生建議他踢足球時設想的變化；他變成了雄赳赳的男子漢，得到晉升，還受到長官埃文斯的青睞，甚至鍾愛。事情活像兩條狗在火爐前地毯上嬉戲；一條小狗耍弄一個紙球，咆哮著猛撲上去，不時咬一下老狗的耳朵；那老狗則懶洋洋地躺著，眼睛一眨一眨地望著爐火，伸出一隻爪子，轉身慈愛地吠叫幾聲。他們形影不離，分享一切，又爭吵，打架；然而，當埃文斯（雷西婭和他只有一面之緣，稱他是個「文靜的人」，他體格茁壯，一頭紅髮，在女性面前相當木訥），當埃文斯於停戰前夕在義大利犧牲時，塞普啼模思卻顯得無動於衷，甚至沒有看作一場友誼的終止，反而慶幸自己能泰然處之，頗為理智。戰爭教育了他。戰火是壯觀的。他已經歷全部過程：友情、歐洲大戰、死亡，得到過晉升，年齡不滿三十，肯定會活下去。這一點，他預料得不錯。最後一批炮彈也沒有擊中他。他冷漠地眼看它們爆炸。和平降臨之時，他正在米蘭，被安頓到一個旅店老板家去住，那兒有一個院子，盆裡栽著鮮花，小桌子放在空地上，老板的幾個女兒在做帽子。有一天晚上，他與這一家的小女兒盧克麗西婭訂了婚，當時意識到自己感覺麻木，因而驚恐萬分。

一切都已結束，停戰協定已經簽訂，死者亦已埋葬，可是，他卻被一種突如其來的恐怖所籠罩，晚上尤其可怕。他喪失了感覺的能力。那些義大利姑娘坐在房裡做帽子，他打開她們的房門，便能看到她們，聽見她們的聲音；小盤子裡盛著彩珠，姑娘們在彩珠中間搓金線；她們把硬麻布製的模型左右轉動，桌上堆滿了羽毛、金屬飾片、絲綢和緞帶，剪刀碰著桌面，發出嘎嘎聲；可是他有一個缺陷，喪失了感覺的能力。不過，剪刀的嘎嘎聲、姑娘們的笑聲，以及帽子的製作過程，這一切保護了他，保證了他的安全，給了他避難之處。可他不能整夜坐在那兒。他在清晨時常失眠。床在坍塌，他在往下掉。嗬，只要求得剪刀、燈光和硬麻布模型所保障的安全就行了！於是他請求盧克麗西婭嫁給他，她是兩個女孩中較年輕的，活潑而輕佻，長著藝術家特有的纖細的手指，她會經常翹起手指說：「奧妙盡在其中呢。」絲綢、羽毛，還有其他一切，在她的手指撥弄下都富有生命。

「帽子才是最重要的，」當他們一起去散步時，她會這麼說。她會仔細觀察一路上看見的每一頂帽子，觀察斗篷、衣裙以及婦女們的風度。她批評衣冠不整，也反對濃妝艷抹，但不帶惡意，只是以手勢表示不耐煩，就像一個畫家把刺眼的贗品從眼前拿開時所做的手勢，儘管那些假冒的畫匠顯然並無惡意。此外，盧克麗西婭會寬厚地而又帶著批評的眼光，稱讚一個裝束得恰到好處的女店員，或者以行家的目光，滿腔熱情、毫無保留地對一位剛下馬車的法國太太讚嘆不已。那位女士穿著灰鼠皮大衣、罩袍，戴著珍珠首飾。

「太美了！」盧克麗西婭低聲說，一邊用手肘推了推塞普啼模思，叫他也看。還有「美食」，陳列在玻璃櫥窗後面。他卻感到食而無味（雷西婭愛吃冰淇淋、巧克力一類的甜食）。他把杯子擱在大理石小桌上，不想吃。他望著街上的人羣，他們似乎很幸福，聚在街心，高聲叫嚷，嘻嘻哈哈，莫名其妙地爭論不休。他卻食而不知其味，感覺麻木。就在茶室裡，置身於茶桌和喋喋不休的侍者中間，那駭人的恐怖攫住了他的心靈——他失去了感覺的能力。他能推理，也能閱讀，例如，他能毫不費力地讀懂但丁55的作品（「塞普啼模思，你一定要把書放下，」雷西婭說，一面輕輕地闔上《神曲．地獄篇》）；他能算清帳目，頭腦十分健全；那麼，肯定是社會出了差錯——以致使他喪失了感覺力。

「英國人真是沉默寡言，」雷西婭道。她喜歡這樣，她說。她敬重那些英國人，也想看看倫敦，看看英國的駿馬和裁剪入時的衣服。她有一個姨媽嫁給了英國人，住在索霍56；她還記得，

55但丁（Dante Alighierl, 1265～1321）：義大利民族詩人。代表作《神曲》具有史詩的規模，概括了中世紀後期義大利的社會風貌與本質，並譴責教皇和僧侶的專制與貪婪；繼往開來地預示了文藝復興時代。

姨媽曾告訴她，倫敦的商店妙不可言哩。

他們搭上火車離開紐海汶，塞普啼模思凝望車窗外掠過的英格蘭大地，心中尋思：與許世界本身是毫無意義的吧。

在辦公處，上級提升他擔任要職，並為他感到驕傲。他曾榮獲十字勛章。布魯爾先生說：「你已盡了職責，現在該由我們……」他激動萬分，竟連話也說不下去。隨後，他與雷西婭搬進了托特納姆考脫大街旁一所令人羨慕的宅子裡。

在這裡，他再次翻開莎士比亞的作品。少年時代對語言的陶醉——《安東尼和克利奧佩特拉》——消失得無影無蹤了。莎士比亞多麼憎惡人類——穿衣，生孩子，骯髒的嘴巴和肚子！這一點，如今已被塞普啼模思識破，那就是蘊含於華麗的詞藻之中的啓示。一代人在偽裝下傳給下一代人的秘密信息，無非是憎惡、仇恨、絕望。但丁就是如此。埃斯庫勒斯[57]（從譯本看來）也是如此。雷西婭就坐在那邊桌上裝飾帽子，那是為菲爾默太太的朋友做的，她按鐘點幹活兒。塞普啼模思覺得她看上去蒼白、神秘，猶如一朵淹沒在水下的百合花。

「英國人太一本正經，」她會這麼說，同時伸出手臂摟住塞普啼模思，把臉頰貼在他面孔

---

56 倫敦市中心一地區，以櫛比鱗次的夜總會、影劇院、異國風味的飯店等聞名；也是華僑的聚居區。

57 埃斯庫勒斯（Aeschylus，公元前525～前456）：古希臘戲劇家，稱為希臘悲劇之父。

上。

莎士比亞厭惡男女之間的愛情。兩性關係使他感到骯髒。可是雷西婭說，她一定要有孩子。他倆結婚已經五年了嘛。

他倆去觀光了倫敦塔㊺，參觀了維多利亞和艾爾伯特博物館㊻，站在人羣中觀看國王主持議會開幕式。還有那些商店——帽店、服裝店、櫥窗裡陳列著皮包的商行，雷西婭會站在那裡目不轉睛地細看。但是，她非得有個兒子。

她說，一定要有一個像塞普啼模思的兒子。其實，沒有人能與塞普啼模思相比：他那麼溫存，那麼莊重，又那麼聰敏。難道她不能也讀些莎士比亞的作品嗎？莎士比亞是個很難懂的作家嗎？

不能讓孩子在這樣一個世界上出生。他不能讓痛苦永久持續，或者為這些充滿淫欲的動物繁殖後代，他們沒有永恆的情感，只有狂想和虛榮，時而湧向這邊，時而又倒向那邊。

他諦視著雷西婭裁剪，整形，恰如一個人瞧著鳥兒在草叢裡跳躍，飛舞，連手指也不敢動一

㊺倫敦之東的城堡，現為國家博物館，館內收藏英國皇室珍寶。在歷史上，倫敦塔曾長期被用作主要的國家監獄。

㊻倫敦市內博物館，珍藏世界各國名畫。（艾爾伯特是維多利亞女王的丈夫。）

動。實際上，人既無善意，也無信念，除了追求眼前更多的歡樂之外，沒有仁慈之心，這就是真相（儘管她對此並不理會）。人們成羣結隊地去狩獵。他們結成一伙又一伙，去搜索沙漠，尖嘯著消失在荒野中。他們拋棄死者。他們臉上滿是怪相。譬如說，辦事處的那個布魯爾，他的小鬍子上塗了蠟，戴著珊瑚領帶扣針，穿著白色緊身褲，還有令人愉快的熱情——然而他的內心卻是一片冷漠和懦怯——他的天竺葵在大戰中炸毀了——他的廚師精神失常；再比如那個叫阿米莉亞什麼的，總是在五點準給大家送茶點——她是個目光狡黠、神色鄙夷、聲名狼藉、貪得無厭的小東西；還有那些穿著漿洗過的硬襯胸的湯姆和伯蒂們[60]，他們身上滲出一滴滴罪惡，他們從未見過他在筆記本上畫的他們的醜態：赤身露體，裝模作樣。在街上，卡車在他身邊隆隆駛過，招貼畫上揭露種種令人眩目的暴行：男人陷在礦井下，女人被活活燒死；有一次，一羣傷殘的瘋子列隊在托特納姆考脫大街上，跨著輕鬆的步伐，齜牙咧嘴地向他點頭，從他身旁擦肩而過，每個人都抱歉似地、而又得意洋洋地顯示不可救藥的苦惱；這些瘋子正在操練、透風，也許是做為展品，供公眾消遣（人們哄然大笑）。他會不會發瘋呢？

喝茶的時候[61]，雷西婭告訴他，菲爾默太太的女兒要生孩子了。她可不能一天天衰老而沒有

---

[60] 泛稱，指庸庸碌碌之輩。
[61] 英國人在下午四點半至五點左右有喝茶的習慣，茶桌上備有糕點、餅乾之類。

孩子！她很孤單，很不幸福！自從他們結婚以來，她第一次哭泣。她的哭聲遠遠地傳到他的耳畔，他確實聽到而且清楚地注意到哭聲，他把它與活塞的撞擊聲相比。但他並無感覺。

妻子在哭，他卻無動於衷；不過她每次這麼深切、沉默、絕望地啜泣時，他就向地獄沉下一級。

終於，他把頭埋入雙手之中，這一姿態過分做作，他完全明白其中毫無誠意，只不過是機械的動作而已。現在他已投降，要由別人來幫助他；一定得喚人來，他屈服了。

什麼也無法使他醒來。雷西婭扶他上了床，請來了一位醫生——菲爾默太太介紹的霍姆斯大夫。那大夫給他作了檢查，說他什麼病也沒有。哦，真令人寬慰！多麼善良、多麼好心的人啊！雷西婭自忖。霍姆斯大夫說，要是他自己感覺異樣的話，就上音樂廳去排遣，或者同妻子一起休假一天，打高爾夫球。為什麼不在臨睡前吃點溴化劑呢？每次兩片，用開水吞服。霍姆斯大夫敲敲牆壁說，勃盧姆斯伯里[62]一帶的老房子內，嵌板細工大都做得挺講究，不過，房東卻愚蠢地用牆紙把它們全糊上；不久前有一天，他去看一個叫什麼爵士的病人，住在貝德福德廣場[63]……

這樣看來，沒有任何藉口了，他什麼病也沒有，只犯了那樁罪過，為此，人性已判處他死

---

[62] 倫敦市中心一地區，係不列顛博物館和倫敦大學所在地。維吉尼亞·吳爾芙自1904年起就在這裡居住。

[63] 屬於勃盧姆斯伯里區，在不列顛博物館附近。

刑，讓他喪失感覺。埃文斯陣亡時，他滿不在乎，那便是他最大的罪過；可是在清晨，所有其他罪行都在床的圍欄邊昂起頭來，搖晃著手指，針對他那平躺的身體冷嘲熱諷。他躺在床上，意識到自己墮落了；他並不愛妻子，卻跟她結婚，欺騙了她，引誘了她，並且使伊莎貝爾·波爾小姐怒不可遏；他身上布滿斑斑點點的罪惡，因而，婦女們在街上看見他便會嚇得發抖。對這樣的可憐蟲，人性的判決是死亡。

霍姆斯大夫再度來訪、出診。他身材高大，面色紅潤，儀表堂堂；他輕輕地踢幾下靴子，照幾下鏡子，把一切都說成無關緊要——頭痛囉、失眠囉、驚恐囉、亂夢囉——他說這些只不過是神經質的症狀，其他什麼也不是。假如霍姆斯大夫發現自己一百十六磅的體重減輕了，即使僅僅減輕半磅，他也要在早餐時叫妻子給他再來一份麥片粥（雷西婭得學會煮麥片粥呀）；他又說，總而言之，健康主要靠自己掌握。要使自己對外界事物感興趣，養成某種愛好。他打開莎士比亞劇本——《安東尼和克利奧佩特拉》——又把莎士比亞的書推開。霍姆斯大夫說，要有一種興趣與愛好，因為，他自己那強健的體魄（他工作起來同許多倫敦人一樣努力）就該歸功於這一點：他總是能把精力從治療病人轉到搜羅古董式的傢俱，難道不是這樣嗎？啊，要是不嫌冒昧的話，他得說，沃倫·史密斯太太插的那把梳子可真漂亮哩！

當這該死的傢伙再次來訪時，塞普啼模思拒絕見他。他真的不見我嗎？霍姆斯大夫愉快地微笑著說。呃，他不得不友好地推開嬌小可愛的史密斯太太，這樣才能越過她，進人她丈夫的臥室。

「哦，你害怕了，」他歡快地說，在病人身邊坐下。竟然對妻子說什麼要自殺，她還那麼年輕，又是外國人，不是嗎？難道這不會使她對英國丈夫產生一種極其古怪的想法嗎？一個人對自己的妻子得負一種責任吧，難道不是嗎？與其躺在床上，還不如去幹一項工作，不是更好嗎？他已經有四十年的經驗了，塞普啼模思可以相信，霍姆斯大夫不會騙他——他壓根兒沒有病。下一次霍姆斯大夫再來時，希望看到塞普啼模思已經起床，不再使他的妻子，那位嬌小可愛的太太，為他那麼擔憂了。

總之，人性——這個鼻孔血紅、面目可憎、殘暴透頂的畜生抓住他了。霍姆斯抓住他了。霍姆斯大夫每天按時來看他。塞普啼模思在一張明信片背面寫道：一旦你失足走入歧途，人性便纏住你不放。霍姆斯不會放過他。他倆唯一的生路只有逃跑，不讓霍姆斯知曉，逃往義大利——無論何處，無論何地，只要離開霍姆斯。

但是，雷西婭不能理解他。霍姆斯大夫那麼善良嘛。他對塞普啼模思關心備至。他說，他一心想幫助他們。她告訴塞普啼模思，霍姆斯大夫有四個孩子，他邀請她去喝茶呢。

這麼說，他被遺棄了。全世界的人在叫嚷：為了我們，自殺吧，自殺吧！可他為什麼要為了他們而自殺呢？想想看，食物可口，太陽溫暖；而自殺這回事，又該怎麼辦呢？用一把餐刀，血流滿地，太噁心了——還是吸煤氣管吧？他太軟弱了，幾乎連手也難以舉起。況且，他已被判決，遭到遺棄，孑然一身，同瀕死的人一樣孤苦伶仃；然而，在這孤獨中，卻自有莫大的欣慰，崇高的獨立不羈，逍遙自在，那是有牽掛的人無法享受的。誠然，霍姆斯是勝利者，那長著血紅鼻孔的畜生是勝利者。不過，即使霍姆斯本人也無法碰一下這個被拋棄、被排斥的畸零人，在天涯海角飄泊的最後一個厭世者，他回眸凝視紅塵，彷彿溺水而死的水手，躺在世界的邊緣。

正在那關頭（雷西婭出去買東西了），偉大的啓示降臨了。簾幕後面傳來一個聲音。埃文斯在講話。死者與他作伴了。

「埃文斯，埃文斯，」他呼喚著。

史密斯先生在大聲自言自語，年輕的女僕艾尼絲在廚房裡告訴菲爾默太太。當她端著托盤進去時，他高聲叫道：「埃文斯，埃文斯！」她大吃一驚，嚇得跳起來。她跌跌撞撞地奔到樓下。

雷西婭走進來，手裡捧著鮮花。她穿過房間，把玫瑰花插入花瓶中，陽光直射在花朵上，雷西婭在室內歡笑，雀躍。

雷西婭說，她不得不從街上一個窮人手裡買下這些玫瑰；不過，花兒差不多凋謝了，她說，一面插好玫瑰花。

唔，外面有一個人，肯定是埃文斯；至於雷西婭說的幾乎凋謝的玫塊，則是他在希臘田野上採擷的。互通信息意味著健康，幸福。互通信息，他輕輕地咕噥著。

「你在說些什麼，塞普啼模思？」雷西婭問他，心中恐懼萬分，因為他在喃喃自語。

她吩咐艾尼絲跑去請霍姆斯大夫。她說她的丈夫精神錯亂，幾乎連她也不認識了。「你這個畜生！你這個畜生！」塞普啼模思罵著，因為他看到了人性，也就是霍姆斯大夫，走進房間。

「哎，這一切是怎麼回事？」霍姆斯大夫用人世間最溫和的語氣問他。「胡言亂語嚇唬你的老婆嗎？」霍姆斯會給他服一些藥，讓他安睡的。如果他們很有錢的話（霍姆斯冷嘲地掃視一下房間），如果他們不信任他的醫道，那麼，他們滿可以上哈利街[64]去求醫；霍姆斯大夫說這幾句話時，不那麼和顏悅色了。

時間恰恰十二點正，大本鐘敲響了十二下，鐘聲飄蕩至倫敦北部，同其他鐘聲匯合，又與雲彩及煙霧飄渺地交融，終於在藍天翱翔的海鷗之間消逝了——當克萊麗莎·達洛衛把綠色衣裙放在床上，當沃倫·史密斯夫婦一走上哈利街，就在此時，正午的鐘聲敲響了·十二點是他們預約的時間。雷西婭望過去，心想，那也許就是威廉·布雷德肖爵士的寓所吧，門前停著一輛灰色汽車。（一圈圈沉重的聲波在空中回蕩而消融。）

果然——是威廉·布雷德肖爵士的汽車，那輛灰色汽車，車身低、功率高，嵌板上只簡樸地刻著他的姓名縮寫，字字連綴；似乎他認為，不宜刻上貴族的紋章，因為他更高貴，乃是神靈的

[64]倫敦一街名，是收費昂貴的私人醫生聚集之處。

助手，傳播科學的大法師。正因為汽車是灰色的，為了同這莊重與柔和的色澤相配，車內層層疊疊鋪設灰色毛皮和銀灰色毛毯，這樣，爵士夫人在車中等候時就不會受風寒侵襲。威廉爵士經常駕駛六十英里甚至更長的路程，到鄉間去為那些有錢的病人出診，恰如其分地索取高額診金，因為這些病人付得起。爵士夫人背靠座位在車中等候一小時或更長一些時間，膝蓋周圍用毛毯裹住，心中有時想著病人，有時想著一堵金牆；就在她等待的時候，金牆每分鐘都在增高；她這麼想是有道理的，因為金牆能使他們倆擺脫所有的變故和憂慮（她曾勇敢地忍受憂慮，他倆曾苦苦奮鬥）。她這麼想著、想著，感到自己置身於寧靜的海洋上，那裡唯有香風吹拂；她受人尊敬、讚美、羨慕，她的願望好像都已實現，儘管身子肥胖不免令她遺憾；每星期四晚上，他倆都要設盛宴，招待同行；偶爾為義賣市場剪彩，還覲見過皇族；可惜她和丈夫相聚的時光過於短暫，因為他的工作越來越繁忙；他們有一個兒子在伊頓公學[65]念書，學習很出色；她還想生一個女兒；她的興趣很廣泛，兒童福利囉、癲癇症的病後調養囉，她都關心；此外，她也酷愛攝影，要是正在興建一座教堂，或者一座教堂行將倒坍，她就會在等候丈夫的時候，買通教堂司事，拿了鑰匙進去拍照，那些照片幾乎能和職業攝影師的作品媲美呢。

---

[65] 伊頓公學：英國最著名的私人學校，1440年由亨利六世創建。歷屆畢業生中成為政界、工商界與學術界的名人甚多，例如惠靈頓公爵、格拉斯通首相、麥克米倫首相、道格拉斯·霍姆首相，等等。

威廉爵士本人年紀不輕了。他曾拼命工作，他的地位完全由於他的能力（其父是個小店主）；他熱愛自己這一行，善於在大場面上顯露頭角，又有雄辯的口才——當他受封爵位時，多年的辛勞使他顯得滯重、倦怠（川流不息的病人簡直永無休止，名醫的重任和特權那麼艱巨），這種倦怠的神色配上白髮，使他的形象更顯得與眾不同，並且帶來一種聲譽（這對於治療神經科疾病尤為重要），說他不僅具有閃電般的絕技和幾乎萬無一失的診斷，而且富有同情心，手腕高明，洞察人心。當他們倆（沃倫．史密斯夫婦）一走進房間，他便一目瞭然；一看到塞普啼模思，他就斷定這是一個極為嚴重的病例。他在幾分鐘內就確定，這是精神徹底崩潰的病例——體力和神經全面衰竭，每個症狀都表明病情嚴重（他在一張淺紅色病歷卡上記錄他倆的回答，一面小心地喃喃自語）。

霍姆斯大夫給他治療了多久？

六個星期。

開了一點溴化劑嗎？他說什麼病也沒有嗎？噢，是的。（這些普通開業醫生！威廉爵士心想，他一半時間都得花在糾正他們的錯誤上，有些根本無法彌補。）

「你在戰爭中表現很出色嗎？」

病人遲疑地再說了「戰爭」一詞。

病人給詞彙賦予象徵性的涵義。這是個嚴重跡象，應記入病歷卡。

「戰爭?」病人問。歐洲大戰——是小學生用火藥搞的小騷動嗎?他在服役期間表現很出色嗎?他真的忘了。正是在大戰中他失敗了。

「不,他在戰爭中表現非常出色,」雷西婭肯定地告訴醫生。「他得到了晉升。」

「在你的辦事處,人們對你的評價也很高嗎?」威廉爵士掃了一眼布魯爾先生那封充滿讚美之詞的信,低聲問道。「那麼,你沒什麼需要擔憂,沒有經濟問題,什麼問題也沒有,是嗎?」

他犯了一樁可怕的罪,被人性判處了死刑。

「我……我曾經,」他開始說,「犯了罪……」

「他什麼過錯也沒有,」雷西婭向醫生保證。威廉爵士道,如果史密斯先生不介意的話,他想和史密斯太太在隔壁房間談一談。你的丈夫病情很嚴重,威廉爵士告訴雷西婭。他是否揚言要自殺?

是的,他是這麼說的,她答道。不過,他不是當真的,雷西婭說。當然不是。問題只是他需要休息,威廉爵士道:休息,休息,再休息,長期的臥床休息。鄉下有一所令人愜意的療養院,她的丈夫會在那兒得到充分照料。要叫他離開她嗎?她問。威廉爵士道:沒有別的辦法,他必須離開她;當我們患病時,最親近的人對我們並無好處。不過,他沒有發瘋吧,不是嗎?她問。威廉爵士從來不提「瘋狂」這個詞,他稱之為喪失平衡感。她又說,她的丈夫不喜歡醫生,他會拒絕到療養院去的。威廉爵士簡短而耐心地跟她解釋病情。他曾揚言要自殺。所以,沒有別的辦法可供選擇。這是個法律問題。他將在鄉間一所美妙的屋子裡臥床休息。那裡的護士很出色吶。威廉爵士每星期會去探望他一次。假如沃倫．史密斯太太真的感到沒有其他問題需要問他了──他從不催促病人──那麼，他們就回到她丈夫那兒去。她說，沒有什麼要問了──沒有什麼需要詢問威廉爵士的了。

於是，他們回到塞普啼模思．沃倫．史密斯跟前，這個人類中最崇高的人，他是面對法官的罪人，綁在高處示眾的犧牲者，亡命之徒，溺死的水手，寫下不朽頌歌的詩人，撇開生命走向死亡的上帝。他坐在一張扶手椅上，在日光照耀下，諦視著布雷德肖夫人身穿宮廷服裝的照片，含糊地咕噥著關於美的字眼。

「我們已經簡短地交換了意見，」威廉爵士道。

「他說你病得很重，很嚴重，」雷西婭說。

「我們認為你應該到療養院去，」威廉爵士告訴他。

「霍姆斯辦的療養院嗎？」塞普啼模思嗤之以鼻。

這傢伙給我的印象極壞，威廉爵士自忖；因為他的父親是個生意人，他對教養和衣著懷有本能的敬意，衣衫不整使他惱怒；而且，更隱秘的原因是，威廉爵士內心深處嫉恨有教養的人，因為他自己從來沒時間讀書，而那些人來到他的診所，暗示醫生並非受過教育的人，儘管這個職業需要才智高超的人時刻絞盡腦汁。

「不錯，是我辦的一個療養院，沃倫．史密斯先生，」他說，「在那裡，我們將教會你休息。」
最後還有一樁事。
他深信沃倫．史密斯先生復原以後，世上沒有人會比他更溫存，決不會讓妻子驚嚇的。不過，他曾揚言要自殺哩。
「我們都有消沉的時候嘛，」威廉爵士道。
你一旦失足，人性就會揪住你不放，塞普啼模思反覆告誡自己。霍姆斯和布雷德肖不會放過你的。哪怕你逃入沙漠，他們也會去搜索，哪怕你遁入荒野，他們也會尖叫著衝過來，還用拉肢刑具和拇指夾66折磨你。人性殘酷無情哪。
「他有時會衝動嗎？」威廉爵士問雷西婭，把鉛筆擱在淺紅色病歷卡上。
那是我自己的事，塞普啼模思在一邊說。
「沒有人只為自己而活著，」威廉爵士道，同時瞟了一眼他妻子穿著宮廷服裝的相片。
「你還有遠大的前程哩，」威廉爵士道。布魯爾先生的信就放在桌上。「前途無量嘛。」
假如他吐露真情呢？假如他實言相告呢？霍姆斯、布雷德肖會不會放過他？

66中世紀迫害異教徒的殘酷刑具。

「我……我……」他結結巴巴地說。

可他究竟犯了什麼罪？想不起來了。

「什麼？」威廉爵士鼓勵他說下去。（時間可不早了。）

愛、樹木，沒有罪行——他給人們的啓示是什麼呢？

想不起來了。

「我……我……」塞普啼模思結結巴巴地說不下去。

「儘可能少考慮你自己，」威廉爵士善意地勸他。說實在的，他這樣的身體根本不宜走動。

你們還有什麼事要問我嗎？威廉爵士道。他會作好一切安排（他低聲告訴雷西婭），他會在當天傍晚五點到六點之間通知她的。

「一切都托付給我吧，」他說，接著打發他倆走了。

雷西婭出生以來從未感到如此痛苦，絕對沒有！她祈求醫生幫助，卻遭到了冷漠，敷衍了事！他辜負了他倆的期望！威廉爵士不是個好心人。

當他倆走到街上時，塞普啼模思說：光是保養他那輛汽車就得耗費不少錢吧。

她緊緊攫住他的手臂。他倆被人拋棄了。

其實，她對醫生還能有什麼奢望呢？

他已給了病人三刻鐘時間。如果在這門精確的科學中，一個醫生喪失了平穩之感，就不成其為醫生了，何況這門科學涉及的是我們一無所知的領域——神經系統，人的大腦。我們必須有健康的體魄，而健康就意味著平穩。當病人走進你的診所，宣稱他就是耶穌基督（這是個常見的錯覺），還說他要給世人啓示（病人大都這麼說），並且揚言要自殺（他們經常這麼揚言），那醫生就得運用平穩的手段：命令病人臥床休息，獨自靜養，安靜和休息；休息期間不會見朋友，不看書，不通信息；休息六個禮拜，直到病人的體重從進院時的七點六磅增加到十二磅為止。

平穩，神聖的平穩，乃是威廉爵士的女神。他獲得這一概念是在巡視病房之時，在垂釣鮭魚之時，在布雷德肖夫人於哈利街生兒子的時刻。布雷德肖夫人也釣鮭魚，而且，她拍的照片同職業攝影師的不相上下。由於他崇拜平穩，威廉爵士不僅自己功成名就，也使英國日益昌盛；正是像他之類的人在英國隔離瘋子，禁止生育，懲罰絕望情緒，使不穩健的人不能傳播他們的觀點，直到他們也接受他的平穩感——如果病人是男子，就得接受他的觀念，如果是女子，就接受布雷德肖夫人的觀念（這個賢妻良母繡花，編織，每星期有四天在家陪伴兒子）；正因為如此，不僅同行尊敬他，下屬害怕他，而且病人的親友對他懷有最深切的感激，因為他堅決主張：那些預言世界末日或上帝顯靈、自命為基督或女基督的男男女女預言家們，統統應該遵照威廉爵士的命令：躺在床上喝牛奶——這是威廉爵士根據三十年來治療這類病例的經驗，以及他那一貫正確的直覺得出的結論。這，便是瘋狂——這種觀念，他那平穩的觀念。

然而，平穩還有個姊妹，不那麼笑容可掬，更令人敬畏；這位女神此刻正要衝下聖殿，打碎偶像，代之以她自己那嚴峻的形象——在炎熱的印度沙丘上，在泥濘的非洲沼澤地裡，在倫敦的貧民窟；總之，只要不正常的氣候或魔鬼引誘人們放棄自己的真實信念，她便會在那裡出現。她的大名叫感化，她盡情地蹂躪弱者的意志，熱衷於引人注目，發號施令，強加於人，把自己的容貌刻在民眾臉上而得意洋洋。在海德公園的自由論壇上㊼，她站在一個桶上宣講；她身穿白衣，裝出兄弟般仁愛的面貌，在工廠和議會裡走動，帶著一副懺悔的模樣；她提供援助，但渴望權力；她粗暴地懲罰異己分子或心懷不滿的人；她賜福於馴良之輩，他們仰望她，卑躬屈膝，從她的眼神裡看到自己的光明。這位女神（雷西婭．沃倫．史密斯看透了）也存在於威廉爵士心中，儘管她披著似乎合情合理的偽裝，潛伏在冠冕堂皇的名稱之下：愛情、職責、自我犧牲，等等；在大多數場合，她不露真面目。威廉爵士一直多麼辛勤地工作啊——多麼努力地籌措資金，宣傳改革，創立機構啊！但是，感化，這位愛挑剔的女神，更喜歡鮮血，而不愛磚瓦，並且極其微妙地盡情銷蝕人們的意志。譬如布雷德肖夫人吧，十五年前她屈服了，拜倒在感化女神的腳下，這是完全無法解釋的：沒有當眾爭吵，沒有厲聲申斥，只是潛移默化，她的意志漸漸消沉，被水淹沒，轉變為他的意志。她帶著甜蜜的笑容，很快地順從了；在哈利街宅子裡準備八、九道菜，宴請十至十五位專家，她都應付裕如，禮數周全。不過，那天晚上，她露出一些呆板的樣子，興許

㊼海德公園是倫敦著名的公園。按慣例，各式各樣的人可以在園內公開宣講形形色色的觀點。

是忐忑不安，神經質的抽搐，笨拙的摸索，支吾其辭，困惑不解；這一切證明這位可憐的夫人說了謊——要相信這一點真叫人痛苦。曾幾何時，她為人機靈，輕而易舉地釣到鮭魚，而如今，卻為了滿足她丈夫追求控制與權力的強烈欲望，那種使他眼睛裡閃現圓滑而貪婪的神色的欲望，她抽搐，掙扎，削果皮，剪樹枝，畏畏縮縮，偷偷窺視；她弄不明白，究竟是什麼緣故使那天的晚宴不太愉快，為什麼人們感到頭昏腦脹（很可能由於醫學專業的話題太嚴肅了，或者由於主人身為名醫，過於忙碌而疲乏不堪；布雷德肖夫人說，一位名醫的生命「屬於他的病人而不屬於他自己」）；總之，晚宴沉悶乏味；所以，當鐘聲敲響十點，散席之後，客人們呼吸到哈利街上清新的空氣時，真感到如釋重負；不過，這種安慰卻不是那位名醫的病人能享受的。

在那牆上掛著圖畫、陳設著貴重家具的灰色診所裡，病人們在毛玻璃反射的日光下，瞭解自己所犯錯誤的嚴重性；他們蜷縮在扶手椅裡，瞧著他為了他們的利益，揮舞手臂，做完一套奇怪的動作。他突然伸出胳膊，又猛地抽回來，從而證實（如果病人頑固不化）威廉爵士完全能控制自己的行動，而病人則不能。就在那診所內，有些軟弱的病人經受不住，放聲啼哭，低頭屈服；另一些人，天知道他們受了什麼過於瘋狂的刺激，竟然當面辱罵威廉爵士是個可惡的騙子，甚至更為狂妄地懷疑生命本身。人為什麼要活著？他們問。威廉爵士答道：因為活著就好。對於布雷德肖夫人來說，活著當然是美好的；她那幅戴著鴕鳥毛裝飾的畫像就掛在壁爐之上的牆上，而他的收入呢，一年差不離有一萬二千英鎊吶。可是對於我們這種人呢，病人責問道，生活並沒有給予這些恩惠。威廉爵士含蓄地表示贊同。他們缺乏平穩的觀念。也許，歸根結底，人世間並沒有上帝吧？病人又問。他聳了聳肩膀。總而言之，活著還是死去，難道不是我們自己的事嗎？在這一點上，你們錯了。威廉爵士有一位朋友住在薩里68，有人在那裡教授一種十分艱難的藝術（威兼爵士坦率地承認）——平穩的觀念。此外，還有家庭溫暖，榮譽，勇敢，以及光輝的事業。威廉爵士對這一切都堅決擁護。萬一這些終於失敗，還有警察和社會力量支援他。他們將在薩里注意壓制那些不利於社會的魯莽舉動，威廉爵士沉靜地說。這些舉動主要是由於出身低微而滋生的。到那時，那位女神便會從她潛伏之處悄悄地踅出，登上寶座；她的欲望是鎮壓反抗，把自己的形象永不磨滅地樹立在他人的聖殿內。於是，那些赤身裸體、筋疲力盡、舉目無親、無力自衛的人們便受到威廉爵士的意志的衝擊。他猛撲，他吞噬，他把人們禁閉。正是這種決心和人道的結晶，促使他的犧牲品的親屬對他感到如此親切哩。

然而，在哈利街上彳亍的雷西婭·沃倫·史密斯卻說，她不喜歡那個傢伙。

哈利街上鐘聲齊鳴，把六月裡這一天又剁又切，分割又分割，彷彿在勸人馴服，維護權威，並齊聲宣告平穩觀念無比優越，直到繁雜的鐘聲愈來愈減少，最後只剩牛津街上一家商店上面的商業鐘，親切而友好地敲響一點半，似乎那商店（里格比－朗茲公司）為了能給大家免費報時而

68英格蘭東南一地區。

感到榮幸。

擡頭望一下，看來那招牌上的每一個字母代表某一個鐘點；人們不由得感謝里格比一朗茲給公眾報時——格林威治標準時間；這種感激的心情自然會促使他們以後去買那家商店的鞋襪。當惠特布雷德在櫥窗前閑蕩時，轉著那些念頭。他就是這樣轉念頭的。這是他的習慣。不過，他想得並不深。他總是浮光掠影，一忽兒念陳腐的古文，一忽兒又搞當代語言，還輪流地向往巴黎、羅馬與君士坦丁堡[63]的生活；以前還喜歡騎馬，射擊，打網球呢。有人謔弄地聲稱：如今他在白金漢宮當警衛，穿著絲綢長襪和短褲，看守著不知什麼東西。不過話得說回來，此人異常幹練。他在倫敦上流社會混了五十五年，結識過幾位首相吶。據說，他的感情卻很深摯。如果說他從未投入當代任何偉大的運動，也沒有出任顯要的官職，至少他參與了一些不那麼重大的改革，諸如改善公共房屋嘍，保護諾福克郡的貓頭鷹嘍，保障女佣們的福利嘍，等等。此外，他曾屢次寫信給《泰晤士報》，要求人們捐助基金，呼籲公眾維護公益，清除垃圾，減少烏煙，禁止公園內的穢行；這些信末的署名令人肅然起敬。

當下，一點半的鐘聲漸次消逝，他在櫥窗前逗留一會，挑剔而莊重地審視那些短襪與鞋子，看上去儀表堂堂，衣冠楚楚，一副殷實而無暇可擊的模樣，好像他居高臨下地俯視人間；同時又

---

[63] 君士坦丁堡：土耳其港市伊斯坦堡的古名。

意識到，這種人財兩旺、滿面紅光的氣派必須有適當的舉止，因而，即使在不太需要的場合，他也拘泥於小節，彬彬有禮，一派古風，平添了一份雅致；這種風度是值得摹仿並且記住的；例如，每當他跟布魯頓夫人（他和她已有二十年交情了）進餐時，他總是捧著一束康乃馨花，雙手遞過去獻給她；同時向夫人的秘書布勒希小姐致意，問候她在南非的那位兄弟近況如何；可是不知怎的，布勒希小姐儘管毫無女性的風韻可言，還是會惱羞成怒，便說，「謝謝，他在南非過得挺好哩。」其實，在過去六年中，他是在樸茨茅斯⑩勉強混日子罷了。

至於布魯頓夫人嘛，則更喜歡理查德．達洛衛；他與惠特布雷德同時到達，事實上是在門口碰面的。

布魯頓夫人當然會更喜歡理查德．達洛衛。他這塊材料好得多呢。然而，她不願使可憐的親愛的休相形見絀。她一輩子也不會忘卻他的好心腸——他的心腸實在好，好得出奇——她記不清究竟在什麼場合，可他的確是——出奇地好心腸。無論如何，一個人同另一個之間的區別算不了什麼。克蕾麗莎．達洛衛卻慣於剖析這個和那個人，評頭論足的——把他們解剖、分析，然後再縫起來、合攏來；布魯頓夫人可看不出這有什麼意思，不管怎樣，到了六十二歲這把年紀，對此更覺得無聊了。當下，她接過休送的康乃馨，一面強作笑容，露出陰森森的稜角。她說，沒有別

⑩樸茨茅斯．英國港市。

的客人了。她是找了個藉口，要他們來的，想請他們幫她解決一個難題……

「可是，咱們吃了再談吧，」布魯頓夫人說。

於是，罩著圍裙、戴著白帽的侍女們輕盈地穿過旋門，川流不息，了無聲響；這輩侍女們並非日常所需，而是訓練有素的老手，幫著梅弗爾區的主婦們，從午後一點半到兩點鐘，舉行神秘的、夢幻似的盛宴；那時，一揮手之間，車水馬龍停止了，賓主入座，閃現出深深的幻覺，首先是佳餚——據說並不花錢；一會兒，餐桌彷彿自動地擺滿金銀餐具、細巧的襯墊、盛著紅果的碟子；展現出塗奶油的棕色比目魚片，蒸鍋裡遨遊著雞塊，色彩繽紛的火焰燃燒著，並非家常爐火；美酒加上咖啡（據說也不花錢），喝得大伙兒目眩神迷，眼前晃動著美妙的幻景，目光都顯得柔和而沉思，恍惚覺得生活是神秘的，洋溢著音樂之聲；此時此刻，亢奮的目光愜意地諦視著嫣紅的康乃馨，美極了；那鮮花被布魯頓夫人擱在菜盤邊（她的動作老是帶有稜角）；充滿美感的休·惠特布雷德心曠神怡，覺得整個宇宙一片和諧，同時對自己的地位蠻有把握，因而擱下刀叉，問道：

「那花兒要是襯著您的花邊，豈非更可愛嗎？」

這樣親昵的唐突卻使布勒希小姐反感之極。她認為他是個沒教養的賤胚。對於她的想法，布魯頓夫人一笑置之。

這位老夫人舉起康乃馨花，握在手裡，硬梆梆的，恰如她背後畫像上那位捏著紙卷的將軍；

她毫不動彈，出神了。看她這副模樣，理查德．達洛衛不禁自忖：此刻她像什麼呢？那將軍的曾孫女？敢情是玄孫吧？嗬——活像羅德里克爵士、邁爾斯爵士、塔爾博特爵士。真奇怪，那個家族裡都是女人逼肖祖先。她本人就有資格當龍騎兵的將領哩。理查德願意愉快地在她麾下服役，他對她極其崇敬；對於名門世家德高望重的老夫人，他懷有羅曼蒂克的想法，並以他慣有的和善的性情，想帶幾個熱心腸的朋友來赴宴，跟她結識；似乎像她這樣的貴夫人可以由脾氣溫和的、熱心喝茶的人來培養呢！他熟悉她的故鄉。他瞭解她的親人。她那莊園裡有一株古老的葡萄樹，仍然活著；據說洛夫萊斯[71]或赫里克[72]曾在這棵樹下憩息哩；儘管老夫人從未念過一句詩，這一傳說照樣流傳至今。此時，布魯頓夫人卻在思量：還是等一會再跟客人商議吧，等他們喝過咖啡再討論使她煩心的問題吧——是否要向公眾呼籲，措詞如何，等等。這麼盤算著，老夫人就把那束康乃馨重新撂到菜盤邊。

「克蕾麗莎好嗎？」她驀然問道。

克蕾麗莎一直說，布魯頓夫人不喜歡她。確實，大家都知道，布魯頓夫人感興趣的是政治而缺少些人情；她講起話來像個男子漢，曾在八十年代一樁臭名昭彰的陰謀中插過手，這一事件在

---

[71] 洛夫萊斯（1618～1658）：英國詩人。

[72] 赫里克（1591～1674）：英國詩人，其創作深受玄學派鼻祖約翰．鄧恩的影響。

新出的回憶錄內逐漸披露了。無疑地，她的客廳裡有個凹壁，其中嵌著一張書桌，上面放著一幀已故的塔爾博特．摩爾將軍的照相；正是在那桌子上（在八十年代的一個夜晚），當著布魯頓夫人的面，經她默契（或許還出了些點子），那將軍寫了一份電報，下令英國軍隊在有歷史意義的時刻挺進。她保存了那支筆，而且講述了這樁軼事。所以，當她隨意地問一下「克蕾麗莎好嗎」之時，難以相信她竟會關心什麼婦女，男人們也難以勸說自己的妻子相信這一點，其實，不管他們對老夫人如何忠心，私下裡也感到懷疑呢；那些太太時常阻礙丈夫，不許他們到海外上任；議院休會期間又常患流感，必須由丈夫陪著去海濱療養。然而，對於女子們來說，老夫人這一問候（「克蕾麗莎好嗎？」）肯定是善意地表示關懷；她幾乎是婦女們的一位沉默寡言的伙伴，興許一生中只有這麼五、六次問好，但這些話反映出，她承認自己同其他女性有姐妹般的情誼；儘管她以宴席款待男子們，骨子裡卻對女人懷著更深的情誼，它使布魯頓夫人與達洛衛太太奇異地聯結起來，雖然兩人難得見面，而且偶然相處時，彼此顯得淡漠，甚至好像懷著敵意吶。

「今天早晨，我在公園裡碰見了克蕾麗莎，」休．惠特布雷德說，一面猛地把叉子插入蒸鍋，急於讓自己嚐一下美味；事實上，他只要一到倫敦，便會碰見所有的熟人；布勒希小姐看他這副樣子，就自忖：饞鬼！他是她見過的最貪吃的傢伙之一；布勒希小姐一貫以毫不動搖的嚴正態度觀察男子，但也能始終不渝地忠誠，特別對於女子；她本人則歷經生活的磨鍊，瘦骨嶙峋，沒有絲毫女性的風姿了。

「你知道誰到了倫敦？」布魯頓夫人忽然想起了這個秘書，「咱們的老朋友，彼得．沃爾什。」

大伙都會意地微笑．彼得．沃爾什！布勒希小姐又自忖：達洛衛先生聽到這消息真的高興，而惠特布雷德先生一心只想吃雞哩。

彼得．沃爾什！三個人（布魯頓夫人、休．惠特布雷德、理查德．達洛衛）都勾起了同樣的回憶——彼得怎樣熱烈地陷入情網，遭到拒絕，流亡印度，變成種植工，潦倒不堪；理查德．達洛衛卻非常喜歡那親愛的老朋友。布勒希小姐看出這一點，窺見他那褐色的瞳仁裡含有深情，看出他在躊躇，考慮；這引起了她的興味，實際上她是一直對達洛衛先生饒有興味的；此刻她心裡在嘀咕：他對彼得．沃爾什究竟怎麼想的呢？

大約他在想：彼得．沃爾什曾愛過克蕾麗莎；他要吃完午餐後立即回家，找克蕾麗莎談一下；他要滔滔不絕地說他愛她，愛她。真的，他會那樣說的。

布勒希小姐一度幾乎愛上了那些沉思默想；而且達洛衛先生總是那麼可靠，還是個非常文雅的君子呐。如今，米莉．布勒希已四十歲了，所以只要布魯頓夫人點一下頭，或突然微微轉過臉來，她便心領神會，雖然她一直深深沉湎於那些冥想中；她以超脫的態度和無瑕的心靈沉思著，生活無法欺騙她，因為從未給過她一丁點兒有價值的玩藝兒；她天生沒有纖毫嫵媚之處，無論嘴唇、臉頰或鼻子，都不會含笑地曲傳風情；因此，只要布魯頓夫人點一下頭，她就立刻叫珀金斯趕快端咖啡。

「不錯，彼得．沃爾什回來了，」布魯頓夫人道。所有在座的人都有些得意。因為，他受盡磨難，功不成名不就，終究回到他們中間，彷彿回到安寧的海灘。不過，他們又考慮：實在沒法幫助他，由於他的性格有一種缺陷。當下，休．惠特布雷德說，當然可以向某個要人提起彼得。他說自己將寫信給執政的大臣們，為「我的老友彼得．沃爾什」疏通，但一想到這種信，他便皺起眉頭，露出鄭重其事而又無可奈何的神色。因為這種推荐信不會有什麼效果——不會產生一勞永逸的結果，由於彼得的性格有缺陷。

「他跟某個女人有些糾葛呢，」布魯頓夫人道。在座的人早已揣測那話兒是麻煩的根源。

「不過，」布魯頓夫人急於撇開這話題，「咱們還是聽彼得本人怎麼講吧。」

（咖啡還沒端來，慢得很。）

「他現在住在哪兒？」休．惠特布雷德喃喃地問道；這一問立即在僕人中引起一點反響，猶如在灰蒙蒙的潮汐中激起一絲漣漪；那些僕役像流水一般，晝夜不息地圍繞著布魯頓夫人，為她收集需要之物，擋住可厭的人，宛如用精緻的纖維織成的一張網，衛護著老夫人，替她抵禦衝擊，減少打擾；這張網籠罩著布魯克大街上這幢屋子，那裡所有的東西都安放得井井有條，需要時由頭髮灰白的珀金斯揀出來，絲毫不差，他已跟隨布魯頓夫人整整三十年了；當下，這老家人寫下了彼得的地址，交給惠特布雷德先生，於是他掏出筆記本，擡一下眉毛，把那紙片夾在最重要的文件中間，隨即說，他要叫伊芙琳請彼得來吃飯呢。

（僕人們在等惠特布雷德先生夾好紙片。）

布魯頓夫人自忖：休的動作實在慢。她還注意到，他發胖了。理查德則始終保養得神清氣爽。老夫人等得不耐煩了；她的整個身心絕對地、無可否認地、甚至專橫地傾注於一項計劃，急於甩掉這樁微不足道的瑣事（彼得·沃爾什和他私生活）；那項計劃使她全神貫注，不僅如此，而且佔據了她的靈魂，滲入靈魂深處，那是她的命根子，倘若沒有它，米利森特·布魯頓就不成其為米利森特·布魯頓了；這計劃乃是讓上等人家年輕的子女們出國，幫他們在加拿大立足，並且相當順利地發展。哦，她誇大了。敢情她已失去中庸之道了吧。對於別人來說，移民的計劃卻非靈丹妙藥，也不是崇高的設想。對於他們（包括休、理查德，甚至忠心耿耿的布勒希小姐）來說，這項計劃不能使鬱積在內的自我主義得到發洩，而布魯頓夫人卻感到，這種自我中心的情緒正在高漲，因為她是一個剛強與威武的女人，營養充足，家世顯赫，直率而衝動，感情奔放而缺乏自省的智力——她認為，人人都應該坦朗和單純，為何不能呢？像她這樣的女人，一旦青春消逝，就必須將自我主義發洩到某個目標上，不管是「移民」還是「解放」；無論如何，她在靈魂深處日日夜夜圍著一計劃轉，所以它必然變得光華四射，熠熠生輝，彷彿一面明鏡，又似一塊寶石，時而小心翼翼地藏起來，惟恐人們嗤笑，時而又拿出來炫耀。總而言之，「移民」已變成布魯頓夫人的血肉了。

不管怎樣，她非寫信不可。然而，正如她慣常對布勒希小姐說的，寫封信給《泰晤士報》所費的心思，比籌劃一支南非遠征軍還要多（儘管在大戰期間，她並未如此賣力）。為了寫封信，她得博鬥整整一個上午，先開頭，隨後撕掉，再開頭，弄得筋疲力盡，這才感到自己是個弱女子，而在其他任何場合，是沒有這種感覺的；於是她會懷著感激之情，想起休．惠特布雷德，他充分掌握如何寫信給《泰晤士報》的藝術，這是無人懷疑的。

此人她跟自己的秉賦截然不同，他對語言精通之極，寫起信來會使編輯們中意；還有各種熱情，不可一概稱之為貪嘴。對於男性，布魯頓夫人時常從寬判斷，因為他們（而非女性）同宇宙的自然規律有一種神秘的契合，使她不勝欽佩；他們知道怎樣措詞才合適，也知道別人講了些什麼；所以，要是她喚理查德當顧問，叫休替她捉刀，那就八成兒放心了。於是她讓休吃完蛋奶酥，還問候可憐的伊芙琳；等到他們開始抽煙了，然後說道：

「米莉，去把信紙拿來好嗎？」

布勒希小姐立即出去，回來後把信紙攤在桌上；休掏出自來水筆，他那支銀製的鋼筆，已經用了二十年了，他邊說邊抽掉筆套。他說：這支筆一點沒壞，他曾給製造商檢查過，他們說，保管你用一輩子，永遠不會有毛病的；這可要歸功於休寫起來小心，也得歸功於他用此筆所表達的思想感情（理查德．達洛衛是這樣想的）；當下，休一筆一劃地開始寫了，先寫花體的大寫字母，一字一句把布魯頓夫人紊亂的思緒表達得條理清晰、語法謹嚴，委實神乎其神；布魯頓夫人看到這神奇的變化，不禁思忖：《泰晤士報》的編輯對此必然會敬佩的。休寫得很慢。他有一股牛勁兒。理查德說，一個人必須冒點風險。休卻建議把語氣改得婉轉些，為了尊重人們的情感；理查德嗤之以鼻，休則尖刻地說，人情是「必須考慮的」，一面朗誦信裡的句子：「故而，我們的陋見乃是，時機成熟了……鑒於我國人口日益增長，部分青年成為多餘……此乃吾輩對死者應盡之責……」理查德以為這些全是廢話，不過，當然沒什麼關係；於是休繼續逐字逐句草擬信稿，表達極其崇高的情感，一面揮去背心上的雪茄煙灰，不時小結一下寫到哪一段了；最後完成全稿，朗讀一番；布魯頓夫人想，無疑是篇傑作；他把她的意思表達得如此奇妙，簡直不可思議！

休不能保證編輯必定刊登此信，然而他說，他將在宴席上遇見某個人物呢。

於是，難得做出優雅動作的布魯頓夫人，竟把休贈送的康乃馨花一古腦兒塞在胸前，同時揮舞雙手，喊他一聲：「我的首相呀！」假如沒有這二位，她真不知該怎麼辦哩。兩人站起身。理查德．達洛衛照常悠悠然走出去，瞄一下老將軍的肖像，因為他打算忙裡偷閑，寫一本布魯頓夫人的家史呢。

米利森特．布魯頓對其家世是很自豪的。然而，她邊看畫像邊說：他們可以等一陣，他們可以等一陣子呢；她的意思是，可以暫緩描述她家的祖輩，那些武將、海軍上將與文官們，都是實幹的人，生前已經盡到職責；而目前，理查德首先要為祖國盡責；不過她望著畫像道，那張臉是很英武的；要寫家史嘛，所有的檔案都在奧爾特密克斯頓，保藏得好好的，時機一到，理查德便可以引用了；她的意思是，等工黨政府垮臺了再寫；同時，她嚷道，「啊，聽見印度來的消息嗎?!」

爾後，當他們站在門廳內，各自從孔雀石桌上一只瓷盆裡拿起黃手套時，休故作姿態，禮儀周到地送給布勒希小姐一張用不著的戲票，或諸如此類的東西，可是布勒希小姐對他的裝腔作勢深惡痛絕，臉都漲得通紅了；此時，理查德手裡捏著帽子，轉身向布魯頓夫人道：

「今晚，您能光臨我們的宴會嗎？」於是布魯頓夫人重新擺出架勢，而寫信時她的氣勢已癟掉了。她答道，可能來，也可能不來。克蕾麗莎真是活力充沛。不過，布魯頓夫人對宴會怕得要命。再說，她一天比一天老啦。她如此這般宣稱，站在門道口，身子筆挺，儀態萬方；這時，她那只中國種的狗在她背後攤開四腳躺著，布勒希小姐捧著信紙和白紙等，退到後邊去了。

布魯頓夫人拖著滯重的步子，端莊地走向自己的臥室，躺在沙發上，一隻胳膊伸展著。她吁了口氣，又打起鼾來，並未入睡，只是迷迷糊糊，昏昏沉沉，彷彿是這六月裡大熱天，驕陽烤炙下田裡的三葉草，周圍一隻隻蜜蜂與黃蝴蝶飛來繞去。她老是回憶起德文郡老家附近的田野，童年時常和兄弟莫蒂默與湯姆結伴兒，騎著她那匹小馬帕蒂，躍過溪澗。還想起那些狗、那些耗子；還有她的父母，在草坪上樹蔭裡憩息，面前放著茶具；還有那些花壇，栽著大麗花、蜀葵與蒲葦；當年，他們這些小鬼老是淘氣哩！從灌木叢裡偷偷地踅回來，生怕被人發現；由於頑皮，渾身上下都弄髒了。哎，那老奶媽怎樣厲害地呵斥她那些鬼把戲！

哦，她從回憶中甦醒過來——眼下是禮拜三，在布魯克大街。那兩個好心腸的傢伙，理查德·達洛衛同休·惠特布雷德，在這樣的大熱天，穿過一條條街道而去了；喧囂的市聲傳到耳邊，她怡然躺在沙發上。權勢、地位、金錢，她全有了。她曾站在時代的前列。她有過知心朋友，結識過當代才能卓犖的人物。此刻，倫敦的市聲輕些了，彷彿潺潺的水聲，流到耳畔；她的手擱在沙發背上，手指彎起來，攥著一根幻想的指揮棒，就像她的祖先握過的那樣；她在昏昏欲睡的狀態中，依稀覺得自己在指揮大軍向加拿大挺進；同時想起，那兩個好心腸的傢伙正在倫敦街上行走，穿過他們這輩上等人的「領土」，梅弗爾區，宛如大都市裡一方小小的地毯。

他們離她愈來愈遠了，雖然剛才和她一起進餐，彼此有一條纖細的紐帶聯繫著，可是當他們穿過市區的時候，這條帶子將曳得越來越長，變得越來越細；彷彿請朋友們吃過一頓飯後，就有一條纖細的紐帶把他們同自己聯結起來；在她迷迷糊糊瞌睡之際，響起了報時的鐘聲，也許是教堂的鐘聲，號召信徒們祈禱呢；隨著這悠然的音波，纖細的紐帶模糊不清了，恰似一滴滴雨珠灑在一張蜘蛛網上，它經不起重荷而披垂了。於是她入眠了。

米利森特·布魯頓就這樣躺在沙發上，讓那紐帶折斷，自己打起鼾來；正在此時，理查德·達洛衛與休·惠特布雷德在康杜依特街角上踟躕著。拐角上，刮著兩股逆風。兩人在瞧一家商店的櫥窗，他們並不要買東西，也不想交談，只想分手；不過，由於拐角上刮著逆風，精神有些萎靡，便逗留在那兒，彷彿兩種力量捲入一個漩渦，從早晨糾纏到下午，只得歇息一下了。這當兒，有一家報紙的活動廣告牌聳入高空，好像風箏，起先洒脫地扶搖直上，爾後稍停，接著欻地飛下，在空中飄忽。哪家窗口隱現著一位女士的面紗。鵝黃的帷幔在飄搖。早晨川流不息的車輛稀少了，偶爾有幾輛大車在空蕩蕩的街上悠閑地踱過，發出嘎嘎聲。此時，理查德隱隱約約想起了諾福克郡：一陣溫馨的微風吹拂著花瓣兒，水面上泛起了粼粼的漣漪，芳草芊芊，波浪般起伏。晒乾草的農夫們幹了一個早晨，在竹籬邊打盹，休憩一會，有時撥開茂密的綠草和迎風顫動的、圓球似的歐芹❶，眺望天空，那亙古長存的、火一般的夏日藍天。

理查德只覺得懶洋洋的，既不能想，又不能動，儘管他知道自己在看櫥窗裡一只雙柄的、詹姆斯一世❷時期的銀酒杯；惠特布雷德則擺出行家的模樣，矜持地欣賞一串西班牙項鍊；他想進去問一下價錢，可能伊芙琳會喜歡呢。生活的激流使這些贋品浮上來，商店櫥窗裡盡是些人造寶石；人們呆呆地站在那兒，望著，宛如僵化的老人，沒精打彩，死氣沉沉。伊芙琳．惠特布雷德興許要買那串西班牙項鍊——她可能喜歡的。他卻非打呵欠不可了。休走進店裡去。

「瞧你的！」理查德邊說邊跟進去。

天曉得，他並不想跟休一起去買什麼項鍊。不過精神之流彷彿潮汐，忽漲忽落。早晨同下午

---

❶歐芹：一種植物，可供食用。

❷詹姆斯一世（1566～1625）：英王。

匯合了。恰似一葉扁舟，在深深的、深深的波濤裡載浮載沉。布魯頓夫人的祖先以及他的回憶錄，連帶他那些北美戰役，都被人生的洪流吞掉、淹沒了。布魯頓夫人亦如此。她沉溺了。理查德壓根兒不關心她的「移民」計劃；那封信會不會刊登，關他鳥事。眼下只見那串項鍊吊在休的優雅的手指間。假使他真的要買首飾，那就讓他送給一個姑娘吧——隨便什麼姑娘，哪怕街頭的女郎。理查德打心眼裡痛感這種生活之無聊——給伊芙琳買項鍊呢。倘若自己有個兒子，就會叮囑他：工作，工作。不過他只有伊麗莎白，他可寵愛他的伊麗莎白吶。

「我要去找杜邦尼特先生，」休簡短地說，依然用他那世俗的口吻。原來這位杜邦尼特量過惠特布雷德太太的脖子，知道那尺寸，而且更奇怪的是，他還瞭解她對西班牙首飾的看法，她擁有多少這一類珠寶（休卻記不清了）。在理查德看來，所有這一切都是不可思議的。因為他從未正式給過克蕾麗莎任何禮物，除了兩三年前送過一對手鐲，但沒有討她的喜歡。她從來不戴這玩藝兒，這使他一想起就難受。理查德的心靈從麻木不仁中清醒過來，此刻他的心思傾注於自己的妻子，克蕾麗莎身上，猶如一張蜘蛛網飄來晃去，終於黏住了一片葉尖兒；彼得．沃爾什曾經神魂顛倒地愛她；理查德忽然瞥見了自己同她進餐的幻景，只有他和克蕾麗莎，他倆生活在一起；於是他把店裡一盤舊的珠寶挪到面前，先挑一枚胸針，再撿一只戒指，估量著，問道：「那一只多少錢？」心裡卻懷疑自己的鑑 賞力。他要在回家時，打開客廳的門，手裡握著一樣東西——給克蕾麗莎的禮品。不過，究竟買什麼呢？當下，休又在走動，要離開了。那傢伙擺出一副無法形容的架勢。然而，他畢竟是這家店的老主顧，做了三十五年的交易了，他才不願跟一個乳臭未乾的小店員打交道吶，那小子一竅不通嘛。可惜杜邦尼特不在店裡，除非那老板回來，他決不買任何東西；那小伙計聽他這麼說，不由得臉漲得通紅，畢恭畢敬地一鞠躬。完全合情合理。可是，理查德無論如何不會那樣講的。為什麼那些店員竟甘心忍受這種可惡的傲慢呢，簡直不可想像。休變成一頭蠢驢了，令人無法容忍。理查德跟他作伴兒最多一小時，再拖下去便受不了。所以，一到康杜依特街口，他趕緊把大禮帽一揚，算是告別；接著連忙轉過拐角，歸心如箭地奔回家去，彷彿黏在葉尖上的那張蜘蛛網，急於同克蕾麗莎見面；他要徑直到威斯敏斯特去，同她相會哩。

然而，他走進家門時總要拿著些東西。鮮花吧?對，就是花兒，因為他對金銀首飾的鑒賞力缺乏自信；隨便買多少鮮花——玫瑰、蘭花，都行，為了慶祝一番，不管怎樣考慮，這是一樁大事；就是他倆在午餐桌上談起彼得．沃爾什時，他對她懷有的情感；他倆從未談到過這種情愫，好多年來都沒談過，他心裡想，這是莫大的錯誤，手裡捏著嫣紅與潔白的玫瑰花（一大把，用薄紙包著）。到了節骨眼上卻講不出口，他思量著，過於靦腆了，一面把六便士左右的找頭塞進口袋裡，胸口捧著那一大把花兒，回到威斯敏斯特去；不管她對他有什麼看法，他要把鮮花獻給她，同時滔滔不絕地爽快地說：「我愛你。」為什麼不表白呢?!當他想起大戰時，覺得真是個奇蹟：成千上萬的可憐蟲本來都有光明的前途，卻死掉了，埋成一堆，如今幾乎被遺忘了；而他卻安然無恙，眼下正在穿過倫敦，簡直是個奇蹟喲；他要回家去，對克蕾麗莎翻來覆去地說：我愛你；不過他又想，實際上，這話兒是決不會說的，因為自己貪懶，並且害臊。唔，克蕾麗莎……難以想像她的形象，除非在偶然的場合，譬如一起吃午飯的時候，他能異常清晰地看見她，以及他倆的全部生活。他在十字街頭停住了，反覆尋思：真是個奇蹟呢——他這樣想是因為天性單純，沒有沾染習氣；因為他曾行軍與射擊，而且有一股韌勁，曾堅定地維護被壓迫者的利益，並在下議院中，按這天然的信念發言；他天真未泯，卻又變得沉默寡言，相當古板——他反覆思量：居然跟克蕾麗莎結了婚，委實是奇蹟吶——一個奇蹟，他的生活就是奇蹟嘛；他在沉思中躊躇著，不想穿過大街了。但是，他看見幾個五歲上下的小孩沒有大人領著，徑自穿過皮卡迪利，便覺得怒火中燒。警察在幹些什麼呀，應當立即指揮車輛停住。他對倫敦的警察不存一點幻想。事實上，他正在搜集他們惡劣行徑的證據，例如不准小販把手推車停在街上嘍，禁止娼妓拉客嘍；老天爺哪，她們並沒有過失，年輕的嫖客也不足怪，都是我們這可憎的社會制度造成的，等等；他在思考這一切，看得出他在思考；頭發灰白，一股韌勁，而又衣冠楚楚，周身整潔；當下他穿過公園，要去告訴妻子，他如何愛她。

當他走進房間時，他要一而再、再而三地說這句話。因為他思忖，倘若不表達自己的情感，那太可憐了；他邊想邊穿過格林公園，欣喜地看到樹蔭裡躺著不少窮人，攤手攤腳的，都是扶老攜幼，全家來逛公園；孩子們把小腿兒翹得高高的，吸著牛奶，紙袋扔了一地；其實，如果人們提出抗議，那些穿制服的大漢們中間只要一個人去收拾，便會弄乾淨的；他認為，在夏季，每個公園、每個廣場都應該向兒童們開放。（這時，天光雲影映照得公園內草坪忽隱忽現，襯托著威斯敏斯特區窮人家的母親，以及在地上爬的嬰兒，彷彿底下有一盞黃色的幻燈在移動。）刹那間，他又瞥見一個女人，像個流浪者，仰天躺在那兒。（好像她一下子撲倒在大地上，擺脫了所有的羈絆，以便好奇地觀察一切，大膽地思索，探討種種緣由；她嘴唇咧開，一派放肆而調皮的樣子；）對她那樣的女人該怎麼辦呢？他可毫無辦法，只會捧著那一大把鮮花，恰如擎著一柄刀，走近那女子，目不斜視地趦過她面前；雖然只有一瞬，還是燃起了一星通靈的火花，她向他嘲弄地一哂，他則性情愉快地報以一燦，同時考慮如何處理浪蕩女子的問題；當然他和她是決不會交談的。反正他要告訴克蕾麗莎，他愛她，他愛她，一遍又一遍。以前，他曾妒忌過彼得．沃爾什，妒忌他與克蕾麗莎。不過，她常跟他說，她沒有嫁給彼得．沃爾什是做對了；他深知克蕾麗莎的性格，所以，她這樣說顯然是真心話，她要有人依靠唄。並非說她脆弱，而是她要靠得住的人。

至於白金漢宮呢（它好比一位歌劇名演員，半老徐娘，穿著一身白禮服，面向觀眾），不可否認有一種莊嚴的氣派，他是這樣想的，而且並不鄙視它，因為在千百萬人的心目中（眼下就有一小圈人圍在宮門口，想看陛下乘車出巡），這宮殿畢竟是一個象徵，儘管它看上去是可笑的；他想，一個孩子用一盒磚形玩具，便能搭得比它像樣哩；他兀自瞧著維多利亞女王紀念碑（他還記得她老人家戴著玳瑁邊眼鏡，乘車經過肯辛頓的情景）；那一座白色雕像，波紋似的白石塑出慈母般的體態；他可樂意被霍沙⑪的後裔統治呢，因為他贊成歷史的延續性，以及把昔日的傳統世代相傳之感。生活在她統治的偉大時代才有意思哩。實際上，他自己的生活就是奇蹟嘛，這是毫不含糊的，不要有任何錯覺；瞧，他年富力強，風華正茂，此刻在折回威斯敏斯特，到家後要跟克蕾麗莎說，他愛她。他想，這才是幸福吶。

「正是如此，」他自言自語，一面走進教長場。大本鐘鳴響了，起先是預報的樂聲，悠悠揚揚地，然後報時，分秒不差。他走近家門，兀自尋思：午餐宴會把整個下午都消磨掉了。

大本鐘的鐘聲響徹克蕾麗莎的客廳，她坐在那裡，靠著寫字臺看信，心煩意亂，焦躁不堪。她確實沒有請埃利·亨德森赴宴，是故意忽視的。而馬香夫人卻來了這封信：「我已告訴埃利·亨德森，我將為她要求克蕾麗莎……埃利真想參加哩。」

可是，為什麼要我請倫敦所有的蠢女人來赴宴呢?!為什麼馬香夫人要插手?況且，這一陣子伊麗莎白總是跟多里斯·基爾曼關在密室裡。再也沒有比這使她更噁心的了。跟那個女人在這時刻一起禱告，真是!當下，鐘聲悒鬱的音波在屋子裡流蕩，漸漸消退了，又捲土重來，再次鳴

---

⑪霍沙：傳說中英國古代首領，曾統率第一批戰鬥的薩克遜部落定居英格蘭；歷史上把他與另一位首領亨吉斯特並稱（Hengist and Horsa）。

響;此時,她只聽得有什麼東西在門上搔,摸摸索索地,叫人心煩。這個時候有什麼人來呢?鐘打了三下,老天爺哪!已經三點啦!大本鐘敲了三下,極其乾脆,莊嚴得很,有一種威懾的力量;除了鐘聲,她什麼也聽不見,不過房門的把柄轉動了,進來一個人,竟是理查德!真令人驚訝!理查德走進來,把鮮花遞到她面前。以前有一回,在君士坦丁堡,她曾使他失望;這一次,布魯頓夫人沒有請她參加午宴,而那老夫人主持的宴會,據說是非常有趣的。不過此刻,他卻獻上鮮花了——是玫瑰,嫣紅的雪白的玫瑰花。(可是他鼓不起勇氣說他愛她,至少不能反覆地說。)

她接過花兒,說道:多可愛喲!她瞭解他,用不著他講,她就懂得他心思,畢竟是他的克蕾麗莎嘛。她把鮮花插在爐架上的花瓶裡,嘖嘖贊嘆:看上去多可愛喲!爾後問道:午餐會有趣嗎?布魯頓夫人問候她了嗎?彼得·沃爾什回國了。馬香夫人寫信來說項。非請埃利·亨德森不可嗎?那女人基爾曼在樓上呢。

「咱們坐下來,談一會吧,」理查德說。

客廳裡看起來空蕩蕩的。所有的椅子都靠著牆。他們在幹些什麼呀?哦,是準備設宴,他可沒有忘記她要請客。她說:彼得·沃爾什回來了,已經見到他了,那沒錯兒。他打算離婚,在國外愛上哪個女人了。他樣子一點沒變。她坐在那兒,絮絮而談,一面補衣裳……

「想念老家布爾頓哩,」她邊補邊說。

理查德卻道，「午餐會上休也來了。」嗯，她也見到他了。哎，這個人變得越來越糟，討厭透了：要給伊芙琳買項鍊呢，胖得不像話，討厭透頂的蠢驢。

「我忽然想跟他說，『有一陣子我可能嫁給你的。』」她說著便想起那天彼得坐在那兒，繫著蝴蝶結，掏出隨身帶的小刀子，不斷地從鞘子裡拔出來，塞進去，「他老是這樣神經質的，你懂嘛。」

理查德說：午餐會上談起他來著。（然而，他講不出他愛她這句話，只是握住她的手，一面自忖：這就是幸福。）還告訴她，飯後，他們替布魯頓夫人擬了一封給《泰晤士報》的信。休也只配做這種動筆頭的事。

接著他問道：「咱們那位親愛的基爾曼小姐呢？」克蕾麗莎卻覺得，玫瑰花可愛極了，起先還簇攏著，此刻已經自然地紛披了。

「我們剛吃過飯，基爾曼便來了，」她答道，「伊麗莎白一見她就臉紅。現在兩人關在密室裡。敢情在祈禱吧。」

上帝呵！他可不喜歡那樣，不過這種事情任其自然，便會淡下去的。

「那女人穿了雨衣還帶傘哩，」克蕾麗莎道。

他仍然沒說「我愛你」，講不出口嘛，只好握緊她的手，心裡想：幸福就是這樣，就是這樣。

「可是，我幹嗎要把倫敦所有的蠢女人都請來呢?!」克蕾麗莎道，「要是馬香夫人自己設宴的話，難道她會請所有的客人嗎？」

理查德嘆道，「可憐的埃利．亨德森；」一面思量，真怪，克蕾麗莎對她的宴會太操心啦。但是，對於怎樣布置一間客廳，理查德是個外行；不過除了這個，他還能提出什麼話題呢？如果她對宴會過於操心，他就要勸她不必舉行了。以前她曾願意嫁給彼得嗎？可是眼下他得出去了。

於是他站起來說：我得走了。卻又站著不動，想了一會兒，好像有什麼話要說似的；她心裡納悶：他要說些什麼呢？為什麼那樣？一面瞧著玫瑰。

「那個委員會開會嗎？」她在他開房門時問道。

「討論亞美尼亞人的問題，」他回答，興許他說的是「阿爾巴尼亞人」。

凡是人都有一種尊嚴，都有獨處的生活，即便夫妻之間也不容干擾；必須尊重這種權利，克蕾麗莎思忖著，一面望著他開門；自己不願喪失獨處的權利，也不能強求丈夫放棄它，否則就會失去自主和自尊——這畢竟是無價之寶哩。

他卻抱著枕頭與被子回到屋子裡。

「午飯後要安安靜靜躺一小時，」他說著便走了。

他就是這種脾性！他會一天又一天地嘮叨，「午飯後安安靜靜躺一小時，」因為有一次醫生曾經囑咐過;他會劃一不二地照醫生的話做,這正是他的性格,也是他那令人敬愛的、聖潔的赤子之心的一種表現,任何人都不像他那麼單純;正是這天性使他不辭奔波,去幹必需的事情,而她卻跟彼得吵嘴,消磨時間。此刻,他已經在去下議院的半路上了,要去討論他的亞美尼亞人,或是阿爾巴尼亞人,她卻舒舒服服地躺在沙發上,欣賞玫瑰呢。人們會說:「克蕾麗莎被寵壞啦。」可不是,她只喜歡玫瑰花,壓根兒不關心什麼亞美尼亞人。儘管那些人被迫害得走投無路,受盡煎熬,又凍又餓,成為暴政與專制的犧牲品(她曾聽見理查德翻來覆去地這樣說),她卻無動於衷,不會對阿爾巴尼亞人(或是亞美尼亞人吧?)有一點兒同情;她只喜歡她的玫瑰,(這對亞美尼亞人有些幫助吧?)只有這種花才使她能忍受別人摘下來供養。不過此時理查德大概已到了下議院,正在他的委員會裡開會,他已解決了她所有的困難。哎,不,不對。他還沒懂得為什麼她不願請埃利·亨德森吶。要是他想請那女人,她自然會照辦的。此刻,既然他已把枕頭拿來了,她就躺一會吧……可是——可是——為什麼她一下子莫名其妙地覺得挺難受,好悶哪?恰如什麼人丟了一粒珍珠或一塊鑽石,落到野草叢裡,因而小心翼翼地撥開高高的草莖,撥到東又撥到西,這兒尋尋,那兒覓覓,老是找不到;最後,總算在一些草根那裡發現了;就這樣,她心潮起伏,思前想後,感到苦悶並非由於薩利·賽頓說過:理查德肯定進不了內閣,因為他的腦子是第二流的(她想起薩利說過這句話);不,對於這一點,她毫不介意;苦悶的緣故同伊麗莎白與基爾曼也無關,她倆的行徑是明擺著的嘛。這種感覺,很不愜意的感覺,興許在當天早些時候就有了：敢情是彼得說的什麼話引起的，加上自己在臥室內脫帽子時心中的抑鬱，再加上理查德講了令人煩悶的話，不過他究竟說了些什麼？他獻給她那些鮮花，還有，提到她的宴會。可不是！她的宴會！他們兩人都很不公平地批評她，極不公正地嘲笑她，為了她的那些宴會。正是這個！正是這緣故！

唔，她將怎樣為自己辯護呢？弄清了苦悶的原因，她便覺得異常舒坦了。他們倆認為，至少彼得認為，她愛突出自己，喜歡有一批名流圍著她轉，都是些響噹噹的名字；總之，她實在是個勢利鬼。嗯，彼得可能這樣想的。至於理查德嘛，僅僅以為她有些傻，因為她愛熱鬧，而那種興奮對她的心臟是不利的。他認為，這是孩子氣。可是，兩人都想錯了。她愛過簡樸的生活呢。

「我的行動就是為了這一目標，」她對生活宣稱。

由於她躺在沙發上，幽居室內，與世隔絕，故而在清靜中感到，這十分明顯的道理變得有血有肉一般；當下，街上傳來一陣陣聲浪，戶外陽光燦爛，灼熱的微風輕輕吹來，拂動了窗帘。嗯，假如彼得跟她說：「不錯，不錯，但是你那些宴會——你的宴會有什麼意思呢？」她只能回答（而且預料沒有人會理解）：那是一種奉獻。聽上去模糊得很。然而，彼得算得上什麼，他有資格領會生活是一帆風順的嗎？——彼得老是陷入情網，老是找錯對象，他有什麼資格質問我?!我也可以質問他：你的愛情算什麼？她知道他會這樣回答：那是世界上最重要的事情，沒有一個女人會理解的。好得很，但是，哪個男子能瞭解她的意思——關於生活的意義呢？她不能想像，彼得或理查德會無緣無故費心去開宴會的。

再深一層想，在人們的風言風語之外，（那些評頭論足的話多淺薄、多瑣碎呀！」挖到自己內心，對她來說，所謂生活究竟有什麼意義呢？哎，想起來真怪。就好比某人在南肯辛頓●，某人在倍士沃特●，另一個人在梅弗爾●；她每時每刻感到他們各自孤獨地生活，不由得憐憫他們，覺得這是無謂地消磨生命，因此心裡想，要是能把他們聚攏來，那多好呵！她便這樣做了。所以，設宴是一種奉獻：聯合，創造嘛。然而，奉獻給誰呢？

或許是為了奉獻而奉獻吧。不管怎樣，這是她的天賦。此外，她沒有一丁點兒才能，不會思考，不會寫作，甚至彈鋼琴也不行。她分不清亞美尼亞人與土耳其人，卻好大喜功，貪圖安逸，一心討人喜歡，胡言亂語一大通；至今都不知道赤道是什麼東西，倘若有人問她，那可僵啦。

無論如何，必須一天又一天地過下去：星期三、星期四、星期五、周末；總得在早晨醒來；眺望天空，在公園裡漫步；同休·惠特布雷德相遇，爾後理查德忽然回家來，捧著那些玫瑰花；這就夠了。之後呢，死亡，多麼不可思議呵！——一切都會了結，而世界上沒有人會懂得，她多愛這一切呀，每時每刻，多麼……

門打開了。伊麗莎白悄悄地踅進來，她知道母親在憩息。這姑娘靜靜地佇立著。她母親在尋

●●●均為市區名。

思：也許一百年前，有個蒙古人翻了船，漂流到諾福克海岸上（有如希爾伯里太太所說的），後來跟達洛衛家的幾位女士交配了吧？因為一般說來，達洛衛家的人大都是藍眼睛、淺色頭髮；伊麗莎白卻相反，頭髮烏黑，蒼白的臉上一雙中國式的眼睛；東方人神秘的風韻；溫柔、體貼、嫻靜。她小時候嬉笑謔浪，現在十七歲了，卻變得異常莊重；克蕾麗莎簡直弄不懂怎麼會變的；宛如綠葉遮蔽的一棵風信子，只生出淡淡的萌芽，陽光照不到嘛。

姑娘兀自不動地站著，望著母親。門虛掩著，外面是基爾曼小姐；克蕾麗莎知道她在那裡，穿著雨衣，竊聽母女倆談些什麼。

可不是，此刻基爾曼小姐立在樓梯平臺上，穿著雨衣，她穿這個是有道理的。首先是便宜，其次，她四十出頭了，穿什麼，戴什麼，畢竟不是為了討人喜歡。況且，她窮，窮得不像樣。要不然，她才不會替達洛衛夫人這號人當差哩，他們是富人，喜歡做出好心的樣子。不過，說句公道話，達洛衛先生是真正的好心。達洛衛太太卻不，她僅僅恩賜而已。她屬於最不值錢的階級——富人，只有一點膚淺的文化。他們家堆滿了奢華的東西：圖畫嘍，地毯嘍，而且奴僕成羣。基爾曼小姐認為，無論達洛衛家給了她什麼好處，她都是當之無愧的。

她被欺騙了，這樣說毫不誇張，因為一個姑娘肯定有權利享受某種幸福吧？她卻從未享過福，因為那麼窮、那麼笨拙。況且，恰恰她在多爾比小姐的學校裡可能得到幸福時，大戰爆發了，而她從來不肯對德國人的看法言不由衷。多爾比小姐對她的想法不以為然，認為同那些跟自己對德國佬的意見一樣的人相處，要愉快些。結果基爾曼非退學不可。誠然，她家是有德國血統的，在十八世紀的時候，她家的姓氏是基艾爾曼[註]；不過，在大戰期間，她的兄弟照樣被德國人打死了。校方開除她，是由於她不願違心地說德國人全是壞蛋——當時她還有德國朋友嘛，並且她一生中最快活的日子是在德國度過的！以後，她不得不隨遇而安。她畢竟念過些歷史。當她為友誼會工作的時候，遇見了達洛衛先生。他讓她給自己的女兒教歷史（他真是好心腸）。此外，她在夜校之類的學校裡兼些課，等等。爾後，上帝給她啓示了（對於天主，她總是稽首的）。她是在兩年零三個月之前蒙受聖恩的。從此，她再也不妒忌克蕾麗莎．達洛衛之流的女人了，現在她只覺得她們可憐呢。

她從心坎裡憐憫而又鄙視那種女人，當下她正站在柔軟的地毯上，瞧著一幅版畫，上面是一個小女孩，還戴著皮手筒哩。到處是這類奢侈的東西，怎能指望世道好起來呢?!克蕾麗莎不該躺在沙發上（她女兒說：「媽媽在休息；」）——她應當在工廠裡幹活，或者站櫃臺；達洛衛太太和所有其他的貴婦人，都得工作！

兩年零三個月之前，滿腔憤恨的基爾曼小姐到一所教堂裡去了。她傾聽愛德華．惠特克牧師講道，唱詩班的孩子們詠唱著，她見到了聖光照耀；當她坐在教室內的時候，無論由於音樂或歌

[註]此姓（Kiehlman）源自德語，基爾曼（Kilman）這個姓則英語化了。

聲（她在晚間獨處時，常玩小提琴來排遣，不過琴聲吱吱嘎嘎，非常刺耳；她沒有樂感，聽覺不靈嘛；）她內心燃燒著的怒火熄隱了，她感動得熱淚盈眶；於是她到肯辛頓區惠特克先生家裡去拜訪。他說：這是上帝的援助，主給你指引道路了。所以現在，每當她怒火或妒火中燒時，當她憎退達洛衛太太時，當她憤世嫉俗時，她總是想起上帝。她也想到惠特克先生，從而鎮靜克服了憤怒。她只覺得周身一股暖流，美滋滋的，嘴唇咧開；她就這樣穿著雨衣，站在樓梯平臺上，顯得挺威嚴；並懷著刻毒的心理，穩重而平靜地看著達洛衛夫人走出來，後面跟著她女兒。

伊麗莎白說，她忘記戴手套了。其實是藉口，因為基爾曼小姐同她母親是冤家。她看見她們在一起便受不了。她跑到樓上去找手套了。

然而，基爾曼小姐並不恨達洛衛夫人。此刻，她那雙醋栗色眼睛凝視著克蕾麗莎，端詳著那張嬌小的粉紅色臉蛋兒、那纖細的體態、那一派容光煥發的時髦模樣，基爾曼小姐只覺得：好一個傻瓜！白癡！你既沒吃過苦，也沒享過樂，你只是白活了！於是她內心異常強烈地感到，要壓服那女人，要撕下她的假面具。如果基爾曼小姐能打倒她，心裡便舒服了。可不要打擊她的身體，而是要壓倒她的靈魂與偽裝，叫她感到自己勝過她。基爾曼小姐多麼想逼得她哭，毀滅她，羞辱她，迫使她跪下來，哭道：你是對的！不過，這並非基爾曼小姐的意圖，而是上帝的意志。那將是宗教的勝利。她就懷著這種心情，瞪著眼珠，怒目而視。

克蕾麗莎真給嚇壞了。這樣一個基督徒——這個女人！這女人搶去了她的女兒！她居然能受到神靈的感應！她粗笨、難看、平庸，既不仁愛，又不風雅，卻洞悉生活的意思！

「你帶伊麗莎白到艾與恩商店[80]去嗎？」達洛衛夫人問道。

基爾曼小姐說是的。兩人對峙著。基爾曼小姐不想跟這位太太和顏悅色。她一直是自立的。她對現代史精通之極。儘管她收入菲薄，卻為了自己信仰的宗教事業積了一大筆錢；而這個女人卻什麼也不幹，沒有任何信仰，把女兒教養得……這當兒伊麗莎白回來了，跑得氣喘吁吁，那漂亮的姑娘。

這麼著她倆要去艾與恩商店了。真怪，當基爾曼小姐站在那兒的時候（她確實挺直地站著，好像洪荒時代的龐然怪物，沉默而有威力，為了打一場原始戰爭而全身武裝），漸漸地，慢慢地，她的自我觀念、她的憎恨（那是針對某些觀念而不是對人的）淡下來了，分崩離析了，她的惡意消失了，她的氣勢癟掉了，逐漸地變成普普通通的基爾曼小姐，穿著破舊的雨衣；上帝明鑒，克蕾麗莎是願意幫助她的呀。

隨著這怪物的氣焰收斂起來，克蕾麗莎笑了。她笑著說：再見

接見一下子衝動，覺得鑽心地痛苦，因為這女人把她女兒搶走了，於是克蕾麗莎靠著樓梯杆兒，喊道：「別忘了宴會呀！別忘了今晚有宴會！」

---

[80]艾與恩商店（A and N），即陸海軍百貨商店（Army and Navy Stores）

但是，伊麗莎白已打開前門；外面有一輛運貨車駛過；她並不答應。

克蕾麗莎思量著：嗬，愛與宗教！一面走回客廳，渾身震顫。多麼可惡，這兩樣東西，多可惡啊！此刻，基爾曼小姐不在眼前了，所以，克蕾麗莎並不覺得被她這個人壓倒，而是被她所代表的觀念震懾了。克蕾麗莎自忖：像她之類的人，都是世界上最殘暴的東西，笨拙而又火辣辣，專橫，虛偽，竊聽，嫉妒，不擇手段，殘酷之至——穿著雨衣，站在平臺上：愛與宗教的化身。自己可從來不像她那樣，要去改變任何人的信仰，不是嗎?!自己不是希望每個人都保持本色嗎?!當下，克蕾麗莎向窗外望去，只見對面那位老太太在攀上樓去。讓她上樓吧，然後讓她停住，然後（像克蕾麗莎時常窺見的那樣）讓她走進臥室，拉開窗簾，接著重新消隱。不知怎的，這些動作會引起人們的尊敬——那個老婦人，悠然地望著窗外，絲毫不覺得有人在注視她。這形象含有莊嚴的意味——而愛和宗教將破壞它，以及它象徵的一切，如幽靜的性靈。那個討厭的基爾曼將破壞它。相反，老婦人的形象卻使自己感動得要哭了。

愛情也有破壞性。它會毀掉所有美好的事物、所有真實的事物。就拿彼得·沃爾什來說吧。這樣一個可愛而聰敏的男子，對什麼都有自己的看法。譬如你要知道教皇如何，或艾迪遜[81]如何，或只是瞎扯一通，諸如某人怎樣，某事意味著什麼，等等，只要去問彼得，他比誰都清楚

---

[81] 艾迪遜（1672～1719），英國散文家，同摯友斯梯爾首創期刊《閑談者》與《觀察家》。

哩。正是彼得幫了她的忙,還借給她書看。可是瞧他愛上的那些女人吧——那麼庸俗,婆婆媽媽,平淡無奇。想一想彼得談戀愛的情景吧——過了這麼多年,他還來看我,可他談了些什麼喲!老是談自己,那種可怕的激情!她尋思著,令人屈辱的激情!她思忖著,想起了基爾曼跟自己的女兒,眼下正在走向艾與恩商店呢。

大本鐘敲響了——半小時過去了。

多麼出奇,多奇怪,呃,多麼動人——看到那老太太(她是不知多少年的老鄰居了)從窗口走開,彷彿她依附著那鐘聲,那條紐帶。雖然鐘聲十分洪亮,卻同這纖弱的老婦人有關。它的觸角伸入平凡的事物中,伸進去,伸到底,使這一刹那顯得莊嚴。克蕾麗莎想像著:鐘聲使那老婦人不得不走動——上哪兒呢?克蕾麗莎盯著她,看見她轉過身子,不見了,只依稀窺到,她戴的白帽子在臥室裡邊隱現著。她還在那裡,在房間的另一頭走動。克蕾麗莎兀自尋思:這就是奇蹟嘛,這就是神秘(她指的是那老太太),還要什麼信仰、祈禱和雨衣呵?!這會兒,她看得見老婦人從衣櫃邊走向梳妝臺。她還能看到那老太太,息息相通呢。而基爾曼卻會說,她已參透了最神秘的真理,或者,彼得可能說,他已體驗了最奧秘的道理;不過,克蕾麗莎卻認為,這兩個人連神秘的影子都沒沾上邊呢。真正的神秘不過如此:這裡是自己的房間,那裡是老太太的臥室,無形地相通。難道宗教,或愛情,能解決這奧秘嗎?

愛情嘛……當下,另一座鐘敲響了,它總是比大本鐘慢兩分;音波傳來,宛如披著衣服,曳步而來，衣兜裡裝滿了零零碎碎的小東西，一古腦兒倒在地上，好像這鐘聲認為，儘管威風凜凜的大本鐘完全可以制訂法律，那麼嚴肅，那麼公正，不過它得記住，人間還有形形色色的小東西吶——馬香太太嘍、埃利·亨德森嘍、放冰塊的杯子嘍——五花八門的小東西，跟隨著莊嚴的大本鐘聲；那口大鐘猶如一根金條，躺在海面上，那些小東西好比浪花，迸濺著，跳躍著，蜂擁而來。唔，馬香太太、埃利·亨德森、放冰塊的杯子。她得立刻打電話了。

那只慢兩分的鐘跟隨著大本鐘，敲響著，聲波傳過來，彷彿曳著步子，衣兜裡裝滿了小東西。然而鐘聲就市聲攪亂了，打破了：戶外一片車馬聲，包括橫衝直撞的運貨車，還有熙熙攘攘的人流：瘦骨嶙峋的男人、招搖過市的女人，推推搡搡，急匆匆向前直奔；辦公樓和醫院的圓頂與尖頂聳入雲霄；這一切攪亂了鐘聲，攜帶著各式各樣小東西的鐘聲，似乎奄奄一息了，彷彿筋疲力盡的波浪，只剩下一星浪花，濺在基爾曼小姐身上，她在街頭佇立片刻，喃喃自語：「問題在於肉體。」

她要控制的正是肉體。克蕾麗莎·達洛衛侮辱了她。那是意料之中的。然而，她自己並沒有勝利，她並未控制肉慾。克蕾麗莎·達洛衛嘲笑她寒傖、笨拙，從而刺激她要漂亮些、伶俐些，因為跟克蕾麗莎在一起，她自慚形穢。而且，她的口齒也不及克蕾麗莎。不過，為什麼要像那女人呢？為什麼？她打心眼裡瞧不起達洛衛太太——她不正經，她不好，她的生活交織著虛榮和欺詐。但是我，多里斯·基爾曼，卻被她壓倒了。事實上，當克蕾麗莎·達洛衛嘲笑她的時候，她差點兒放聲大哭。「問題在於肉體，在於肉體；」她喃喃自語（這是她的習慣），一面沿著維多利亞大街彳亍，竭力想克制騷亂和痛苦的心情。她向上帝禱告。她天生難看，這是無可奈何的；她窮，買不起漂亮衣裳嘛。可是克蕾麗莎就為了這些嘲弄她……別想了，在走到郵筒那兒之前，還是把心思集中在其他方面吧。無論如何，她已經抓住伊麗莎白了。

她繼續自言自語：要是能隱居在鄉間，像惠特克先生勸告的那樣，同自己憤世嫉俗的激烈心情鬥爭而克服它，那多好啊；不過，這個社會確實蔑視她，對她嗤之以鼻，拋棄她，首先是這種屈辱——諷刺她那不可愛的體態，人們簡直沒法瞟她一眼。不管她梳什麼髮型，那前額總是像隻蛋，光禿禿、白呼呼的。穿什麼衣服都不像樣。買任何東西來打扮都白搭。對一個女人來說，這當然意味著，從不接近異性。她決不會主動跟任何人接觸。近來有些時候，她似乎感到，除了伊麗莎白，她生活著只是為了吃，為了舒適：美餐茶點囉、晚上用的熱水袋囉。然而，人必須戰鬥，戰勝，堅信上帝。惠特克先生就說過，她是為了一個崇高的目標而活在人間的。可是，那份痛苦呵！沒人知曉。他卻指著十字架道：上帝明白。不過，為什麼單單她得吃苦而別的女人，比如克蕾麗莎．達洛衛，卻免了呢？惠特克先生答道：痛苦產生知識嘛。

她已走過郵筒，而伊麗莎白已轉身走進艾與恩商店，到了賣煙卷的棕色櫃臺前，那裡很陰涼的；此時，基爾曼小姐還在喃喃自語，嘮叨著惠特克先生講的那句話：痛苦產生知識；還有肉體的問題，「呃，肉體，」她自言自語。

伊麗莎白打斷了她，問道：您要到哪個櫃臺去？

「賣裙子的，」她簡潔地說，徑自昂首闊步走向電梯。

她倆登上樓。伊麗莎白領路，走這邊，繞那邊；基爾曼小姐聽憑她引領，恍恍惚惚的，像個大孩子，又像一艘笨重的軍艦。到了，瞧，五光十色的裙子：褐色的、條紋的、大方的、艷俗的、厚實的、蟬翼似的，應有盡有；她心不在焉地挑選，怪里怪氣的，站櫃臺的姑娘以為她是個瘋婆子吶。

當他們包紮的時候，伊麗莎白心裡納悶：她在想什麼心事呀。基爾曼小姐終於從神思恍惚中清醒過來，說道，該吃茶點了。於是她倆吃了茶點。

伊麗莎白心想，敢情基爾曼小姐是餓了。她像慣常一樣狼吞虎嚥，爾後望著旁邊桌子上一盤糖衣蛋糕，望個不停；一會兒一位太太帶著孩子，坐到桌邊，那小孩把蛋糕吃了。基爾曼小姐心疼嗎？噯，她心疼的，因為她真想吃那塊蛋糕呢——粉紅色的。如今，她在生活裡僅有的真正的樂趣，幾乎只有吃了了，而此刻，連那塊蛋糕也沒福消受咧！

她曾經對伊麗莎白說：幸福的人總有一種來源，可以取之不盡；她卻像一個沒有車胎的輪子（她喜歡用這種比喻），老是碰著小石塊而顛簸——她往往在星期二早晨說這類話，那是在課後休息時，她站在爐邊，挾著書包（她叫作「小提包」）。她也談論戰事：說到底，總還有人認為，英國人並非一貫正確的。書上就是這樣講的。還有集會呢。還有持不同政見的人哩。伊麗莎白要不要跟她去聽某人演講？（那是一位氣概非凡的老人。）然後，基爾曼小姐帶她上肯辛頓的一所教堂去，同一位教士用了茶點。她還借給伊麗莎白各種書：法律、醫藥、政治，等等。基爾曼小姐道：對於你這一代的婦女來說，所有的職業都是敞開的。至於她自己呢，前程毀滅了，毀得乾乾淨淨，這是她的過錯嗎？天哪，伊麗莎白道，不是。

有時，這姑娘的母親會走進來說：布爾頓老家的人送來了一大籃鮮花，基爾曼小姐要不要拿一些？克蕾麗莎對待基爾曼小姐總是非常之好；那位小姐卻把籃裡的花一古腦兒紮成一大束，拿下了，但不跟她聊什麼閑話；況且，基爾曼小姐感興趣的東西，伊麗莎白的母親卻覺得厭煩；總之，這兩人在一起彆扭之極；再加基爾曼小姐長得實在不好看，卻自以為了不起；不過，基爾曼小姐的確異常聰明。伊麗莎白從來沒想到過窮人。因為她家要什麼有什麼——媽媽每天在床上進早餐，照例由露西端上去；伊麗莎白還喜歡那些老太太，因為她們全是公爵夫人，祖上還是什麼勛爵哩。然而，基爾曼小姐跟她說過（就是在一個星期二早晨，課後休息時）：「我的祖父在肯辛頓開過油畫顏料商店」。嗬，基爾曼小姐委實與眾不同，她使別人顯得那麼渺小。

基爾曼小姐又飲了一杯茶。伊麗莎白卻不要再喝了，也不要吃什麼了；她端端正正地坐著，一派東方風韻，姿態神秘莫測。她在找手套——她的白手套。在桌子底下呢。哎，她非走不可了！可基爾曼小姐不讓她走！這個少女，那麼漂亮！這個姑娘，叫人從心窩裡愛她！基爾曼小姐的一雙大手在桌上忽而攤開，忽而合攏。

有點兒乏味呢，伊麗莎白心想，真想溜掉。

但是基爾曼小姐道：「我還沒吃完。」

這麼著，伊麗莎白當然要等一下，不過這裡相當悶。

「今晚你去參加宴會嗎？」基爾曼小姐突然問道。

伊麗莎白說，興許要去吧，母親要她去的。基爾曼小姐撫摸著快吃光的巧克力奶油小蛋糕的邊兒，說道：不要被宴會迷住了。

伊麗莎白答道，我不太喜歡宴會的。當下，基爾曼小姐張開嘴巴，稍微突出下頷，把剩下的一小片巧克力奶油蛋糕嚥下去，然後擦擦手指，攪著杯子裡的茶。

她感到自己要炸開了。內心的痛苦簡直可怕。只要我能抓住這姑娘，摟緊她，叫她完全屬於我，永遠屬於我，而後死去，那多妙呀！這便是自己的願望。可是此刻，呆坐在這裡，搜索枯腸，卻想不出什麼話題，眼看伊麗莎白對她起了反感，嘿，甚至這姑娘都覺得她討厭——真難堪啊！她受不了。粗壯的手指捏緊了。

「我從來不參加什麼宴會，」基爾曼小姐道，這是為了不讓伊麗莎白脫身，「沒有人請我赴宴；」——她說這句話時，心裡明白，正是這種自我中心的作風使她變得惹厭的；惠特克先生曾經為此提醒過她，可她有什麼辦法呢。她受過那麼多苦。「她們幹嗎要請我呢?!」她說下去，「我不好看，不幸福嘛。」她明知這樣說是可笑的。要怪那些來來往往的人——拎著大包小包的人，鄙視她的人，是他們逼得她說這樣可笑的話。然而，她是多里斯·基爾曼。她得過學位。她是靠奮鬥而爭得社會地位的婦女。她關於現代史的知識是相當精深的呀。

「我並不覺得自己可憐，」她接著說，「我覺得，可憐的是……」她想說「你的母親」，但是不行，不能對伊麗莎白這樣說，所以改口道，「我覺得別人比我可憐得多。」

伊麗莎白·達洛衛坐在那兒，不吭一聲，恰似一匹不會說話的動物，被人牽到一個大門口，不知道要把它曳進去幹什麼，因而呆呆地停著，只想一溜煙跑掉。基爾曼小姐還要嘮叨下去嗎？

「別忘了我呀，」多里斯·基爾曼道，聲音都顫抖了。那隻不會開口的小動物怕極了，飛快地逃掉，直奔到田野盡頭。

那雙大手攤開了又合攏。

伊麗莎白轉過頭去，只見女招待過來了。伊麗莎白便說：到帳臺上去付帳；她邊說邊跑；基爾曼小姐感到，那姑娘奔得連腸子都要脫出來了，一直拖到餐室的另一端；只見她扭過身，恭恭敬敬一鞠躬，揚長而去。

她走了。基爾曼小姐兀自坐在大理石桌邊，桌上擺著巧克力奶油蛋糕；一陣陣劇痛刺傷了她。姑娘跑了。達洛衛夫人勝利了。伊麗莎白走掉了。美消失了，青春消逝了。

基爾曼小姐枯坐了一會。她終於站起身，在小餐桌之間踉踉蹌蹌，搖搖晃晃，有人把她忘了拿的裙子送過來；她在百貨公司裡迷失了，一忽兒夾在運往印度的一箱箱貨物之間，一忽兒陷入一堆堆產婦用具和嬰兒內衣中間；穿過世界上所有的商品：耐久的、易壞的，諸如火腿、藥物、鮮花、文具，等等，各式各樣的氣味，有的甜，有的酸；她東倒西歪地蹣跚著，帽子都歪戴了；她在一面大鏡子裡看見自己這副模樣，跌跌撞撞，臉漲得通紅；最後，總算擠出門，到了大街上。

她面前聳峙著威斯敏斯特大教堂的塔頂，那是上帝的宮殿。在嘈雜的車水馬龍中間，屹立著上帝的宮殿。她拎著包兒，一個勁兒向前走，到另一座聖殿——威斯敏斯特寺院去；到了那裡便坐下，舉起雙手遮住臉；兩旁坐著許多信徒，也像她那樣不得不到這裡來躲避：形形色色的信徒，大都喪失了社會地位，幾乎沒什麼性生活了；此刻大家舉起雙手，遮住面孔，然而一旦放下手，立即露出英國中產階級男男女女的面貌，一副虔誠的神態，其中有些人還想去參觀裡面陳列的蠟像呢。

然而，基爾曼小姐始終把手掩住臉。時而有人離開，時而有人來坐下。又一批信徒從戶外進來，代替那些溜掉的人；人們東張西望，穿梭一般經過無名英雄墓，她卻一直繞著手指，遮住眼睛，企望在這雙重黑暗中（眼睛遮沒，再加寺院內光線黯淡），超越世俗的虛榮、情慾和商品，蕩滌愛與憎。她雙手扭曲著，彷彿在搏鬥。然而，對別人來說，上帝是易於接近的，通向他老人家的道路是平坦的。譬如已退休的財政部官員弗萊徹先生，一位名人（克·西）的遺孀戈勒姆夫人，都輕而易舉地接近他老人家，祈禱之後便靠在椅子上，欣賞音樂（管風琴的演奏多麼美妙），一面看見基爾曼小姐端坐在同一排的末位，禱告又禱告；這些人還在紅塵的邊緣徘徊，因而懷著同情，把她看作一個靈魂，在相同的大千世界裡逡巡；一顆虛無飄渺的靈魂，不是一個女人，而是一顆靈魂。

但是，弗萊徹先生要走了。他得經過她眼前；他自己衣冠楚楚，因此看到這位可憐的女士如此狼狽，不禁有些愀然；只見她披頭散髮，一包東西掉在地上。她沒有立刻讓他過去。他只得稍停片刻，眺望四周，贊嘆那些潔白的大理石柱、灰濛濛的窗玻璃，以及世代累積的珍貴文物（他對威斯敏斯特寺是異常自豪的）；同時看到這位女士碩大如牛，茁壯而強健，端坐著，不時擺動雙膝（她接近上帝之路是如此坎坷——因為她的七情六欲極其強烈）；這一切給他留下深刻的印象，正如達洛衛夫人（那天下午，她心裡總是縈繞著基爾曼小姐的形象）、愛德華·惠特克牧師，以及伊麗莎白，都對基爾曼小姐有鮮明的印象。

此時，伊麗莎白正在維多利亞大街等候公共汽車。戶外多清爽呀！她心想，眼下不必急著回家吧。在戶外多暢快呵！所以她只想搭上公共汽車兜風。那天，她穿著剪裁合身的衣服，在車站上佇立的時候，引得……人們開始把這少女比作白楊、曙光、紫藍色風信子、小鹿、清溪和百合花；這使她覺得難堪，因為她只想在鄉間獨處，與世隔絕，自由自在地過日子；人們卻把她比作百合花，她不得不去參加宴會；在鄉間，單獨跟父親在一起，逗著狗兒玩，多麼愉快；相形之下，倫敦乏味極了。

公共汽車疾駛著，停下來，又開去了——一輛又一輛，閃耀著紅色與黃色的光澤；她究竟搭上哪一輛好呢？她才無所謂呢。誠然，她不想向前闖去。她寧願隨遇而安。她只需要表情，而她生就一雙美目，中國式的，東方型的；並且，像她母親所說的，她那修削的肩膀非常優美，亭亭玉立，看上去總是那麼嫵媚；她似乎從不激動，可是近來，特別在晚間，當她感興趣而有些興奮時，看起來幾乎是漂亮的；她顯得十分端莊，十分嫻靜。她究竟在想些什麼？每個男子都愛上她了，她卻實在覺得厭煩得緊。情竇初開嘛。她母親覺察到這一點——人們對她女兒才開始獻殷勤哩。女兒對這些個並不怎麼在意——比如不太講究穿著——使克蕾麗莎有時擔心；不過，也許這種小妞兒、小妮子鬧點彆扭反而有趣，平添了些風韻嘛。如今，又交上了基爾曼小姐這樣一個怪朋友。也好，這證明女兒的心腸不壞；克蕾麗莎轉這些念頭是在半夜裡三點鐘，因為她失眠，就邊看閑書邊想心思。

卻說伊麗莎白在車站上，驀地一個箭步，搶在眾人之前，挺伶利地登上了公共汽車。她佔了頂上一個位置。[82]那輛闖勁十足的龐然大物（活像海盜船）一下子開動，疾馳而去；她得抓緊座位邊的鐵杆才不搖晃；這輛車簡直是艘海盜船，風馳電掣，橫衝直撞，不顧一切，壓倒一切，危險地繞圈子，大膽地讓一個乘客跳上來，乾脆撇下另一個乘客，在車水馬龍中間擠來擠去，恰似

---

[82] 英國的公共汽車大都有兩層。

一條鰻鱺，然後開足馬力，彷彿鼓起風帆，神氣活現地衝向白廳那邊。當下，伊麗莎白有點兒想起基爾曼小姐嗎?那可憐的朋友毫不嫉妒地愛著她，把她比作曠野裡的小鹿、林中空地的月光。她卻高興地擺脫了那位友人。戶外的空氣多麼清新、甘美呵！而在百貨公司裡那麼窒悶。此刻真像快馬加鞭，奔向白廳；隨著汽車的每一個動作，她那漂亮的身子自如地擺動，宛如一名騎手，或船頭雕像；她身穿幼鹿色外衣，微風吹得衣衫有些飄忽，頭髮稍稍披拂，炎熱使她的臉色蒼白，好似白漆木；她那秀美的眸子，由於沒有注視的對象，便向前凝望，茫然而明亮，彷彿一尊塑像，瞪著眼，天真得不可思議。

基爾曼小姐老是談到自己的痛苦，這就是叫人討厭的原因。不過，興許她講得不錯吧?如果基爾曼小姐所謂做一個基督徒的意思是，要在救濟窮人的委員會裡任職，每天得花掉好多時間去幹這種工作（天哪，她父親正是如此，她在倫敦簡直很少看到他）；不過，基爾曼小姐究竟指的什麼，可吃不準。啊，眼下她真想再乘一會兒車。到河濱大街還得付一個便士嗎?喏，給，一個便士。她就是要上河濱大街呢。

基爾曼小姐喜歡照顧病人，還跟她說，對於你們這一代婦女，每一種職業都是敞開的。這麼說來，她可以做一個醫生囉，也可以當個農民。牲畜不是常常生病嗎?!她可以擁有成千上萬畝土地，手下有許多雇工。她將到他們的茅屋去探望。噢，車子開到薩默塞特大廈了。唔，可以做一個很好的農民——說來也怪，儘管這樣想是受了基爾曼小姐的影響，但更主要的是，受了薩默塞特大廈的啓發，幾乎是決定性的。它看上去那麼華美、那麼莊嚴——這幢宏大的灰色建築物。她感到裡面的人們在工作，這是愜意的。她喜歡那些教堂，好像用灰紙糊成的一棟棟屋子，面對海濱的流水，矗立著。她在錢賽裡巷下車，一面自忖：這一帶跟威斯敏斯特是完全不同的。氣氛非常嚴肅，非常繁忙。總之，她要有一個職業。她要成為一個醫生，或一個農民，必要的話，也可能去當議員。這一切想法都是由於河濱大街的感召。

大街上人們忙忙碌碌奔走著，工人們用雙手不斷堆積石塊，人們從來不會嘰嘰喳喳地扯淡（把女人比作白楊，等等——這些誠然叫人激動，但也無聊透頂），而總是專心致志於船舶、貿易、法律、行政管理，全是那麼莊嚴的事業（她走進了法學協會），又很愉快（瞧那流水），而且虔敬（教堂嘛）；因此她下定決心，不管母親怎麼說，一定要做個農民或醫生。不過，她確實相當懶呢。

最好什麼打算也不講。聽起來很傻的。一個人獨處的時候，有時會受外界影響而忽發奇想——那些沒有工程師署名的房屋，從城裡回家的人羣，他們比肯辛頓單身的教士更有權勢，比基爾曼小姐借給她的任何書更有教益，會刺激一個人的潛意識——沉睡在流沙似的心靈底層，笨拙而羞澀；一旦受外界的刺激，便會冒上來，猶如一個小孩突然伸出胳膊；一種衝動，一種啓示，產生的效果是永恆的，可是眼下，又沉到流沙似的心靈深處去了。她得回家了。她必須穿得端端正正，去吃晚餐。現在幾點鐘了？那兒有鐘呀？

她向艦隊街望了一下。然後，向著聖·保羅大教堂走了幾步，怯生生的，彷彿躡手躡腳，在一棟陌生的屋子裡秉燭夜探，東張西望，提心吊膽，生怕主人突然打開臥室的門，問她來幹什麼；她不敢踅入那些離奇的小巷，有如在陌生的屋子裡，不敢碰開一扇門，那可能是臥室或起居室的房門，也可能是通向貯藏室的門。事實上，達洛衛家沒有人天天到海濱大街來，所以她是個開拓的先鋒、迷途的羔羊，富於冒險精神，而又信任別人。

她的母親覺得，女兒在許多方面是極其幼稚的，仍然像個小孩兒，喜歡玩偶，愛穿舊拖鞋，簡直是個小娃娃。這使她顯得更可愛。但是，話得說回來，達洛衛家的人並不都是天真無邪，而是歷來有為公眾服務的傳統。拿女性來說吧，家族裡就出了修道院長、大學校長、中學校長，以及各種顯要人物——其中沒有一個才華出眾，卻都是顯赫的。此刻，伊麗莎白繼續向聖·保羅大教堂走了幾步。她喜愛這一帶熱鬧的景象，感到有一種融洽的氣氛，人們好像兄弟姐妹，親密無間，還有母愛哩。這使她覺得舒服。不過，周圍實在喧鬧，震耳欲聾；忽然，響起了尖利的喇叭聲（失業者在結隊遊行），在一片噪聲中迴盪，宛如一陣軍樂，為行軍的士兵們伴奏；然而，倘若失業者快死了——倘若有個婦人奄奄一息，終於完成了人生至高無上的莊嚴使命——死亡，那時，任何旁觀者要是打開死者房間的窗子，向下俯視艦隊街，那喧囂的噪聲，那一陣軍樂，將意氣風發地衝擊他的耳鼓；這鬧聲對人間一切是淡漠的，因而有撫慰的作用。

這種作用是無意的。人們從鬧聲中並不覺得有何利害關係，也無命運之感；正因為如此，它起了撫慰的作用，即使對那些注視著垂死者臉上即將寂滅的表情而目眩神迷的人們，也不例外。

人們的健忘可能令人傷心，他們的忘恩負義也許會腐蝕別人，然而這種噪聲，年復一年無休止地喧騰著，將吞噬人間一切——（她自己的）誓言、這開拓者、這沸騰的生活、滔滔的人流；噪聲將囊括一切，把它們席捲而去，恰如在洶湧的冰川中，巨大的冰塊載著一小片骨頭、一枚藍色花瓣、一些橡樹的殘骸，把它們全都捲去，滾滾向前。

不過天色晚了，比她想的還晚。母親不會喜歡她這樣獨自遊蕩的。於是她從河濱大街折回了。

雖然天氣炎熱，卻吹著勁風；此時一陣風吹拂著稀薄的烏雲，遮掩了太陽，使河濱大街蒙上雲翳。行人的臉變得模糊了，公共汽車猝然失去了光輝。一簇簇浮雲，彷彿羣山，邊緣參差，令人遐思：好似有人用利斧砍去片片雲絮，兩邊綿延著金黃色斜坡，呈現出天上的樂園，氣象萬千，宛如仙境中諸神即將聚會；儘管如此，雲層卻不斷推移，變幻：彷彿按原定計劃，忽而雲端縮小了，忽而金字塔般的大塊白雲（原來是靜止的）運行到中天，或莊重地率領一朵朵行雲，飄向遠方去停泊。雖然雲層似乎巍然不動，交織成和諧的整體，休憩著，其實，乃是白雪似的流雲，閃耀著金色彩霞，無比地清新、自在而敏感；完全可能變幻、移動，使莊嚴的諸神之會渙散；儘管看上去，靄靄白雲肅穆而凝固，一堆堆的，雄渾而堅實，它們卻留出罅隙，時而使一束陽光照射大地，時而又讓黑暗籠罩萬物。

伊麗莎白．達洛衛平靜而麻利地登上了公共汽車，朝威斯敏斯特駛去。

此時，塞普啼模思．沃倫．史密斯正躺在起居室內沙發上，諦視著糊牆紙上流水似的金色光影，閃爍而又消隱，猶如薔薇花上一隻昆蟲，異常靈敏；彷彿這些光影穿梭般悠來悠去，召喚著，發出信號，掩映著，時而使牆壁蒙上灰色，時而使香蕉閃耀出橙黃的光澤，時而使河濱大街變得灰濛濛的，時而又使公共汽車顯出絢爛的黃色。戶外，樹葉婆娑，宛如綠色的網，蔓延著，直到空間深處；室內傳入潺潺的水聲，在一陣陣濤聲中響起了鳥兒的啁鳴。萬物都在他眼前盡情發揮力量，他的手舒適地擱在沙發背上，正如他游泳時，看見自己的手在浪尖上漂浮，同時聽到遠處岸上的犬吠聲，汪汪，汪汪，十分遙遠。不要再怕了，他在內心說，不要再怕了。

他並不害怕。因為每時每刻，大自然都歡笑著用一種暗示（譬如牆上那閃來晃去的金色光斑，就在那兒、那兒、那兒），表明她的決心：要盡情表現自己，她飄揚著裝飾的羽毛，秀髮紛披，把斗篷揮來揮去，儀態萬方，總是儀態萬方；而且站到他眼前，從纖嫩的指縫裡喁喁細語，用莎士比亞的名言曲傳她的意蘊。

那時，雷西婭坐在桌子邊，手裡扭弄著帽子，凝視著他，只見他在微笑。哦，他感到幸福了。不過，她看見他的笑容便受不了。這不像夫妻，做丈夫的不該有這種怪樣：老是一忽兒驚跳，一忽兒狂笑，或者沉默，呆坐著，接連幾小時不動，要麼一把攫住她，叫她記錄。抽屜裡塞滿了她記下的他講的話：關於戰爭，關於莎士比亞，關於偉大的發現，還有，無所謂死亡。近來，他突然莫名其妙激動地起來（霍姆斯大夫和威廉．布雷德肖爵士都說，激動對他是最有害的），揮舞雙手，喊道：我知道真理了！他什麼都知道！有一回他說：在大戰中死掉的那個朋友，埃文斯，來了，在屏風後唱歌咧。他說的時候，她就記下來。他說，有些東西非常美，另一些完全是胡鬧。他總是講了一會便住口，改變主意，想加幾句話；忽而又聽到什麼新奇的聲音，揚起手傾聽著。她可什麼也沒聽見。

有一次，他們發現，打掃房間的姑娘念著那些記錄，發出一陣陣嗤笑。真是可怕而又可憐，因為這使得塞普啼模思嚷道：人多麼殘酷喲！——他們相互死咬，扯得粉碎，特別把倒下去的可憐蟲撕得粉碎。「霍姆斯在迫害咱們哩，」他會這樣說，還想像霍姆斯在幹啥：霍姆斯在吃粥嘍，霍姆斯念莎劇嘍——一面狂笑，或怒吼。因為在他心目中，霍姆斯代表某種可怕的力量，他稱之為「人性」。此外，還有種種幻覺。他常說：快溺死了，正躺在懸崖邊，頭上海鷗飛翔，發出淒厲的唳聲；這時他靠在沙發邊，望著地下，說是俯瞰海底。有時，他會聽見美妙的音樂。其實只是街上流浪藝人在搖風琴，或僅僅是什麼人在喊叫。他卻嚷道，「美極了！」同時臉下淌上眼淚；這使她覺得最最可怕，眼看勇敢的打過仗的塞普啼模思，堂堂男子漢，竟然哭起來。有時他會靜靜地躺著，驀然喊道：我跌下去啦，跌到火裡去啦！她真的會四面張望，看哪兒失火了，因為他講得那麼逼真。當然，連一丁點兒火星都沒有。房間裡只有他倆。她便對他說，你在做夢吧。最後總算使他安靜了。不過有時她也會毛髮直豎。此刻，她則邊縫紉邊嘆息。

她的嘆息是溫馨的、魅人的，猶如樹林邊吹拂的晚風。她時而放下剪刀，時而轉身，從桌上拿一些東西。她只要稍微動一下，發出窸窸窣窣的微聲，輕輕地拍幾下，便在桌上做出些東西了。她總是坐在桌子邊縫呀縫的。他從睫毛縫裡模糊地窺見她的倩影，那穿著黑衣的嬌小的身體，她的面孔和雙手，她在桌邊怎樣轉動著，捏起一個線圈，或尋找一塊絲綢（她常會忘記把東西放在哪裡）。這會兒，她在給菲爾默太太的已嫁的女兒做一頂帽子，那少婦的名字是……他忘了。

「菲爾默太太的出嫁的女兒叫什麼來著？」他問道。

「彼得斯太太，」雷西婭回答，又說，恐怕這帽子做得太小了；一面把做好的帽子擎在面前打量。彼得斯太太長得高大，敢情帽子是小了點兒。雷西婭並不喜歡她，給她效勞僅僅因為菲爾默太太待他倆非常好——「今天早晨她還送葡萄給我吶，」——所以雷西婭想為她做些事情，表示感謝。不過，前天晚上雷西婭走進房間，卻發現彼得斯太太在開唱機，她以為主人出去了。

「真的嗎？」他問，「她在開唱機嗎？」她說，是的；當時就告訴過他了，她發現彼得斯太太在開唱機。

於是他小心翼翼地睜開眼睛，看看房裡究竟有沒有唱機。但是，真實的東西——真實的東西會叫人過於激動。他必須謹慎。他不想發瘋。起先，他望著書架底層的時裝樣紙，然後逐漸注視那裝有綠喇叭的唱機。再也沒有比這更實在的了。因而他鼓起勇氣，環顧四周，瞧著餐具櫃、一盤香蕉、版畫上的維多利亞女王和丈夫，再看看爐架，上面一隻廣口瓶，插著薔薇。所有這些都一動不動。一切都靜止，一切都是真實的。

「那個女人有一張利嘴，毒得很，」雷西婭道。

「彼得斯先生是幹什麼的？」塞普啼模思問。

雷西婭「呃」了一聲，盡力回憶。她想起菲爾默太太講過，女婿是一家公司的推銷員，常到外地出差。「眼下他到赫爾去了，」雷西婭說。

「就是這幾天！」她重複道，帶著義大利語音。他聽見她親口這樣說。他用手半掩著眼睛，以免一下子看清她的面孔，而要一點一點地瞧，先看下巴，再看鼻子，然後，慢慢地窺那額頭，生怕它是畸形的，或有什麼可怕的斑痕。他想錯了，她可沒什麼怪樣，十分自然地坐在那兒，縫著帽子，像一般女人那樣，縫紉時抿緊嘴，撅起嘴唇，露出悒鬱的神情。他一次又一次諦視她的臉、她的手，叫自己放心，沒有絲毫可怕的跡象，她只是大白天坐在那裡縫紉，有什麼嚇人或可惡的呢？彼得斯太太卻有一張惡毒的利嘴。彼得斯先生則到赫爾去了。那自己為什麼要發怒或預言呢？為什麼要自討苦吃，自絕於人呢？為什麼要凝望浮雲而顫抖、哭泣呢？為什麼要追求真理，傳播福音呢？瞧，雷西婭不是安靜地坐在那兒縫紉，把針插入外衣的前襟麼？彼得斯不是照常出差，到赫爾去了麼？什麼奇蹟、啓示、痛苦、孤獨羅，摔到海底，跌進火裡羅——全都無影無蹤了，因為，當他注視雷西婭替彼得斯太太做草帽時，只感覺到那條繡花床單。

「對彼得斯太太來說，這帽子是太小了，」他說。好多日子以來，這是第一回他像往常一樣說話了！她應著道：可不是，實在……小得不像話呢。不過，這是彼得斯太太自己挑的嘛。

他把帽子從她手裡拿過來，說道：這是搖風琴藝人耍的猢猻戴的帽兒。哈，她聽了多高興呀！他倆好久沒在一塊兒歡笑了，此刻又像一般夫妻那樣，私下裡尋別人開心。她的意思是，眼下要是菲爾默太太走進來，或彼得斯太太，或任何人闖進來，都不會懂得她和塞普啼模思在嘲笑什麼。

「瞧！」她把一朵玫瑰插上帽邊。她從來沒感到這麼快活！一生中從未有過！

塞普啼模思道：插上花兒更可笑啦，那可憐的女人戴了活像動物展覽會上一頭豬哩。（沒有任何人會像塞普啼模思那樣叫她大笑的。）

她的針線盒裡還有些什麼呢？有絲帶、小珠子、流蘇、紙花，等等。她把這些一古腦兒倒在桌上。於是他把顏色各別的玩藝兒拼起來——儘管他的手不靈，連一隻小包兒都紮不好，眼光卻尖得出奇，對色彩常看得準，當然有時也鬧笑話，不過有時確實妙得很。

「這一下她會戴上漂亮的帽子啦！」他喃喃道，揀這樣挑那樣的；雷西婭蹲在他身旁，從他肩上望著。一會兒就拼好了，就是說，花樣設計好了，現在她得縫起來。他說：你必須非常、非常細心，完全要「依樣畫葫蘆」。

她便著手縫了。他覺得，她縫的時候有一種微聲，彷彿爐子鐵架上煮著水壺，冒出嘛嘛的水泡聲；她忙個不停，纖小而有力的指尖一忽兒掐、一忽兒戳，手上的針閃亮著。隨便太陽忽隱忽現，時而照著流蘇，時而映出牆紙，他只管安心等待，躺在沙發上，腳伸得長長的，眼睛望著沙發那一頭的環紋短襪；他要在這安樂窩裡待著，四周一片寧謐，空氣都靜止了，彷彿有時樹林邊薄暮的氣氛：由於地上有些坑窪，或由於樹木分布的格局（首先要科學性、科學性），溫暖的空氣逗留著，微風迎面吹拂，恰似鳥翼在撫摸。

「喏，好了，」雷西婭道，指尖上繞著彼得斯太太的帽子，「暫時就這樣吧，以後再……」她的話像水泡一般冒著，低下去了，一滴、一滴、一滴，猶如沒關上的水龍頭，滿意地滴著水。妙極了。他得意洋洋，感到從未有過這樣稱心的事。那麼真實，那麼實在——彼得斯太太的帽子。

「瞧呀，」他說。

真的，只要看見這頂帽子，她會永遠感到幸福。因為做帽子的時候，他恢復本來面目了，他笑了。他倆又單獨在一起了。她將永遠喜歡這帽兒。

他要她戴上試試。

「我肯定會變成醜八怪的！」她嚷道，隨即跑到鏡子前面，頭側來側去，端詳著。忽然聽見有人敲門，趕緊脫掉帽子。難道是威廉·布雷德肖先生來了？已經來叫了嗎？

不！原來只是那小女孩，送晚報來了。

每天總是例行的事——每晚都是這些事情。那小女孩照常來了，舔著大拇指，呆在房門口，雷西婭走過去，蹲下來，輕聲輕氣地跟孩子閑聊，親吻她，再從抽屜裡掏出一袋糖，塞給她吃。每天老是這樣。一樁事接著另一樁事。她就這樣按部就班做著，先做這樁，再做那樁。她拉著小孩跳來蹦去，溜呀滑的，在屋子裡轉圈兒。他看著晚報，念一則新聞的標題：薩裏酷熱，有一股熱浪。雷西婭應聲道：薩裏酷熱，有一股熱浪；一面仍然同小孩（菲爾默太太的孫女）玩兒，跟她一起嬉笑謔浪，玩得挺有勁兒。他卻很倦了，他很快樂。他想睡了。他閉上眼睛。可是，雙眼一閉，她們玩耍的聲音立即變輕了，有點怪了，似乎有人在尋什麼，卻找不到，招魂一般喊著，聲音愈來愈渺遠了。她們失去他了！

他驚恐地跳起來。看見了什麼？餐具櫃上一盤香蕉。屋裡沒有人（雷西婭陪孩子回到媽媽那裡去了，該上床睡了）。原來如此：一輩子孤獨。這是命裡注定的，以前在米蘭，走進住所的房間，看見那些人用麻布剪出花樣時，已經注定了：一輩子孤獨。

此刻，他獨自面對餐具櫃與香蕉。他孑然一身，躺著，棲息在陰沉的高處——不是在峯頂，也不在峭壁上，而是在菲爾默太太起居室的沙發上。至於那些幻覺、那些死者的面孔與聲音，都消逝了？他面前只有一列屏風，上面顯出黑油油的香蒲和藍幽幽的燕子。在幻覺中一度呈現的山、臉、美，都杳無影蹤了，惟有屏風。

「埃文斯！」他嘶喊。沒有回音。一隻老鼠在吱吱地叫，也許是帷幕沙沙地響。那是死者的聲音。只剩下屏風、煤桶和餐具櫃了。那就讓他面對屏風、煤桶和餐具櫃吧……忽然，雷西婭闖進來，跟他聊天了：

來了幾封信。每個人的打算都改變了。菲爾默太太終究不能到布賴頓去了。來不及通知威廉斯太太，雷西婭覺得懊惱之極；這時她瞥見了那頂帽子，心裡想……也許……她……可以做些小小的……她那心滿意足的、悅耳的聲音漸漸輕下去了。

「啊，見鬼！」她猝然嚷道（她這句粗話是他倆開玩笑的一種方式）；原來針斷了。帽子、孩子、布賴頓、針。她一樁樁應付著：先處理這樁，再對付那樁；她按部就班做著，眼下在縫帽子。

她想拿掉那朵玫瑰，或許帽子會好看些，她要問他怎麼想。當下她坐在沙發的另一頭。突然她丟下帽子說，現在咱們是完全幸福的。此時此刻，她可以對他隨意聊天，想說什麼便說什麼。其實，他倆初次相逢時，她就有這種感覺；那天晚上，在咖啡館裡，他和朋友們（都是英國人）走進來，顯得有些靦腆，四面張望，想掛起帽子，卻掉在地上。她記得那情景。當時，她知道他是英國人，可不是她姐妹愛慕的那種魁梧的英國人，因為他總是瘦削的，不過他的氣色挺好，神清氣爽；臉上一個大鼻子，眼神明亮；坐的時候有點傴僂，這使她想起（後來好多次跟他說過）一隻年輕的鷹；那是他倆相逢的第一晚，當時她和伙伴們在玩多米諾牌，他進來了——像一隻年經的鷹，不過他待她始終是溫存的。她從未看見他撒野或喝醉過，僅僅有時，由於經歷過可怖的戰爭，仍然感到痛苦，然而，只要一見她進來，便丟掉一切煩惱了。她會對他講任何事情，世界上任何事情，哪怕工作上一點小小的痲煩，只要她想說，便對他傾訴，他會立刻理解。即便她娘家的親人也不如他。他比她大幾歲，而且那麼聰明——他多麼一本正經啊，要她讀莎士比亞的戲劇吶，那時她連英文的童話都念不懂哩！——他的經驗比她豐富得多，因而能幫助她。她呢，也能幫助他。

眼下先談這帽子吧。待會兒（天色愈來愈黑了）就要應付威廉·布雷德肖爵士了。

她用雙手撐著頭，等他說喜歡不喜歡這帽子；她坐在那兒，期待著，向下望著，這時他能感到她的心靈，像一隻鳥兒，在枝柯間竄來竄去，總是揀穩當的樹枝棲息；她坐在那兒，天然有一種蕭灑自如的姿態，這時他能揣摹她的心思；只要他一開口，隨便說什麼，她立即嫣然一笑，彷彿一隻鳥兒，利爪攫緊樹枝，安穩地棲息著。

可是，他記得布雷德肖講過：「一個人生病的時候，即便自己最親愛的人也沒用，只有害處。」布雷德肖還說：他倆必須分開，必須教他如何靜養。

「必須」，「必須」幹嗎「必須」?!布雷德肖憑什麼權力管他?!「布雷德肖有什麼權利命令我『必須……』?!」他質問。

「因為你講過要自殺嘛，」雷西婭答道（幸虧現在她可以跟他隨便說什麼）。

哦，他落在他們手掌中了！霍姆斯同布雷德肖抓住他啦！那個蠻鬼把猩紅的鼻子伸入每個隱秘的角落！它膽敢說「必須」！我的那些稿子呢？我寫的東西在哪兒？

她把稿子給他看，所謂他寫的東西，其實是她記下來的。她把一疊疊紙一古腦兒撒在沙發上。他倆一起觀看：形形色色的構圖與圖案、侏儒般的男人與女人，揮舞著小棒，算是武器，背上長著羽翼（像翼子嗎？）；還有先令和六便士錢幣，四周描著圓圈，象徵太陽和星星；彎彎曲曲的線條，畫的是懸崖，一羣登山者用粗繩捆住，在攀上去，宛如一串刀叉；海裡的精靈，從波浪似的曲線中探出小臉蛋兒，嬉笑著；還有世界地圖。他嚷道，全都燒掉！再來看寫的東西吧：死人在杜鵑花叢後歌唱；時光老人頌；同莎士比亞談話；埃文斯、埃文斯、埃文斯——他從冥冥中帶來信息；不要砍樹；告訴首相。博愛，乃是人世間的真諦。他嚷道，全燒掉！

然而雷西婭把手按在紙上。她認為，有些畫與文字很美。她要用絲線紮好（因為沒有大信封）。

她說，即便他們把他帶走，她將跟他一起去；又說，他們不能硬把他倆拆分。

她把一張張紙疊齊，折起來，幾乎不用望一眼；她挨近他坐著，就在身旁；他覺得，她彷彿鮮花苞放。她是一株花朵盛開的樹，從枝椏間露出立法者的面容；她已到達聖殿，無所畏懼，不怕霍姆斯，也不怕布雷德肖；一個奇蹟、一次勝利，最後的、最偉大的勝利。他看見她蹣蹣跚跚登上可怕的陡梯，背上馱著霍姆斯與布雷德肖，這兩個傢伙的體重常在十一跖[88]六磅之上吶！他們把老婆推上法庭，每年賺一萬鎊，卻侈談什麼平穩；他們的判決是不同的（霍姆斯這樣說，布雷德肖那樣說），但兩個都是判官；他們混淆幻景與餐具櫃，對什麼都看不清，然而統治著，迫害人。而她，戰勝了他們！

「好啦！」她喊道。圖紙與稿紙都紮好了。任何人都不許碰。她要把它們藏起來。

爾後她說：什麼都不能使他倆分離。她坐在他身邊，叫他鷹或烏鴉，那種惡鳥，老是恣意糟蹋莊稼，就像他，一模一樣。接著又說：任何人都不能使他倆分離。

然後，她站起來，到寢室去整理東西，可是聽見樓下有人聲，以為也許是霍姆斯大夫來，便奔下去，不讓他上樓。

塞普啼模思聽得見她在樓梯上同霍姆斯談話。

「親愛的夫人，我是以朋友的身分來拜訪的，」霍姆斯在說。

「不行。我決不讓你見我的丈夫，」她說。

他想像她好比一隻小母雞，撲開翅膀擋住去路。但霍姆斯硬是要上去。

「親愛的夫人，請允許我……」霍姆斯道，一下子把她推開（他是條粗壯的漢子）。

霍姆斯在上樓了。霍姆斯將猛地打開門。霍姆斯將說：「害怕了吧，呃？」霍姆斯將攫住

---

83 英國重量名，表示體重時等於14磅。

他。不！霍姆斯別想、布雷德肖別想抓住他。他搖搖晃晃站起身，簡直是踉踉蹌蹌，心裡盤算著，想用菲爾默太太切麵包的鋥亮光滑的刀子（柄上刻著「麵包」字樣）。嘿，不能糟蹋那把刀。煤氣呢？來不及了。霍姆斯上來啦。興許能找著刀片，可是成天價整理東西的雷西婭把它放好了。唯一的出路是窗子，布盧姆斯伯里住房特有的大窗；唔，打開窗子，跳下去——麻煩，叫人厭煩，像鬧劇。他們卻認為是悲劇，他和雷西婭才不這樣想哩（她始終跟他一條心的）。然而，他要等到最後關頭。他不要死。活著多好。陽光多溫暖。不過，人呢？對面樓梯上，一個老人走下來，停住，瞪著他。霍姆斯到門口了。他喝一聲：「給你瞧吧！」一面拼出渾身勁兒，縱身一躍，栽到菲爾默太太屋內空地的圍欄上。

「膽小鬼！」霍姆斯大夫猛地打開門嚷道。雷西婭奔到窗口，她一看就明白了。霍姆斯大夫同菲爾默太太撞了一下。菲爾默太太揮舞著圍裙，叫雷西婭回到寢室去，遮住眼睛。只聽得樓梯上一陣陣腳步聲，人們在跑上跑下。一會兒，霍姆斯大夫進來了，臉色異常蒼白，渾身戰抖，手裡擎著一隻杯子。他說：你必須勇敢，不要怕，先喝點兒吧（什麼東西？甜滋滋的）；你的丈夫摔得不像樣了，可怕得很，不會恢復知覺了；你決不能去看，應當儘量讓你少受痛苦，你還要經受審訊的考驗哩，可憐的女人，年紀輕輕的；誰料得到呢?!他一時衝動嘛，怪不得任何人（霍姆斯對菲爾默太太說）。至於那人究竟為何要幹這見鬼的事，霍姆斯大夫簡直莫名其妙。

雷西婭喝下那甜滋滋的液汁時，恍惚覺得自己開了落地窗，走進一座花園。什麼所在呀？大鐘在敲響：一下、兩下、三下；跟那一片嘈雜聲、竊竊聲相比，鐘聲多明智呵，就像塞普啼模思。她昏昏欲睡了。然而鐘聲不斷敲響：四下、五下、六下；菲爾默太太揮舞著圍裙，（他們不會把屍體擡到這兒來吧？）那形象宛如花園內什麼景物，也許像一面旗。當年，她跟姑母待在威尼斯的時候，有一回曾看見一面旗，徐徐升起，在桅杆上飄揚。那是向戰爭中陣亡的將士致敬，而塞普啼模思曾經打過仗呢。她的憶念，大都是幸福的。

她戴上帽子，穿過小麥田——究竟是什麼地方呢？——登上丘陵，靠近海濱了，看得見船、海鷗、蝴蝶。他倆趺坐在巉岩之巔。在倫敦，他倆也這樣坐著，夢幻似地，從臥室門縫裡傳來淅淅瀝瀝的雨聲，喁喁細語聲，麥田裡的窸窣聲；她依稀感到海洋的撫摸，似乎把他倆裹在半圓形殼中，當她在那裡安息之時，波浪在耳畔絮語，彷彿落紅點點，灑在墳上。

「他死了，」她說，一面朝那監視她的可憐的老婆子莞爾一笑，那老婦人一雙純樸的淺藍眼睛釘住了房門。（他們不會把他擡到這裡來吧？）菲爾默太太輕蔑地「哼」了一聲；嘿，不，嘿，才不呢！他們這就把他擡走啦！應當告訴她一下吧？夫妻應該待在一塊兒嘛，菲爾默太太是這樣想的。不過眼下，他們必須聽醫生的話。

「讓她睡吧，」霍姆斯大夫按著她的脈說。她瞥見窗上映現他那粗壯的身影，陰森森的。噢，這便是霍姆斯大夫。

彼得·沃爾什認為，這是文明的一大勝利。當他聽見救護車淒厲的鈴聲時，就自忖：文明的一大勝利。那救護車麻利地、飛也似地駛向醫院，它迅疾地、富於人道地搭了一個可憐蟲：什麼人被打昏了頭，或者病倒了，或許幾分鐘前被車撞倒了，就在這樣的十字路口，自己也可能碰上這種車禍哩。這便是文明。以東方歸來後，他印象最深的是，倫敦的高效率、嚴密的組織、互相的社會精神。每一輛運貨車或機動車都自動閃開，給救護車讓路。興許這樣想有點病態，不過，人們對那載著可憐蟲的救護車表示如此尊敬，總是令人感動的——那些急匆匆回家去的忙人，看見救護車疾馳而過時，立即會想起妻子，又會想到，自己也很可能在那車裡吶，躺在擔架上，身旁有醫生與護士……唉！一想起醫生嘍、屍體嘍，思路就會變得病態感情；同時，這種幻覺又會令人感到一些興奮的樂趣，一種過分的激動，從而提醒人們，不要再想這類事情了——對藝術極有害，對友誼極有害。不錯。當下，救護車拐了彎，駛過托頓漢考特路，淒厲的鈴聲不斷回響，隔條街都能聽見，甚至再遠些也聽得見；此時，彼得．沃爾什又回過頭想：這正是孤獨的好處，一個人獨處時可以隨心所欲。要哭便哭，只要沒人瞧見。然而，正是這種多愁善感，使他在印度的英國人圈子裡落落寡合；他不會揀恰當的時機哭，或笑嘛。眼下，他佇立郵筒邊，兀自尋思：我生來就有這脾性，此刻就要淌眼淚呢。為什麼？天曉得。敢情是由於什麼美感，或因為整天勞累過度；從訪問克蕾麗莎開始，天氣那麼熱，又那麼緊張，五花八門的印象接二連三，真叫他精疲力竭；那些繚亂的印象猶如水珠，一滴一滴，流入心田底層，凝固了，深邃，黑幽幽的，誰都永遠摸不透。大概由於這一點，就是生活的奧秘，徹底的不可侵犯的奧秘，他覺得生活恰如一座陌生的花園，迷魂陣似的，令人驚奇；真的，有些時刻簡直叫人詫異得喘不過氣來；此刻，他站在不列顛博物館對面的郵筒旁，便是這樣的時刻，刹那間萬物渾然一體；救護車，生與死。好像他的靈魂被洶湧的情感衝擊著，昇華到高樓之頂，而他的軀體空空如也，宛如白茫茫一片荒灘，惟有零零星星的貝殼。他之所以在印度的英國人圈子裡落落寡合，正由於這脾性——多愁善感。

有一回，克蕾麗莎跟他在某處乘公共汽車，坐在上層，那時，她很容易激動，至少表面上如此，一忽兒沮喪，一忽兒興致勃勃，活躍得很，是個挺有意思的伴侶；她會從公共汽車上層望下去，認出一些古怪的小巧的景物、名稱或熟人。當時，他倆常在倫敦四處逛蕩，獵奇探勝，有時，從卡利多尼安商場帶回幾大袋珍貴的東西；那時，克蕾麗莎有一種理論——他們有成堆的理論，正如一般青年那樣，老是理論不離口。他倆的理論是要闡述那失望之感——不瞭解人，也不被人瞭解。人們怎能相互瞭解呢？你同某人每天見面，然後分離半年，甚至幾年。他倆都認為，這是令人失望的，人與人之間多隔膜呵！然而，當她乘公共汽車，駛上謝夫茨伯里大街時，卻說，她感到自己與萬物為一，不是在「這裡、這裡、這裡」（她拍拍座位的靠背），而是到處存在。車子駛上謝夫茨伯里大街時，她手舞足蹈。她這人就是這般模樣。所以，要瞭解她，或任何人，必須找出和她性情相投的人，以至合她心意的地方。她有一種奇異的本能，會和她從未交談過的人息息相通——街頭一個女人，站櫃臺的一個男子，甚至樹木，或谷倉。她終於形成一個先驗論[84]式的觀念；正因為她怕死，這一觀念安慰了她，讓她相信，或自稱相信，她所謂的幽靈

（即一般人所說的肉體），同無形之魂相比，是曇花一現的，而後者充塞於天地之間，因此可能永存，經過某種輪迴，依附於此人或那人身上，甚至死後常在某處出沒。也許……也許……

當他回顧兩人之間漫長的友情時（將近三十年了），感到她的理論還真有些道理。他倆真正的相會是短暫的，斷斷續續，常常是痛苦的，因為他有時到外地去了，有時遭到干擾（比如今天早晨，他剛要開口同克蕾麗莎敘談，伊麗莎白闖進來了，像一匹小馬，俊美而緘默），儘管如此，這些約會對他的生活起了難以估量的影響。有一種神秘的色彩。彷彿有人給你一粒穀物的種籽，稜角尖銳，叫你拿著挺不舒服——那些幽會正是如此，時常使他痛苦不堪；可是，跟她分手期間，蟄伏了好多年後，在完全不相干的地方，種籽萌芽了，苞放了，清香四溢，你不由地觸摸、品味、環顧，儘量感受和理解。就這樣，有時她忽然會到船上來跟他相會，或在喜馬拉雅山間，都是受了最古怪的啓示而衝動的（比如有一次，由於薩利．賽頓，那慷慨而熱情的傻姑娘，看見藍色的繡球花便想到他，克蕾麗莎立即來找他了）。她對他的影響，比他認識的任何人都

---

[54] 先驗論：一種主觀唯心論，崇尚直覺與性靈，認為理性和經驗（或實踐）是不足道的。這一學派由德國哲學家康德（1724～1804）倡導；在美國的主要代表是宗教家、學者、散文家與詩人艾默生（1803～1882），他曾創造「超靈魂」（或「宇宙之魂」）這一專門名詞，以概括其學說。本書這一節內所云「無形之魂」等，類似上述觀點。

大。而且總是出其不意，沒約好就來了，卻又一副淑女模樣，受挑剔，冷若冰霜；也有羅曼蒂克的時刻，令人醉心，使人想起明麗的田野，或英國特有的收穫季節。他多半在鄉間而不是在倫敦與她幽會；在布爾頓，一幕又一幕的情景呵……

他回到旅館，穿過大廳；裡面擺滿了淺紅色椅子和沙發，點綴著花木，葉瓣尖細，看上去枯萎了。他掏出房門鑰匙。年輕的侍女遞給他幾封信。他上樓去……以前，他多半在布爾頓同她相會，常在殘夏時節；當時，他和熟人們一樣，在布爾頓待一個星期，甚至半個月。起先，她跟他站在山頂，雙手掐著頭髮，斗篷迎風飄舞，指點著，對他嚷著：她看見賽汶河在山下流吶。有時，他倆到林中去，她用水鍋燒水——手可不靈巧呢；炊煙裊裊，在他們臉上繚繞，她那嫣紅的面孔在煙霧中隱現；向一所茅屋中的老農婦要水喝，老人家還到門口看他倆走咧。他們總是步行，別人大都駕車出遊。她對乘車厭倦了，並且討厭一切動物，除了那隻狗。兩人沿路漫遊，走了不知多少英里。忽然她岔開去，辨明方向，然後引領他回頭走，穿過田野；一路上他倆爭論不休，討論詩，議論人，還談論政治（那時她是個激進分子）；談得對四周景物視而不見，除非她止步的時候，這才對一片景色或一株樹讚嘆不已，還叫他一起觀賞呢；爾後再向前走，穿過田野，她帶頭，忽而摘一朵花，說是給姑母的；她雖然嬌弱，卻愛步行，從不感到吃力；終於在暮色蒼茫中，返回布爾頓了。晚餐後，那老頭兒布賴科普夫掀開鋼琴，彈起來，還唱呢，可毫無腔調；他倆舒舒服服地靠在安樂椅裡，忍住笑，終於憋不住，笑出來，笑個不停——無緣無故地傻笑。他倆以為布賴科普夫什麼都沒瞧見哩。翌日早晨，她就在屋子前面跳來蹦去，活像一條搖著尾巴的小狗……

哦，是她的來信！藍信封，是她的筆跡。他不得不看。又約他見面，肯定是痛苦的！念她的信真得費好大的勁兒。「我必須告訴你：見到你太高興啦！」就這麼一句話。

然而，這封信卻叫他心煩，使他懊惱。要是她不寫多好呵。他已經思緒紛亂，再來這樣一封信，就好比肋骨被人戳了一下。她為什麼不讓他清靜呢？說到底，她已經同達洛衛結婚，而且好多年來過得十分幸福嘛。

這種旅館也夠嗆的。根本不能叫人舒泰。來往的旅客太多，帽架上不知掛過多少帽子了。再想一下，連蒼蠅也在不知多少人的鼻子上叮過了。至於表面上使他眼睛一亮的整潔，其實並非整潔，而是光禿禿、冷冰冰，不這樣才怪呢。每天清晨，一個瘦瘠的女總管要巡視一番，四處窺探，吩咐清教徒式的侍女們把東西擦得鋥亮，好像下一個顧客是一塊腿肉，要用擦得一乾二淨的大盤兒來盛咧。睡覺嘛，一張床；要坐嘛，一隻靠背椅；刷牙刮鬍子嘛，用一隻平底杯，還有一面鏡子。他把書呀、信呀、睡衣呀，隨意亂扔，同這冷漠而古板的氣氛頗不協調。正是克蕾麗莎的信使他悟到這一切的。「見到你太高興啦，我必須告訴你！」他折起信紙，丟在一邊；再也不想看了！

要讓他在下午六點鐘收到這封信，她必定在他離開後立即坐下來寫，貼上郵票，叫人去寄掉。正如人們所說，她的脾氣就是這樣。他的訪問使她心煩意亂。她必定感觸很多，在吻他手的剎那間，覺得懊悔，甚至羨慕他，也許還想起他以前說過（從她的表情看得出來）：萬一她嫁給他的話，他倆將改造這可惡的世界。如今她卻是這般模樣，到了中年，平庸得很；於是她憑著不可遏制的活力，迫使自己撇開這一切，不再顧影自憐，因為她有一股生命力，堅毅，有韌勁，足以克服任何障礙，使自己順利地進展。這種力量簡直無與倫比。誠然，他走出房間後，她會頓時有所反應。她將為他覺得十分難過，並且考慮自己究竟能幹些什麼，給他些樂趣（他總是缺少這個）；他能想像她淚流滿面，趕緊到寫字桌邊，飛快地寫下一句話，就是他看到的那一句：「見到你太高興啦！」這是她從心坎裡感到的。

彼得．沃爾什解開靴帶。

可是，縱然他們結了婚，也不會如意的。說到底，她倒是嫁給那個人，自然得多哩。

真怪，不過事實如此，許多人感到這一點。彼得．沃爾什幹得相當體面，恰如其分地擔任一般職務，討人喜歡，但是人們覺得他有點兒怪，有時好擺架子——真怪，恰恰是他，尤其在他兩鬢花白之時，卻有一種怡然自得的神色，一種矜持的樣子。正是這神態使女人覺得他富於魅力，看來他並非地道的男子漢，而她們喜歡這感覺。他有一種不尋常的素質，或者說，骨子裡與眾不同。興許他有點書呆子氣——每次來看望你，都會拿起桌上的書來讀（此刻他就在讀什麼書，靴帶拖在地板上）；或者說，他是一位紳士，這表現在他磕掉煙斗裡煙灰時那副派頭，當然還有他對女士們彬彬有禮的風度。然而，任何沒有頭腦的姑娘都能易如反掌地擺布他，這情景妙極了，卻也可笑得緊。不過，那姑娘別以為得計，可能要上當呢。因為，儘管他非常隨和，而且由於他有教養，性情愉快，跟他交往真有趣兒，實際上，這是有限度的。那天，克蕾麗莎說什麼來著⋯⋯別想了，別想了，他看穿了。他受不了——說什麼也受不了。有時，他會同其他男子一起開玩笑，大叫大嚷，搖來擺去，捧腹大笑。他真是個男子漢，可不是叫人敬畏的大丈夫——這樣反而好；比如，戴西心想，他就不像西蒙斯少校那麼威嚴，一點兒也不像；儘管她已經有了兩個小孩，還常在內心比較兩個男人呢。

他脫掉靴子，把口袋掏空，漏出隨身帶的小刀和戴西在陽臺上拍的快照——戴西，一身縞衣，膝蓋上蹲著一隻狐㹴[85]，嫵媚極了，黑裏俏，從未見過她這樣美的。一切都來得那麼自然，比克蕾麗莎自然多了。沒有神經質的激動。毫無痲煩。既不疙瘩，也不煩躁。一帆風順。陽臺上那可愛的標緻的黑皮膚姑娘，她提高嗓門聲稱（他能聽見她的聲音）：當然，當然，她會把一切獻給他的！就這麼大聲叫嚷（她毫無顧忌）：你要怎樣就怎樣！她嚷著，向他奔來，跟他相會，不管旁邊有什麼人在瞧。她只有二十四歲嘛。但已有了兩個孩子。唔，哦！

嘿，嘿，到了這把年紀，還惹來這麼些糾葛，真是一團糟。當他在子夜時分驚醒時，忽發奇

[85] 狐㹴：一種狗。

想：跟她結婚如何？對他來說，再好也沒有了，可是她呢？關於這問題，他曾對伯吉斯太太推心置腹地講過，因為她是個規矩人，不是長舌婦。她認為，他離開英國期間（表面上是去找律師商量），戴西可能重新考慮，想想這究竟意味著什麼。伯吉斯太太說，問題在於她的處境，社會習俗的阻礙，要放棄孩子，等等。無論如何，將來總有一天她會守寡的，於是在郊區徘徊，甚至可能不顧體面，什麼都幹得出來。（她說，這種塗滿脂粉的女人會落到那步田地的，你懂嘛。）但是彼得．沃爾什對她這番話嗤之以鼻。他還不想死哩。他思忖，她必須自己判斷，自己拿主意；他穿著短襪，在房間裡踱來踱去，想著這些心思，一面把襯衫撫平，因為他也許要去參加克蕾麗莎的宴會，也許上哪個娛樂廳去，或者待在家裏，念一本引人入勝的書，作者是他以前在牛津的一個熟人。嗯，倘若他終於退休的話，這就是他要做的——寫書。他要重返牛津，到波特雷圖書館[86]去查資料。那可愛的標緻的黑皮膚姑娘會跑到平臺盡頭，揮舞著手喊道，她壓根兒不管人們怎麼議論哩。可是一切都枉然。他仍然待在旅館裡，就是她認為了不起的男子漢，無瑕可擊的紳士，那麼魅人，儀表堂堂（至於他的年紀，她根本不在乎）；眼下他卻在勃盧姆斯伯里區的旅館裡，刮鬍子，梳洗一番，放下剃刀，拿起水壺，一面繼續想：以後要到波特雷圖書館去查資料，

[86]即著名的牛津大學圖書館，以16世紀重建者托馬斯．波特雷爵士命名。其地位僅次於不列顛博物館所轄的圖書館，珍藏手稿尤為豐富。

弄清楚他感興趣的一些瑣事。隨便碰到什麼人，都要好好聊一下，談得忘了時辰，愈來愈不準時進餐，連約會都忘了；當戴西要他吻一下，親熱一番（她會這樣要求）的時候，他卻三心兩意（儘管他真心愛她）——總而言之，就像伯吉斯所說，她最好忘掉他才能幸福些，或者，僅僅在記憶中想起他在一九二二年八月裡的模樣，於暮色中佇立在十字路口；當時她乘著馬車離去，緊靠著後面的座位，伸出手臂，眼看他的身影越來越模糊，縮小，變得遙遠，以至消逝，儘管她仍然喊道：為了他，她什麼都願意幹，不管什麼，不管什麼，不管什麼……

他向來猜不透人們在想些什麼。愈來愈難以集中心思。不過，他卻一心想著自己的事；時而苦悶，時而快活；總是依靠女人；心不在焉，神情悒鬱；他在刮鬍子的時候想：真弄不懂，為什麼克蕾麗莎不肯替他倆找一所住宅，對戴西體貼些。要把戴西介紹給她。爾後，他就可以——就可以怎樣呢？逍遙自在嘛（此刻他卻在整理各種鑰匙與文件），逛來逛去，品味一番，總之，保持孤獨，自我滿足；可是，當然，誰也沒有像他那樣依靠別人的（眼下他在扣上馬甲），這是致命的弱點。他沒法離開吸煙室，他喜歡那些上校，喜歡高爾夫球，喜歡打橋牌，而首先，喜歡和女人作伴；她們那種細膩的友情，在戀愛中表現的忠貞、大膽與偉大的感情，雖然也有缺陷，卻使他感到五體投地（此時，一堆信封上放著那照片，黑裏俏，可愛的臉蛋兒），那是人生的山頂上苞放的無比燦爛的鮮花；然而，到了節骨眼上，他又三心兩意了，總是繞圈子，不乾脆（克蕾麗莎把他內在的活力永遠榨乾了）；對於含情脈脈很容易厭倦，要求愛情多樣化，儘管他會怒火中燒，要是戴西愛上別人的話，他真的會怒火中燒！因為他是嫉妒的，天生就不可遏制地嫉妒。他為此痛苦不堪！不過這時，要找出他的小刀、手錶、圖章、皮夾子，還有克蕾麗莎的信（他不想再看了，但想起它是愜意的），還有戴西的照相呢？都在哪兒呀？一會兒，得吃飯了。

人們都在進餐。

顧客們坐在小桌子周圍，桌上擺著花瓶；有些人穿著禮服，另一些人穿著家常便服，身邊放著拎包與圍巾，裝出一副泰然自若的樣子，其實看見一道又一道的菜，不免大驚小怪；然而，他們毫不著慌，因為有錢，吃得起；同時露出疲憊的神色，因為在倫敦跑了一整天，買東西呀，遊覽呀，一刻不停；他們還天然地好奇，比如一位儀表非凡的、戴著玳瑁邊眼鏡的紳士走進來時，大家都轉身對他上下打量；這些食客本性善良，樂意為別人效勞，隨便什麼小事都願意做，例如借一張時刻表嘍，傳播些有用的信息嘍；他們在內心，下意識地渴望同別人拉關係，用什麼方式都行，即便認個同鄉也好（比如說利物浦[87]人吧），或者有個姓名相同的朋友也好；他們窺視四周，怪樣地保持沉默；忽而只顧一家人歡樂，跟別人隔絕了；就這樣，在人們進餐的時候，沃爾什先生走進餐廳，在帷幔旁一隻小桌邊坐下。

他沉默寡言，因為他是孤獨的，僅僅和侍者說話；然而，他看菜單的神情，用食指點一種酒

[87] 利物浦：英國西部港市。

的樣子，緊靠餐桌的姿態，進餐時正襟危坐，毫無饞相——所有這些都博得了別人的尊重，不過，在進餐的大部分時間內，這種敬意沒有表達的機會；直到快吃完的時刻，人們聽見沃爾什先生說：「來一點巴特雷特梨，」於是，尊敬他的心情在莫里斯一家的餐桌上充分表現出來了。其實，無論老查爾斯還是小查爾斯．莫里斯，無論莫里斯太太還是伊蘭小姐，都不明白為什麼沃爾什先生點水果的時候，語氣那麼溫和而又堅定，好像一位老練的食客，理直氣壯地點菜。不管怎樣，當他獨自坐在餐桌邊，最後點「巴特雷特梨」之時，莫里斯一家人覺得，彷彿他在提出一項合法的要求，指望他們支持，彷彿他在擁護一種事業，而且立刻同他們休戚相關，因此用同情的目光望著他；最後，當他們和他同時走進吸煙室時，自然而然聊起來了。

談話並不深刻——只不過談些倫敦怎樣擠嘍，三十年來變化多大嘍，莫里斯先生喜歡利物浦嘍，莫里斯太太去看過威斯敏斯特的鮮花展覽嘍，還有，他們全都見到了威爾斯親王。儘管如此，彼得．沃爾什仍然認為，世界上沒有任何家庭能莫里斯一家媲美，簡直沒有；他們一家人和睦極了，而且對上層階級不屑一顧，他們有自己的愛好；伊蘭正在接受訓練，準備管理她家的企業；那少年已獲得里茲大學[88]的獎學金；至於老夫人嘛（跟他年紀相仿），還有三個孩子在家裡；他們已有二輛汽車，但莫里斯先生仍在星期天自己補鞋；總之，很美妙，妙極了；彼得．沃

---

[88] 里茲大學：英國知名大學，僅次於牛津和劍橋等。

爾什這樣想著，手裡端著酒杯，坐在紅色絨椅和煙灰缸之間，有點搖來擺去，一味自我陶醉，因為莫里斯一家人喜歡他。不錯，他們喜歡一個在飯後點「巴特雷特梨」的人。他直覺地感到，他們喜歡他。

他要去參加克蕾麗莎的宴會。（莫里斯一家人已離開餐廳，不過還會同他見面的。）他要去參加克蕾麗莎的宴會，因為他想問理查德：在印度的那些傢伙——那些保守派笨蛋在幹些什麼？眼下倫敦上演什麼戲？有什麼音樂會……唔，還有，閑聊罷了。

他兀自冥想：這就是我們的靈魂，自我意識，彷彿海底之魚，在莫可名狀的生物中間遊弋，在樹幹一般碩大的海藻之間蠕動，在陽光閃爍的空間飄忽，爾後向下、向下，沉入陰暗的深處，冷漠，深邃，不可思議；驀然，她竄出海面，在海風吹皺的波浪之上嬉戲；也就是說，靈魂迫切需要洗刷一下，擦一番，刮一陣，使精神振奮——通過聊天。我要問理查德．達洛衛（他會知道的）：政府究竟打算對印度怎麼辦？…

那晚挺熱，報童們在街上奔走，擎著布告牌，上面用特大紅字報導：熱浪席捲本市；因而旅館的臺階邊放著藤椅，悠閑的紳士們坐在那裡，呷茶，吸煙。彼得．沃爾什也坐在那兒。雖然暮色已濃，人們卻可以想像，彷彿這一天，倫敦的一天，正在開始哩。恰如一個女人，脫掉印花布衣衫和白色圍裙，換上藍衣裳，戴上珠寶首飾，白天也卸妝了，它脫掉粗糙的毛線衣，換上細潔的紗服，漸漸隱入夜色；又如一個女人，歡快地鬆了口氣，把累贅的裙子抖在地板上，白天也褪去了塵土、熱氣與五光十色；車水馬龍變得稀少了，笨重的運貨車不見了，街上只有汽車，奔馳著，車鈴叮噹作響；濃蔭匝地的廣場上，葉縫中閃爍著耀眼的燈光。夜晚似乎在說：我要退隱了；於是她漸次消逝，在雉堞般的、高聳的、尖頂的旅館、公寓和一排排商店之上消逝；她在說：我退隱了，我消失了；可是倫敦不答應，它把尖刀刺向夜空，捆住夜色，逼迫她投入歡樂的倫敦之夜。

打從彼得．沃爾什上次歸國以來，威利特先生創立的夏時製引起了巨大的變化。對彼得來說，延長夜市是新奇的。更確切地說，是令人鼓舞的。小伙子們拎著送公文的小箱子，邁步而過，自由自在，快活極了，而且能在這出名的大街上漫步，心裡覺得驕傲，感到一陣歡樂，儘管有人認為這是不足道的虛榮，小伙子們卻十分開心，紅光滿面。他們也衣冠楚楚，穿著淺紅色長襪、漂亮的皮鞋。他們要在電影院裡消磨兩小時。夜晚，黃藍交織的燈光給他們刺激，使他們神清氣爽；燈光照遍這都市，濃密的樹葉在廣場上閃晃著，反射出火紅與青灰的光影——看上去彷彿沉浸在海水中。如此美景使彼得感到驚奇，並且鼓舞了他，因為此時，其他從印度回來的同胞憑著他們的權利，正聚集在東方俱樂部內（他認識許多這類人），暴躁地談論世風日下，道德淪亡，而他卻依然青春煥發；儘管如此，他對小伙子們是羨慕的，因為自己不能像他們那樣歡度夏季，盡情娛樂；並且一個姑娘的閑話、一個女僕的笑聲——無從捉摸的東西，卻會使他不勝感觸，以為等級森嚴的、金字塔一般的社會結構發生了變化，而在他年輕的時候，這個社會似乎是固定不變的。它壓在民眾頭上，把他們壓得喘不過氣來，尤其是婦女，宛如一些花朵，被克蕾麗莎的姑媽海倫娜夾在灰色的吸墨紙內，上面壓著李特雷編的大辭典，她自己則吃飽了晚餐，安坐在燈光下。她早已死了。克蕾麗莎告訴過他，姑媽晚年瞎了一隻眼。據說，那位老小姐帕里變得貪杯了，真是妙極了——大自然的傑作。她會像嚴寒中的一隻鳥，抓住棲息的枝椏而歸天。她屬於另一個時代，可是那麼完美，渾然一體；她將永遠屹立在天際，像一塊白石，晶瑩剔透；像一座燈塔，標誌著消逝的昔日，溶入這驚險的、漫長的、漫長的航程——，這無限的、無限的生命之流（眼下他在口袋裡摸一個銅幣，要買一張報，看看薩里㊾和約克郡有什麼新聞；他曾無數次掏出銅幣買報——這一回，薩里又熱鬧起來了）。板求可不僅是比賽而已。板球賽是件大事。他總是急於看板球賽的報導。他先看報紙付印時臨時插入的板球賽的比分，再看關於今天酷熱的新聞，然後看一樁謀殺案的特寫。人們千百次地幹各種事情，從而得到豐富的經驗，不過同時也許暴露了他們的真面目。過去種種使他積累了豐富的經驗，他也曾關懷過一些人，所有這些使他具有年輕人缺乏的老練的力量，作風乾脆，我行我素，壓根兒不睬人們的風言風語，獨來獨往，不存什麼奢望（他把報紙丟在桌上，走開了）；儘管如此（他去拿帽子與外衣），今晚卻完全不同，因為他即將去赴宴；在他這一把年紀，心裡卻還認為，自己將獲得一種新的經驗哩。可是什

㊾薩里：大倫敦的郊縣之一。

麼經驗呢？

不管怎樣，那是一種美感。既非一目了然的粗俗的美，也不是純粹的美——貝德福德大街通向拉塞爾廣場。當然是筆直的，可也是空蕩蕩的；還有勻稱的走廊；燈光閃亮的窗子，鋼琴，開著的留聲機；一種享樂的感覺，隱隱約約，不過有時也露出來，譬如通過打開的不掛簾子的窗口，看得見一簇簇人坐在餐桌邊，青年們翩翩起舞，男人和女人在密談，女僕們懶洋洋地向窗外眺望（她們幹完了活兒，就怪里怪氣地評頭論足）；高層壁架上晾著長襪，一隻鸚鵡，幾株花木。這生活的景象，如此魅人，神秘，無限地豐盈。寬闊的廣場上，汽車接二連三，風馳電掣，神速地繞著彎兒；一對對漫步的戀人，打情罵俏，緊緊地擁抱，隱入濃蔭匝地的樹下；真是動人的場景，那麼靜，那麼魅人，人們走過時不禁躡手躡足，怯生生的，恰如面對神聖的儀式，任何打擾將是褻瀆的行徑。意味無窮。就這樣向前走，投入一片噪聲和炫目的光海中。

他敞開著薄大衣，用一種難以形容的獨特的姿態漫步，身子稍微向前傴著，輕快地漫步，雙手交叉在背後，眼神仍然像鷹隼；他漫步穿過倫敦，向威斯敏斯特走去，一面觀察。

看來，好像人人都去赴宴，或到店裡進餐？只見男僕們打開門，讓一位昂首闊步的老夫人走出來，她穿著扣緊的鞋子，頭髮中插著三根紫色的鴕鳥羽毛。另一扇門打開了，出來一位女士，穿戴得像一具木乃伊，披著繡花頭巾，還有些不披頭巾的女士。在高等住宅區，有些屋子裡聳立著灰墁粉飾的柱子，門前有小花園，女人們從裡面跑出來，穿著單薄，頭髮裡插著木梳（她們匆匆奔出來，去照料孩子）；男人們等候著女伴，外衣敞開著，汽車開動了。人人都到戶外。大門一扇扇打開，人們奔下臺階，朝外邊跑，在這一片活躍的景像中，彷彿倫敦人傾城而出，乘上停泊在河畔的小舟，解開纜索，在水上漂浮，彷彿全城的人一片狂歡，在河上泛游。同時，白廳似乎蒙上一層蜘蛛網，鍍銀一般，弧形燈四周蚊蚋繚繞；天氣燠熱，人們駐足交談。在威斯敏斯特，好像有一位法官，端莊地坐在門口，渾身穿著白衣，大概是在印度待過的英國人。

這邊是一羣吵吵鬧鬧的女人，喝醉了的女人；那邊有一個警察，還有隱約呈現的房屋，巍然聳峙的高樓大廈，圓頂的屋子，教堂，國會，河上傳來輪船的汽笛聲，空洞而迷茫的嗚嗚聲。這是她所在的大街，這條街，克蕾麗莎的居處；街角上汽車在奔馳，宛如河水繞著橋墩瀠洄；他依稀感到，那些車輛匯合了，因為它們都載著同一目標的人們，去參加她的宴會，克蕾麗莎的盛宴。

這時，眼前一連串景象好似冰冷的溪水，看不清了，他的眼睛猶如一隻滿溢的杯子，裡面的水在瓷杯四周淌下來，不留一絲痕跡。此刻，腦子必須清醒了。此刻，全身必須挺緊，走進屋子，那燈火輝煌的華屋，大門洞開著，門前停了許多轎車，艷麗的女士們紛紛下車；自己必須振作精神，耐著性子去周旋。他掏出口袋裡的刀子，拔出大大的刀片。

露西一股勁兒奔下樓梯，她剛才飛快地跑到客廳去整理一番：撫平桌巾，擺正椅子，然後停一會，覺得不管誰進來，必然認為這裡多乾淨、多明亮，整理得多麼美觀，因為他們會看到優美的銀器、青銅撥火棒、嶄新的坐墊，以及黃色印花布帷簾；當她察看每樣物件的時候，聽見一陣響聲，客人們已經用過晚餐，在上樓了，她得趕緊溜了！

安尼絲說，首相要來了；她端著一盤酒杯進來時說，她聽見客人們在餐廳裡這樣講的。有什麼大驚小怪的，多一個或少一個首相，有什麼關係?!對沃克太太來說，在這夜深時分，這種消息根本不起作用，因為此時她正忙著擦洗哩：一大堆菜盤、平底鍋、濾鍋、煎鍋，還有凍雞、做冰淇淋的冷凍器、切開的麵包片、檸檬、盛湯的蓋碗、盛布丁的盆子，等等；儘管洗滌房裡的人已使勁擦洗過，好像這一大堆東西仍然壓在她頭上，擺滿在廚房裡的桌子上和椅子上，同時爐火燃得正旺，發出嗶嗶剝剝的響聲，電燈照得刺眼，還得準備夜宵吶。因而沃克太太只覺得，多一個或少一個首相，壓根兒不關她的事。

女士們在上樓了，露西跑來說，她們在上樓了，一個接著一個，最後是達洛衛夫人，她叫人到廚房裡傳話：「向沃克太太問好，」晚上就這麼一句話。次日，夫人將同她一起回顧昨晚的菜餚——湯呀，鮭魚呀，等等；沃克太太知道，像往常一樣，鮭魚燒得不透，因為她老是不放心布丁，要親自做，便叫吉尼燒鮭魚，結果總是半生不熟。不過露西說，有位戴著銀首飾、頭髮金色的夫人，卻讚美兩道正菜間的小菜，問道：當真在家裡煮的嗎？可是，沃克太太仍然對那道鮭魚感到心煩；她把成堆的菜盤擦來擦去，把風檔推進又拉出；同時，從餐廳裡傳來一陣轟笑聲——敢情是女士們退席後，先生們正在放肆地開心呢。露西又跑來叫道：托凱酒！達洛衛夫人傳話，把托凱酒端出去，就是在皇家酒窖中珍藏的正宗托凱酒。

露西從廚房裡把酒端去，走的時候回過頭來道：伊麗莎白小姐打扮得可愛極啦，穿著粉紅色衣裳，戴著達洛衛夫人給她的項鏈，簡直叫人看了又看喲。不過，吉尼一定要管好那隻狗，伊麗莎白養的那隻㹴，因為它會咬人，一定要關起來；伊麗莎白卻想到，它興許要吃些東西哩。不管怎樣，吉尼必須把狗看管好。然而，四周全是客人，吉尼不會上樓的。大門口已經來了一輛汽車！門鈴響了——先生們卻仍然待在餐廳裡，喝托凱酒呢。

啊，先生們終於上樓了，那是第一批；接著賓客們會來得越來越快，珀金森太太（為了宴會而臨時雇佣的）將把前廳的門半開著，廳堂裡將擠滿紳士們，等著進去（他們站在那裡等候，一面把頭髮梳平），女士們則在過道邊的衣帽間裡，一個個脫掉斗篷；巴尼特太太在幫她們，就是跟達洛衛一家待了四十年的老埃倫·巴尼特，如今仍然每年夏天來幫女士們梳妝：對那些做了母親的太太們，她還記得她們少女時的模樣吶；她很謙遜，跟每個人握手，畢恭畢敬地用一種古風稱呼「我之夫人」，此外她又有幽默的風度，俏皮地瞟著年輕的女士，並且十分老練地幫洛夫喬伊太太打扮，因為那位夫人束起緊身圍腰來不太俐落。洛夫喬伊太太和艾麗斯小姐不禁感到，巴尼特太太在幫客人們梳妝的時候，對她們母女倆特別優先照顧，因為她們認識巴尼特太太已有——「三十年了，我之夫人」（巴尼特太太提醒她）。洛夫喬伊太太道：想當年，她們在布爾頓做客的時候，姑娘們還不習慣搽口紅嘛；一面用寵愛的目光望著她。就這樣，巴尼特太太坐在衣帽間裡，替客人們撫平皮斗篷，折好西班牙式披巾，把梳妝臺揩乾淨；儘管那些太太小姐都穿著皮斗篷與繡花衣裳，究竟誰好誰差，她心裡雪亮哩。洛夫喬伊太太邊上樓邊讚嘆：親愛的老太婆，克蕾麗莎的老奶媽。

之後，洛夫喬伊太太挺直身子，對威爾金斯先生道（他也是臨時雇來當差的）：「洛夫喬伊夫人與小姐。」那人舉止得體，鞠躬如儀，再站得筆挺，鞠躬，再站直，完全不動聲色地通報：「洛夫喬伊夫人與小姐……約翰爵士與尼達姆夫人……韋爾德小姐……沃爾什先生。」他舉止得體，家庭生活必然美滿，不過，這樣一個鬍子刮得乾淨、嘴唇綠幽幽的漢子，怎麼會莽撞地成家，養兒育女，簡直不可思議。

「見到您真高興！」克蕾麗莎說，她對每位賓客都這麼說。見到您真高興！那是她最糟糕的作風——貌似熱情洋溢，其實矯揉造作。彼得．沃爾什自忖：今晚來赴宴是個大錯誤，應該待在家裡看書，或者上音樂廳去；應該待在家裡，因為這些客人，他一個都不認識。

哎，糟糕，克蕾麗莎打骨子裡感到，這次宴會要失敗了，徹底的失敗，當下，親愛的老頭，萊克斯漢姆勛爵，站在她跟前道歉，說他太太在白金漢宮的遊園會上著涼了。克蕾麗莎卻從眼梢上瞥見彼得，站在那兒，在那個角落裡，看得出他對她不以為然。說到底，她究竟為什麼要舉行宴會呢？為什麼要爬到頂上出風頭，實際上在火堆裡受煎熬？不管怎樣，但願火把她燒掉！燒成灰燼！然而，與其像埃利．亨德森那樣萎縮、銷蝕，還不如揮舞火炬，再使勁扔到地上，總比無所作為好些。真怪，只要彼得一來，待在角落裡，便能叫她杌隉不安。他使她看清自己：誇張，做作。簡直不堪。可是，他幹嗎僅僅為了指摘她而來呢？為何他老是取之於人，從不給予？為什麼不能講明渺小的看法而冒點風險呢？瞧，他游魂一般走開了，她非跟他談談不可。但沒有機會。生活正是如此——屈辱，克己，萊克斯漢姆勛爵在解釋：她太太著了涼，因為不肯穿皮大衣去赴遊園會，因為「我的親愛的，你們這些夫人都是一模一樣」；——萊克斯漢姆太太至少七十五歲啦！真有意思，——老兩口兒恩愛著哩。克蕾麗莎從心坎裡喜歡那老頭，萊克斯漢姆勛爵。她從心坎裡覺得這是一樁大事，她的宴會，所以看到一切都不順利，一切黯然失色時，心裡著實難受。只要發生任何不尋常的事，即便爆炸、恐怖，都好，總比客人們無聊地徘徊好些，而眼下，人們都一簇簇地佇立在角落裡，像埃利．亨德森那樣，甚至懶懶散散，站得也不像樣哩。

橙黃的窗簾輕柔地飄拂著，上面繡著天國的仙鳥，也在飄揚，彷彿振翅飛進室內，飛出來，又縮回去（因為窗子打開著）。埃利．亨德森心裡想：敢情在吹冷風吧？她容易感冒。不過，即便她明天打噴嚏也沒關係；她擔心的是那些姑娘，都袒露著肩膀呢；她老是關心別人，這是由於年老的父親的教導，老人家曾任布爾頓教區牧師，多年來患有慢性病，已經去世了。埃利感冒起來並不嚴重，從不影響肺部。她擔心的是年輕的姑娘們，都袒露著肩膀呢；她自己一直是瘦小的，頭髮稀疏，身材乾癟；然而，如今過了五十歲，卻開始閃現出一種柔和的光澤，由於長年累月地克己、無為而卓然淨化了；可是，這純淨之光總是變得黯淡，因為她過於斯文，令人不快，並且極其膽怯，終日惴惴不安；因為她家裡的收入只有三百鎊，她本人則不會掙一個子兒，處於不能自主的境地，故而那麼怯懦，年復一年，愈來愈沒有資格同衣冠楚楚的紳士淑女周旋；那些夫人和小姐在社交頻繁的季節，每晚都要赴宴，只須關照使女們：「我要穿如此這般的衣裳，」就行了，而埃利．亨德森卻心神不寧地跑出去，買幾束廉價的淡紅花，然後在黑色的舊衣服上披一條圍巾。她是在宴會即將舉行的最後一刻，接到了克蕾麗莎發來的請柬，自然不怎麼愉快。她感到，今年克蕾麗莎本來不打算請她去的。

為何要請她呢？實在沒什麼理由，只不過她們從小就認識罷了。事實上，她倆是表姐妹。可是，克蕾麗莎交際廣闊，到處應酬，自然而然跟她疏遠了。不管怎樣，對埃利來說，赴宴是樁大事。單是看看那些華麗的服裝，就夠賞心悅目了。那不是伊麗莎白嗎？長成個大姑娘了，髮式挺時髦的，穿著淺紅色盛裝。她至多十七歲吧，出落得非常標緻，美極了。然而，現代的少女初次參加社交活動時，似乎不像以前那樣穿白色的禮服了。（她得記住每個細節，回去告訴伊迪絲。）如今，姑娘們穿緊身上衣，裹得緊緊的，裙子很短，露出一大段踝節。她自忖，這樣打扮不太合適吧。

由於視力衰退，埃利．亨德森向前傴著張望；沒有什麼人跟她交談，她並不在乎（因為不認識任何來賓），只覺得看看所有這些人頗有趣味；其中有些大概是政界人士，都是理查德．達洛衛的朋友；倒是理查德自己感到，他不可能讓可憐的埃利站在一邊，在整個晚會中孤零零的。

「嗯，埃利，近來你的光景如何？」他像往常一樣，和藹地招呼她；當下埃利．亨德森局促不安，臉漲得通紅，心裡卻感到，他多好呀，特地過來跟她談談；於是文不對題地說，許多人其實不太怕冷，倒是怕熱哩。

「不錯，是這樣，」理查德．達洛衛道，「確實如此。」

還有什麼話可談呢？

「喂，理查德，」有人喊他，一面挽住他的手肘；噢，上帝啊，原來是老朋友彼得，老伙伴彼得．沃爾什。見到他真高興——見到他實在欣喜！彼得一點兒沒變，還是老樣。兩人走開了，一直穿過房間，彼此親昵地拍拍肩膀；埃利望著他們走去，心想：看來他倆好久沒見面了，她肯定認得那客人的臉相；中年人，身材頎長，眼睛烏黑，很俊美，架著眼鏡。

繡著仙鳥飛翔圖案的窗簾又在飄拂了，被風吹得鼓鼓的。克蕾麗莎瞥見——她瞧見拉爾夫．萊昂把簾子扯好，繼續和人交談。唔，終究沒有失敗！一切都會順利的——她的宴會。剛剛開始。開了個頭。不過，還不太穩。此刻她必須站在原位。來賓更多了，似乎一擁而入。

威爾金斯拉長了聲調通報：加羅德上校與夫人……休．惠特布雷德先生……鮑利先生……希爾伯里夫人……瑪麗．馬多克斯女士……奎因先生。克蕾麗莎同每位來賓三言兩語地寒暄後，客人們魚貫而入，走進室內；進入具體的活動，並不空虛，反正拉爾夫．萊昂已經把窗簾撫平了。

然而，對於她自己扮演的角色來說，太費勁兒了，她並不愉快。過於像——就像任何人一般，站在那裡，任何人都會的；可是她又確實有些讚賞這樣的角色，因為她不禁覺得，無論如何，這一切是她安排的；這宴會標誌著一個階段，她感到自己變成了一個角色；說來也怪，她完全忘記了自己的模樣，只覺得好像是釘在樓梯頂上的一根木樁。她每次設宴請客，都有這種超脫的感覺，並且感到，每個人一方面是不真實的，另一方面要真實得多；她想，這有幾個原因：首先因為賓客們都換了禮服，其次是他們不像日常生活中那樣，再有是宴會的特殊背景；在宴會上，可以談些在別的場合不能談的話，這種談話得費點勁兒，但比平時可能深入得多。不過，她卻不能深談，至少眼下還不行。

「見到你真高興！」她照例說。那是親愛的老哈里爵士！他認識所有在場的人。

最奇怪的感覺是當她望著客人們接二連三上樓的時刻：蒙特夫人與西莉亞，赫伯特．埃恩斯蒂，達克斯夫人……喲，還有布魯頓夫人！

「您光臨真是太賞臉啦！」她迎上去說，這可是真心話——不過，她總是覺得怪樣，老是站著，望著川流不息的來賓，有些相當老了，有些則……

那位客人叫什麼？羅塞特夫人？天哪，羅塞特夫人是誰？

「克蕾麗莎！」那客人喊一聲。那個聲音！原來是薩利．塞頓！薩利．賽頓！真是久違啦！她從迷霧中赫然出現。克蕾麗莎摟住這火辣辣的伙伴時，發覺她變了，薩利．賽頓，以前可不是這般模樣的。想想看，她竟然在這裡出現，在這個屋子裡！不可思議！

兩人搶著交談，有點窘，歡笑著，話兒像連珠炮——薩利說她經過倫敦，從克萊拉．海頓那裡聽到信息，真是跟你見面的好機會呀！所以，就不請而來——不速之客……

以前她那麼火爆的性子，現在卻可以平靜地應付她了。她已失去熱烈的光彩。然而，與她重逢畢竟是不尋常的，她見老了，顯得比過去幸福，卻不那麼可愛了。她倆在客廳門口吻著，先吻這邊臉頰，再吻那邊；然後克蕾麗莎握住薩利的手，轉過身，只見室內高朋滿座，一片談笑聲，燭臺晶亮，帷幔飄拂，還有理查德送給她的薔薇。

「我有五個大胖娃娃啦！」薩利道。

她有一種非常天真的自我中心的作風，十分坦率地企望人們首先關心她，現在仍然如此，克蕾麗莎就喜歡她這樣。當下克蕾麗莎嚷道，「我簡直不相信！」她想起昔日的情景，樂不可支。

但是可惜，威爾金斯在喊了，要她去迎接貴賓；威爾金斯以極其威嚴的聲調通報，彷彿在告誡全體來賓，並且把女主人從無聊的閑談中召回來，他朗聲喊道：「首相駕到！」

「首相，」彼得．沃爾什嘀咕。

首相？當真？埃利．亨德森心裡納罕。回去告訴伊迪絲，她一定感到驚奇哩！

他看上去像個普通人。人們無法嘲笑他。你可能把他看作一個站櫃臺的售貨員，向他買餅乾呢——可憐的傢伙，渾身用金色飾帶裝扮著。然而，說句公平話，他舉止很得體，起先由克蕾麗莎、後來由理查德陪伴著，繞場一周。他裝出一副大人物的樣子。看起來挺有趣。實際上沒有人瞧他。大家繼續交談，可是顯然每個人都知道、從骨子裡感到這位要人在面前走過，他象徵著所有在場的人代表的機構：英國社會。布魯頓老夫人翩然迎上前去，她也用飾帶打扮起來，顯出儀態萬方的氣派；兩人退入一間斗室，門外立即有人窺探，也有人守護，總之，每個人都毫不掩飾地激動、興奮：首相駕到嘛！

上帝啊，上帝，英國人委實勢利！彼得．沃爾什站在角落裡，沉思著；他們多喜歡用金色飾帶裝扮起來，對顯貴們畢恭畢敬！瞧那邊！那準是——天哪，的確是——休．惠特布雷德，在大人物身邊轉來轉去；他發胖了，頭髮白些了，可敬佩的休！

彼得望著他，心裡想：他看上去好像老是公務在身，一副有特權的模樣，可又詭秘莫測，宛如他藏著什麼機密，死也不肯透露，其實不過是些小道新聞，從一個宮廷侍從那裡偶爾聽來，明天就會見報的。他玩的就是這種小花樣，年復一年，頭髮都白了，快老了，博得了人們的尊重與好感，他們有幸結識這位英國公學畢業的典型人物。關於休這種人，人們必然會編造諸如此類的軼聞，那是他的作風使然，他在《泰晤士報》上發表的令人欽佩的信也有同樣的風格，彼得曾在幾千里外的異鄉看到那些信；感謝上帝，當時他遠在國外，離開了惡毒的喧囂的倫敦社交界；即使在印度只能聽見狒狒啼叫、苦力打老婆的鬧聲，也比在那個圈子裡好。眼下，有一個橄欖色皮膚的大學生站在一邊，露出諂媚的神色。休肯定會庇護他，啟發他，教他如何爬上去；因為他最愛做好事，經常關懷那些老太太，她們年邁體衰，痛苦不堪，以為自己被人遺忘，卻得到休的安慰，不禁喜出望外；親愛的休，他會駕車而來，陪老太太消磨一個時辰，閑聊往日情景，懷念一些瑣事，稱讚老太太做的家常糕點十分可口，儘管他可以隨時陪一位公爵夫人吃蛋糕哩；瞧他那副架勢，真像花了不少時間，愜意地陪伴貴夫人呢。審判眾生而大慈大悲的上帝可能寬恕。彼得．沃爾什卻不那麼仁慈。人間必定有惡棍，可是上帝明鑒，在火車上把一個姑娘打出腦漿而被絞死的歹徒，也比好心腸的休．惠特布雷德少做些孽吶！瞧他此刻踮起了腳尖，雀躍一般迎上前去，對重新出現的首相與布魯頓夫人鞠躬如儀，然後一腳擦地，後退幾步，從而向所有來賓暗示：他有特殊的榮幸，在布魯頓夫人跟前說幾句話，一些體己的話。老夫人停住了，搖晃著端莊的腦袋。大約在向他表示感謝，因為他說了些奉承的話。她身邊有幾個拍馬的人，政府機關裡的小官兒，為她奔走，幹些小差使；她不時請他們吃頓飯，算是報酬。反正她是十八世紀的老派人，沒什麼可指摘的。

當下，克蕾麗莎陪伴首相在室內走動，步態輕盈，容光煥發，灰白的頭髮使她更顯得莊重。她戴著耳環，穿一襲銀白黛綠交織的、美人魚式的禮服。她好似在波浪之上徜徉，梳著辮子，依然有一股天然的魅力；活著，生存著，行走著，眼觀四方，囊括一切；她驀地轉過身，圍巾繞在一位女客的衣服上了；她立即解開，朗聲笑著，從容不迫，瀟灑極了，如魚得水，好不自在。然而，歲月已在她身上拂過了，恰如在清澈寧謐的薄暮時分，在波平似鏡的海面上，美人魚瞥見了夕陽。如今，她散發出溫柔的氣息，平素的嚴峻、拘謹、矜持都融化了，變得溫馨了；宴會上有一位用金色飾帶裝扮的健壯的來賓，跟她盡力周旋；當她向他道別、祝他好運時，看上去雍容華貴，有一種莫可名狀的尊嚴，優雅而和藹，彷彿她祝願普天下人萬事如意；而此刻，當她處於紅塵的邊緣之際，不得不暫時告別了。她給那位先生的印象正是如此（不過他並未陷入情網）。

事實上，克蕾麗莎感到，首相光臨，不勝榮幸。她陪他在室內盤桓，而且薩利帶場，彼得也在場，理查德又分外高興，或許所有在場的賓客都有些羨慕她呢；此時此刻，她委實飄飄然，陶醉了；內心劇烈地跳動，似乎在顫抖，沉浸於歡樂中，舒暢之極——誠然，說到底，這一切都是別人的感覺；儘管她熱愛這氣氛，感到一陣激奮與爽快，然而，所有這些裝腔作勢、得意洋洋（親愛的老朋友彼得就認為她鋒芒畢露），都有一種空洞之感，好似隔了一層，並非內心真正的感受；或許因為她老起來了，反正這一套不像以前那樣使她心滿意足；忽然，當她看見首相下樓的時刻，邊上喬舒亞爵士畫的那幀小女孩的肖像（戴著皮手筒），使她頓時聯想起基爾曼，她的敵人基爾曼。這一下她卻滿意了，因為那是真實的。她多恨基爾曼呀——火爆、偽善、腐朽，但有那麼大的力量，居然能誘惑伊麗莎白；這個女人，偷偷摸摸溜進來，竊掉她的女兒，玷污這位少女。（理查德卻會說，這是胡言亂語！）她恨那女人，可又愛她。人需要的是仇敵，不是朋友——不要那些杜蘭特太太和克拉拉、威廉·布雷德肖爵士及其夫人、特魯洛克小姐與埃莉諾·吉布森（她瞥見她們正在上樓）。但是，他們卻需要她，非找她不可。她是宴會的主人嘛！

瞧，她的老朋友哈里就在那邊。

「親愛的哈里爵士！」她邊說邊走向那好老頭。不過，說實話，在聖．約翰森林畫院所有的畫師中，他最差勁了，誰都不會畫得如此拙劣（他老是畫牛——站在落日映照的池塘裡飲水，有時還描繪牛蹺起一隻前腿，晃動雙角，表示「牛見陌生人啦」，因為他有一套描姿態以暗示的花樣；他的一切活動——到飯店裡就餐嘍，給賽馬下賭注嘍，等等，全是靠牛站在黃昏的池塘裡飲水而維持的）。

「你們在笑什麼？」她問他。此時，威利．蒂特庫姆、哈里爵士同赫伯特．埃恩斯蒂正在一起歡笑。哈里爵士卻說，不能把這種事告訴克蕾麗莎．達洛衛（雖然他很喜歡她，認為在相同的貴夫人中，她最完美，還揚言要為她畫像呢），那是關於音樂廠的笑話。不過，他卻為這宴會跟她開玩笑，佯言酒宴上沒有他愛喝的白蘭地；還說，這些紳士淑女高不可攀。然而，他總是喜歡她、尊重她的，儘管她那種上流人士的文雅實在可惡，叫人不可親近，使他不敢要她坐在自己的膝上哩。當下，希爾伯里老太太走過來了，她像飄渺的鬼火、閃爍的磷火，令人迷惑不解；此刻，她穿過室內，聽見哈里爵士嘲笑的鬧聲（關於公爵及其夫人的笑話），便伸出手臂，表示同感；不過，談起老公爵，又使她泛起一點兒愁思：有時她清晨醒來，便為此煩惱，甚至不想喚婢女端茶來了：老啦，人總是要死的。

「他們不願告訴我們有那些有趣事兒，」克蕾麗莎道。

「親愛的克蕾麗莎！」希爾伯里老太太高聲嚷道，並說：今晚你活脫像你媽媽，我初次見到她的那天，她戴著灰色帽子，在花園裡漫步呢。

這一下真叫克蕾麗莎熱淚盈眶。媽媽，在花園裡漫步！可惜，她得走開了。因為，布賴爾利教授正在那邊，跟瘦小的吉姆．赫頓[10]交談；布賴爾利講授彌爾頓[11]，而吉姆連參加如此盛大的宴會都不結領帶、不穿背心，依然蓬頭亂髮；儘管她離他們相當遠，也能看出兩人在爭吵。因為布賴爾利教授端的是怪人一個。他擁有不少學銜，榮獲許多褒獎，開過一系列講座，因而當他和塗鴉的文人（如吉姆之流）相遇時，立刻覺得氣氛不對頭，同他那古怪的脾性格格不入：他博學而又怯懦，有一種冷峻的魅力，毫不熱誠，既天真又勢利；如果他覺察一位女士披散頭髮，或者一個年輕人套著異樣的高統鞋，發出黑社會的臭味，便會感到：那無疑是些叛逆者，熱情洋溢的青年；還有些傢伙，略微昂起頭，鼻子裡嗤的一聲，那可是未來的天才吶——哼！須知中庸之道才有價值，要有點古典文學的修養才能欣賞米爾頓。克蕾麗莎看得出，布賴爾利教授同瘦小的吉姆．赫頓（他穿著紅襪子，一雙黑襪子還在洗衣間裡）談論米爾頓，並不投機。她便插嘴了。

他說自己愛聽巴哈[12]。赫頓表示同感。這是兩人之間的紐帶。赫頓（很蹩腳的詩人）始終覺

---

[10]即約翰．赫頓，「吉姆」是「約翰」的暱稱。

[11]彌爾頓（1608~1674）：英國詩人，名著有史詩《失樂園》等。

得，在所有對藝術有興趣的貴夫人中間，達洛衛夫人首屈一指，超過別人一大截。奇怪的是，她多麼嚴格。對於音樂，她完全抱著客觀的態度。一個故作正經的女人。可是，看上去多麼嫵媚！她把家裡布置得如此美妙，卻喜歡邀請教授們，真是遺憾。克蕾麗莎頗想把他拉過去，讓他坐在後室內的鋼琴邊，因為他彈起琴來神乎其神。

「太鬧啦！」她嚷道，「太鬧啦！」

「宴會順利的徵象嘛！」布賴爾利教授彬彬有禮地頷首，溫文爾雅地踅去了。

「他精通米爾頓呢，」克蕾麗莎道。

「真的嗎？」赫頓說；他會在漢普斯代特區[93]到處摹仿教授的腔調：主講米爾頓的教授，宣揚中庸之道的教授，溫文爾雅地踅去的教授。

眼下，克蕾麗莎卻說，她要去跟那一對談幾句了。她指的是蓋頓勛爵和南希·布洛。

那一對可沒有明顯地增加宴會的噪聲。他倆並不（明顯地）交談，只是並肩佇立在黃色的窗簾邊。一會兒，他們就要雙雙躲到別處去了，可是不管在哪兒，兩人從來沒多少可談的。他們相互諦視，如此而已。夠了。他倆看上去都那麼潔淨，那麼健全。她敷上脂粉，顯得分外嬌艷。他

---

[92] 巴哈（1685～1750）：德國作曲家與管風琴演奏家，德、奧古典樂派的創始者。

[93] 漢普斯代特區：倫敦的一個大自治區。

顫抖。

則目光銳利，像鳥兒，能剝開表層，吃透核心；又像運動員，任何球都不會錯過，任何打法都不會叫他驚慌；他跳躍，擊球，萬無一失，當場大顯身手；也像騎手，他勒緊韁繩，賽馬的嘴便會顫抖。

他有各種榮譽，還有顯赫的祖先的紀念碑，家中小教堂裡懸掛著世家的旗幟。他辦公務，管理佃戶；母親健在，有幾個姐妹；那天，赴宴之前，他整天泡在勛爵俱樂部裡；當達洛衛夫人走到他倆跟前時，他正在談俱樂部內的活動——打板球囉，遇見表兄弟囉，看電影囉。蓋頓勛爵非常喜愛達洛衛夫人，布洛小姐也對她傾心。她的風度多嫻雅呵！

「你們來赴宴真是太賞光了——太美妙了！」達洛衛夫人道。她也喜歡勛爵俱樂部。她熱愛青年，尤其是南希，穿著那麼漂亮的禮服，準是花了一大筆錢，請巴黎第一流設計師裁製的，看起來彷彿只有綠色褶邊繚繞著，自然而熨貼，更顯得亭亭玉立。

「本來我想舉行舞會的，」克蕾麗莎道。

如今的年輕人不會談戀愛。不過，為什麼要談呢？只要喊叫、擁抱、旋轉就行了；他們清晨便起身，給馬兒餵糖，撫摸可愛的中國種狗的鼻子，吻它；爾後，渾身一股勁兒，躍躍欲試，跳下水去，游泳。青年就是這樣。他們不會領略英語的巨大功能，不會運用這豐富多彩的語言，它實在善於使人們交流感情。（她和彼得年輕的時候，就會整個晚上爭論不休哩。）英語的各種手段能充實年輕人。然而，這些青年只會同莊園裡的人交際，而且應酬得很好；可是單獨的時候，也許乏味些。

「多可惜！」克蕾麗莎道，「我本來想舉行舞會的。」

不管怎樣，他倆來赴宴真是太好啦！談起跳舞嘛，各個房間都擠滿人了。

老姑媽海倫娜也披著圍巾來了。抱歉，克蕾麗莎得離開他倆了——蓋頓勛爵和南希·布洛。她要去照料年邁的帕里小姐，她的姑媽。

海倫娜·帕里小姐沒有死，她還活著，高齡八十多了。她拄著拐杖，慢慢地攀上樓。她被安頓在椅子裡（這是理查德吩咐的）。主人不斷把七〇年代去過緬甸的人領來見她。彼得上哪兒去了？老姑媽跟他向來是很親密的朋友。只要一提起印度，以至錫蘭㉓，她的眼睛（一隻嵌了玻璃）便會徐徐地變得深邃，閃爍出藍幽幽的目光，彷彿又看見了……不是異鄉的人們，那些總督呀、將軍呀、叛亂分子呀；對於他們，她毫無溫存的懷念或引以為榮的幻想；此刻，她心目中瞥見的是東方的蘭花，山間小徑，自己馱在苦力背上，翻過孤零零的峯頂（那是在六〇年代）；間或下來，去摘蘭花（令人讚嘆的鮮花，從未在別處見過），並且描成水彩畫；一個剛強的英國婦女，儘管有時會煩惱，比如戰爭（一枚炸彈就掉在她家門口）打擾了她的沉思冥想，使憶念中蘭花的倩影，自己於六〇年代漫遊印度的幻象，都破滅了……瞧，彼得在這兒吶。

㉓錫蘭：現名斯里蘭卡。

「過來，跟海倫娜姑媽談談緬甸吧，」克蕾麗莎說。

可是，在晚會上，他和她尚未談過一句話呢！

「咱們待會兒再談，」克蕾麗莎道，一面把他領到海倫娜姑媽跟前；她裹著白圍巾，握著拐棍兒。

「她就是彼得．沃爾什，」克蕾麗莎介紹。

老姑媽茫然，記不起了。

她卻說：克蕾麗莎請她來的。宴會太鬧，使她厭煩，不過，既然克蕾麗莎邀請，她不得不來。她倆——克蕾麗莎與理查德——住在倫敦實在糟糕。即便為了克蕾麗莎的健康，也是住在鄉下好。不過，克蕾麗莎喜歡交際，要熱鬧嘛，向來如此。

「他去過緬甸，」克蕾麗莎提醒她。

啊！這一下她不禁回想起查爾斯．達爾文[55]了，他曾談論過她寫的關於緬甸蘭花的小冊子。

（這一點，克蕾麗莎必須告訴布魯頓夫人。）

如今，人們肯定忘掉這本書了，就是她描述緬甸蘭花的著作，可在一八七〇年以前，曾經出過三版哪！——老姑媽告訴彼得。此刻她記得他了，還回憶道，他在布爾頓待過（彼得卻想起：

---

[55] 達爾文（1809~1882）：劃時代的英國生物學家，進化論的創始者。

當時，有一天晚上，他和這位姑媽在客廳裡；克蕾麗莎叫他去划船，他拔腳就跑，對那姑媽毫不理睬）。

當下，克蕾麗莎去和布魯頓夫人酬酢了：「理查德非常欣賞午餐會。」

「理查德真是個絕妙的助手，」布魯頓夫人道，「他幫我寫信呢。你好嗎？」

「嗬，棒得很！」克蕾麗莎答道。（布魯頓夫人討厭政治家的妻子患病。）

「喏，彼得·沃爾什也來啦！」布魯頓夫人道，（她與克蕾麗莎終始沒什麼可談的，儘管很喜歡她。克蕾麗莎有許多美好的品質，但是同自己沒有任何共通之處。假如理查德娶了一個不那麼魅人的妻子，興許更好，因為比較平凡的女人會對他的工作更有幫助。而現在，他已失去了當內閣大臣的機會。）「那不是彼得·沃爾什嗎！」她嚷道，隨即同那令人愜意的浪子握手；他很有才華，照理會成名的，可惜沒有（老是同女人有糾葛嘛）；唷，老小姐帕里也在場呢。奇妙的老太太！

布魯頓夫人站到帕里小姐的椅子邊；老小姐像個堅毅的幽靈，穿著黑色禮服，邀請彼得·沃爾什去吃午餐；她很慈祥，可沒有一句閑談，絲毫不記得印度的風物。誠然，她在那裡待過，同三位總督有過交情，認為印度某些老百姓好得很；但是多麼悲慘——印度的情況！首相剛才和她談過（老小姐帕里，裹著圍巾，縮成一團，她才不理會首相講些什麼哩）；布魯頓夫人則想聽取彼得·沃爾什的高見，因為他剛從核心的圈子裡來；她要設法請賽普遜爵士與他會晤呢；這些社交活動使她睡不著覺；做為一名武官的女兒，委實愚蠢，簡直不堪。如今她老了，不中用了。然而，她有邸宅，僕役成羣，還有好朋友米莉．布勒希——記得她嗎？——所有這些都等著聽她使喚——只要力所能及。布魯頓夫人從不提英格蘭，然而這個養育眾生的島嶼，親愛的、親愛的土地，卻滲透在她的血肉中（雖然沒讀過莎士比亞）⑯；如果說有一個女人能戴鋼盔，射利箭，以不屈不撓、大公無私的精神統治蠻族，最後安息在教堂一角，上面覆蓋著沒有尖端的盾牌，或在原始的遙遠的山坡邊，安臥在綠茵叢生的墳墓裡，那准是米利森特．布魯頓。儘管她是個女性，而且智力上有某種缺陷（她不會寫信給《泰晤士報》），卻總是念念不忘大英帝國，並且由於受到武裝女神之感應，顯得身材挺拔，舉止粗獷，因而人們不能想像她死後會脫離故土，她也不會離開帝國管轄的遠方疆土，雖然從精神上來說，米字旗已不在那裡飄揚了。總之，即便她死了，要她不做英國人——不，不，辦不到！

這當兒，羅塞特太太（即以前的薩利．塞頓）在思忖：那是布魯頓夫人嗎？那頭髮變得灰白的紳士敢情是彼得．沃爾什吧（過去跟她很熟呢）。這位肯定是老小姐帕里——就是老姑媽；想

---

⑯以上描述英格蘭「養育眾生的島嶼，親愛的土地」等，係根據莎士比亞歷史劇《理查二世》第2幕、第4場中一段臺詞：「這渺小的天地，養育幸福的眾生；／這顆鑲嵌在銀色海洋中的寶石……／這塊上帝保佑的土地，這一片疆域，這個英格蘭！」

當年，自己在布爾頓作客時，老姑媽常對她惱火吶。她怎麼也忘不了自己赤裸裸地在過道裡奔跑，帕里小姐叫人喊她去，訓了一頓，嗬，克蕾麗莎！啊，克蕾麗莎！薩利緊緊抱住了她。

克蕾麗莎在她們身邊停下來。

「可我不能待在這兒，」她說，「一會兒再來，等著吧，」她邊說邊望著彼得和薩利；言外之意是，他們必須等到所有客人都離去之後。

「待會兒我再來，」她邊說邊望著兩個老朋友，薩利與彼得；他倆在握手，薩利在笑，顯然想起了往事。

然而，她的聲音不像以前那麼圓潤、富有魅力了，她的眼神也不像過去那樣晶瑩了；想當年，她抽雪茄的時候，或一絲不掛地在過道裡飛奔著，去拿海綿袋的時候，眼光多麼亮！那時，埃倫·阿特金斯問道：要是她碰上了一位先生怎麼辦？不過，每個人都原諒她。當她夜裡肚子餓的時候，竟從食品櫃裡偷雞吃吶；還在臥室裡吸雪茄；有一次把一本異常珍貴的書丟在平底船上。儘管如此，大伙兒都對她膜拜（也許除了父親）。那是由於她的熱情、她的活力——她既繪畫，又會寫作。直到今天，村子裡有些老大娘還記得她，並向克蕾麗莎問候「她那穿著紅大氅的朋友，那個聰明透頂的姑娘」。薩利同所有的人都好，卻偏偏責怪休·惠特布雷德（此刻，她的那位老朋友正在同葡萄牙大使交談），因為她說婦女應有選舉權，而他竟敢在吸煙室裡吻她，還說這是對她胡言亂語的懲罰呢。當時她說，只有俗不可耐的男人才有這種行徑。克蕾麗莎還記得，那時不得不規勸她：不要在全家禱告的時候貶斥他；因為她很可能做得出的，那麼肆無忌憚，喜歡鬧劇式的場面，嬉笑謔浪，一心要成為大家注目的中心；克蕾麗莎向來認為，她這樣橫衝直撞必然會有可怕的、悲慘的結局——橫死，或者殉難；不料她卻嫁了一個禿頭：衣著講究，外套上鑲著大紐孔；據說，他是曼徹斯特一家紡織廠的老板哩。而且，她生了五個娃娃！

她和彼得坐在一起了，正在敘舊，那麼自然而親切。他們會談到往日的情誼。過去，克蕾麗莎同兩人都有親密的關係（比理查德更密切）：老家的花園，那些樹木，老約瑟夫．布賴科普夫用蹩腳的嗓子唱布拉姆斯[57]的歌曲，客廳的牆紙，草席的氣味，樣樣都勾起昔日共同的回憶。薩利永遠同這一切分不開，彼得也屬於這一切。然而，她得離開他倆了。要去應酬布雷德肖夫婦，儘管她不喜歡這一對。

她必須到布雷德肖太太跟前去，周旋一番（那位夫人穿著銀灰色衣裳，活像一頭海獅，在水池邊搖擺著，力求平衡，一面吼叫著；正如她渴望得到邀請，會晤公爵夫人；真是個飛黃騰達的男人的妻子）；克蕾麗莎必須去和她寒暄……

布雷德肖太太早已料到她會來迎接的。

「親愛的達洛衛太太，我們來得太遲了，簡直不像話，實在不敢進門哩，」布雷德肖太太

---

[57]布拉姆斯（1833～1897）：德國古典派作曲家，繼承巴哈與貝多芬的傳統。

道。

威廉·布雷德肖士儀表非凡，頭髮灰白，眼睛碧藍；他說，確實來得太晚了，不過這宴會太吸引人了，非來不可。爾後，他同理查德談開了，大概是關於一項議案，他們要設法使它在下議院通過。克蕾麗莎自忖：為什麼他和理查德談話的模樣使她肅然起敬？他是一位名符其實的大醫師，在自己的行業中登峯造極，是個十足的強人，儘管看上去有些衰老。想想看，他得對付什麼樣的病例喲——沉入苦海深處的人，幾乎瘋狂的人，夫妻之間的糾葛，等等。他必須面對非常棘手的難題而當機立斷。儘管如此，她內心真正感覺卻是，人們不願讓威廉爵士看到自身的苦難。不，不能讓那個人看到。

「令郎在伊頓㉘好嗎？」她向布雷德肖夫人問候。

布雷德肖夫人答道：他暫時不能踢足球了，患了流行性腮腺炎；他的父親比他更擔心，其實做爸爸的還是個大孩子咧。

克蕾麗莎瞄一下威廉爵士，他還在同理查德談論；看上去不像個大孩子嘛——一點兒不像。以前有一回，她跟某人去請他看病。做為醫生，他無瑕可擊，通情達理之極。可是天哪！——出來後，到街上鬆了一大口氣！她記憶猶新：候診室裡有個十分可憐的病人，泣不成聲。然

㉘即伊頓公學，英國著名的中學，學生大都是貴族世家或上層階級的子弟。

而，她不明白威廉爵士到底有些什麼過錯，究竟是什麼惹她厭惡。不過，理查德倒有同感：「他那種趣味、那股味道，叫人受不了嘛。」話得說回來，他的才能是罕見的。眼下，他同理查德在商量那議案。威廉爵士壓低了嗓音，談起一個病例。這與他所說的炮彈休克後遺症很有關係。議案中必須有相應的條款。

此時，出於共通的女性的感受，以及對各自顯赫的丈夫都感到自豪，都為他們過度操勞而擔憂，布雷德肖太太（可憐蟲──並不討厭）急於同達洛衛夫人說些體己話，她喃喃地絮絮而談，「我們正要上這兒來的時候，有人打電話給我丈夫：一個很慘的病例。一個青年自殺了（威廉爵士和達洛衛先生密談的也是關於這死者）。他當過兵。」喲！克蕾麗莎心裡想：死神闖進來了，就在我的宴會中間。

她向前走去，踅入斗室，剛才首相和布魯頓夫人就是上那兒去的。也許此刻還有人在裡面。其實了無人跡。不過，兩把椅子上仍然顯出首相與布魯頓夫人的身影：她尊敬地側身諦聽，他則威嚴地端坐著，一副莊重的模樣。兩人在談論印度的情況。可是眼下杳無人蹤。克蕾麗莎思忖：光華煥發的盛宴一敗塗地了；她穿著華美的禮服，獨自走進斗室，真怪。

布雷德肖夫婦幹嘛在她的宴會上談到死？關他們什麼事?!一個青年自殺了。而他們竟然在她的宴會上談論──布雷德肖夫婦提到死亡。那小伙子自殺了──可怎麼死的？當她第一次陡然聽到什麼事故時，總覺得身歷其境似的；比如有人講起火災，她便感到自己的衣服著火了，身子燒灼了。這一回，據說那青年是跳樓自盡的：猛地摔到底下，只覺地面飛騰，向他衝擊，牆上密布的生鏽的尖釘刺穿他，遍體鱗傷。他躺在地上，頭腦裡發出重濁的聲音：砰、砰、砰……終於在一團漆黑中窒息了。這是她想像的情景，卻歷歷在目。他究竟為什麼要自殺？而布雷德肖夫婦膽敢在她的宴會上談論！

以前有一回，她曾隨意地把一枚先令扔到蛇河裡，僅此而已，再沒有擲掉別的東西。那青年卻把生命拋掉了。人們繼續活下去（她得回到客廳去，那裡仍然擠滿了賓客，而且不斷有新的客人到來）。他們（她一直在想起老家布爾頓、彼得與薩利），他們將變為老人。無論如何，生命有一個至關緊要的中心，而在她的生命中，它卻被無聊的閑談磨損了，湮沒了，每天都在腐敗、謊言與閑聊中虛度。那青年卻保持了生命的中心。死亡乃是挑戰。死亡企圖傳遞信息，人們卻覺得難以接近那神秘的中心，它不可捉摸；親密變為疏遠，狂歡會褪色，人是孤獨的。死神倒能擁抱人哩。

那青年自盡了——他是懷著寶貴的中心而縱身一躍的嗎？「如果現在就死去，正是最幸福的時刻，」有一次她曾自言自語，當時她穿著白衣服，正在下樓。

或許詩人和思想家也有這想法。假如那青年抱著視死如歸的激情，去看威廉·布雷德肖爵士——一位大醫師，可在她心目中，他是隱蔽的惡的化身，毫無七情六慾，卻對女人極其彬彬有禮，又會幹出莫名奇妙的、令人髮指的事——扼殺靈魂，正是這點——假如那青年去看威廉爵士，而他以特有的力量，用暗示逼迫病人的心靈，那青年會不會說（此刻她覺得他會說的）：活不下去了，人們逼得他活不下去了，就是像那醫生之流的人；他會這樣說嗎？

此外（今天早晨她才感到），還有生之恐怖：父母賦予生命，要盡天年，寧靜地走完生命之路，但沒有這能耐，完全不能；她內心深處充滿可怕的恐懼。即使現在，她也常感到自己會毀滅，幸虧理查德不時待在家裡，看《泰晤士報》，她可以蜷縮著，像一隻鳥兒，漸漸恢復元氣，內心湧起無窮的欣悅的浪潮，歡騰著，與萬物為一。她逃遁了。而那青年自戕了。

在某種意義上，這是她的災難——她的恥辱，對她的懲罰——眼看這兒一個男子、那兒一個女人，接連沉淪，消失在黑森森的深淵內，而她不得不穿上晚禮服，佇立著，在宴會上周旋。她曾使過詭計，也偷過小東西。她從來不是那麼可敬可愛的人。她一心要成功，因而去巴結貝克斯柏勒夫人，等等。不過，昔日有一回，她曾在布爾頓的平臺上，清靜地獨自漫步呢。

奇怪，不可思議，她從未像當年那樣幸福。那時，任何事都不嫌太慢，因為一切都不是永恒的。她兀自尋思：往日，在布爾頓，當她擺正椅子，在書架上理書的時候，感到無比的樂趣，洋溢著青春的歡悅，沉醉於生命的流程中，從旭日東升到暮靄彌漫，都異常欣喜地感到生命的搏動。想當年，在布爾頓的日子裡，好多次，別人都在談話之時，她卻獨自去仰望蒼穹；或在進餐時，從人們並肩而坐露出的空隙間，瞥見一線藍天；以後在倫敦，深夜無眠之際，她便去眺望天宇。眼下，在斗室裡，她又到窗口去了。

她覺得，鄉村的天空，威斯敏斯特上面的天空，都與她的一部分生命交融；雖然這念頭有些傻。當下，她拉開窗簾，向外瞧。哎，多怪呀！——只見對面房裡；那老太太正盯著她哩！她正要上床去。至於天空嘛，看來將是森嚴的。克蕾麗莎思量著，天色將變得黯淡，隱掉秀美的面孔。瞧，可不是——它顯得慘白，團團烏雲在空中疾馳，逐漸委縮了。準是起風了。對面房裡，那老婦人正要上床。克蕾麗莎懷著極大的興趣，凝視著她踱來踱去，那位老太太，穿過房間，到窗口來。她看得見我嗎？真吸引人，窺見老婦人十分安詳地、孤零零地上床去，而那邊，客廳裡，客人們還在暢笑，歡呼。須臾，她拉下百葉窗。鐘聲響了。那青年自盡了，她並不憐惜他；大本鐘報時了：一下、兩下、三下，她並不憐憫他，因為鐘聲與人聲響徹空間。瞧！老太太熄燈了！整個屋子漆黑一團，而聲浪不斷流盪，她反覆自言自語，脫口道：不要再怕火熱的太陽。她必須回到賓客中間。這夜晚，多奇妙呵！不知怎的，她覺得自己和他像得很——那自殺了的年輕人。他幹了，她覺得高興；他拋掉了生命，而她們照樣活下去。鐘聲還在響，滯重的音波消逝在空中。她得返回了。必須振作精神。必須找到薩利與彼得。於是她從斗室踅入客廳。

「克蕾麗莎在哪裡？」彼得問道。這會兒，他跟薩利坐在沙發上談天。（他與她相熟了這麼多年，實在叫不出口「羅塞特夫人」。）「這女人，上哪兒去了？」他接連問，「克蕾麗莎在哪裡？」

薩利猜想，彼得也這樣想：興許來了什麼大人物，政客之流，克蕾麗莎非應酬不可，總得寒暄幾句嘛；而這輩要人，他倆可不熟悉，除非有圖片的報紙上見過尊容。克蕾麗莎多半和那號人在一起。然而，理查德．達洛衛並未入閣，不是什麼大臣。薩利揣測，他大概沒有飛黃騰達。至於她自己嘛，難得看報。只是偶爾在報上見到理查德的大名。不過——嗯——克蕾麗莎會說，她生活在荒野裡，孤陋寡聞，周圍卻有一批工商界巨頭，他們畢竟幹了一番事業。她也幹了不事吶！

「我有五個兒子！」薩利告訴彼得。

上帝呀，上帝，她變得多厲害！野姑娘變成溫柔的母親，為兒子洋洋得意呢。彼得回憶起，以前他和她最後一次見面，是在月華如洗的花椰菜叢中；當時她說，那葉子好似「粗獷的青銅」，她就喜歡來一點文藝腔嘛；那晚，她還採了一朵玫瑰。可是，在噴泉邊，演完那套羅曼蒂克的把戲之後，她便逼著他兜來兜去，真是糟糕的一夜；他還得趕上半夜開的火車咧。天啊，他哭了！

眼下，薩利在想：那是他的老玩藝兒，撥弄隨身帶的小刀，他激動時總是撥弄那刀子。彼得愛上克蕾麗莎的時候，跟自己也很熟，熟得很吶；還有那次忘不了的午餐，為了理查德．達洛衛鬧得不可開交，可怕而又可笑。當時，她叫理查德「威克姆」⑱，幹嗎不叫?!克蕾麗莎可冒火

⑱原字是諧音的縮略詞，意為「壞火腿」，即壞蛋。

啦！從此，兩人再也沒有見面；事實上，在過去十年中，她同克蕾麗莎相見不過五、六次吧。彼得．沃爾什呢，到印度去了；她隱約地聽說，他在那裡結了婚，並不稱心；不知他有沒有孩子，又不便問他，因為他變了。看上去有點兒萎縮，但比以前和善了；她對他懷著真心的情誼，因為他與自己的青春是連結在一起的；至今她還藏著他送的艾米莉．勃朗特的小說，是小本子；很可能他要寫作吧？當年，他是要寫作的。

「你寫了沒有？」她問他，一面攤開手，那堅定而好看的手，擱在膝上，他記得這是她慣有的姿態。

「一個字也沒寫！」彼得．沃爾什回答，她笑了。

她仍然那麼迷人，仍然是個人物——薩利．賽頓。可是羅塞特呢，此人究竟如何？彼得毫不熟悉，只知道他做新郎那天，在禮服上佩了兩朵山茶花。克蕾麗莎曾寫信告訴他：「她們家有成千上萬個僕人，綿延不絕的溫室；」諸如此類。薩利得悉後，哄然大笑，承認差不離。

「沒錯兒，我每年有一萬鎊收入吶，」這是繳所得稅之前還是之後的數目，她可記不清了，因為這一切都是她丈夫為她效勞的；她還說，「你一定要跟他見面，你會喜歡他的。」

而過去，薩利向來窮困潦倒。為了到布爾頓去，她連曾祖父的一隻戒指都當掉了，那是瑪麗．安東內特恩賜的珍品哩——他大概沒記錯吧？

嗯，不錯，薩利想起來了；可她贖回了那只戒指，至今還珍藏著呢，用紅寶石鑲嵌的，真是瑪麗·安東內特賜給曾祖父的。當時，她一個子兒也沒有，上布爾頓去一趟，總是東拼西湊，難如登天。然而，對她來說，到布爾頓去的好處可大啦——能使她明智而健全，在家裡卻著實煩惱呢。不過，所有這些都成了往事——煙消雲散了。她還說，帕里先生死了，帕里小姐還健在。彼得道，他生平從未聽到過這樣驚人的消息！他還以為她確實死了哩。薩利隨即問，那樁婚事挺美滿吧？哦，那邊，在窗簾旁邊，穿淺紅衣裳的，非常漂亮、非常冷靜的姑娘，敢情是伊麗莎白咧。

（此時，威利·蒂特庫姆在想，那女郎宛如一株白楊、一條溪流、一朵風信子。她則思忖：鄉下比城裡好得多呢，自由自在，要幹什麼便幹什麼！她在神往時聽得見那可憐的狗又在叫了，沒錯兒。）彼得·沃爾什道，她一點不像克蕾麗莎。

「啊，克蕾麗莎！」薩利應聲道。

薩利只覺得自己欠了克蕾麗莎一大筆債。要知道，她倆是朋友，不是泛泛之交，而是親密的朋友。此刻，她想起昔日，歷歷在目，克蕾麗莎穿著一身白衣服，在布爾頓莊園內兜來兜去，手裡捧滿了鮮花——至今，煙草的氣味仍然使薩利想起布爾頓。不過——彼得明白嗎？——克蕾麗莎畢竟有些缺陷。究竟是什麼缺點？她有魅力，非凡的魅力。但是，坦率地說（此刻薩利覺得彼得是個老朋友，真正的朋友——他曾出國，有什麼關係?!跟她分離，有什麼關係?!那時她常想寫信給他，寫了就撕掉，但內心感到，他會理解的，因為不必講明，人們都會理解的，猶如不必明言，人會覺得老起來了，而她確實老了，有了幾個兒子，那天下午還上伊頓去看望小傢伙呢，他們患了流行性腮腺炎），坦率地說，克蕾麗莎怎麼幹出這種事——嫁給理查德．達洛衛？一個愛好運動的傢伙，只關心那些狗兒。每當他走進房間，總是渾身發出馬廄的臭味，這是千真萬確的。還有這一套宴會，等等，有什麼意思?!她揮舞著手說。

那不是休．惠特布雷德嗎？他悠然自得地走過去，穿著白背心，胖乎乎的，看上去有些茫然，彷彿視而不見，忽視一切，除了自尊與舒適。

「他不會認出咱們的，」薩利道，她實在鼓不起勇氣去……哦，那就是休！叫人佩服的休！

「眼下他在幹什麼？」她問彼得。

彼得說，他為國王擦靴子，還在溫莎宮裡數酒瓶。彼得這張嘴仍然那麼尖刻！他還說，你得講老實話。就是那次親吻，休的吻。

她向他保證，只在嘴唇上碰了一下，是有一天晚上，在吸煙間裡發生的。當時，她火冒三丈，逕直去找克蕾麗莎告狀。克蕾麗莎卻道，休不會這樣下流的！可敬佩的休呀！休穿的短襪漂亮極了，她從未見過這樣好看的襪子……眼前，他穿的一身夜禮服，簡直無瑕可擊！他有了孩子嗎？

「這裡每人都有六個兒子在伊頓，」彼得對他說，除了他自己。感謝上帝，他一個兒子也沒有。沒有兒子，沒有女兒，沒有老婆。薩利道，唔，看來你並不在乎。她心裡想，他看上去比誰都年輕呢。

彼得接著說，從許多方面看來，克蕾麗莎的那樁婚事蠢得很，「她是個十足的傻瓜；」不過他又說，「我和她可過了一段開心的日子吶。」這是怎麼回事？薩利直納罕，他究竟是什麼意思？真怪，認識了他，卻又對他經歷的事一無所知。他是由於驕傲才那樣說的嗎？很可能，因為說到底，那婚事畢竟叫他難堪吶（儘管他是個怪人，相當古怪，決非普通人）；如今，他到了這把年紀，沒有個家，沒有歸宿，必然感到很孤獨吧。於是她說，你一定要到我們家來，住上幾個月。他說，當然要來，他很喜歡跟她們在一起。後來，他果然去了。而這麼多年來，達洛衛一家卻一次也沒去過。薩利同丈夫一再邀請他們。克蕾麗莎（當然是她作主）硬是不肯來。薩利說，克蕾麗莎骨子裡是個勢利鬼——人們必須承認這一點，她是個勢利鬼。薩利堅信，她們之間的隔閡正是由於這一點。克蕾麗莎認為，薩利嫁給那男人有失身分，他不過是個礦工的兒子嘛。薩利卻感到自豪：她家所有的錢，每一個便士，都是他流了血汗掙來的；他小時候（說到這裡她的聲音發抖了），就扛過大麻袋哪！

（彼得覺得，她會絮絮叨叨，接連幾個小時不停嘴：礦工的兒子嘍，人家以為她嫁給那漢子有失身分嘍，她有五個兒子嘍，還有什麼來著——哦，花木——繡球花、丁香花、木槿百合花，那是極為罕見的珍品，在蘇伊士河之北從不生長，而她，在曼徹斯特的郊區，只雇了一個園丁，卻擁有許多花壇的珍貴的百合花，簡直數不清！所有這些個，克蕾麗莎都逃避了，她本來不是個賢妻良母嘛。）

她是勢利鬼？真是，在許多方面都很勢利。眼下她在哪兒，怎麼老是見不到她？時間不早了。

「嗯，」薩利道，「我聽說克蕾麗莎要舉行宴會，便感到非來不可——一定要跟她再見一面（我就住在維多利亞大街，是緊鄰嘛）。這麼著，我就不請而來了。」接著她壓低了聲音，竊竊私語：「喏，告訴我，一定要告訴我，那是誰？」

「原來是希爾伯里夫人，正在尋找門口。太晚啦！她喃喃地自言自語：夜闌人靜，客人們一個個走了，便能發現老朋友了，還有安靜的角落，無比美妙的景緻。她說，主人簡直住在仙境一般的樂園裡，他們自己知道嗎？燈光晶瑩，花木扶疏，奇妙的湖泊閃閃發光，蔚藍的天空。克蕾麗莎道：只不過後花園裡有幾盞花燈罷了。希爾伯裡夫人道：「你真是個魔術師！把你們家變成公園啦……她對某些客人的姓名不熟悉，但知道他們是朋友；沒有姓名的朋友，沒有詞兒的歌曲，那是最好不過的。然而，這裡的門太多了，還有出乎意外的角落，她找不到出口了。

「那是希爾伯里老太太，」彼得對薩利說。那邊是誰呢？整個晚宴上，她老是佇立在帷幔旁，沉默寡言，那位女士是誰？彼得覺得有點面熟，好像同布爾頓有什麼關係。啊，她不是常在那莊園的窗口，在一張大桌子上裁剪內衣的婦人嗎？大概名喚大衛遜吧？

「哎，那準是埃利·亨德森，」薩利道。克蕾麗莎對她委實太苛刻了。她們是表姐妹嘛，儘管很窮。克蕾麗莎待人太苛刻了。

彼得道，她確實相當苛刻。薩利卻道，話得說回來，她對朋友多慷慨呵！薩利說這句話時，像往常一樣感情激動，熱情洋溢；以前彼得喜愛她這性子，眼下可有些懼怕，惟恐她過於奔放。薩利又說：慷慨是一種罕有的品質；有時她在晚上或在聖誕節，盤算自己有多少幸福時，總是把克拉麗莎的友誼放在首位。那時，她倆都很年輕，這是關鍵。克蕾麗莎心地純潔，這是要點。彼得卻認為，她多愁善感。就算這樣吧。這些年來，薩利逐漸感到，惟有內心的感覺，才值得談。至於聰明嘛，反為聰明誤。一個人必須說出內心的感覺。

「可是，」彼得·沃爾什道，「我弄不清自己有什麼感受。」

薩利想，彼得多可憐。克蕾麗莎怎麼還不來跟他們談談？他渴望著跟她談哩。薩利猜透他的心思，知道他一心只想念克蕾麗莎，因而老是撥弄小刀。

彼得接著說，在他看來，生活並不簡單。他和克蕾麗莎的關係並不簡單，它糟蹋了他的生活。（又說，他與薩利一直親密得很，諱言是荒謬的。）還說，一個人不能接受連愛兩次呀。對此，薩利有什麼可說的?!然而，曾經愛過，總比沒愛過好（他又要認為她多愁善感了，那張嘴向來是尖刻的）。薩利道，你一定要來曼徹斯特，同我們待幾個月。他說，一定來，無論如何，非來不可。他很喜歡和他們過一段日子，等他在倫敦辦好必要的事務，馬上動身。

薩利肯定認為，克蕾麗莎對他比對理查德關心得多。

「不，不，不對！」彼得連忙否認（薩利不該那麼說的——講得太過分了）。那個好心腸的主人，瞧他待在房間的盡頭，一如既往，仍然是親愛的老朋友理查德。他在跟誰交談，薩利問道，那個儀表非凡的客人是誰？她一向在偏僻的地方生活，因而懷著不知饜足的好奇心，要認識陌生人，弄清他們是何等樣人。但是，彼得並不認識那客人。他說，敢情是個大臣吧，可他不喜歡那傢伙的模樣。他又說，在那批人中間，他認為理查德最好——最無私心。

「可是他幹了些什麼？」薩利問道。也許是有關公益的事情吧。又問：他和克蕾麗莎在一起幸福嗎（她自己幸福到極點）；她承認，自己對他倆婚後的生活一無所知，只是像人們慣常的做法，匆匆得出結論而已；其實，即便對日常生活在一塊兒的人，到底瞭解多少呢？我們不是都像囚犯嗎?!她曾讀過一個極妙的劇本，主人公老是在斗室的牆上抓來搔去；她覺得，生活正是如此——人們都在牆上抓來搔去。她對人與人之間的關係絕望了（人是那麼難弄），便時常到自家的花園裡，觀賞鮮花，內心就寧靜了，這是同男子或女子交往時，從未有過的心境。彼得卻道，他不同意，他可不喜愛卷心菜什麼的，他寧願同人交往。薩利道，這話也對，年輕人真美，這時她凝望著伊麗莎白穿過室內。克蕾麗莎在她那年紀不大一樣呵！彼得能看透那姑娘嗎？她守口如瓶呢。彼得承認，看不太透，現在還看不透。薩利道，她像一朵百合花，池邊的百合花。不管怎樣，彼得不同意薩利的看法：我們什麼都不瞭解。不，我們瞭解一切，至少他對一切瞭如指掌。

那麼，薩利低聲道，正在走過來的一對（她心想，我得去了，要是克蕾麗莎不馬上來的話），關於那一對，儀表非凡的男人與相貌平常的妻子，他倆一直跟在理查德交談——關於這類人，你能瞭解多少？

「這種人是該死的騙子，」彼得答道，一面隨便地瞟了一眼。這句話逗得薩利笑了。

這當兒，威廉．布雷德肖爵士在門口停住，審視一副版畫。他仔細瞧畫的角上，要看清版畫家的名字。他的夫人也在鑒賞。威廉．布雷德肖爵士對藝術的興味濃極了。

彼得說，一個人年輕時太容易激動，所以不能看透人們。如今老了，確切地講，我五十二歲了（薩利道，她五十五啦，不過，這是表面上的年齡，她的心還像一個二十歲的姑娘哩），比較成熟了，便能觀察人，瞭解人，同時並不失去感情的力量。薩利道，不錯，確實這樣，一年又一年地老起來，感情卻愈來愈深，愈來愈熱烈。彼得道，也許如此，感情越來越強烈，這是可悲的，不管怎樣，應當為此而高興——根據他的經驗，感情是越老越強烈的。他在印度的時候，結識了一個女人。他很想對薩利談談她。他希望薩利認識她。又說，她結過婚了，有兩個孩子。薩利道，你務必請她帶孩子到曼徹斯特來——咱們分手之前，你一定要答應這個要求。

「瞧，伊麗莎白在那兒，」彼得說，「她的感情還不及咱們的一半呢，至少現在如此。」薩利注視著伊麗莎白走向她父親，一面說，「不完全這樣，看得出她對父親的感情相當深哩。」她是從伊麗莎白走向她父親的步態中，感到這一點的。

那姑娘的父親老是在瞄她，一面同布雷德肖夫婦談話，心想，那可愛的姑娘是誰？忽然悟到，是他的伊麗莎白嘛，自己卻沒有認出來；她穿著淺紅色上衣，看上去多可愛！伊麗莎白和威廉·蒂特庫姆聊天時，感覺到父親在看她。於是她走到他跟前，父女倆並肩而立；此刻宴會將近尾聲了，瞧著賓客們離去，室內愈來愈空蕩蕩的，地板上雜物狼藉。甚至埃利·亨德森也要走了，幾乎是最後一個，儘管沒有人和她談過一句話，她卻要親眼看看這一切，回去講給伊迪絲聽。宴會快結束了，理查德與伊麗莎白覺得高興，父親為女兒感到得意。他不想告訴女兒剛才沒認出她，但不由自主地講了。他說，剛才我看著你，心裡納罕：那可愛的姑娘是誰？原來是自己的女兒！她聽了很快活。不過，她那可憐的狗在嚎叫呢。

當下，薩利對彼得說，「理查德比過去好了。你說得對。我這就去跟他談一下，向他告辭。」羅塞特夫人站起來，一邊說：「同心靈相比，腦子有什麼用?!」

「我會來的，」彼得道，卻仍然坐著，待了一會。他思忖：這一切——怎樣的恐懼?!怎樣的狂喜?!究竟是什麼使我異常激動？

乃是克蕾麗莎，他自語自語。

她就在眼前。

《燈塔行》

關於《燈塔行》

瞿世鏡

《燈塔行》是維吉尼亞．吳爾芙的代表作，在藝術技巧方面有不少值得注意之處。

一、視角轉換。古典小說的作者站在全知全能的地位，來敘述人物的思想和行為，這是敘述者站在人物之外的「非聚焦」敘述方法。在《燈塔行》中，全知全能的敘述者消失了，小說中的世界沿著人物的視角而展開，這是通過人物的意識來敘述的「內聚焦」敘述方法。這種方法使我們不僅看到了外部世界在人物意識屏幕上的投影，也看到了人物的意識活動本身。有些意識流小說家採用第一人稱的內心獨白，吳爾芙卻喜歡採用第三人稱的間接內心獨白。在這種獨白中，她對人物的內心感受不作任何解釋或評價，然而人物的意識流已經過她的審美處理，基本上剔除了混亂的潛意識活動。吳爾芙在《燈塔行》中隨時調轉筆鋒，從一個人物的意識轉向另一個人物的意識，使不同人物的意識流互相交叉穿插，而且她經常使用不定人稱代詞「one」和關聯詞「for」來標誌這種轉換穿插。讀者必須通過細心的閱讀來發現和把握這種敘述角度的不斷轉換，否則就會理不清敘述的脈絡而感到茫然。

二、兩種時間。外在的事物是按照客觀的時間順序發展的，但是在人物的意識中，回憶過去、瞻望未來和眼前的現實交織在一起，構成了現在、過去、將來交錯重疊的「心理時間」。在《燈塔行》中，作者對於客觀時間和「心理時間」之間的轉換往往不加說明，讀者必須格外留神。例如，在第一部第一小節中，塔斯萊堅持說，由於氣候不佳，不能到燈塔去，這使拉姆齊夫人覺得他十分討厭，於是就觸發了一連串的聯想，回憶起塔斯萊陪她進城的情景。當讀者順著人物意識流動的線索經歷了整個插曲之後，塔斯萊對於天氣的評論打斷了夫人的思路，又使她回到眼前的現實中來。這兒並未使用任何附加說明來指出在前面的一段「閃回」中使用了「心理時間」，讀者必須細心地察覺第一、第二小節中的客觀時間框架——塔斯萊對天氣的評論——才能判斷出上面一段插曲是人物心中的主觀回憶。

三、象徵手法。吳爾芙經常用象徵意象來暗示人物內在的性格和思想情緒。例如，小詹姆斯把他的母親想像為一股噴泉，把他的父親想像為一隻拼命吮吸這泉水的鳥兒。拉姆齊夫人富於同情心，因此她的象徵意象是化育萬物的甘霖。拉姆齊先生缺乏同情心，卻不斷地要求別人同情他，因此他的象徵意象是貪得無厭的鳥兒。

此書的標題也是象徵性的。第一部的標題《窗》是一個溝通內外的框架，它象徵拉姆齊夫人的心靈之窗。通過這個窗口，她由內向外直觀地洞察人們的思緒，而各種人物和事件又由外向內投射到她的意識屏幕上來。第二部的標題《歲月流逝》象徵時間和死亡取得了暫時的主宰地位，夫人的一切努力似乎都是「轉瞬即逝的彩虹」。第三部的標題《燈塔》象徵拉姆齊夫人的精神光芒。拉姆齊先生到燈塔去朝覲，莉麗完成她的油畫，都是為了紀念夫人。這說明她雖死猶生，她的精神之光終未泯滅。總標題《燈塔行》象徵人們戰勝時間與死亡去獲得這種精神光芒的內心航程。歸根結蒂，是愛戰勝了死，人類的奮鬥戰勝了歲月的流逝。這就是本書的主題。如果讀者不去細心體味各種象徵所蘊蓄的內涵，就無從把握人物的性格和小說的主題。

四、音樂結構。在音樂的曲式學中，有一種三部形式，其結構的排列方式是A（第一主題）——B（第二主題，與第一主題形成對比）——，A（第一主題的再現，往往是它的變奏）：《燈塔行》的結構恰恰和這種樂曲的結構形式相吻合。第一部以拉姆齊夫人為主題（第一主題）；第二部以歲月流逝為主題（第二主題）；第三部以對於拉姆齊夫人的回憶為主題（第一主題的再現和變奏）。這樣的結構安排，有一種對比和勻稱的審美效果。

五、借鑒繪畫。吳爾芙受後印象派繪畫影響，追求內在的真實，認為藝術真實不是人生和自然的摹寫或複製，而是由藝術家的觀摩、想像和靈感創造出來的藝術境界。不瞭解這一點，就不可能真正理解她的小說。此外，吳爾芙善於捕捉瞬間印象、感覺靈敏細膩，是由於受到了印象派繪畫的薰陶；她善於運用簡潔的畫面來表現複雜的內涵，還有多焦點的透視和形象的變形處理等等，都是受到後印象派繪畫的啓發。

《燈塔行》是我一九八一年的譯稿，如今終於和讀者見面。我在此略加說明，或者對於讀者理解此書有所裨益。

第一部 窗

一

「好，要是明兒天晴，準讓你去，」拉姆齊夫人說。「可是你得很早起床，」她補充道。

這話對她的兒子說來，是一個非同尋常的喜訊，好像此事已成定局：到燈塔去的遠遊勢在必行，過了今晚一個黑夜，明日航行一天，那盼望多年的奇蹟，就近在眼前了。詹姆斯才六歲，即使在這樣的年齡，他已經屬於那個偉大的種族，他們不能把兩種不同的感覺分開，一定要讓對於未來的期望和它的喜悅與憂愁來給即將到手的事物蒙上一層雲霧，對於這種人來說，甚至在幼年時期，感覺的每一次變化轉折，都有力量去把那情緒消沉或容光煥發的瞬間結晶固定下來。詹姆斯·拉姆齊席地而坐，剪著陸海軍商店的商品目錄上的插圖，當他的母親對他講話時，他正懷著極大的喜悅修飾一幅冰箱圖片。連它也染上了喜悅的色彩。窗外車聲轔轔，刈草機在草坪上滾過，白楊樹在風中沙沙作響，葉瓣兒在下雨之前變得蒼白黯淡，白嘴鴉在空中鳴啼，掃帚觸及地板，衣裾發出窸窣聲——這一切在他心目中都是如此絢麗多彩，清晰可辨，可以說他已經掌握了一種個人的密碼，一門屬於他自己的神秘語言，雖然從外表上看來，他神色凜然，固執嚴厲，額角高高的，個性強烈的藍眼睛坦率正直、純潔無暇，看到人類的弱點，他就微微地皺起眉頭，因此，他的母親瞧著他乾淨利索地剪下那幅冰箱圖片，在想像之中，彷彿看到他披著紅色的綬帶，穿著法官的長袍，坐在審判席上，或者在公眾事務的某種危機之中，掌管著一項嚴肅而重要的事業。

「可是，」他的父親走了過來，站在客廳窗前說道，「明天晴不了。」

要是手邊有一把斧頭，或者一根撥火棍，任何一種可以捅穿他父親心窩的致命凶器，詹姆斯在當時當地就會把它抓到手中。拉姆齊先生一出場，就在他的孩子心中激起如此極端的情緒，現在他站在那兒，像刀子一樣瘦削，像刀刃一般單薄，帶著一種諷刺挖苦的表情咧著嘴笑；他不僅對兒子的失望感到滿意，對妻子的煩惱也加以嘲弄（詹姆斯覺得她在各方面都比他強一萬倍），而且對自己的精確判斷暗自得意。他說的是事實，永遠是事實。他不會弄虛作假；他從不歪曲事實；他也從來不會把一句刺耳的話說得婉轉一點，去敷衍討好任何人，更不用說他的孩子們，他們是他的親骨肉，必須從小就認識到人生是艱辛的，事實是不會讓步的，要走向那傳說中的世界，在那兒，我們最光輝的希望也會熄滅，我們脆弱的孤舟淹沒在茫茫黑暗之中（說到這兒，拉姆齊先生會挺直他的脊樑，瞇起他藍色的小眼睛，遙望遠處的地平線），一個人所需要的最重要的品質，是勇氣、真實、毅力。

「但是說不雨下定會天晴——我想天氣會轉晴的，」拉姆齊夫人說，一面不耐煩地輕輕扭直她正在編織的紅棕色絨線襪子。要是她能在今晚把它織完，要是他們明天真的能到燈塔去，那襪子就帶去送給燈塔看守人的小男孩，他的髖關節患了結核病；她還要把一大堆舊雜誌和一些煙草一起送去，真的，只要她能找到什麼擱著沒用反而使房間不整潔的東西，她就拿去送給那些可憐的人，他們一定煩悶極了，除了擦拭燈罩，修剪燈芯，整理他們那塊園地聊以自娛外，整天就坐在那兒，沒事可做。如果你被禁錮在一片網球場大小的岩石上，一困就是一個月，在暴風雨的季節也許更長一點，你會有什麼感覺呢？她會這麼問道；而且沒有信件和報紙，什麼人也見不到；如果你結了婚，你看不到自己的妻子，也不知道自己的兒女情況如何——不知道他們是否病了，是否摔斷了大腿或胳膊；一個星期又一個星期過去了，你看著單調不變的浪花飛濺，而後可怕的暴風雨來臨，窗戶上濺滿了浪花，鳥兒撞擊著那盞塔燈，整塊岩礁都在震動，你可不敢把頭探出門外，恐怕被巨浪捲入大海；要是遇到那種情況，你又會覺得如何呢？她特別向她的女兒們這樣提出問題。因此，她用一種相當不同的語氣接著說，必須盡可能給他們一些安慰。

「風向朝西，」無神論著塔斯萊一邊說，一邊伸開瘦骨嶙峋的手指，讓風從指縫裡穿過以便測試風向，因為在這傍晚時分，他正和拉姆齊先生在室外的平臺上來來回回地散步。換句話說，要帆船向燈塔靠攏，這是最不利的風向。是的，他老是說些不中聽的話，拉姆齊夫人想道，這個人真討厭，他又在重複拉姆齊先生說過的話，那會使詹姆斯更加失望；但是，在另一方面，她又不願讓孩子們嘲笑他。他們都稱他為「無神論者」，「那個渺小的無神論者」。露絲譏笑他；普魯嘲弄他；安德魯、傑斯潑和羅傑挖苦他；甚至那條掉了牙的老狗貝吉也咬過他。塔斯萊之所以成為眾矢之的，照南希的說法，是因為他已經是一路追隨他們直到希布里堤羣島的第一百一十位小伙子了，要是能讓他們清靜獨處，那可要好多了。

「胡說，」拉姆齊夫人十分嚴厲地說。他們從她那兒學到了誇大其詞的習慣，他們暗示（那倒也的確是事實）她邀請了太多的客人，甚至別墅裡都住不下了，不得不把一些客人安置到城裡去；撇開這些不談，她不能容忍任何人對她的客人無禮，尤其是對那些一貧如洗的青年男子，她的丈夫說他們「才藝超羣」，他們是他的崇拜者，是到這兒來度假期的。她的確把所有的異性都置於她的卵翼之下，對他們愛護備至；她自己也說不上來，這是為了什麼原因，也許是因為他們的騎士風度、英勇剛毅，也許是因為他們簽訂了條約、統治了印度、控制了金融，顯示了非凡的氣魄；歸根結蒂，還是為了他們對她的態度，一種孩子氣的信賴和崇敬；沒有一個女人會對此漠然置之而不是欣然接受；一位上了年紀的婦女，可以坦然接受青年男子的這種敬慕之情而不失身分，要是年輕姑娘受到這種崇拜，那可是一場災難——謝天謝地，她的女兒們可千萬別受到這種崇拜！——一位姑娘不會刻骨銘心地感受它的價值和內涵！

她回過身來嚴厲地訓斥南希。塔斯萊先生並未追隨他們，她說。他是被邀請來的。

他們得想個辦法來解決所有的問題。也許會有更簡單的辦法，更省力的辦法，她嘆息道。她在鏡中看到自己灰白的頭髮、憔悴的面容，才五十歲啊，她想道，也許她本來有可能把各種事情安排得好一點——她的丈夫；家庭經濟；他的書籍。至於就她個人而論，她對自己所作的決定，絕對不會有絲毫的後悔，她從不迴避困難，亦不敷衍塞責。她的女兒普魯、南希、露絲的目光離開了她們的餐盤，擡起頭來望著她，在她嚴厲地說了關於查爾士·塔斯萊的那幾句話以後，她有點兒令人望而生畏，她們現在只能默默地玩味著她們的非正統觀念，這些觀念是她們在和她不同的生活中培養出來的，也許就是在巴黎的生活，一種更為自由奔放的生活；她們認為不必老是關心照料那些男人，因為，對於尊敬婦女和騎士風度，對於不列顛銀行和印度帝國，對於戴指環的手指和飾花邊的結婚禮服，她們在心中都默然提出疑問，雖然對她們說來，這一切包含著某種在本質上非常美麗的東西，它喚醒了埋藏在她們少女心中的男子氣概，並且使她們在母親的注視之下，坐在餐桌旁邊，對她那種異常的嚴厲態度和極端的謙恭有禮肅然起敬，就像看到一位皇后從泥巴裡擡起一個乞丐骯髒的雙腳，用清水把它們洗淨，當她們說起那個討厭的無神論者一路追隨她們——或者更確切一點說，是被邀請——到這個羣島來和她們共度假期時，母親的諄諄告誡，使她們肅然起敬。

「明天不可能到燈塔去，」塔斯萊啪的一聲合攏他的雙手說道。他正和她的丈夫一起站在窗前。真的，他也該說夠了！她真希望他和丈夫繼續談天，別來打擾她和詹姆斯。她對著他瞧。孩子們說，他駝背弓腰，兩頰深陷，真是個醜八怪。他連板球也不會玩；他笨拙地撥弄球板，推來擋去，瞎打一通。安德魯說他是個專愛挖苦別人的畜生。他們知道他最大的嗜好是什麼，那就是和拉姆齊先生一起不停地來回踱步，一面嘮嘮叨叨地說什麼某人贏得了這個榮譽，某人獲得了那項獎金，某人是「第一流的」拉丁文詩人，某人「頗有才華，但我認為他的論斷基本上缺乏依據」，某人毫無疑問「是巴里奧的學者中首屈一指的人物」，某人暫時在布列斯托或貝特福德韜光養晦，等到他涉及數學和哲學某些方面的那篇論文公開發表之日，他勢必聞名遐邇，拉姆齊先生如果有意拜讀，他身邊正好有這篇大作第一部分的清樣。他們倆扯的淨是這些事兒。

想到塔斯萊先生的咬文嚼字，她自己有時候也忍俊不禁，啞然失笑。記得有一天，她順口說了句「大浪滔天」之類的話。是的，查爾士·塔斯萊說，是稍為有點兒風浪。「您的衣服都濕透了吧？」她問道。塔斯萊把衣服擰了擰，把襪子摸了一下說：「是有點兒潮，可沒濕透。」

但是，孩子們說，他們所厭惡的倒不是這些，不是他的容貌，不是他的言談舉止，而是他本身——他看問題的觀點。孩子們抱怨說，每當他們興高采烈地談論什麼有趣的事情，譬如人物啦，音樂啦，歷史啦，或者說今日傍晚氣候宜人，為什麼不在室外多坐一回兒啦，那個塔斯萊先生總要插嘴，唱幾句反調；他老是自吹自擂，貶低別人，你說東他偏說西，不把別人的意見全盤否定，他不會心滿意足，善罷甘休。他們說，他甚至會在參觀美術畫廊時問人家是否喜歡他的領帶。天曉得！露絲說，才不喜歡呢！

剛吃完飯，拉姆齊夫婦的八個兒女就像小鹿一般悄悄地溜走了，他們躲進了自己的臥室，那兒才是他們自己的小天地，在整幢屋子裡，再也沒有別的隱蔽之處，可以讓他們展開爭論了，他們在那兒把各種事情都一樁樁地議論一番：塔斯萊的領帶；一八三二年的英國議會選舉法修正案；海鷗與蝴蝶；各種人物等等。孩子們的臥室就在屋子的頂樓，各室之間僅有一板之隔，每一聲腳步響都清晰可聞，當孩子們喋喋不休地爭論之時，陽光照進了這一間間小閣樓，那瑞士姑娘❶正在為她住在格立森山谷身患癌症奄奄一息的父親低聲啜泣，陽光把房間裡的球拍、法蘭絨襯衣、草帽、墨水瓶、顏料罐、甲蟲和小鳥腦殼都照亮了，陽光照射到一條條釘在牆上的海藻，使它們散發出一股鹽分和水草的味兒，在海水浴後用過的、黏著沙礫的毛巾上，也帶有這種氣味。

爭吵，分歧，意見不合，各種偏見交織在人生的每一絲纖維之中；啊，為什麼孩子們小小年紀就已經開始爭論不休？拉姆齊夫人不禁為之嘆息。他們實在太喜歡評頭品足了，她的孩子們。他們簡直胡說八道，荒唐透頂。她拉著詹姆斯的手，離開了餐室；只有他不願和哥哥姐姐們一塊兒走開，總是依傍著母親。她覺得簡直有點兒荒謬——天曉得，人們的分歧已經夠多的了，他們

---

❶她是拉姆齊家的婢女。

為什麼還要人為地製造分歧？真正的分歧，她站在客廳窗前想道，已經夠多的了，實在太多了。在那一瞬間，她想到人生的貧富懸殊，貴賤不同，區別何其顯著；她懷著一半內疚、一半崇敬的心情，想起了她的子女從她那兒繼承的高貴血統；因為，在她的血管中，不是奔流著那帶有神話色彩的義大利名門望族的高貴血液嗎？義大利的大家閨秀們，在十九世紀分散到英國各地家庭的客廳裡，她們談吐風雅，熱情奔放，令人傾倒；而她所有的機智、毅力和韌性，都是來自這些先輩，不是來自感覺遲鈍的英國人，或者冷酷無清的蘇格蘭人；然而，更加引起她深思的，卻是另外那個問題，她在這兒和倫敦每時每刻都親眼目睹的那種貧富懸殊的景象。當她挽著一隻手提包，親自去訪問一位窮苦的寡婦或一位為生存而掙扎的婦女之時，她手裡拿著筆記本和鉛筆，仔細地、分門別類地一項一項記錄每家每戶的收入和支出、就業或失業的情況，她希望自己不再是一位以私人身分去行善的婦女（她的施捨一半是為了平息自己的憤慨，一半是為了滿足自己的好奇心），她希望自己成為她不諳世故的心目中非常敬佩的那種闡明社會問題的調查者。

她站在那兒，握著詹姆斯的手，覺得這些問題好像永遠也解決不了。他們所嘲笑的那個年輕人，跟著她走進了客廳，他站在桌子旁邊，心神不定地玩弄著手裡的什麼東西，惘然若失，她不必回頭去瞧，就能感覺到他手足無措的窘態。他們都走了——孩子們；敏泰．多伊爾和保羅．雷萊；奧古斯都．卡邁克爾；她的丈夫——他們全都走了。於是她轉過身來，嘆了口氣說：「塔斯萊先生，你不討厭和我一塊兒出去走一趟吧？」

她要進城去辦點小事情；她得先進屋去寫一兩封信，戴上她的帽子；這也許要花上十來分鐘。十分鐘後，她提著籃子，拿著一把女式陽傘，向塔斯萊示意，她已帶好必需物品，可以準備出發了，不過，當我們走過打網球的草地球場時，她必須停留一下，問問卡邁克爾先生可要帶些什麼東西，他正在那兒沐日光浴，他那雙黃色的貓兒眼半睜半閉，也就像貓眼一樣，它們在陽光下反映出顫動的樹枝和飄過的浮雲，但是絲毫也沒有透露出內心的思想或感情。

他們要去進行一次偉大的遠征，她笑著說。他們要進城去。他可要點兒什麼。「郵票？信紙？煙草？」她站在他身旁建議。可是，不，他什麼也不要。他雙手十字交叉放在他的大肚子上，他眯著眼睛，好像他很想有禮地回答她的一片殷勤（她頗有魅力，不過有點兒神經過敏），但是他辦不到，他沉醉在包圍著他們的令人昏昏欲睡的一片蔥翠之中，他默默無言，懷著一種寬大仁慈的好心腸，懶洋洋地凝視著那些房子、整個世界、所有的人，因為，在吃午飯的時候，他曾經把幾滴藥水悄悄地注入他的玻璃杯中，孩子們認為，這就說明了為什麼他原來乳白色的鬍鬚會染上一線像金絲雀的絨毛那樣鮮艷的黃色。不，什麼也不要，他喃喃自語道。

在他們走向漁村的那條路上，拉姆齊夫人說，要是卡邁克爾先生沒締結那不幸的婚姻，他本來可以成為一位大哲學家。她端端正正撐著那把黑色的陽傘，帶著一種難以描摹的、有所期待的神態向前走，就像她要去會見在街角等待她的什麼人似的。她透露了卡邁克爾先生的身世：他在牛津與一位姑娘陷入了情網，很早就結了婚；身無分文，去了印度；翻譯了一點詩歌，「我相信那挺美；」他想給男孩子們教點波斯文或梵文，可那又頂什麼事？——結果他就躺在那兒草地上，就像他們剛才見到的那副樣樣。

塔斯萊受寵若驚；他一貫受人冷待，拉姆齊夫人把這些話都給他說了，使他大為寬懷。他又恢復了自信。拉姆齊夫人獨具慧眼，竟然能賞識在窮困潦倒之中的男子的高度才華，並且承認所有當妻子的——她並不責怪那位姑娘，並且相信他們的結合曾經是幸福的——都要順從地支持她們丈夫的工作。她使塔斯萊有了一種前所未有的自豪感，他想，要是他們坐出租汽車的話，他情願自己來付車費。他可以給她拿著那個小小的手提包嗎？不，不，她說，她總是自個兒拿著它。她是這樣的。是的，他覺得她確實如此。他感覺到許多東西，某種使他情緒激動而又心煩意亂的東西，究竟是為了什麼原因，他可說不上來。他真希望有一天她能看到他頭戴博士帽，身披博士袍，躋身於學者的行列中緩緩而行。他將成為一名研究員，一位教授，他覺得這一切都是可能的，他看見他自己——但是她在看什麼？一個在貼廣告的人。那幅在風中啪啪作響的巨型廣告畫，漸漸地被平整地貼到牆上，廣告工人的漿糊刷子每揮動一次，就展現出一些新的大腿、鐵環、馬匹和炫人眼目的紅顏綠色，畫捲在美麗地、平坦地鋪展開來，直到那幅馬戲團的廣告覆蓋了半堵牆壁：一百名騎手，二十四匹正在表演的海豹，還有獅子、老虎，……患近視的拉姆齊夫人伸長了脖子，把廣告上的文字念出來……「即將訪問本市，」她念道。叫個一條胳膊的男人那樣站在梯子頂端，這活兒可太危險了，她驚呼道——兩年前，他的左臂被割麥機切斷了。

「讓咱們大家都去！」她大聲說，一邊繼續往前走，好像那些騎手和馬匹使她充滿了孩子般的狂喜，並且使她忘卻了她對那廣告工人的憐憫。

「咱們都去，」他一個字一個字地說，機械地重複了她說過的話，然而卻帶著一重使她畏縮的忸怩不安。「讓咱們到馬戲團去。」不。他詞不達意。他感到不自然。但這是為什麼？她覺得奇怪。他怎麼啦？這會兒她挺喜歡他。小時候沒人帶他們去看過馬戲嗎？她問道。從來沒看過，他回答說。好像她恰巧提了個他期望已久的問題；好像這些天來他一直渴望著對她傾訴，他們為什麼沒看過馬戲。那是有九個兄弟姊妹的大家庭，全靠他父親操勞度日。「我父親是個藥劑師，拉姆齊夫人。他開著一個小藥房。」塔斯萊十三歲就獨自謀生了。他在冬天常常穿不上大衣。在大學裡，他從來也沒有能力「報答別人的殷勤款待」（這就是他所使用的生硬枯燥的語言）。他不得不讓他的各種日用品的使用期限比別人的延長一倍；他抽最廉價的煙草，那種粗煙絲，就像碼頭上那些老人吸的一樣。他埋頭苦幹——每天得幹上七個小時；他目前的研究課題是某種事物對於某人的影響——他們且說且走，拉姆齊夫人並未真正領會他的意思，只是斷斷續續地聽到一些詞兒……學位論文……研究員……審稿人……講師。她沒法聽懂他脫口而出的那些討厭的、學院式的術語，但是她暗自思忖，現在她終於明白了，為什麼去看馬戲這個話題一下子打消了他的矜持態度，可憐的小伙子啊，使他在頃刻之間把有關他父母、兄弟、姊妹的全部情況和盤托出。她可得留心別讓他們再嘲弄他；她得把這個告訴普魯。她猜想，他喜歡對別人說起如何與拉姆齊一家去看易卜生的戲劇，而不是去看馬戲。他真是個一本正經的冬烘學究，是啊，一個叫人難以忍受的討厭鬼。雖然他們已經到了城裡，走在大街上，車輛在鵝卵石的街道上隆隆駛過，他還在滔滔不絕地談論住宅、教學、工人、幫助自己的階級、學術講座等等，直到她覺得他似乎已經完全恢復了自信，已經從馬戲團所引起的自卑感中解脫出來，而且（現在她又覺得挺喜歡他了）他已經準備告訴她關於——但是在這兒，兩側的房屋已遠遠被拋在後面，他們已來到了開闊的碼頭上，整個海灣展現在他們面前，拉姆齊夫人不禁喊道：「噢，多美！」她面對著一望無際的蔚藍色的海洋；那灰白色的燈塔，矗立在遠處朦朧的煙光霧色之中；在右邊，目光所及之處，是那披覆著野草的綠色沙丘，它在海水的激蕩之下漸漸崩塌，形成一道道柔和、低迴的皺折；那夾帶泥沙的海水，好像不停地向著杳無人煙的仙鄉夢國奔流。

那片景色，她停下了腳步，睜大了變得更加灰暗的眼睛說道，正是她的丈夫所最喜愛的。

她沉默了片刻。現在，她說，藝術家們已經來到了這兒。果然，離他們僅僅數步之遙，就站著一位畫家，他頭戴巴拿馬草帽，足登黃色皮靴，嚴肅、溫和、專注；儘管有十來個男孩在圍觀，他紅潤的圓臉上流露出怡然自得、心滿意足的表情；他凝視著前方的景色，每望一眼，就把畫筆的筆尖蘸一下調色板上一堆堆綠色或粉紅色的柔軟顏料。自從三年前畫家龐思福特先生來過之後，她說，所有的畫兒全是這般模樣：一片暗綠色的海水，點綴著幾艘檸檬黃的帆船，而在海灘上是穿著粉紅色衣裙的婦女。

當他們走過的時候，她審慎地瞥視那幅畫。她祖母的朋友們，她說，作起畫來可煞費苦心；他們先把顏料混和，然後研磨，再罩上濕布，使顏色保持滋潤。

因此，塔斯萊先生猜想，她的意思是要他看出那個人畫得馬馬虎虎。人家是這樣說的吧？那些色彩不協調？是這樣說的吧？有一種異乎尋常的感情，在這次散步過程中不斷地發展著；當他在花園裡要替拉姆齊夫人拿起手提包的時候，這感情就開始萌發了；在城裡，當他想把自己的一切都告訴她的時候，這感情已經增強了；在這異常的感情影響之下，他看到自己的形象和他向來熟悉的一切事物，都有點扭曲變形了。這可是太奇怪了。

她帶他到一幢狹小簡陋的房子裡去，她要上樓一會兒，去看望一位婦女；他站在客廳裡等候。他聽見她輕快的腳步在上面響著；他聽見她說話的聲調高興活潑，後來又轉為低沉；他瞧著那些席子、茶葉罐和玻璃罩；他等得不耐煩了；他渴望走上歸途；他決定要替她拿著手提包；他聽見她走了出來，關上了門；他聽見她說，他們該把窗戶開著，把門關上，他們需要什麼東西，當場就提出來好了（她準是在對一個孩子說話）；她突然走了進來，默默地站在那兒（好像她剛才在樓上客套應酬了一番，現在要讓自己安靜自在一會兒），她在佩著藍色緞帶嘉德勛章的維多利亞女王肖像前面靜靜佇立了片刻；他恍然大悟，是這麼回事兒，對，是這麼回事兒：她是他生平所見過的最美的人物。

她的眼裡星光閃爍，頭髮上籠著面紗，胸前捧著櫻草花和紫羅蘭——他在胡思亂想些什麼呀？她至少五十歲了；她已經有了八個兒女。她從萬花叢中輕盈地走來，懷裡抱著凋謝的花蕾和墜地的羔羊；她的眼裡星光閃爍，她的鬈髮在風中飄拂——他接過了她的手提包。

「再見，愛爾西，」她說。他們在街上走著，她端端正正地撐著她的陽傘緩緩而行，好像盼著要到街角去會見什麼人似的；查爾士·塔斯萊生平第一次感到無比驕傲；一個正在路旁挖排水溝的工人停下手來，垂著胳膊望著她；查爾士·塔斯萊第一次感到無比的驕傲，感覺到那吹拂著她鬈髮的微風，感覺到那櫻草花和紫羅蘭的香味，因為他正和一位美麗的婦女並肩而行，而且他還給她拿著手提包。

二

「明天燈塔可去不成了，詹姆斯，」他站在窗邊尷尬地說，但是為了尊重拉姆齊夫人，他盡量把聲調說得婉轉一點，至少帶點兒和藹可親的意味。

討厭的小伙子，拉姆齊夫人想道，為什麼老是說那句話呢？

三

「也許睡了一夜醒來，你會發現太陽在照耀，鳥兒在歌唱。」她撫摸著那小男孩的頭髮，充滿同情地說。因為她看得出來，她丈夫刻薄地說明天不會晴朗，已經破壞了孩子的情緒。她發現，孩子熱烈地渴望要到燈塔去，而她的丈夫刻薄地說明日不會天晴，好像還沒說個夠，這個討厭的小伙子又來嘮叨一遍。

「也許明兒天會晴的，」她撫摸著他的頭髮說道。

現在她只好把詹姆斯剪下的冰箱圖片誇獎一番，並且把商品目錄一頁一頁地翻過去，希望能找到乾草耙或刈草機之類的圖片，那些叉尖兒和握手柄一定要技巧熟練、思想集中才能剪下來。這些年輕人都拙劣地模仿她的丈夫，她想，要是他說可能會下雨，他們就會說肯定有場龍捲風。

正當她翻著書頁尋找乾草耙或刈草機圖片的時候，她被突然打斷了。窗外粗嗄的低語聲，常常因為說話者把煙斗從嘴裡取出來或放進去而不規則地中斷，雖然她聽不見他們在談些什麼（她坐在窗戶裡邊，那窗子向平臺敞開著），那低語聲使她能夠肯定男人們正在平臺上開懷暢談，這談話聲已持續了半個小時，網球落在球拍上篤篤地響，玩板球的孩子們不時突然發出尖銳的喊聲：「怎麼啦？怎麼回事兒？」在她聽到的這一連串高高低低的聲調之中，窗外的談話聲佔有特殊的地位，它使她感到寬慰，現在它卻停止了。巨浪落在海灘上單調的響聲，在她的心目中，多半是一種有規律的、鎮定的節拍，好像在她和孩子們坐在一塊兒的時候，令人安心地一遍又一遍地重複某一首古老催眠曲中的詞句，那是大自然在喃喃低語：「我在保護你——我在支持你，」但是，有時候，特別是當她的心思從她手中正在幹著的活兒稍微轉移開去，突然出乎意料地，那浪潮聲的涵義就不那麼仁慈了，它好像一陣駭人的隆隆鼓聲，敲響了生命的節拍，使人想起這個海島被沖毀了，被巨浪捲走吞沒了，並且好像在警告她：她匆匆忙忙幹了這樣又幹那樣，可是歲月在悄悄地流逝，一切都不過是轉瞬即逝的彩虹罷了——那原來被別的聲音所湮沒、所掩蓋的浪潮聲，現在突然像雷聲一般在她的耳際轟鳴，使她在一陣恐懼的衝動中擡起頭來。

他們停止了談話，那就是她情緒突然變化的原因。過了一秒鐘，她就從那種神經緊張的狀態中解脫出來，好像為了補償她剛才那種不必要的感情損耗，她走向另一個極端，她感到冷漠、有趣，甚至有點兒幸災樂禍，她猜測的結論是：可憐的查爾士．塔斯萊已經被她的丈夫駁得體無完膚。這對她說來是無關緊要的。如果她的丈夫需要犧牲品的話（而且他確實需要），她很高興把剛才和她的小兒子過不去的查爾士．塔斯萊交給他處置。

她擡起頭，又靜聽了片刻，好像她在等待某種聽慣了的聲音，某種規則的、機械的聲音；後來，她聽到了某種有節奏的聲音，一半像說話，一半像吟詩；她的丈夫一面在平臺上來回踯躅，一面發出某種介乎感慨和歌詠之間的聲調；她的心情又感到寬慰了，她肯定一切都恢復正常了，就重新低頭注視放在膝上的那本商品說明書，找出一幅六刃折刀的圖片，詹姆斯得非常小心，才能把它剪下來。

突然間一聲大叫，好像出自半睡半醒的夢遊者之口：

「冒著槍林彈雨」❷

或者諸如此類的詩句，在她耳際強烈地震間，使她提心吊膽地轉過身來環顧四周，看看是否有人聽見他的喊聲。她很高興地發現只有莉麗·布里斯庫在場；那可沒什麼關係。但是，看到那位姑娘站在草坪邊緣繪畫，這使她想起，她曾經答應把她自己的頭部盡可能地保持原來的姿勢，好讓莉麗把她畫下來。莉麗的畫！拉姆齊夫人不禁微笑。她有中國人一般的小眼睛，而且滿臉皺紋，她是永遠嫁不出去的；她的畫也不會有人重視；她是一個有獨立精神的小人物，而拉姆齊夫人就是喜歡她這一點；因此，想起了她的諾言，她低下了她的頭。

四

---

❷這是拉姆齊先生在朗誦庫珀的詩歌《漂泊者》。

真的，他幾乎把她的畫架撞翻。他一面高呼「威風凜凜，我們策馬前行」，一面揮舞著雙手，向她直衝過來，但是，謝天謝地，他突然調轉馬頭，離她而去，她猜想，他就要在巴拉克拉伐戰役❸中英勇犧牲啦。從來沒有人像他這樣既滑稽又嚇人。但是，只要他繼續這樣手舞足蹈、大聲吟誦，她就是安全的；他不會停下來看她的畫。那可是一件叫莉麗·布里斯庫受不了的事兒。甚至當她注視著畫布上的斑塊、線條、色彩，注視著坐在窗內的拉姆齊夫人和詹姆斯之時，她神經的觸鬚仍對周圍的環境保持警惕，唯恐有人會躡手躡足地走過來，突然盯著她的畫瞧。現在她所有的感覺都敏銳起來，注意地看，使勁地看，直到牆壁和那邊的茄瑪娜花的顏色深深地映入她的眼簾。她注意到有人從屋裡出來，向她走來；但從走路的姿態可以看出，這是威廉·班克斯，因此，雖然她的畫筆在顫抖，她沒有（如果是塔斯萊先生，保羅·雷萊，敏泰·多伊爾或者實際上是別的什麼人，她就會）把她的畫翻過來覆在草地上，她仍舊讓它立著。威廉·班克斯站在她身旁。

他們倆都在村子裡借宿，一塊兒走進走出，晚上在門口的蹭鞋墊上分手之際，他們曾經對那些湯，那些孩子，以及諸如此類的東西作過小小的評論，這使他們建立起一種互相諒解的關係。因此，當他現在帶著他那種評判的神態站在她身旁（他年齡大得可以做她的父親，是一位植物學

❸巴拉克拉伐是英法聯軍和沙俄軍隊於1854年10月在克里米亞戰爭中的一個戰役。

家，一個鰥夫，身上總是帶著肥皂味兒，小心謹慎，十分乾淨），她只是站在那兒不動。他也站在那兒，她的皮鞋好極了，她發覺。那鞋可以讓足趾自然地舒展。和她住在一幢房子裡，他已經注意到她的生活是多麼有規律，她總是在早餐之前就出去作畫了，他想，她孑然一身，大概很窮，當然沒有多伊爾小姐的美貌或魅力，但她通情達理，頗有見識，所以在他眼中，她比那位年輕的小姐更勝一籌。譬如說，當拉姆齊先生對著他們怒形於色，一面指手劃腳，一面大聲呵叱時，他確信布里斯庫小姐心裡明白：

「什麼人又闖禍啦。」

拉姆齊先生凝視著他們。他目光盯著他們，卻好像沒見到他們。那使他們倆覺得有點尷尬。他們倆無意之中看到了他們本來沒想到會看見的事情。他們侵犯了別人的隱私。因此，莉麗想道，班克斯先生可能是想找個藉口躲開，走到聽不見拉姆齊先生吟詩的地方去，所以他幾乎馬上就說，有點兒涼颼颼的，建議去散散步。對，她願意去散步。然而，她對她的畫又戀戀不捨地望了一眼。

茄瑪娜花呈鮮艷的紫色；那牆壁潔白耀眼。既然她看到它們是這般模樣，如果她不把它們畫成青紫和潔白，她就會覺得問心有愧，儘管自從畫家龐思福特先生來過之後，把一切都看成是蒼白、雅緻而半透明的，已成為一種時尚。然而，在顏色底下還有形態。當她注視之時，她可以把這一切看得如此清楚，如此確有把握；正當她握筆在手，那片景色就整個兒變了樣。就在她要把那心目中的畫面移植到畫布上去的頃刻之間，那些魔鬼纏上了她，往往幾乎叫她掉下眼淚，並且使這個把概念變成作品的過程和一個小孩穿過一條黑暗的弄堂一樣可怕。這就是她經常的感覺——她得和概念與現實之間的可怕差距抗爭，來保持她的勇氣，並且說，「這就是我所見到的景象；這就是我所見到的景象，」藉此抓住她的視覺印象的一些可憐的殘餘，把它揣在胸前，而有成千上百種力量，要竭力把這一點兒殘餘印象也從她那兒奪走。就在此刻，在涼颼颼的秋風裡，她正要開始揮筆作畫，其他的雜念紛至沓來：她自己的能力不足，她多麼渺小可憐，她要在布羅姆頓路為她的父親操持家務，她還得盡力控制住自己強烈的衝動，別去拜倒在拉姆齊夫人腳下（謝謝老天爺，迄今為止，她一直克制住了），並且對她說——但是，又能對她說些什麼呢？「我愛上你了？」不，這不真實。「我愛上了這一切，」說時她把手向那籬笆、屋子和孩子們一揮。這多荒謬，這是不可能的。一個人不可能把自己的真實思想表達出來。因此，現在她把她的畫筆整整齊齊一支靠一支放進盒子裡，並且對威廉·班克斯說：「天氣突然轉涼了，太陽發出的熱量好像也減弱了。」她一邊說一邊環顧四周。因為還有足夠的光線，草地仍保持著柔和的深綠色，那幢房子在點綴著怒放的紫花的一片蔥翠之中顯得十分醒目，白嘴鴉在蔚藍的蒼穹下悲鳴。然而，有什麼東西在流動，在空氣中展開銀翼一閃而過。畢竟已經是九月了，是九月中旬，而且是六點鐘以後的黃昏時分。於是他們按照習慣的路線漫步走過花園，穿過網球場，越過蒲葦叢，走到厚實的樹籬的缺口處，那兒用火紅的鐵柵防護著，它就像燃著煤塊的火盆一般通紅。在籬笆的缺口之間，可以見到海灣的一角，那藍色的海水，看上去比以往任何時候更加湛藍。

出於某種需要，他們每天傍晚總要到那兒去走一遭。好像在陸地上已經變得僵化的思想，會隨著海水的飄流揚帆而去，並且給他們的軀體也帶來某種鬆弛之感。起初，那有節奏的藍色的浪潮湧進了海灣，使它染上了一片藍色，令人心曠神怡，彷彿連軀體也在隨波逐流地游泳，只是在下一個瞬間，它就被咆哮的波濤上刺眼的黑色漣漪掩蓋，令人興味索然。然後，在那塊巨大的岩礁背後，幾乎在每天傍晚，都會噴出一股白色的泉水，它噴射的時間是不規則的，因此，你就不得不睜著眼睛等待它，而當它終於出現之時，就感到一陣欣悅；在你等待的時候，你會看到，在蒼白的、半圓形的海灘上，一陣陣湧來的浪潮，一次又一次平靜地蛻下了一層層珠母的薄膜。

他們倆站在那兒微笑。他們先是被奔騰的波濤，後來又被一艘破浪疾駛的帆船激起了一種共同的歡樂感覺。那條帆船在海灣裡劃開一道彎曲的波痕，停了下來，船身顫抖著，讓它的風帆降落；然後，出於一種要使這幅畫面完整的自然本能，在注視了帆船的迅速活動之後，他們倆遙望遠處的沙丘，他們剛才所感到的歡樂蕩然無存，一種憂傷的情緒油然而起——因為那畫面還有不足之處，因為遠處的景色似乎要比觀景者多活一百萬年（莉麗想道），早在那時，這片景色就已經在和俯瞰著沉睡的大地的天空娓娓交談了。

望著遠處的沙丘，威廉·班克斯想起了拉姆齊：想起了在威斯特摩蘭的一條小徑，想起了拉姆齊，帶著那種似乎是他的本色的寂寞孤僻，獨自一人沿著那條道路躑躅。他的散步突然被打斷了，威廉·班克斯回想起來（這肯定是由於某種確實發生過的意外事件），被一隻伸出翅膀來保護一窩雛雛的老母雞打斷了。拉姆齊停下腳步，用手杖指著老母雞說「漂亮——漂亮」，一束奇異的光照進了他的心窩。班克斯想道，那表明他性情質樸，同情弱者，但是，他好像覺得，也就是在那條岔道上，就在那兒，他們的友誼中斷了。在那以後，拉姆齊結了婚。後來出於某種原因，他們的友誼的核心消失了。他說不出這究竟是誰的過錯，只是，過了一陣，重敘友情代替了另結新歡。正是為了敘舊，他們又重逢了。然而，在他和沙丘之間這一番默默無聲的對話中，他堅持認為，他對拉姆齊的友情絲毫也沒有減退；他的友誼，就在那兒，好像一個年輕人的軀體，在泥土裡躺了一個世紀，他的嘴唇依舊鮮紅，這就是他的友誼，敏銳而現實地，橫陳在海灣對岸的沙丘中。

他為這友誼焦慮不安，也許是為了擺脫他自己心中那種憔悴不堪的感覺而焦慮不安——因為拉姆齊在一羣活蹦亂跳的孩子中生活，而班克斯是沒兒沒女的鰥夫——他焦慮不安，但願莉麗·布里斯庫不要貶低拉姆齊（在他自己的領域中，他是個偉大的人物），而同時又能理解他們之間的關係。他們之間的友誼早已開始，在威斯特摩蘭的一條岔道上，當那隻母雞卵翼它的小雞之時，他們的友誼枯竭了；此後拉姆齊結了婚，於是他們就分道揚鑣，當然，誰也沒有過錯，只是存在著某種趨勢，當他們重逢之時，仍有這種貌合神離的趨勢。

是的。就那麼回事兒。她說完了。他從那片景色轉過身去。他轉身往回頭那條道路走去，走上了汽車道。要不是那些沙丘給他揭示了埋藏在泥沼之中的、嘴唇鮮紅的友誼的遺骸，他決不會注意到那些他原來不去注意的事情——例如，凱姆，那個小姑娘，拉姆齊最小的女兒，她正在沙灘上採香愛麗絲花。她任性得可怕。她不願聽保姆的話，「給這位先生一朵鮮花。」不！不！不！她就是不給！她捏緊拳頭。她直跺腳。班克斯感到衰老而淒涼。他的一片友情，不知怎麼被她誤解了。他的模樣必定已經憔悴不堪了。

拉姆齊一家並不富裕。他們究竟如何設法維護這一切，可真是個奇蹟。八個孩子！靠哲學研究來養活八個孩子！這兒是孩子們中的另一個。這回是傑斯潑，他悠閑地走過，去打一會鳥，他說。他走過時漫不經心地和莉麗握握手，就像是握住一隻打氣筒的柄，這使班克斯先生酸溜溜地說，她可真是大家的寵兒。現在還得考慮教育問題（不錯，也許拉姆齊夫人還有些她自己的事要考慮），更不必說那些「了不起的傢伙」全是些身材高大、瘦骨嶙峋、毫不留情的年輕人，他們平時要消耗多少鞋襪啊。至於要搞清他們的名字和長幼次序，他可實在辦不到。他私下用英國國王和女王的名字來稱呼他們——任性的凱姆，冷酷的詹姆斯，公正的安德魯，美麗的普魯——普魯將會有美麗的姿容，他想，她沒法長得不美，而安德魯會有聰明的腦袋。當他走上了汽車道而莉麗給他的各種評語加上一個是或非的結論之時（她熱愛他們所有的人，她熱愛這個世界），他衡量著拉姆齊的境遇，憐憫他，嫉妒他，似乎他看到拉姆齊年方弱冠就享有離羣索居、嚴肅穩重的聲譽，而現在他確實像展開翅膀咯咯叫的母雞一般受到子女的拖累，因而拋棄了他過去的一切榮譽。他們的確給了他一些樂趣，威廉．班克斯承認這一點；如果凱姆給他的衣服插上一支鮮花，或者爬上他的肩頭去看一幅維蘇威火山爆發圖，那肯定是十分愉快的；但是，他的老友們不會不感覺到，他們也毀壞了一些東西。現在一位陌生人會怎麼想？這位莉麗．布里斯庫會怎麼想？誰能不注意到他身止滋長起來的那些壞習慣？也許是怪癖，是弱點？如此有才華的人物，竟然會處於如此低下的精神境界，實在令人吃驚——不過這句話太苛刻了——他竟然如此依賴於人們的贊揚。

「噢，但是，」莉麗說，「想一想他的工作吧！」

每當她「想起他的工作」，她總是在想像中清清楚楚地看到自己面前一張廚房裡用的大桌子。這是安德魯幹的好事。她問他，他爸爸寫的書是講什麼的。「主體、客體與真實之本質」。安德魯說。她說，老天爺，她可不懂那是什麼意思。「那末你就想像一下，廚房裡有張桌子，」他對她說，「而你卻不在那兒。」❹

---

❹英國哲學家柏克萊說：「我說我寫字用的桌子存在，這就是說，我看見它，摸到它。假若我走出書房以後還說它存在，這個意思就是說，假若我在書房中，我就可以感知它，……」（《人類知識原理》）拉姆齊是哲學家，因此安德魯才借用這個比喻，來說明他的工作性質。

因此，現在每當她想起拉姆齊先生的工作，她眼前總會浮現出一張擦洗乾淨的廚桌。目前它就懸浮在一棟梨杈的椏樹上，因為他們已經來到了果園。她費勁地努力集中思想，不是把注意力集中在有銀色節疤的樹皮上，或者那魚形的樹葉上，而是集中在一張廚桌的幻影上，一張那種擦洗乾淨的木板桌子，帶著節節疤疤的木紋，完整紮實就是它多年來所顯示的優點，現在它就四腳朝天地懸空在那兒。當然囉，如果把美麗的黃昏，火紅的晚霞，湛藍的海水和銀色的樹皮濃縮成一張白色的四條腿的桌子，如果一個人老是這樣看到事物生硬的本質，如果他就是如此來消磨時光（而這樣做是最優秀的思想家的標誌），這樣的人物自然就不能用普通的標準來加以衡量。

班克斯先生喜歡她，因為她叫他「想想他的工作」。他已經想過了，他經常想，反複想。不知道有多少次，他曾經說：「拉姆齊先生是四十歲以前達到事業高峯的那些人中的一些。」當他只有二十五歲的時候，他就在他寫的一本小書裡對哲學作出了肯定無疑的貢獻；此後所寫的文章，或多或少是同一個主題的擴展和重覆。無論如何，對某種事業作出貢獻的人，畢竟為數不多，他說著就在梨樹旁邊停了下來。這話可說得用詞得體、異常精確，公正不阿。突然間，好像他一揮手就把她的感情釋放了出來，她對他的印象已經積累了一大堆，現在她對他的全部感受，像沉重的雪崩一般傾瀉出來。那是另一種激動的情緒。然後，在一陣煙霧之中，升起了他存在的實質。那是一種感覺。她被自己強烈的感受驚愕得發呆了；那是他的嚴峻，他的善良所激起的感覺。我尊敬您（她在內心默默地對他說），在各方面完全尊敬您；您不慕虛榮；您完全無私；您比拉姆齊先生更好；您是我所認識的最好的人；您沒有妻室兒女（她渴望著要去撫慰他孤獨的心靈，但是不帶任何性感）；您為科學而生存（不由自主地，在她眼前浮現出一片片馬鈴薯標本）；贊揚對您說來是一種汚辱；您真是個寬宏大量，心地純潔，英勇無畏的人啊！然而，同時她又想起，他竟然路遠迢迢帶一個貼身男僕到這兒來；他不許狗兒爬上椅子；他會滔滔不絕地談論蔬菜裡的鹽分和英國廚師烹調手藝的拙劣（直到拉姆齊先生砰的一聲關上了門，拂袖而去）。

這又如何解釋，所有這一切？你如何去判斷別人，如何去看待他們？你如何把各種因素綜合起來，得出結論，斷定你對某人的好惡？那些評語究竟又有什麼意義？現在她站在那兒，對著那棵梨樹發愣。對於這兩位男子的印象，接二連三地湧上心頭。要跟上她的思路，就好像要跟上一個難以筆錄的說話極快的聲音，而這就是她自己的聲音在說話，她要避免對不可否認的、永恆的、矛盾的事物作出立即的反應，甚至那梨樹樹皮上的裂縫和節瘤，也不可改變地永久留在那兒了。您有偉大之處，她繼續說下去，但是拉姆齊先生卻沒有這種偉大；他心眼兒小，自私，虛榮，個人主義；他被寵壞了；他是個暴君；他把拉姆齊夫人折磨得要死；但他具有您（她對班克斯先生說）所沒有的東西；他不懂得人情世故；他對日常瑣事一無所知；他愛狗和他的孩子們。他有八個孩子，班克斯先生卻一個也沒有。那天晚上，他不是披上兩件衣服，讓拉姆齊夫人給他理髮，把他的頭髮剪到一只烤布丁的盆子裡去嗎？這許多念頭紛至沓來，像一羣蚊子一般上下飛舞。它們是各自分離的，但是全被控制在一個看不見的、有彈性的網中——它們在莉麗的頭腦裡飛舞，在梨樹的椏枝間飛舞（那只擦洗過的廚桌的幻象，她對拉姆齊先生的智力深深仰慕的象徵，仍舊懸浮在那兒），直到她越轉越快的念頭由於太過緊張而分裂了，她才感到鬆了口氣。在近處傳來一聲槍響，在槍聲的餘波之中，飛起了一羣受了驚嚇、吱吱喳喳、騷動不寧的椋鳥。

「傑斯潑！」班克斯先生說。他們轉身朝椋鳥飛越平臺的方向走去，尾隨著空中驚散疾飛的鳥羣，穿過了高高的籬笆的缺口，一直走到拉姆齊先生跟前。他憂郁地對著他們哼了一聲。「誰又闖禍啦！」

正在吟詩的拉姆齊先生完全浸沉在自我陶醉之中，他的雙眸激動得閃閃發光，他那憂郁而緊張的挑戰的目光，現在突然和他們的目光相遇了，互相凝視了片刻，在快要認出他們的一刹那間，他顫抖了；於是他想舉起手來遮住臉龐，但手剛舉到一半，又停了下來，好像在急躁的、羞愧的痛若之中，他要閃避、甩開他們正常的目光，好像他懇求他們把明知不可避免的事兒延宕片刻，好像他的吟誦被人打岔所引起的孩子氣的憤恨給他們留下了深刻的印象；然而，甚至在他被人撞見的一刹那間，他也沒有徹底垮下來，而是決心要執著於這種痛快的情緒，這種既使他羞愧又使他沉醉的不合規範的狂熱吟誦——他突然轉過身去，砰地一聲對著他們關上了他私室的門。

莉麗．布里斯庫和班克斯先生不安地仰望天空，發現剛才被傑斯潑的槍聲驚散的那羣椋鳥，正棲息在那幾棵榆樹的樹梢上。

五

拉姆齊夫人擡起頭，望見威廉．班克斯和莉麗經過窗前。「如果明兒天不放晴，」她說，「還有後天呢。現在……」她邊說邊在心裡思忖：莉麗那雙斜嵌在蒼白而有皺紋的小臉蛋上的中國式眼睛挺秀氣，不過要一個聰明的男人才會發現。「現在站起來，讓我量一量你的腿。」因為，也許他們明天會到燈塔去，她必須看一看那襪統是否還需要加長一二英寸。

她嫣然微笑，因為這時在她腦袋裡閃過的可是個好主意——威廉和莉麗應該結婚。她拿起那雙混色毛線襪子，襪口上帶著十字交叉的鋼針，去量詹姆斯的腿。

「親愛的，站著別動。」她說。出於嫉妒，詹姆斯不願意為燈塔看守人的小孩當量襪子的標尺。他故意煩躁不安地動來動去。如果他老是那個樣子，她怎麼能看出襪子是太長還是太短呢？」她問道。

她最小的孩子，她的寶貝兒，給什麼鬼迷了心竅？她擡起頭來，看見了那個房間，看見了那些椅子，覺得它們破舊不堪。那些椅墊的芯子，像那天安德魯說過的那樣，漏得遍地都是。但是，買了好椅子，讓它們整個冬天放在這兒濕淅淅地爛掉，又有什麼好處？她問道。在冬天，這兒只有個老媽子看屋，這房子肯定會淅淅瀝瀝地漏水。沒關係，房租正好是兩個半便士一天，孩子們挺喜歡它。讓她的丈夫遠離他的圖書館、講座和弟子們三千英里，或者，如果她必須說得確切一點的話，三百英里，對他可是件大好事；何況這兒還有接待賓客的房間。那些草席、行軍床和搖搖晃晃的桌椅，在倫敦早已服役期滿——在這兒它們倒是挺不錯；還有一兩張照片，還有一些書。書，她想，是會自動增加的。她可從來沒時間看書，噯喲！甚至那些別人送她的書，上面還有詩人的親筆題詞「贈給必須服從她願望的夫人」……「比海倫更為幸福的當代佳人」……說來也丟人，這些書她從來也沒讀過。還有克羅姆的《論意識》和貝茨的《論波里尼西亞人的野蠻風俗》（「親愛的，站著別動，」她說）——那些書不論哪一本都不能送到燈塔去。到了一定的時候，她猜想，這屋子會破舊不堪，以至於不得不採取一些措施。如果他們肯聽她的話，在進屋以前把腳擦一下，別把海灘上的泥沙帶進來，那也許是個辦法。她不得不讓他們帶螃蟹進屋，如果安德魯真的要解剖它們的話；或者傑斯潑相信用海藻也可以煮湯，你可沒法阻擋；或者是露絲選中的東西——貝殼、蘆葦、石塊；因為她的孩子們都有點兒天才，但各人的嗜好大不相同。而結果呢，當她拿襪子去量詹姆斯的腿時，她嘆了口氣，把整個房間從地板到天花板打量一番，結果就是如此：秋來暑往，年復一年，屋裡的家具日益破舊，草席在褪色，糊牆紙的碎片在風中噼啪作響，你再也分辨不出那紙上印著玫瑰的花紋。還有，如果一幢房子所有的門戶都是永遠開著，而整個蘇格蘭沒有一個鎖匠會修理門上的插銷，東西肯定都會霉爛。每一扇門都開著。她聽了一下。客廳的門開著；大廳的門開著；聽起來好像臥室的門也開著；而樓梯平臺上的窗肯定開著，因為那是她自己開的。窗必須開著，門必須關起來——就這麼簡單的事兒，難道他們就沒人記得住？她常常在晚上走進女僕的房間，發現窗戶都關著，屋子像烤爐一樣密不透風。只有那個瑞士姑娘瑪麗的房間是個例外，她寧可不洗澡也不能沒有新鮮空氣。在家鄉，她曾經說過：「那些山巒多麼美麗。」她的父親正在遠方奄奄待斃，拉姆齊夫人知道。他就要離開他的子女，讓他們當孤兒了。她一邊責備婢女，一邊示範（該怎麼鋪床，怎麼開窗，像一個法國女人一樣，把雙手一會兒合攏，一會兒伸開），在這個姑娘說話的時候，她身旁所有的被褥都悄悄地自動折疊好了，就像一隻鳥兒在陽光下飛翔了一陣之後，它的翅膀悄悄地自己收攏，它的藍色的羽毛一下子由明亮的藍鋼色變成了淡紫。她默默地站在那兒，因為沒話可說。他患了喉癌。她在回想——她如何站在那兒，那姑娘又如何說，「家鄉的山巒多麼美麗」，但是沒有希望，無論如何沒有希望。她感到一陣煩躁，厲聲對詹姆斯說：

「站著別動。別不耐煩。」他馬上明白她是真的發火了，就把腿站直了讓她量。

那燈塔看守人索爾萊的小男孩可能會兒要比詹姆斯矮小得多，即使把這個情況也估計在內，那襪子還至少短了半英寸。

「太短了，」她說，「實在太短了。」

從來沒人看上去顯得如此沮喪，愁苦而陰鬱，在黑暗之中，在從地面的陽光通向地底的深淵的豎井裡下墜的途中，也許一滴淚珠湧上了眼角；淚珠兒往下淌；湧來湧去的潮水接納了它，又平靜了下來。從來沒人看上去顯得如此沮喪。

但是，人們在議論，難道除了外表的憂傷，就沒什麼別的了嗎？她的美貌和豐采後面——有什麼東西隱藏著？他用槍打碎了自己的腦袋嗎，他們問道。他在他們結婚之前的那個星期中死去了嗎——那另一位更早的情人？人家聽到了有關他的流言蜚語。或者真的沒發生過什麼事情？除了一個美麗無比、不受干擾的外表，就再也沒什麼別的了？因為，當她遇到偉大的熱情、愛情的騷亂和事業的挫折之時，她本來可以在一些親密無間的場合，輕易地透露出她自己也知道、感覺到或經歷了的這一切，但她卻始終守口如瓶。她當時就知道——沒聽人說她就知道。她單純的心靈一下子就猜測到聰明人往往會搞錯的事情。她單純的心靈，使她的思想自然而然地飛撲到事實真相之上，像石塊的下墜一樣乾脆，像飛鳥的降落一般精確。而這事實真相，已被愉快、輕鬆、坦然地接受了——這也許僅是假像而已。

有一次，班克斯先生在電話裡聽到她的聲音大為動心，雖然她不過是在告訴他火車的時刻表罷了。「大自然用來塑造您的那種黏土可實在罕見呀，」他說。他在想像之中，清清楚楚地看到她站在電話線的另一端，像希臘雕塑一樣體態優美、身材挺直，眼珠碧藍。和這樣一位女性通電話，似乎是多麼不相稱呀。希臘神話中賜人以美麗和歡樂的三位格雷絲女神，似乎在綠草如茵、長滿了長春花的園地裡攜手合作，才塑造出那張臉龐。他該搭十點三十分的火車到厄斯頓去。

「但她像個孩子似地絲毫也沒意識到自己的美貌，」班克斯先生說，一邊把電話聽筒掛回原處。他穿過房間，到窗前去看那些工人在他的屋子後面建造旅館的工程進展如何。當他看到在那尚未竣工的牆壁之間，工人們穿梭往來亂成一團，他又想起了拉姆齊夫人。他想，總有一些不協調的因素，滲雜到她臉上的和諧氣氛中去。她把一頂打獵用的草帽隨手往頭上一戴；她穿著一雙雨靴奔過草地去抓住一個淘氣的孩子。因此，如果你想到的僅僅是她的美貌，你還得想起那些顫動著的、活生生的東西（他看到那些工人把磚塊運到腳手架的一條小木板上），並且把它添進那幀肖像中去。或者，如果你僅僅把她當作一個女人來看待，你就會賦予她一些奇特的怪癖——她不喜歡被人傾慕——或者她有某種潛在的願望，要拋棄她優雅高貴的儀表，好像美貌和所有男子們對美貌的贊揚都叫她厭煩，而她別無所求，但願能和其他人一樣，平平常常。他不知道。他可不知道。他得去幹活了。

她在編織那雙紅棕色的絨線襪子。那只鍍金的畫框，披在畫框上的那條綠色的紗巾，那幅鑒定過的米開朗基羅❺的不朽傑作，把她頭部的輪廓可笑地襯托出來。拉姆齊夫人平靜下來，剛才那種嚴厲的態度消失了，她把小男孩的頭擡起來，吻一下他的額角。「讓我們另外找一張圖片來剪吧，」她說。

---

❺米開朗基羅（1475~1564）：義大利文藝復興時期的藝術大師。

六

出了什麼事兒？

誰又闖了禍啦。

她從沉思中猝然驚醒，長時期毫無意義地留在她腦海中的話語，現在有了具體的涵義。「誰又闖了禍——」她的近視眼注視著她的丈夫，他現在正向著她直衝過來。她堅定的目光凝視著他，直到他走近眼前，她才明白（那句詩的簡單的韻律，在她的頭腦中自動地對偶）：出了什麼事兒，誰又闖了禍啦。但她一輩子也甭想猜得出來究竟是怎麼回事。

他哆嗦，他顫抖。他所有的虛榮心，他對自己輝煌的才華所有的驕傲自滿，他像閃電雷鳴一般的磅礴氣勢，他像一隻兀鷹一般帶領著他的隊伍穿越死亡的幽谷❻之時那種勇猛的氣概，已經被粉碎了，被摧毀了。冒著槍林彈雨，威風凜凜，我們躍馬前行，衝過死亡的幽谷，排槍齊射，大炮轟鳴——突然間他和莉麗·布里斯庫、威廉·班克斯面對面地撞見了。他哆嗦，他顫抖。

她無論如何不會在此刻和他攀談。從他避開去的目光，還有那一些他個人的怪僻行徑，從這

---

❻「穿過死亡的幽谷」這句話出自《聖經·舊約·詩篇》第23篇

些熟悉的信號之中可以看出，他好像要把自己隱藏起來，躲入一角不受侵犯的地方，好讓自己在那兒恢復心理上的平衡；她心裡明白：他被人激怒了，惹火了。她拍拍詹姆斯的頭，把她對於丈夫的感覺也傳給了孩子。當她看到他把陸海軍商店的商品說明書中一位紳士的白襯衫用粉筆塗成黃色之時，她想，如果他將來成為一位大畫家，她會多麼高興。為什麼他就不能當畫家？他的額角可長得好極啦。後來，當她的丈夫再一次打她面前經過，她舉目一望，發現那種精神崩潰的表情已經被掩蓋起來了；家庭的溫暖氣氛佔了上風；生活的習慣又婉轉低吟它消愁息怒的韻律，因此，當他重新再走過來時，他特意停下腳步，在窗前彎下了腰，突然異想天開地用一條小樹枝嘲弄地搔搔詹姆斯赤裸的小腿。她責備他剛才不該把「那個可憐的年輕人」塔斯萊先生打發走。塔斯萊必須到屋裡去寫他的學位論文，他說。

「總有一天，詹姆斯也得寫他的學位論文，」他諷刺地加上一句，用他手中的樹枝輕拂孩子的腿。

心裡痛恨他的父親，詹姆斯揮手擋開那根樹枝。拉姆齊以一種他所特有的方式，嚴厲和幽默兼而有之，用那條小樹枝來逗弄他小兒子裸露的腿部。

她想要把這雙討厭的襪子織完，明天好去送給索爾萊的小孩，拉姆齊夫人說。

他們明天完全不可能到燈塔去，拉姆齊先生粗暴地打斷她說。

他怎麼知道？她反問道。風向是經常會改變的。

她說的話極端沒道理，那種愚蠢的婦人之見使他勃然大怒。他方才躍馬穿越死亡的幽谷，卻被人驚破了美夢，氣得顫抖；而現在，她卻蔑視事實，使他的孩子們把希望寄託在完全不可能發生的事情上，實際上，這就是說謊。他氣得在石階上跺腳。「真該死！」他說。但是，她說了些什麼呢？不過說明日可能天晴罷了。可能明日就是晴天。

氣溫在下降，風向又朝西，這就不可能。

如此令人吃驚地絲毫不顧別人的感情而去追求真實，如此任性、如此粗暴地扯下薄薄的文明的面紗，對她說來，是對於人類禮儀的可怕的蹂躪。因此，她迷惑地茫然凝視，她低頭不語，好像讓那傾盆而下、有稜有角的冰雹，那濕透衣裙的污水，都濺落到她身上而不加反抗。她沒什麼可說的。

他默默地站在她身旁。他終於非常謙卑地說，如果她高興的話，他願意去問問海岸警衛隊的氣象哨。

再也沒有比他更受她尊敬的人了。

她已樂於接受他的意見啦，她說。他們不必準備夾肉麵包了——不過如此而已。既然她是一位女性，自然而然地他們就整天來找她：某人要這個，另一位要那個；孩子們正在成長；她經常感覺到，她不過是一塊吸飽了人類各種各樣感情的海綿罷了。剛才他還說，真該死。他說過肯定會下雨。可是現在他又說，明天不會下雨；於是一個平安的天國之門，立即就在她面前開啓了。

他是她最尊敬的人。她覺得自己還不配給他繫鞋帶。

剛才那陣暴躁的脾氣，（在吟詩的想像境界中）帶領他的隊伍衝鋒陷陣時那種手舞足蹈的樣子，已經使他感到羞愧，拉姆齊先生不好意思地又戳了一下他兒子的光腿，這時，好像他已經獲得她的允許而可以告退了，他的舉動使他的妻子很奇特地聯想起動物園中的大海獅，在吞食了給它的魚兒之後，它向後翻個筋斗退回水中，笨拙地游開去，使池中的水向兩旁激蕩。拉姆齊先生潛入了一片暮色之中。傍晚的空氣已經變得更為稀薄，它正在把樹葉和籬笆的形體悄悄地吞沒，似乎是做為補償，它又把一種白天所沒有的色澤和幽香償還給玫瑰和石竹花。

「誰又闖禍啦？」他又說了一聲，他邁著大步走開了，在平臺上踱來踱去。

然而，那聲調已經起了多麼奇妙的變化啊！那聲調宛如杜鵑的鳴啼；「在六月裡，他的聲音走了調；」好像他正在重新試試調門兒，他在作暫時性的試探，要找出一句話來表達一種新的情緒，而手頭只有這句話，他就用上了它，儘管它有點不太悅耳。不過這聽起來可有點滑稽——「誰又闖禍啦」——用那樣的聲調來說，幾乎像一個問句，帶著優美的韻律，一點確信的語氣也沒有。拉姆齊夫人不禁微笑。他在踱來踱去的時候，嘴裡還哼著它，過了不久，毫無疑問，他漸漸地把它忘了，他終於沉默了。

他安全了，他又恢復了他孑然獨處不受干擾的狀態。他停下腳步點燃了煙斗，對窗內的妻兒瞧了一眼，好比坐在一列特快火車中看書的人，舉目一望，看到窗外有一個農場、一棵樹、一排茅舍，覺得就好像是一幅插圖。他的目光重新回到書頁上，那插圖正好證實了書中的內容。他的信心加強了，他的心情滿足了。就這樣，拉姆齊的目光並未分辨出他所看到的究竟是他的兒子還是妻子，對他們兩人的一瞥鼓舞了他，滿足了他，使他的思想集中到他卓越的頭腦正在竭力思考的問題上去，獲得一種完全清晰透闢的理解。

那是一個卓越的腦袋。如果思想就像鋼琴的鍵盤，可以分為若干個音鍵，或者像二十六個按次序排列的英文字母，那麼他卓越的腦袋可以穩定而精確地把這些字母飛快地一個一個辨認出來而不費吹灰之力，一直到，譬如說，字母Q。他已經達到了Q。在整個英國，幾乎沒有人曾經達到過Q。他在插著天竺葵的石甕面前停留了片刻。他看到他的妻兒一起坐在窗內，但現在看來非常遙遠，就像正在拾貝殼的孩子們，他們天真無邪地集中注意力於腳邊微不足道的東西，而對於他所看到的厄運，他們卻毫無戒備。他們需要他的保護，他就來保護他們。但是，Q以後又如何？接下去是什麼？在Q以後有一連串字母，最後一個字母，凡胎肉眼是幾乎看不見的，但它在遠處閃爍著紅光。在整整一代人中，只有一個人能夠一度到達Z。儘管如此，要是他自己能夠達到R，就很不錯了。這兒至少是Q。他的腳跟牢牢地立在Q上。對於Q，他是有把握的。Q，是他所能夠闡明的。假如Q就是Q——後面是R——想到這兒，他把煙斗在石甕的柄部響亮地敲了兩三下，磕去了煙灰，他的思考又繼續下去。「接著就是R……」他打起精神。他堅持不懈。

能夠拯救帶著六片餅乾和一壺淡水在波濤洶湧的大海上飄泊的一船難友的優秀素質——毅

力、公正、遠見、忠誠和技巧，會來幫助他。下一步就是R——R又是什麼？

一扇百葉窗，像一條蜥蜴的眼皮一樣，在他強烈注視的雙眸之上閃爍開闔，使他看不清字母R的真相。在那眼皮闔擾的黑暗的一刹那間，他聽到了人們說——他是個失敗者——R是他不可企及的東西。他永遠也達不到R。向R衝刺，再來一次。R——

他具有優秀的素質，這會使他在越過千里冰封、萬籟俱寂的北極地區的一次孤獨的探險遠征中成為領隊、嚮導和顧問。這種人物的性格，既不盲目樂觀，又不悲觀失望，能夠沉著鎮定地觀察未來，正視現實。這些素質會再一次來幫助他。R——

那條蜥蜴的眼皮又在閃爍開闔。他的額角上青筋凸露。在石甕中的天竺葵變得令人驚奇地清晰可見，出乎意料地，他能夠看見，在它的葉片中間，展現出那兩類人物之間古老的、明顯的差別；一方面是具有超人力量的紮紮實實穩步前進的人物，他們按部就班地埋頭苦幹，堅持不懈，從頭至尾按順序把二十六個字母全部複寫出來；另一方面是有天賦、有靈感的人物，他們奇蹟般地在一刹那間把所有的字母一氣呵成地全部攻克——那是天才的方式。他不是天才；他沒有那種天賦；但是他有，或者說應該有，精確地按順序複寫從A到Z每一個字母的能力。目前他停留在Q。進軍，接下去就向R進軍。

雪花開始飄揚，雲霧籠罩山顛，他知道自己將在黎明之前死去，決不會玷辱探險隊長身分的種種情緒，悄悄湧上他的心頭，使他的雙眸黯然失色，當他在平臺上躑躅一圈的兩分鐘之內，甚至使他顯出衰邁蒼老的模樣。但他不願躺在那兒束手待斃；他要尋找一片懸崖峭壁，他要站在那兒，凝視著暴風雪，直到生命的最後時刻，他的目光仍力圖穿透那茫茫的黑暗，他要站著死去。他將永遠也達不到R。

他呆若木雞，站在開滿了天竺葵的石瓮旁邊。他問自己：在十億人之中，究竟能有幾人，可以達到Z？當然，一位希望渺茫的隊長，可能會如此自問，並不叛離他以往經歷的征途而坦然回答：「也許只有一個。」在一代人中間，只有一個。如果他不是那個人，他就該受到責備嗎？如果他已經踏踏實實地埋頭苦幹，已經毫無保留地竭盡全力，是否還要受到非難？他的聲譽能夠維持多久？是否可以允許一位垂死的英雄，在他瞑目之前想一想，此後人們將如何來評論他？他的英名也許能延續兩千年之久。而兩千年又意味著什麼？（拉姆齊先生凝視著籬笆，諷刺地問道。）如果你從山頂上遙望那虛度的漫長歲月，它到底又意味著什麼？你腳下踢到的那顆石子，也會比莎士比亞活得更久。他自己的微弱光芒，會不很輝煌地照耀一兩年，然後會融合在某個更大的光芒之中，而那光芒，又會再融合到一片更加巨大的光芒中去。（他的目光向籬笆中間，向虯蟠錯雜的枝椏中間望去。）如果在死亡使他的肢體僵硬而失去活動能力之前，他確實略有意識地把凍得痲木的手指舉到眉梢，並且挺起胸膛去迎接死亡，那末，當搜索部隊來到之時，他們就會發現，他以一個軍人的美好姿態，在他的崗位上以身殉職了，而他所率領的探險隊伍畢竟已經攀登到一定的高度，可以看到歲月的虛度和星球的隕落，誰還能去責備那孤立無援的探險隊的隊長呢?拉姆齊先生挺起胸膛,巍然屹立在石甕旁邊。

如果,他這樣佇立片刻,想到了自己的聲譽,想到了搜索部隊,想到了充滿感激之情的追隨者們在他的遺骸之上建立起來的紀念石堆❼,有誰會來責備他呢?最後,如果他已經竭盡全力、歷盡艱險,昏然入睡而不在乎是否還會復蘇(他現在覺得足趾有點刺痛而感到他還活著,而且基本上並不反對活下去),但他需要同情,需要威士忌酒,需要立即向別人傾訴他痛苦的經歷,誰又能來責備這位注定要滅亡的探險隊長呢?當那位英雄卸下鎧甲,佇立窗前,凝視他的妻兒,誰能不暗暗慶幸?起初,她離得很遠,漸漸地越來越近,直到嘴唇、書本和頭顱都清晰地映入他的眼簾,儘管他感到極其孤獨,並且想到了那虛度的歲月和隕落的星球,他覺得她依然嫵媚可愛、新奇動人。最後,他把煙斗放進口袋裡,在她面前低下了他漂亮的腦袋——如果他向這位絕代佳人致敬,誰又能責備他呢?

七

但他的兒子痛恨他。詹姆斯痛恨他走到他們跟前來,痛恨他停下腳步俯視他們;他痛恨他來

❼西方的探險者們常用圓錐形的石堆來做為界標或紀念碑。

打擾他們；他痛恨他得意洋洋、自命不凡的姿態；痛恨他才華過人的腦袋；痛恨他的精確性和個人主義（因為他就站在那兒，強迫他們去注意他）；而他最痛恨的是他父親情緒激動時顫抖的鼻音，那聲音在他們周圍振動，擾亂了他們母子之間純潔無瑕、單純美好的關係。他目不轉睛地低頭看書，希望這能使他的父親走開；他用手指點著一個字，想要把母親的注意力吸引回來。他憤怒地發現，他的父親腳步一停，他母親的注意力馬上就渙散了。但是他枉費心機。沒有什麼辦法可以使拉姆齊先生走開去。他就站在那兒，要求取得他們的同情。

拉姆齊夫人剛才一直把兒子攬在懷中懶洋洋地坐著，現在精神振作起來，側轉身子，好像要費勁地欠身起立，而且立即向空中迸發出一陣能量的甘霖，一股噴霧的水珠；她看上去生氣蓬勃、充滿活力，好像她體內蘊藏的全部能量正在被融化為力量，它在燃燒、在發光（雖然她安詳地坐著、重新拿起了她的襪子），而那個缺乏生命力的不幸的男性，投身到這股甘美肥沃的生命的泉水和霧珠中去，就像一隻光禿禿的黃銅的鳥嘴❽，拚命地吮吸。他需要同情。他是個失敗者，他說。拉姆齊夫人晃動一下手中的鋼針。拉姆齊先生的目光沒有離開她的臉龐，他重複地說，他是個失敗者。她反駁他說的話。「查爾士．塔斯萊認為……，」她說。但他並不就此滿足。他需要更多的東西。他需要同情，首先要肯定他的天才，然後要讓他進入他們的生活圈子，

---

❽原文 brass，可譯為黃銅的；厚顏無恥的。

給他以溫暖和安慰，使他的理智恢復，把他心靈的空虛貧乏化為充實富饒，而且使整幢房子的每一個房間都充滿生命——那間客廳；客廳後面的廚房；廚房上面的臥室；臥室上面的育兒室；它們都必須用家具來布置，用生命來充實。

查爾士．塔斯萊認為他是當代最偉大的形而上學家，她說。但他需要更多的東西。他需要同情。他要得到保證，確信他處於生活的中心；確信他是人們所需要的人物；不僅僅在這兒是如此，而且在全世界都是如此。她晃動閃閃發光的鋼針，胸有成竹地挺直了身軀，把客廳和廚房都變得煥然一新，叫他在那兒寬心釋慮，踱進踱出，怡然自得。她笑容可掬，織著絨線。站在她兩膝之間的詹姆斯，毫不動彈，只覺得在她體內驟然燃燒起來的全部力量，正在被那黃銅的鳥嘴拼命地吮吸，被那刻薄的男性的彎刀無情地砍伐，一次又一次，他要求得到她的同情。

他是一個失敗者，他重複道。那麼，你看一下吧，感覺一下吧。晃動手中閃閃發光的鋼針，她環顧四周，看看窗外，看看室內，看看詹姆斯，沒有一絲一毫的懷疑，她以她歡快的笑聲，泰然自若的神態，充沛的精力（就像一個保姆拿著一盞燈穿過一間黑屋，來使一個倔強的孩子安心），來向他保證：一切都是真實的；屋子裡充滿著生命；花園裡微風在吹拂。如果他絕對地信任她，就沒有任何東西可以傷害他；無論他（在學術領域中）鑽得多麼深，攀得多麼高，他會發現，她幾乎一秒鐘也沒有離開過他。如此誇耀她自己追隨左右、關心愛護的能力，拉姆齊夫人覺得她幾乎連一個自己能夠加以辨認的軀殼也沒留下⑨；她的一切都慷慨大方地貢獻給他，被消耗殆盡，而詹姆斯呢，直挺挺地站在她的兩膝之間，感覺到她已昇華為一棵枝葉茂盛、碩果纍纍、綴滿紅花的果樹，而那個黃銅的鳥嘴，那把渴血的彎刀，他的父親，那個自私的男人，撲過去拼命地吮吸、砍伐，要求得到她的同情。

聽夠了她安慰的話語，像一個心滿意足地入睡的孩子，他恢復了元氣，獲得了新生，他用謙卑的、充滿感激的眼光瞧著她，最後終於同意去打一盤球；他要去看看孩子們玩板球。他走了。

頃刻之間，拉姆齊夫人好像一朵盛開之後的殘花一般，一瓣緊貼著一瓣地皺縮了，整個軀體筋疲力盡地癱軟了，（在極度疲憊的狀態之中）她只剩下一點兒力氣，還能動一動指尖來翻閱格林童話，她感到一陣悸動，就像脈搏的一次跳動，已經達到它的頂點，現在又緩緩地靜止下來，她感到了那種成功地創造的狂喜悸動。

當他走開去的時候，這脈搏的每一次跳動，似乎都把她和她的丈夫結合在一起，而且給他們雙方都帶來一種安慰，就像同時奏出一高一低兩個音符，讓它們和諧地共鳴所產生的互相襯托的效果一樣。儘管如此，當琴瑟和諧的樂聲消散之際，拉姆齊夫人重新回過頭來閱讀格林童話，她不僅覺得肉體上的疲勞（不僅是此刻，從此以後，她常常有這種疲勞的感覺），她的疲勞之中，還帶有某種出於其他原因的令人不快的感覺。當她在大聲朗讀漁夫老婆的故事之時，她並不確切

⑨吳爾芙的意思是說，由於過分誇張，拉姆齊夫人幾乎認不清自己的真面目了。

地知道這種感覺從何而來，在翻轉書頁之時，她停了下來，聽見一股海浪沉悶地濺落，帶有一種不祥的預感，這時她理解到了她產生不滿之感的原因，但她也決不會允許自己用語言把它表達出來：她不喜歡感到她自己比她的丈夫優越，即使是在一剎那間也不行；不僅如此，當她和他說話之時，她不能完全肯定她所說的都是事實，這可叫她受不了。大學需要他，人們需要他，他的講座和著作極其重要——對於這一切，她從未有過片刻的懷疑；但是，他們兩人之間的關係，他那樣公開地在眾目睽睽之下求助於她，這使她感到不安；因為，這樣人們就會說他依賴於她，而實際上他們應該懂得：在他們兩人之中，他是無可比擬地更為重要的一個；她對於世界的貢獻，和他的貢獻相比，是微不足道的。而且，還有另外一點——她往往不敢告訴他事實的真相，例如，她不敢告訴他：溫室屋頂的修理費用也許會達到五十英鎊；關於他的著作的實際情況，她也不敢提起，恐怕他會猜測到他的新著並不是他最好的作品，她本來就有點兒懷疑那本書並非傑作（那是她從威廉·班克斯那兒聽來的）；此外還有一些日常生活中的小事，也得躲躲閃閃地隱藏起來，孩子們都看到了這種情況，並且成為他們精神上的負擔——所有這一切，都削弱了琴瑟和諧的完整、純潔的樂趣，使這協調共鳴的樂聲在她的耳際陰鬱、單調地消散。

一個人影投射到書頁上；她擡頭一看，是奧古斯都·卡邁克爾先生，恰恰在這個節骨眼兒上，拖著腳步懶洋洋地走過；正當她想起人與人之間的關係是多麼不恰當，想起最完美的事情也白璧有瑕，想起她不能忍受這個考驗：她有實事求是的天性，為了愛她的丈夫，她卻不得不違背事實；正當她痛苦地感覺到自己幹了可憐的蠢事，感到誇張和謊言阻礙了她去發揮真正的作用——正當她如此不體面地因為覺察到自己的優越地位而感到煩惱之時，卡邁克爾先生穿著他的黃拖鞋沒精打采地走過，而她身上的某種精靈卻使她認為，她必須向他打個招呼：

「進屋去嗎，卡邁克爾先生？」

八

他一聲不吭。他是抽鴉片的。孩子們說他已經讓鴉片把他的鬍鬚也熏黃了。也許確實如此。她覺得那可憐的人很不幸，他每年要到他們這裡來，做為對現實的一種逃避；然而，她每年都有同樣的感覺：他不信任她。她說，「我要進城去。要我給您帶點郵票、紙張或煙草嗎？」而她覺得，他總是畏縮地拒絕。他不信任她。這是他妻子幹的好事。她想起了他妻子對他的惡劣態度。在聖約翰胡同那個可怕的小房間裡，當她親眼看見那可惡的婆娘把他從屋子裡趕出去時，她簡直嚇得目瞪口呆。他蓬首垢面；他的外衣染上了污跡；他像一個無所事事的老年人那樣疲憊厭倦；而她居然會把他趕出房間去。她用令人討厭的腔調說道，「現在我要和拉姆齊夫人談一會兒，」於是，拉姆齊夫人看到他一生中數不盡的苦難似乎都浮現在眼前了。他連買煙草的錢也沒有嗎？他不得不伸手向她要錢嗎？要兩個半先令？要十八個便士？啊，想起那個女人使他遭受的種種屈辱，她簡直難以忍受。可現在他總是避開她，（她猜不透這是出於什麼原因，也許是因為那個女人虧待了他，使他對於女性敬而遠之。）他從來不把任何事情告訴她。但她還能為他再做些什麼呢？已經給他騰出了一個陽光充足的房間。孩子們都待他挺好。她從來沒有對他有過一絲一毫不歡迎的表示。實際上，她往往特意去對他表示友好：您要郵票嗎？您要煙草嗎？這本書也許您會喜歡？她常用諸如此類的方式來對他表示關心。畢竟——畢竟（想到這兒，她不知不覺地挺直身軀，她難得注意到的自己的美麗姿容，就展現在她眼前），畢竟，一般來說，她不費吹灰之力就能使人們喜歡她。例如，喬治·曼寧和華萊士先生，儘管他們是知名人士，他們會在黃昏時分來到她這兒，安靜地在爐火旁邊和她娓娓而談。她不能不察覺到，她具有火炬般光采照人的美，她把這美的火炬帶到她所進入的任何一個房間。儘管她儘可能用紗巾把它掩蓋起來，儘管她的美強加於她的那種單調的負擔使她畏縮，她的美還是顯而易見的。她受人贊賞。她被人愛慕。她曾走進坐著哀悼者的房間，人們在她面前涕泣漣漣。男子們，還有婦女們，向她傾訴各種各樣的心事。他們讓自己和她一起得到一種坦率純樸的寬慰。卡邁克爾先生竟然避開她。這使她感到異常不快。這傷了她的心。而且是不明顯地、不恰當地傷了她的心。在她對她的丈夫感到最強烈的不滿之時，碰到這不愉快的事情，這使她耿耿於懷。現在卡邁克爾先生穿著黃拖鞋，腋下夾著一本書，懶洋洋地拖著腳跟走過，對她的邀請漠然點了點。她感覺到他不信任她；她感到她想給他人以幫助和安慰的種種願望，不過是虛榮心罷了。她如此出於本能地渴望幫助別人、安慰別人，是為了使自己得到滿足，是為了使別人對她贊嘆：「啊，拉姆齊夫人！可愛的拉姆齊夫人……拉姆齊夫人，可真沒說的！」並且使別人需要她，派人來邀請她，大家都愛慕她。她心中暗暗追求的不就是這些東西嗎？因此，卡邁克爾先生像現在那樣避開她，走到一個什麼角落裡去，沒完沒了地吟他的離合詩⑩，她不僅覺得她助人為樂的天性被人冷落了，並且使她意識到她本身的某些渺小之處，感覺到人與人之間的關係，即使在最好的情況下，也多麼美中不足，多麼卑鄙，多麼自私自利。憔悴而疲憊不堪，她確切無疑地知道（她的面頰瘦削，頭髮灰白）她已經不再是一個使別人的眼睛迸射出喜悅的光芒的美人兒了，她最好還是集中思想去講那個漁夫和他老婆的故事，以便使那個極其敏感的孩子，她的幼子詹姆斯，平靜下來（她的子女中再也沒有像他那樣敏感的了）。

「那個漁夫變得心情沉重，」她大聲朗讀。「他不願意去。他想，『這是不應該的。』然而，他還是去了。當他來到海邊，海水是深紫的、藍黑的、灰黯的、混濁的。它不再是黃綠色的了，但它是平靜的。當他站在海邊說道——」

拉姆齊夫人真希望她的丈夫不要選擇這樣的時刻在他們面前停下腳步。為什麼他不像他剛才所說的那樣，去看孩子們玩板球呢？但他沒說話；他瞧了一眼，點了點頭，表示贊許，又繼續往

⑩離合詩（actostic）是幾行詩句頭一個詞的詞首字母或最後一個詞的詞尾字母能夠組合成詞的一種特殊詩體。

前走去。他悄悄地走了過去，他看見他前面的籬笆一次又一次圍繞著他腳步的停留而旋轉，象徵著某種結論；他看見他的妻和孩子；他重新看到那些經常點綴他思想進程的、插著蔓延開去的紅色天竺葵的石瓮，在天竺葵的葉瓣之間，書寫著（好像它們是一張張的紙片）、記載著快速閱讀時潦草地記錄下來的筆記——他看到了這一切，忽然想起了《泰晤士報》上一篇文章中關於每年訪問莎士比亞故鄉的美國人的估計數字。如果莎士比亞從未存在過，他問道，這個世界的面貌和今天的現狀會大不相同嗎？文明的進展是否取決於偉大的人物？現在普通人的命運，是否要比古埃及法老王時代人們的命運好一點？然而，他又思忖，普通人的命運，是否就是我們藉以衡量文明程度的標準呢？也許並非如此。或許最偉大美好的文明，有賴於一個奴隸階級的存在。倫敦地下鐵道中開電梯的工人，永遠是不可缺少的。這想法使他感到不快。他仰起了頭。為了避免這種結論，他要想個辦法來削弱藝術的支配地位。他要論證，這個世界是為芸芸眾生而存在的；各種藝術僅僅是強加在人類生活之上的裝飾品而已；它們並沒有表現出人生的真諦。對於生活來說，莎士比亞也不是不必可少的。他自己也搞不清，究竟為什麼他要貶低莎士比亞而去祖護永遠站在電梯門口的工人。他憤然從樹籬上揪下一片葉瓣。所有這些論點，到了下個月，都將裝在盤子裡獻給卡迪夫學院的青年學子，他想，在這兒，在他家的陽臺上，他不過是在搜尋糧秣、用點野餐罷了（他扔掉了他剛才怒氣沖沖揪下來的那片樹葉），就像一個人騎在馬上，一面順手摘下一叢玫瑰，或者採下幾枚核桃來塞滿他的兜兒，一面晃晃悠悠安閑自得地穿過童年時代就熟悉的鄉村的阡陌田壟；這拐彎的岔道，那籬邊的階梯，那穿越田野的捷徑，這一切都是他所熟悉的。他往往帶著他的煙斗，把一個黃昏就這麼消磨過去，一面思考著，一面在這些古老而熟悉的狹路小巷和公共草坪往復徘徊，這些地方使他浮想聯翩，那兒使他想起一次戰役的戰史，這兒使他聯想到一位政治家的生平，還有詩歌和軼事，甚至還有人物形象，這位思想家，那位戰士，等等；這一切都非常生動而清晰，但是最後這些小巷、田壟、草地、果實纍纍的核桃樹和開滿紅花的樹籬，把他引向那條道路另一端的拐彎處，他總是在那兒跳下馬來，把它繫在一棵樹上，獨自步行前進。他走到草坪的邊緣，眺望下面的海灣。

這就是他的命運，他獨特的命運，不管它是否符合他的願望：他就這樣來到了一小片正在被海水緩慢地侵蝕的土地，站在那兒，像一隻孤獨的海鳥，形單影隻。這就是他的力量，他的天賦——他突然間把過剩的才華全部揚棄，收斂起幻想、降低了聲調，使他的外表更為直率、簡樸，甚至在肉體上也是如此，但他並未喪失思想的敏銳，就這樣，他站在那片小小的懸崖上，面對著人類的愚昧和黑暗：海水在侵蝕、沖垮我們腳下的那片土地，而我們對此卻毫無知覺——這就是他的命運，他的天賦。當他下馬之時，他已經拋棄了一切浮誇的態度和姿勢，丟掉了所有的核桃和玫瑰之類紀念品，他奔放的想像力收斂了，以至於他不僅把他的聲音，甚至把自己的姓名也拋到九霄雲外，即使在那樣孤寂的狀態之中，他仍舊保持著一種不放縱幻想和不沉溺於幻景的警惕性，就是這種求實的姿態，使他在威廉·班克斯身上（間歇地）、在查爾士·塔斯萊身上（奉承地）、現在又在他的妻子心裡（她擡起頭來望見他站在草坪的邊緣）深深地激起仰慕、同情和感激之情，就像插進海底的一根航標，海鷗在它上面棲息，浪花拍打著它，它孤單地屹立在浪潮之中履行它的職責，標明了航道，在滿載旅客的歡樂的航船中，激起一種感激之情。

「但是八個孩子的父親可沒有選擇的餘地，」他聲音不高地喃喃自語，他的冥想中斷了，他轉過身來，嘆了口氣，舉目尋找正在給他的幼兒朗讀故事的妻子的倩影，他裝滿了他的煙斗。他要是能夠執著地關注人類的愚昧，人在的命運以及海水侵蝕我們腳下的土地這些現象，他可能會獲得某種結果；但他卻得轉過身來，從日常生活瑣事中去尋求安慰，這和他剛才面臨的那種莊嚴的主題相比，是如此渺小，以至於使他想要忽視、貶低這種安慰，似乎被人發現他在一個悲慘的世界中過著幸福生活，對一位光明磊落的男子漢來說，這是一種最可恥的罪惡。確實如此，他大體上是幸福的：他有他的妻子；他有他的兒女；他已應邀於六個星期之後去對卡迪夫學院的青年學子講幾句關於洛克、休謨、柏克萊⑪以及法國大革命之原因的「廢話」。但是，這件事以及他從其中獲得的樂趣，他從他的講演，從青年人的熱情，從他妻子的美麗，從斯旺齊學院、卡迪夫學院、愛克斯特學院、南安普敦大學、凱特密內斯特大學、牛津大學、劍橋大學對他的讚揚中所

⑪洛克（John Locke, 1632~1704）：英國哲學家。休謨（David Hume, 1711~1776）：蘇格蘭哲學家。柏克萊（George Berkeley, 1685~1753）：愛爾蘭哲學家。

獲得的榮譽和滿足——這一切都必須用「講幾句廢話」這幾個謙遜的字眼來加以貶低和掩飾，因為，實際上他並未完成他原來應該完成的事業。這是一種掩飾；這是一個不敢公開承認他自己感覺的人所用的遁詞。他不能說：這是我所喜歡的——這就是我的本色；而威廉·班克斯和莉麗·布里斯庫感到相當惋惜和彆扭，他們感到迷惑不解：他為什麼必須如此矯揉造作地掩飾？為什麼他老是需要別人捧他？為什麼他在思想領域中如此勇敢，而在生活的領域中如此懦弱？他既可敬又可笑，多麼令人驚奇！

訓導和說教是超出人類能力的事情，莉麗猜想。（她正在收拾畫具，把它們放到一邊去。）如果你被人們所推崇；你肯定會不知不覺就栽個跟頭。他要什麼，拉姆齊夫人就給什麼。要是情況突然變化，肯定會使他心煩意亂，莉麗說。他從他的書堆裡鑽了出來，發現我們在玩耍和閑聊。請想一想，這和他所思考的東西相比，是個多麼大的變化，莉麗說道。

他正對著他們逼近過來。他突然止步，默然注視著大海。現在他又轉身離去了。

九

是的，這太令人惋惜了，班克斯先生說，他目送拉姆齊先生離開。（莉麗曾經說過，拉姆齊先生使她吃驚——他喜怒無常，情緒的變化如此突然。）是的，班克斯先生說：拉姆齊的舉動異乎尋常，實在令人惋惜。（他喜歡莉麗．布里斯庫；他可以和她相當坦率地談論拉姆齊。）正是為了這個原因，他說，年輕人不愛讀卡萊爾⑫的作品。一個脾氣暴躁、吹毛求疵的老傢伙，為了點雞毛蒜皮的小事就大動肝火，為什麼我們非得聽他教悔不可？這就是班克斯先生心目中當代年輕人的論調。如果你認為卡萊爾是人類偉大的導師之一，他的行為就太令人惋惜了。莉麗慚愧地說，從她在學校念書的時候起，直到現在，她還沒看過卡萊爾的作品。但她認為，拉姆齊先生以為他的小指頭有點疼痛，整個世界就會完蛋，這倒叫人更喜歡他。他的那種態度，她並不介意。他又騙得了誰呢？他相當露骨地要求你去捧他，崇拜他。他要的那點小花樣兒，誰也騙不了。她所討厭的，是他的狹隘和盲目，她說話時目光追隨著他的身影。

「有點兒偽君子的味道？」班克斯先生問道，他也目送拉姆齊先生的背影。他不是正在想到他的友誼，想到凱姆不肯給他一朵鮮花，想到所有那些男孩和女孩嗎？他想到他自己的屋子也很舒適，但是，自從他的妻子死後，不是有點冷冷清清嗎？當然，他還有他的工作……儘管如此，他還是很希望莉麗同意拉姆齊像他所說的那樣，「有點兒偽君子的味道。」

莉麗繼續收拾她的畫具，她一會兒舉目仰望，一會兒垂首俯視。舉目仰望，她看見他在那邊——拉姆齊先生——向他們走來，搖搖晃晃、隨隨便便、漫不經心、神思恍惚。有點偽君子的味

⑫托馬斯．卡萊爾（Thomas Carlyle, 1795~1881）：蘇格蘭散文家，哲學家。

道?她把班克斯的話重複了一遍。噢,不——他是最誠懇、最真摯的人(他走了過來),最好的人;但是,當她垂首俯視,心中思忖:他一心一意只考慮自己的事情,他是個暴君,他不公正;她故意繼續低著頭,因為,和拉姆齊一家待在一起,只有這樣,她才能保持情緒穩定。只要你舉目仰望,看見了他們,他們就會被一陣她稱之為「愛」的激情所淹沒。他們成了那幻想的,然而又具有洞察力的彌漫著激情的宇宙的一部分,那是透過愛的目光所看到的世界。蒼穹與他們貼近,小鳥在他們中間歡唱。而更加使她感到激動的是,當她看到拉姆齊先生逼近過來又退了回去,看見拉姆齊夫人和詹姆斯坐在窗內,看見白雲在空中浮動,樹枝在風中搖曳,她想到了生活是如何由彼此相鄰而各自獨立的小事組合而成,凝聚為一個完整、起伏的波濤,而人就隨著這波濤翻騰起伏,在那兒,一下子沖刷到海灘上。

班克斯先生等著她答覆他對於拉姆齊的評價,而她卻想說幾句話來批評拉姆齊夫人,她想說,拉姆齊夫人也有她盛氣凌人之處,令人不勝驚訝,或者就說幾句大意如此的話,當她看到班克斯先生心醉神迷的模樣,她就根本不必要再說什麼了。儘管他已年過六旬,儘管他有潔癖而缺乏個性,好像披著潔白的科學外衣,莉麗看出他對拉姆齊夫人注視的目光中流露出一種狂熱的陶醉,而這種陶醉,莉麗感覺到,其分量相當於十來個年輕人的愛情(也許拉姆齊夫人從未激起過這麼多年輕人的愛慕)。這就是愛情,她想,(一面假裝去挪動她的油畫布)這就是經過蒸餾和過濾不含雜質的愛情;一種不企圖佔有對方的愛情;就像數學家愛他們的符號和詩人愛他們的詩句一樣，意味著把它們傳遍全世界，使之成為人類共同財富的一部分。的確如此。如果班克斯先生能夠說明為什麼那個女人如此令他傾心，如果他能說明為什麼看到她在給孩子念故事會有一種解決了某種科學難題一樣滿意的效果，以至於使他俯首沉思，感覺到好像他已經證明了某種關於植物消化系統的確切不移的理論，感到野性已被馴服、混亂已被制止，如果班克斯先生能夠說明這一切，毫無疑問，他會讓全世界都來分享這種感情。

這樣一種狂喜的陶醉——除了陶醉，還能用什麼別的字眼來稱呼它呢？——使莉麗·布里斯庫完全忘記了她剛才想要說的話。它無關緊要；是關於拉姆齊夫人的什麼話。與這狂喜的陶醉相比，它黯然失色了，班克斯先生的默然凝眸，使她深受感動；因為，再也沒有什麼東西能夠像這種崇高的力量、神聖的天賦那樣，給她帶來慰藉，消除她對於人生的困惑，奇蹟般地卸脫人生的負荷。當這悠然神往的狀態還在延續之時，你決不會去擾亂它，正如你不會去遮斷透過窗戶橫灑在地板上的一道陽光。

人間居然會有如此純潔的愛，班克斯先生竟然對拉姆齊夫人懷有如此崇高真摯的感情（她凝視著他默然沉思），真是大有裨益而令人興奮。她故意用一塊破舊的抹布謙卑恭順地把她的油畫筆一支一支擦淨。她托庇於這對於全體女性的敬慕之情；她覺得自己也受到了贊頌。讓他去凝眸沉思吧；她要悄悄地瞥一眼她的畫兒。

她簡直可以掉下眼淚。糟糕，真糟，實在糟透啦！當然，她本來可以用另一種方式來畫：色彩可以稀薄蒼白一點；形態可以輕忽飄渺一點；那就是畫家龐思福特先生眼中看到的畫面。然而，她看到的景象並非如此。她看到色彩在鋼鐵的框架上燃燒；在教堂的拱頂上，有蝶翅形的光芒。所有這些景色，只留下一點兒散漫的標記，潦草地塗抹在畫布上。這幅畫可千萬不能給人看；甚至永遠也不能掛起來。塔斯萊先生說過的話，又在她的耳際悄悄地縈回：「女人可不會繪畫，女人也不能寫作……」

她現在終於想起了，她剛才想要說的幾句關於拉姆齊夫人的話。她不知道該怎麼說才好；但這話肯定帶點兒批評的意味。那天晚上，她可被她專橫的態度惹火啦。她順著班克斯先生凝注拉姆齊夫人的視線望去，她想，沒有一個婦女會像他那樣去崇拜另一位女性；她們只能在班克斯先生給予她們雙方的庇蔭之下尋求安身之所。她順著他的視線望去，並且加上了她自己不同的目光，她認為，正在俯首讀書的拉姆齊夫人毫無疑問是最可愛的人；也許是最好的人；然而，她和人家在那兒看到的那個完美的形象，仍然有所不同。但為什麼不同，又如何不同？她心中自問，一邊刮去她的調色板上那一堆堆藍色和綠色的油畫顏料，現在它們對她來說，好像是沒有生命的泥塊，但是她發誓，明天她要給它們以靈感，使它們按照她的旨意在畫布上活動，流動，給畫面增添光彩。她和那完美的形象究竟有何不同？她內在的靈魂究竟是什麼？如果你在沙發的一角發現一隻團皺的手套，憑藉那扭曲的手指這個特徵，你就可以毫無疑問地斷定，這隻手套必定是拉姆齊夫人的。那末，我們藉以認識她的靈魂的基本特徵是什麼？她就像一隻振翅疾飛的鳥；一支直奔靶心的箭。她是任性的；她是專橫的（當然囉，莉麗提醒自己說，我是在考慮她處理同性之間關係的態度，而我自己比她年輕得多，是個小人物，住在離這兒遠遠的布羅姆頓路，難怪她對我的態度如此任性）。她打開臥室的窗扉。她關上所有的門戶。（她試圖在自己的心目中開始描繪拉姆齊夫人的氣派。）她深夜來到莉麗的臥室門口，在門口輕輕一敲，她身上裹著一件舊的皮外套（她美貌而不修邊幅——總是穿很很草率，但很合適），不論什麼她都能給你重新扮演一番——查爾士．塔斯萊把他的傘給丟啦；卡邁克爾先生帶著鼻音輕蔑地抱怨；班克斯先生在嘮叨：「那些蔬菜中的礦物質都丟失啦」這一切，她都能熟練地扮演給你看，甚至還會惡作劇地加以歪曲誇大；她走到窗前，裝假說她該走了——已是拂曉時分，她能看到太陽在冉冉上升，——她轉過半個身子，顯露出更加親密的表情，仍舊在不斷地笑著，她堅持說，莉麗必須結婚，敏泰也必須結婚，她們都必須結婚，無論她在世界上得到什麼榮譽（但她對莉麗的畫不屑一顧），或者獲得什麼勝利（也許拉姆齊夫人曾享有過這種勝利），說到這兒，她神色黯然，回到她的椅子裡，又接著說，這是不容置疑的：一位不結婚的婦女（她輕輕地把莉麗的手握了片刻），一位不結婚的婦女錯過了人生最美好的部分。整幢房子裡好像擠滿了熟睡的孩子，拉姆齊夫人在凝神諦聽：燈罩遮掩著微弱的燈光，睡著的孩子們輕輕地發出均勻的呼吸聲。

噢，但是，莉麗反駁道，她還有她的父親；她的家庭；如果她有勇氣說出來的話，甚至還有她的繪畫呢。然而，這一切和婚姻大事相比，似乎如此微不足道，如此女孩子氣。夜晚已經消逝，晨曦揭開了簾幕，鳥兒不時在花園裡啁啾，她拚命鼓足勇氣，竭力主張她本人應該排除在這普遍的規律之外；這是她所祈求的命運；她喜歡獨身；她喜歡保持自己的本色；她生來就是要作老處女的；這樣，她就不得不遇到拉姆齊夫人無比深邃的雙目嚴厲的一瞥，不得不當面聆聽拉姆齊夫人坦率的教誨（她現在簡直像個孩子）：她親愛的莉麗，她的小布里斯庫，可真是個小傻瓜。後來，她記得，她把她的頭靠在拉姆齊夫人的膝蓋上笑個不停，想到拉姆齊夫人帶著毫不動搖的冷靜態度，硬要自作主張把她完全無法理解的命運強加於她，她幾乎歇斯底里地大笑起來。拉姆齊夫人坐在那兒，淳樸而又嚴肅。她已經恢復了她對拉姆齊夫人的認識——這就是那隻手套的扭曲的手指。但是，人家的目光已滲透到什麼神聖的禁區之中？莉麗·布里斯庫終於舉目仰望，拉姆齊夫人坐在那兒，完全沒意識到莉麗大笑的原因，仍舊堅持她的主張，但現在已不露一絲任性的痕跡，取而代之的是一種爽朗的情緒，宛若終於雲開霧散的天空——就像月亮的清輝四周那片皎潔的夜空。

難道這就是智慧？這就是學問？難道這又是美麗的謊言，為了把一個人的全部理解力在尋求真理的途中絆羈在金色的網兜裡？或者拉姆齊夫人胸中隱藏著某種秘密，而莉麗·布里斯庫確信，人們有了它，才能使世界繼續存在下去？沒人像她那樣，東奔西走，僅能糊口。但是，如果他們知道這秘密，他們能把他們所知道的告訴她嗎？坐在地板上，她的胳膊緊緊地摟著拉姆齊夫人的膝蓋，莉麗微笑著思忖，拉姆齊夫人永遠也不會理解她那種壓抑感的原因究竟何在。她在想像中看到了，在那位軀體和她相接觸的婦女的心靈密室中，像帝王陵墓中的寶藏一樣，樹立著記載了神聖銘文的石碑，如果誰能把這銘文念出來，他就會懂得一切，但這神秘的文字永遠不會公開地傳授，永遠不會公諸於世。要是你闖進那心靈的密室，裡面究竟有什麼憑藉愛情和靈巧才能理解的藝術寶藏呢？有什麼方法，可以使一個人和他所心愛的對象，如同水傾入壺中一樣，不可分離地結成一體呢？軀體能達到這樣的結合嗎？精巧微妙地糾結在大腦的錯綜複雜的通道中的思想，能夠這樣結合一致嗎？或者，人的心靈能夠如此結合嗎？人們所說的愛情，能把她和拉姆齊夫人結為一體嗎？她渴望的不是知識，而是和諧一致；不是刻在石碑上的銘文，不是可以用男子所能理解的任何語言來書寫的東西，而是親密無間的感情本身，她曾經認為那就是知識，她把頭依靠在拉姆齊夫人的膝上想道。

什麼也沒有發生。什麼也沒有，什麼也沒有！當她把頭靠在拉姆齊夫人膝上時，什麼也沒發生。然而，她知道，知識和智慧就埋藏在拉姆齊夫人心中。那末，她不禁自問，如果每個人都是如此密不透風，你怎麼會對別人有所瞭解呢？你只能像蜜蜂那樣，被空氣中捉摸不住、難以品味的甜蜜或劇烈的香氣所吸引，經常出沒於那圓丘形的蜂巢之間；你獨自在世界各國空氣的荒漠中徘徊，然後出沒於那些發出嗡嗡聲的騷動的蜂巢之中；而那些蜂巢，就是人們。拉姆齊夫人站了起來。莉麗也站了起來。拉姆齊夫人走了。接連好幾天，好像在一場大夢之後，你感覺到你所夢見的人物發生了一些微妙的變化，那種蜜蜂的嗡嗡聲，比拉姆齊夫人所說的任何話語還清晰生動，仍在莉麗的耳際縈迴，而且，當拉姆齊夫人坐在客廳窗前的柳條椅子裡，在莉麗眼中看來，她帶有一種威嚴的儀表，就像一座圓丘形拱頂的聖殿。

莉麗的目光和班克斯先生的目光平行，直射坐在那兒朗讀的拉姆齊夫人，詹姆斯就倚在她的膝邊。現在她還在凝眸直視，但班克斯先生已經收回了他的視線。他戴上眼鏡，後退幾步。他舉起他的手。他微微地眯起他清澈的藍眼睛，當莉麗猛然醒悟，看見他的視線正對準著什麼目標，她像一條狗看見一隻舉起來要打它的手那樣畏縮了。她本來想把她的畫立刻從畫架上揭下來，但她對自己說，你必須鎮靜。她振作精神，來忍受別人注視她的作品這種可怕的考驗。你必須，她說，你必須……。如果這畫非給人看不可，還是給班克斯先生看吧，他沒別人那麼可怕。這幅畫是她三十三年的生活凝聚而成，是她每天的生活和她多年來從未告人，從不披露的內心秘密相混合的結晶，讓別人的眼睛看到它，對她來說，是一種莫大的痛苦。同時，它又是一種極大的興奮。

不可能有更冷靜、更安詳的態度了。班克斯先生掏出一把削鉛筆的小刀，用骨質的刀柄輕輕地敲著畫布。那個紫色的三角形用意何在，「就在那邊？」他問道。

這是拉姆齊夫人在給詹姆斯念故事，她說。她知道他會提出反對意見——沒有人會說那東西像個人影兒。不過她但求神似，不求形似，她說。那麼，為什麼要把它畫上去呢，他問道。究竟為什麼？——在那兒，那個角落裡，色彩很明亮；這兒，在這一角，她覺得需要有一點深黯的色彩來襯托，此外別無他意。質樸，明快，平凡，就這麼回事兒，班克斯先生很感興趣。那末它象徵著母與子——這是受到普遍尊敬的對象，而這位母親又以美貌著稱——如此崇高的關係，竟然被簡單地濃縮為一個紫色的陰影，而且毫無褻瀆之意，他想，這可耐人尋味。

但這幅畫不是畫他們兩個，她說。或者說，不是他所意識到的母與子。還存在著其他的意義，其中也可以包括她對那母子倆的敬意。譬如說，通過這兒的一道陰影和那邊的一片亮色來表達。她就用那種形式來表達她的敬意，如果，如她模糊地認為的那樣，一幅圖畫必須表示一種敬意的話。母與子可能被濃縮為一個陰影而毫無不敬之處。這兒的一片亮色，需要在那邊添上一道陰影來襯托。他仔細考慮一番。他很感興趣。他完全真心誠意地以科學的態度來接受它。事實上，他的偏見表現在另一方面，他解釋道。他的客廳裡最大的那幅畫深受畫家們的贊賞，現在比他購進時要值錢，畫的是肯內特海岸櫻花盛開的樹林。他曾在肯內特海岸度過他的蜜月，他說。莉麗必須來看一下那張畫，他說。但是現在——他轉過身來，把他的眼鏡推上額際，用一種科學的態度來審視她的油畫。既然問題在於物體之間的關係，在於光線和陰影，老實說，這是他從來沒考慮過的問題，他願意聽她解釋一下——她究竟想要用它來表現什麼?他用手指點著展現在他們面前的景色。她瞧了一眼。她沒法給他指出，她究竟想要表現什麼，要是她手裡不是捏著一支畫筆，甚至連她自己也看不清楚。她重新擺出原先在繪畫時的姿勢，瞇著視力模糊的雙眼，帶著恍惚的神態，把她做為一個女性所有的感覺都壓抑下去，集中精神關注某種更有普遍意義的東西；她又一次置身於她曾經清楚地看見的那片景色的魔力之下，現在她又必須在形形色色的樹籬、房屋、母親和孩子之間摸索，來找出——她想像中的畫面。她想起來了：怎樣把右邊的這片景色和左邊的那一片銜接起來，這可是個問題。為了達到這個目的，她可以把這根樹枝的線條往那邊延伸過去，或者用一個物體（也許就用詹姆斯）來填補那前景的空隙。但如果她那樣下筆，整幅畫面的和諧一致就有被破壞的危險。她住口不說了；她不願叫他聽得煩膩；她把畫布輕輕地從畫架上取了下來。

但這幅畫已被人看過了，它已被人從她這兒接受過去了。那位男子已經和她分享了某種極其內在的東西。她總算遇見了知音，這可要感謝拉姆齊夫婦，並且要歸功於當時的時間和地點，歸功於這個帶有某種她從未想像到的力量的世界——她從未想像過，她可以不再孤零零地獨自穿過這長長的走廊，而是與某人攜手同行——她撥動她的畫盒的鎖鈎，她用力過猛了，那鎖鈎好像無休止地繞著那畫盒旋轉，繞著那草坪、班克斯先生、還有那直衝過來的小淘氣鬼凱姆旋轉。

十

凱姆在畫架旁邊擦身而過，她不會為了班克斯先生和莉麗·布里斯庫停下腳步，顯然班克斯先生很希望自己也有這樣一個女兒，伸出手來想拉住她；她甚至不會為了她的父親停下腳步，她在他的旁邊擦身而過；她母親在她衝過去時喊道：「凱姆！我要你停一會兒！」但這也不能使她停留。她往前直奔，像一隻小鳥、一顆彈丸、一支飛箭，是什麼欲望在驅使她，是什麼力量在推動她，是什麼目標在吸引她？誰能說明其中的原因？究竟為什麼，為什麼？拉姆齊夫人瞧著她的女兒，心中暗自思忖。也許是一個幻影——一片貝殼、一輛小車、樹籬遠處一個神話王國的幻影，在吸引著她；或著僅僅是由於跑得快而感到光榮自豪；誰也不知道究竟是為了什麼。但是，當拉姆齊夫人第二次喊道：「凱姆！」那枚火箭中途墜落了，凱姆停下腳步，慢吞吞地走回來，半路上順手揪下一片樹葉，來到了母親身邊。

拉姆齊夫人不知道她的女兒在夢想些什麼，她只看見她站在那兒出神地想她自己的事兒，使她不得不把話重新說一遍——去問問瑪德蕾特：安德魯、多伊爾小姐和雷萊先生都回來了沒有？這些話就像石子投進了井裡，它們如此奇異地盤旋扭曲，如果井水是清澈的話，甚至可以看見它們迂迴曲折地下沉，在孩子的心底裡留下一幅天曉得什麼樣的圖案花紋。拉姆齊夫人心裡沒底：凱姆會給那廚娘捎個什麼樣的口信呢？說實在的，只有經過耐心的等待，聽著廚房裡一個面頰紅潤的老婦人在喝盤子裡的湯，拉姆齊夫人才最終使她的女兒發揮鸚鵡學舌的本能，把瑪德蕾特的話一字不漏地聽了下來，又等待著，讓她用一種乾巴巴的唱歌一般的聲調把那些話復述出來。凱姆把身體的重心一會兒放在左腳上，一會兒放在右腳上，重複廚娘的回話：「不，他們還沒回來。我已經叫愛倫把吃茶點用的杯盆撤下來啦。」

那麼，敏泰．多伊爾和保羅．雷萊還沒回來。拉姆齊夫人認為，這只能意味著一件事情：她或者接受了他的求婚，或者拒絕了他，二者必居其一。吃完午飯就出去散步直到現在——雖然安德魯和他們在一起——這又能意味著什麼呢？除非她已經作出了正確的抉擇，拉姆齊夫人想道（她是非常、非常喜歡敏泰的），接受了那個好小伙子的請求，他可能並無才華，然而，拉姆齊夫人思忖（她發覺詹姆斯在拉她的衣角，催她講漁夫和他老婆的故事），憑她自己的心願，她寧可選個笨拙的小伙子，也不要那種撰寫學位論文的才子，譬如說，查爾士．塔斯萊。現在，她肯定已經作出了某種抉擇；或者接受，或者拒絕。

她念道：「第二天，那漁夫的老婆先醒來，剛好天亮，她在床上看到眼前一片美麗的農村景色。她的丈夫還在伸懶腰……。」

但是，如果敏泰同意整個下午單獨陪伴他在鄉間漫遊，現在她又怎麼能說她不願接受他的求婚呢？——因為安德魯可能會離開他們去捉蟹的——但也許南希和他們在一塊兒。她試圖回憶午飯之後他們站在大門口的情景。他們站在那兒，仰首望天，不知道下午天氣如何。一半是為了掩飾他們的羞怯，一半是為了鼓勵他們出遊，因為她同情保羅，她說道：

「在幾英里以內，一絲雲彩也沒有。」當時她就聽到跟在他們後面出來的查爾士．塔斯萊在暗笑。但她是故意那樣說的。她在自己的心眼裡從這個人看到那一個，她沒法肯定，當時南希是否在場。

她繼續念下去：「啊，老婆子，」那個漁夫說，「為什麼我們要做國王？我才不想當國王呢。」「好吧，」漁夫的老婆說，「要是你不想當國王，我想。去找那條比目魚吧，因為我要當國王。」

「要末進來，要末出去，凱姆，」拉姆齊夫人說。她知道凱姆被「比目魚」這個詞兒吸引住了，但要不了多久，她就會和往常一樣坐立不安，把詹姆斯惹惱了吵起架來。凱姆飛快地跑開了。拉姆齊夫人繼續朗讀，她鬆了口氣，因為她和詹姆斯志趣相投，他們在一起融洽而愉快。

「當漁夫來到海邊，天空陰沉灰暗，海水咆哮沸騰，發出腐爛的臭味。他走到海邊站住，開口說道：

『魚兒魚兒，在海裡，
請你過來，我求你；
我的老婆依莎貝兒，
不要我求的心願兒。』

『好，那末她要求什麼呢？』那魚兒問道。」現在敏泰他們在什麼地方啊？拉姆齊夫人邊讀邊想。這兩件事很容易同時進行；因為漁夫和他老婆的故事就像給一支曲調輕柔地伴奏的低音部分，它時常出乎意料地穿插到那旋律中來。應該在什麼時候告訴她呢？如果什麼也沒發生，她要嚴肅地和敏泰談一次。她可不能這樣在鄉間到處閑逛，即使有南希和他們作伴也不行。（她又一次試圖回想他們沿著那條道路離去時的背影，想數一數他們究竟是幾人同行，但她記不清楚。）她得對敏泰的父母——那隻貓頭鷹和那條撥火棍——負責。在她朗讀的時候，她給他們起的綽號闖入了她的腦海。貓頭鷹和撥火棍——對啦，要是他們聽到——而且他們肯定會聽到——敏泰待在拉姆齊家時，曾經被人看到如此這般，等等，等等——他們會生氣的。「他在下議院當上了議員，而她能幹地幫助他爬到社會的上層，」他重複了在一次宴會之後回家途中她為了使她丈夫高興而說過的話，這句話使敏泰父母的形象現在又在她的記憶中浮現出來。哎唷，我的天哪，拉姆齊夫人自言自語，他們怎麼會生出這樣一個不相稱的女兒呢？他們怎麼會有這樣一個男孩子般的野姑娘敏泰呢？她穿的襪子上破了好大一個洞！她家的女僕總是不斷地用畚箕清除那隻鸚鵡灑在地上的沙子，她家的談話內容幾乎總是局限於那隻鳥兒的豐功偉績，——也許這很有趣，但畢竟是很狹隘的話題。她怎麼會在那種異乎尋常的環境中生存的呢？自然啦，你得請她來吃午飯，用茶點，進晚餐，最後還得請她來待上幾天，結果她同她的母親，那隻貓頭鷹，發生了一點摩擦。接下來是更多的拜訪和談話，更多的沙子，到最後，實際上她已經說了許許多多關於鸚鵡的謊言，夠她受用一輩子的啦。（那天晚上宴會之後回家時，她就那麼對她丈夫說的。）不管怎樣，敏泰來啦。……是的，她到他們家來作客啦，拉姆齊夫人想道。她懷疑，在這紛繁複雜的思緒中，似乎暗藏著什麼刺人的荊棘；她把這纏結的思緒解開，發現原來是這麼回事兒：有一次，一個女人指責她「奪走了她的女兒對她的愛」；多伊爾夫人說過的一番話，又使她回想起那種指責。喜歡支配別人，喜歡干涉別人，喜歡別人照她的意思來辦事，——那就是對她的指責，而她覺得，這種指責是最不公正的。她看上去就「像那個樣子」，這叫她又有什麼辦法呢？沒有人能夠指責她竭力要給人留下深刻的印象。她經常為自己的寒傖而感到羞愧。她並不盛氣凌人，也不專橫任性。要是說她關心的是醫院、下水道和牧場，倒是更為確切。對於這種事情，她的確易動感情。要是她有機會的話，她會抓住別人的脖子，強迫他們去關注這些問題。在整個島上沒有一所醫院，這簡直是丟人。在倫敦，牛奶送到你家門口時，已被塵土污染成棕色了。應該宣布這是非法的，在這兒應該建立一個模範牧場和一所醫院——這兩件事她但願能夠親自辦到。但怎樣才能辦到呢？像她這樣拖兒帶女的，能行嗎？等孩子們年齡大一點，等他們都上學了，也許她就會有時間。

噢，可是她永遠不願詹姆斯長大一丁點兒！也不願凱姆長大。這兩個孩子是她的掌上明珠，她希望他們能夠永遠保持現狀，永遠是淘氣的魔鬼、歡樂的天使，永遠別看到他們發育成腿兒長長的龐然怪物。什麼也彌補不了這個損失。她剛給詹姆斯念到「有許多帶有銅鼓和軍號的兵士」，他的目光變得黯淡起來，她想，他們為什麼要長大成人，而失去所有這一切呢？他是她所有的子女中最有天賦、最敏感的一個。但是，她想，所有的孩子都大有前途。普魯，和其他孩子相比，是個十分完美的小天使，現在有些時候，特別是在晚上，她的美麗簡直令人吃驚。安德魯——甚至她的丈夫也承認他有非凡的數學天才。南希和羅傑，他們倆現在都是野孩子，整天在鄉間遊逛。至於露絲，她的嘴太大了點兒，但她的雙手卻有著奇妙的天賦。如果他們家要開詩畫字謎遊藝晚會，就由露絲來縫製服裝，準備一切道具；她最喜歡鋪設桌子，布置花卉，照料一切。拉姆齊夫人不喜歡傑斯潑獵鳥；但這不過是成長過程中的一個階段罷了；孩子們都要經歷各種各樣的階段。她把頦部貼在詹姆斯的腦袋上問道，他們為什麼成長得這麼快呢？他們為什麼要去上學呢？她但願永遠有一個小娃娃留在身邊。懷裡抱著個娃娃，她就是最幸福的了。那末，要是人們說她專橫任性、盛氣凌人、頤指氣使，如果他們願意這麼說，她可不在乎。她的嘴唇撫摸著詹姆斯的頭髮，她想，他長大後，永遠不會像現在這樣快樂了。但是，她又自己打斷了這種念頭，因為她想起了她的丈夫會多麼憤怒，要是她說出那樣的話來。但這仍舊是事實。他們現在比將來任何時候都要更加幸福。一套十個便士的小茶具，會使凱姆高興幾天呢。當他們早晨醒來之時，她就聽到他們在她頭頂上方的樓板上跺腳、喧鬧。他們吵吵嚷嚷地沿著走廊跑來。然後，門一下子打開了。他們湧了進來，像鮮艷的玫瑰，清醒地睜大著眼睛，好像到飯廳裡來尋找他們的早餐（他們一生中天天如此），是件了不得的大事情。就這樣，諸如此類的事一樁接著一樁，一整天就這麼過去了，直到她上樓去祝他們晚安，發現他們都鑽進了放下蚊帳小床裡，就像在放滿櫻桃和木莓的鳥窩中的小鳥一樣，還在編造一些故事，來描述一些無關緊要的事情——他們白天聽到的、或者在花園裡偶然看到的事情。他們每個人都有自己小小的寶藏……。於是她下樓來對她的丈夫說，為什麼他們要長大成人，而失去所有這一切天真的樂趣呢？他們不會再感到如此幸福的了。他生氣了。為什麼對人生抱這種悲觀的態度?他說。這種想法不合理。這是很奇怪的;然而她相信這是事實:儘管他有時憂鬱絕望,但總的說來,他比她更幸福,對前途更為樂觀。他接觸人生的煩惱要比她少一些——也許原因就在於此。他永遠有他的工作可以做為他的精神支柱。她自己並非像他所指責的那樣「悲觀主義」。她只是想到了生活——而且是想到呈現在她眼前的短暫的一段時間——她五十年的生涯。生活——它就展現在她眼前。生活,她想道——但她沒有結束她的思索。她向生活瞥了一眼,因為她清晰地意識到它的存在,某種真實的、純粹屬於個人的東西,她既不和子女又不和丈夫分享的東西。他們之間一直在互相較量,她處於一方,生活處於另一方,而她總是盡能地去戰勝對方,就像對方要戰勝她一樣;有時候,他們之間也展開談判(當她一個人獨自坐著的時候);她記得也有妥協和解的場面;但說來也真怪,就大體而論,她必須承認,生活是可怕的、充滿敵意的,它會迅速地向你猛撲過來,如果你讓它有機可乘的話。還有那些永遠存在的問題:苦難、死亡、貧困。總有某一個女人正在患癌症而奄奄一息,甚至在眼前就有。她不得不對這些孩子們說:你們必須經歷所有這一切人生的考驗。她曾經對八個孩子無情地說明那個問題(而溫室修理費的賬單將達到五十英鎊)。她知道他們將面臨什麼——愛情的歡樂,事業的抱負,孤獨地在陰暗的地方忍受不幸的煎熬——正是為了這個原因,她經常有這種感覺:為什麼他們要成長起來,而失去童年的一切幸福呢?後來,向生活揮舞著手中的利劍,她自言自語道:胡說!他們將會獲得完美的幸福。她在這兒考慮如何使敏泰和保羅結婚,她又感覺到人生的險惡；因為，不論她對自己和生活之間的較量有何感受，她有著並非人人都會遭遇的經歷（這是她自己也無以名之的隱痛）；她被某種力量驅使著前進，她知道速度太快了，幾乎對她自己來說，似乎這也是一種逃避，她要說：人們必須結婚；人們必須生兒育女。

她這樣做是否不很妥當，她捫心自問。她回顧了自己在過去一兩個星期中的所作所為，拿不准她是否真的曾經給敏泰（她才二十四歲）施加過任何壓力，促使她作出抉擇。她感到不安。她沒有對此加以嘲笑嗎？結婚需要具備——噢，各種各樣的條件（溫室的修理費要五十英鎊）；其中有一條——她不必明言——那是最基本的；那是她和她的丈夫之間的事情。他們倆有那種默契嗎？

「然後，那漁夫穿上他的褲子，像個瘋子似地逃跑了，」她朗讀道。「但是，在外面，狂風暴雨來勢如此凶猛，使他幾乎站不住腳，房屋被掀翻了，大樹連根拔起，地動山搖，岩石滾進了大海，天空一片漆黑，電閃雷鳴，黑色的海浪滾滾而來，就像教堂的尖塔和高聳的山峯，浪尖兒上泛著白沫。」

她翻過一頁，那故事只剩下最後幾行了，因此，她想把它講完，雖然已經超過了就寢時間。園中的暮色使她明白，時間已不早了。逐漸變得蒼白的花朵和葉瓣上灰黑的陰影湊合在一起，在她心中喚起一種憂慮的感覺。起初她想不起這憂慮之感從何而來，後來她想起來了：保羅、敏泰和安德魯還沒回來。她在心目中重新喚起這幾個人的形象，他們站在大廳門口的陽臺上，擡頭仰望天空。安德魯拿著他的網兜和籃子，這表明他要去捕魚捉蟹。這意味著他會爬到一塊凸出到大海中的岩石上去；他會脫離他的遊伴。或者，他們三人在歸途中，在斷崖峭壁的羊腸小道上排成單行前進之時，其中有人會不慎失足。他會滾下山溝，摔得粉身碎骨。因為天已經黑了。

但她不讓自己的聲音在講故事的時候有一絲一毫的改變。她合上書本，再加上最後幾句話，彷彿這是她自己杜撰出來的。她凝視著詹姆斯的眼睛說：「直到現在，他們還在那兒生活著呢。」

「故事講完了，」她說。她看見，在他的眸子裡，對於那故事的興趣消失了，某種其他的事物取而代之；那是某種猶豫不定的、蒼白的東西，就像一束光芒的反射，立即使他凝眸注視，十分驚詫。她回過頭來，她的目光越過海灣望去，就在那兒，毫無疑問，穿過波濤洶湧的海面，有規律的燈光先是迅速地閃了兩下，然後一道長長的、穩定的光柱在煙光瑩凝之中直射過來，那是燈塔發出的光芒。塔上的燈已被點燃了。

他馬上就會問她，「我們將要到燈塔去嗎？」她就不得不回答：「不，明天不去；你爸爸說不能去。」幸虧瑪德蕾特進來找他們了，她匆匆忙忙的腳步聲，分散了他們的注意力。但是，當瑪德蕾特抱他出去的時候，他繼續回首凝視，她肯定他心裡在思忖，咱們明天不會到燈塔去了；她想，他一輩子都會記住這件事情。

十一

是的，她想，孩子們是永遠不會忘記的。她把他已經剪好的圖片收集起來——一只冰箱，一架割草機，一位穿晚禮服的紳士。正因為孩子們記性好，你的一言一行都舉足輕重，切不可馬虎大意，等到他們都去睡了，你才能鬆口氣。現在她不必再顧忌任何人了。她能夠恢復她的自我，不為他人所左右了。正是在現在這樣的時刻，她經常感到需要——思索；嗯，甚至還不是思索，是寂靜；是孤獨。所有那些向外擴展、閃閃發光、音響雜然的存在和活動，都已煙消雲散；現在，帶著一種嚴肅的感覺，她退縮返回她的自我——一個楔形的黑暗的內核，某種他人所看不見的東西。雖然她正襟危坐，繼續編織，正是在這種狀態中，她感到了她的自我；而這個擺脫了羈絆的自我，是自由自在的，可以經歷最奇特的冒險。當生命沉澱到心靈深處的瞬間，經驗的領域似乎是廣袤無垠的。她猜想，對每個人來說，總是存在著這種無限豐富的內心感覺；人人都是如此，她自己，莉麗，奧古斯都，卡邁克爾，都必定會感覺到：我們的幻影，這個你們藉以認識我們的外表，簡直是幼稚可笑的。在這外表之下，是一片黑暗，它蔓延伸展，深不可測；但是，我們經常升浮到表面，正是通過那外表，你們看到了我們。⑬她內心的領域以乎是廣闊無邊的。有許多她從未見識過的地方；其中有印度的平原；她覺得她正在掀開羅馬一所教堂厚厚的皮革門簾。這個黑暗的內核可以到任何地方去，她非常高興地想，因為它無影無蹤，沒人看得見它，誰也阻擋不了它。在個人獨處之時，就有自由，有和平，還有那最受人歡迎的把自我的各部分聚集在一起，在一個穩固的聖壇上休息的感覺。一個人並不是經常找到休息的機會，根據她的經驗（這時她用鋼針織出某種纖巧的花樣），只有做為人的自我，做為一個楔形的內核，才能獲得休息。拋棄了外表的個性，你就拋棄了那些煩惱、匆忙、騷動；當一切都集中到這種和平、安寧、永恒的境界之中，於是某種戰勝了生活的凱旋的歡呼，就升騰到她的唇邊；她的思路在那兒停住了，她的目光向窗外望去，遇見了燈塔的光柱，那長長的、穩定的光柱，那三次閃光中的最後一次，那就是她的閃光，因為，總是在此時此刻，在這種心情之下，她注視著這燈塔的閃光，就會情不自禁地把自己和某種東西，特別是她所看到的東西，聯繫在一起；而這件東西，這穩定的、長長的光柱，就是她的光柱。她經常發現她自己坐在那裡瞧著，坐在那裡瞧著，手裡幹著活兒，直到她自己和她所瞧的東西——例如那燈光——化為一體。而且，她會把一些埋藏在她心底裡的話，升騰到那光柱之上——「孩子們不會忘記的，孩子們不會忘記的」——這話她會一遍一遍地

---

⑬佛洛依德的精神分析學說，把人的心理分為意識、前意識、潛意識三個層次，其中包括超我、自我、伊德（本能）三種因素，意識居於心理的表層，而潛意識的黑暗領域是深不可測的。拉姆齊夫人的想法，顯然是受到了佛洛依德學說的影響。

重複，並且再加上一句：它會結束的，會結束的，她說。那一天會來到的，會來到的，她突然接著說，我們將在上帝的掌握之中。

但她馬上因為說了這話而對自己生氣了。是誰說的？這可不是她；她是迷了心竅，才說出這種違心的話。她的目光離開了她手中編織的襪子，她擡頭望見燈塔的第三道閃光，對她來說，這好像是她自己的目光和自己的目光相遇，那燈光，就像只有她自己能夠做到的那樣，深入探索她的思緒和心靈，把其中的實質精煉提純，剔除了那個謊言，一切謊言。通過贊揚那燈光，她毫無虛榮心地贊揚了自己，因為她像那燈光那樣嚴峻，那樣探索，那樣美麗。這可真怪，她想，如果一個人孑然獨處，這個人多麼傾向於無生命的事物：樹木、溪流、花朵；感覺到它們表達了這個人的心意；感覺到它們變成了這個人；感覺到它們瞭解這個人，在某種意義上說，和這個人化為一體；感覺到一種如此騷動不安的柔情（她凝視那長長的穩定的光柱），就好像是在顧影自憐。在那兒升起了——她停下手中的鋼針凝目注視——在心底裡捲起了一縷輕煙，在她生命之湖的水面上，飄起一層霧靄，化為一位新娘，去迎接她的愛人。

是什麼使她說出那樣的話：「我們將在上帝的掌握之中！」？她覺得奇怪。在一片真誠之中，滲入了這言不由衷的話語，這使她警覺，惹她生氣。她又回過頭來編織襪子。怎麼可能有什麼上帝，來創造這個世界呢？她問道。通過她的思想，她總是牢牢地抓住這個事實：沒有理性、秩序、正義；只有痛苦、死亡、貧困。她知道，在這個世界上，無論什麼卑鄙無恥的背信棄義行為，都會發生。她也明白，世界上沒有持久不衰的幸福。她帶著堅定的神態編織著襪子，她微微撅起嘴唇，不知不覺地，在一種習慣性的嚴峻神態之中，她臉部的線條僵硬而沉靜，當她的丈夫經過之時，儘管他想到胖得驚人的哲學家休謨⓮陷入了泥沼而格格地竊笑，他也不能不注意到她的美貌帶有一種內在的嚴峻。這使他感到悲傷，而她那疏遠冷漠的表情傷了他的心，當他經過的時候，他覺得自己沒法去保護她，當他走到樹籬旁邊，他感到悶悶不樂。他愛莫能助。他只能袖手旁觀。真的，他只會越幫越忙，使她的情況更糟，這是可惡的事實。他煩躁不安——他的怒火一觸即發。剛才說起那燈塔，他就動了肝火啦。他的目光凝視那道樹籬，盯著它虬蟠錯雜的枝葉，盯著它的一片黑暗仔細地瞧。

拉姆齊夫人經常覺得，一個人為了使自己從孤獨寂寞之中解脫出來，總是要勉強抓住某種瑣碎的事物，某種聲音，某種景象。她側耳靜聽，此時萬籟俱寂，板球賽已經結束，孩子們正在沐浴，只有大海的濤聲不絕於耳。她停止了編織；她舉起紅棕色的長襪子，讓它在她手中晃蕩了一會兒，以便仔細端詳。她又看見了那燈光。她的審視帶有某種諷刺意味，因為，當一個人從沈睡中醒來，他和周圍事物的關係就改變了。她凝視那穩定的光芒、那冷酷無情的光芒，它和她如此相像，又如此不同，要不是還有她所有那些思想，它會使她俯首聽命（她半夜醒來，看見那光柱

⓮參閱《燈塔行》第一部註⓫。

曲折地穿越他們的床鋪，照射到地板上），她著迷地、被催眠似地凝視著它，好像它要用它銀光閃閃的手指輕觸她頭腦中一些密封的容器，這些容器一旦被打開，就會使她周身充滿了喜悅，她曾經體驗過幸福，美妙的幸福，強烈的幸福，而那燈塔的光，使洶湧的波濤披上了銀裝，顯得稍為明亮，當夕陽的餘輝褪盡，大海也失去了它的藍色，純醉是檸蒙色的海浪滾滾而來，它翻騰起伏，拍擊海岸，浪花四濺；狂喜陶醉的光芒，在她眼中閃爍，純潔喜悅的波濤，湧入她的心田，而她感覺到：這已經足夠了！已經足夠了！

他回過身來看見了她。啊！她真美，比他在任何時候所能想像的還要美。但他不能和她講話。他不能驚擾她。既然詹姆斯已經離去，她終於獨自坐在窗前，他渴望要去和她談話。但他毅然決定：不，他快不去打擾她。現在她姿容絕世，淒然沉思，在精神上和他距離遙遠。他不願去驚醒她，他在她面前經過之時默不作聲。她看上去竟然如此疏遠冷漠，雖然這傷了他的心，但她是可望而不可即的，他對她愛莫能助。而且，他會再一次默然經過她的面前，要不是就在那一瞬間，她出於自願，給了他那種她知道他永遠也不會開口要求的幸福——她召喚他，並且從畫框上取下了那條綠色的圍巾，走到了他的身邊。因為她知道，他希望他能保護她。

十二

她把綠色的圍巾披在肩上。她挽住了他的手臂。他太漂亮了，她說；她開始說起園丁肯尼迪，他一下子變得如此英俊，使她簡直不忍辭退他。在暖房前面靠著一把梯子，周圍黏著幾小塊油灰，因為他們就要修理暖房了。是的，當她和丈夫一路散步過去，她覺得那個特別令人憂慮的禍根，早已埋伏在那兒了。在他們散步之時，她的話兒已經到了嘴邊：「修理費用要五十鎊呢。」但她沒說，因為一提起錢的問題，她就失去了勇氣。她另外找個話題，說起傑斯潑射鳥的事兒。他馬上安慰她說，對於一個男孩子說來，那是很自然的，他相信傑斯潑不久就會找到更好的消遣辦法。她的丈夫是如此明智，如此公正。因此她說：「是的，所有的孩子都要經歷各種發展階段。」她開始考慮那個大花壇中的大利花，不知道明年花開得如何。她又問他，是否聽到孩子們給查爾士．塔斯萊起的綽號。無神論者，他們稱他為渺小的無神論者。「他可不是個舉止優雅的楷模，」拉姆齊先生說。「差得遠哪，」拉姆齊夫人說道。

她認為最好還是讓他自行其是，拉姆齊夫人說，同時她心裡懷疑，把花的球莖交給僕人是否有用，他們會不會去種植呢？「噢，他還有他的學位論文要寫呢，」拉姆齊先生說。關於那篇論文的事情她全知道，拉姆齊夫人說，其內容是關於某人對於某事的影響。除了這篇論文，別的他什麼也不談。「嗯，他就完全指望這篇論文啦，」拉姆齊先生說。「求求老天爺；可別叫他愛上了普魯，」拉姆齊夫人說。要是她和塔斯萊結婚，他就剝奪她的繼承權，拉姆齊先生說。他的目光並不去注視他的妻子正在仔細察看的花朵，而是望著它們上方一英尺左右的地方。塔斯萊並無惡意，他接著說，而他幾乎馬上就要說，無論如何，他是在英國崇拜他的著作的唯一青年——但他忍住了，沒把它說出來。他不願再拿他的著作來煩擾她了。這些花卉好像值得讚賞，拉姆齊先生說。他向下俯視，注意到一些紅色和棕色的東西。是的，這些是她親手種的花，拉姆齊夫人說。問題在於，如果她把這些花的球莖都交給園丁，肯尼迪會去種植嗎？他可懶得沒法治，她接著說，一面向前走去。如果她整天手裡拿著把鏟子在旁邊督促他，他有時還幹點活。他們就這樣信步而行，走向那火紅色的鐵柵欄。「你在教你的女兒們誇大其詞，」拉姆齊先生責備她說，她的姨媽卡米拉比她更善於誇張，拉姆齊夫人說。「據我所知，從來沒有人把你的卡米拉姨媽當作品德高尚的楷模。」拉姆齊先生說。「她是我所見過最美的女人，」拉姆齊夫人說。「最美的不是她，是別人，」拉姆齊先生說，普魯將要比她美得多，拉姆齊夫人說。拉姆齊先生說他一點兒也看不出來。「好，那末今天晚上你就瞧一瞧吧，」拉姆齊夫人說。他們停住了。他希望能促使安德魯更用功點。如果他不用功，他就會錯過得獎學金的一切機會。「噢，獎學金！」她說。拉姆齊先生認為，她用這樣輕忽的口吻來說獎學金這樣嚴肅的事情，可有點兒傻。他將為安德魯感到驕傲，如果他得到獎學金的話，他說。如果他得不到獎學金，她也同樣為他感到驕傲，她回答說。對此他們總是意見分歧，但這沒有關係。她就喜歡他如此相信獎學金的作用；而他也喜歡她不管安德魯幹什麼，她都為他感到驕傲。突然間，她想起了在懸崖峭壁邊緣上的那些羊腸小道。

不是已經很晚了嗎？她問道。他們還沒回來。他漫不經心地打開他的掛錶。只有七點多鐘。

他讓錶蓋開著，過了一會兒，他決定把剛才他在陽臺上的感覺告訴她。首先，這樣大驚小怪是毫無道理的，安德魯能夠照應他自己；然後，他要告訴她，剛才在陽臺上散步之時——說到這兒他有點窘，好像他私自闖入了她孑然獨處、神魂飛馳、遠離塵世的精神世界……但她緊緊地挽住了他。他想對她說些什麼呢？她問道。她猜想，他會說起到燈塔去的事；他會表示遺憾，因為他剛才說了一聲「真該死」。不。他不喜歡她剛才看上去如此淒涼寂寞，他說。不過是在出神罷了，她反駁道，覺得臉上有些發燒。他倆都感到彆扭，好像不知道該繼續散步呢還是回去。她剛才給詹姆斯念童話來著，她說。不，在這方面他們沒有共同的感受；這個話題他們談不下去。

他們走到了裝著火紅色鐵柵欄的兩簇樹籬之間的空隙處，又可以見到那座燈塔了，但她不讓自己去瞧它。要是她知道剛才他在瞧著她，她想，她就不會讓自己坐在那兒沉思了。她不喜歡會使她想起曾經有人看到她坐著出神的任何東西。「因此，她回過頭去瞧那城鎮。那些燈火波動奔流，宛若被一陣微風穩穩地托起的一股銀光閃爍的水珠。所有的貧窮和苦難，都化為那一片光芒，拉姆齊夫人想道。城鎮、港口和船隻的燈火，像一個縣浮在那兒的幻影般的網，標出了沉沒在茫茫暮色之中的物體。如果他不能分享她的思緒，拉姆齊先生對自己說，他就獨自走開吧。他要繼續思索，和自己講講休謨如何陷入泥沼的故事；他要大笑一場。不過他首先要說，為安德魯擔憂可真是杞人憂天。當他在安德魯那樣的年齡，他就經常整天在鄉間漫遊，除了口袋裡有一片餅乾之外，什麼也不帶，也沒人為他擔憂，恐怕他會從懸崖上摔下去。他大聲地說，他想，如果明天天氣很好，他倒願意出去遊逛一整天。班克斯和卡邁克爾可真叫他受夠啦。他希望能夠離羣索居。好吧，她說。她並不提出異議，這可叫他生氣。她知道他永遠也不會這樣幹的。他的年齡太大了，他不可能在口袋裡帶片餅乾出去一整天。她擔心孩子們的安全，就是不為他擔心。他們站在兩簇裝著火紅色鐵柵欄的樹籬之間，他遙望著海灣的彼岸，心裡思忖：多年以前，那時他們還沒結婚，他曾經走了一整天，在一個小酒店裡吃了一點麵包和乾酪，權充午餐。他曾經一口氣工作十個小時；只有一個老婦人不時進屋來照管一下爐子。那就是他最喜愛的鄉村，就在那兒，那些沙丘漸漸地隱沒在夜色之中。你可以走上一整天，也遇不到一個人，在好幾英里路之內，沒有一所房子，一座村莊。獨自一個，你就能絞盡腦汁來思索，解決一些問題。在那兒，有一些自古以來人跡罕至的小小的沙灘。海豹豎起它們的身軀盯著你瞧。有時候，他似乎覺得，在那野外的一座小屋子裡，獨自一人，他就可以——他的思緒突然中斷，他嘆了口氣。他沒那個權利。他可是八個孩子的父親啊——他提醒自己。要是他還想把現狀稍為改變一下，他就是個不知足的畜生和惡棍。安德魯將成為一個比他更好的人。普魯將成為一個美人兒，這是她母親說的。他們會稍稍阻擋住那股洪流。但整個說來，那是件小小的傑作——他的八個孩子。他想，他們的存在表明，他並不完全詛咒這個可憐渺少的宇宙，因為在這樣一個黃昏，他瞧著眼前的這片土地在夜色中漸漸縮小，那個小島似乎小得可憐，它的一半已經被海水吞沒了。

「可憐、渺小的地方，」他喃喃自語，嘆了口氣。

她聽見了。他說了最憂鬱的話。但她注意到，他說過這樣的話之後，往往馬上顯得比平時更為興高采烈。這些措詞不過是一種文字遊戲而已，她想，要是她說了他所說的話的一半，她就會用槍打碎自己的腦殼。

這樣玩弄辭藻真叫她生氣，於是她用一種實事求是的口吻對他說，這是一個十全十美的、可愛的黃昏。他無病呻吟些什麼呢，她一半好笑，一半埋怨地問道，因為她猜到了他在想些什麼——要是他沒結婚，他會寫出更好的著作。

他可沒抱怨，他說。她知道他沒抱怨。她知道他沒什麼可以抱怨的。他一把抓住她的手，舉到他的唇邊，帶著強烈的感情親吻了它。這使她熱淚盈眶。他立刻放下了她的手。

他們轉身離開了這片景色，挽著手臂，開始走上那條長著銀綠色長矛似的植物的小徑。他的胳膊差不多像個小伙子的胳膊，拉姆齊夫人想道，瘦削而堅定。她高興地想，雖然他已年逾花甲，還是多麼強健，多麼豪放，多麼樂觀。像他那樣，確信世界上有各種各樣可怕的事情，但這似乎毫不使他氣餒，反而叫他高興，那可多麼奇怪。這不是很奇怪嗎？她在心中琢磨。她似乎覺得，他有時確實與眾不同：對於平凡的瑣事，他生來就視而不見、聽而不聞、不置一詞；但對於不平凡的事情，他的目光像兀鷹一般敏銳。他透闢的理解能力，常常使她吃驚。但是，他注意到那些花朵了嗎？不。他注意到這片景色了嗎？不。他注意到自己親生女兒的美麗了嗎，或者，他是否注意到他的盤子裡是塊布丁還是烤肉？和他們一起坐在餐桌旁邊，他心不在焉，就像在做夢一般。她擔心，他那種大聲自語、高聲吟詩的習慣，恐怕是發展得越來越厲害了；因為有時候這使人發窘——

最美好、最光明的日子，已經消逝！

可憐的吉廷斯小姐，當他對著她吼出那詩句之時，她幾乎大吃一驚。儘管拉姆齊夫人馬上會站在他一邊，去對抗世界上所有吉廷斯之類的傻瓜，然而，她想……，她親昵地輕輕捏緊他的胳膊，因為上山時他跑得太快了，她要停留一會兒，看看海岸邊隆起的沙丘，是不是新的鼴鼠窩。然後，她一邊彎腰凝視，一邊想道，一個像他這樣偉大的腦袋，必然處處和我們的有所不同。她所認識的任何一個偉大的人物，她想（她肯定是一隻兔子而不是鼴鼠鑽進了沙丘），都是像他那個樣子。只要聽聽他發表的高談闊論，看看他的堂堂儀表，對小伙子們就大有裨益（雖然對她來說，講堂裡的氣氛幾乎沉悶壓抑到難以忍受的地步）。但除了射殺那些兔子之外，她不知道還有什麼別的辦法，可以鏟平那些小丘。那可能是兔子；也可能是鼴鼠。總之，有某種動物，正在破壞她的櫻草花。舉目仰望，她透過稀疏的枝葉，看見了閃閃繁星的第一束光芒。她要她的丈夫也看上一眼，因為那景像使她感到強烈的喜悅。但她抑制住自己。他從來不觀賞景色。如果他瞧上一眼，他只會嘆一口氣說：可憐、渺小的世界啊！

當時他說了聲「很好」，以便取悅他的夫人，並且假裝在欣賞那些花卉。但是，她知道得很清楚，他並不欣賞那些花，或者甚至還沒有意識到它們的存在。這不過是為了討好她罷了……。啊，那不是莉麗·布里斯庫和威廉·班克斯在一塊兒散步嗎？她的近視眼盯著退回去的那一對兒的背景直望。沒錯，真是他們倆。這不是意味著，將來他們會結合嗎？對，他們倆必須結婚！多好的主意！他們倆必須結婚！

十三

班克斯先生在他和莉麗·布里斯庫穿過草坪時說，他曾到過阿姆斯特丹，看過林布蘭特⑮的名畫。他曾到過馬德里，但很不湊巧，那天是耶穌受難日，普拉多藝術館不開門。他曾到羅馬去過。布里斯庫小姐沒去過羅馬？噢，她一定得去一次——對她說來，那將是一番美妙的經歷——那兒有西斯廷大教堂的壁畫，米開朗基羅的真跡，還有巴圖阿畫廊的喬托⑯名畫。他的夫人多年

---

⑮林布蘭特（Rembrandt, 1606~1669）：荷蘭大畫家。

來一直體弱多病，因此他們不過是浮光掠影，沒有盡興暢遊。

她到過布魯塞爾。她到過巴黎，那只不過是一次倉促的短期逗留，去探望她患病的姑媽。她到過德累斯頓，那兒有許多名畫她還沒參觀過。然而，莉麗反省說，也許還是不去參觀更好，那些名畫只會使你對自己的作品完全灰心失望。班克斯先生認為，一個人可能會抱著這種觀點走得太遠了。我們不可能個個都是提香[17]，我們也不可能人人都成為達爾文；同時，要是沒有我們這些凡夫俗子，他懷疑是否會有達爾文和提香這樣的人物。莉麗很想恭維他幾句，她很想說，班克斯先生，您可不是凡夫俗子。但他不要別人恭維（大多數男人都喜歡受人恭維，她想），她對於自己的一時衝動覺得有點不好意思，就沒把話說出來。另一方面，他卻說道，也許他說的話對於繪畫並不適用。莉麗克服了她的羞怯，真誠地說，她將永遠致力於繪畫，因為她對此感到興趣。對，班克斯先生說，他相信她會堅持下去的。當他們走到草坪的盡頭，他問她是否在倫敦難以找到繪畫的題材。他們回過身來，看見了拉姆齊夫婦。那就是結婚，莉麗想道，一個男人和一個女人，瞧著一個小姑娘扔球。這就是拉姆齊夫人那天晚上試圖告訴我的事，她想。拉姆齊夫人披著綠色的圍巾，他們倆緊挨著站在一起，瞧著普魯和傑斯潑扔壘球。說不清是什麼道理，也許就在

---

⑯喬托（1267～1337）：義大利文藝復興初期畫家、雕塑家。

⑰提香（Titian, 1490～1576）：義大利文藝復興時期威尼斯派畫家。

他們倆剛從地鐵走出來或者在拉門鈴的時候，某種使人們成為象徵、成為代表的意識，突然降臨到他們身上，使他們在暮色之中佇立著，觀看著，使他們成為婚姻的象徵：丈夫和妻子。然後，過了一會兒，那個超越真實人物的象徵性的輪廓又隱退了，當班克斯和莉麗遇到他們時，他們又成了拉姆齊先生和夫人，正在看孩子們扔壘球。拉姆齊夫人像平時一樣笑吟吟地歡迎他們（噢，她又以為我們將要結婚了，莉麗想），她說，「今晚我可勝利了，」言下之意，是指班克斯先生同意和他們共進晚餐，不回他的宿舍去吃他的廚師用恰當的烹飪方法燒出來的蔬菜了；儘管拉姆齊夫人笑容可掬，當那壘球被拋到高空，他們的目光追隨著它，卻不見它的影蹤，只見那顆星星和懸垂的樹枝，在這片刻之間，他們還是有一種什麼東西被粉碎了的感覺，一種空虛的感覺，一種不踏實的感覺。在逐漸昏暗的暮色之中，他們看上去都顯得單薄、飄渺，距離遙遠。後來，普魯突然從廣闊的空間衝了回來（因為，好像一切物體都已經完全消融在夜色中了），她全速衝到他們中間，漂亮地用左手高高地接住了那只壘球，她的母親說，「他們還沒有回來嗎？」於是，那令人心神恍惚的寂靜境界，就被打破了。拉姆齊先生覺得，現在他可以自由自在放聲大笑了，他想到休謨曾經陷入泥沼，一位老婦人要他念一遍主禱文才肯救他出來，不覺格格地暗笑，走到他的書房裡去了。拉姆齊夫人叫普魯重新回來扔球，因為她已經走開了。她問道：

「南希跟他們一塊兒出去了嗎？」

十四

（毫無疑問，南希是和他們一塊兒去的了。吃過午飯，南希離開餐廳，准備到她的閣樓上去逃避那可怕的家庭生活，這時，敏泰．多伊爾伸出她的手，用默默無言的眼色邀請她同行。既然敏泰相邀，那末，她想她應該去。她並不想去。她完全不想捲入這件事情。當她們沿著通向那懸崖的道路漫步前進之時，敏泰一直拉著她的手。後來她放開了她的手。隨後她又把它拉起來。她到底想要什麼？南希想道。當然，人們總是想要些什麼東西。敏泰拉著她的手時，南希不由自主地看到整個世界在她下方展開，宛如透過雲霧看見了君士坦丁堡，於是，不論你多麼昏昏欲睡，你必定要詢問：「那就是聖索非亞嗎？」「這就是君士坦丁堡海港嗎？」因此，敏泰拉著她的手時，南希就提出了疑問：「她究竟想要什麼？就是要那個嗎？」那個又是什麼呢？（當南希俯視展現在她腳下的生活時）從雲霧之中，這兒聳出一個塔尖，那兒露出一座殿宇；一些說不出名堂的顯著突出的東西。但是，當他們沿著山坡往下跑，敏泰撒開了她的手，所有那一切，那殿宇，那塔尖，那曾經聳出雲端的任何東西，都沉沒在茫茫霧海中消失了。據安德魯觀察，敏泰挺能走路。她的衣著打扮也比大多數女人來得合理。她穿著短裙和黑色的燈籠褲。她會一下子跳進小溪，跟跟蹌蹌地衝到對岸。他喜歡她急躁的性格，但他知道這種脾氣不行——總有一天，愚蠢魯莽的行為會叫她送命的。她好像什麼也不怕——除了公牛。只要看到田裡有一頭公牛，她就舉起雙臂，尖聲喊叫，拔腳飛奔，當然，這樣做恰恰會激怒那頭公牛。但她毫不在乎地承認她的弱點；這你也必須承認。她知道她在公牛面前是個糟糕的膽怯鬼，她說。她想，她在嬰兒時期，一定在她的童車裡被牛撞過。她對於自己說了些什麼、幹了些什麼，都滿不在乎。現在，她突然往懸崖的邊緣縱身一跳，開始唱了起來：

詛咒你的眼睛，詛咒你的眼睛。

他們都不得不參加那合唱，一起高呼：

詛咒你的眼睛，詛咒你的眼睛。

但是，如果在他們走上海灘之前，潮水湧了進來，淹沒了他們捕魚捉蟹的那一整塊狩獵場地，那可沒命了。

「那準沒命，」保羅跳起來表示同意。當他們步履艱難地向下蜿蜒滑行之時，他不停地引用《旅遊指南》：「這些島嶼，由於它們的景色像公園一般美麗如畫，由於它們的珍奇海貝範圍廣闊、豐富多彩，它們受到了理所應得的贊賞。」但是，安德魯在小心翼翼地選擇道路走下懸崖之時，覺得這一切全不合適：高呼「詛咒你的眼睛」；在他背上拍一下，稱他為「老伙計」；還有所有那些玩意兒，全都不合適。帶女人出去散步，可是糟糕透頂。在海灘上，他們曾經一度分手，他走到延伸到大海中的一塊稱為「教皇的鼻子」的岩石上，脫下了鞋子，把襪子捲起來塞進鞋肚裡，撇下那一對兒不管了；南希蹚過淺灘到她自己那塊岩石上去尋找她的水潭，也撇下那一對兒不管了。她蹲下來，摸到了光溜溜的橡皮似的海葵，它們像一團膠凍一樣黏在岩石邊上。她蹲著出神，把小水潭變成一片汪洋大海，把鰷魚當作鯊魚和鯨魚，她舉起手來，就像在這小小的世界上空一片巨大的浮雲，遮蔽了陽光，她就像上帝一樣，給千百萬既無知又無辜的生物帶來了黑暗和荒涼。然後，她突然移開手掌，讓陽光傾注下來。在延伸出去的、十字形的、白晃晃的沙灘上，一只昂首闊步的鰲蝦，就像一艘飾著彩帶，披著裝甲的奇異的艨艟（她還在擴大那水潭），滑進了山腳邊巨大的罅隙。然後，她的目光悄悄地從水潭上方掃過，停留在波光粼粼的海空相交之處，凝視著那條波動的地平線和那些樹幹，輪船噴出的煙霧，使那些樹幹在地平線上搖晃顫動，波浪來勢凶猛地席捲過來，又不可避免地退了回去，她像被催眠似地著了迷，大海的廣袤和水潭的渺小（它又縮小了）這兩種感覺在其中交織，使她覺得她的軀體、她的生命、世界上一切人的生命都無限渺小，永遠化為烏有；這強烈的感覺好像把她手腳都束縛住了，使她動彈不得。她就這樣，聽著大海的濤聲，蹲在那兒俯視著水潭，默然沉思。

安德魯大聲叫嚷說，潮水湧進來了，因此，南希水花四濺地跳躍著蹚過淺淺的海水，走到了岸邊，出於她急躁的個性和迅速活動一下的欲望，她奔跑著衝上了海灘，就在那兒，在一塊岩石後面——噢，天哪！保羅和敏泰在互相擁抱，也許正在接吻。南希怒不可遏，極其憤慨。她和安德魯默不作聲地穿上鞋襪，對於那做事一聲不吭。真的，他們姐弟倆相互之間都沒好氣兒。安德魯嘟嘟囔囔地抱怨南希看到那隻鰲蝦（或者不論它是什麼東西）沒叫他來看。他們覺得，無論如何，這不是他們的過錯。他們並不希望會發生這樣可怕的討厭事情。儘管如此，安德魯想到南希竟然也是個女的，就覺得很氣惱，南希想到安德魯竟然是個男的，也很不快。他們整整齊齊穿上鞋，把鞋帶的蝴蝶結兒紮得特別緊。

當他們重新走到懸崖的頂峯，敏泰才突然喊道，她把祖母給她的別針丢了——她祖母的別針，她唯一的裝飾品——那是一棵垂柳，它是（他們一定還記得）用珠子鑲嵌而成的。他們一定見過它，她說著，淚珠淌下了她的臉頰。她的祖母一直把那別針扣在她自己的帽子上，直到她臨終那一天。現在她卻把它丢了。她寧可丢掉任何別的東西，也不願丢了這個寶貝！她要回去找它。他們都返回去，摸索探尋，眼睛盯著地上到處找。她們把頭俯得很低，短促地、粗聲粗氣地說話。保羅．雷萊發瘋似地在他們坐過的岩石周圍拼命找。保羅叫安德魯「從這一點到那一點之間徹底搜查一遍」，安德魯心裡想，為了一只別針這樣亂成一團，可實在不行。潮水正在迅速地湧進來，大海馬上會淹沒他們一分鐘前坐過的地方。他們想要現在就找到它，實在毫無希望。敏泰突然恐懼地尖聲喊叫：「我們要被潮水切斷歸路啦！」好像真會有這樣的危險！她似乎在把她對於公牛的恐慌重演一遍——她不能控制她的感情，安德魯想。女人沒有控制自己的能力。可憐的保羅就不得不安慰她一番。那兩位男子漢（安德魯和保羅馬上顯得很有丈夫氣概，和平時大不相同）簡單地商量了一下，決定把雷萊的手杖插在他們剛才曾經坐過的地方，等退了潮再回來尋找。現在不可能再幹什麼別的了。他們向她保證，如果那別針是掉在那兒，明天早晨它一定還在那兒，但敏泰在走向懸崖頂峯的一路上還在抽泣。這是她祖母的別針，她寧可丟了別的東西，也不願把它給丟了。然而，南希覺得，也許她丟了別針確實傷心，但她不只是為了那個才哭泣，她是為了什麼別的原因才哭的。她覺得，大家都可能坐下來哭一場。但是，她不知道究竟是為了什麼原因。

保羅和敏泰一起往前走，他安慰著她，他說他善於尋找東西，很有點名氣。當他還是個小男孩，他就找到過一隻金錶。明兒天朦朦亮他就起床，他肯定會找到它。他好像覺得到那時天幾乎還是黑的，他獨個兒在海灘上，不知怎麼的，好像有點兒危險。他開始向她保證，無論如何他會找到它的，她卻說，她不要聽他一早起床那一套；那別針已經丟了；她心裡明白；那天下午她把它戴上去的時候，就有一種預感。他暗自決定，他可別告訴她，明兒一早，大家還在睡覺，他就從屋裡溜出來，要是找不到的話，他就到愛丁堡去買一枚同樣的別針，但要比它更漂亮些。他要證明一下他的能耐。當他們走到視野開闊的山坡上，就看見那城鎮的燈火在他們下方閃耀，那些燈火突然間一盞接著一盞亮了起來，就像他即將遇到一連串事情——他的婚姻、他的兒女、他的房屋；當他們走上了那條被高大的灌木遮蔽的大路，他又想，他們倆將一起退隱到與世隔絕的地方，他總是帶領著她，她緊緊地偎倚著他（就像她現在那樣），他們倆不停地往前走去。他們在十字路口拐了彎，他想，他已經有了多麼驚人的經歷呀，他一定要把它告訴什麼人——當然是拉姆齊夫人——想到他剛才幹了些什麼，他自己也大吃一驚。他向敏泰求婚的時候，是他一生中最幸福的時刻。他要直接找拉姆齊夫人說一說，因為他不知道怎麼會感覺到，就是她促使他做了這件事情。她曾經使他認為，他什麼都能辦到。除了她以外，沒有別人把他當回事兒。但她使他相信，他無論想幹什麼，都能辦到。他覺得她的目光今天一整天都追隨著他（雖然她一句話也沒說），好像她在說：「對，你能辦到。我相信你。我盼望你成功。」她使他感覺到了這一切，他們一回去（他尋找在海灣上那所別墅的燈光），他就要走到她跟前說：「我已經把那事兒辦成了，拉姆齊夫人，多謝您啦。」他們拐了個彎，走進了通向屋前的小巷，他能看到樓上窗戶裡燈光在閃動。他們一定回來得太晚了。人家都準備吃晚飯了。整幢屋子燈火通明，從黑暗之處來到燈光之中，使他覺得滿眼看上去一片光華，當他走上屋前的汽車道時，像孩子般地喃喃自語：燈光，燈光，燈光，然後又茫然地重複道，燈光、燈光、燈光，當他們走進屋子時，他臉色呆板而毫無表情地愕然環顧。老天爺，他伸手摸摸領帶，心中想道，我可千萬別叫自己看上去像個傻瓜。」

十五

「對，」普魯說，她字斟句酌地回答了她母親提出的問題：「我想南希是和他們一塊兒去的。」

十六

嗯，那麼說來，南希是和他們一塊兒去的了，拉姆齊夫人想道。她正在對鏡梳妝。她放下一把髮刷，拿起一把梳子，聽到有人敲門，就說了聲「進來」（傑斯潑和露絲走了進來），她在心裡琢磨，南希和他們在一塊兒，這究竟是增加了還是減少了發生什麼事故的可能性；看來可能性是減少了。不知道為什麼，拉姆齊夫人有一種非理性的直覺：如此規模的慘案，畢竟是不可能發生的。他們不可能都被淹死的。她又一次感到自己孤立無援地面著自己的老對手——生活。

傑斯潑和露絲說，瑪德蕾特想要知道，是否必須等一等再開晚飯。

「又不是等英國女王，」拉姆齊夫人用強調的語氣說。

「也不是等墨西哥女皇，」她又加了一句，並且對傑斯潑莞爾一笑，因為他有著和母親相同的壞習慣：他也喜歡誇大其詞。

她對露絲說，當傑斯潑把口信捎下去的時候，如果她高興的話，她可以代她挑選今晚要戴的首飾。有十五個人坐著準備吃飯，你就不能叫人老等著。他們這麼晚還不回來，她開始生氣了，因為他們實在太不懂事了。她除了為他們感到焦急以外，還生他們的氣，因為他們偏偏要在今晚遲到。既然班克斯先生終於賞臉同意和他們共進晚餐，她就希望這頓晚餐特別成功；何況廚娘瑪德蕾特又做了她的拿手好菜——都勃牛肉。⑱一切都取決於是否能及時上菜。那牛肉，肉桂葉⑲和酒——一切都必須煮得火候恰當，並且及時端上桌面，要推遲開飯是不可能的。他們偏偏要在今晚外出，遲遲不歸，而菜非得端出去不可；不得不給他們把菜煨著；那都勃牛肉就全給糟蹋了。

傑斯潑給她選了一串乳白色的項鏈；露絲選了串金的。在她黑色的禮服襯托之下，哪一串更好看呢？究竟哪一串更美，拉姆齊夫人望著鏡子裡的脖子和肩膀（她避免看自己的臉），心不在焉地說。兩個孩子在她的首飾盒裡翻來翻去，她望著窗外那幅經常使她覺得有趣的畫面——那些白嘴鴉在空中飛翔，想要決定究竟在哪一棵樹上棲息。每當它們快要降落之時，它們似乎一下子

---

⑱都勃牛肉（Boeuf en Daube）：是法國菜，一種旁邊有配菜的紅燜牛肉。
⑲西方人用肉桂葉作佐料，就像我們使用蔥、薑作佐料一樣。

改變了主意，又重新飛向空中。她想，這是因為那頭老白嘴鴉，那個當爸爸的，她給它取了個名兒叫約瑟夫，是一隻三心二意、脾氣怪癖的鳥兒。它是一隻其貌不揚的老鳥，翅膀上的羽毛掉了一半。它就像她曾經看見過的那種頭戴高帽、衣衫襤褸，在小酒店門口吹喇叭的老紳士。

「瞧！」她笑著說。它們確實是在爭吵。約瑟夫和瑪麗在爭吵。總之，它們又起飛了，空氣被它們烏黑的翅膀搧向兩旁，並且撕裂成精緻的、偃月形的碎片。那些翅膀抖動著向外，向外，向外飛去——她從來沒法加以精確地描繪，來使自己中意——對她說來，這是一種最可愛的景象。你瞧那邊，她對露絲說，希望她能比自己看得更清楚些。因為，你的孩子往往會把你自己的觀察稍為往前推進一步。

但是，到底選哪一串？他們把她的首飾盒內所有的隔底盤兒都打開了。選那串義大利金項圈呢，還是詹姆斯叔叔給她從印度帶來的乳白色項鏈？或者她應該戴那串紫石英的？

「挑吧，最親愛的，挑吧，」她說，希望他們趕快挑。

不過她讓他們有充分的時間來選擇：她特別喜歡讓露絲挑了這件又選那件，把她的珠寶放到她黑色的禮服前面來比試，因為她知道，這每晚例行的挑選首飾的小小儀式，是露絲所最喜歡的。露絲特別重視為她母親挑選首飾，自有她隱秘的理由。究竟是什麼理由，拉姆齊夫人也拿不準，她站著不動，一面讓露絲把她選中的項鏈給她扣上搭鈎，一面回顧她自己往昔的歲月，推測像露絲這般年齡的姑娘深深地埋藏在心裡的、對於自己母親難以言傳的感情。正如一切個人自己感受到的感情一樣，拉姆齊夫人覺得，它使人惆悵。你所能作出的報答，和這種感情相比，是多麼不相稱啊；露絲的感受，和她的實際情況相比，又多麼不成比例啊。露絲會長大成人，如此深情的露絲，會遭受痛苦的，她想。她說她準備好了，他們要下樓了，她要傑斯潑挽著她的手臂，因為他是一位紳士，她要露絲給她拿著手帕，因為她是一位女士（她把手帕遞給她）。還有什麼呢？噢，對了，可能會冷的：帶條圍巾吧。給我挑一條圍巾，她說，因為她知道露絲會感到高興的，這注定要遭受痛苦的孩子。「瞧，」她站在樓梯口的窗前說，「那些鳥又在那兒了。」約瑟夫已經棲息在另一棵樹梢上。「如果它們的翅膀被打斷了，」她問傑斯潑，「你認為它們會痛苦嗎？」為什麼他要射死可憐的約瑟夫和瑪麗呢？傑斯潑在樓梯上支支吾吾答不上來，他覺得受到了訓斥，但是並不嚴厲；她不理解射鳥的樂趣；他們又感覺不到這種樂趣；做為母親，她處於這個世界的另一部分；不過，他倒是挺喜歡聽她講約瑟夫和瑪麗的故事。她使他笑了起來。她怎麼知道它們是約瑟夫和瑪麗呢？難道她以為每天晚上都是這幾隻鳥兒飛到這幾棵樹上來嗎？他問道。說到這兒，她像所有的成年人一樣，突然一點兒也不理睬他了。她在傾聽餐廳裡咭咭呱呱的談笑聲。

「他們回來了！」她驚呼道。她馬上覺得，她對他們的不滿情緒，比她解除休了憂慮的感覺更加強烈。然後，她暗暗納悶：雷萊究竟向敏泰求婚了嗎？她要下樓去，他們就會告訴她的——但是，不。有這些人在座，他們什麼也不會對她說的。因此，她得下樓去，先開始吃晚飯，然後耐心等待。於是，就像一位女王，發現她的臣民已集合在大廳裡，她居高臨下望著他們，來到他們中間，並且默然認可他們的讚頌，接受他們的頂禮膜拜（當她經過的時候，保羅連一絲肌肉也沒動，只是出神地瞪著前方），她走下樓梯，穿越餐廳，微微頷首，好像她接受了他們無法表達的心意——他們對她美貌的讚嘆。

但她停下了腳步。有一股焦味兒。是他們把都勃牛肉給煮糊了嗎？她心裡有點懷疑。天哪，可千萬別煮糊了！那響亮的鑼聲，莊嚴地、權威地宣布：所有分散在各處的人們，在閣樓上，在寢室裡，在他們各自休憩之處看書、寫作、梳頭、整裝的人們，必須把這一切都擱下來，把那些零零碎碎的東西留在他們的盥洗臺和梳妝臺上，把小說放在床頭櫃上，把涉及隱私的日記也收起來，這些全得暫時擱下，大家集合到餐廳來進晚餐。

十七

我虛度年華，有何收穫？拉姆齊夫人想道。她在餐桌的首席就座，瞧著那些湯盤兒在桌上形成許多白色的圓圈。「威廉，坐在我旁邊，」她說。「莉麗，」她沒精打采地說，「坐在那兒。」他們有愛情的歡樂——保羅．雷萊和敏泰．多伊爾——而她，只有這個——一只無限長的桌子，還有盤碟和刀叉。在餐桌的另一端，她的丈夫坐下來癱成一堆兒，緊皺著眉頭。為什麼生氣？她不知道。她不在乎。她不能理解，她怎麼會對這個人發生感情或者愛上他。她感覺到：一切都已經成為過去，一切都已經成了陳跡，她已超脫了這一切。當她給大家分湯的時候，那兒好像有一股熱騰騰的渦流——就在那兒——你可以捲進去，或者不捲進去，而她，是置身於這生活的漩渦之外的。一切都結束了，她想。這時他們陸續走進餐廳：查爾士．塔斯萊——「請坐在這兒，」她說——奧古斯都．卡邁克爾——他們都一一就座。同時，她被動地期待著，有誰來回答她的問題，有什麼事情會發生。但這可不是一回事情，她把一盤盤湯遞給大家時想道，人家說的不是一回事兒。

看到兩者互相脫節，她揚起了眉毛——那是她所想的；這是她所做的——她把一盤盤湯遞給大家——她越來越強烈地感覺到，她已置身於那旋渦之外；或者，像一層簾幕脫落了、褪色了，她終於看清了事實的真相。那房間（她環顧四周）非常簡陋，毫無美感。她忍住了不去看塔斯萊先生。他們全都各歸各坐著，互不攀談。互相談話、交流思想、創造氣氛的全部努力，都有賴於她。她又一次感覺到（僅僅做為一種事實而毫無惡意），男人們缺乏能力、需要幫助。因為，如果她不開口，誰也不會來打破僵局。因此，就像人家把一只停了的鐘錶輕輕搖晃一下，她使自己精神稍稍振作起來，原先那熟悉的脈搏又開始跳動了，就像鐘錶重新滴答地響——一、二、三，一、二、三。諸如此類、如此等等。她不斷重複、留神傾聽，保護促進這還很虛弱的脈搏，就像一個人手裡拿著一張報紙守護著一個微弱的火苗。然後，她停住了，默然俯身面對著威廉．班克斯，她對自己說——多可憐的人！他沒有妻子，沒有兒女，除了今天晚上，他總是獨自在宿舍進餐。在對他的同情憐憫之中，生活現在又有足夠的力量來影響她了，她開始創造活躍的氣氛，就像一個筋疲力盡的水手，看見那風又灌滿了他的帆篷；然而他已經幾乎不想重新啓航了，他在想：如果船沉了，他就隨著旋渦一圈一圈往水裡轉下去，最後在海底找到一片安息之所。

「看到您的信了嗎？我叫他們給您放在門廳裡的，」拉姆齊夫人對威廉．班克斯說。

莉麗．布里斯庫望著她闖進了那片奇異的真空地帶，要跟著她進入這荒無人煙的領域是不可能的，但她的大膽舉動使旁觀者感到寒心，他們至少會試圖用目光追隨著她，就像人們目送著一條正在消失的帆船，直到那些帆篷都沉沒到地平線下。

她看上去多麼蒼老、多麼疲乏，莉麗想道，而且多麼淡漠疏遠。後來她對威廉．班克斯嫣然一笑，好像那條沉船翻了過來，陽光又重新照耀著它的帆篷了，莉麗心中感到寬慰，她頗感興趣地琢磨：她為什麼憐憫他？因為，當她告訴他信放在門廳裡時，她給人的印象就是：她憐憫他。她似乎在說：可憐的威廉．班克斯，好像她的疲勞有一部分是憐憫別人的結果，而她體內的生命力、她重新生活的決心，也是被她的惻隱之心所喚起的。而這是不符合事實的，莉麗想道，這是拉姆齊夫人的錯誤估計，這錯誤估計似乎是出於本能，出於她本人的某種需要，而不是別人的需要。其實他一點兒也不可憐。他有他的工作。她的那幅畫頓時在她心目中浮現出來，她想，對，我要把那棵樹移過去一點兒，就放在中間，那麼我就不至於再留下那片討厭的空白。我就該這麼辦。這就是一直令我困惑的難題。她拿起那隻鹽瓶，放到桌布的一個花卉圖案上去，以便提醒自己移動那棵樹。

「說來也怪，雖然你難得收到有價值的郵件，你還是總盼望著能收到幾封信，」班克斯先生說。

他們在胡扯些什麼廢話，查爾士·塔斯萊想。他把湯匙端端正正放在他湯盤的中心，那盤湯早就被他一掃而光了，莉麗想（他坐在她對面，背朝著窗戶，正在畫面的中央），好像他決心要弄弄清楚，他每餐吃了些什麼東西。他的一切都有那種枯燥、刻板的味兒，一點也不討人喜歡。然而，這仍舊是事實：只要你仔細對著別人瞧，你就幾乎不可避免地會喜歡他們。她喜歡他的眼睛；它們是湛藍的，深深陷入臉頰，令人望而生畏。

「塔斯萊先生，你常寫信嗎？」拉姆齊夫人問道。她也在憐憫他，莉麗猜想；因為拉姆齊夫人確實如此——她永遠同情男人，好像他們缺少了什麼東西——對於女人，她從來不是如此，好像她們都能獨立自主。他就給他的母親寫信；除此以外，他想他一個月還寫不了一封信，塔斯萊先生簡潔地回答。

他可不去說那些人想叫他說的那種廢話。他可不要那些愚蠢的女人對他屈尊俯就、格外施恩。他本來在他的房間裡讀書，現在他下了樓，這一切對他說來，似乎都很無聊、淺薄、庸俗。為什麼他們都要穿得衣冠楚楚來入席？他就穿著普通的便服下樓。他可沒什麼禮服可穿。「你難得收到有價值的郵件」——這就是他們經常談論的話題。是她們，使男子漢談論這一類事情。是的，確實如此，他想。一年到頭，她們從來也得不到什麼有價值的東西。她們什麼也不幹，光是說、說、說，吃、吃、吃。這全是女人的過錯。女人利用她們所有的「魅力」和愚蠢，把文明給搞得不成樣子。

「明天燈塔去不成囉，拉姆齊夫人，」他說；他仍舊堅持他自己的意見。他喜歡她，他傾慕她，他還記得那個在地下水道裡幹活的工人如何擡起頭來盯著她瞧；但是，他覺得有必要堅持他自己的意見。

儘管他的眼睛長得不錯，莉麗·布里斯庫想道，但是，瞧瞧他的鼻子，再看看他的手，他確實是她有生以來所看到過的最醜的人。那麼，他說了些什麼話，她又何必計較？女人不能寫作，女人不能繪畫——他說出這樣的話來，又有什麼要緊？顯然，這話對他說來，也是言不由衷，不過是為了某種原因，這樣說對他有利，所以他才這樣說。為什麼她整個身軀像風中的玉米稈兒一般低頭彎腰，需要巨大的、相當痛苦的努力，才能從這種謙卑的狀態中重新直起腰桿？她必須再來一遍。在桌布上有一條小樹枝；我的畫就在這兒；我必須把那棵樹移到畫面的中央；那才是要緊的事——其他一切全都無關緊要。她捫心自問：她是否能夠牢牢地抓住此事，既不發火，也不爭論？如果她想報復的話，她不是可以故意嘲笑他嗎？

「噢，塔斯萊先生，」她說，「請您明兒一定要陪我到燈塔去。我可真是想去。」

他看得出來，她在撒謊。為了某種原因，她正在說些口是心非的話，來故意惹他生氣。她正在嘲笑他。他穿著一條舊法蘭絨褲。他沒別的褲子可穿。他覺得十分苦惱、孤獨、寂寞。他知道，她出於某種原因，故意要作弄他；她根本就不想和他一起到燈塔去；她瞧不起他；普魯·拉姆齊也是如此；她們全都如此。但他可不能被女人當作傻瓜耍弄，因此，他坐在椅子裡，故意回頭向窗外一望，馬上粗暴無禮地說，明兒天氣不好，她要是去的話，肯定吃不消。她會暈船的。

拉姆齊夫人正在側耳傾聽，而莉麗竟然使他說出了那樣的話，這使他很氣惱。他想，要是他能夠在房間裡埋頭讀書，那就好啦。在那兒，他才覺得逍遙自在。他生平從來不欠別人一個子兒；打十五歲起，他就獨自謀生，沒花過他爹一文錢：他曾用他的儲蓄來貼補家用；他負擔著他妹妹的學費。但是，他還是希望剛才他應該懂得如何恰當地回答布里斯庫小姐；他希望他的回答比較婉轉得體，而不是那脫口而出的一句傻話：「你會暈船的。」他希望他能想出一些話來和拉姆齊夫人談談，向她表明，他可不是個枯燥乏味的冬烘學究。他們全都認為他是那樣的人。他向拉姆齊夫人轉過身去。但是，她正在和威廉·班克斯談論一些他從來沒聽到過的人物。

「好，把盤子撤下去吧，」她中斷了和班克斯先生的談話，簡短地吩咐女僕。「我上次見到她，一定是十五——不，二十年前，」她又回過頭來對他說，好像他們之間的談話，她片刻也不願耽擱，因為她被談話的內容深深地吸引住了。那麼，今天晚上，他可是真的收到她的信啦！凱麗仍舊住在瑪羅，一切都照舊沒變嗎？噢，一切都歷歷在目，就像是昨天發生的事情——當年我們一起在河上划船，覺得涼颼颼的。要是曼寧這一家子計劃著要幹什麼事情，他們總是堅持不懈。她永遠也忘不了，當時赫伯特用茶匙在堤岸上殺死了一隻黃蜂！現在這一切仍在繼續下去，拉姆齊夫人默然沉思，二十年前，她曾經極其冷漠地在泰晤士河畔那間客廳的桌椅之間像幽靈似地悄悄走過；現在，她又像幽靈一般在它們中間悄悄走過；這個念頭使她入迷：她已經發生了變化，而那個特殊的日子，似乎現在已變得靜止而美麗，這些年來仍舊原封不動地保存在她的記憶之中。凱麗親筆給他寫信了嗎？她問道。

「是的。她來信說，他們正在建造一座新的彈子房，」他說。不！不！那簡直不可想像！造一間彈子房！對她來說，這似乎是不可能的。

班克斯先生可看不出此事有什麼奇怪之處。現在他們非常富裕。他要替她向凱麗問好嗎？

「噢，」拉姆齊夫人驀然一驚，「不，」她補充道。她心裡想，她可不認識這位建造了新彈子房的凱麗。但是，多麼奇怪啊，她重複道，他們還繼續在那兒生活。（她這種態度，使班克斯先生覺得很有趣。）這可有點兒不同尋常：他們居然會繼續生活了那麼些年，而她卻從未想念過他們。在這些年月裡，她已飽經滄桑。也許凱麗．曼寧也從未想念過她。這個想法是奇怪而令人不快的。

「人生如浮萍，聚散本無常，」班克斯先生說；然而，他想到曼寧一家和拉姆齊一家雙方他都認識，他畢竟沒像浮萍一般和老朋友們分散，因而感到相當滿意。他可沒和老朋友們離散，他想，一面放下湯匙，用餐巾仔細地擦拭他剃盡鬍鬚的嘴唇。但是，也許在這方面他是相當不尋常的，他想；他從來不允許自己陷入陳規舊習。在各種圈子裡，他都有朋友……。談到這兒，拉姆齊夫人不得不打斷他，吩咐女僕注意菜餚的保溫，它們端上來應該是熱騰騰的。所有這些干擾使他覺得討厭，因此他才喜歡獨自用膳。但他保持彬彬有禮的態度，僅僅在桌布上伸開他左手的手指，就像一個機械師在工作的間隙檢驗一件擦亮待用的工具。好吧，他想，這就是友誼要求一個人作出的犧牲。如果他拒絕來共進晚餐，她會不高興的。但是，對他說來，這可是個不值得的無謂的犧牲。他端詳著他的手，心想如果他獨自用膳，現在大概快吃完了；他馬上可以騰出身子來工作了。是的，他想，這種應酬簡直是可怕地浪費時間。孩子們還在陸續走進餐廳。「我希望你們中間隨便哪一個上樓到羅傑的房間去一趟，」拉姆齊夫人說。和另外那件事——工作——相比，。這一切顯得多麼瑣碎、多麼膩味，他想。想到這兒，他坐著用手指像擂鼓一般不耐煩地彈著桌子，他本來可以——他的工作概況在頭腦裡一閃而過。真是多麼浪費時間啊！然而，他想，她是我最老的朋友之一。我對她有著忠誠的友誼。可是現在，此時此刻，她的存在對於他毫無意義；她的美貌對他毫無意義；她和她的幼子坐在窗前——毫無意義，毫無意義。他只希望獨自一個，可以拿起那本書來閱讀。他感到很不自在；他覺得自己太無情義，竟然會坐在她身旁而對她無動於衷。事實上，這是因為他不喜歡家庭生活。正是在這種情境之中，你會自問：一個人為什麼而生活。你會自問：一個人為什麼要煞費苦心組織家庭，使人類的種族得以延續？這真是如此令人嚮往的嗎?做為一個種族，我們是有吸引力的嗎?並不十分吸引人，他想，這時他望了一眼那些頗不整潔的孩子們。他最喜歡的那個小孩，凱姆，已經上床了，他猜想。愚蠢的問題，無聊的問題；如果你在專心致志地工作，你就不會提出這樣的問題。人生是這樣的嗎?人生是那樣的嗎?你從來沒時間去思考這些問題。但是，剛才他在這兒向自己提出了這種問題。這是因為拉姆齊夫人剛才正在吩咐僕人，也因為拉姆齊夫人聽說莉麗·曼寧還活著感到多麼驚訝，這使他想起友誼，即使是最美好的友誼，也是多麼脆弱。朋友們漂泊離散、互相疏遠。他再一次責備自己。他正坐在拉姆齊夫人身旁，卻沒一句話要和她說。

「非常抱歉，」拉姆齊夫人終於回過頭來對他說。他感到生硬而枯燥，就像一雙濕透之後又風乾了的皮靴，很難把腳伸進去。但是，他還得硬著頭皮把腳塞進去。他非得敷衍幾句不可。除非他說話非常小心，否則她會發現他無情無義，對她毫不關心，而那決不是令人愉快的，他想。因此，他向她側過身去，彬彬有禮地俯首傾聽。

「您在這嘈雜的場所進餐，一定覺得很討厭吧，」拉姆齊夫人用法語說。當她感到心煩意亂之時，她就利用她的社交風度。就像在會議上發生爭執之時，主席為了達到團結一致的目的，就建議大家都說法語。可能這是蹩腳的法語，說得詞不達意，儘管如此，只要大家都說法語，就會產生某種秩序和一致。班克斯先生也用法語回答:「不，一點兒也不。」塔斯萊先生對法語一竅不通，即使他們說的只是幾個單音節的詞兒他也聽不懂，但他馬上猜到他們並不真誠，不過是互相敷衍而已。拉姆齊這一家人盡說些廢話，他想；他很高興抓住這個新鮮的事例大做文章，他要把它記錄下來，將來有一天，他要在幾位朋友面前大聲朗讀。在那兒，在一個大家直言無忌的小圈子裡，他要把「和拉姆齊一家待在一起的日子」還有他們所說的廢話，諷刺挖苦地描述一番。他將要說：這種生活值得一試；但是下不為例。他將要說：那些女人簡直把人給煩死了。當然，拉姆齊先生娶了一位漂亮的夫人，生了八個孩子，看上去有個美滿家庭。但是，此時此刻，他悶坐在一個空著的座位旁邊，一切都化為烏有，那美滿家庭的幻形也四分五裂了。塔斯萊覺得心裡很不舒暢，甚至在肉體上也是如此。他希望有人能給他個機會，讓他表現自己。他的欲望是如此迫切，使他在椅子裡坐不安穩；他瞧瞧這個，又望望那個，想要插嘴參加他們的談話，但他剛開口想要說話，又馬上閉上了嘴。他們正在討論漁業問題。他們為什麼不來諮詢他的意見？他們又懂得什麼漁業？

莉麗·布里斯庫對塔斯萊的心情瞭如指掌。坐在他的對面，難道她還看不出他那難以抑制的衝動？就像在一張X光照片上，透過血肉之軀的迷霧，看清了埋藏在深處的肋骨和腿骨，她看到了那個年輕人想要表現自己的渴望——那層薄薄的迷霧，就是掩蓋在他想要插嘴說話的狂熱渴望之上的傳統習俗。但是，她那中國式的小眼珠兒往上一轉，想起了他如何譏笑婦女「不能繪畫，不能寫作」，她就想：我為什麼要幫助他從壓抑的痛苦中解脫出來呢？

她知道有這麼一套行為的準則，（也許是）它的第七條說，遇到這種情況，一位婦女，不論她的職業地位如何，她有義務去幫助對面那位青年男子，使他能夠顯示出那像肋骨和腿骨一般深藏不露的虛榮心，滿足他要求表現自己的迫切欲望；她用老處女公平合理的態度來考慮問題，覺得這好比他們男性的確有責任來幫助我們女性，假如地下鐵道爆炸起火的話，那末，她想，我肯定會盼望塔斯萊先生來救我出去。但是，她想，如果我們雙方都不願助對方一臂之力，又會出現怎樣的局面？因此，她坐在那兒默然微笑。

「你明兒不打算到燈塔去吧，莉麗，」拉姆齊夫人說。「你還記得可憐的林格萊先生吧，他曾周遊世界十多次，但他告訴我，他從未像我丈夫帶他到燈塔去那一次那麼難受過。那次他暈船可厲害啦。塔斯萊先生，你是個不怕暈船的好水手嗎？」她問道。

塔斯萊先生掄起了大錘，把它高高舉起在空中；但是，當錘子落下來時，他心裡明白，不能用那樣的傢伙去拍那隻蝴蝶，於是他只說了一句話：他從來不暈船。但是，在這一句話中，充滿了火藥一般的爆炸力，它說明了他的祖父是個打漁的；他的父親是個藥劑師；他全靠自力更生，奮鬥成功；他為此感到驕傲；他是查爾士·塔斯萊——似乎在座諸公誰也沒有意識到這個事實；但有朝一日，它會家喻戶曉的。他皺眉蹙額，面有慍色。他幾乎要可憐那些溫和的、有教養的人物，有朝一日，他們會像一捆捆的羊毛和一桶桶的蘋果那樣，被他體內的炸藥炸毀，飛到半空中去。

「您願意陪我一塊兒去嗎，塔斯萊先生？」莉麗匆忙而和氣地問道。因為，如果拉姆齊夫人對她說，實際上她也確實這麼說：「親愛的，我要葬身火海啦。除非你給眼前的痛苦澆上一些止痛的香膏，對那小伙子說上幾句好話，人生的航船就要觸礁了——真的，現在我就聽見那咬牙切齒和痛苦呻吟的聲音。我的神經就像小提琴的弦線一樣緊緊地繃著，只要再碰一下，它們就要斷裂啦，」當拉姆齊夫人說出這些話（她的目光向她表達了這些話語），莉麗·布里斯庫當然就不得不又一次放棄那個實驗——她本來想試試，對那個小伙子不客氣會產生什麼後果——而對他以禮相待了。

她正確無誤地判斷出她心情的轉變——現在她對他很友好——他就從他那種妄自尊大的心理狀態中解脫了出來。他告訴她，在嬰兒時期，他如何被人從船上拋到水中，他父親如何用一根帶鈎的船篙把他鈎了上來，這樣他就學會了游泳。他有一位叔叔在蘇格蘭海岸的一處礁石上管理燈塔，他說。他曾經和這位叔叔一塊兒遇到過暴風雨的襲擊。正是在大家談話間歇之時，他大聲地說出了這番話。當他說到他和叔叔在燈塔裡遇到暴風雨的時候，他們都不得不側耳傾聽。談話的氣氛就這樣順利地轉變了，莉麗感覺到拉姆齊夫人向她射來感激的目光（因為拉姆齊夫人現在可以放心地自己去和別人談一會兒了）。啊，她想，為了博得您的感激和贊許，我還有什麼代價沒有付出呢？但是，她剛才可不是真誠的。

她剛才玩了那司空見慣的把戲——客客氣氣地敷衍別人。她永遠不會理解他。他也永遠不會理解她。人與人之間的關係都是如此，她想，尤其是男女之間（也許班克斯先生是例外）隔閡最深。毫無疑問，這些關係是極端虛偽的，她想。後來她一眼看見那只鹽瓶，是她把它放在那兒以便提醒自己，使她想起第二天早晨她將要把那棵樹向畫面的中央移動，想到翌晨繪畫之樂，她的興致就高起來了，她對塔斯萊先生所說的話高聲大笑。如果他高興的話，就讓他講一整夜也不妨。

「他們要那些守望者在燈塔上逗留多久？」她問道。他回答了她。他的知識驚人地淵博。他對她十分感激，他喜歡和她談話，他開始有點怡然自得了。既然如此，拉姆齊夫人想，現在她可以重新返回那片夢境，那個虛幻而迷人的地方——二十年前在瑪羅的曼寧家的客廳——在那兒，你悠悠晃晃、無憂無慮地走動，因為你不必為將來擔憂。她知道他們的遭遇如何，她也知道她本人的經歷又是怎樣。這就像重讀一本好書，她已經知道這個故事的結局如何，因為這都是發生在二十年前的事情；而生命之流，甚至就從這張桌餐上像小瀑布一般傾瀉不息，在不知何處，它的源頭密封著，像湖水一般靜止地儲存在它的堤岸之間。他說他們造了個彈子房——這可能嗎？威廉願意繼續談談曼寧一家的近況嗎？她很想要他談談。但是，不——為了某種原因，他沒有心情再談下去了。她試著引他開口。他毫無反應。她不能勉強他。她失望了。

「那些孩子們可真丟人，」她嘆了口氣說道。他卻說，遵守時間這種次要的美德，是要到年齡較大一些才能獲得的。

「要是果真如此，那就還算不錯，」拉姆齊夫人只是在盡力找些話說，免得冷場，同時她想，威廉怎麼變得像老處女一般拘謹啦。他意識到自己無情無義，意識到她希望談一些更為親切的話題，但他目前沒有心情來奉陪，他覺得生活很不如意，他局促不安地坐在那兒，等待著什麼。也許其他人在談一些有趣的事情？他們在談些什麼？

他們正在說，今年魚汛不旺；漁民們正在往別處遷移。他們正在談論工資和失業。那個小伙子在痛罵政府。威廉·班克斯心裡想：既然談論私人生活使人局促不安，抓住一個這類話題，聽他們講講「目前政府最臭名遠揚的法令之一」，倒也不失為一種解脫。莉麗覺得好像缺了點什麼；班克斯先生也有同感。拉姆齊夫人把圍巾往身上一披，她也覺得若有所失。他們大家一面側耳傾聽，一面卻在心裡想：「求求老天爺，可別讓我內心的真實思想暴露出來。」他們人人都在思忖：「別人談到政府關於漁民的法令，都感到怒不可遏、義憤填膺，而我卻無動於衷。」班克斯先生望著塔斯萊先生，他想，也許這就是那個人物。人們總是在期待著這樣的人物出現。機會總是有的。在任何時候，這種領袖人物總會脫穎而出；那種天才人物，在政治和其他方面都有一手。也許，他將和我們這些保守的老古董極其難以相處，班克斯先生想道。他在思考之時盡可能留有餘地，因為，他通過某種奇特的官能感覺到，正如通過他脊椎中的神經感覺到，那小伙子心懷妒忌、憤世嫉俗，一半是為了他自己，也許更有可能一半是為了他的工作、他的觀點、他的科學；因此，他的言論既非完全開誠布公，亦非全部合理，因為，塔斯萊先生似乎在說：你們是在浪費你們的生命。你們全都錯了。可憐的老古董們，你們是不可救藥地落伍於時代之後了。這小伙子似乎相當自信；他的態度多麼傲慢。但是，班克斯先生要求自己冷靜觀察：他有勇氣；他有能力；他例舉的事實極其正確。在塔斯萊痛罵政府之時，班克斯先生想，也許他所說的話很有道理。

「現在請你告訴我……」他說。於是，他們倆就對政治問題爭論不休。莉麗瞧著桌布圖案上的葉瓣兒出神；拉姆齊夫人讓那兩個男子漢去爭論，心裡很奇怪，為什麼她對這種高談闊論如此厭煩。她望著坐在餐桌另一端的丈夫，希望他也開口說上幾句。只要一個詞兒就行了，她對自己說。因為，只要他說一句話，局面就會大不相同。他的言論總是擊中要害。他對漁民和他們的收入一向很關心，想起這些問題，他甚至會難以入眠。他一開口，情況就會完全不同了。也許別人沒感覺到，求求老天爺，別讓人看出我是多麼無動於衷，因為人家確實關心那些問題。後來她意識到，因為她崇拜他，她才盼望他發表意見。她覺得似乎一直有人在她面前贊揚她的丈夫和她的婚姻，她不禁激動得容光煥發，完全沒意識到，贊揚她丈夫的人就是她自己。她向他望去，總以為她會發現他的容貌看上去氣宇軒昂……。但完全不是那麼回事兒！他正在撇著嘴巴、蹙額皺眉、紅著臉兒發火。天曉得，這是怎麼啦？她疑惑不解。到底是怎麼回事兒？只是為了那可憐的老頭兒奧克斯都先生要添盤湯——如此而已。這簡直不可想像，這太討厭了（他在餐桌的另一端用目光向她示意）。那個奧古斯都，又要重新開始喝湯了。他最討厭在他自己吃完之後，看到別人還在吃東西。她看見他的怒火像一羣獵犬，猛衝到他的眸子裡、他的眉梢上，她知道，馬上就會有什麼可怕的事情爆發出來，到了那時——求上帝開恩吧！她看見他捏緊拳頭控制住自己，就像剎車擋住了車輪，他的全身似乎在迸射出火花，但他一聲也沒吭。他板著臉坐在那兒。他什麼也沒說，他要求她仔細觀察。讓她為了這個而贊揚他吧！但是，究竟為什麼可憐的奧克斯都不能再添一盤湯呢？他不過碰了一下愛倫的手臂，說了聲：「愛倫，請你給我再來盤湯。」於是拉姆齊先生就這樣板起了面孔。

為什麼他不能添盤湯，拉姆齊夫人問道。當然他們可以讓他再來一盤，要是他需要的話。他最恨人家大吃大喝，拉姆齊先生皺著眉頭向她暗示，他痛恨這樣拖拖拉拉沒完沒了。但是他把自己克制住了，拉姆齊先生要求她注意到這一點，雖然他那副模樣很不雅觀。但是，為什麼要這樣明白地把自己的厭惡心情顯示出來呢？拉姆齊夫人要求他作出解釋。（他們倆隔著長桌望著對方，用眼色來傳遞這些問題和答覆，對方的感覺如何，都能精確地領會。）人人都看得出他在生氣，拉姆齊夫人想道。露絲盯著她的父親瞧：羅傑也在望著他；她知道，再過一秒鐘，他們姐弟倆就會忍不住狂笑一陣，於是她果斷地吩咐他們（真是非常及時）：

「把蠟燭點起來。」他們一躍而起，在碗櫥裡尋找摸索。

為什麼他從來不能隱藏自己的感情？拉姆齊夫人不能理解。她不知道奧古斯都·卡邁克爾是否注意到他的反應。也許他注意到了；也許他沒注意到。看到他泰然自若地坐在那兒喝湯，她不禁肅然起敬。如果他要喝湯，他就再要一盤，不管別人譏笑他或生他的氣，他全都不在乎。他並不喜歡她，她知道這一點。但是，在某種程度上，正是為了這個原因，她才尊敬他。她瞧著他喝湯，他身材魁梧、舉止安詳，在逐漸昏暗的暮色中巍然沉思。她不知道他現在感覺如何，也不知道他為什麼總是心滿意足、神足端莊；她又想，他對安德魯多麼熱誠，他會把那孩子叫到他的房間裡去，「給他看各種各樣東西。」他又常常整天睡到草坪上，好像在推敲他的詩句，他的模樣使人想起一隻守候著小鳥的貓兒，當他找到了適當的字眼，他就啪的一聲合攏他的雙掌，於是她的丈夫說道：「可憐的奧古斯都——他是個真正的詩人。」這是出自她丈夫之口的高度贊揚。

現在八支蠟燭放到了餐桌上，起初燭光彎曲搖曳了一下，後來就放射出挺直明亮的光輝，照亮了整個餐桌和桌子中央一盤淺黃淡紫的水果。那孩子把果盤裝點得多美，拉姆齊夫人在心中驚嘆。因為露絲把葡萄、梨子、香蕉和帶有粉紅色線條的貝殼狀角質果盤裝潢得如此美觀，令人想起從海神涅普杜恩的海底宴會桌上取來的金杯，想起（在某一幅圖畫裡）酒神巴克思[20]肩上一束連枝帶葉的葡萄，它和諸神身上披的豹皮、手中拿的火把放射出來的鮮紅、金黃的火光交相輝映，……。這樣突然地映照在燭光之中，那只果盤似乎有著巨大的體積和深度，就像是一個世界，她想，你可以在其中遨遊，拿著你的手杖爬上山峯，走下谷底。她很高興地（因為它使大家

---

[19]涅普杜恩或譯作尼普頓，羅馬神話中的海神，即希臘神話中的波塞冬。巴克思是羅馬神話中的酒神，即希臘神話中的狄俄尼索斯。

在頃刻之間有了共同的感受）發現，奧古斯都的目光也在玩味那盤水果，他的目光深深地侵入那只果盤，在那兒打開一蓬花球，在這兒擷取一束花穗，玩味領略一番之後，又返回他的眼窩。那就是他瞧東西的方法，和她的方法大不相同。但是，共同注視一個物體，使他們感到團結一致。

現在，所有的蠟燭都點燃起來，餐桌兩邊的臉龐顯得距離更近了，組成了圍繞著餐桌的一個集體，而剛才在暮色之中，卻不曾有過這種感覺。因為，夜色被窗上的玻璃片隔絕了，透過窗上的玻璃，無法看清外面世界的確切景象，有一片漣漪，奇妙地把內外兩邊分隔開來；在屋裡，似乎井然有序，土地乾爽；在室外，映射出一片水汪汪的景象，事物在其中波動、消失。

他們的心情馬上發生了某種變化，好像真的發生了這種情況：他們正在一個島上的洞穴裡結成一個整體，去共同對抗外面那個濕漉漉的世界。拉姆齊夫人剛才一直在心緒不安地等待保羅和敏泰進來，覺得無法定下心來處理各種事情，現在感到她的心情已經由不安轉為盼望。因為，現在他們總該進來了吧。而莉麗·布里斯庫想要分析一下大家突然精神振奮的原因，把它和剛才網球場上的瞬間相比較：當時，堅實的形體突然消融，彼此之間的空隙是如此寬闊；現在，許多蠟燭在這傢俱簡陋、沒有窗簾的房間裡照耀，人們的容貌在燭光之中看上去好像是些光亮的面具，產生的效果卻和剛才相同。壓在他們心上的某種重荷被移去了；她覺得任何事情都有可能發生。現在他們該進來了，拉姆齊夫人想。她向門口望去，敏泰·多伊爾、保羅·雷萊和一個捧著大砂鍋的女僕一起走了進來。他們來得太晚了，實在太晚了，敏泰抱歉道。同時，他們倆分別走向餐桌兩端各自的座位。

「我把我的別針——我祖母的別針給丟了，」敏泰說。她的聲音有點悲傷，她那雙棕色的大眼睛有些發紅，當她在拉姆齊先生旁邊就座時，她的目光一會兒低垂、一會兒仰望，不敢正視別人的眼睛，這引起了拉姆齊先生的憐愛之心，於是他擺出騎士風度來和她逗趣。

她怎麼會這樣傻，他問道，竟然會佩戴著珠寶去攀登那些岩礁？

她裝作害怕他的樣子——他是如此驚人地淵博，頭一天晚上，她坐在他身旁，他就和她談論喬治·艾略特，當時她真是十分惶恐，因為她把《米德爾馬奇》[1]第三卷遺忘在火車上了，不知道這部小說的結尾如何；但從此以後，她和他相處得很融洽，她使自己顯得比實際的更加幼稚無知，因為他喜歡把她叫作小傻瓜。因此，今晚他直截了當地嘲笑她，她也不怕。此外，她知道，她一走進房間，那個奇蹟就發生了：她被一層金色的雲霧籠罩著。有時候她具有這種魔力，有時候卻沒有。她從來也不清楚，它為什麼會到來，又為什麼會離去，也不知道她當時是否具有這種魔力，直到她走進房間，看到男人們看著她的神態，才能立刻作出判斷。對，今晚她具有驚人的魔力；拉姆齊先生叫她別當傻瓜時那副神態，使她意識到這一點。她坐在他的身旁微笑。

那件事情肯定已經發生了，拉姆齊夫人想，他們倆必定已經私訂終身。在一剎那間，她出乎

---

[1]《米德爾馬奇》是十九世紀英國小說家喬治·艾略特的著名長篇小說。

意料地重新感到有點兒——嫉妒。因為他，她的丈夫，也感覺到了——今晚敏泰容光煥發；他喜歡那些少女，那些閃耀著青春的光輝、臉上帶著紅暈的少女，她們神采飛揚，有點兒飄飄然，有點兒任性和輕浮，她們不會「把她們的頭髮剃淨」，不會像他所說的可憐的莉麗那樣「……缺乏生氣」。她們具有某種她本人所沒有的品質：那種燦爛奪目的光彩，那種醇厚芬芳的神韻，這吸引著他，使他精神歡暢，使他特別寵愛像敏泰那樣的姑娘。她們可以為他剪頭髮，給他編織錶鏈，或者在他工作之際打擾他，大聲呼喊他（她聽到她們的呼聲）：「來呀，拉姆齊先生，現在該輪到咱們來打敗他們啦。」而他就馬上丟下手中的工作，跑出去打網球。

但是，實際上她並不嫉妒，只是偶爾在對鏡整容之時，看到自己兩鬢花白，稍為有點悔恨而已。她已顯得衰老，也許這是她自己的過錯（這是她為暖房修理費用以及其他家務瑣事操心的結果）。她很感謝那些姑娘和她的丈夫開開玩笑（「拉姆齊先生，您今天抽了多少煙啊？」等等），她們使他恢復了青春，看上去像個對婦女頗有吸引力的青年。他不復是壓在繁重的勞動、塵世的憂傷、個人的成敗得失這些精神負擔的重荷之下的學者，而是像他們初次會見時那樣，成了一個瘦削英俊的青年，她還記得當年他用一種討人喜歡的風度，攙扶她跨出遊艇（她瞄了他一眼，他看上去驚人地年輕，正在和敏泰開著玩笑）。至於她自己——「就把它放在這兒吧，」她一邊說，一邊幫助那瑞士姑娘把盛著牛肉的棕色砂鍋放在自己面前——她喜歡淳樸的少年。保羅必須坐在她的身邊。她為他保留了一席之地。真的，有時候她想，她最喜歡那些頭腦單純的少年。他們不會拿什麼學位論文來叫你膩煩。歸根結蒂，那些聰明的學者們錯過了多少有意義的事情啊！說真的，他們變得多麼枯燥乏味！當保羅就座之時，她覺得他有某種十分可愛的魅力。他彬彬有禮的風度，挺直的鼻梁，神采奕奕的藍眼睛，都很討她的喜歡。他是多麼溫柔體貼。他是否能告訴她——既然現在大家又在聊天——究竟發生了什麼事情？

「咱們又回去找敏泰的別針，」他一邊說一邊在她身旁坐下。「咱們」——那就夠了。她注意到他嗓音的變化和難以啓口的樣子，就明白他是第一遭使用「咱們」這個詞兒。「咱們幹了這個；咱們幹了那個。」他們將一輩子使用這種口吻來說話，她想。瑪莎有幾分誇耀地揭開了蓋子，那個棕色的砂鍋裡噴發出橄欖油和肉汁的濃郁香味。那廚娘為了準備這道菜，足足花了三天時間。拉姆齊夫人把刀叉深深地插到酥軟的牛肉裡，她一定要精心挑選一塊最嫩的給威廉·班克斯。她凝視著油光閃亮的鍋壁和鍋裡棕黃色的香味撲鼻的肉片、肉桂樹葉和美酒。她想，這道佳餚可以用來慶賀那樁喜事——一種歡慶節日的難以捉摸而又柔情脈脈的感覺湧上了心頭，好像在她的內心喚起了兩種感情；其中有一種感情是深刻的——因為，還有什麼比男子對於婦女的愛情更加嚴肅、威力無邊、感人至深的呢？就在它的懷裡，孕育著死亡的種子。同時，這些情人，這些眼裡射出興奮的光芒、進入如醉如癡的夢境的人兒，他們必須戴上花冠，讓人家嘲弄地圍著他們跳舞。

「這是大大的成功，」班克斯先生暫時放下手中的刀叉說道。他細細地品嘗了一番。它美味可口、酥嫩無比，烹調得十全十美。她怎麼能夠在這窮鄉僻壤搞出這樣的佳餚？他問她。她是位了不起的女人。他對她的全部愛慕敬仰之情，又重新恢復了。她意識到這一點。

「這是按照祖母的法國菜譜做的，」拉姆齊夫人不勝喜悅地說。這當然是法國菜。所謂英國的烹飪法，簡直是糟透了（他們大家都表示同意）。那就是把白菜放在水裡煮。那就是把肉片烤得像牛皮。那就是把美味的菜皮全削掉。「菜皮，」班克斯先生說，「是蔬菜中營養最豐富的部分。」拉姆齊夫人說，這簡直是暴殄天物。一個英國廚師所拋棄的東西，足以養活一家法國人。她知道威廉現在已恢復了對她的仰慕之情，現在一切都順順當當，她剛才的憂慮已經消除，她又可以自由自在地享受勝利的喜悅，嘲笑命運的無能，在這種感覺的鼓舞之下，她又指手劃腳、談笑風生了。莉麗想，她是多麼幼稚、多麼可笑：她坐在那兒，蘊藏在她體內的所有的美，又像花朵一般開放了，而她卻在談論什麼菜皮。她具有某種驚人的氣質。她是所向披靡、不可抗拒的。莉麗覺得，拉姆齊夫人最後總是能夠隨心所欲。現在她已經圓滿成功了——保羅和敏泰大概已經訂婚；班克斯先生正在這兒用膳。她對他們施展一種魔力，只要她心中盼望，最後總能如願以償。情況就是如此簡單，如此直截了當。（她容光煥發——看上去並不年輕，但是光芒四射。）莉麗把拉姆齊夫人豐富的感染力和自己的精神貧乏進行對比。她猜想，一部分是由於對她這種奇異的、可怕的力量的信賴，使保羅·雷萊坐在她身旁激動顫抖、茫然沉思、默然無語。莉麗覺得，當拉姆齊夫人在談論菜皮之時，她正在提高這種力量，崇拜這種力量；她伸出手來發揮它，保護它，使他們感到溫暖，然而，當她把這一切都完成了，不知道為什麼，她笑了，莉麗覺得，好像她把她的犧牲品領上了祭壇。現在，這種魔力，這種愛的感情和激動，也向她襲來，征服了她。她感到自己在保羅身旁顯得多麼微不足道！他，光彩照人，熱情洋溢；她，冷漠無情，挖苦嘲諷；他，啓程去冒險；她，停泊在岸邊；他，如箭離弦，勇往直前；她，煢煢孑立，被人遺忘——她打算分擔他的災難，如果這是一場災難的話。她怯生生地說：

「敏泰的別針是什麼時候丟失的？」

他的臉上浮現出一絲微妙的笑容，它籠罩著回憶的面紗，點染著夢幻的色彩。他搖搖頭。「在海灘上，」他說。

「我要去找的，」他說，「明天一早就起床去找。」這是對敏泰保密的，因此他說話時壓低了嗓音，並且把目光轉向她坐的地方。她正在拉姆齊先生身旁談笑。

莉麗想要強烈地、堅決地表示，她渴望幫助他；她想像她自己如何在黎明時分來到沙灘上，而正是她找到了隱藏在一塊石頭後面的別針，這樣，她就躋身於那些水手和探險者的行列之中了。但是，對於她的毛遂自薦，他如何答覆呢？她確實帶著難得顯示的熱情說：「讓我和你一起去找。」他卻笑而不答。他的意思是同意還是不同意？——也許是不置可否。然而，他的意思還不是這個——他發出一陣奇特的笑聲，似乎在說：如果你高興從懸崖上跳下去，我也不管。他當著她的面，公然顯示出愛情的熱烈、可怕、冷酷、無情。它像火一般灼傷了她。莉麗瞧著敏泰在餐桌的另一端和拉姆齊先生撒嬌，她想到敏泰已暴露在冷酷的愛情的毒牙之下，感到不寒而慄；然而，她又有一種感激之情，無論如何，她對自己說，（她一眼看到放在桌布圖案上的那只鹽瓶）她不必結婚，多謝老天爺，她不必去遭受那種有失身分的災難。她要把那棵樹移到更中間一點。

情況就是如此複雜。她的遭遇，特別是她待在拉姆齊家中的遭遇，使她同時感覺到兩種相反的因素在劇烈地鬥爭：一方面，是你的感覺；另一方面，是我的感覺；然後這兩方面就在她的心裡搏鬥，就像現在這樣。這愛情是如此美麗，如此令人興奮，使我在它的邊緣顫抖，並且違反自己的習慣，主動提出到沙灘上去尋找別針；同時，這愛情又是一種人類最愚蠢、最野蠻的熱情，它把這樣一個側影像寶玉一般俊美的好青年（保羅的側影十分優美），變成一個手執鐵棍的暴徒（他真是傲慢無禮）。然而，她想，自古以來，人們就歌頌愛情，向它奉獻無數的花環和玫瑰，如果你詢問十個人，其中有九個會回答，他們什麼也不要，就要這個——愛情；另一方面，從她個人的經驗來看，婦女們一直感覺到，這並不是我們所要求的東西，沒有比它更單調乏味、幼稚無聊、不近人情的了；然而，它又是美好的、必要的。那末，究竟如何？究竟如何呢？她問道。不知道為什麼，她盼望其他人把這個問題繼續討論下去，似乎在這樣一場辯論中，一個人射出的弩箭，是遠遠達不到目標的，必須留待別人來繼續努力。因此，她回過頭來聆聽別人的談論，或許他們能夠使這個愛情的問題稍為明朗化。

「還有，」班克斯先生說，「英國人稱之為咖啡的那種液體。」

「噢，咖啡！」拉姆齊夫人說。但更成問題的是真正的黃油和乾淨的牛奶。（莉麗可以看出，拉姆齊夫人開始興奮了，她正在用非常強烈的語氣說話。）她激動地、滔滔不絕地描述英國乳酪業的弊病，告訴大家，牛奶送到門口已髒成什麼樣子，而且她準備拿出事實來證明她的指責，因為她已經調查過這個問題。這時，圍繞著整個餐桌，打中間的安德魯開頭，就像野火燃著了一簇又一簇金雀花，她的孩子們都樂開了；她的丈夫也忍俊不禁；她被那嘲笑的火焰包圍住了，被迫偃旗息鼓、卸下大炮，而她唯一的回擊，是把同桌者對她的嘲笑和奚落做為一個例子，來向班克斯先生證明：如果你膽敢向英國公眾的偏見進攻，你將會遭到什麼下場。

莉麗剛才曾經幫助她照應塔斯萊先生，在拉姆齊夫人的印象中，她有點落落寡合，因此，她有意識地對她另眼相看；她說道：「無論如何，莉麗會同意我的意見的，」這樣，她就把莉麗也捲進了爭論，這使她有點兒不安，有點兒吃驚（因為她正在思考那個愛情的問題）。拉姆齊夫人覺得，莉麗和查爾士·塔斯萊都有點落落寡合、鬱鬱不歡。他們倆都被另外那兩個人奪目的光彩所掩蓋了。他顯然感覺到自己完全被人冷落了；只要保羅·雷萊在這個房間裡，就沒有一個女人會瞧上他一眼。可憐的人兒！儘管如此，他還有他的學位論文（論某人對某事的影響）；他能夠自力更生。莉麗的情況就不同了。光彩照人的敏泰使她相形之下黯然失色，更加顯得其貌不揚；她那灰色短小的衣裙、布滿皺紋的小臉和中國式的小眼睛，更加不引人注目。她的一切都顯得如此渺小。然而，當拉姆齊夫人向莉麗求援之時（莉麗應該支持她，證明她談論乳酪場還沒她丈夫談論皮靴那麼嘮叨——他說起皮靴，就可以講上個把鐘頭），她把莉麗和敏泰相比較，認為到了四十歲，還是莉麗更勝一籌。在莉麗身上，貫穿著某種因素，閃耀著一星火花，這是某種屬於她個人的獨特品質，拉姆齊夫人對此十分欣賞，但是，她恐怕男人不會賞識。男人顯然不能賞識，除非他是一位像威廉·班克斯那樣的高齡長者。但是，威廉所關心的，嗯，拉姆齊夫人有時想道，自從他的妻子死後，也許他對她相當關心。當然他不是在「戀愛」；這只是形形色色無法加以分門別類的感情之一。噢，別胡思亂想了；威廉應該和莉麗結婚。他們有這麼多共同之處。莉麗多麼喜愛花卉。他們都有一種冷淡、超脫、無求於人的處世態度。她一定要設法讓他們在一起散步談心。

她真傻，怎麼讓他們倆相對而坐。這個失誤明天就能加以補救。如果明兒天晴，他們應當去野餐。似乎一切都有可能發生。似乎一切都可以安排妥當。剛才（但是這種情況不能持久，她想，當他們都在大談其皮靴之時，她的思緒卻遊離開去），剛才她達到了安全的境界，有把握地左右著局勢；她像一隻兀鷹一般在上空翱翔盤旋，像一面旗幟那樣在喜悅的氣氛中迎風飄揚，她身上的每一根神經都甜蜜地、悄悄地、莊嚴地充滿著喜悅，她瞧著他們全都在吃喝，她想，她的喜悅就是來自她的丈夫、子女和賓客；這喜悅全是從這深沉的寂靜之中產生出來的（她把一小片牛肉遞給班克斯先生，並且向砂鍋深處窺望），似乎沒有什麼別的特殊原因，現在，這喜悅的氣氛就像煙霧一般逗留在這兒，像一股裊裊上升的水汽，把他們安全地凝聚在一起。什麼話也不必說；什麼話也不能說。它就在他們的周圍繚繞縈迴。（她仔細地幫班克斯先生挑了一塊特別酥嫩的牛肉。）她覺得它帶有永恆的意味；正如今天下午她曾感到過的某種東西；在一些事物之中，有某種前後一貫的穩定性；她的意思是指某種不會改變的東西，它面對著（她瞥了一眼玻璃窗上反光的漣漪）那流動的、飛逝的、光怪陸離的世界，像紅寶石一般閃閃發光；因此，今晚她又感到白天經歷過的那種平靜和安息。她想，那種永恆持久的東西，就是由這種寧靜的瞬間構成的。

她向威廉·班克斯保證：「對，還有不少牛肉，人人都可以添一份。」

「安德魯，」她說，「把你的盤子放低些，不然的話我要把肉汁濺出來了。」（都勃牛肉取得了美滿的成功。）她把手中的勺子放了下來。這兒，她覺得，是接近事物核心的靜止的空間，她可以在這裡活動或休息；現在她可以等待（他們的盤裡都已添過牛肉）、傾聽；然後，她可以像一頭兀鷹突然凌空而下，洋洋得意地翱翔盤旋，輕鬆地發出一陣笑聲，把她的全部力量落在餐桌的另一端，她的丈夫正在那兒說什麼一千二百五十三的平方根。這個數字好像就是他手錶上的號碼。

這是什麼意思？她至今毫無概念。平方根？那是什麼玩意兒？反正她的兒子們知道。她側轉身軀，傾聽他們正在談論的事情：平方根和立方根；伏爾泰和斯達爾夫人●，拿破崙的個性；法國的土地借政策；羅斯伯雷爵士㉓；克里維的回憶錄㉔。讓這令人羨慕的男性的智慧所像編織出來的東西襯托住、支撐住她的身軀，這男性的智慧就像織布機上的鐵桁一般，上下擺動、左右穿梭，織出了晃動不已的布匹，托起了整個世界，因此，她可以完全放心地把自己交托給它，甚至可以閉上眼睛，或者讓她的目光閃爍片刻，就像一個孩子從枕頭上仰望樹上的層層葉片，對它們眨眨眼睛。然後她從幻夢中醒來。那匹布還在織布機上繼續編織。威廉·班克斯正在稱讚司各特的威佛利小說㉕。

威廉·班克斯說，每隔半年，他總要讀一本威佛利小說。為什麼那會使查爾士·塔斯萊生氣呢？他迫不及待地插嘴（拉姆齊夫人認為，這都是由於普魯不願意待他好一點的緣故），並且抨擊威佛利小說，實際上他卻對此一無所知，無論如何，他一點兒也不懂得這個問題，拉姆齊夫人想。她是在觀察他的態度，而不是在傾聽他的言論。根據他的態度，她就能看出事實的真相——他要表現自己，他會一直保持這種態度，直到他升任教授或者娶了妻子，那時他就不必老是再

㉒斯達爾夫人（Madame Staël, 1766～1817）：法國女作家。

㉓羅斯伯雷（1847～1929）：英國政治家。

㉔克里維（1768～1838）：英國傳記作家。

㉕威佛利小說：指英國小說家瓦爾特·司各特爵士（Walter Scott, 1771～1832）寫的一系列蘇格蘭歷史小說。

說，「我——我——我。」因為，他對於可憐的司各特爵士（或者是珍·奧斯汀）的批評，充其量不過是在標榜他自己罷了。「我——我——我。」他總是在考慮他自己，還有別人對他的印象，這一點，她從他說話的聲調、強調的語氣和坐立不安的態度，就能判斷出來。事業的成功將會對他大有裨益。㉝不管怎樣，他們又開始交談了。現在她不必再留神傾聽。她知道，這種情況不會持久，然而，此刻她的目光如此清澈，似乎不費吹灰之力，就能環顧餐桌，揭開每一個人的面紗，洞察他們內心的思想感情，她的目光就像一束悄悄潛入水下的燈光，照亮了水面的漣漪和蘆葦、在水中平衡它們軀體的鰷魚、突然靜止不動的鱒魚，它們懸浮在水中，顫動不已。就像如此，她看到他們；她聽見他們；不論他們說什麼，都帶有這種性質：他們所說的話，就像一條鱒魚在游動，同時她又能看到水面的漣漪和水底的沙礫，看到左方和右方的某些東西；而所有這一切，都結合在一起，構成了一個整體。然而，要是在活躍的現實生活中，她會撒網捕撈，把撈到的東西一一分類；她會說她喜歡威佛利小說，或者說她還沒讀過這些書；她會鼓勵自己前進；但是，她現在什麼也不說。此刻她正處於懸而不決的靜止狀態。

「啊，但是你認為這類小說還能流行多久？」有人提出這樣的問題。好像有一雙觸角從她身

㉝根據精神分析學家阿德勒氏的觀點，塔斯萊這種過分強烈的自我意識，實際上是對於潛意識中「自卑情結」的「過度補償」。而事業的成功可以消除自卑感，即消除他狂妄自大的潛在的心理根源。

上顫動著向外伸展出去，抓住了某些句子，強迫她對它們加以注意。這句話就是其中之一。她覺察到，對於她的丈夫說來，這句話裡蘊藏著某種危險。一個這樣的問句，幾乎肯定會引起別人說一些話，來使他想起他自己著作的失敗。他馬上就會想到：他的著作還能流行多久。威廉·班克斯（他完全沒有這種虛榮心）對這問題置之一笑，他說，文學風尚的變化對他說來無關緊要。誰能預料什麼東西將會永存不朽——在文學方面，或者確切一點說，在任何其他方面？

「讓我們欣賞我們自己真正欣賞的東西，」他說。拉姆齊夫人對他的正直肅然起敬。他似乎從來沒有考慮過：這對我有何影響？但是，如果你具有另一種性格，這種性格使你必須得到別人的贊揚和鼓勵，你自然就會開始（她知道拉姆齊先生正在開始）感到不自在，你會要別人對你說，噢，拉姆齊先生，不過您的著作是不朽的，或者說些諸如此類的話。他有點煩躁地說，無論如何，他對司各特（或許是莎士比亞？）的興趣是一輩子不會衰退的。他說得很激動。她認為，每個人，不知道為什麼，都感到有點局促不安。敏泰·多伊爾具有良好的本能，她故意嬌憨地說，她不相信有誰真的欣賞莎士比亞。拉姆齊先生嚴峻地說（但他的心情已經轉變）：很少有人真正像他們自己所說的那樣喜歡莎士比亞。但是，他接著說，無論如何，莎士比亞的某些劇本的確具有一定的優點。拉姆齊夫人發覺，緊張的氣氛緩和下來了，無論如何暫時不會有什麼問題，他會去嘲笑敏泰，而（拉姆齊夫人發現）敏泰意識到拉姆齊先生對他本人的成敗極為憂慮，她自有辦法來體貼他、奉承他，用各種方法來叫他心平氣和。但是，她希望這一切都是不必要的；也許正是由於她自己的過錯，才造成了這種必要性。總之，現在她可以放下心來，聽保羅談談他童年時代讀過的書了。他說那些書是不朽的。他在學校裡念過一點托爾斯泰的小說。其中有一本他永遠也忘不了，但他想不起那書名了。俄國人的名字就是記不住，拉姆齊夫人說。「伏龍斯基，」保羅說。他想起了這個名字，因為他總是覺得，對一個壞蛋來說，這個名字實在是太好了。「伏龍斯基，」拉姆齊夫人說，「噢，準是《安娜．卡列尼娜》，」但他們並未深入討論這本書；書籍本來不是他們所擅長的話題。不，講起關於書的事情，查爾士．塔斯萊只要一秒鐘就能糾正他們倆的錯誤，但他老是在想：我說得恰當嗎？我給人留下一個良好的印象了嗎？這些想法和他關於書籍的意見混雜在一起，結果你對他本人的瞭解比對於托爾斯泰的瞭解還要多一點；和他相反，保羅說起話來直截了當，都是關於所談的問題本身，而不是關於他自己或什麼別的東西。和所有智力遲鈍的人們一樣，他也有一種謙遜的品德，他很關心體貼對方的感覺如何，這一點有時候至少使她覺得他很討人喜歡。現在他所考慮的不是他自己，不是托爾斯泰，而是她是否覺得有點冷，是否覺得有一陣穿堂風；是否想吃個梨子。

不，她說，她可不要吃梨。真的，她一直在（無意識地）留心看守著那盤水果，希望誰也別去碰它。她的目光一直出沒於那些水果彎曲的線條和陰影之間，在葡萄濃艷的紫色和貝殼的角質脊埂上逗留，讓黃色和紫色互相襯托，曲線和圓形互相對比，她不知道自己為什麼要這樣做，也不明白為什麼她每一次凝視這盤水果，就覺得越來越寧靜安詳、心平如鏡；噢，如果他們想吃水果，那多可惜——一隻手終於伸了過去，取了一只梨子，破壞了整個畫面。她不勝惋惜地望了露絲一眼。她望著坐在傑斯潑和普魯中間的露絲。多奇怪，她自己的孩子，竟會幹出這種大煞風景的事兒！

那多奇怪，看見他們，她的孩子們，傑斯潑、露絲、普魯、安德魯在那兒坐成一排，他們幾乎默不作聲，但是，從他們嘴唇的輕微翕動，她猜測他們正在講一些屬於他們自己的笑話。那是和其他一切都無關的事情，是他們等一會兒到他們自己房間裡才放聲談笑的事情。她希望這不是關於他們的父親的什麼事情。不，她想不會的。那究竟是什麼呢？她可猜不到。她有點兒傷心，因為，她似乎覺得，他們要等到她不在場的時候，才自由地說笑。在那些相當安定、靜止、像面具一般缺乏表情的臉龐後面，隱藏著所有那些她不知道的事情；因為他們不容易參加到成人的談話中來，他們就像旁觀者或檢查員，和那些成年人隔開一段距離，或者有些凸出。但是，當她今晚瞧一下普魯，就發現上述結論對她來說並不完全正確。她剛剛在起步，墜入塵世。在她的臉上，有一種非常模糊微弱的光彩，好像坐在對面的敏泰的光芒、某種興奮的情緒、某種對於幸福的預期，在她的身上反映了出來；好像愛情的太陽從桌布的邊緣升起，而她還不知道這是什麼，就彎下身去向它致意。她一直在含羞地、好奇地望著敏泰，因此，拉姆齊夫人瞧瞧這個，再望望那個，在心裡暗暗對普魯說，總有一天，你將像她一樣幸福；你將比她還要幸福得多，她又加了一句，因為你是我的女兒；她的意思是說，她的親生閨女，應該比別人的女兒更加幸福。但是晚餐已經結束。是離開餐桌的時候了。他們只是在玩弄他們盤子上的刀叉。她的丈夫正在和敏泰講一個關於打賭的笑話。她要等他們聽他講完，笑個暢快，然後她才站起來。

她突然覺得喜歡查爾士．塔斯萊；她喜歡他的笑聲。她喜歡他對保羅和敏泰那樣生氣。她喜歡他手足無措、局促不安的窘態。畢竟在那小伙子身上還有不少優點。還有莉麗，拉姆齊夫人把餐巾放在她的盤子旁邊想道，她總有一些別出心裁的笑話可說。你永遠不必為她費心。她在等待。她把餐巾折好，塞在盤子的邊緣下面。嗯，他們講完了嗎？不。那個笑話又引出了另一個故事。她的丈夫今晚興高采烈，她猜想，他希望在那盤湯所引起的芥蒂之後，和老奧古斯都言歸於好，因此把他也拉進了談話的圈子——他們正在講關於他們倆在大學裡認識的一位朋友的故事。她向窗戶望去，窗上的玻璃一片漆黑，蠟燭的火焰在窗上的反光更明亮了，她向外面望去，談話的聲音傳入她的耳鼓，有一種非常奇怪的感覺，好像這是在一個大教堂裡做禮拜的聲音，因為她並不在聆聽所說的詞句。突然傳來一陣笑聲和一個人（敏泰）單獨說話的聲音，這使她想起男人們和男孩們在羅馬天主教會的大教堂裡做彌撒時高聲念誦拉丁語經文。她等待著。她的丈夫開腔了。他在重複一些詞句，那節奏和他悲喜交集的聲音，使她明白這是一首詩：

出來登上花園的小徑，
盧琳安娜，盧琳麗。

月季花兒都已開放，
黃色的蜜蜂飛舞在花叢裡。

那吟詩的聲音（她凝視著窗戶），宛如漂浮在戶外水面上的花朵，與他們全都脫離了關係，似乎並沒有什麼人在吟詠，而是那些詩句在自動湧現出來。

在我們過去和未來的生活裡，
充滿著郁郁蔥蔥的樹木，
和不斷更新的樹葉，

她不知道這些詩句的涵義是什麼。但是，像音樂一般，這些詩句好像是由她自己的聲音吟誦出來的，這聲音在她的軀體之外，流暢自如地說出了她心中整個黃昏的感受，雖然在這段時間裡，她談論著各種各樣不同的話題。不必左顧右盼，她就知道餐桌旁的每一個人都在傾聽：

我不知道
你是否有類似的感覺，
盧琳安娜，盧琳麗。

懷著與她相同的解脫和喜悅之情，他們感到好像這是出自他們自己肺腑的聲音，終於說出了自然而然要說的話。

但這聲音停止了。她環顧四周。她站了起來。奧古斯都．卡邁克爾也欠身起立，他手中拿著餐巾，看上去就像一條白色的披肩，他站著吟誦：

看見君王們跨著駿馬
走過草地和開滿雛菊的草原
佩帶著棕櫚葉㊟和杉木的箭束，
盧琳安娜，盧琳麗。

當她經過他面前時，他稍微轉過身來，對她重複那最後一行詩句：

盧琳安娜，盧琳麗

並且向她鞠躬，好像他是在向她致以崇高的敬禮。不知道為什麼，她覺得，他對她似乎比以往任何時候更有好感；帶著一種寬慰和感激的心情，她躬身答禮，從他為她打開的門口走了出去。

㊟人們常把棕櫚葉做為勝利的象徵。

現在有必要把一切都往前推進一步。走到門檻上，她逗留了片刻，回首向餐廳望了一眼，當她還在注目凝視之時，剛才的景象正在漸漸消失，當她移動身軀、挽住敏泰的手臂離開餐廳之際，它改變了，呈現出不同的面貌；她回過頭去瞥了最後一眼，知道剛才的一切，都已經成為過去了。

十八

和往常一樣，莉麗想，總有什麼事情恰恰要在這個時候去做，這是拉姆齊夫人出於她個人的原因決定立刻要辦的事兒，至於其他人，可以站在四周講講笑話，就像現在這樣，拿不定主意是否要到吸煙室、客廳或頂樓的房間裡去。莉麗看著拉姆齊夫人，在人聲嘈雜之中，夫人挽著敏泰的手臂，她忽然想到：「對，是該辦那件事兒的時候了。」於是，她帶著一種神秘的神情，馬上走開，獨自去辦她的事情了。她一走開，一種分崩離析的過程就開始了；他們猶豫了片刻，大家分道揚鑣，班克斯先生挽住查爾士·塔斯萊的胳膊，離開餐廳，到平臺上去了結他們在晚餐桌上開始的關於政治問題的討論，這樣，他們就改變了這個黃昏的整個平衡，使重心落在一個不同的方向，莉麗看見他們走開去，聽到關於工黨政策的一言半語，似乎覺得他們倆登上了輪船的駕駛臺，正在判明他們的方向；從詩歌轉向政治的這個變化，給她留下的印象就是如此；班克斯先生和查爾士·塔斯萊就這樣走開了，這時，其他人站在那兒，瞧著拉姆齊夫人在燈光中走上樓去。莉麗猜不透：她如此匆忙，是到哪裡去？

她並不是匆匆忙忙地奔跑；實際上，她走得相當慢。在談了這麼多話之後，她覺得很想靜靜地佇立片刻，並且把一件關係重大的、特殊的事情挑選出來、分解出來、分離出來，去掉所有的感情因素和夾七雜八的成分，把它放在她的面前，把它帶到她為了判斷此事而設的內心法庭上，法官們坐在那兒審議：它的品質優劣、是非曲直究竟如何？我們這些人將往何處去？等等。在那件事情●所引起的震驚之後，她又恢復了常態，相當無意識地、不恰當地借助窗外那些榆樹的枝椏來穩定她的心境。她的世界在變化之中；而那些樹枝是靜止不動的。那件事情給了她一種動蕩的感覺。一切都必須井然有序。她必須把各種事情都安排妥當，她想。她不知不覺地贊許那些榆樹的莊嚴肅穆。現在一陣風把它們的樹枝盡量向上托起（像一條船在風浪中昂起了船頭）。在刮風了（她佇立片刻，凝視窗外）。風兒吹過，在樹葉之間，偶爾露出一顆星星；而那些星星本身，似乎也在搖晃，投射出光芒，在樹葉之間空隙的邊緣閃爍。是的，此事已成定局，大功告成；而當一切都已完成，它就會變得莊嚴肅穆。現在她想起了它，丟開了閑言碎語和感情因素，它似乎一向就是如此，只是現在它被顯示了出來，這就使一切都變得穩定了。她想，他們還會繼

●指保羅·雷萊和敏泰·多伊爾私訂終身。

續生活下去，不論他們活多久，他們會回到這個夜晚、這輪明月、這陣清風、這幢房屋中來，也將回到她的身邊。這使她感到不勝榮幸，這是她最容易受人恭維奉承之處；她想，不論他們活多久，這一切會在他們心頭繚繞，她總會被他們銘記心中；還有這個、這個、這個，她一邊想，一邊笑，一邊上樓，一邊深情地注視樓梯平臺上的沙發（她母親的遺物）、搖椅（她父親的遺物）和那張希布里提羣島的地圖。所有這一切，都將在保羅和敏泰的生命中復活。「雷來夫婦」——她把這個新的稱呼揣摩一番；她的手放在育兒室門的把手上，她覺得，那種出自真情的與別人感情上的交流，似乎使分隔人們心靈的牆壁變得非常稀薄（這是一種寬慰和幸福的感覺），實際上一切都已經匯合成同一股溪流，這些桌、椅、地圖是她的，也是他們的，是誰的都無關緊要，當她死去的時候，保羅和敏泰會繼續生活下去。

她穩穩地旋轉門上的把手，以免發出吱吱嘎嘎的響聲；她走進了育兒室，稍稍撅起嘴唇，好像在提醒自己，不可大聲說話。但她一進屋去，馬上很不高興地發現，她的預防措施全都是不必要的。孩子們還沒有睡。這真叫人生氣。瑪德蕾特要更加留神一點才好。詹姆斯完全清醒，凱姆坐得筆直，瑪德蕾特赤著腳還沒上床，已經快要十一點了，他們還在說話。這是怎麼回事兒？肯定又是那隻可怕的野豬頭顱在作怪。她早就吩咐過瑪德蕾特把它拿走，但她顯然已經忘了，因此，現在凱姆和詹姆斯都醒著，他們正在爭論，他們應該早在一個小時之前就進入夢鄉了。愛德華叫什麼鬼迷了心竅，竟把這可怕的頭顱送給孩子們？她也真傻，就讓他們把它釘在牆上。它釘得十分結實，瑪德蕾特說，它在房間裡，凱姆就睡不著；要是她碰它一下，詹姆斯就尖聲喊叫。

凱姆該睡覺了（那頭顱上有很大的角，凱姆說）——睡著了會夢見很多美麗可愛的地方，拉姆齊夫人一邊說一邊在她的床邊坐下。凱姆說，她看見房間裡到處都是野豬的角。這話不假。只要他們點著一盞燈（詹姆斯沒燈睡不著），總會有一些影子投射出來。

「可是，凱姆，你想一想，它只是一頭老豬，」拉姆齊夫人說，「一頭很好的黑豬，就像農場裡的那些豬一樣。」但是，凱姆認為，這是個可怕的東西，它的影子分散開來，在房間裡到處都是，對準著她。

「好吧，」拉姆齊夫人說，「我們就把它遮起來。」他們瞧著她走到五斗櫥前，很快地把那些抽屜一只只都抽出來，但她找不到合適的東西，她馬上就把身上披的圍巾拿了下來，繞到那頭顱上去，繞了一層又一層，然後她走到凱姆身邊，幾乎把自己的頭貼在她的枕頭上，她說，現在它瞧上去多美；仙女們會多麼喜歡它；它就像一只鳥窩；它就像他們在國外看到過的美麗的山巒，它有幽靜的山谷，鮮花遍地，鐘聲嘹亮，鳥兒歡唱，還有小山羊和野羚羊……她可以覺察到，當她有節奏地說著這些話的時候，這些字句在凱姆的頭腦裡回響著，凱姆跟著她重複這些話：它多麼像一座山巒、一只鳥窩、一個花園，那兒還有小羚羊；她的眼皮一會兒睜開、一會兒闔攏，拉姆齊夫人繼續說下去，說得更加單調、更加有節奏、更加荒唐；她對凱姆說，她該閉上眼睛睡覺了，她會夢見山巒和山谷、流星、鸚鵡、羚羊和所有美麗可愛的東西；她慢慢地擡起頭來，她講得越來越單調機械，直到她挺直身子坐了起來，發現凱姆已經睡著了。

她走到兒子床邊低聲耳語：現在詹姆斯也要睡了，看見嗎，那野豬頭顱還在那兒；他們沒去動它；他們照他的意思辦了；它仍舊留在那兒，一點也沒受到損傷。他確實相信，那頭顱骨還包在圍巾下面。但他還有別的事情要問她。明天他們要到燈塔去嗎？

不，明天不去，她說，但是不久就可以去，她向他保證，下一次天晴就去。他真乖。他躺下了。她給他蓋好了被子。但是，她知道，他永遠也不會忘記這件事，因此，她對查爾士・塔斯萊、對她丈夫、對她自己都很生氣，因為是她自己引起了他到燈塔去的渴望。然後，她伸出手去摸摸肩膀，才想起她已經把圍巾包了那個野豬頭顱了，她站起來，把窗子再拉下一兩英寸，她聽見風在呼嘯，她吸了一口涼颼颼的夜晚的空氣，輕輕地對瑪德蕾特說了聲晚安，她離開了房間，讓門鎖的簧舌慢慢地彈回鎖閘。她走了。

她希望塔斯萊先生不要砰的一聲把書摔在他們頭頂上方的地板上。她還在心裡想著塔斯萊先生是多麼討厭，因為他們倆都睡得不好，他們是容易激動的孩子，既然塔斯萊剛才說了關於燈塔的那番令人掃興的話，她覺得，正當孩子們將要睡著的時候，他似乎很有可能會粗手笨腳地用他的肘部把一堆書從桌子上掃到地板上去。因為她猜想他已經上樓去工作了。然而，他看上去又是多麼孤獨；當他走開了，她就會覺得鬆了一口氣；她要設法使他明天受到較好的待遇；他欽佩她的丈夫；他的禮貌還有改進的必要；她喜歡他的笑聲——當她走下樓梯之時，心裡想著這些事情，她注意到，現在她可以穿過樓梯的窗口看到月亮了——那金黃色的、收穫季節的滿月㉙——她轉過身來，於是他們就看到她站在他們上方的樓梯上。

「那就是我的媽媽，」普魯心裡想。對，敏泰該瞧瞧她；保羅．雷萊也該瞧瞧她。她覺得，這就是那件事情本身，似乎世界上只有一個那樣的人物，那就是她的母親。剛才和其他人談話的時候，普魯顯得很像一個成年人，現在她又成了一個孩子，她認為保羅和敏泰是在做一場遊戲，而她不知道她的媽媽究竟是認可這種遊戲呢還是譴責它。她想，現在是一個多麼好的機會，讓敏泰、保羅和莉麗看看她媽媽有多美，她覺得有這樣一位母親真是無比幸運，她希望自己永遠不要長大成人，永遠不要離開這個家。她像個孩子似地說道：「我們剛才想要到沙灘上去看看海浪。」

突然間，不知為了什麼緣故，拉姆齊夫人好像成了二十歲的姑娘，充滿著喜悅。她突然充滿著一種狂歡的心情。他們當然應該去，當然應該去，她笑著嚷道；她飛快地跑下最後三、四級樓梯，她開始望望這個又轉過身來望望另一個，一邊笑著一邊拉起敏泰的披肩把她圍起來。她說，她真希望她也能去。他們會待到很晚嗎？他們有誰帶了錶嗎？

「對，保羅有個錶，」敏泰說。保羅從一隻小小的軟皮錶袋裡取出一隻美麗的金錶拿給她

㉙指9月22、23日後兩周之內的第一次滿月。

看。他把錶放在手掌心裡送到她的面前，他覺得「她一切全知道了，我什麼也不用說了」。他把錶拿給她看時說道：「我已經把事情辦好了，拉姆齊夫人。一切多蒙您的關照。」看見他手裡的金錶，拉姆齊夫人覺得，敏泰多麼幸福！她將和一位有一隻放在軟皮袋裡的金錶的男子結婚！

「我多麼想和你們一塊兒去！」她大聲說道。但是，她被某種強有力的因素抑制住了，她甚至從未想到過要問一問自己，那究竟是什麼事兒。她當然不可能和他們一塊兒去。要不是為了那件事兒，她可是真的想去。她被自己荒唐的想法（嫁給一個有皮錶袋的人多有福氣）逗樂了，唇邊掛著一絲微笑，她走進另一個房間，她的丈夫正坐在那兒看書。

十九

她走進房間時對自己說，當然，她不得不到這兒來，取得某種她所需要的東西。首先，她要在一盞特定的燈下的一把特定的椅子裡坐下。但她還要更多的東西，雖然她不知道，也不想知道，到底她想要什麼。她瞧了丈夫一眼（她拿起襪子，開始編織），她看得出，他不願受到干擾——那是很明顯的。他正在讀一本使他非常感動的書。他似笑非笑，這使她明白，他正在控制著自己的感情。他正在把書一頁一頁翻過去。他正在扮演——也許他正在把自己當作書中的人物。她不知道那是本什麼書。噢，她看出來了，那是一本司各特爵士的作品。她把燈罩調節一下，使燈光直接投射到她正在編織的襪子上。因為查爾士·塔斯萊老是說（她擡頭仰望上方，似乎她預料有一堆書會落到樓板上），他一直在說，人們不再讀司各特的書了。於是，她的丈夫就想：「那就是人們將要給我的評語。」所以他才到這兒來，拿一本這種小說看看。如果他得出結論，查爾士·塔斯萊是「正確的」，那麼他就接受這個關於司各特的論斷。（她看得出來，他一邊讀，一邊在權衡、考慮、比較。）但他並不把這做為對他自己的結論。他總是對自己的成就惴惴不安。這使她十分煩惱。他總是為自己的著作憂慮——它們會有讀者嗎？它們是優秀的作品嗎？為什麼不能把它們寫得更好些？人們對我的評價又如何？她可不喜歡想到他如此憂心忡忡；她不知大家是否猜到，在吃晚飯時，他們談到作家的名聲和作品的不朽，為什麼他突然變得如此激動不安；她可拿不準，孩子們是否都在嘲笑他的那種態度。她把襪子猛然拉直，在她的唇邊和額際，那些像用鋼刀雕鏤出來的優美線條顯露了出來，她像一棵樹一般靜止了，那棵樹剛才還在風中顫動、搖曳，現在風小了，樹葉一片一片地靜止下來。

她們看出了他的激動也罷，孩子們嘲笑他也罷，這都沒什麼關係，她想。一位偉大的人物，一部偉大的著作，還有不朽的名聲——誰又能說得準呢？她對此一無所知。但這是他的思想方式，是他真誠的想法——譬如說，在吃晚飯時，她就曾經出於本能地想過，只要他能開口說句話就好了！她對他有充分的信心。現在她把這些想法全都丟開，就像一個潛水的人，一會兒遇到一叢水草，一會兒碰到一根稻草，一會兒見到一個水泡，她在水裡潛得更深了，她就重新感到剛才在餐廳裡其他人在談話時她曾經有過的那種感覺：我需要某種東西——我到這兒來就是為了得到它，她覺得自己潛得越來越深，但她不知道她所要的究竟是什麼，她閉上了眼睛。稍微等了一會兒，她一邊結著絨線，一邊在心中思忖。「月季花兒都已盛開，蜜蜂嗡嗡飛舞在花叢裡，」他們在餐廳裡吟誦過的詩句，慢慢地、有節奏地在她的腦海裡來回蕩漾，當這些詩句在腦海裡流過之時，每一個字就像一盞有罩的小燈，紅的、藍的、黃的，在她黑暗的腦海中閃亮，似乎連它們的燈杆兒也留在上面，縱橫交錯、來回飛舞，或者被人大聲吟誦、反覆回響；於是她轉過身來，在身邊的桌子上摸到了一本書。

在我們過去和未來的生活裡，
充滿著郁郁蔥蔥的樹木
和不斷更新的樹葉，

她一邊把鋼針插進襪子，一邊低聲吟誦。她打開了書本，開始這兒挑一段、那兒選一節地隨意閱讀，她在讀的時候，覺得自己忽而往後退下，忽而往上攀登，用手撥開在她頭頂上波動的花瓣，開路前進，她只知道這片花瓣是白的，或者那片花瓣是紅的。起初她並未領會那些詩句的意義。

掌穩著舵，筋疲力盡的水手們，

駕著你們松木的輕舟，向這兒飛駛，

她一邊讀，一邊把書一頁一頁地翻過去，她搖晃著身軀，忽左忽右地曲折前進，從一行詩跳到另外一行，就像從一根樹枝攀到另外一根，從一朵紅白的花轉向另外一朵，直到一個輕輕的響聲驚醒了她——她的丈夫拍了一下他的大腿。他們的目光對視了片刻，但他們不想交談。他們沒話可說。儘管如此，似乎有什麼東西，從他那兒向她傳遞過來。她心裡明白：是這本書的生命，是它的力量，是它驚人的的幽默，使他拍了一下大腿。他似乎在說：你別打擾我；什麼也甭說；就坐在那兒吧。他繼續讀下去。他的嘴唇微微顫動。它使他滿足。它使他振奮。他完全忘卻了那天黃昏所有的摩擦和刺激；忘卻了他靜靜地坐著瞧別人沒完沒了地吃喝所感到的說不出的厭煩；忘卻了他曾對他的夫人如此煩躁易怒；忘卻了當時他們對他的著作一字不提，似乎它們是根本不存在的，這使他多麼耿耿於懷。然而，現在他覺得，誰達到Z是無關緊要的（如果思想的進展過程就像字母從A到Z那樣循序漸進的話）。總有人會達到這個水準——如果不是他，那就是別人。司各特的力量和智慧，他對於直截了當的簡樸事物的感情，書中的那些漁民，墨克爾貝凱特的茅屋中那個可憐的瘋狂的老人，這一切使他感到精神振奮，解脫了某種心裡的負荷，以至於有一種覺醒和勝利之感，使他忍不住熱淚盈眶。他把那本書稍微舉高一點，遮住了他的臉，讓眼淚簌簌地淌下，他搖了搖頭，完全忘記了他自己（但有一兩個念頭在他心中閃過，他在反省道德問題和英國與法國的小說，他想到司各特的雙手雖然被束縛住了，但是他的觀點也許和別的觀點同樣正確），可憐的斯坦尼的淹死和墨克爾貝凱特的苦難（這是司各特的神來之筆），以及這本書給他帶來的驚人的愉快和強烈的感情，使他完全忘記了他自己的煩惱和失敗。

好吧，他看完這一章時心裡想，就讓他們把它改進一下吧。他覺得自己似乎在與別人爭論，並且佔了上風。不論他們怎麼說，他們不可能把它再改得更好一點；於是，他自己的地位就變得更穩固了。他在頭腦裡把一切都回想一遍，他認為，那些情侶寫得很無聊。那是無聊的敗筆；這是第一流的傑作；他在心中斟酌，把書中的各個部分互相比較。但他必須把它再讀一遍。他想不起那個故事的完整形態。他只得暫時不作判斷。因此，他回過頭來想那另外一件事情——如果年輕人不喜歡這種書，他們自然也就不會喜歡他的作品。他不應該抱怨，拉姆齊先生想道。他竭力克制自己要向夫人抱怨年輕人不欽佩他的那種願望。他已下了決心，不願再去煩擾她了。他瞧著她看書。她看上去非常安詳，正在專心閱讀。想到大家都離開了，只剩下他們倆在一起，他很高興。他想，生活的完整意義，並不在於床第之歡；他的思緒又回到了司各特和巴爾扎克，回到了英國和法國的小說。

拉姆齊夫人擡起她的頭，就像一個睡眼惺忪的人；她似乎在說，如果他要她醒來，她就願意醒來，她真的願意，否則的話，她還想睡覺，她要再睡一會兒，哪怕是一會兒也好，行嗎？她正在攀登那些樹枝，忽左忽右地向上攀登，伸手摸到一朵花，然後又摸到了另外一朵。

「也不要讚頌那緋紅的玫瑰，」她俯首低吟，覺得在吟誦之際，她正在朝著那樹巔、那頂峯攀登。多麼心滿意足！多麼寧靜安詳！白天所有那些亂七八糟的景象，全都被這塊磁鐵吸住了；她覺得她的心靈被打掃過了，被淨化了。就在這兒，她突然把它完全掌握在手中了，美妙而明智，明晰而完整，這是從生活中提煉出來的精髓，她在這兒完整地把握住了——這道十四行詩。

但是，她逐漸意識到她的丈夫正在看著她。他正在向她好奇地微笑著，似乎他在溫和地嘲笑她的白日幻夢，但同時他又在想：繼續下去吧。你現在看上去毫無憂慮，他想，他不知道她正在讀什麼，他誇大了她的淳樸無知，因為他喜歡認為她並不聰明，也不精通書本知識。他拿不準，她究竟是否理解她正在讀的東西。也許並不理解，他想。她驚人地美。似乎對他來說，她的美（如果可能的話）增長不已。

好像仍是冬天，
你已飄然而去，
我與這些幻影一塊兒嬉戲，
猶如我和你的倩影一起徘徊，

她讀完了。

「嗯？」她說，她的目光離開了書本，她擡起頭來望著她，神思恍惚地回答他的微笑。

我與這些幻影一塊兒嬉戲，
猶如我和你的倩影一起徘徊，

她低聲吟誦，把書放到桌上。

她拿起了絨線襪子，心中在捉摸：自從她上次看到他坐在這兒，究竟發生了一些什麼事情？她想起了餐前換裝；擡頭望見窗外的明月；安德魯在吃飯時把盤子舉得太高；威廉說了些令人掃興的話；樹上的鳥兒；樓梯平臺上的沙潑；孩子們尚未入睡；查爾士·塔斯萊的書掉下來把他們驚醒了——噢，不，那是她想像出來的；保羅有一隻軟皮錶袋。她該挑哪一件事兒去和他說呢？

「他們訂婚了，」她一邊開始織襪子一邊說，「保羅和敏泰。」

「我也猜到了，」他說。這沒什麼可說的。她的思緒還在隨著那首詩上下飄蕩；他讀完了斯坦尼的葬禮那一章之後，仍然覺得精神振奮、胸懷坦蕩。因此，他們倆默默無言地坐著。後來她想起來了，她曾盼望他說些什麼。

無論什麼，無論什麼，她一邊想一邊結著絨線。無論說些什麼都行。

「嫁一個有皮錶袋的男人，那有多妙，」她說。因為那就是他們倆共同欣賞的那類笑話。

他嗤之以鼻。他對於這個婚約的感覺，和他一貫對於任何婚約的感覺相同：那個小伙子可遠遠配不上那位姑娘。在她的頭腦裡慢慢地出現了疑問：那末，為什麼有人總是想要人們結婚呢？

它的意義和價值究竟何在呢？（現在他們所說的每一個字都是真誠的。）說點兒什麼吧，她想，她渴望聽到他的聲音。因為，她覺得，那個陰影，那個籠罩他們的陰影，又開始出現了。又在她的四周包圍攏來。說點兒什麼吧，她懇求他，她的目光望著他，似乎在向他求援。

他默然無語，來回擺動著掛在他錶鏈上的指南針，正在思考司各特和巴爾扎克的小說。他們倆身不由己地湊到一塊兒，肩並著肩，靠得很近，透過他們之間依稀存在的牆壁，她可以感覺到，他的思想像一隻舉起來的手一般，遮蔽了她自己的思想；而由於她的思路現在正向著他所厭惡的、被他稱為「悲觀主義」的方向轉化，他開始感到煩躁不安，雖然他什麼也沒說，只是把手伸向他的額角，撚起一綹頭髮，又把它放了下來。

他指著襪子說，「今晚你是織不完的。」那就是她所需要的——那個正在責備她的、嚴厲刺耳的聲音。如果他認為悲觀失望是錯誤的，那麼它可能就是錯誤的，她想。將來總會證明，那一對兒的結合是不錯的。

「對，」她說，一面把襪子放在她的膝上拉平，「我織不完。」

那又如何呢？她感到他還在看著她，但是他的神色已經改變了。他想要什麼東西——要那個她常常難以給他的東西，要她對他說：她愛他。不，她辦不到。他比她善於辭令。他能說會道——她可從來不會。因此，很自然，總是他在說話；為了某種原因，他突然會對此不滿，並且指責她。他稱她為沒心肝的女人；她從來也不對他說一聲她愛他。但事實不是如此——不是如此。只是她從來不會表達她的感情。她只會說：他的外套沒黏上麵包屑嗎？有什麼她可以為他做的事情嗎？她站起來，手裡拿著紅棕色的襪子，站在窗前，一方面是想轉過身去避開他，一方面因為她想起了大海的夜景是多麼美麗。但她知道，當她轉身之時，他也轉過頭來；他正在看著她。她知道他在想：你從來沒有這樣美。於是她覺得自己非常美。你不能對我說一聲你愛我嗎？他一定在想這個，因為，他剛才還在想敏泰和他的著作，現在他已甦醒過來，今天這個日子，還有他們關於到燈塔去的爭論，都要結束了。但她辦不到；她說不出口。她知道他在看著她，她卻什麼也不說，只是轉過身來，拿著襪子，對著他瞧。她瞧著他，開始微笑，雖然她一句話也不說，他知道，他當然知道，她愛他。他不能否認這一點。她微笑著凝視窗外說道（她自己心裡在想，世界上沒有可以與此相比的幸福了）——

「對，你說得對。明天會下雨的。你們去不成了。」她看著他微笑。因為她又勝利了。儘管她什麼也沒說，他還是明白了。

第二部　歲月流逝

一

「嗯，究竟如何，我們必須等到將來才見分曉，」班克斯先生邊說邊從平臺上走進屋裡。

「天黑得幾乎看不見了，」安德魯從海灘上走過來說。

「幾乎黑得連大海和陸地也分不清了，」普魯說。

「我們還讓那盞燈繼續點嗎？」當他們在屋裡脫下外套時莉麗問道。

「不，」普魯說，「如果大家都進來了，就把它熄了吧。」

「安德魯，」她回頭喚道，「把門廳裡那盞燈熄了。」

屋裡的燈都一一熄滅了，只有卡邁克爾先生房間裡還有燈光，他喜歡躺著讀一點維吉爾❶的詩，他的蠟燭熄得比其他人遲得多。

二

燈火都熄滅了，月亮落下去了，一陣細雨沙沙地打在屋頂下，黑暗無邊的夜幕開始降臨。似乎沒有任何東西能在這黑暗的洪流中倖存：無窮的黑暗從鑰匙孔和縫隙中溜進來，躡手躡腳地繞過百葉窗，鑽進了臥室，吞沒了水壺和臉盆，吞噬了紅色、黃色的大利花，淹沒了五斗櫥輪廓分明的邊緣與結實的形體。不僅各種家具都形態模糊、混淆不清，幾乎沒有一個人的軀體或心靈置身於黑暗之外，可以讓你來區分：「這就是他」或「那就是她」。有時，一隻手舉了起來，好像要抓住或擋開什麼東西；或者有人在夢中呻吟；或者有人在高聲大笑，好像在與虛無共同欣賞一個笑話。

客廳裡、餐廳裡或樓梯上，沒有一絲動靜。只有從那陣海風的軀體上分離出來的一些空氣，它們穿過生鏽的鉸鏈和吸飽了海水潮氣而膨脹的木板（那幢屋子畢竟破舊不堪了），偷偷地繞過

---

❶維吉爾（公元前70～前19）：古羅馬詩人，其代表作為史詩《伊尼特》，對歐洲文藝復興和古典主義文學影響較大。

牆角，闖進了屋裡。你幾乎可以想像：它們進入客廳，到處徘徊、詢問，和懸掛在那兒噼啪扇動的糊牆紙嬉戲，問問它還要在那兒懸掛多久？什麼時候它將會剝落下來？然後，它們平靜地拂過牆壁，在經過之時若有所思，好像在詢問糊牆紙上那些紅色、黃色的玫瑰，它們是否會褪色，並且溫文爾雅地詢問（它們有的是時間）廢紙簍裡撕碎的信件、房間裡的花卉和書籍（這一切現在都敞開地呈現在它們面前）：它們是盟友嗎？它們是敵人嗎？它們還能保存多久？

一些不規則的光線，從沒有被雲朵遮住的星星、飄泊的船隻或那座燈塔發射出來，蒼白地投射到樓梯或地席上，指引著那幾股小小的空氣爬上了樓梯，在臥室門口探頭探腦。但是在這兒，它們肯定必須止步。其他一切都會煙消雲散，躺在這兒的東西卻持久不變。你可以告訴那些悄悄溜過的光線和到處摸索的空氣（它們自己正在呼吸，並且向床上俯視）：這兒的東西你們可碰不得，也毀不了。它們似乎有著輕如羽毛的手指，並且像羽毛般輕柔持久，它們疲乏地、像幽靈一般地俯視床上那閉著的眼睛、鬆弛的手指，然後它們倦怠地折起它們的長袍消失了。它們就這樣探頭探腦地、挨挨擦擦地來到了樓梯的窗口，來到了僕人的臥室，來到了頂樓的小屋；它們又下樓去了，使餐廳桌上的蘋果變得顏色蒼白，撫摸著玫瑰的花瓣，試試畫架上的圖畫，掃過那張地席，把一點兒沙土吹落到地上。最後，它們終於停息，大家一道止步、聚集、嘆氣；它們大家一起發出一陣無名的悲嘆，使廚房裡的一扇門發出了迴響：它霍然洞開，但什麼也沒放進來，又砰的一聲關上了。

〔這時，正在閱讀維吉爾的卡邁克爾先生吹熄了他的蠟燭。已是午夜時分。〕

三

但是，一個夜晚究竟又算得了什麼？不過是短短的一段時間罷了。何況黑暗的消逝是如此迅速，不久鳥就叫了，雞也啼了，或者在那波谷之中，像漸漸轉換顏色的樹葉一般，很快披上了一層淡淡的綠色。然而，黑夜的來臨是周而復始、循環不休的。冬天儲存了大量的黑夜，用它永不疲倦的手指，等量地、平均地分配安排它們。它們延得更長，它們變得更黑。在有些夜晚，清晰可見的行星，像閃亮的金盤高懸在空中。秋天的樹木儘管已經枝葉凋零，它們像破爛的旗幟，在幽暗陰冷的教堂地窖裡閃光，在那兒，雕刻在大理石書頁上的金字，描述了人們如何在戰爭中死去，屍骨如何在印度的沙土中發白、燃燒。秋天的樹木在黃色的月光下微微閃亮，那收穫季節的月光，使勞動的精力充沛旺盛，使割過麥子的田埂顯得光滑平整，並且帶著波濤拍擊海岸，使它染上一片藍色。

神聖的上帝現在似乎被人類的懺悔和勤勞所感動，他拉開了帷幕，展現出幕後獨一無二、截然不同的東西：直立的野兔，退潮的海浪，顛簸的小船；如果我們理應受到報償的話，它們應該永遠屬於我們。但是，哎喲，神妙的真諦拉動了幕索，合攏了帷幕；這並不使他感到高興；他用一陣冰雹來覆蓋他的寶藏，把它們砸碎、攪亂，似乎它們永遠不會恢復平靜，我們也永遠不能把它們的碎片湊成一個完美的整體，不可能在那些散亂的片斷上清晰地看出真理的字句。因為，我們的懺悔只能換來短暫的一瞥；我們的勤勞只配得到片刻的休息做為報償。

現在，這些夜晚充滿了寒風和毀滅：樹幹在搖晃彎曲；葉片到處紛飛，直到它們沾滿了草坪、填滿了溝壑、堵塞了水管、布滿了潮濕的小徑。大海中波濤疊起，浪花四濺。如果有哪位失眠者幻想他可能在海灘上找到他心中疑問的答案，找到一個人來分享他的孤獨，他會掀開被子，獨自到沙灘上去徘徊，但他卻找不到那非常機敏、隨時準備伺候他的倩影，來把這夜晚變得井然有序，使這個世界反映出心靈的航向。那纖纖玉手在他的手心裡萎縮消失了；那個聲音卻在他的耳際震響。怎麼回事？為了什麼？在什麼地方？孤衾獨眠者被這些問題所吸引，躺在床上尋求一個答案，看來，在這一片混亂之中，向茫茫黑夜提出這些問題，幾乎毫無用處。

[在一個陰暗的早晨，拉姆齊先生沿著走廊蹒跚而行，他向前伸出了胳膊，但拉姆齊夫人已於前晚突然逝世，他雖然伸出了雙臂，卻無人投入他的懷抱。]

四

屋子空了，門鎖上了，地毯也捲起來了，那些和伙伴們失散了的空氣，它們是一支大軍的先鋒，闖進了屋子，拂過光禿禿的板壁，咬嚙著，扇動著，在臥室和客廳裡沒有遇到任何東西來完整地抵抗它們，只有噼啪作響的掛簾，嘰嘰嘎嘎的木器，油漆剝落的桌腿，發霉長毛、失去光澤、裂縫破碎的砂鍋和瓷器。人們拋棄和遺留的東西——一雙靴子，一頂獵帽，衣櫥裡幾件褪色的衣裙——只有這些東西，才保留了人的遺跡，並且在一片空虛之中，表明它們一度曾經多麼充實而有生氣：纖纖玉手曾經匆匆忙忙地搭上衣鉤、扣上紐襻；梳妝鏡裡曾經映照出玉貌花容，反射出一個空幻的世界，在這個世界中，一個身軀旋轉過來，一隻手揮動一下，門開了，孩子們一窩蜂湧了進來，又走了出去。如今日復一日，光線轉換了，像映在水中的花朵，它輪廓分明的形象，投射到對面的牆壁上。只有那些樹影在風中搖曳，在對面牆上彎腰致敬，偶爾遮暗了陽光在其中反射的水池；或者有鳥兒飛過，於是一個柔和的陰影緩慢地撲動著翅膀，在臥室的地板上掠過。

就這樣，優美和寂靜統治著一切，它們倆共同構成了優美本身的形態——一個生命從中分離出來的形態——像一個黃昏的水池一般寂寞、遙遠；從一列迅速開過的火車的窗戶中望出去，那個在黃昏中顯得蒼白的水池驟然消失，雖然被人瞥了一眼，卻幾乎沒有稍減它的孤單寂寞。優美和寂靜在臥室裡攜手，甚至風兒也在用布套起來的水壺和用被單罩起來的椅子之間窺探，那粘濕冰涼的海風的柔軟的鼻子，到處挨擦、聞嗅，反覆地詢問著——「你們會褪色嗎？你們會消失嗎？」——但幾乎沒有擾亂那安靜、冷漠、純潔完整的氣氛，似乎它所提出的問題幾乎不需要回答：我們依然留存。

似乎沒有任何東西可以破壞它的形象，玷汚它的清白，或者擾亂那支配籠罩一切的寂靜，一個星期又一個星期，它在那空虛的房間裡，把鳥兒飄落的悲啼、輪船高亢的汽笛、田野裡單調低沈的響聲、犬的吠叫和人的呼喊，都編織到它自己體內，並且把它們悄悄地折攏，包裹在屋子四周。只有一次，在午夜時分，一塊木板大吼一聲，斷裂下來，落到樓梯的平臺上，好像在幾個世紀的寂靜之後，一塊岩石從山上崩裂開來，飛到山谷裡，摔得粉碎；於是，圍繞著這屋子的寂靜的紗巾才鬆開了一角，在風中來回飄蕩。然後又恢復了平靜；樹影婆娑；日光向投射在牆壁上的自己的身影鞠躬致敬；管家婆麥克奈布太太終於用插在水盆中的雙手撕開了寂靜的面紗，用嘎扎嘎扎踩在屋板上的靴子碾碎了它。她奉命而來，打開所有的窗戶，撣去臥室裡的灰塵。

五

當她搖搖晃晃地走著（她像一條船一樣在大海裡顛簸蕩漾），斜著眼睛張望（她的兩眼從不直視任何東西，她總是斜睥藐視這個世界對她的嘲笑和憤怒——她這個人沒腦筋，她自己知道）；當她抓緊樓梯的欄杆費勁地走上樓去，踉踉蹌蹌地從一個房間走到另一個房間，她唱著歌。她一邊抹著那梳妝臺上的鏡面，一邊也斜著眼看著自己晃動的身影，從她的嘴裡發出一種聲音——也許這是二十年前舞臺上歡快的歌聲，當時她曾哼著這曲調輕歌曼舞，但是現在，這歌聲出自這個童頭齒豁的管家婆之口，已經失去了意義，就像是無知、幽默、頑強這三者本身發出的聲音，它被人踩在腳下，又重新反跳起來，因此，當她跌跌撞撞地撣去灰塵、抹拭家具之時，她似乎在說：一個人的憂愁苦惱是多麼長久，每天從早晨起來到夜晚上床，把東西搬出來又收進去，生活是多麼機械單調。她活了將近七十年，佑道這個世界並不安逸舒適。疲勞已經壓彎了她的腰。她一面跪在床底下吱吱嘎嘎地清洗地板上的塵土，一面痛苦地呻吟：多久，他問道，還能忍耐支持多久啊？但她又吃力地站起來蹣跚而行，重新斜著眼東張西望，甚至對於自己的臉龐、自己的憂愁，她也轉過臉去，棄而不顧，她站在鏡子面前打著呵欠，漫無目標地微笑著，又重新輕快地、搖搖晃晃地走動，掀起地席、放下瓷器、斜睨鏡中的影像，似乎她畢竟也有她自己的安慰，似乎在她的哀歌中，確實交織著永不泯滅的希望。在洗衣盆中，必定曾經映現出愉快的幻影：譬如和她的孩子們一起（但有兩個是私生子，有一個遺棄了她），在小酒店裡暢飲一番；在她的抽屜裡翻弄她零碎瑣屑的財富。那黑暗也不是鐵板一塊，總有些裂縫；在暗淡的深淵中，也必定有些渠道，可以透過足夠的光線，來映照出她扭歪著的臉龐在鏡子裡露齒微笑，於是她重新幹起活來，癟著嘴含糊地哼出演藝場裡陳舊的曲調。在一個晴朗的夜晚，那些神秘的夢幻者們在海灘上漫步，攪動著一潭泥漿，凝視著一塊石頭，他們自問：「我是什麼人？」「這又是什麼？」造物突然賜予他們一個答案（他們說不出這是什麼），才使他們在寒霜中得到一絲溫暖，在沙漠裡得到一點安慰。但是，歷盡滄桑的麥克奈布太太，卻依舊繼續喝酒聊天。

六

沒有一片樹葉在風中搖曳，樹枝光禿禿、亮晃晃，還未抽芽，早春就像一個處女，她的童貞凜然不可侵犯，她的純潔是高傲的，她玉體橫陳，躺在田野裡，睜大著眼警惕地觀望著，一點兒也不在乎旁觀者在幹些什麼、想些什麼。〔在舉行婚禮的教堂裡，普魯·拉姆齊倚著她父親的胳膊，被帶到等在聖壇前面的新郎身邊，她出嫁了。真是天作之合，人們說，誰能找出更相配的一對兒呢？而且，他們又說，瞧她有多美！〕

夏季將臨，晝長夜短，大地甦醒了，充滿了希望，暮春的煦風在海灘上漫步，攪動了一池春水，出現了最奇異的幻夢——血肉之軀化為隨風飄散的微塵，星星在它們心中閃爍，懸崖、大海、白雲、藍天被有意識地聚合在一起，來把這內部四分五裂的幻影在外表上拼湊攏來。在那些鏡子裡，在人們的心靈中，在那些不平靜的池水中，雲霧永遠在翻騰，形成了陰影，綺夢長存，不可能抗拒每一隻海鷗、每一朵花、每一棵樹，每一個男子和婦女，以及蒼白的大地本身似乎都在發出的信息（但如果你提出詰問，它們馬上就畏縮了）：善良高奏凱歌，一派幸福氣象，萬物井然有序；也不可能抗拒這種極度的衝動，它到處徘徊，尋求某種絕對的善，某種強烈的結晶，它和人們熟知的快樂和德行漠不相關，它和家庭生活的程序全然不同，它是某種獨一無二的、堅硬的、光芒四射的東西，就像沙礫中的一顆鑽石，使它的持有者感到安心。蜜蜂嗡嗡叫，蚊蚋在飛舞，春天終於軟化了，順從了，把她的大氅扔在身旁，用紗巾蒙住雙眸，轉過臉去，在經過的陰影和陣陣細雨中，似乎接受了人類痛苦的某種知識。

〔那年夏天，普魯．拉姆齊難產而死，這可真是個悲劇，人們說；一切，他們說，原來都充滿著美好的希望。〕

夏日炎炎，海風又派遣它的密探前來偵察這幢屋子。蒼蠅在充滿陽光的房間裡結了一張網；鏡子旁長出了野草，在晚上有節奏地輕輕叩擊著窗扉。夜幕降臨之時，那燈塔的光柱，過去曾經威嚴地在黑暗中投射在地毯上，勾勒出它的圖案輪廓，現在帶著和月光混雜在一起的更為柔和的春光，輕輕地溜進來，好像它在愛撫著萬物，悄悄地徘徊觀望；它又親切地回來了。但是，就在這誘人入睡的愛撫之中，當長長的光柱斜照到床上時，那塊岩石崩裂了；包裹著那幢屋子的寂靜的紗巾又解開了一層；它懸垂在那兒，在風中飄蕩。經過夏天短暫的夜晚和漫長的白晝，田野裡的回聲和蒼蠅營營的叫聲使那些空蕩蕩的房間似乎在喃喃自語；那長長的紗巾輕柔地迎風飄揚，漫無目的地搖曳；當陽光把直條橫格的窗影投射到房間裡，並且使室內充滿了黃色的霧靄時，麥克奈布太太闖了進來，搖搖晃晃地到處走動，掃地抹灰，看上去就像一條熱帶魚在映出萬道金蛇的一弘清水中游泳。

已經到了盛夏季節，炎熱的天氣令人昏昏欲睡，出現了一種不祥的聲音，它像鐵錘有節奏的敲擊聲一般震耳欲聾，這聲波的反覆震動，進一步鬆開了那寂靜的紗巾，並且震裂了茶杯。玻璃器皿不時在碗櫥裡叮咚作響，好像有一個巨大的聲音在痛苦中嘶喊，使碗櫥裡的大玻璃杯也顫動了。然後，寂靜又降臨了；一夜又一夜過去了，有時，在大白天，玫瑰花兒無比鮮豔，陽光把它的影子清晰地投射在牆上，突然什麼東西砰的一聲墜落下來，打破了這一片寂靜、冷漠、完整的氣氛。

〔一顆炸彈爆炸了。二、三十個小伙子在法國戰場上被炸得血肉橫飛，安德魯．拉姆齊也在其中，總算幸運，他立即死去，沒受更多的折磨。〕

在那個季節中，那些到海灘上去散步，詢問大海和天空傳來了什麼信息、證實了什麼景象的人們，不得不仔細端詳天神恩賜的通常象徵——海上的夕陽，黎明的晨曦，上升的明月，月下的漁舟，孩子們在用泥巴作餅、互相擲草嬉戲——並且在其中看出某種和這一片歡樂寧靜的氣氛不協調的因素。例如，一艘灰白色船隻的寂靜的幽靈，在海面上出現又復消失；海面上有一個紫色的斑點，似乎在海面下有什麼東西隱秘地爆炸了，流出了鮮血。這些東西突然闖入了這一片特意設計出來去激發最莊嚴的沈思並且導致最滿意的結論的景象，使人們停下了腳步。誰都難以無動於衷地對它們視而不見，抹煞它們在這片景色中的重要意義，並且在海邊散步時繼續驚嘆外界的美如何反映了內在的美。

大自然是否補充了人類取得的進展？她是否完成了人類開始的工作？看到人類的苦難、卑賤和所受的折磨，她同樣地自鳴得意。那個夢想，孤獨地在海灘上尋找人生的答案、尋找一個倩影來分享他的感情、完成他的自我的夢想，是鏡子裡反射出來的幻影；而鏡子本身，不過是更加崇高的力量在它下面沈睡之時，在寂靜中形成的一層表面化的玻璃質而已。不耐煩了，絕望了，但又不願走開（因為美施展了誘人的魅力，提供了她的安慰）；在海灘上散步是不可能的了；沈思冥想是不堪忍受的了；那面鏡子已經被打破了。

〔那年春天，卡邁克爾先生出版了一本詩集，獲得了出乎意料的成功。戰爭，人們說，恢復了他們對於詩歌的興趣。〕

七

一夜又一夜，不論冬和夏，狂風暴雨來勢洶湧，晴天的寂靜銳如利箭，它們接受朝覲，不受任何干擾。聽吧（如果還有誰來傾聽的話），從那空屋樓上的房間裡，在一片混沌之中，只聽見伴隨著閃電的雷聲在翻滾振蕩，這時海風和波濤追逐嬉戲，就像巨大的海怪難以名狀的軀體，理性之光從未穿透它們的額際，它們一層一層地疊起羅漢，猛然衝進黑夜和白晝（因為日夜和年月都無形地在一塊兒飛奔），玩著那些愚蠢的遊戲，直到整個宇宙似乎都在獸性的混亂和任性的欲望中漫無目標地撕殺、翻騰。

在春天，隨風飄來的種子使花園的瓷甕裡長滿了植物，和往昔一般生意盎然。紫羅蘭和黃水仙都開花了。但是，白晝的寂靜與光明和夜晚的混沌與騷動同樣奇異，那些花草樹木站在那兒，望著前方，向上仰望，卻什麼也沒看見，沒有眼睛，有多麼可怕。

八

麥克奈布太太彎下身去採了一束鮮花，準備帶回家去。她想，這可沒甚麼關係，因為有人說，那一家子再也不會回來啦；也許到了米迦勒節，❷那幢屋子就會賣掉。她在打掃的時候，把花束放在桌上。她喜歡花。讓它們白白浪費了怪可惜的。假定那屋子賣出去了（她兩手叉腰站在鏡子面前），它也需要有人照管——它肯定需要。這些年來，這屋裡就沒住過一個人。那些書籍和物品都發霉了。因為，一方面由於戰爭，一方面由於不容易雇到助手，那屋子沒像她原來所希望的那樣打掃得乾乾淨淨。現在單靠一個人的力量，已經不可能把它整頓得井井有條了。她太老了。她的兩條腿疼痛難忍。所有那些書藉都需要放到草坪上去晒晒太陽；客廳牆上的石灰已經剝

❷米迦勒節：9月29日是天使長米迦勒祭日，是英國四大結賬日之一。

落下來；書房窗戶上方的排水管堵塞了，雨水滲漏到屋子裡來；地毯也差不多全爛了。那家人應該親自來走一趟；他們早該派個人來看一看了。因為，在壁櫥裡還有衣服；他們在所有的臥室裡都留下了衣服。她該怎樣去處理他們呢？衣服裡邊都長了蛀蟲——那些拉姆齊夫人的衣物。可憐的夫人！她再也不需要它們了。她死了，人們說；幾年前，在倫敦。她整理花圃時穿的那件灰色斗蓬還在這兒（麥克奈布太太用手指撫摸它）。夫人當年的風姿，仍歷歷在目，當她帶著洗好的衣服走上門前那條汽車道，她就能看到拉姆齊夫人彎腰俯視她的花卉（現在花園裡景象蕭條，一切都雜亂無章，兔子從花床裡對著你衝出來，一溜煙跑了。）——她能看到她穿著那件灰色的斗蓬，那些孩子中總有一個在她的身邊。還有靴子和皮鞋；梳妝臺上留下了髮刷和梳子，完全就像她明天就要回來似的。（她是猝然去世的，人們說。）有一次，他們快來了，但又推遲日期不來了（這是由於戰爭，也由於這年頭交通不便）；這些年他們從未來過，只是給她把錢匯來，但從不捎封信來，也不回來看看；他們卻盼望著將來回到這兒會發現一切都保持原狀，和他們離去時一模一樣，啊，天哪！為什麼那梳妝臺的抽屜裡塞滿了手帕、絲帶（她把抽屜都打開了）。是的，在那時候，當她拿著洗好的衣服走上那條汽車道，她就能看到拉姆齊夫人。

「晚上好，麥克奈布太太，」她會說。

她對待她和藹可親。那些姑娘們也都喜歡她。但是，天哪，打那時候到現在，發生了多少變化（她關上了抽屜）；許多家庭失去了他們最親愛的人。她死了；安德魯先生被殺了；聽說普魯小姐也死了，生頭胎孩子就難產死了；不過這年頭人人都在失去他們的親人。物價在可恥地飛漲，並且從來不回跌。她還能回憶起披著斗篷的拉姆齊夫人的音容笑貌。

「晚上好，麥克奈布太太，」她說，並且吩咐廚娘給她留盆奶油湯——她拿著那沈重的籃子從城裡一路走來，確實覺得自己要吃點什麼。現在夫人的身影仍歷歷在目，她在彎腰俯視她的花卉；當麥克奈布太太跛著腿蹣跚而行，到處打掃整理之時，那身影兒縹緲閃爍，忽隱忽現，就像一道黃色的光束或望遠鏡末端的光圈，一位披著灰色斗篷的夫人，彎腰俯視她的花圃，在屋裡來去徘徊，越過臥室的板壁，來到了梳妝臺跟前，走過了臉盆架。那個廚娘叫什麼來著？瑪德蕾特？瑪麗安娜？——有點兒像那個名字。啊，她忘了——她多健忘。那廚娘心急如火，和所有紅頭髮的女人一樣。她們在一塊兒笑得可歡。她在廚房裡總是大受歡迎。她會逗得她們哈哈大笑，她真有這個本事。那時候，日子可比現在好過多啦。

她嘆了口氣；這麼多活兒，叫一個女人來幹可實在太多了。她不住地搖頭。這裡過去是育兒室。哎喲，這兒全都潮濕了；石灰正在剝落。他們為什麼把一隻野獸的頭顱釘在牆上？它也發霉了。頂層的小閣樓裡全是老鼠。雨水漏了進來。但他們從不來信；也不來人。有些鎖已經脫落了，因此那些門在風中砰啪直響。她可不喜歡晚上一個人到這兒來。一個女人可受不了，受不了，實在受不了。她的腳步聲吱吱嘎嘎地響，她悲傷地感嘆。她砰的一聲關上門，把鑰匙在鎖眼裡轉了一圈，就離開了，留下了那幢孤零零的、關閉的、鎖著的屋子。

九

那幢屋子被留下了，被遺棄了。它就像沙丘中一片沒有生命的貝殼，積滿了乾燥的鹽粒。漫漫長夜似乎已經開始；輕浮的海風在輕輕嚙咬，濕冷的空氣在上下翻滾，好像它們已經取得了勝利。鐵鍋已經生鏽，草席已經朽爛．癩蛤蟆小心翼翼地爬了進來．那搖曳的紗巾懶洋洋地、無目的地來回飄蕩。一片蓟草伸進了食品貯藏室的瓦片之間。燕子在客廳裡做窩；地板上撒滿了稻草；石灰大片地剝落；屋椽已經裸露；老鼠把東西弄到板壁後面去啃。鱉甲蝴蝶從繭子裡鑽出來，啪噠啪噠拼命往窗玻璃上撞。罌粟在大利花圃中播下了種子；長長的野草在草坪上波浪起伏；巨大的朝鮮蓟屹立在玫瑰叢中；一朵帶穗的石竹在白菜畦裡開了花；在冬天的夜晚，野草輕輕地拍打窗扉的聲音變成了茁壯的樹木發出的隆隆鼓聲，在夏天，帶刺的野薔薇使整個房間裡一片蔥翠。

現在有什麼力量能夠阻擋那種繁殖能力，那大自然漫不經心的生育力呢？麥克奈布夫人還在夢想著一位夫人、一個孩子、一盆奶油湯，這夢想能夠阻擋大自然的繁殖力嗎？那幻影像一點陽光，顫動著越過牆壁，就消失了。她鎖上了門；她走開了。她說，那屋子不是一個女人照管得了的。他們從不派人來。他們也從不來信。不少東西在抽屜裡霉爛——這樣把它們糟蹋掉是可恥的，她說。那地方已經破敗不堪了。只有燈塔的光柱在那些房間裡照耀片刻，它在寒冬的黑夜中突然凝視著床鋪和牆壁，平靜地看著那薊草和燕子，老鼠和稻草。現在沒有任何東西來抵擋它們；沒有任何東西來對它們說個不字。就讓海風吹拂，讓罌粟自由播種，讓石竹與白菜結伴吧。讓燕子在客廳裡築巢，薊葉推開了瓦片，蝴蝶在褪色的花布椅墊上晒太陽。讓玻璃和瓷器的碎片躺在外面的草坪上，被糾纏在一起的青草和野莓覆蓋了吧。

那個時刻已經來臨，這是黑夜已經終止、黎明還在哆嗦的猶豫不決的時刻，如果一片羽毛降落到天平上，也會把一邊的秤盤給壓下去的。只要一片羽毛，這幢正在沈淪、坍塌的房屋就會翻身投入黑暗的深淵。在坍圮的房間裡，來野餐的遊客會生火煮水；情人們來這兒尋求蔭蔽，躺在油漆剝蝕的地板上；牧羊人把他的午餐放在磚塊上；流浪者睡在那兒，把外套裹在身上禦寒。然後，屋頂會坍下來，荊棘和鐵杉會遮蔽小徑、石階和窗戶；它們會參差不齊地拼命生長，覆蓋住那個小丘，直到迷路者闖入這塊地方，只能根據蕁麻叢中一根火紅色的鐵柵欄或者鐵杉林中的一片瓷器，來判斷這兒曾經有人住過，曾經有過一幢房子。

如果那片羽毛落了下來，把天平的一端輕輕捺了下去，整幢房子就會陷入深淵，躺在湮沒無聞的沙灘上。但是，有一股力量在起作用；那是某種並不自覺的力量，某個斜眼瘸腿的身影，某種並非在莊重的宗教儀式和莊嚴的教堂鐘聲鼓舞之下進行工作的力量。麥克奈布太太在哼哼哈哈地抱怨；貝茨太太在吱吱嘎嘎地走動。她們老了，肢體僵硬，腰酸腿疼。她們終於帶著掃帚和水桶來了；她們開始幹活。麥克奈布太太突然接到那些年輕小姐中某一位的來信：請她把屋子打掃乾淨；把這個準備好；把那個準備好；真是匆匆忙忙。他們可能要來避暑；他們到最後曾經把一切都留了下來；現在他們盼望能見到一切都保持原狀，和他們離開時一模一樣。麥克奈布太太和貝茨太太緩慢而吃力地使用掃帚和水桶，掃抹沖刷，把腐朽和霉爛的過程抑制住了：她們從時間的深淵中打撈起一只即將淹沒的臉盆，又搶救出一只快要沈沒的碗櫥；有一天早晨，他們從湮沒的塵土中撿起了全套威佛利小說和一套茶具；那天下午，她們找出了一架黃銅的壁爐圍柵和一副鋼鐵的火爐用具，把它們拿出來曝晒通風。貝茨太太的兒子喬治來捕鼠、割草。她們又請來了工匠。他們擦洗吱吱嘎嘎的鉸鏈和生鏽的插銷，整修潮濕發脹、訇訇訇訇關不上門的木器家具。這兩個女人彎下腰去，直起身來，哼著，唱著，噼噼啪啦撣著灰，砰的一聲關上門，一會兒跑到樓上，一會兒鑽進地窖，整幢房子就像正在經歷一種極其艱難費勁的分娩過程。噢，她們說，這活兒可真是夠嗆！

有時她們在臥室或書房裡喝茶，午休片刻；她們的臉上帶著污垢，她們年老的雙手因為掃帚握得太久，手指痙攣著舒展不開。她們噗的一聲癱倒在椅子裡，一會兒想到她們了不起地征服了那些水龍頭和那個洗澡間；一會兒又想起對於那一排排書籍更加艱難的、局部的勝利，這些書曾經是烏黑閃亮的，現在都染上了白斑，長出了淡色的霉菌，隱藏著鬼鬼祟祟的蜘蛛。她覺得喝下去的熱茶使得她渾身暖洋洋的，那回憶往事的望遠鏡又自動舉到麥克奈布太太眼前，於是在那圓形的光環中，她又看見了那位年邁的紳士，像一支釘耙一般瘦削挺直，當她帶著洗好的衣服走過來時，他在搖著頭，她猜想他必定是在那兒草坪上喃喃自語。他從來沒注意過她。有人說他死了；也有人說夫人死了。究竟是哪一位死了呢？貝茨太太也拿不準。那位少爺死了，那她是肯定無疑的。她曾在報紙上的陣亡將士名單中看到過他的姓名。

現在那個廚娘又浮現在眼前了，瑪德蕾特？瑪麗安娜？反正她有這麼個名字——一個紅頭髮的女人，像所有和她同類的女人一樣性格急躁，但是心地卻很善良，如果你瞭解她的脾氣的話。有多少次，她們曾經在一起開懷大笑啊。她總是給麥琪❸留一盆湯；有時還有一片火腿，或者剩下來的隨便什麼東西。那年月，她們的日子可過得挺美。她們所需要的東西什麼也不缺（她把熱氣騰騰的茶喝下肚去，就變得口齒伶俐、心情舒暢，她坐在育兒室柵欄旁邊的柳條椅子裡，她記憶的線索就像一球絨線似地拉開了）。那時總有許多活兒要幹，有時屋子裡住了二十個人，她洗衣服一直洗到深更半夜。

貝茨太太（她從來就不認識那些人，當時她還住在格拉斯哥）放下了手中的茶杯，她覺得奇怪：為什麼他們把那只野獸的頭顱掛在那兒？那一定是他們在國外什麼地方打獵時被射殺的。

很可能是這樣，麥克奈布太太說，他們在東方國家有些朋友；她的回憶飄忽不定地繼續下

❸麥琪是麥克奈布太太的暱稱。

去：先生們就待在那兒，夫人們穿著夜禮服；有一次，她從餐廳門口看到他們全都坐在那兒吃飯，有二十來人，她敢說太太們都佩戴著珠寶首飾，她被留下來幫著洗滌餐具，也許一直幹到午夜以後。

啊，貝茨夫人說，他們會發現這地方已經變了樣啦。她憑窗眺望，看著她的兒子喬治在那兒刈草。他們很可能會問：這片草地曾經整理過嗎？看到原來掌管草地的老園丁肯尼迪已經多麼老態龍鍾，而且自從他從大車上摔下來之後他的腿又多麼不便，他們會想：也許整年沒一個人，或者一年的大部分時間沒人來照管這塊草坪；還有大衛．麥克唐奈在這兒，花種可能已經寄來了，可是誰又說得準它們究竟有沒有被種上呢？他們一定會發現，這塊地方已經改變了模樣啦。

她瞧著她的兒子割草。他幹起活來可是把好手——他是個靜靜地埋頭幹活的人。嗯，她猜想工匠們正在繼續修理那碗櫥。他們卻自動停工了。

她們在室內辛苦苦打掃，在室外刈草挖溝，忙了幾天之後，最後用雞毛撣帚輕拂窗扉，把窗子都關上，把整幢房子的門都用鑰匙鎖起來，再把前面的大門砰的一聲關上：大功告成了。

現在似乎響起了剛才被洗、刷、割、刈的聲音所淹沒了的隱約可聞的旋律，那一部分被耳朵所捕捉但隨即任其消逝的間歇的樂聲：一陣犬吠，一聲羊咩，毫無規則、斷斷續續，然而似乎又有些關聯；一隻昆蟲嗡嗡叫、刈下的青草在顫動，那彼此分開的聲音，似乎又有些相互歸屬；金龜子的鳴聲、轔轔的車輪聲，一高一低，但又有著神秘的聯繫；耳朵緊張地把這些聲音匯合在一起，並且差不多達到了和諧協調的程度，但卻從來沒有聽得清清楚楚，也從來沒有達到充分的和諧，最後，在黃昏時分，這些聲音終於一個接著一個消逝了，那和諧的旋律結結巴巴地中斷了，寂靜終於降臨了。夕陽西下，清晰的輪廓消失了，寂靜像霧靄一般裊裊上升、彌漫擴散，風停樹靜，整個世界鬆弛地搖曳著躺下來安睡了，在這兒黑黝黝地沒一點光亮，只有透過樹葉間隙灑下來的一片綠色的幽光，或者被玻璃窗反射到花床中白色花瓣上的蒼白的月色。

（在九月的一個黃昏，莉麗．布里斯庫叫人把她的行李搬到這幢屋子面前。）

十

和平真的來臨了。風兒把和平的消息從大海吹到了岸上。再也不會打破它的睡眠，而是哄著它進入更深沈的休憩，不論那些酣睡者神聖地、明智地做著什麼好夢，總是證實了這個消息——除此之外，大海的喃喃自語還能帶來什麼別的信息呢？——在那清潔安靜的房間裡，莉麗．布里斯庫把她的臉貼在枕頭上，傾聽著大海的濤聲。從開著的窗戶傳來了這個世界的美麗的低語，聲音太輕，聽不清它在說些什麼——但是，只要它的意義是清楚的，那又有什麼關係？它在懇求那些酣然熟睡的人們（這屋子又住滿了；貝克威斯夫人住在這兒，還有卡邁克爾先生）：如果他們不願意真的走到海灘上來，至少也要拉起窗簾，向外眺望一番。那末，他們就能看見穿著紫袍的黑夜飄然降臨，他的頭上戴著王冠，他的王笏上鑲嵌著珍寶；從一個孩子的眼中看來，他是多麼威武莊嚴。如果他們仍然猶豫不決（莉麗因為旅途勞累幾乎立即就睡著了；但卡邁克爾先生在燭光下看書），如果他們還是抱否定態度，把他那壯麗的夜色說成是一股水汽，並且說朝露比他更有力量，他們寧可睡覺也不願起來觀賞夜景。那末他既不抱怨，也不爭論，他那輕柔的聲音，就會唱出他的夜之歌。浪花輕輕地飛濺（莉麗在睡夢中聽見它們的聲音），燈光溫柔地俯照（燈塔的光柱似乎掠過她的眼瞼）。而它看上去，卡邁克爾先生想道，它看上去完全和往昔一模一樣。他合上書本，進入了夢鄉。

當黑夜的帷幕籠罩了這幢房屋，貝克威斯夫人、卡邁克爾先生和莉麗．布里斯庫躺在那兒，眼皮上遮蓋了幾層黑暗的紗巾，那夜之聲的確可以舊調重彈；為什麼不接受它，不以此為滿足，不順從默許呢？大海環繞著那些小島發出有節奏的嘆息，撫慰著他們；黑夜包圍著他們；沒有什麼東西驚醒他們的好夢，直到鳥兒開始啁啾，黎明把它們單薄的鳴聲織進它白色的晨衣，一輛大車發出隆隆的響聲，一條狗在什麼地方吠叫，陽光揭開了黑暗的帷幕，撕開了蒙著他們眼睛的紗巾，驚動了酣睡的莉麗．布里斯庫。她一把抓住床上的毯子，就像一個失足下墜的人緊緊抓住懸崖邊緣的草根。她的眼睛睜大了。她又重新回到這兒來了，她直起身子坐在床上想道。她完全清醒了。

第三部　燈塔

一

這是什麼意思?這一切又能意味著什麼?莉麗·布里斯庫想道。她不知道該到廚房裡去再拿杯咖啡呢還是等在這兒,因為餐廳裡只有她獨自一人。這是什麼意思?——這是從某一本書上看到的一句時髦話兒,它大致上和她當時的思想合拍,因為這是和拉姆齊一家重逢的第一個早晨,她約束不住自己的感情,只能讓這句話反覆回響著,來掩蓋她思想的空虛,直到這種惆悵的心情雲消霧散。真的,過了這麼多年又重遊故地,可是人去樓空,拉姆齊夫人已經去世,她的感覺究竟如何?沒有什麼,沒有什麼——她根本沒什麼可說的。

她昨晚很遲才到達,神秘的黑夜籠罩著一切。現在她醒來了,又坐在餐桌旁邊的老位置上,但是無人相伴。時間很早，還沒到八點。這次遠征即將舉行——他們打算到燈塔去：拉姆齊先生、凱姆和詹姆斯。他們早就該動身了——他們必須在漲潮順風的時刻啓航。凱姆沒準備好；詹姆斯也沒準備好；南希忘了吩咐廚房準備三明志。拉姆齊先生發火了，他砰的一聲關上門，走出了房間。

「現在去還有什麼用？」他咆哮道。

南希突然不見了。拉姆齊先生怒氣沖沖地在平臺上來回踱步。你似乎可以聽到乒乒乓乓的關門聲和互相呼喊的聲音，響徹了整幢房子。現在南希闖了進來，她環顧四周，用一種奇特的、一半茫然一半絕望的態度問道：「給燈塔看守人送些什麼東西去呢？」似乎她在強迫自己去做一件早就認為沒有希望做到的事情。

真的，該送些什麼東西到燈塔去呢?!要是在別的時刻，莉麗一定能夠很明智地建議，送一些茶葉、煙草和報紙去。但是，今天早晨，似乎一切都非常奇特，南希提出的那個問題——該送些什麼到燈塔去？——打開了她心靈中的許多門戶，它們在不停地乒乒乓乓打開又關上，使她茫然不知所措，只是目瞪口呆地不斷問道：該送些什麼東西？該做些什麼事情？我究竟又為什麼坐在這兒？

她獨自一個（因為南希又出去了）坐在長長的餐桌旁邊，面對著那些洗淨的茶杯，她覺得被切斷了和其他人之間的聯繫，只能繼續觀望、詢問、詫異。這幢房子、這個地方、這天早晨，對她說來，似乎都是陌生的。她覺得自己對這兒毫無依戀，與它毫無瓜葛，任何事情都可能發生，而無論發生了什麼事情——外面有腳步聲，一個聲音在呼喊（「它不在碗櫥裡，在樓梯平臺上，」有人嚷道）——這都是個疑問，好像平時把各種東西束縛在一起的鎖鏈被砍斷了，它們就上下飄浮、四處紛飛。她看著她面前的空咖啡杯想道：人生是多麼漫無目標，多麼混亂，多麼空虛。拉姆齊夫人溘然仙逝；安德魯死於非命；普魯香消玉殞——她也可能會重複同樣的命運，因此，這一切並沒有在她心中激起任何感情的波瀾。在今天這樣一個早晨，我們又在這樣一幢房子裡重逢了，她一邊說一邊向窗外去望。這是一個美麗的、風平浪靜的日子。

正在低頭徘徊的拉姆齊先生經過窗前時，突然擡起頭來，用他那激動、狂熱而又非常銳利的目光盯著她瞧，好像只要他對你瞧上一秒鐘，只要他一看見你，他就永遠在看著你；她舉起空杯，假裝在喝咖啡，藉此來避開他的目光——來迴避他對她的請求，來把那個非常迫切的要求再耽擱一會兒。他對她搖搖頭，繼續躑躅（「孤獨」，她聽見他嘆息；「死亡」，她又聽到他悲鳴），在這個奇特的早晨，這些言詞像其他一切東西一樣，成了一種象徵，塗滿了那灰綠色的牆壁。她覺得，只要她能夠把這些象徵湊到一塊兒，用一些句子把它們寫出來，那末她就有可能把握住人生的真諦。年邁的卡邁克爾先生穿著拖鞋，輕輕地啪嗒啪嗒走進來，倒了一杯咖啡，拿著杯子走出去坐在陽光下。那異乎尋常的空虛叫人害怕，但是它也令人興奮。到燈塔去。但把什麼送到燈塔去呢？死亡。孤獨。對面牆上灰綠色的幽光。那些空著的座位。這就是構成人生的一些成分，然而，怎樣才能把它們湊合成整體呢？她問道。似乎任何微弱的干擾，都會把她正在餐桌上建造的脆弱的形體打個粉碎，因此，她轉過身來背對著窗戶，免得和拉姆齊先生的目光相遇。她必須躲到什麼地方去，清靜獨處。她突然想起，十年前，當她坐在這兒的時候，桌布上有一個小小的樹枝或葉瓣的圖案，她曾對她凝視片刻，受到了啓發。她曾經考慮過一幅圖畫的前景的布局問題。她曾說過，要把那棵樹向中間移動一下。她一直沒有完成那幅作品。她現在要把它畫出來。這些年來，這幅畫一直在叩擊著她的心扉。她想：她把繪畫顏料放在什麼地方啦？對，她的顏料。昨天晚上，她把它擱在門廳裡了。她要馬上動筆。在拉姆齊先生踱到平臺末端轉過身來之前，她趕快站了起來。

她給自己端了把椅子。她用精確的、老處女式的動作，在草坪邊緣支起了畫架，離開卡邁克爾先生不太近，但在受到他保護的範圍之內。對，十年前，她一定恰恰就站在這兒。前面就是那牆壁、藩籬、樹木。問題在於這些物體彼此之間的某種關係。這些年來，她心裡一直惦記著它。似乎問題的答案就在眼前：現在她知道她想要幹什麼了。

然而，在拉姆齊先生的不斷干擾之下，她什麼也幹不了。每一次，當他走近她的身旁——他還在平臺上徘徊——她就覺得災難和騷亂在向她逼近。她沒法作畫。她彎下腰去；她轉過身來；她拿起擦筆的抹布；她擠一下那管顏料。她所幹的這一切，不過是暫時把他擋開罷了。他使她什麼事也幹不了。因為，只要她稍微給他一點機會，只要他看見她有片刻的空閑，只要她向他那邊瞥上一眼，他就會走過來對她說（就像他昨晚說過的）：「你發現咱們家裡變化不小吧。」昨天晚上，他從椅子裡站起來，站在她的面前，說了那句話。他們慣常用英國國王和王后的名字來稱呼的那六個孩子——紅色的某某、美麗的某某、任性的某某、冷酷的某某❶——雖然都默默地坐在那兒，瞪著眼睛看著他們的父親，她感覺到他們的心中是多麼憤怒。好心腸的貝克威斯老太太說了幾句通情達理的話來安慰他。但是，這一家人充滿著各種互不相干的強烈感情——整個黃昏，她都有這種感覺。在這混亂的情緒達到頂點之時，拉姆齊先生站了起來，緊緊地握著她的手說：「你將會發現，咱們家的變化可不小。」孩子們沒有一個動彈一下，或者說一句話，他們都坐在那兒，好像迫不得已只好就讓他那末說。只有詹姆斯（當然是那憂鬱的詹姆斯）憤怒地瞪著眼睛，凝視著那燈光，還有凱姆，在手指上絞著她的手帕。然後他提醒他們，明天他們將到燈塔去，在七點半鐘，他們必須準備好，等候在大廳裡。他的手放在門上，他停下了腳步，轉過身來面對著他們。難道他們不想去嗎？他要求他們回答。如果他們膽敢說半個不字（他有某種理由想要得到一個否定的回答），他就會淒慘地往後一仰，倒在地上，流下絕望的眼淚。他就有這種裝腔作勢的天才。他看上去就像一個被放逐的落魄君主。詹姆斯倔強地表示同意。凱姆更加沮喪地

---

❶在第一部第4章中，班克斯先生把這些孩子稱為「任性的凱姆，冷酷的詹姆斯，公正的安德魯，美麗的普魯」，請參閱本書第225頁。

吞吞吐吐答應了。噢，好的，他們會準備好的，他們說。這使莉麗大為震動，這是悲劇——不是靈柩、塵土和屍布；而日受到強制脅迫的孩子，他們活潑的精神被抑制了。詹姆斯十六歲，凱姆也許十七歲。莉麗環顧四周，尋找一個不在場的人物，可想而知是在尋找拉姆齊夫人。但是，只有善良的貝克威斯夫人，在燈下翻閱她的速寫。她疲倦了，她的思潮還在隨著大海的波濤起伏，這些闊別多年的地方的特殊氣味薰醉了她，燭光在她眼前搖晃閃爍，使她心醉神迷、不能自已．那是一個奇妙的夜晚，星斗滿天；他們上樓之時，聽見陣陣濤聲；當他們經過樓梯的窗口時，一輪巨大而蒼白的明月，使他們感到驚異。她一上床就睡著了。

她把一幅乾淨的油畫布穩固地安放在畫架上，做為一種脆弱的屏障，但是她希望它足以有效地阻擋拉姆齊先生和他的激動心情的干擾。當他的背脊轉過去時，她盡可能盯著她的畫瞧：那兒一根線條；這兒一堆油彩。但是，毫無用處。讓他站在五十英尺之外，即使他沒對你說話，甚至沒看見你，但他的響滲透彌漫，壓倒一切，他把他的影響強加於你，叫你無從迴避。他的存在改變了一切。她看不見那些色彩；她看不見那些線條；甚至在他的背脊對著她時，她也在想：再過一會兒，他就會走到我的面前提出要求——要求某種她覺得自己無法給予他的東西。她丟下一支畫筆；她另外又選了一支。孩子們要什麼時候才出來？他們什麼時候動身？她心情煩躁、坐立不安。她的怒火燃燒起來，她想，那個男人只想攫取別人對他的同情，他自己從來就不給別人一點兒同情。另一方面，她就會被迫給他以同情。拉姆齊夫人就曾給予他同情。她慷慨地把自己的感情施捨，施捨，施捨，現在她已死去——留下了這一切後果。真的，她對拉姆齊夫人感到不滿。畫筆在她手裡輕輕顫抖，她凝視著樹籬、石階和牆壁。這都是拉姆齊夫人幹的好事。她死了。現在，莉麗待在這兒，四十四歲了，卻在浪費她寶貴的時間，站在這兒什麼也幹不了，把繪畫當作兒戲，把她一貫嚴肅對待的工作當作兒戲，這都是拉姆齊夫人的過錯。她死了。她過去經常坐的石階空著。她死了。

但是，為什麼老是舊調重彈？為什麼總是要企圖激起她並不具備的某種感情？這裡面包含著一種褻瀆。她的感情早已乾涸、枯萎、消耗殆盡。他們本來就不應該邀請她；她也不應該來。一個人到了四十四歲，就不能再浪費時間。她痛恨把繪畫當作兒戲。一支畫筆，是這個處處是鬥爭、毀滅和騷亂的世界上唯一可以信賴的東西——決不能把它當作兒戲，即使是明知故犯也不行：她對此極為厭惡。但是，他迫使她這樣做。他似乎在向她走來，對她說：在你把我所要求的東西給我之前，你休想動筆。現在他又貪婪而激動地逼近過來了。好罷，莉麗墜下握筆的右手，她絕望地想道：比較簡單的辦法，還是讓這件事情早點了結吧。她肯定能夠根據回憶來模仿她在許多婦女臉上（譬如拉姆齊夫人臉上）看到過的那種激動、狂熱、俯首聽命的表情，當她們遇到這樣的場合，她們的熱情就燃燒起來（她還記得拉姆齊夫人臉上的表情），陷入一種狂熱的同情，由於她們所得到的報答而萬分喜悅，雖然她並不明白其中的緣故，這種報告，顯然是人性可能給予她們的最高的幸福。他走了過來，停留在她的身旁。她將盡她所能地給他以同情。

二

她似乎消瘦了一點，他想道。她看上去有點乾癟、憔悴，然而不無風韻。他喜歡她。曾經傳說她要和威廉·班克斯結婚，但後來並未實現。他的夫人很喜歡她。今天吃早餐時，他有點兒暴躁。然而，然而——目前有一種不可遏制的需要（他並不意識到這是什麼需要），驅使他去接近任何女性；他的需要是如此迫切，他不論用什麼方法，都要強迫她們給予他所需要的東西：同情。

有人照應她嗎？他問道。她所需要的一切都有了嗎？

「噢，謝謝，一切都有了，」莉麗局促不安地說。不，她辦不到。她應該馬上順水推舟、隨波逐流，對拉姆齊先生表示同情；她精神上受到的壓力實在太大了。但她仍漠然不動。出現了一陣可怕的沉默。他們倆凝視著大海。拉姆齊先生想，為什麼我在她眼前，她卻凝視著大海呢？她說，她希望風平浪靜，好讓他們順利抵達燈塔。燈塔！燈塔！燈塔又有何相干?!他不耐煩地想。出於某種原始的衝動（因為他確實再也按捺不住了），他馬上發出一聲如此淒涼的悲嘆，世界上任何女人聽到了，都會做點兒什麼，或者說點兒什麼，來安慰他——但我可是個例外，莉麗想。她辛辣地嘲諷自己說，我可不是個女人，我不過是個暴躁易怒的、乾巴巴的老處女罷了。

拉姆齊先生長嘆一聲。他在等待她的反應。難道她不打算說點兒什麼嗎？難道她沒看出他對她有什麼要求嗎？於是他說，有一個特殊的原因，促使他想要到燈塔去。他夫人在世的時候，經常送東西去給那些燈塔看守人。其中有一個臀部患了骨癆的男孩，是燈塔看守人的兒子。他深深地嘆息。他的嘆息是意味深長的。莉麗心中的唯一希望，是這股巨大的傷感的洪流、這種對於同情的貪婪的渴望、這種要她完全俯首聽命的要求（即使他有著無窮的憂愁，足以使她永遠給他以同情）別老是纏著她不放，最好在這股洪流把她沖倒之前，它就被引向別的地方（她不斷向那屋子張望，希望有人出來干擾這個局面）。

「這種遠遊，」拉姆齊先生用腳尖刮著地面說，「是非常令人難受的。」她還是一聲也不吭。（他想，她可真是泥塑木雕、鐵石心腸。）「航行是很勞累的，」他一邊說一邊帶著一種使她作嘔的憂鬱表情，注意他自己美麗的雙手（她覺得他在演戲，這個偉大的人物可真會做作）。這太可怕了，太卑鄙了。孩子們怎麼還不出來？她問道。因為她再也承擔不了這悲哀的重荷，再也忍受不住這傷感的壓力了（他裝出一種極其衰老的姿態，甚至站在那兒有點步履不穩）。

她還是什麼話也說不出來；極目四顧，似乎找不到任何可以談論的東西；她只能驚奇地感覺到，當拉姆齊先生站在那兒的時候，他的憂鬱的目光似乎使陽光下的草地也黯然失色，使躺在帆布椅上念法國小說的臉色紅潤、昏昏欲睡、心滿意足的卡邁克爾先生的形象，也蒙上一層喪禮的黑紗，似乎在這樣一個災難的世界上誇耀其成功的人物，他的存在就足以喚起種種最憂鬱的思想。瞧瞧我吧，他似乎在說，瞧瞧我吧；真的，他一直有這種情緒：想想我吧，想想我的處境吧。啊，她多麼希望這濃重的悲傷氣氛能從他們身旁隨風飄散；希望剛才她把畫架放得更靠近卡邁克爾先生一點；只要是個男子漢，任何一男子漢，都能阻擋住這傾瀉不止的洪流，抑制住這漫無節制的哀傷。做為一個婦女，她激起了這可怕的感情波瀾；做為一個婦女，她應該知道如何處理這種局面。站在那兒啞口無言，做為一名女性，是很不光彩的。一個女人該說——說什麼呢？——噢，拉姆齊先生！親愛的拉姆齊先生！像貝克威斯夫人這種畫畫速寫的老太太，馬上就會很得體地說出幾句那樣的話。但是，不，她可說不出來。他們倆默然相對，和世界上其他人都隔絕了。他的顧影自憐，他對同情的渴求，好似一般洪流在她的腳旁傾瀉，形成了一潭潭的水窪，而她這個可憐的罪人，她的唯一行動，就是提起她的裙邊，以免沾濕。她緊握畫筆，默然佇立。

謝天謝地！她終於聽到了屋裡的人聲。詹姆斯和凱姆一定快要出來了。但拉姆齊先生好像也知道他的時間不多了，他把他的年邁衰朽、他的孤獨寂寞、他的一切苦難集中起來，對煢煢孑立的莉麗施加巨大的精神壓力，以期打動她的心弦；他覺得心情煩惱——究竟有什麼女人能抗拒他的要求？——他不耐煩地把頭往後一仰，突然注意到他的鞋帶散了。真是品質優異的皮鞋，莉麗想；她俯視這雙鞋：像雕塑工藝品一般精美絕倫，就像拉姆齊先生身上穿戴的每一件東西，從他鬆散的領帶到他解開一半鈕扣的背心，無可爭辯地表現出他個人的風格。她簡直可以想像，這兩隻鞋會自動地走到他的房間裡去，即使拉姆齊先生不在場，它們也會表現出他的悲愴、乖戾、暴躁、風度。

「多漂亮的皮鞋！」她驚嘆道。她覺得很羞愧。當他懇求她安慰他的靈魂之時，她卻去稱讚他的皮鞋；當他展示他流血的手、刺傷的心，並且請求她憐憫之時，她卻高高興興地說：「啊，但是你的皮鞋多漂亮！」她知道自己罪有應得，就舉目望著他，準備他突然大發雷霆，把她痛罵一番。

可是，拉姆齊先生反而露出了笑容。他陰暗的臉色、憂鬱的心情、虛弱的神態都煙消雲散了。啊，說得對，是第一流的皮鞋，他說著就把腳提起來讓她瞧。在全英國，只有一個人能製出這樣好的鞋。皮鞋是人類遇到的最大禍害之一，他說。「鞋匠們幹的好事，」他嚷道，「就是摧傷和折磨人們的腳。」皮鞋匠也是最頑固倔強的人。他把少年時代的大部分精力，都用來尋找做工地道的皮鞋。他要讓她仔細瞧瞧（他先擡起右腳，然後擡起左腳），她還沒見過這種式樣的皮鞋呢。它們是用世界上最好的皮革製造的。其他鞋匠所用的大多數皮料，不過是像棕色的硬紙板一般的次品罷了。他心滿意足地注視著他仍舊懸空提著的腳。她覺得他們到達了一個充滿陽光、和平安寧的島嶼，這個上帝保佑的優質皮鞋之島，由健全清醒的頭腦統治著，永遠在溫暖的陽光照耀之下。她的心窩溫暖了，對他有了好感。現在讓我來看看你是否善於繫鞋帶，他說。她繫得不紮實的鞋帶結兒，他可瞧不順眼。他把他自己發明的繫鞋帶方法試給她看。一旦把結紮牢，它就永不鬆散。一連三次，他解開她的鞋帶，又重新把它繫緊，做為示範。

為什麼在這完全不適當的時刻，當他彎腰替她繫鞋帶方時候，她對他的同情心如此折磨著她呢？她也彎下腰去，熱血湧上了她的面頰，想起她自己的鐵石心腸（她剛才竟把他稱為裝腔作勢的演員），她覺得淚珠兒在眼眶裡滾動。如此全神貫注地繫著鞋帶，他在她的眼中，似乎化為一個無限悲愴的形象。他自己繫鞋帶。他自己買皮鞋。在拉姆齊先生的人生旅途上，沒有誰來給他一點兒幫助。然而，剛巧在她想說點兒什麼的時候（也許她本來有可能說點兒什麼），他們卻來了——凱姆和詹姆斯。他們出現在平臺上。他們並肩而行，拖拖沓沓地走過來，神態嚴肅而憂鬱。

但是，他們為什麼要像那個樣子哭喪著臉走過來呢？她不禁覺得他們討厭。他們本來應該高高興興地走過來；他們本來應該把她沒有機會（因為他們就要出發了）給予他的東西獻給他。她感到一陣突如其來的空虛，一種受到挫折的失望。她的感情來得太遲緩了，她的同情心終於油然而生，但是他已經不再需要它了。他已變成一位非常高貴的長者，已經對她一無所求。她覺得被冷落了。他把一個背包背到肩上。他把那些紙包——好幾個用棕色的紙張馬馬虎虎紮起來的小包——分給兩個孩子。他叫凱姆去取一件斗篷。他看上去完全像一個準備遠征的領隊。於是，他拿著棕色的紙包，穿著優質的皮鞋，跨著堅定的軍人般的步伐，帶頭走上那條小徑。他的兩個孩子尾隨著他。她想，孩子們看上去好像命運已經賦予他們某種嚴肅的使命，他們正在奔赴這個目標，他們還很年輕，可以順從地默默跟在他們的父親後面前進；但是，他們黯淡無光的眼色，卻使她感覺到：他們正在默然忍受著某種超越他們年齡所應承受的痛苦。他們就這樣越過了草坪的邊緣，莉麗似乎感到她正在瞧著一支隊伍前進，儘管它的步伐不齊、士氣不振，但有某種強有力的共同感吸引著他們，使他們結成一個小小的整體，給她留下了奇特的印象。當他們越過草坪之時，拉姆齊先生彬彬有禮而疏遠冷淡地向她揮手致意。

他的容貌多麼蒼老啊，她想道。她立刻就發覺，現在沒有人要求她同情，那同情心卻煩擾著她，需要得到表達的機會。是什麼使他的容貌如此蒼老呢？她猜想，大概是由於日以繼夜的思考——思考那張並不存在的廚桌的現實性——她還記得，當她鬧不清他在想些什麼時，安德魯給了她那個象徵性的解答。（她想起安德魯已經被一枚炮彈的彈片殺死了。）那張廚桌是某種出於空想的、質樸的東西；某種樸素的、堅硬的、不是用來當作裝飾品的東西。它並未塗上任何色彩；它邊緣清楚、稜角突出；它有一種毫不妥協的樸素品質。但是，拉姆齊先生的目光一直盯著它瞧，從來不允許自己分散注意，或者受假象矇騙，直到他的容貌變得衰老，並且和那桌子同樣具有這種質樸無華的美，給她留下了深刻的印象。後來，她又想起了（她站在剛才和他分手的地方，手中仍握著畫筆），他的臉上也曾閃過各種憂慮的表情——它們並不如此崇高。她猜測，他一定對於那張桌子也有過懷疑：懷疑它是不是一張真實的桌子；懷疑他為它所花的時間是否值得，懷疑他究竟是否能夠發現什麼結論。她覺得，他自己必定有所懷疑，否則他就不會經常徵詢別人的意見。她推測，有時他們夫婦倆在深夜討論的就是這個問題（他的研究是否有價值），第二天，拉姆齊夫人看上去疲勞不堪，而莉麗為了微不足道的小事，就對他十分惱火。但是，現在可沒人來和他談論那張桌子，他的皮鞋，或他的鞋帶了；於是他就像一頭追尋獵物的獅子，他的臉上就帶有那種絕望的、誇張的表情，使她看了心驚肉跳，使她提起裙邊退避。後來她又想起了，當她稱讚他的皮鞋時，他的精神突然振奮起來，他的眼中突然閃爍著火花，他突然恢復了他的活力和對於合乎人情的普通事物的興趣，這一切也都是一閃而過，他的心情一下就改變了（他的情緒瞬息萬變，而且顯露無遺），進入了最後那另外一種狀態，這是一種她沒見過的新的精神狀態，她承認，這使她對於自己的神經過敏感到羞愧，當時，他似乎拋棄了各種憂慮和抱負，拋棄了對於同情和贊揚的渴望，進入了另外一種境界；他似乎被好奇心所吸引，在默默無聲的談話中（不管是自言自語還是和別人交談），率領著那支小小的隊伍，走出了她的視野之外。多麼不平凡的容貌啊！花園的大門砰的一聲關上了。

三

他們終於走了，她想。她寬慰地嘆了口氣，同時又感到心中若有所失。她的同情心好像被擲了回來，像一枚多刺的黑莓，彈到她的臉上。她有一種奇特的被分裂的感覺，似她的一部分被吸引出去——這是一個風平浪靜的日子，海上煙霧朦朧，那座燈塔今天早晨看上去無限遙遠——而她的另一部分，仍倔強而穩固地釘在這片草地上。她似乎看到她的油畫布飄浮而起，顏色蒼白、寸步不讓地逼近她的眼前。它以冷冰冰的目光瞪著她，似乎為了所有這些匆忙、騷亂、愚蠢和感情的浪費而指責她；當她的各種混亂騷動的心情（他走了；她對他極感同情，但是絲毫沒有表白）離開了這塊場地，那幅畫使她恢復了平靜，起初，一種和平靜謐之感在她心中擴展；隨後，她又悵然若失，心中感到一片空虛。她茫然地望著那幅畫布，那寸步不讓地、蒼白地瞪著她的畫布，然後她的目光轉向那個花園。有某種東西（她站在那兒，她那張乾癟的小臉蛋上那對中國式的小眼珠往上一轉），她想起了，在那些縱橫交錯的線條的互相關係中，在這綠、藍、棕色彩斑駁的一片籬柵中，有某種東西一直留在她的腦海裡，在那兒打了一個結，使她在沿著布羅姆頓路散步之時，在梳頭整容之際，在各種零零星星的瞬間，她都會身不由己地發現自己正在心中繪著那幅圖畫，她的目光掠過那畫面，並且正在解開那個想像中的結。但是，離開了畫布憑空想像地籌劃，和真正執筆在手抹上第一道色彩，這完全是兩碼事。

由於剛才在拉姆齊先生面前心慌意亂，她拿錯了一支畫筆，而且因為神經緊張，她把畫架的腳插入土中之時，擺錯了角度。現在她擺正畫架，從而抑制了那種分散她的注意力並且使她想起她是如此這般的人物、想起她和人們有著這樣那樣的關係的不適當的、和作畫毫不相干的念頭，她擡起手來，提起了畫筆。在一陣痛苦而興奮的沉醉狀態中，她的手在空中哆嗦著停留了片刻。從何處落筆？在畫布的哪一點塗上第一道色彩？這可是個問題。抹在畫布上的一根線條，就意味著她承擔了無數的風險，作出了許多不可挽回的決定。一切在想像中似乎很簡單的事情，在實踐中馬上變得複雜起來；當浪濤從懸崖峭壁的頂端形態勻稱地滾滾而來時，對於在浪濤中游泳的人們說來，他們卻被深深的漩渦和泛沫的浪峯所分隔。儘管如此，這風險還是非冒不可；畫布上終於抹上了第一道色彩。

帶著一種奇妙的肉體上的激動，好像她被某種力量驅使著，而同時她又必須抑制住自己，她迅速地畫下了那決定性的第一筆。畫筆落了下來。它把一抹棕色飄灑到畫布上去，留下了一道流動的筆跡。她又畫上了第二筆——第三筆。就這樣，她停留片刻，再添上一筆，停了又畫，畫了又停，畫筆的起落形成了一種帶有節奏的舞蹈動作，似乎那些停頓構成了這節奏的一部分，那些筆觸又構成了它的另一部分，而這一切都是互相關聯的；她就這樣輕柔地、迅捷地畫畫停停，在畫布上抹下了一道道棕色的、流動的、神經質的線條，它們一落到畫布上，就圍住了（她覺得它在她面前朦朧地浮現出來）一塊空間。在一個浪濤的波谷中，她看見第二個浪濤在她的上方越來越高地洶湧而至。還有比這一塊空間更加不可輕視的東西嗎？她又來到了這兒，她想，她又回到這兒來看著它，她從生活、閑聊、交際的圈子中脫身出來，被吸引到她的這個強勁的宿敵面前——這另一個境界，這個真理，這個現實，它突然抓住了她，在各種表面現象的背後赤裸裸地顯露出來，支配著她的注意力。她一半覺得不願意，一半覺得厭惡。為什麼總是被誘騙出來，被硬拉著走呢？為什麼不留下來平靜地和卡邁克爾先生在草坪上聊聊天呢？無論如何，這還是一種恰當的思想交流形式。其他可尊敬的對象，都因獲得崇拜而心滿意足；男人、女人、上帝都讓人匍匐拜倒在他們腳下；但是這種交流形式，它只是一個白色的燈罩投射到一張柳條桌上的燈影兒，它使你參加無休止的論戰，挑起一場你注定要失敗的戰鬥。情況總是如此（她不知道這是出於她的天性還是性別），在她把流動不居的生活轉化為集中凝煉的圖象之前，她總有片刻赤身露體毫無遮蔽的感覺，好像她是一個尚未誕生的靈魂，一個被剝奪了軀體的靈魂，在通風的塔尖上猶豫不決，毫無屏障地暴露在一陣陣疑慮的狂風之中。那末，她為什麼還要畫呢？她瞧瞧那幅畫布，它被輕輕地抹上了許多流動的線條。它將被掛在僕人的臥室裡。它將被捲起來，塞到沙發下面去。那末把它畫出來，又有什麼用處呢？她聽到有某種聲音在說，她不能繪畫，不能創作，似乎她被捲入了一個習慣的漩渦之中，在這漩渦之中經過一定的時間之後，某種經驗就在心靈中形成了，結果她就重複地說一些話，而再也意識不到是誰首先說這些話的。

不能繪畫，不能寫作，她機械地喃喃自語，焦急地考慮著她的進攻方案應該如何。因為那片籬柵赫然呈現在她前面；它突出地聳立著；她感覺到它迫在眉睫。然後，似乎有某種為了發揮她的才能所必須的潤滑液被噴射出來，她開始猶疑不定地蘸著藍色和赭色的顏料，這兒一點那兒一抹地揮動她的畫筆，但是，這支筆現在似乎更加沉重遲緩了，好像它已經和她所看到的景色（她不停地望望籬柵又看看畫布）傳遞給她的某種節奏合拍一致了，因此，當她的手帶著生命顫抖著，這強有力的節奏足以支持她，使她隨著它的波浪前進。毫無疑問，她正在失去對於外部事物的意識。而當她對於外部事物，對於她的姓名、人格、外貌，對於卡邁克爾先生是否在場都失去了意識的時候，不斷地從她的心靈深處湧現出各種景象、姓名、言論、記憶和概念，好像她用綠色和藍色在畫布上塑造圖象之時，一股出自內心的泉水灑滿了那一片向她瞪著眼的、可怕地難以對付的、蒼白的空間。

她回憶起來了，查爾士·塔斯萊老是說女人不能繪畫，不能寫作。當年她就在這同一個地點作畫，他從後面走過來，貼近地站在她背後，她最恨別人這樣。「我吸粗劣的煙草，」他說，「五個便士一盎司。」他向她顯示他的貧窮、他的原則。（但是，那場戰爭拔除了她女性的螫刺。可憐的傢伙們，她想，這些男男女女的可憐蟲。）他老是在腋下夾著一本書——一本紫色封面的書。他在「工作」。她記得他坐了下來，在一片陽光之下工作。在吃晚飯時，他總是坐在她視野的中央。但是，她回想起來，畢竟還有海灘上的那幕情景。她應該記得那幕情景。那天早晨風很大。他們都來到了海灘上。拉姆齊夫人在一塊岩石旁坐下來寫信。她寫了又寫。「噢，」她擡起頭來望著漂浮在大海中的什麼東西說道：「它是一隻捕龍蝦的竹簍嗎？它是一條顛覆的小船嗎？」她的目光如此近視，她什麼也瞧不清楚。於是，查爾士·塔斯萊盡可能耐心周到地給她說明。他開始用石片打水兒。他們選擇黑色扁平的小石片，把它們投擲出去，讓它們在水面上漂躍。拉姆齊夫人不時停筆，從她眼鏡的上方舉目望著他們，取笑他們。她記不起他們說了些什麼，只記得她和查爾士一起擲著石片，突然感到相處得相當融洽，而拉姆齊夫人正在望著他們。

她非常清楚地意識到那一點。她向後退了一步，她的眼珠往上一轉，心裡想道：拉姆齊夫人。（要是她和詹姆斯坐在那石階上，一定會使畫面大為改觀，那兒一定會有一個陰影。）當她想起她自己和查爾士一起打水漂兒，想起海灘上的整個情景，似乎在某種意義上說來，這一切全靠坐在岩石下把一本拍紙簿放在膝蓋上寫信的拉姆齊夫人。（她寫了好多信，有時風把信紙吹走。她和查爾士剛好抓住一頁信紙，沒讓它給吹到海裡去。）但是，在人類的心靈中，蘊藏著多麼偉大的力量啊！她想：那個坐在岩石下寫信的女人，把一切事情都由矛盾複雜轉化為單純和諧；她使憤怒、煩躁的心情渙然冰釋；她把各種各樣因素湊合在一起，並且從那可憐的愚蠢和厭惡之中（她和查爾士經常爭論口角，十分愚蠢，彼此懷恨）提煉出某種東西——例如在海灘上的這幕景象，這片刻的友誼和好感——它經歷了這些年月，仍舊完整地保存下來，她只要稍微沉浸於這片景色之中，就刷新了她對於塔斯萊的記憶，它就像一件有感染力的藝術品一樣，留存在心中。

「就像一件藝術品，」她喃喃自語，看看畫布，瞧瞧客廳的石階，再回過頭來看看她的畫布。她必須休息片刻。而當她一邊休息，一邊模模糊糊地從一樣東西望到另一樣的時候，那個永遠在心靈的蒼穹盤桓的老問題，那個在這樣的瞬間總是要把它自己詳細表白一番的宏大的、普遍的問題，當她把剛才一直處於緊張狀態的官能鬆弛下來的時候，它就停留在她的上方，黑沈沈地籠罩著她。人生的意義是什麼？那就是全部問題所在——一個簡單的問題；一個隨著歲月的流逝免不了會向你逼近過來的問題。那個關於人生意義的偉大啓示，從來沒有出現。也許這偉大的啓示永遠也不會到來。做為它的代替品，在日常生活中，有一些小小的奇蹟和光輝，就像在黑暗中出乎意料地突然擦亮了一根火柴，使你對於人生的真諦獲得一刹那的印象；眼前就是一個例子。這個，那個，以及其他因素；她自己，查爾士·塔斯萊，還有飛濺的浪花；拉姆齊夫人把他們全都凝集在一起；拉姆齊夫人說：「生命在這兒靜止不動了；」拉姆齊夫人把這個瞬間鑄成了某種永恆的東西（就像在另一個領域中，莉麗自己也試圖把這個瞬間塑造成某種永恆的東西）——這就具有某種人生啓示的性質。在一片混亂之中，存在著一定的形態；這永恆的時光流逝（她瞧著白雲在空中飄過、樹葉在風中搖曳），被鑄成了固定的東西。生命在這兒靜止不動了，拉姆齊夫人說過。「拉姆齊夫人！拉姆齊夫人！」她反覆地呼喊。所有這一切，她都受賜於拉姆齊夫人啊。

萬籟俱寂。似乎那幢屋子裡還沒人走動。她望著它沉睡在清晨的朝陽中，它的窗戶上反映出藍色、綠色的樹葉。她對拉姆齊夫人模糊的思念，似乎與這幢寂靜的房子、這一縷輕煙、這明媚的早晨的清新空氣和諧一致。模糊而縹緲，它令人驚異地純潔而動人。她希望沒有人會打開窗戶或從屋裡走出來，讓她可以獨自一個繼續沉思，繼續繪畫。她轉向她的畫布。但是，受到某種好奇心的驅使，受到她的沒有表白出來的同情心的推動，她走了幾步，來到草坪的盡頭，去看看她是否能看見那支小小的隊伍揚帆出發。在海面上，在那些漂浮的小船中間——有些小船的帆還收捲著，有些小船緩慢地、非常平穩地駛開去——有一艘小船和其他船只離得相當遠。它的帆正在被扯起來。她認定了，就在那艘遙遠的、完全寂靜的小船裡，拉姆齊先生正與凱姆和詹姆斯坐在一起。現在他們已經曳起了帆；那些帆篷無力地飄垂、猶豫了片刻之後，現在已灌飽了風，在深沉的靜謐中扯滿了，她望著那條船深思熟慮地選定了它的航道，越過了其他船隻，向著大海乘風破浪而去。

四

那些帆篷在他們的頭頂上方微微飄動。水聲潺潺，浪花拍打著船舷，小船在陽光下打著瞌睡，滯留不進。偶爾有一絲微風輕輕拂動那些帆篷，但是它們飄擺波動了一下，風就停了。那條船完全靜止不動了。拉姆齊先生坐在小船中央。詹姆斯想，他馬上就要覺得不耐煩了；凱姆心中也有同感。她望著她的父親，他坐在小船中央，介於他們兩者之間（詹姆斯在船尾掌舵；凱姆獨自坐在船首），他的兩條腿緊緊地蜷縮著。他痛恨隨波漂蕩，徘徊不前。果然如此，他煩躁不安地等了一會兒之後，就厲聲呵斥船夫麥卡力斯特的兒子，後者就拿出雙槳開始划船。但是，他們知道，除非小船疾駛如飛，他們急躁的父親是不會滿意的。他會不住地盼望海面上刮起一陣順風，他會坐立不安地喃喃自語，麥卡力斯特父子會聽到他的低聲抱怨，他們倆一定會感到很不自在。是他叫詹姆斯和凱姆來的。是他強迫他們倆來的。出於憤怒的心情，他們希望那陣風永遠別刮起來，他們希望他盡可能地受到挫折，因為他是違背了他們本人的心意，強迫他們來的。

在剛才走到海灘去的一路上，他們倆一起拖拖拉拉地走在後面，雖然父親無情地命令著他們，「快走，快走。」他們耷拉著腦袋；某種殘酷無情的風暴，在壓著他們低頭。他們沒法和他講話。他們非來不可；他們必須俯首聽命。他們必須拿著裝食品的棕色紙袋，跟在他後面走。但是，當他們在跟著走的時候，他們在心中默默發誓：他們倆要齊心協力，來實現那個偉大的誓約——抵抗暴君，寧死不屈。因此，他們一個在船頭，一個在船尾，默然對坐。他們一聲不吭，只是偶爾看一眼盤膝而坐的父親，他皺眉蹙頓，如坐針氈，一會兒輕蔑地啐一聲，一會兒喃喃自語，不耐煩地盼著海上會刮起一陣大風。他們卻但願風平浪靜。他們希望他受到挫折。他們希望這次遠征完全失敗，希望他們被迫中途折回，帶著他們原封不動的食品袋走上海灘。

但是，當麥卡力斯特的兒子把小船向外划了一小段路程之後，那些帆慢慢地轉過來兜滿了風，小船的速度增加了，船身平穩了，它像離弦的箭一般疾駛而去。好像極度緊張的神經立刻就鬆弛了，拉姆齊先生伸開他原來盤著的腿，拿出他的小煙袋兒，喉嚨裡輕輕哼了一聲，把它遞給麥卡力斯特，不管詹姆斯和凱姆多麼痛苦失望，他們知道，他現在完全心滿意足了。現在他們會連續幾個小時這樣航行下去，拉姆齊先生會向老麥卡力斯特提出一個問題——也許就是關於去年冬天的那場大風暴——那老船夫會回答他的問題，他們倆會一起悠閑地抽他們的板煙，麥卡力斯特會拿起一條塗過柏油的繩索，在手裡打結，或把它解開，而他的兒子會蹲在那兒釣魚，不和任何人講一句話。詹姆斯就會被迫一直盯著那張帆。因為，如果他疏忽了他的職責，那帆就會縮攏、晃動，船速就會緩慢，於是拉姆齊先生就會厲聲喝道：「注意！注意！」而老麥卡力斯特就會緩慢地在他的座位上轉過身來看著他。就這樣，他們聽見拉姆齊先生提起了關於去年聖誕節大風暴的問題。「那條船就從那個地點駛過來，」老麥卡力斯特說；他在描述那場風暴，當時還有十條船也被迫到這個海灣裡來避風，他看見「一條在那兒，一條在那兒，一條在那兒」（他動作緩慢地指點著海灣的四面八方，拉姆齊先生隨著他所指點的方向轉動他的腦袋）。他看見四個人爬上一條船的桅杆。隨後它就沉沒了。「最後我們終於用篙把船撐開去，」他繼續說道（但是，他們在憤恨和沉默之中，只是偶爾聽到一兩句話。他們分別坐在船的兩端，那寧死不屈地抵抗暴君的誓約，把他們的心聯結在一起）。最後，他們終於用篙把船撐開了，他們放下了救生艇，他們把它駛離了那個地點——麥卡力斯特在講著那個故事；雖然他們只是偶然聽到一兩句話，但是他們始終意識到他們父親的存在，意識到他如何俯身向前，他和麥卡力斯特互相問答的聲音如何協調一致；他如何吞雲吐霧地吸著板煙，隨著麥卡力斯特所指的方向四面眺望，細細玩味漁民們在狂風暴雨的黑夜中生死搏鬥的情景。他就喜歡那樣：在夜晚，男子漢應該在大風呼嘯的海灘上奮鬥流汗，用他們的血肉之軀與聰明才智去和狂風暴雨、驚濤駭浪對抗；他喜歡男子漢像那樣工作，讓婦女們管理家務，在屋裡守著熟睡的孩子們，而男子漢就在外面的風暴中葬身海底。從他那搖晃的身軀、警惕的眼神、高亢的聲音和異常的語調裡，詹姆斯能夠理解他此時此刻的這種心情；凱姆對此也完全理解（他們瞧瞧父親，又彼此相望），當他向麥卡力斯特問起那被風暴驅趕到海灣裡來的十一條船的時候，他的語調裡混入了一點蘇格蘭腔，使他看上去就像一個農民。在這十一條船中，沉沒了三艘。

他向麥卡力斯特所指的方向望去，眼裡射出驕傲的光芒；不知道為什麼，凱姆為他感到自豪，她想，要是他當時在場的話，他會親自放下那艘救生艇，他會趕到那條遇難的船隻那兒去。凱姆想，他是多麼勇敢，他多麼富於冒險精神。但是她忽然想起。還有那條誓約：抵抗暴君，寧死不屈。他們的滿腹牢騷，把他們倆壓得喘不過氣來。他們被迫服從他的命令。他又一次利用他的憂鬱情緒和家長權威來壓倒他們，迫使他們執行他的命令，在這個明媚的早晨，帶著這些紙包到燈塔去，因為這是他的願望；他迫使他們來參加這場為了滿足他個人悼念死者的心願而舉行的朝聖儀式，他們對此非常痛恨，因此，雖然他們磨磨蹭蹭地跟著他來了，但是這次出遊的全部樂趣都給糟蹋完了。

拂面的微風令人心曠神怡。小船傾斜著劃破水面，激起的浪花像綠色的泡沫和大小瀑布，向兩側傾瀉。凱姆低首俯瞰浪花的浮沫，注視著大海和它的全部寶藏，小船飛快的速度把她給催眠了，她和詹姆斯之間的聯盟稍微鬆散了一點，減弱了一點。她開始想：船開得好快。我們在往哪兒去啊？她被那船身的顛簸催眠了；而詹姆斯的目光盯著船帆和地平線，神色嚴峻地駕駛著那條船。但是，當他掌著舵，他心裡開始想，他有可能逃脫，他有可能逃避這一切。他們有可能在什麼地方登陸；於是就自由啦。他們倆互相凝視了片刻，一半是由於飛快的速度，一半是因為景色的變換，他們產生了一種超脫和昇華的感覺。但是，那陣微風也在拉姆齊先生心中激起了同樣的興奮，所以，當老麥卡力斯特轉過身來把他的釣索向船外拋出去時，他大聲嚷道：

「我們滅亡了，」然後又接著嚷道：「各自孤獨地滅亡了。」隨後，帶著那種習慣的懺悔和羞愧的激動，他控制住自己，向海岸揮手。

「瞧那幢小屋，」他指著岸上說，想要凱姆往那邊看。她勉強地直起身來眺望。但它是哪一幢呢？她認不出在那個山坡上哪一幢是他們的屋子。所有的房屋看上去都十分遙遠、靜謐、奇異。那海岸似乎變得非常優美、遙遠、縹緲。他們已經航行的那段小小的距離，使他們遠離了海岸，並且使它看上去與原來不同，看上去有一種鎮靜自若的氣氛，好像那是某種距離遙遠、與他們全不相干的東西。究竟哪一幢是他們的屋子呢？她可認不出。

「但我曾捲入更加洶湧的波濤，」拉姆齊先生喃喃自語道。他已經找到了那幢屋子，而發現了它，也就在那兒發現了他自己：他看到自己在那平臺上來回蹓躂，孑然一身。他看到自己正在那些石甕之間徘徊；他似乎看到自己彎腰曲背、老態龍鍾。坐在小船裡，他低頭彎腰、縮攏身軀，馬上就開始進入他的角色——一個喪失了親人的、孤獨的鰥夫——並且在想像之中，把成羣的人們吸引到他的面前，來對他表示同情；他就坐在小船裡，為他自己上演一齣小小的戲劇；這場戲需要他裝出老態龍鍾、精疲力竭、無比沉痛的樣子（他舉起雙手，望著瘦削的手指，藉此證實他的夢想），來使婦女們對他大感同情，接著，他又想像她們會如何安慰他、同情他，並且在他的夢想中反映出女性的同情所給予他的那種微妙的喜悅。他嘆了一口氣，悲哀地低聲吟誦：

但我曾捲入更加洶湧的波濤

被更深的海底漩渦所吞沒，

他們都相當清晰地聽到了那悲哀的詞句。凱姆在她的座位上幾乎大吃一驚。這使她震驚——也令她憤慨。她的舉動驚醒了她的父親；他哆嗦了一下，他的夢想中斷了，他高呼道：「瞧！瞧！」他的呼聲如此迫切，使詹姆斯也轉過頭來瞧他背後的那個島嶼。他們大家都望著那個小島。

但是，凱姆什麼也沒看見。她正在想，他們曾經在那兒居住過的、和他們的生活緊密地糾結在一起的那些小徑和草坪都消失了；它們給抹去了，給扔在後面了，變得虛無縹緲了；而現在眼前的這些東西是現實的：這條小船和它打了補丁的帆篷，麥卡力斯特和他所戴的耳環，那轟鳴如雷的濤聲——這一切都是現實的。想到這些，她喃喃自語道：「我們滅亡了，各自孤獨地滅亡了，」因為她父親的話在她的頭腦裡一再閃現。她的父親看見她如此神思恍惚地凝視著遠方，就開始逗她。她懂得羅盤儀上那些圓點所代表的方位嗎？他問道。她分得清東西南北嗎？她真的認為他們就住在那個方向嗎？他指點著告訴她，他們的屋子在什麼地方：就在那兒，在那些樹木旁邊。他希望她的方位感更加精確一點，他說：「告訴我——哪兒是東，哪兒是西？」他一半是取笑她，一半是責備她，因為，對於並非絕對低能的那些看不懂羅盤儀的人們，他無法理解他們的思想狀態。但她仍然辨不出方向。看到她剛才恍惚地凝視遠方，現在又驚慌失措地把眼睛盯著沒有房屋的地方瞧，拉姆齊先生忘記了他的夢想，忘記了他如何在平臺上徘徊於那些石甕之間，忘記了那些婦女如何向他伸出同情之手。他想，女人總是那個樣子；她們的頭腦糊塗是無可救藥的；那是一樁他永遠也沒法瞭解的事情；但情況就是如此。他的夫人——她一向就是如此。她們沒法讓任何概念清晰地印在她們的頭腦裡。但是，他對她大發雷霆是錯誤的；更有甚者，他不是相當喜歡這種女性的糊塗嗎？這是她們異乎尋常的魅力的一部分。我要使凱姆對我微笑，他想。她看上去受驚了。她是如此沉默。他握緊拳頭，決定把他的聲音、他的面部表情、他富於表現力的姿勢都收斂起來，這些年來，他曾隨心所欲地利用這一切，來贏得人們的同情和讚揚。他要使她向他微笑。他要找一些簡單的話題來和她談談。但是談什麼呢？因為，像他這樣埋頭工作，他已忘記了人們通常所談的話題。對，有一條小狗。他們有一條小狗。今天誰在照料那條小狗嗎？他問道。詹姆斯看見他姊姊腦袋的後方襯托著船帆，他冷酷地思忖：不錯，現在她可要讓步屈服啦；那就會只剩下我一個人來孤獨地對抗那個暴君。那個誓約將留給他一個人來加以貫徹。瞧著她臉上悲哀、陰沉、讓步的青情，他嚴峻地想道：凱姆永遠不會寧死不屈地反抗暴君。有時會出現這樣的情況：當一朵烏雲飄落在一片綠色的山坡上，出現了一種嚴重的氣氛，四周的羣山之間彌漫著一片陰暗和憂傷，似乎那些山巒必須認真考慮那個被烏雲籠罩在陰影中的山坡的命運，或者寄予同情，或者幸災樂禍。就這樣，凱姆現在感覺到她被烏雲所籠罩了，她坐在安詳堅定的人們中間，不知道應該如何回答她父親提出的關於那小狗的問題，不知道應該如何抵擋他的哀求——原諒我吧，體貼我吧；另一方面，立法者詹姆斯似乎把永恒智慧的法規攤開在他的膝蓋上（他握著舵柄的手對她說來已經成為一種象徵）對她說：反抗他，和他鬥。詹姆斯說得多麼公平正直。因為，他們必須寧死不屈地和暴君鬥爭，她想。在人類所有的品德中，她最推崇的就是正直。她的弟弟最像一個公正不阿的神祇，她的父親最善於死乞活賴地哀求。她坐在他們兩人中間，凝視著景色陌生的海岸，一面想著那些草坪、平臺、房屋已被平靜地遺留在遠方而在視野裡消失了，一面在考慮她應該向這兩者中的哪一個讓步。

「傑斯潑，」她愁眉不展地說。他會照料那條小狗的。

她打算給它起個什麼名兒呢？她的父親堅持追問下去。當他自己還是個小男孩的時候，他有過一條小狗，它叫弗立斯克。詹姆斯看見她的臉上出現了一種表情，一種在他記憶之中熟悉的表情，他想，她會屈服的。他想，她們會垂首俯視她們正在編織的絨線，或者什麼別的東西；然後她們會突然擡頭仰望；一道藍光閃過，他想起來了，後來和他坐在一起的什麼人笑了，屈服投降了，使他怒不可遏。那個人肯定就是他的母親，他想，她坐在一把矮腳椅子裡，他的父親站在她身旁俯視著她。他開始在歲月一頁頁、一冊冊、輕輕地、不斷地積存在他頭腦裡的一連串無窮無盡的記憶之中尋找：在各種景象和音響之間，在各種嚴厲、空虛、甜蜜的聲音之中，在掠過的燈光、輕輕觸及地板的掃帚、沖刷海岸的波濤之間，他看到一個男子如何來回踱步、突然停留、筆直地站在那兒，俯視著他們母子倆。與此同時，他注意到凱姆把她的手指浸在海中玩水，她呆呆地望著海岸，什麼也不說。不，她不會屈服的，他想；她和母親不一樣，他想。好罷，要是凱姆不願回答他的問題，他就不再打擾她了，拉姆齊先生下了決心，他伸手到衣袋裡去摸一本書。但是，她願意回答他的問題；她迫切地希望能夠搬開放在她舌頭上的某種障礙，並且說：噢，對啦，弗立斯克。我就叫它弗立斯克吧。她甚至還想問：它是不是那條獨自從荒野裡尋到回家道路的小狗？但是，儘管她努力嘗試，她可說不出那樣的話，因為，她既害怕又忠於他們的誓約，然而，詹姆斯可沒料到，她已把她感覺到的對於父親的愛慕之情，悄悄地向他傳送過去。因為，她一邊用手戲水，一邊在心裡琢磨（現在麥卡力斯特的孩子釣到一條鯖魚，它在甲板上直蹦，魚鰓上淌著鮮血）；她一邊望著漠然凝視船帆或偶爾注視地平線的詹姆斯，一邊在想：你可沒有遭遇到這種感情的壓力和分裂，沒有遭遇到這種異常強烈的誘惑啊。她的父親伸手到兜裡掏書，再過一秒鐘，他就會把書掏出來了。對她來說，沒有別人比他更富於吸引力的了：他的雙手是美麗的，還有他的雙腳，他的聲音，他的語言，他的匆忙急躁，他的怪癖熱情，他敢於直語不諱地在眾人面前揚言我們將各自孤獨地滅亡，還有他的疏遠淡漠，這一切都對她有一種獨特的吸引力。他已經打開了他的書本。（她坐直了，一邊瞧著麥卡力斯特的孩子從另一條魚的鰓幫裡把魚鉤取出來，一邊想道：然而，叫人難以忍受的是他那種極端的盲目和橫暴，它損害了他美好的童年生活，掀起了痛苦的風暴，甚至到現在，她還會在半夜驚醒，氣得直哆嗦，並且回憶起他蠻橫無理的強迫命令：「幹這個，」「幹那個，」回憶起他支配一切的欲望和他那種「絕對服從我」的要求。

因此，她什麼也沒說，只是倔強而憂愁地凝視那包圍在一片和平靜謐氣氛中的海岸，她想，似乎那兒的人們都已酣然入睡，像一縷輕煙或幽靈一般來去自由。在那兒，他們可沒有痛苦折磨，她想。

五

對啦，站在草坪邊緣的莉麗斷定，那條就是他們的船。那條就是灰棕色帆篷的小船，現在她看見它船身平穩地在水面上飛快地穿越那個海灣。她想，他就坐在船中，孩子們依舊保持著沉默。她又不可能到他那兒去。她沒有向他表白出來的同情使她心情沉重，難以作畫。

她一向認為他難以相處。回想起來，她從來沒能當面稱讚他一句。這使他們之間的關係成為某種中性的東西，其中沒有性感的因素，而正是那種因素，使他在敏泰面前如此溫柔體貼，幾乎是興高采烈。他會採一朵花兒獻給她，把他的書借給她。但是，他真的相信敏泰會認真讀那些書嗎？她隨身帶著它們在花園裡到處跑，把樹葉夾到書中來標出她讀到什麼地方。

「你還記得昔日的情景嗎，卡邁克爾先生？」她看著那老人，很想問問他。但是，他把帽子遮住了半個額角；她猜想，他已經睡著了，或者正在夢想，或者正在推敲詩句。

「你還記得昔日的情景嗎？」她經過卡邁克爾身旁，就忍不住想要問問他。她又想起了拉姆齊夫人坐在海灘上的情景；那只漂浮在水面上的木桶，隨著波濤一上一下地晃動；那一頁頁的信紙隨風飄散。為什麼過了這些年月之後，這幕景象在記憶中保存了下來，縈迴繚繞，閃閃發光，連細枝末節都歷歷在目，而在它以前或以後很長一段時間裡的其他景象，都是一片空白呢？

「它是一條小船嗎？它是一只捕蝦的竹簍嗎？」拉姆齊夫人問道。莉麗把她當時說的話復述了一遍，轉過身來，勉強地回到她的畫布面前。謝天謝地，她重新拿起畫筆想道，那個空間的問題依然懸而未決。它瞪著眼睛看她。整幅畫面的平衡，就取決於這枚砝碼。這畫的外表，應該美麗而光彩，輕盈而纖細，一種色彩和另一種色彩互相融合，宛若蝴蝶翅膀上的顏色；然而，在這外表之下，應該是用鋼筋鉗合起來的紮實結構。它是如此輕盈，你的呼吸就能把它吹皺；它又是如此紮實，一隊馬匹也不能把它踩散。於是她開始在畫布上抹上一層紅色、一層灰色，她開始用色彩一層一層填補那片空白，把她心目中的畫面逐漸體現出來。與此同時，她又似乎和拉姆齊夫人一起坐在海灘上。

「它是一條小船嗎？它是一只木桶嗎？」拉姆齊夫人問道。她開始在周圍尋找她的眼鏡。找到了眼鏡，她就坐著默默地眺望大海。正在從容不迫地作畫的莉麗覺得，似乎有一扇門戶打開了，她走了進去，站在一個高大而非常陰暗、非常肅穆，像教堂一般的地方，默默地向四周凝視。從一個遙遠的世界，傳來了喧嚷的聲音。幾艘輪船化為縷縷輕煙，在遠處的地平線上消失了。查爾士在擲著石片，讓它們在水面上漂躍。

拉姆齊夫人默然端坐。莉麗想，她很高興在默默無言的狀態中休息；在這人類相互關係極端朦朧曖昧的狀態中休息。誰知道我們是什麼樣的人，我們的內心感覺又如何？甚至在親密無間的瞬間，誰又能知道這一切？這就是學問嗎？拉姆齊夫人很可能會問（在她身旁，這種沉默的場面似乎經常會發生）：如果把這些全說了出來，不會反而把事情弄糟嗎？我們如此默然相對，不是能夠表達更為豐富的內容嗎？至少在目前這一瞬間，似乎有著異常豐富的內涵。她在沙灘上戳了一個洞，再用沙子把它蓋沒，好像這樣就把這完美的瞬間埋藏了進去。它就像一滴銀液，人們在其中蘸了一下，就照明了過去的黑暗。

莉麗往後退了一步，使她的畫布——就這樣——處於她視野的中心。畫家所走的可是一條奇特的道路。你往外走得越來越遠，直到最後，你好像走到了海上的一條狹窄的跳板上，孑然一身，形影相吊。當她用畫筆去蘸藍色的顏料之時，她也在筆端上蘸滿了往昔的回憶。她想起來了，現在拉姆齊夫人已經從沙灘上站了起來。是回家的時候了——快吃午飯了。他們大家一起從溫灘上往回走，她和威廉·班克斯並肩走在後面，敏泰走在他們前面，她的襪子上破了一個洞。那個小小的圓窟窿裡露出來的粉紅色的腳後跟多麼扎眼！威廉·班克斯看到它感到多麼厭惡！雖然就她記憶所及，他什麼也沒說。對他說來，這個窟窿意味著女人的毀滅性打擊，意味著不整潔的習慣，意味著僕人紛紛離去、到了中午還沒把床鋪好——意味著他所最憎惡的一切。他有一個習慣性的動作：哆嗦著伸開他的手指，好像去遮蔽一件不堪入目的東西。現在他就做了這個動作——把手遮在他面前。敏泰繼續往前走去，大概保羅遇見了她，他們倆就一塊兒進了花園

莉麗．布里斯庫想起了雷萊夫婦，把綠色的顏料擠到調色板上。她把對於雷萊夫婦的印象在心裡集中起來。在她眼前浮現出他們婚後生活的一連串景象；其中有一幕，在拂曉時分發生在樓梯上。保羅早就回家上床安寢了；敏泰遲遲未歸。大約在凌晨三點鐘，敏泰走上了樓梯，她戴著花環，濃妝艷抹，打扮得花枝招展。保羅穿著睡衣走了出來，他手裡拿著一根撥火棍，以防碰上小偷。敏泰站在半樓梯的窗口，在蒼白的晨曦中啃著三明治，樓梯的地毯上破了一個窟窿。但是，他們說了些什麼呢？莉麗問她自己。似乎在想像之中看上一眼，她就能聽見他們說話。敏泰繼續討厭地啃著她的三明治，保羅說了些激烈的話來責備她，他壓低了嗓子，以免驚醒孩子們——那兩個小男孩。他面容憔悴，拉長了臉；她輕浮艷麗，滿不在乎。大約在婚後一年左右，他們之間的關係就垮了；他們的婚姻結果很不理想。

莉麗用畫筆蘸了一點綠色顏料，她想，這樣來想像有關他們夫婦的情景，就是所謂「瞭解」人們、「關心」他們、「喜愛」他們！其中沒有一句話是真實的；全是她想像出來的；但是，儘管如此，她對於他們情況的瞭解，就是如此。她繼續深入到她的繪畫中去，繼續深入挖掘往昔的

歲月。

另外有一次，保羅說他「在咖啡館裡下棋」。根據這句話，她又想像出一幕完整的景象。她想起來了，當他說這句話的時候，她就想像他如何打電話回家，女僕如何回答說「先生，太太不在家」，於是他就打定主意也不回家。她在想像中看見他坐在某個陰暗場所的角落裡，紅色長毛絨面的座位上布滿了煙塵，那些侍女總是對你熟悉親昵，他和一個小個子男人下棋，他是做茶葉生意的，住在塞爾別頓，這就是保羅所瞭解的關於他的全部情況。當他回家時，敏泰不在家，隨後就是樓梯上的那一幕。為了防備小偷，他手裡拿了一根撥火棍（毫無疑問，也是為了向她示威），他講的話十分令人痛心，他說她毀了他的一生。無論如何，當莉麗到雷克曼斯華綏附近的一所小別墅去看望他們時，他們之間的關係可怕地緊張。保羅帶她到花園裡去看他所飼養的比利時兔子，敏泰寸步不離地跟隨著他們，她嘴裡唱著歌，把裸露的手臂搭在保羅的肩膀上，以免他向莉麗洩漏任何情況。

莉麗想，敏泰對兔子煩膩得要命。但是，敏泰守口如瓶，她從來不提起保羅在咖啡館裡下棋之類的事情。她可要謹慎得多、小心得多。把他們的故事繼續講下去吧——現在他們已經通過了那個危險階段。去年夏天，她曾經和他們一起待過一陣子。有一次，他們的汽車在中途出了毛病，敏泰不得不給他傳遞工具。他坐在路旁修車，她把工具遞給他時，一副公事公辦的樣子，直截了當，態度友好——這證明他們之間的關係現在還不錯。他們倆不再「相愛」了；不，他愛上了另一個女人，一個嚴肅的女人，她留著髮辮，手裡拿著公文包（敏泰曾經感激地、幾乎有點欽佩地描述過她），她和保羅一起參加各種會議，對於地價稅和資產稅等問題，她和保羅持有相同的觀點（他們越來越多地發表他們的見解）。他的外遇並未使他和敏泰的婚姻關係破裂，反而適當地調整了它。當他坐在路旁修車而她把工具遞給他時，他們夫婦倆顯然成了相互默契的好朋友。

這就是雷萊夫婦的故事，莉麗想道。她想，她自己正在把這個故事講給拉姆齊夫人聽，她一定會充滿著好奇心，想要知道雷萊夫婦的近況。要是她能告訴拉姆齊夫人那樁婚事結果並不成功，她會有一點兒得意洋洋。

但是，那位死者！莉麗想道。她的構圖遇到了某種障礙，使她停筆沉思，她向後退了一兩步，喟然嘆息：噢，那位死者！她喃喃自語說，人們同情死者，把他們撇在一邊，甚至對他們有點兒輕蔑。他們現在可是任憑咱們來支配擺布啦。她想，拉姆齊夫人已經隱沒、消失了。現在我們可以超越她的願望，把她那種帶有局限性的老式觀念加以改進。她已經後退到離我們越來越遠的地方。帶著幾分嘲笑意味，她似乎看見拉姆齊夫人在歲月長廊的末端，講著那些不合時宜的話：「結婚吧，結婚吧！」（在黎明時分，她身軀筆直地坐在那兒，小鳥開始在外面的花園裡啁啾。）現在你不得不對她說，事情的發展全都違背了您的心願。他們是幸福的，他們的生活就像那個樣子；我是幸福的，我的生活就像這個樣子。生活已經完全改變了。在這種情況下，拉姆齊夫人的整個存在，甚至還有她的美麗，在轉瞬之間已經成為明日黃花，化作塵土。莉麗在那裡站了一會兒，火熱的太陽晒著她的背脊，她在心裡總結雷萊夫婦的情況，覺得她自己戰勝了拉姆齊夫人：她永遠也想不到保羅會在咖啡館裡下棋，並且有一個情婦，想不到他會坐在路旁修車，而敏泰給他遞工具；她也永遠想不到莉麗會站在這兒作畫，從來沒結過婚，甚至也沒跟威廉·班克斯結婚。

拉姆齊夫人早就把這件事盤算好啦。如果她還活著的話，也許她會強迫他們結婚。那年夏天，拉姆齊夫人對她說，威廉·班克斯是「心腸最好的男人」。他是「當代第一流的科學家，我的丈夫說的」。他又是「可憐的威廉——真叫我傷心，我去看望他，發現他屋裡沒一件像樣的東西，甚至連花也沒人給他插」。因此，她就經常叫他們倆一塊兒去散步。拉姆齊夫人帶著那種可以使她從別人手指縫裡溜過去的輕微嘲諷告訴莉麗：她有一個科學的頭腦；她和威廉一樣喜歡花卉；她的作風又如此嚴謹。莉麗向她的畫架走近又後退幾步，她一邊看畫一邊在心裡琢磨：為什麼拉姆齊夫人這樣熱衷於婚姻問題呢？

（突然間，就像一顆流星滑過夜空那樣突然，一道紅色的火光似乎在她頭腦裡燃燒起來，籠罩著保羅·雷萊，那火光就是從他身上發出來的。它就像是一羣野蠻人為了慶祝某種盛典而在一個遙遠的海灘上燃起的篝火。她聽見了火焰的歡呼咆哮和木柴在噼噼啪啪地燃燒。周圍幾英里路以內的海面，化為一片火紅和金黃。煙火中夾雜著某種醇酒的芬芳，使她沉醉，因為，她又重新感覺到那種輕率的渴望，想要從懸崖上縱身一躍，淹沒到大海中去，尋找沙灘上的一枚珍珠別針。那歡呼咆哮、噼嚦啪啦的火焰，使她帶著恐懼而厭惡的心情向後退卻，似乎當她看到這火焰的壯麗和力量之時，也看到了它如何貪婪可惡地吞噬著這幢屋子裡的財富，於是她對它感到厭惡。但是，做為一種輝煌華麗的景象，它勝過了她以往所看到過的任何東西，它做為一種信號的烽火，年復一年地在大海邊緣的一個荒島上燃燒，只要人家一提起「愛情」這個詞兒，這保羅的愛情之火馬上就能熊熊地燃燒起來，就像現在發生的情況那樣。這火焰漸漸熄滅下去，她笑著對自己說，「雷萊夫婦，」她想起了保羅如何到咖啡館裡去下棋。）

她想，真是千鈞一髮，她總算僥倖逃脫了愛情的羅網。她當時注視著桌布的圖案，心裡閃過一個念頭：她要把那棵樹移到畫面中央，她永遠不需要和任何人結婚，而且她為此感到無比喜悅。她曾感覺到拉姆齊夫人的威力，現在她能夠勇敢地站起來面對拉姆齊夫人——對拉姆齊夫人驚人的支配別人的能力表示一種敬意。只要她說，去做這件事情，別人就會遵命照辦。甚至她和詹姆斯一起坐在窗前的影子，也充滿著權威。她想起了當時威廉·班克斯發現她對於這幅母子圖的重要意義熟視無睹，感到多麼震驚。難道她不讚賞他們的美麗嗎？他問道。她記得，威廉·班克斯帶著聰明懂事的孩子般的眼色，聽她解釋她的構圖毫無不敬之處：不過是這兒的一片亮色，需要有一個陰影在那兒加以襯托罷了。她並非存心褻瀆一個拉斐爾[12]曾經虔誠地描繪過的神聖題材。她可不是玩世不恭。情況恰恰相反，她是嚴肅認真的。多虧他的科學頭腦，他充分理解了她的意圖——這證明了沒有偏見的智慧能使她高興，並且給她很大的安慰。那麼，她畢竟能夠嚴肅認真地和一位男子談論繪畫啦。真的，他的友誼曾經是她彌足珍貴的人生樂趣之一。她愛慕威廉·班克斯。

他們一塊兒去遊覽漢普頓宮廷，他有著完美的紳士風度，經常到河邊散步，給她足夠的時間去盥洗。這是他們相互關係中的典型事例。許多事情他們都相互默契，不言自明。一個又一個夏季，他們在庭院間漫步，欣賞勻稱的建築和美麗的花卉，在他們散步的時候，他會給她講解關於透視法和建築學的各種知識，他還會停步凝視一株樹木或湖上的景色，或者欣賞一個天真的孩子——（他非常婉惜自己沒有一個女兒），他那種毫無表情的、孤零零的樣子，對於一個在實驗室裡消磨了這麼多歲月的人來說，是十分自然的，當他走出了實驗室，外面的世界似乎使他頭暈目眩，因此他緩慢地走著，把手舉到眼睛上方去遮蔽陽光，並且時常停下腳步，把頭往後一仰，只是為了深深地吸一口新鮮空氣。然後，他會對她說，他的管家去度假了，他必須為他家的樓梯買一條新的地毯。也許她願意和他一塊兒去選購吧。有一次，他們的話題轉到了拉姆齊夫婦身上，他說，他第一次遇見拉姆齊夫人時，她戴著頂灰色的帽子，那時她還未超過十九或二十歲。她驚人地美。他站在那兒凝視著漢普頓宮廷的林蔭大道，似乎他在那些噴泉之間看到了她亭亭玉立的

---

❷拉斐爾（1483～1520）：義大利文藝復興時期大畫家，畫過不少抱著孩子的聖母像。

倩影。

現在莉麗往客廳的石階望去。她通過威廉的眼睛，看見一個女人的身影，安詳沉靜，目光低垂。她默默地坐著，沉思冥想（莉麗覺得她那天穿著灰色的衣服）。她的目光俯視著地面。她永遠不會把眼睛擡起來。對，她在專心致志地凝視著地面，莉麗想道，我一定也看見過她這種神態，但不是穿著灰衣服，也不是如此沉靜、如此年輕、如此安詳。那個形象隨時會浮現在眼前。正如威廉所說，她是驚人地美。但美並不是一切。美有它的不利因素——它來得太輕易；它來得太完整。它使生命靜止了——凝固了。它使人忘記了那些小小的內心騷動：興奮的紅暈、失望的蒼白、一些奇特的變形、某種光亮或陰影；這些會使那個臉龐一下子變得認不出來，然而也給它增添了一種叫人永遠不能忘懷的風姿。在美的掩蓋之下，把這一切都輕輕抹去，當然更簡單一些。但是，莉麗可拿不準：掌拉姆齊夫人把獵人的草帽往頭上一戴，或者奔跑著穿過草地，或者在責備園丁肯尼迪之時，她的容貌看上去是什麼模樣？誰能告訴她？誰能幫助她解答這個問題？

她的思緒已經不由自主地從心靈深處浮到了外表，她發現自己的注意力有一半脫離了那幅圖畫，有點惘然若失地望著卡邁克爾先生，好像在望著什麼虛無縹緲的東西。他躺在椅子上，雙手合攏放在他的大肚皮上，他不在閱讀，不在睡覺，而是怡然自得地晒著太陽，就像一隻吃飽了東西的動物一樣。他手裡的書早已掉到草地上去了。

她想馬上走過去對他說，「卡邁克爾先生！」於是他就會像往常一樣，用他那雙煙霧朦朧的綠色眼珠，仁慈地向上望著你。但是，只有當你知道你想要對別人說些什麼的時候，你才去喚醒他們。她想要說的可不是一件事情，而是一切事情。三言兩言只會打斷思路，割裂思想，等於什麼也沒說。「讓我們來談談生和死；談談拉姆齊夫人。」——不，她想，你和別人什麼也講不清楚。頃刻之間的緊迫感，總是難以擊中目標。從嘴裡吐出來的言辭向旁邊飄逸，擊中了靶子以下好幾英寸的地方。於是你就放棄了希望，於是那沒有表白出來的思想又重新沉沒到心靈深處，於是你就像大多數中年人一樣——謹小慎微，吞吞吐吐，兩眼之間布滿了皺紋，並且有一種無限了悟的神態。因為，你怎能用言辭來表達肉體的感情，來表達那兒的一片空虛呢？（她正在望著客廳的石階，它們看上去異乎尋常地空虛。）是人的肉體，而不是人的心靈在感覺。那空蕩蕩的石階在肉體上激起的感覺，突然變得極端令人不快。欲求而不可得，使她渾身產生一種僵硬、空虛、緊張的感覺。隨後，又是求而不得——不斷的欲求，總是落空——這是多麼揪心的痛苦，而且這痛苦是一而再、再而三地絞著她的心房！噢，拉姆齊夫人！她在心裡無聲地呼喊，對那坐在小船旁邊的倩影呼喚，對那個由她變成的抽象的幽靈、那個穿灰衣服的女人呼喚，似乎在責備她悄然離去，並且盼望她去而復歸。思念死者，似乎是很安全的事情。幽靈、空氣、虛無，這是一種你在白天或夜晚任何時候都可以輕易地、安全地玩弄於股掌之上的東西；她本是那空虛的幽靈，然而，她突然伸出手來，揪著你的心房，叫你痛苦難熬。突然間，空蕩蕩的石階、室內椅套的褶邊，在平臺上蹣跚而行的小狗，花園裡起伏的聲浪和低語，就像精緻的曲線和圖案花飾，圍繞著一個完全空虛的中心。

她重新轉向卡邁克爾先生，想要問他：「這是什麼意思？你如何解釋這一切？」因為，在早晨的這個瞬間，整個世界已經溶化為一個思想的水池，一個現實的深潭，你幾乎可以想像，如果卡邁克爾先生開口說話，就有可能在這思想水池的表面上汲取一滴水珠。然後又怎麼樣呢？某種景象可能出現。一隻幽靈的手會被人往上擋開，一把利刀在空中閃著寒光。當然，這全是無稽之談。

她有一種奇怪的感覺：那些她沒法表達出來的思想，他竟然全都心領神會了。他是一位不可思議的老人，鬍鬚上染著一絲黃色的污漬，心裡蘊藏著他的詩歌和不解之謎，他在世界上一帆風順地航行，而這世界也滿足了他的一切慾求，因此她想，只要他躺在草地上，把手往下一伸，就可以輕而易舉地撈到他所需要的任何東西。她望著自己的畫。據她推測，很可能這就是他的回答——「你」、「我」、「她」都隨著歲月流逝而灰飛煙滅，什麼也不會留存，一切都在不斷變化之中；但是，文字和繪畫卻不是如此，它們可以長存。她想，然而她的畫會掛在閣樓上；它會被捲起來，扔到沙發底下去；儘管如此，儘管是像這樣一張畫，它還是可以留存，這是確切不移的。你可以說，甚至是這張草圖，也許還不是那張真的作品，而是它所企圖表現的意念，它也會「永久留存」。她想把這種想法說出來，或者不言而喻地暗示出來，因為，這些話要是明講出來，甚至她自己聽起來也會覺得有點太自吹自擂了；當她瞧著這畫的時候，她驚訝地發現，她看不清楚。她的眼眶裡充滿著一種滾燙的液體（起初她沒意識到這是眼淚），它並未牽動她嘴唇的堅定線條，只是使空氣顯得陰霾；熱淚滾下了她的面頰。她對於自己有完善的控制能力——噢，是的！——在所有其他方面。那麼，她是在為拉姆齊夫人而哭泣，一點兒也沒有意識到任何不愉快的感覺嗎？她重新和卡邁克爾老先生攀談。那麼，它是什麼東西？它意味著什麼？幽靈能夠伸出手來揪住你嗎？那把利刀會傷人嗎？那拳頭會攥緊嗎？難道沒有安全的地方嗎？心靈無從理解這個世界的規律嗎？沒有嚮導，沒有安全的藏身之處，一切都是奇蹟，只能盲目地從寶塔的尖頂望空中縱身一躍嗎？是否可能，甚至對於老年人來說，這就是生活——大吃一驚、出乎意料、一無所知？她忽然覺得，如果他們倆現在從這草地上站起來要求解釋：為什麼人生如此短促，為什麼它又如此不可捉摸，如果他們像兩個充分武裝起來的人（對於他們什麼也隱藏不了）那樣說話，用強硬激烈的語氣來要求解釋，那麼，美就會捲攏身軀、悄然退避，這個空間就會填滿，那些空虛的花飾就會構成一定的形體；如果他們的呼聲足夠響亮，也許拉姆齊夫人就會歸來。「拉姆齊夫人！」她大聲喊道，「拉姆齊夫人！」淚珠滾下了她的面頰。

六

〔麥卡力斯特的兒子在捕到的那些魚中揀出一條，從它的腹部剜下一小方塊魚肉，裝在他的鈎子上做為魚餌。那尾受傷的魚（它還是鮮蹦活跳的）被擲回了大海。」

七

「拉姆齊夫人！」莉麗喊道，「拉姆齊夫人！」但是毫無動靜。她更加覺得痛苦。她想，那劇烈的痛苦竟會使她幹出這樣的傻事！不管怎樣，幸虧那位老人沒有聽見她的呼喊。他依舊仁慈安詳——如果你願意這樣想的話——崇高莊嚴。謝天謝地，沒人聽見她那丟人的喊聲。停止吧，悲痛，停止吧！她顯然還沒有喪失理智。沒有人看見她跨越足下狹窄的跳板，縱身躍入毀滅的湍流。她依舊是一個手持畫筆的乾癟老處女。

現在，那求而不得的痛苦和劇烈的憤怒漸漸減輕了（當她想到自己不要再為拉姆齊夫人悲傷，她就把她的痛苦和憤怒收斂起來。在她坐在那些咖啡杯之間吃早餐時，她想念拉姆齊夫人了嗎？一點兒也沒有）；對於遺留下來的痛苦來說，做為解毒劑，一種寬慰鬆弛的感覺本身就是止痛的香膏，而且，還有一種某人在場的更加神秘的感覺：她覺得拉姆齊夫人已經從這個世界壓在她身上的重荷下暫時解脫出來，飄然來到她的身旁（顯示出她全部的美），她正在把一只她臨終時戴著的白色花環舉到她的額際。莉麗又擠了一點顏料到調色板上去。她揮動畫筆，著手描繪那個籬柵。這可真怪，她多麼清楚地看見拉姆齊夫人，邁著她往常那種輕盈的步伐，穿過田野，在紫色的、柔和起伏的田壟中，在風信子或百合花叢中消失了。這是畫家的眼睛所玩的把戲。在她聽到拉姆齊夫人的噩耗之後的幾天之內，她曾看到她就這樣把花環戴在額上，毫不猶豫地和她的同伴——一個影子——一起越過那片田野。那個景象，那個片斷，自有它安慰人的力量。不論她在什麼地方作畫，在這兒，在鄉間，在倫敦，那個幻影總會來到她的面前，她半閉著眼睛，尋找一件東西來做為安放這個幻影的基石。她俯視著火車車廂和公共汽車；她從肩膀或面頰上取下一根線條；她瞧瞧對面的窗戶，望著黃昏時刻點著一串串電燈的皮卡迪利廣場。所有這一切，都曾經是死亡的墳場的一部分。但是，往往有某種東西——它可能是一個臉龐，一個聲音，一個報童喊著：《旗幟報》，《新聞報》——猛然閃過，刹住了她的幻想，驚醒了她，使她努力集中注意，結果這個幻象就必須不斷地加以重新塑造。現在，出於對遼闊的天地和蔚藍的大海的某種本能的需要，她俯視下面的海灣：一排排藍色的波浪如丘峯疊起，更加深紫的空間宛若鋪著石塊的田野，她像往常一樣，又被某種不協調的東西驚動了。在海灣的中央，有一個棕色的小點。是的，過了一秒鐘，她就明白過來：那是一葉孤舟。那是誰的船？就是拉姆齊先生那條船，她回答道。拉姆齊先生，那位穿著漂亮的皮鞋、高高地舉起右手、率領一支隊伍從她面前經過的男子，他曾要求她同情而被她所拒絕。那條小船現在已經穿越了半個海灣。

那天早晨是如此晴朗，只是偶爾有一絲微風，極目遠眺，碧海與蒼穹連成一片，似乎點點孤帆高懸在空中，或者朵朵白雲飄墜於海面。在遠處的大海卜，一艘輪船吐出一縷濃煙，它在空中翻滾繚繞、久久不散，裝飾點綴著這片景色，好像海面上的空氣是一層輕紗薄霧，它把萬物柔和地籠罩在它的網眼中，讓它們輕輕地來回蕩漾。有時晴空萬里，波平如鏡，那懸崖峭壁看上去似乎意識到那些駛過的帆船，那些小船看上去似乎也意識到懸崖峭壁的存在，好像它們彼此之間靈犀相通、信息互傳。有時候離海岸很相近的燈塔，在這天早晨的朦朧霧靄中，望上去似乎距離十分遙遠。

莉麗眺望著大海想道：「他們現在到了什麼地方？」那位腋下夾著一只棕色紙包默然經過她面前的老人，他在什麼地方？那條小船正在海灣的中心。

八

凱姆望著一上一下波動著的海岸，它越來越顯得遙遠、靜謐，她想，人們在那兒是什麼也感覺不到的。她的手浸沒在水中，在海面上劃出一道波痕，在她的心目中，那些綠色的渦流和線條形成了各種圖案，她的思想麻痺了，蒙上了一層帷幕，她在想像中漫遊那個水下的世界，在那兒，成串的珍珠和白色的浪花粘在一起，在那綠色的光芒中，她的整個心靈起了變化，她的軀體裹在一件綠色的大氅裡，在陽光照耀下變成了半透明的。

後來，圍繞著她手的漩渦減弱了。嘩嘩的湍流停止了；整個世界充滿了輕微的吱吱嘎嘎、嘰嘰咯咯的聲音。你可以聽到浪花飛濺，拍打著船舷，好像他們已經在港灣裡下錨停泊了。所有的東西都顯得和你非常接近。詹姆斯的眼睛一直盯著船帆，到後來它好像成了他的一個老相識，現在它完全癟下去了；他們停在那兒，小船漂蕩著，等候海面上刮起一陣順風，他們曝晒在炎熱的陽光下，離開海岸已經相當遙遠，離那個燈塔還有一段距離。在整個世界上，似乎一切都靜止了。那燈塔巋然不動，遠處的海岸線也變成固定的了。太陽變得更加灼熱，似乎船上的每一個人都非常接近地聚在一起，並且意識到對方的存在，但剛才大家卻各有所思，幾乎把別人給忘記了。麥卡力斯特的釣索垂直沉沒到大海中。但是拉姆齊先生仍盤膝而坐，繼續閱讀。

他正在讀一本閃閃發光的小書，封面像鷂蛋一般色彩斑駁。他們在那可怕的寂靜中飄泊，他過一會兒就翻一頁書。詹姆斯覺得，他每翻一頁，都帶著一種針對著他的特殊手勢：一會兒顯得專斷獨行，一會兒帶有權威命令的意味，一會兒又企圖使人們同情他；當他父親在一頁一頁地翻閱那本小書之時，詹姆斯一直提心吊膽，唯恐他會突然擡起頭來望著他，對他說出什麼刺耳的話。他們幹嗎磨磨蹭蹭待在這兒？他會提出這樣的問題，或者諸如此類相當不合情理的疑問。詹姆斯想，要是他如此蠻不講理，我就拿起一把刀子，直捅他的心窩。

在他的頭腦裡，一直保留著這個拿刀直捅父親心窩的象徵。不過現在他年齡大了一點，他坐在那兒，心裡怒火中燒而外表漠然不動地瞪著他的父親，他要殺的不是他，不是那個在看書的老人，而是降臨到他身上的某種邪惡的東西——也許他自己對此一無所知——那頭展開黑色的翅膀突然猛撲過來的猙獰的怪鷹，它那冰涼而堅硬的鷹爪和利喙，一再向你襲擊（他能夠感覺到鷹喙在啄他裸露的腿部，在他的童年時代，它曾啄過這個部位），隨後它就飛走了，於是他又恢復原狀，只是一個非常悲愴的老人，坐在那兒看書。他要殺的是那頭怪鷹，他要用刀直捅它的心窩。不論他幹什麼事業——他望著燈塔和遠處的海岸，覺得他可能幹任何事情——不論他是商人、銀行家、律師或某個企業的首腦，他要和那怪物搏鬥，他要追捕它、消滅它——他把它稱為橫行霸道和專制主義——因為它迫使別人去幹他們所不想幹的事，並且剝奪他們申辯的權利。當他說「到燈塔去」的時候，他們中間誰又能說一聲「但我不願去」呢？去幹這個！把那個給我拿來！那黑色的翅膀張開了，那堅硬的鷹嘴無情地撕裂它的獵物。過了一會兒，他又坐在那兒看書，並且他可能擡起頭來望著你——你可永遠也拿不準——顯得十分通情達理。他可能會去和麥卡力斯特父子攀談。詹姆斯想，他可能會在街上把一件紀念品塞到一個凍僵的老婦人手中，他可能會給釣魚的漁民們吶喊助威，他也可能會興奮得手舞足蹈。或者，他可能會坐在餐桌的首席，從晚飯開始直到結束，一聲也不吭。詹姆斯想道：是的，當這小船在灼熱的陽光下隨波逐流地飄蕩，在遠方有一片非常荒涼而單調的荒原，上面是積雪，底下是岩石；近來，當他父親有什麼令人驚訝的言論或舉動之時，他往往有這樣的感覺：在那片荒原上，只有兩對足跡——他自己的和他父親的。只有他們倆互相瞭解。那麼，為什麼還有這種恐懼和仇恨的感覺呢？他撥開了遮蔽他目光的往昔歲月的層層葉瓣，窺探那座樹林的心臟地帶，在那兒，光和影互相交錯，扭曲了萬物的形態，一會兒陽光令人目眩，一會兒陰影遮蔽了視線，他在其中慌亂地摸索，他要尋求一個形象，用一個具體的形態來把他的感情冷卻下來，把它分散，使它轉換方向。是否可以這樣設想：他像一個軟弱無能的孩子，坐在搖籃車裡或大人的膝蓋上，看見一輛馬車在無意之中輾碎了什麼人的腳？假定起先他看見那隻腳在草叢中，光潔而完整；然後他看見那車輪輾過；隨後他又看見那隻腳鮮血淋漓，被壓得粉粹。但是，那車輪可不是故意傷人。就這樣，今天一大早，他父親穿過走廊來敲門喚他們起床，叫他們到燈塔去，那車輪就輾過了他的腳，輾過了凱姆的腳，輾過了大家的腳。你只能坐在那兒眼巴巴地瞧著它。

但是，他看到的是誰的腳？這件事發生在哪一座花園裡？因為，一個人心目中想像的場面總得有個布景：那兒有花草樹木，有一定的光線，還有幾個人物。這一切將布置在一個沒有這種陰鬱氣氛的花園裡。在那兒，沒有人這樣指手劃腳；人們用普通的正常語調說話。他們整天走進走出。有一個老婦人在廚房裡嘮叨；窗簾在微風中飄動；一切都在大聲呼吸，一切都在不斷生長；到了夜晚，就會拉起一層極薄的黃色紗幕，像葡萄藤上的一瓣葉片一般，覆蓋了所有那些碗碟和長長的、搖曳多姿的紅色黃色的花朵。在晚上，一切都變得更加安靜、更加黑暗。但是，那葉瓣一般的紗幕是如此精美纖細，光線能使它飄起，聲音能使它皺縮；透過這層薄紗，他能看見一個人影兒，她彎下腰來，屏息諦聽，走近過來，再走開去，他還能夠聽見衣裾窸窣、項鏈叮咚的輕微響聲。

就是在這個世界裡，那車輪輾過了一個人的腳。他記得，有什麼東西在他上方逗留，把他籠罩在陰影之中；它不肯走開，它在空中耀武揚威；甚至就在那兒，在那個幸福的世界裡，某種毫無生氣的、尖銳鋒利的東西降落下來，就像一片刀刃，一把彎刀，在葉瓣和花叢中砍伐，使百花枯萎、枝葉凋零。

他還記得，他的父親說道：「會下雨的。明天你不能到燈塔去。」

當時，那燈塔對他說來，是一座銀灰色的、神秘的寶塔，長著一隻黃色的眼睛，到了黃昏時分，那眼睛就突然溫柔地睜開。現在——

詹姆斯望著燈塔。他能夠看見那些粉刷成白色的岩石；那座燈塔，僵硬筆直地屹立著；他能看見塔上劃著黑白的線條；他能看見塔上有幾扇窗戶；他甚至還能看見晒在岩石上的衣服。這就是那座朝思暮想的燈塔囉，對嗎？

不，那另外一座也是燈塔。因為，沒有任何事物簡簡單單地就是一件東西。那另外一座燈塔也是真實的。有時候，隔著海灣，幾乎看不見它。在薄暮時分，他舉目遠眺，就能看到那隻眼睛忽睜忽閉，那燈光似乎一直照到他們身邊，照到他們坐著的涼爽、快活的花園裡。

但他抑制住自己飄忽的思緒。無論什麼時候，只要他說起「他們」或「某一個人」，他就開始聽見有人衣裾窸窣響著走過來，項鏈叮咚響著走開去，這時候，他對於房間裡有什麼人在場，是極度敏感的。現在，這個人就是他的父親。當時空氣極其緊張。因為，只要再過一會兒還沒有風，他的父親就會啪的一聲闔上書本抱怨：「怎麼回事？咱們幹嗎磨磨蹭蹭待在這兒？」就像有一次在平臺上，他把刀子往他們母子兩人中間直砍下來，使她渾身僵硬，手足無措，如果他手邊有一把斧子，一把利刀，或者任何銳利的東西，他就會一把抓到手中，捅穿他父親的心窩。她渾身麻木地楞了一會兒，隨後她原來摟著他的手臂鬆開了，他覺得她不再理睬他了，她不知怎麼站起來走了，把他留在那兒，獨自一個垂頭喪氣地、可笑地坐在地板上，手裡拿著一把剪刀。

海上沒有一絲微風。在船艙底部，水聲撲騰撲騰直響，有三四尾鯖魚，在不能浸沒它們身子的一潭淺水中拍打著它們的尾巴。拉姆齊先生（詹姆斯幾乎不敢正眼瞧他）隨時隨刻可能從沉思中驚醒過來，合攏他的書，說出什麼刺耳的話；但是，目前他還在看書，因此詹姆斯就悄悄地（好像他在光著腳下樓，唯恐樓板嘎吱一響，把守門的狗驚醒）繼續回想：她像什麼模樣？那天她到什麼地方去了？他開始尾隨著她，走過了好幾個房門，最後他們走進了一間藍光映照著的房間，似乎那反光是從許多瓷器碟子上反射出來的；她在和什麼人說話，他聽著她講。她在和一個僕人說話，想到什麼就說什什麼。只有她一個人說真話；他也只能對她一個人說真心話。也許，這就是她對他持久不衰的吸引力的源泉；她是你可以對她推心置腹想說什麼就說什麼的人。但是，在他追憶母親之時，他意識到他的父親始終在追隨著他的思路，監視著它，使它顫抖，使它猶豫。最後，他停止了回想。

他坐在陽光中凝視著燈塔，一隻手放在舵柄上，他沒有力氣動彈，沒有力氣來輕輕地拂去一顆接著一顆落在他心頭的這些悲哀的微塵。好像有一根繩索把他捆在那兒，他的父親把它打了一個結，他要逃脫的話，只有拿起一把刀子，把它刺進……但是，這時那張帆慢慢地轉了過來，漸漸地兜滿了風，那條小船似乎把它的身子搖晃了一下，半睡半醒地啓航了，隨後它清醒過來，乘風破浪飛速前進。這可是異常令人寬慰。他們似乎又互相疏遠了，各人悠閑自在互不相擾，那幾條從船舷上拋出去的釣索，傾斜著繃得緊緊的。但他的父親還在埋頭讀書。不過他把右手神秘地高舉在空中，又讓它落到膝蓋上，好像他正在指揮一首奧秘的交響樂。

九

〔莉麗·布里斯庫依舊站在那兒眺望著海灣，她想，那海面上連一個斑點也沒有。大海伸展開去，像絲綢一般光滑，鋪滿了整個海灣。遼闊的距離具有異乎尋常的力量；她覺得，他們被它吞沒了，他們永遠消失了，他們已經和宇宙萬物化為一體，成為它的組成部分了。它是如此安詳，如此寧靜。那艘輪船已經不見了，但是那縷濃煙仍懸在空中，像一面低垂的旗幟，惆悵地依依惜別。〕

十

凱姆又把她的手指浸在波濤中，她想，原來他們居住的這座島嶼就是這般模樣。以往她從來沒有在大海上瞧過它。它就那樣躺在海面上，中間有一個凹痕和兩塊陡峭的巉岩，海水就從那凹陷處衝激而過，浪花蔓延到小島兩旁幾英里之外。這島嶼很小；它的形狀有些像一片豎起的樹葉。她開始給自己編造一個從沉船上死裡逃生的故事，她想，我們就這樣乘上了一葉輕舟。海水從她的指縫間流過，一叢海藻在手指後分散消失了；然而，她並不是認真地想給自己編個故事，她需要的是這種死裡逃生和冒險的感覺，因為，小船往前航行之時，她心裡在想：為了她不懂得羅盤的方位，她父親是多麼生氣；詹姆斯又多麼固執地堅持那個同盟契約；還有她自己是多麼痛苦；現在，這一切都悄悄地溜掉、消逝、漂走了。接踵而至的將是什麼？他們正在往哪兒去？從她深深地浸沒在海水中的冰涼的手心裡，好像冒出一股歡樂的噴泉，對於那氣氛的變化，對於那死裡逃生和冒險的感覺（她居然倖存，來到了這兒），她感到喜悅。從這股無意之中突然湧現的歡樂的噴泉中迸射出來的水珠，四散濺落到一片朦朧黑暗的地方，飄灑到沉睡在她心底裡的模糊的形體上，這是一個未被理解的、在黑暗中輾轉反側的世界，偶爾從各處——希臘、羅馬、君士坦丁堡——捕捉到一閃而過的光芒。她想：儘管它不過是像一片豎立的樹葉那樣的彈丸之地，金光閃爍的海水湧過它的凹陷處，並且在它四周流動，即使是這樣一個小小的島嶼，它不是也在宇宙間佔了一定的位置嗎？她想，在書房裡的那些老先生們一定能夠給她解答這個問題。有時候，她故意從花園裡溜達到那兒去逮住他們，瞧瞧他們在幹甚麼。他們在書房裡（可能是卡邁克爾先生或班克斯先生和她父親在一起），在低矮的扶手椅裡相對而坐。她從花園裡走進來時，他們正在他們面前嘩嘩地翻閱一頁頁的《泰晤士報》，其中有某人關於耶穌基督的評述，或者在倫敦某街挖出了猛獁遺骸的消息，或者對於拿破崙是什麼模樣的推測，這些全都亂七八糟地混在一起。然後，他們用乾淨的手拿起這一切（他們穿著灰色的服裝，聞上去有石楠花的香味），他們把剪下的紙片掃到一塊兒，翻轉報紙，交錯著兩條腿，偶爾說幾句非常簡短的話。只是為了使她自己高興，她會從書架上取下一本書來，站在那兒，瞧著她父親非常均勻整潔地從一頁紙的一頭寫到另外一頭，偶爾輕輕咳嗽一聲，或者和坐在對面的另一位老先生說幾句簡短的話。她站在那兒，手裡拿著那本翻開的書本想道：在這兒，你可以把你想到的不論什麼東西，像一片泡在水裡的樹葉一般鋪展開來；如果它在這兩位抽著煙、剪著《泰晤士報》的老先生中間能夠通過，那麼它就是正確無誤的了。當她瞧著她的父親在書齋裡寫作的時候（現在他在小船裡），她想，他並不是虛榮自負的人，也不是一個暴君，他也不想迫使別人去同情他。真的，如果他看見她站在那兒讀一本書，他會像任何人一樣和顏悅色地問她：他沒有什麼可以幫助她的嗎？

她唯恐這個念頭是錯誤的。她盯著他閱讀那本封面閃閃發光、像鷂蛋一般色彩斑駁的小書。

不，它是對的。現在她瞧著他，想要大聲地對詹姆斯說。（但是，詹姆斯的眼睛仍盯著那張帆。）詹姆斯會說，他是一頭喜歡諷刺挖苦別人的畜生。詹姆斯會說，他老是把話題扯過來，圍繞著他自己和他的著作。他的任性自負，簡直叫人難以忍受。最糟糕的是：他是一個暴君。但是，瞧啊！她說，瞧他一眼吧。現在瞧瞧他吧。她瞧著他盤膝而坐，正在閱讀那本小書；那黃色的書頁她是熟悉的，但不知道上面寫些什麼。那本書小巧玲瓏；字跡印得密密麻麻，她知道，在書後的襯頁上，他記下了他曾為晚餐花了十五個法郎，買酒花了多少，給服務員小費花了多少，所有這一切，在那一頁的下角都整整齊齊加在一起。但是，這本她經常放在口袋裡把書角都弄卷了的小書，其中究竟寫了些什麼，她可不知道。他究竟在想些什麼，他們誰也不知道。然而，他在全神貫注地閱讀，當他像現在那樣舉目仰望之時，他並不在看任何東西，他不過是要更加確切地把握住某種思想罷了。這個目的達到了，他的心思又飛了回去，他又埋頭閱讀起來。她想，他閱讀的時候，好像在為什麼東西指引方向，或者在趕著一羣羊，或者在一條羊腸小道上不斷地往上攀登；有時候，他披荊斬棘迅速地筆直前進，有時候，好像有一條樹枝打著了他，一片荊棘擋住了他，但他決不讓自己被這些困難所打敗；他繼續奮勇前進，翻過了一頁又一頁。她繼續給自己講那個從沉船上死裡逃生的故事，因為，當他坐在那兒的時候，她是安全的；正如當年她覺得自己是安全的，那時她從花園裡躡手躡腳走進屋去，從架上取下一本書來，那位老先生突然放下手中的報紙，非常簡短地說幾句關於拿破崙個性的話。

她重新往後凝視大海，眺望那個島嶼。但這張樹葉已經失去了它鮮明的輪廓。它非常渺小，非常遙遠。現在大海比海岸顯得更為重要。波濤在他們四周翻騰起伏，一段木頭在一個浪濤的波谷裡打滾，一隻海鷗在另一個波濤的浪峯上翱翔。她把手指泡在海水裡想道，大約在這個地點，曾經有一條船沉沒了。於是她半睡半醒地喃喃自語：我們都滅亡了，各自孤獨地滅亡了。

十一

莉麗·布里斯庫凝視著大海，在碧藍澄淨的海面上，幾乎連一個斑點也沒有，它是如此柔和，片片孤帆和朵朵白雲似乎鑲嵌在藍色的波濤中。她想，距離的作用多麼巨大：我們對別人的感覺，就取決於他們離開我們距離的遠近；因為，當拉姆齊先生乘著帆船越來越遠地穿過海灣之際，她對於他的感覺正在起著變化。它似乎在延伸，在擴展；他似乎離開她越來越遙遠了。他和他的孩子們似乎被那藍色的波濤、被那段距離所吞沒了；但是在這兒，在草坪上伸手可及之處，卡邁克爾先生突然打了一個呼嚕。她笑了。他從草地上一把抓起了他的書。他重新坐到椅子裡去，氣喘吁吁、鼾聲如雷，好像大海裡的什麼妖魔鬼怪。那種感覺是完全不同的，因為他離得這樣近。現在又是一切都靜悄悄的了。她猜想，這時他們一定都起床了，她望著那屋子，然而毫無動靜。隨後她想起來了，他們總是一吃完飯就走開，去忙著幹他們自己的事情。這一切，和清晨時刻的這種寂靜、空虛、縹緲的氣氛完全協調。她逗留了片刻，注視著閃耀著陽光的長玻璃窗，和屋頂上羽毛一般的藍煙，她想，這是事物有時候特有的一種狀態：它們變得虛無縹緲了。當你旅行歸來或久病初癒，在各種習慣尚未織好它們的網絡覆蓋住事物的外表之前，你會有同樣虛無縹緲的感覺，這種感覺是多麼令人驚異；你會感到有某種東西在浮現出來。這是最為生意盎然的時刻。你可以悠閑自在，了無牽掛。你可以不必穿過草坪，去迎接從屋裡走出來找個角落坐一會兒的貝克威斯夫人，並且非常輕鬆活潑地對她說：「噢，早上好，貝克威斯夫人！今兒天氣多好！您不怕坐在太陽裡曬著嗎？傑斯潑把那些椅子全藏起來了。您得讓我去給您找把椅子！」還有其他的一切客套話，也全都可以避免了。你什麼也不必說。你抖動一下你的船帆，從各種事物之間滑行過去，把它們遠遠地拋在後面（在海灣裡出現了頻繁的活動，許多小船在揚帆出海）。海灣不再是空蕩蕩的，而是充溢著生命。她似乎深深地站在某種物質之中，在其中運動、漂浮、沉沒，是的，因為這些水域是深不可測的。已經有這麼多的生命傾注到這激流中去。拉姆齊夫婦的生命；孩子們的生命；此外還有各種各樣零零星星的事物。一位提著籃子的洗衣婦；一只白嘴鴉；一根火紅的撥火棍；花卉的深紫和灰綠：某種共同的感覺，把這一切全都包含容納了。

十年以前，她幾乎站在相同的地點，也許就是某種像這樣圓滿完整的感覺，使她對自己說，她一定是愛上了這塊地方。愛有一千種形態。也許，有一些戀愛者，他們的天才就在於能從各種事物中選擇擷取其要素，並且把它們歸納在一起，從而賦予它們一種它們在現實生活中所沒有的完整性，他們把某種景像或者（現已分散消逝的）人們的邂逅相逢組合成一個緊湊結實的球體，思想在它上面徘徊，愛情在它上面嬉戲。

她的目光停留在拉姆齊先生的帆船這個棕色的斑點上。她猜測，到吃午飯的時候，他們一定可以到達那座燈塔了。但是，刮起了一陣更加強勁的風，蒼穹和大海發生了輕微的變化，一條條小船也在改變著它們的位置，在不久之前似乎還是奇蹟一般固定不動的景色，現在顯得不那麼令人滿意了。海風已經把懸在空中的那縷濃煙吹散了；那些船隻的位置有某種令人不快之處。

在那兒出現的不相稱的景像，似乎擾亂了她內心的和諧。她感到一陣無名的惆悵。當她轉過身來面對她自己的圖畫之時，這種惆悵之感更加強烈了。她一直在浪費今天早晨的大好時光。不知道為了什麼原因，她沒有能夠在拉姆齊先生和那幅圖畫這兩種對立的力量之間維持微妙的平衡；而這種平衡是必要的。也許畫面的布局有謬誤之處？她在思忖：那圍牆的線條是不是需要隔斷，那一叢樹木是不是畫得太濃密了？她露出了諷刺的笑容；因為，在她開始動筆之時，她不是認為自己已經把這個問題解決了嗎？

那麼，問題何在呢？她必須試圖抓住某種從她手裡逃走的東西。當她想到拉姆齊先生之時，它從她手裡溜走了；現在，當她想到自己的圖畫之時，它從她手裡逃跑了。各種言辭和形像紛至沓來。美麗的畫面。美妙的言辭。但是，她想要抓住的，就是那對於神經的刺激，就是那事物本身，要在它被變成任何別的事物之前抓住它。她重新堅定地站在畫架面前，不顧一切地說：抓住它，從頭畫起；抓住它，從頭畫起。她想，人類的繪畫器官和感覺器官真是一種可憐的、低能的機械，它總是在緊要關頭出毛病，然而，你必須英勇頑強地堅持下去。她皺著眉頭，目不轉睛地瞧著。毫無疑問，那就是樹籬。但是，你苦苦哀求，卻一無所得。你望著圍牆的線條，或者回想——她戴著一頂灰色的帽子——結果你得到的回報，僅僅是被憤怒的目光瞪了一眼。她是驚人地美。讓它來吧，她想，如果它要來的話。因為，有時候你既不能思考，也沒有感覺。而如果你既不思考又無感覺，她想，那麼你在哪兒呢？

在這兒，在草坪上，在地面上，她想道。她坐了下來，用她的畫筆撥開一叢叢車前草，仔細察看。因為那片草坪很不平整。她想，她就在這兒，坐在地球上，因為她不能擺脫那種感覺，認為今天早晨的一切，都是第一次發生，或許也是最後一次發生，就像一個旅行者，即使他是在半睡半醒狀態中從火車的窗口望出去，他知道他現在一定要看一眼，因為，他永遠不會再看到那個城鎮，那輛驢車，或那個在田裡幹活的女人了。她望著卡邁克爾老先生，他的想法似乎和她的一致（雖然在這段時間裡他們一句話也沒說），她想，那片草坪就是這個世界，他們在這兒一起攀登到這個崇高的境地。也許她將永遠不會再見到他了。他日見蒼老。他也日益聞名。想到這一點，她望著吊在他腳上晃來晃去的拖鞋，不禁啞然失笑。人們說他的詩「非常美」。他們甚至去出版他四十年前寫的作品。現在出現了一位叫做卡邁克爾先生的知名人士，她微笑著想道，一個人可以有多少不同的形象啊，他在報紙上是一位那樣顯赫的人物，但在這兒，他還是依然故我。

他看上去還是老樣子——就是頭髮更灰白了一點。是的，他看上去一點沒變，然而，她記得有人說過，自從安德魯．拉姆齊的噩耗傳來（他被彈片擊中，立刻就死了；不然的話，他會成為一位大數學家），卡邁克爾先生就「完全喪失了生活的興趣」。那到底是什麼意思？她可不知道。當時他是否拿起一支手杖，大踏步穿過倫敦的特拉法加廣場？他有沒有坐在他聖約翰林的房間裡，把書翻了一頁又一頁，卻一個字也沒看進去？她不知道當安德魯去世時他幹了些什麼，但是，她同樣能夠感覺到這個打擊在他身上引起的變化。他們只是在樓梯上相遇時，含糊地打個招呼；他們仰望著天空，隨口談談天氣的好壞。她想，然而這就是瞭解人的唯一途徑：只瞭解輪廓，不瞭解細節；就像一個人坐在自己的花園裡，望著山坡上一片紫色的遠景，延伸到遠處的石楠叢中。她就是通過這種方式來瞭解他的。她知道他已多少有所改變。她從來沒讀過他一行詩。然而她想，她知道他的詩念起來是什麼味道。它節奏緩慢，音律鏗鏘。它老練灑脫，韻味無窮。那是關於沙漠和駱駝的詩。那是關於夕陽和棕櫚的詩。它的態度是極其客觀的；它有時涉及死亡；它很少談到愛情。他本人就有一種超然物外的客觀態度。他對於別人沒有什麼要求。當他腋下夾著報紙，不自然地搖搖晃晃走過客廳的窗口之時，他不總是想避開拉姆齊夫人嗎？為了某種原因，他不太喜歡她。因此，她當然總是設法要使他停下腳步。他會向她鞠躬。他會勉強止步，向她深深鞠躬。看到他對她一無所求，拉姆齊夫人在失望之餘，就會問他（莉麗聽見的）：您要不要大衣、毯子、報紙？不，他什麼也不要。（這時他又鞠躬。）她具有某種他所不喜歡的品質。也許就是她頤指氣使、過於自信的態度和講究實際的脾氣。她是多麼直率。

（一陣聲音——鉸鏈的軋軋聲——引起了莉麗的注意，使她向客廳的窗戶望去。一陣清風在和那窗子嬉戲。）

莉麗想，一定有人不喜歡她（是的；她明知客廳窗前的石階上空蕩蕩的，但她對此並沒有什麼感觸。現在她不需要拉姆齊夫人。）——他們認為她太自信，太嚴厲。也許她的美貌也會令人不快。他們也許會說：總是那副模樣，多麼單調！他們喜歡另一種類型的美——深黯的膚色，活潑的性格。她在她的丈夫面前太軟弱了。她讓他大發雷霆，不加制止。她是沉默寡言的。沒有人確切地知道她有過什麼經歷。而且（回過頭去談卡邁克爾和他所不喜歡的東西吧），你不能想像，拉姆齊夫人會整個早晨站在草地上繪畫，或者躺在那兒看書。這是不可想像的。她一句話也不講，手臂上挽著一只籃子做為她出去辦事的唯一標誌，她動身到城裡去探望窮苦的人們，坐在什麼人家悶熱狹小的臥室裡。莉麗經常發現，在人們的遊戲或討論進行到一半之時，她悄悄地離開，手臂上挽著一個籃子，身子筆挺地走開了。她也注意到她的歸來。她曾經一半覺得好笑（她多麼有條不紊地安放那些茶杯）、一半覺得感動（她的美是多麼驚人）地想過：那些現在痛苦地閉上的眼睛，剛才曾注視著你。你曾在那兒和他們待在一起。

拉姆齊夫人會因為某人遲到，因為黃油不新鮮，或茶壺有缺口而不高興。當她在嘮叨埋怨黃油不新鮮的時候，你會想起希臘的神廟，想起美神曾在那悶熱狹隘的小房間裡和那些貧民待在一起。她從來不提起這件事——她準時直接前往。她到那兒去是出於她的本能，就像燕子南歸和洋薊向陽一樣，本能使她不可避免地轉向整個人類，在他們的心窩裡築巢。而它和一切本能一樣，使沒有這種本能的人感到煩惱；對於卡邁克爾先生來說，也許是如此；對於她自己來說，則肯定是如此。對於拉姆齊夫人行動的無效和思想的崇高，他們倆具有共同的見解。她去探望窮苦人家，是對他們的一種譴責，是給予這個世界一種不同方向的逆轉力，結果導致他們提出異議；他們看見自己的偏見正在消失，就在它們化為烏有之前，緊緊地抓住它們不放。查爾士·塔斯萊先生也幹那種與眾不同的事情；這是人們不喜歡他的原因之一。他破壞了別人的世界的平衡。她一面懶洋洋地用她的畫筆撥弄那一叢叢的車前草，一面猜測他的境遇。他已經獲得了研究員的職稱。他結了婚，住在戈爾德格林住宅區。

在大戰期間，有一天，她到一個大會堂去聽他演講。他正在譴責某種現象，指責某些人物。他正在鼓吹同胞友愛。她的全部感覺，就是他怎麼可能愛上他的同胞？他不能辨別兩幅不同的圖畫，他站在她後面抽粗劣的板煙（「五個便士一盎司，布里斯庫小姐」），他認為有責任來告誡她：婦女不能寫作，不能繪畫。他這樣說，並不是因為他相信這一點，不過是為了某種奇特的原因，他希望如此。他身材瘦削，漲紅著臉，粗著嗓子，在講壇上聲嘶力竭地鼓吹愛的福音（她的畫筆驚擾了在草叢間爬著的螞蟻——那些紅色的、精力充沛的、閃閃發光的螞蟻，真像查爾士·塔斯萊）。在一半座位空著的大廳裡，她在自己的位置上嘲笑地望著他向冷冰冰的空間傾注著友愛，在她眼前，又浮現出那只陳舊的木桶，它隨著波濤的起伏一上一下地漂浮，還有拉姆齊夫人，在那些鵝卵石堆中尋找著她的眼鏡盒子。「噢，天哪！真討厭！又不見啦。別痳煩了，塔斯萊先生，每年夏天我要遺失一千個眼鏡盒呢。」聽到這話，他把他的下頷縮回來緊貼著他的衣領，好像他不敢贊許這種過甚其詞的誇張，但是，它出自他所喜歡的人物之口，他可以忍受，於是他就十分可愛地微笑著。在一次長時間的漫遊之後，當人們分散開來各自回家之時，他一定已經向她傾吐了內心的秘密。拉姆齊夫人曾經告訴她，塔斯萊正在使他的小妹妹有機會念書。他這種精神非常值得贊揚。她自己對他的看法是荒唐的，這一點莉麗知道得很清楚。她用畫筆撥弄著草叢。歸根結蒂，一個人對於別人的看法，有一半是荒唐的。這種看法完全出於一個人自己的個人動機。他在她的心目中擔當著「受鞭者」❸的角色。當她怒不可遏之時，她發現自己在想像中狠狠地鞭撻他的瘦骨嶙峋的兩脅。如果她想要認真地對待他，她就不得不借助於拉姆齊夫人的觀點，用她的眼光來看他。

她壘起了一座小山崗，讓那些螞蟻來攀越。她這種對它們小天地的干擾，使它們陷入猶豫不決的狂噪狀態。有些螞蟻奔向這邊，另外一些衝往那邊。

她思忖：一個人需要有五十雙眼睛來觀望。她想，要從四面八方來觀察那個女人，五十雙眼

❸指宮廷中陪王子讀書而代他受老師鞭笞的少年。

睛還不夠。在這些眼睛中，必然有一雙對於她的美是完全盲目的。一個人極其需要某種神秘的感覺，它像空氣一般縹緲，可以穿越鑰匙洞眼，在她坐著結絨線、談天或獨自默坐窗前之時，把她包圍起來，把她的思想、她的想像、她的欲望蘊蓄珍藏，就像空氣容納了那輪船的一縷濃煙一般。對她說來，那籬柵意味著什麼，那花園意味著什麼，一個浪花的飛濺又意味著什麼？（莉麗擡頭仰望，就像她曾經看到過拉姆齊夫人擡頭仰望；她也聽到一陣浪濤落到海灘上，浪花四散飛濺。）當孩子們在玩板球時喊道：「怎麼啦？怎麼回事？」這時有什麼感覺在她心裡翻騰、顫抖？她會暫時停止編織絨線。她看上去正在屏息凝神。隨後，她又會陷入沉思，突然，正在踱方步的拉姆齊先生在她面前站住不動，某種奇特的戰慄通過她全身，在極度的激動不安之中使她震驚，這時拉姆齊先生站在那兒，彎下身來俯視著她。莉麗可以看見他的身影。

他伸出手來，把她從椅子裡攙扶起來。好像他以前也曾這樣做過；好像有一次他曾經以同樣的方式把她從一條小船裡攙扶出來，那條船離開一個島嶼好幾英寸，需要先生們來攙扶女士們上岸。那是一個老式的場面，它差不多要求女士們穿著有襯架擴撐的長裙，先生們穿著臀寬踝窄的陀螺形獵褲。讓他攙著她的手扶她上岸之時，拉姆齊夫人心裡想（莉麗猜測）：現在時機終於到來了。是的，現在她要把心裡的話說出來。是的，她願意和他結婚。於是，她從容、安詳地上了岸。也許，她只說了一個詞兒，讓她的手仍舊留在他的手心裡。也許，她讓他握著手對他說，我願意嫁給你；但是再也沒別的話了。在他們之間，一次又一次地產生同樣的激動——情況顯然如此，莉麗用畫筆在草地上給螞蟻掃平一條道路時想道。她並非虛構捏造；她不過是試圖把多年來隱藏起來的某種東西攤出來罷了；那是她曾經目睹的某種東西。因為，在那崎嶇不平、充滿波折的日常生活道路上，周圍還有那些孩子和賓客，你會不斷地有一種老調重彈的感覺——感到曾經有一樣東西掉下去的地方，又落下了另一樣東西，響起了一陣回聲，在空氣中振盪不已。

她想，然而這是一個錯誤。她想起了他們怎樣手挽著手一起走開，走過了那座暖房，去解開他們夫妻之間的疙瘩。她衝動而急躁，他陰鬱而易怒——那可不是一種單調平靜的幸福生活。噢，決不是。一大早，臥室的門就會砰的一聲猛然關上。他會在早餐桌上就開始大發脾氣。他會把他的盤子嗖的一聲從窗口扔出去。於是整幢房子裡就會有一種山雨欲來風滿樓的感覺，好像門戶在乒乒乓乓直響，窗簾在風中飛舞飄揚，人們匆匆忙忙四處奔跑，設法關上天窗、把被風刮散的東西整理好。有一天，她在樓梯上遇到保羅·雷萊，當時的情況就是那個樣子。顯然有一條蚰蜒掉到他盤子裡去了。別人還可能會發現蜈蚣呢。他們笑個不住。

然而，像這樣嗖的一聲將碟子飛出窗外，砰的一聲把門關上——這可實在使拉姆齊夫人感到厭煩，感到氣餒。有時候，他們兩人之間會長時間地僵持沉默，這種心理狀態使莉麗感到煩惱，使她既憂鬱又憤慨。拉姆齊夫人似乎不能對這種風暴處之泰然，或者像他們一樣付之一笑，但是，在她的厭倦之中，也許還隱藏著什麼東西。她低頭沉思，默然端坐。過了一會兒，他會悄悄地在她周圍留連——在她坐著寫信或談天的窗下徘徊，在他經過的時候，她會故意忙著幹些什麼事情，來避開他，假裝沒瞧見他。於是，他就會變得像絲綢一般光滑柔軟，謙遜和藹，文質彬彬，試圖贏得她的歡心。她還是不容他接近，她一反常態，暫時擺出和她的美貌相應的傲慢驕矜的氣派，她會轉過臉去，或者轉過身去，老是面對著在她身邊的敏泰、保羅或威廉·班克斯。最後，站在圈子外面的那像條餓狠似的身影（莉麗站起來離開草坪，她望著石階和窗口，在那兒她曾經看到過他），他會呼叫她的名字，只叫一次，活像一條在雪地裡嗥叫的狠，但她還是不容他接近；他就會再叫她一次，這一次的聲調中有某種東西驚動了她，她就突然離開他們，走到他身邊，他們倆就會一起走開，在梨樹、菜畦和野莓叢中散步。他們會在一起坦率地解開心中的疙瘩。但是，當時他們是抱著什麼態度，使用了什麼語言呢？這時，在他們的相互關係之中，有一種莊嚴的氣氛，使莉麗、保羅和敏泰轉過身去，掩蓋起他們的好奇心和不快之感，開始摘花、扔球、談天，直到晚餐時刻，他們倆又回來了，像平時一樣，分別在餐桌兩端就座。

「為什麼你們沒人研究植物學？……你們都有腿有胳膊，為什麼一個也不去研究……？」就這樣，他們會像平時一樣，在孩子們中間又說又笑。一切都和平時一模一樣，只是有什麼東西在顫動，好像有一把刀刃在空氣中閃晃，往他們中間砍將下去；好像在梨樹和菜畦之間散步了一個小時之後，孩子們坐在他們周圍喝湯這個司空見慣的景像，在他們倆眼中看來，也顯得特別新鮮。特別是拉姆齊夫人，莉麗想，她會望著普魯。她坐在中央，夾在兄弟姊妹們中間，似乎總是忙著、留神照應著，使一切都能順利進行、不出差錯，因此她自己幾乎不說話。為了落在牛奶裡的小蟲，普魯多麼埋怨責備自己啊！當拉姆齊先生把他的盤子從窗口扔出去時，她臉色變得多麼蒼白啊！父母之間長時間的沉默，又多麼使她頹喪啊！無論如何，現在她的母親似乎在給她彌補方才的損失，向她保證一切順利，向她許諾總有一天她會得到同樣的幸福。然而，她後來享受婚姻的幸福，還不到一年之久。

她讓她籃子裡的鮮花掉到地上了，莉麗想道。她把小眼珠兒往上一轉，往後退了一步，好像在看她的圖畫，然而，她並不在繪畫，她所有的感官都處於神思恍惚的夢幻狀態，她的外形呆若木雞，但內心以極快的速度活動著。

她讓她的花朵從籃子裡掉出來，撒落、滾散在草地上，她自己也帶著勉強猶豫的心情離去，但是沒有疑問或抱怨——她不是具有完全服從的本能嗎？田野和溪谷里一片白色，遍地撒滿了鮮花——她本來應該那樣地把它描繪出來。那些山巒是質樸無華、巉岩陡峭的。波濤低沉地拍打著下面的岩石。他們走了，他們母子三人一起走了，拉姆齊夫人相當快地走在前頭，好像盼望到路角去和什麼人相會。

突然，在她注視著的窗子後面，出現了白色的人影。最後終於有人走進客廳，坐在椅子裡了。上帝保佑！她在心裡祈禱：讓他們安安靜靜坐在那兒，千萬別亂哄哄地跑出來和她談話。謝天謝地，不管他是誰，他仍待在屋裡，而且碰巧在石階上投射出一個三角形的奇特陰影。它稍微改變了畫面的布局。它非常有趣。它可能有點用處。她的興致又回來了。你必須死死地盯著它瞧，一秒鐘也不能放鬆那種緊張集中的情緒和決不迷惑上當的決心。你必須抓住那景像——就這樣——就像用老虎鉗把它牢牢夾緊，不讓任何不相干的東西摻雜進來，把它給糟蹋了。她一面用畫筆從容不迫地蘸著顏料，一面深思熟慮地想道：你必須和普通的日常經驗處於同一水平，簡簡單單地感到那是一把椅子，這是一張桌子，同時，你又要感到這是一個奇蹟，是一個令人銷魂的情景。歸根結蒂，這個問題是可能解決的。啊，但是出了什麼事情？一陣白色的波浪掠過了玻璃窗。一定是那空氣的幽靈在房間裡引起了某種騷亂。她的心向她猛撲過來，抓住了她，折磨著她。

「拉姆齊夫人！拉姆齊夫人！」她失聲喊道，感到某種恐懼又回來了——不斷地欲求，卻一無所得。她還能克制那種恐懼的心情嗎？後來她安靜下來，好像她已抑制住自己，讓那種情緒也變成了日常經驗的一部分，和那椅子桌子處於同一水平。拉姆齊夫人——那個身影是她完美品德的一部分——就坐在椅子裡，輕巧地來回抽動著她手裡的鋼針，編織著那雙紅棕色的絨線襪子，並且把她的陰影投射到石階上。她就坐在那兒。

好像她有某種東西要和別人共享，然而她又幾乎離不開她的畫架，她心裡充滿著正在想到和看到的東西，莉麗經過卡邁克爾先生面前，手持畫筆一直走到草坪邊緣。現在那條小船又在哪兒？還有拉姆齊先生呢？她需要他。

十二

拉姆齊先生差不多已經把書看完了。他的一隻手停留在書頁上方，好像已經準備好，書一看完就把那一頁翻過去。他坐在那兒，光著腦袋，完全暴露在陽光空氣之中，讓海風吹散了他的頭髮。他看上去非常蒼老。他的頭部一會兒襯托著那座燈塔，一會兒襯托著向開闊的海面奔流的茫無邊際的波濤，詹姆斯想，他看上去就像躺在沙灘上的古老岩石；他好像已經把一直存在於他們倆心靈背後的感覺——對於他們說來就是萬物之真諦的那種寂寞感——化為有形的軀體了。

他閱讀得非常迅速，好像他急於把書看完。他們現在確實已經非常接近那座燈塔。它赫然聳現在眼前，光禿禿、直挺挺地巍然屹立，黑白分明，十分醒目，而且你還可以看到浪花在飛濺，迸裂成白色的碎片，就像在岩石上摔得粉碎的玻璃。你可以看到岩石上的線條和褶縫。你可以清楚地看到燈塔的窗戶；在一扇窗上糊了一小塊白色的紙，在岩礁上有一小片綠色的青苔。一個男人走出來用望遠鏡瞭望他們，然後又進屋去了。詹姆斯想，這些年來隔海相望的燈塔，原來就是這般模樣；它不過是光禿禿的岩礁上的一座荒涼的孤塔罷了。但是它使他感到心滿意足。它證實了他對於自己性格的某種模糊的感覺。他想起了家裡的花園。他想，那些老太太們正拖著椅子在草坪上走。譬如說，那位貝克威斯老太太，她老是說它多麼美麗，多麼可愛，並且說他們應該為此感到多麼驕傲，多麼幸福。但實際上呢，詹姆斯望著屹立在岩礁上的燈塔想道，它不過如此而已。他望著他父親緊緊地盤著腿，狂熱地閱讀。他們有著共同的認識。「我們在一陣狂風之前疾馳——我們注定要淹沒，」他開始一半大聲地喃喃自語，就像他父親講這句話時一模一樣。

似乎好久沒人說話了。凱姆望著大海，感到厭倦了。一片片黑色的小木塊在水面上漂過，養在艙底的活魚已經死了。她的父親仍在看書，詹姆斯望著他，她也望著他，他們發誓要至死不渝地反抗暴君，而他仍在繼續閱讀，一點也沒意識到他們在想些什麼。他就這樣逃避開去了，她想。對，他額角寬寬的，鼻子大大的，手裡緊緊地捏著那本色彩斑駁的小書，把它放在面前，他逃避到另一個世界裡去了。你也許想一把逮住他，但他像一隻展翅飛翔的鳥兒，飛到你不能達到的遠方，棲息在荒涼的樹樁上。她凝視著一望無際的大海。他們居住的那個島嶼變得如此渺小，它看上去幾乎不再像一片樹葉了。它看上去就像一塊岩石的頂端，比較大一點的浪濤就可以把它淹沒。然而，儘管它渺小脆弱，它容納了所有的小徑、平臺、臥室——那些數不盡的東西。但是，就像一個人在入睡之前，眼前的一切景物都簡化了，結果在無數瑣事之中，只有一樁有力量把它自己表現出來，因此，當她瞌睡地望著那個島嶼之時，她覺得所有那些小徑、平臺和臥室都隱沒消失了，只剩下一隻淡藍色的香爐，它有節奏地在她的頭腦裡來回擺動。它是一個懸在空中的花園；它是一個山谷，其中到處是小鳥、鮮花、羚羊……她睡著了。

「來吧，」拉姆齊先生突然把書合攏說道。

到什麼地方來?去參加什麼不平凡的探險?她驀然驚醒了。到什麼地方去著陸?到什麼地方去攀登?他將率領他們到什麼地方去?因為他在長時間的沉默之後突然開口,他說的話使他們吃了一驚。然而這是荒唐的。他餓了,他說。是吃午飯的時候了。此外,他又說,「瞧!,那就是燈塔。咱們快到啦。」

「他幹得挺不錯」,麥卡力斯特說,「他舵把得穩極了。」

但是,他的父親可從來不贊揚他,詹姆斯反感地想道。

拉姆齊先生打開紙包,把三明治分給他們。現在他和那兩個打漁的一起吃著麵包和乾酪,覺得十分舒暢。看著他父親用小刀把黃色的乾酪切成薄片,詹姆斯想,也許他會喜歡住在小茅屋裡,在碼頭上閑逛,和別的老人一塊兒唾沫橫飛地說笑。

這下可對了,這就是那燈塔,凱姆一面剝著熟雞蛋一面繼續想道。現在她的感覺和當年她在書齋裡看著兩位老人家讀《泰晤士報》時完全相同。現在我可以繼續思考我喜歡的任何問題,我不會從懸崖峭壁上摔下去,或者掉在水裡淹死,她想,因為他就在這兒注視著我。

這時,他們正在岩礁附近飛速航行,這十分令人興奮——好像他們在同時幹著兩件事情:他們在陽光下吃著午餐;他們又在一艘大船沉沒之後駕著小舟在暴風雨中掙扎,逃向安全地帶。她問自己:救生艇上的淡水足夠維持嗎?食物供應能夠支持下去嗎?她正在給自己講一個故事,但同時又完全明白,真實情況究竟如何。

拉姆齊先生對老麥卡力斯特說，他們不久就會脫離塵世，但是他們的子女還會看到一些新奇的事物。麥卡力斯特說，去年三月他七十五歲；拉姆齊先生今年七十一歲。麥卡力斯特又說，他從來沒瞧過大夫；沒掉過一顆牙齒。我就希望我的孩子們能過這種生活——凱姆認為她的父親一定會在心裡這樣想，因為他阻止她把一塊三明治扔到海裡去，並且對她說，如果她不想吃，就把它擱回紙包裡去，好像他心裡正在考慮著那些漁民和他們的生活。他說話的態度非常明智，好像他十分懂得這個世界上發生的一切事情，因此她立刻把麵包放了回去。隨後，他從自己的紙包裡拿出一塊薑汁餅乾遞給她。她想，好像他是一位高貴的西班牙紳士，正在把一朵鮮花獻給在窗口的一位女士（他就是那樣殷勤有禮）。他衣冠不整，其貌不揚，正在吃著麵包乾酪；然而，他正率領著他們去進行偉大的遠征，他們將要被波濤吞沒，雖然她知道這不過是幻想。

「那兒就是那條船沉沒的地方，」麥卡力斯特的兒子突然說道。

三個男子漢在我們現在這個地點淹死了，那老漁夫說。他親眼看見他們緊緊抱住那根桅杆不放。拉姆齊先生朝那個地點瞥了一眼，詹姆斯和凱姆擔心他會突然大聲吟誦：

但我曾捲入更加洶湧的波濤

如果他那麼幹了，他們可受不了，他們會尖聲怒吼，他們實在不堪忍受他內心沸騰著的熱情再次爆發，但是，出乎他們意料之外，他只說了一聲「啊」，好像他自己在思忖：那有什麼可大驚小怪的？在暴風雨中自然會有人淹死，這是顯而易見的事情，而大海的深處（他把紙袋中的麵包屑灑到海面上）不過是海水而已。然後他點燃了煙斗，掏出他的懷錶。他全神貫注地看著錶；也許他在心裡計算著時間。最後他得意洋洋地說：

「幹得好！」他稱讚詹姆斯給他們掌舵就像一個天生的水手一樣。

你聽！凱姆想。她默默地向詹姆斯表示：你終於受到表揚啦。因為她明白，那是他夢寐以求的東西，她知道，現在他宿願已償，他是如此高興，他不會向她或父親或任何人瞧上一眼。他正襟危坐，一隻手放在舵栓上，看上去有點兒繃著臉，皺著眉頭。他是如此心滿意足，他不準備讓任何人來分享他的喜悅。他的父親贊揚了他。他們一定會以為他對此完全無動於衷。但是，現在你如願已償啦，凱姆想道。

他們已經在逆風中調整了帆篷的方向，現在他們正在飛快地航行，排山倒海的波濤一浪又一浪地推著他們不斷向前衝刺，帆船在那暗礁旁邊駛過，船身有節奏地劇烈顛簸跳躍。在左側，一排棕色的巉岩露出了水面，海水變淺了，顯得更加青綠；在一塊岩石上，一塊更高的岩礁上，浪花不斷地飛濺，迸射出一小股水柱，水滴像兩珠一般噴灑下來。你可以聽到驚濤拍岸，水珠濺落，海浪呼嘯之聲，那波濤滾滾而來，奔騰飛躍，拍打著岩礁，好像它們是一羣野獸，毫無絆羈，永遠像這樣自由自在地翻騰嬉戲。

現在他們可以看到燈塔上有兩個人在瞭望著他們，並且準備迎接他們。

拉姆齊先生扣好上衣的鈕扣，捲起了褲腿。他拿起了南希馬馬虎虎給他們紮起來的棕色大紙包，把它放在膝蓋上。就這樣，他完全作好了上岸的準備，坐在那兒回首眺望那個島嶼。也許他那雙遠視的老花眼可以清楚地看到那縮小了的像樹葉一般形狀的島嶼，聳立在一隻金黃色的盤子上。他能看到什麼?凱姆在猜測。對她說來，望出去完全是一片模糊。現在他在想什麼?凱姆可拿不準。他如此執著、如此專心、如此沉默地在探索什麼?他們姊弟倆看著他光著腦袋坐在那兒，膝蓋上放著那只紙包，凝視著那縹緲的藍色形象，它就像什麼東西燃燒之後留下的一片煙霧。他們倆想要問他:您要些什麼?他們倆想對他說:您不論向我們要什麼，我們都願意把它給您。但他什麼也沒向他們要。他坐著凝視那個島嶼，他可能在想，我們滅亡了，各自孤獨地滅亡了;或者他可能在想，我終於到達了，我終於找到它了。但是他什麼也沒說。

隨後他戴上了帽子。

「拿著那些紙包，」他向著南希給他們包紮好準備帶到燈塔去的東西點點頭吩咐道，「那些給燈塔看守人的紙包。」他立起來站在船艙，身材魁梧挺直。詹姆斯想，他瞧上去活像他正在宣布:「根本沒有上帝。」凱姆想，好像他正在向空中縱身一躍，他拿著紙包，像年輕人一樣輕快地一個箭步跳上岩礁，他們倆個站了起來，跟著他跳上岸去。

十三

「他一定已經到達了，」莉麗·布里斯庫大聲地說，她突然感到疲憊不堪。因為，這座燈塔已經變得幾乎看不清了，已經化為一片藍色的朦朦霧靄，她努力集中注意凝視著燈塔，集中注意想像他在那兒登岸，這兩者似乎已經融為一體，這種翹首而望的期待，使她的軀體和神經都極度地緊張。啊，但是她鬆了口氣。那天早晨他離去之時她想要給予他的東西，現在她終於給了他了。

「他已經到了，」她大聲說，「大功告成啦。」接著，卡邁克爾先生懶洋洋地爬了起來，輕輕地喘著氣，站在她後面，看上去就像一個年邁的異教神祇，他蓬鬆的毛髮裡夾著海藻，手裡拿著海神尼普頓⓫的三叉戟（它不過是一本法國小說罷了）。他和她並肩站在草坪的邊緣，他碩大無朋的身軀微微搖晃，他伸出一隻手遮在眼睛上方說道：「他們已經登岸了。」她覺得自己剛才想得不錯。他們並不需要交談。他們倆所想的如出一轍，而她什麼也沒問，他就回答了她心中的問題。他站在那兒，好像伸開雙手遮蓋了人類所有的弱點和苦難；她想，他正在寬容而慈悲地審

⓫尼普頓（Neptune）：羅馬神話中的海神，對於基督教國家來說，當然是異教之神。

視他們最後的歸宿。現在他已宣布這個意義重大的場面圓滿結束，她想；當他的手慢慢地放下來時，她好像看見他讓一隻紫羅蘭和長春藤編成的花環從高處落下，它慢慢地飄蕩，最後終於墜落到地面。

她好像忽然想起了在那邊的什麼東西，敏捷地轉向她的畫布。它就在眼前——她的那幅畫。是的，包括所有那些碧綠湛藍的色彩，縱橫交錯的線條，以及企圖表現某種意念的內涵。她想：它會掛在閣樓上；它會毀壞湮滅。然而，她捫心自問：這又有什麼關係？她重新提起了畫筆。她望望窗前的石階，空無人影；她看看眼前的畫布，一片模糊。帶著一種突如其來的強烈衝動，好像在一剎那間她看清了眼前的景像，他在畫布的中央添上了一筆。畫好啦；大功告成啦。是的，她極度疲勞地放下手中的畫筆想道：我終於畫出了在我心頭縈迴多年的幻景。

國家圖書館出版品預行編目資料

坎特伯利故事集／喬　叟(Geoffrey Chaucer　)著；
方　重譯／蘇其康導讀　-- 初版.
臺北市：桂冠, 1993 [民 82]
面；　　公分. -（桂冠世界文學名著：3）

譯 自：*The Canterbury Tales*

ISBN　957-551-622-2　（平裝）

英國文學
873.412　　　　82001281

坎特伯利故事集
(*The Canterbury Tales*)

著　　者〉喬　叟
(Geoffrey Chaucer ,1340~1400)
譯　　者〉方　重
導　　讀〉蘇其康
執行編輯〉湯皓全
出　　版〉桂冠圖書股份有限公司
地　　址〉231 台北縣新店市中正路 542-3 號 2 樓
電　　話〉02-22193338　02-23631407
傳　　真〉02-22182859-60
郵政劃撥〉0104579-2　桂冠圖書股份有限公司
印　　刷〉海王印刷廠
裝　　訂〉欣亞裝訂公司
初版一刷〉1994 年 1 月
初版三刷〉2003 年 3 月
網　　址〉www.laureate.com.tw
E-mail〉 laureate @ laureate.com.tw

ISBN　957-551-622-2　　電腦編號　87003
定價〉新台幣 400 元